ERSHIYI SHIJI
ZHONGGUO WENXUE DAXI

顾　问

丁　帆　陈思和　林建法　洪子诚

总主编

何言宏

总策划

何言宏

策　划

丁亚芳　王政红　王欲祥

编委会成员

丁亚芳　丁晓原　王　尧　王光东　王政红
王家新　王彬彬　王欲祥　吕效平　何言宏
张学昕　张清华　张新颖　陈晓明　施战军
徐　蕾　黄发有　彭志斌

（以姓氏笔画为序）

二十一世纪
中国文学大系

2001—2010

总主编 何言宏

随 笔 卷

本卷主编 王彬彬

南京师范大学出版社
NANJING NORMAL UNIVERSITY PRESS

图书在版编目(CIP)数据

二十一世纪中国文学大系：2001—2010.随笔卷/
王彬彬主编.—南京：南京师范大学出版社，2014.11
 ISBN 978-7-5651-1661-2

Ⅰ.①二… Ⅱ.①王… Ⅲ.①中国文学－当代文学－作品综合集 ②随笔－作品集－中国－当代 Ⅳ.
①I217.1 ②I267.1

中国版本图书馆 CIP 数据核字(2014)第 213095 号

书　　名	二十一世纪中国文学大系(2001—2010)·随笔卷
本卷主编	王彬彬
责任编辑	万　斌　李舜卿
出版发行	南京师范大学出版社
地　　址	江苏省南京市宁海路 122 号(邮编：210097)
电　　话	(025)83598919(总编办)　83598412(营销部)　83598297(邮购部)
网　　址	http://www.njnup.com
电子信箱	nspzbb@163.com
照　　排	南京理工大学印刷照排中心
印　　刷	南京爱德印刷有限公司
开　　本	660 毫米×970 毫米　1/16
印　　张	26.25
字　　数	378 千
版　　次	2014 年 11 月第 1 版　2014 年 11 月第 1 次印刷
书　　号	ISBN 978-7-5651-1661-2
定　　价	58.00 元

出 版 人　彭志斌

南京师大版图书若有印装问题请与销售商调换

版权所有　侵犯必究

前言

何言宏

《二十一世纪中国文学大系（2001—2010）》凡十三卷十八册，经过各位同仁的共同努力，终于面世，无疑是中国文学界的一件大事。

二十一世纪的第一个十年，中国文学发生了非常巨大的变化。这些变化，首先表现于它的世界性的历史处境。2001年发生于美国的"9·11事件"对于世界格局的改变，无论是在政治、经济和军事方面，还是在精神、思想、文化和意识形态方面，都非常巨大。也就是在这一年，中国经过艰苦的努力与谈判，终于加入了"WTO"。这一事件对于中国社会和中国经济的影响自不待言，其对我国思想文化界的影响，实际上也非常深刻。二十一世纪的中国文学，就发生和发展于这样的世界背景，并且和这样的背景发生着或显或隐的内在联系。

在中国内部，二十一世纪以来，中国大陆对于世界体系的进一步融入和改革开放在多方面的拓展与深化，市场化社会和消费社会的初步形成，媒介文化特别是网络文化的不断发展与发达，文学体制包容性的扩大和评奖制度的调整，以及中国台湾开始于上世纪末的政治转型，香港和澳门分别于1997年和1999年对祖国的回归，都不仅使中国各个区域的社会、政治、经济与文化发生了变化，它们之间的文学与文化关系，也与此前大为不同。这些"变化"和这些"不同"，二十一世纪以来表现得尤为迅猛、尤为突出，文学处身其中，无论是主动被动，还是直接与间接，自然与它们深切关联。在这些关联中，我们关注最多和感受最深的，就是我们的文学——具体地说，就是我们的作家、诗人，我们的文学批评家、文学研究者，和我们的文学翻译家、文学编辑与文学出版工作者等等——都力图以他们的劳作去书写、把握、追问、反思与介入我们的时代。我们这个时代和我们这个时代广大民众的精神与生存，在我们的文学中得到了异常丰富的表现。

　　二十一世纪以来，我们的文学潮流迭起、异彩纷呈，老一辈作家坚守良知，佳作不断；中年作家们勇猛精进，成就卓绝，殊为我们文学时代的中流砥柱；青年一代，也都姿态各异，身手非凡。二十一世纪以来，我们出现了那么多非常杰出的作品。我们的文学在精神特征、话语表达，在价值、美学和艺术策略上既有坚持，又有新变，在文学史的意义上，已经构成了一个相对完整和相对独特的文学时代。这个时代虽仍在进行，但我们有理由相信，它的未来必定宏阔，必有大成。因此，为了全面、系统和较为及时地总结二十一世纪第一个十年的中国文学，对这一时期中国文学的历史发展、基本格局和重要史料进行认真切实的梳理，并且遴选出其中的重要作家和重要作品，一方面为后人对这一时期中国文学的进一步研究和文学史编撰提供最具权威性的经典文献，另一方面，也为社会各界和广大读者提供一套权威性、系统性和集成性的大型选本，我们特邀请中国当代文学研究界的著名学者和著名批评家编选了《二十一世纪中国文学大系（2001—2010）》。

　　我们的"大系"，充分借鉴和学习了赵家璧先生1935—1936年间主编的《中国新文学大系》（1917—1927）以来各辑"大系"的历史经验，也据二十一世纪以来中国文学的基本特点，既有常规性的"理论批评"、"长篇小说"、"中篇小说"、"短篇小说"、"散文"、"诗歌"、"戏剧文学"、"杂文"、"报告文学"和"史料"诸卷，也专门设立了"翻译文学"和"随笔"卷，在文学史的意义上强调和突出"翻译文学"对于汉语文学的重要意义，也反映了二十一世纪以来"随笔"文体的持续兴盛。我们希望，我们的"大系"在学术精神上既能对前辈有所承传，也能具有新的尝试和新的开辟。

　　《二十一世纪中国文学大系（2001—2010）》虽然较早地动议于2009年，并在南京师范大学出版社及有关部门的大力支持下迅速启动，纳入了江苏省"十二五"期间的重点出版规划，也获得了我们学术前辈的热情鼓励与肯定，但是，为了保证编选工作的客观性与严肃性，为了这项浩大的"学术工程"所必须具有的时间的沉淀，我们在二十一世纪第一个十年的中国文学结束几年后方始推出。各卷主编作为在中国现当代文学研究界与文学批评界都极活跃与非常著名的学者与批评家，工作繁忙，而能勠力同心地沉潜数年，共襄盛举，真的应该深深感谢。昔者赵家璧先生在其《中国新文学大系》(1917—1927)的"前言"中曾经说过："我们相信新文学运动第一个十年间许多英雄们打平天下的伟绩，是值得有这样一部书，替他们留一个纪念的。现在我们做成了，我们觉得了却了一件心愿！"对于我们这套"大系"来说，值得纪念的，除了我们的很多作家、诗人、批评家和翻译家们的文学"伟绩"，还有我们的前辈与我们的同仁们对"大系"所付出的很多热情、很多心血，正是在这样的意义上，我也非常想说："现在我们做成了，我们觉得了却了一件心愿！"我们希望，在二十一世纪第二个十年行将结束的时候，我们的文学必将取得新的"伟绩"，我们的文学研究界与批评界，也必将有一次新的集结。

出版说明

本套《二十一世纪中国文学大系（2001—2010）》自 2010 年开始策划，至今已四年有余。从组稿到选编，从定稿到编辑，几经斟酌、打磨，这套丛书终于面世了。

作为丛书的策划与出版者，我们的心中并不觉得轻松。众所周知，选编新文学大系的做法始于上个世纪三十年代的赵家璧先生，其后上海文艺出版社又陆续出了二、三、四、五辑。新世纪以来，虽然也不断有各类文学选本陆续推出，但以头十年为考察时间段的综合性大系类丛书，这还是第一套。十年，还不足以呈现文学思潮发展的清晰脉络，但经过十年的淘洗沉淀，新世纪文学创作的趋势和特点已经逐渐在我们面前展开，渐见分明。选编本套大系的最大问题，是如何踵武前贤而又不失新世纪文学发展的特点。经过与总主编及各卷主编多次的商讨，在借鉴前五辑大系框架结构的基础上，我们选定了十三个种类，分别为长篇小说、中篇小说、短篇小说、翻译文学、报告文学、诗歌、散文、随笔、杂文、戏剧、理论、史料、批评，并为各卷配上了分卷主编所撰写的导言，对相关文学体裁这十年来的发展踪迹做了较系统的梳理和总结，以供读者参考。

与前五辑相比，本套丛书既沿袭了传统的文学分类又有所创新，如将散文、随笔和杂文分册选编，显示了"随笔"这一文体近年来独具特色的面貌；又如将翻译文学独立成卷，凸显"翻译"这一特殊创作形式对于中国本土文学的影响，与中国文学逐步融入世界文学的步调也是相应的。当然，限于精力和客观条件，我们舍弃了一些同样具有鲜明文学特色的体裁，如小小说、儿童文学、影视文学等。

大系是一种特殊的读本，也是一种特殊的史料集，在编辑过程中，我们以存真、求善为原则，订立了以下编校原则：

一、关于选目

突出名作名家，兼顾风格流派。

二、关于版本

1. 原则上以最初发表的版本为准。

2. 少量的以作者认可的定本为准。

三、关于编排顺序

全套丛书多依文章发表的先后为序，少数按照分卷主编选编的类型排序，如戏剧卷以主题分类、诗歌卷以作者姓氏排序。

四、关于注释

1. 全书不加注释，只在每篇篇末注明选文出处或版别，如原载《×××》×年第×期，或选自××出版社×年第×版。

2. 原书少量典实确实有误，也不改动，但加脚注予以指出。

五、关于编校

所选篇目文字以初版为据；少量以作者定稿本为据的，加注说明。

1. 错别字径改。但异形字或异形词，或者过去的习惯用法如其它—其他、精炼—精练等，原文如用前一项的均不改。

2. 标点依据目前较规范的用法，对明显的错用加以改动，但不强求统一。

3. 年代、数字、称谓的用法也一依原作，不作统一。

文学大系的选编既是一家之见，难免会存在争议。但我们相信，争议也正是编辑这套丛书的意义之一。由于经验和水平，我们的编校中难免还存在失误和错谬，希望广大读者不吝赐教，以使我们的工作更臻完善。

南京师范大学出版社

2014 年 7 月 23 日

目录

前言　何言宏 / 001

出版说明 / 004

导言：我们这个时代的思想表达——十年随笔挹滴(2001—2010)
　　王彬彬 / 001

阿米绪的故事　林　达 / 001

战争纪念碑的主题是和平——建筑师札记　林　达 / 015

九分军事一分民　曾彦修 / 021

《玉门出塞》及其他　潘旭澜 / 026

关于"暴民"问题的几点思考　王学泰 / 032

鸭绿江的另一边　王小妮 / 046

"死在家里"还是"死在医院"——我们时代的
　　"后现代问题"　秦　晖 / 061

什么《英雄》　潘旭澜 / 067

权谋文化的历史土壤　王绍培 / 076

流行影视剧对民主精神的颠覆　　董　　健 / 081

理性和良知让人如此美丽　　刘方炜 / 086

一九三零年的肖洛霍夫　　向继东 / 092

诚实与否，这是一个问题　　筱　　敏 / 100

空袭中路遇宋美龄　　沙　　浪 / 106

唤回了倦鸟如今在集合——我的1988　　崔卫平 / 109

有一个人的存在让我不安　　徐　　晓 / 118

一部宪法与一个国家　　易中天 / 126

我负丹青！丹青负我　　吴冠中 / 143

画事琐记　　高尔泰 / 147

今日中国的"群众性民族主义"　　王彬彬 / 167

雷震与胡适　　聂华苓 / 175

穿越历史的悲怆——吴哥、红色高棉及其他　　燕　　妮 / 181

殉难的华沙、狂欢的巴黎——六十年前两场反抗纳粹
　暴政的人民起义　　肖雪慧 / 190

"古镜"新说　　从维熙 / 204

"向帕夫利克看齐！"　　蓝英年 / 210

同一根绳索　　何怀宏 / 219

四十年前那一年　　何满子 / 231

守卫社会生活的底线　　孙立平 / 239

又想起了王大点　　张　　鸣 / 245

革命很奇妙　　谢　　涛 / 251

"绝大部分工作就是否定自己"　　王　　尧 / 254

丁香似雪　白　桦 / 257

一个人的地震记忆——从唐山到汶川　毕星星 / 263

1978——找回父亲、找回自我　李南央 / 275

穿制服的思想——被谎言与怯懦所扭曲的良知　赵　刚 / 285

洪君彦章含之政治语境下的非正常生活　丹　晨 / 297

"罪人日记"的见证　徐　贲 / 303

抄家的经历　晓　剑 / 319

我的大串联　徐友渔 / 327

逃　离　方凌燕 / 339

"愤青"的下场　刘　瑜 / 349

敌人的权利　刘　瑜 / 353

从"禁低俗"说到权力的边界　肖雪慧 / 357

为合理界定下的精英和民粹权利辩护　郭宇宽 / 364

知识分子是怎样吸食鸦片的——《知识分子的鸦片》
　读札　丁　帆 / 372

导言：我们这个时代的思想表达
——十年随笔挹滴（2001—2010）

王彬彬

一

要了解最近几十年中国的思想状况，决不能只注意那类高头讲章，决不能只注意那些学术论文和学术专著，数量众多的被认为是随笔的文章，也是不可忽视的。我甚至想说，随笔，实际上是当代中国思想表达的最重要的方式。

但要给随笔下一个明确的定义，却又是难的。随笔与论文的区别如何界定？随笔与通常所说的杂文又有何不同？随笔一般认为属于大散文之一种，但在人们心目中，它与通常意义上的散文还是有差别，但这差别又在哪里？——诸如此类的问题，都是不易说清道明的。多年前，一家面对中学生的刊物命我写一则短文，对随笔这种文体做出解释。我当时是这样写的：

> "随笔"这名称古已有之。《文心雕龙·总术》说："今之常言，有'文'有'笔'，以为无韵者'笔'也，有韵者'文'也。"所以，"笔"在古代指无韵文，它的范围极其广泛，包括韵文之外的所有文章和文字记载的东西。宋代以后，举凡见闻杂录、读书笔记、资料考证等等，都称作"随笔"。
>
> 在今天，"随笔"是"散文"之一种。顾名思义，"随笔"就是随兴而谈之"笔"。所以，"随笔"是一种相对自由的文体。作者借助"随笔"这种文体，可以比较不受拘束地发表对各种问题的看法。所谓

"不受拘束",指作者不一定要对所谈论的问题有十分周全的思考,不一定要在谈论对象时面面俱到。如果作者对问题的某一方面确有自己的感受和认识,就不妨以"随笔"的方式表达自己的感受和认识。但这又并不意味着"随笔"就享有以偏概全的"特权"。"随笔"可以只发表对问题的某一方面的见解,但却应避免把对某一侧面的看法上升到对整个问题的看法。换句话说,"随笔"可以专就白璧上的微瑕做文章,但却不应把微瑕放大到掩盖整块白璧的程度。

"随笔"当然也可以抒情。但与抒情相比,"随笔"更宜于说理。"随笔"通常用来表达作者对某一问题的理性思考。一篇好的"随笔",应该能为读者提供某种独特的思想,这思想可以不成系统,可以思及一点而不及其余,但却应该力求清新、深切。用习惯的说法,"思想性"是"随笔"的本质属性。好的"随笔"应该能益人神智,应该能给人以思想上的启发。

作为"散文"之一种,"随笔"对作者的学识有比较高的要求。"随笔"作者应该是一个勤于思考并善于思考的人,同时,又应该是一个尽可能具有广博学识的人,一个极可能具有学者素质的人。"随笔"作为一种思想者的文体,它要求作者不人云亦云,始终保持思想的独立性。但冥思苦想而束书不观,必然流于胡思乱想。所以,勤学而敏思,是写好"随笔"的前提。

作为一种文学体裁的"随笔",还应该具有起码的文学性。首先是"随笔"的语言应该是富有文学意味的。在结构上,也应该表现出一种"苦心经营"的"随便"。"随笔"要具有文学性,还应该不仅仅满足于说理,同时还应表现出一种"理趣"。

以上是我多年前对随笔这种文体的看法。我对随笔的基本看法仍然如此。随笔最突出的特性是思想表达的相对自由。这种自由首先是针对严谨规范的学术论文而言的。如果借用战争术语来说明学术论文、随笔和杂文的特性,那么,学术论文是阵地战,随笔是运动战,而杂文则不妨说是游击战。杂文某种意义上比随笔更自由，但却不能像随笔那样很充分地表达作者的所思所虑。随笔不必像论文那样瞻前顾后，却又能把想说的话说得很透彻。我这里并无在几种体裁之间褒此贬彼之意。我只是想说，在某种特定的时代，在某个特定的社会，随笔是一种特别适合表达思想的方式。某类思想，某种看法，某些方面的忧虑，当然也很适合政治学家、历史学家、社会学家、经济学家、国际问题专家等各种学者以学术论文甚至学术专著的方式加以表达。但是，在今天的中国，这些问题却又往往是"正宗"的学术论文难以问津的。在"正宗"的学术研究领域，这些问题往往是令人忌讳的。高等学校是学者云集的地方，大学教师是学术研究的基本力量。在量化管理成为高校基本管理方式的今天，尽可能多地在所谓"核心期刊"发表所谓学术论文，是大学教师的基本追求。既然以发表为终极追求，论文自然要尽可能选择那种"安全"的话题，而那种不够"安全"的问题，那类或多或少"犯忌"的问题，当然不会去碰了。至于今天的所谓科研项目，则更是常常与真问题不相容。是否争取到项目，是否争取到数量既多"层次"又高的项目，是高校评价教师的重要标准。不少学校甚至把项目作为考核、评审的死杠杠。没有争取到某种级别的项目，便不得升副教授；没有争取到更高级别的项目，便不得升教授和当博导。即便当上了博导也不意味着就可马放南山。连续几年没有再争取到某种级别的项目，就会被剥夺继续指导博士生的资格。大家都去争项目，而决定项目能否成立的首要标准，却又并不是学术性的。有某种凌驾于学术之上的铁则，在对申报者的课题进行首轮筛选。这就意味着，项目，在许多时候是回避真思想、真问题、真学问的。学术在项目化，而项目，却又往往是非学术化的。

本来，随笔作为一种表达思想的文体，与学术论文、学术专著和学术项目，没有必然的联系，相互不必有什么影响。但在今天的中国，由于学术论文、学术专著和学术项目被纳入某种既定的轨道，就在一定程度上促进了随笔的繁荣。换句话说，本来应该由学术论文、学术专著承担的一部分职能，现在由随笔来承担了。随笔发表、出版的空间，远比学术论文、专著要宽广，这是有目共睹的事实。有几种专门发表随笔的刊物，其包容度是任何一种学术刊物都难以比拟的。当然,并不只有这几家专门的随笔刊物上发表的文章才值得注意。我们常常在各种各样的报刊上,读到精彩的随笔文章;甚至那种很冷僻很没有影响的报刊,偶尔也会有文章让我们眼睛一亮。如果我说,这十多年来,在随笔中有着更多的真思想、真问题、真学问,不知是否会招来驳斥。

二

"文革"在中国,"'文革'学"在海外,这种状况已经存在许久了。在海外、境外,每年都有数量可观的关于中国"文革"的著作出版。有的是研究性的著作,有的是资料汇编,有的是"文革"亲历者的回忆录。而在中国大陆,"文革"在被许多人遗忘的同时,又在被一部分人怀念。不谈论,不研究,主流的学术界仿佛不知道曾有一场持续十年的"文革"时期,是"文革"被许多人遗忘的根本原因,而这也是"文革"被另一部分人怀念的原因之一。当然,不谈论、不研究这种说法并不准确。准确地说,对"文革"否定、批判性地谈论和研究,是十分困难的,而肯定和揄扬性地谈论、研究"文革"则绝无问题。实际上,上个世纪九十年代以来,美化"文革",成为一股不可忽视的潮流。"文革"中有平等,并且"文革"时期的平等才是真正意义上的平等;"文革"中有民主,并且"文革"时期的民主才是真正意义上的民主;"文革"中没有腐败,所以"文革"是反腐防腐的最好方式……凡此种种,不一而足。如果他们认为有必要,我毫不怀疑他们会理直气壮地说"文革"中有自由,并且"文革"时期的自由才是真正意义上的自由。他们可以用学术论文、学术专著的方式,表达他们对"文革"的歌颂,表达他们对毛泽东时代的赞美。他们从西方绕行到东方,从古代迂回到当代,千方百计地证明着"文革"的历史价值和现实意义。已故作家浩然,在"文革"中是大红人,所以他不同意把"文革"称为"十年浩劫"。但他毕竟同意称"文革"为"十年动乱"。而今天的一些学者,则连"动乱"这样的定性也不认可。他们甚至说,除了"文革"初期有些混乱,此后的七八年,是中国历史上最好的时期。浩然对"文革"的感情，虽然令我作呕，但他是"文革"时期的既得利益者，他对"文革"的感情还不难让人理解。而今天的那些用曲里拐弯的理论赞颂"文革"者，本身也是"文革"的经历者，在"文革"时期是已经懂事、记事的平民子弟。我更不相信他们赞颂"文革"的真诚。我不相信他们表达的真是一种学术观点。我不相信他们的常识缺乏到如此程度。他们缺乏的不是常识，是某种精神的底线。他们的不真诚，却吸引了一批真诚的信奉者。那些对"文革"毫无切身感受的年轻人，那些"文革"后才来到人世的人，读他们的著述，便对"文革"无限神往，以为那真是一个人人平等的美好时代。

对这些学者以学术的方式赞颂"文革"，别的学者难以也用同样的方式进行反驳。他们可以写一篇数万字的论文，一本数十万字的专著，列举"文革"的种种"好处"，再用那种时髦或不时髦的理论来解释这些"好处"，以此证明"文革"的"伟大成就"。但你却不能也以数万字的论文或数十万字的专著，列举"文革"的罪恶，并用不合时宜的理论解释这些罪恶，以此证明"文革"是大灾难、大悲剧。也即意味着，你不可能与他们打阵地战。人们常说当代中国学术文化界有两种思想派别之争。其实，这种派别之争如果真的存在，也绝对不是一种公平之争，这一"派"与那一"派"的话语空间，是差别极大的。这一"派"可以尽情地表达自己的观点，尽情地摆出支撑自己观点的证据，而另一"派"却并不能如此。另一"派"只能隐晦地、曲折地、十分注意分寸地表达异议，这一点，是关注这种争论者无论如何不能忽视的。这一点，也是未来的人们研究这一时期的学术史、思想史时不能不考虑的。

揭露"文革"罪恶，抗击对"文革"的美化，这一历史使命很大程度上由随笔来承担了。最近十来年，是随笔在坚持着对"文革"的回忆和控诉（小说等虚构性的文本另当别论）。1986年，巴金写了《"文革"博物馆》这篇随笔。巴金呼吁建立一座"文革"博物馆，并且认为对此"每个中国人都有责任"。巴金说："建立'文革'博物馆，这不是某一个人的事情。我们谁都有责任让子子孙孙、世世代代牢记十年惨痛的教训。'不让历史重演'，不应当只是一句空话。要使大家看得明明白白，记得清清楚楚，最好是建立一座'文革'博物馆，用具体的、实在的东西，用惊心动魄的真实情景，说明二十年前在中国这块土地上究竟发生了什么事情?!让大家看看它的全部过程。"巴金甚至天真地说："我只说了一句话，其他的我等着别人来说。我相信那许多在'文革'中受尽血与火磨炼的人是不会沉默的。各人有各人的经验。但是没有人会把'牛棚'描绘成'天堂'，把惨无人道的残杀当作'无产阶级的大革命'。大家的想法即使不一定相同，我们却有一个共同的决心：绝不让我们国家再发生一次'文革'，因为第二次的灾难，就会使我们民族彻底毁灭。"我之所以说巴金天真，是因为的确有不少在"文革"中"受尽血与火磨炼的人"，一直沉默着，直到告别这个世界。而也的确有人在把"牛棚"描绘成天堂，在赋予"惨无人道的残杀"以历史合理性。但这十来年间，也有一些随笔作者不忘巴金的呼吁。从维熙的《"古镜"新说》①就是对巴金的响应。《"古镜"新说》回忆了"反右"，回忆了"文革"。特别难能可贵的是，从维熙述说了自己"文革"中亲眼所见。1966年8月的最后几天，"皇城近郊"的大兴县一个公社，"也将三百多口地、富和地、富子女，一起屠杀。其中最大的80岁，最小的仅来到人世38天。笔者当时正在京郊的一个劳改农场改造，劳改干部中有一位叫王月娥的干部，其家庭就在这个公社，因其出身不好，就在那三两天内，一家七口人被杀戮了六口，全家只剩下她一个人了……"；从维熙无限悲哀地说："巴金老人早在上个世纪八十年代初期，就提出来建立文革博物馆的倡议，尽管从上到下都盛赞其言为'世纪良心'，但时至今日，只见各种博物馆拔地而起——包括民俗、昆曲、皮影等博物馆都兴建起来了；唯独不见纪录十年血色文革的博物馆问世——不要说问世，连'下雨'之前的'雷声'，也还没有听到。我们至今还对自照镜子如此畏惧，真是不知其心态是清是浊是黑是白，是爱国还是误国了！"巴金也许没有意识到自己的天真。但2005年的从维熙，一定知道自己这些话其实显得很天真。不因为这样的话显得天真就不说，这表现了可贵的执著。有时候，天真是抗击邪

---

① 从维熙：《"古镜"新说》，载《随笔》2005年第5期。

恶、戳穿遮蔽的最好方式。

晓剑《抄家的经历》[①]，以一种特别的方式提到了"文革"博物馆："有专家分析说，若把北海的淤泥清理一下，从里面筛出来的金银财宝不仅够支付清理费用，多出来的还够建一座'文革'博物馆。"这是因为，"文革"期间，抄家之风正盛时，北京那些家里有点金银财宝者，都趁夜深人静，将其扔进了北海。晓剑回忆的是自己参与的抄家。那时候，"红卫兵"是想抓谁就抓谁，想打谁就打谁，想抄谁就抄谁，想怎样抄就怎样抄的。打死了人，逼死了人，也就如同弄死一只蚂蚁。晓剑回忆道："我所在的人大附中曾经以一举抓获在海淀区声名显赫的流氓集团头目'四龙一凤'中的'凤'而名噪一时。现在细想起来，这个'凤'不过十七八岁，略有姿色，大概就是和龙们睡睡觉，绝没有吸毒、抢劫、拐卖妇女、欺行霸市、开发廊当鸡头之类的勾当，但被我们学校的红卫兵抓到后，一阵拳打脚踢，不知命中了哪个要害部位，便呜呼哀哉，尸体被扔在教学楼的楼梯下。当天夜里，还有一个父亲是挺有名的将军的高三男同学因着对异性的好奇，前去'研究'了一下她的身体构造，结果被当场擒住，若非他是响当当的'红五类'子女，肯定也会被当成小流氓给处理了。""红卫兵"打死人，决非稀奇事。晓剑说："几乎每天都有红卫兵手下的冤鬼被拉到八宝山去火化，至于有多少人在震惊世界的'红八月'中被打死，尚没有人进行统计，恐怕这也是个不太容易干的事。据当时八宝山火葬场的工人披露，最多时，一天有两卡车尸体拉进来。"有人不承认这是"浩劫"，那要怎样才算是"浩劫"呢？有人还在为"红卫兵"的行为辩护，那"红卫兵"要把事情做到怎样的程度，才能让你们不再为他们辩护呢？"文革"中"红卫兵"的打、砸、抢，绝对应当是历史学家研究的课题。"'红卫兵'言行研究"，是极好的学术项目和学术专著的名目吧，而且，这样的研究应当尽快做，应当趁当年的亲历者健在时广泛获取第一手资料。但这样的项目和专著，现在似乎不可能有。即便仅仅是"文革"中的抄家，也是应当有历史学家进

---

① 晓剑：《抄家的经历》，载《亲历历史》，中信出版社，2008年10月版。

行专门研究的，也是应当有学术专著来细加论述的。但这样的学术专著，不知何时才能出现。好在随笔留下了一点点见证。晓剑叙述了他们一伙人在北京西城区抄一对老夫妇家的过程。他们一进门，"迅速解下腰间的皮带，二话不说，照着那老头子就抡了过去"。"我记得很清楚，那个肤色很白的老头子一下子就摔倒在地，而且呜呜地哭了起来，而那个老太太则扑通跪了下去，连连磕头。""于是，我们开始了对老两口的刑讯逼供。刑是皮带、拳头、巴掌、木棍及脚伺候，讯是横眉立目、义正词严及歇斯底里、破口大骂……不论男孩子还是女孩子，每个人都必须动口还要动手，否则就是对阶级敌人心慈手软，就是革命立场不坚定，就是妄称革命后代，就是红卫兵的败类！"

晓剑《抄家的经历》是这样结尾的："不久，当我父亲被打成'走资派'，我母亲被打成'国民党中统特务'的时候，我们家也被抄了，面对着别人抄我的家，我无话可说。"这让我们想起黄翔写于"文革"时期的诗《野兽》："我是一只被追捕的野兽/我是一只刚捕获的野兽/我是被野兽践踏的野兽/我是践踏野兽的野兽"。在"文革"中，的确存在着迫害与被迫害集于一身的现象。今天践踏他人的人，明天被他人践踏；甚至上午摧残别人的人，下午即被别人摧残。这种情形不算罕见，但也不可夸大。应该说，更多的迫害、摧残者，并未受到迫害、摧残；而广大的被迫害、被摧残者，从未扮演过迫害者、摧残者的角色。晓剑《抄家的经历》写的是在北京抄他人家的情形，方凌燕的《逃离》①写的是在上海的家被抄的过程，而像方凌燕这样的受害者，是并无可能去伤害他人的。方凌燕的父亲"新中国成立前"是上海滩有一定名气的艺术家，在"鼎革"之际本有可能离沪赴港，但他选择了留下。日历翻到了1957年，许多这样的人厄运当头，作者的父亲也在劫难逃。母亲于是与父亲离婚。父亲于是自杀。在那个年代，知识分子像瘟疫一样让人恐惧。母亲像逃离瘟疫一样逃离了父亲，再嫁时选择了一个开关厂的工人。为了与那个已死去的知识分子彻底"撇清"，母

---

① 方凌燕：《逃离》，载《亲历历史》，中信出版社，2008年10月版。

亲让女儿改了姓,从继父姓。母女俩希望这样就算脱胎换骨了,这样就是一个货真价实的"工人家庭"了,这样就能在新的时代平安度日了。她们虽然心存侥幸,但她们毕竟经历过1957年的灾难,所以并没有低估这个时代的邪恶和凶残,或者说,她们并不敢低估自己身上的"原罪"。日历翻到了1966年。上海滩上已到处在抄家。其时作者在读高二,平时住校。一个星期天的傍晚,作者正准备返校时,母亲将"父亲遗留下来的最后一点东西"交给了她,让她"保管好"。这是一只"精细的描龙雕凤的金镯",是一件美好的艺术品,但已被母亲剪成两个狭长条。在"文革"期间,一切真正美好的东西,无论是精神的还是物质的,都难逃毁灭的命运,或者被他人毁灭,或者自我毁灭。母亲将金镯剪断,是自己先行"破四旧",也是为隐藏的方便。但此时的作者是一个读中学的少女,她能把这剪断的金镯藏到哪里呢?"母亲、外婆和我商量着,最后想出一个办法,由外婆临时缝一个卫生带,让我像例假来似的不离身地带着。"可以想见,以这样的方式隐藏这样一件东西,一旦被发现,那就罪加十等,死于愤怒的拳脚之下也完全有可能。"我就这样带着金镯在学校里念书。也许由于这学校位于郊外,没像市中心那么乱。虽然搞运动,当时也还上课……我心里慌慌的,下面沉沉的,虽然有布包缝着,但硬硬的镯边仍擦破了我腿部的两侧。每次上厕所,我又害怕又难受,心里直埋怨自己的生身父亲。""心里慌慌的,下面沉沉的"——对"文革"的控诉,其实不需要更多的文字,仅这十个字,就足够了。作者所受到的伤害,在"文革"期间当然并不算特别严重,惨绝人寰的事情还多着。但是,一个时代哪怕仅仅让一个无辜少女遭受如此的精神和肉体的痛苦,它也应该是被诅咒的。在对抄家的恐惧中,抄家终于成为现实。作者被勒令回家"参加革命":"我刚到东宝兴路四川北路口,就听到一阵惊天动地的口号声。紧走几步,循声看到我家楼下的食堂门口的街上,母亲正站在人群中高高的批斗台上!两个红卫兵按着母亲,她被剪得乱七八糟的头发上纠结着一只玉色的蝴蝶结,那是她年轻时穿的长丝袜;那细细的裤管被剪子捅成了两片随风飘荡的布片。她的颈上挂着一块木牌:'打倒右派家属资产阶级臭婆娘陈白珠!'"——这就是真实的

"文革"。可以这样给"文革"下定义:"文革"就是以"革命"的名义,扑灭人性中最善良、最光明的东西,同时释放人性中最邪恶、最阴暗的东西;"文革"就是以"革命"的名义,做着最下作、最卑鄙的事情。

三

"文革"的罪恶当然不仅体现在抄家上。1978年12月召开的中共十一届三中全会,做出了"彻底否定文化大革命"的决议。在此后的八十年代,人们常用"打、砸、抢"三个字来概括"文革"。这三个字当然很"传神",但却并不足以说明"文革"的全貌。"文革"的罪恶是全方位的,是以各种方式、从各个方面表现出来的。在这里,我特别想提到毕星星的《一个人的地震记忆——从唐山到汶川》①。唐山大地震时,作者是救灾部队的新闻报道人员,对这次的救灾自然有很大的发言权。他提醒我们,当唐山大地震发生时,"救人"并没有成为"救灾"的主要指向。让"救灾"为"文革"的政治服务,或者说,变大灾难为政治上的大好事,才是其时"救灾"的主旨。当时虽然也高喊"抓革命,促生产"的口号,但"革命"是首要的,"生产"是次要的。以"革命"促"生产"是"正确"的说法。如若将"生产"置于"革命"之前,那就在政治上犯了方向性错误。在唐山大地震发生后,救灾部队居然为"救人"是"革命"还是"生产"而困惑。如果"救人"只是"生产"而不是"革命",那将"救人"放在首位,就是以"生产"压"革命",就犯了严重的政治错误,救的人越多,错误便越严重。所谓"困惑"也只存在于少数较有头脑者的头脑中。在实际的"救灾"中,是将"救人"看作"生产"而非"革命"的,也即在"救人"之上还有一个高于一切的"革命"。不然"一分不差"的故事就不会传诵一时:"某部一排清理挖掘银行金库,地下共埋压现金91万515元零9分,在挖出大部分,只剩下5元钱、5分钱、3分钱、2分钱时,银行工作人员几次阻止,表示误差已经在可以允许的范围内,不要再费劲了。战士们表示:财经纪

---

① 毕星星:《一个人的地震记忆——从唐山到汶川》,载《随笔》,2008年第5期。

律允许有误差，我们为人民服务的思想，却不允许有一丝一毫的误差！他们摸着黑，打起手电，在砖缝里抠，在泥土里刨，终于找到了最后一枚糊满泥土的二分的钢镚儿。《解放军报》对此专门做了突出报道。"无数的生命在钢筋水泥下等待救援，以"救灾"为师出之名的部队，却为国家的二分硬币"挑灯夜战"。不难想象，在这些战士为寻找二分硬币而细细抠着砖缝、轻轻刨着泥土时，近在咫尺的地方，就有一个又一个的人在钢筋水泥下呻吟着。他们或许并没有听到这呻吟。但即便他们听到了，也会无动于衷。因为无动于衷才是正确的。如果有动于衷，如果因这呻吟而影响寻找那枚硬币，那就是思想上出了"问题"。当然也不难想象，当二分硬币终于找到时，当一整排战士为这二分硬币的"出土"而欢呼时，身边已有些人刚刚死去或正在死去。要说这些不找到二分硬币誓不罢休者完全无视人的生命，他们又分明是以"为人民服务"的名义如此行事的。那无数钢筋水泥下的男男女女、老老少少，不是"人民"，而那二分硬币却代表着"人民"，于此亦可见"人民"二字在"文革"中是怎样庄严神圣却又空洞无物了。这一排战士是为二分硬币而在手电照耀下抠遍砖缝、刨遍泥土。如果要寻找的是一枚一分的硬币，他们的劲头也丝毫不会减弱，甚至会热情更高、干劲更大、精神更亢奋。因为抠刨一分硬币，政治意义更大。"文革"期间，强调为国家和集体牺牲个人。个人的付出与国家和集体的利益之间的落差越大，该行为在政治上就越有价值。为救集体的一头牛牺牲生命，固然是英雄。为救集体的一只羊牺牲生命，则更是英雄。由此又可以这样为"文革"下定义："文革"就是国家和集体的一分钱，重于一条人命、十条人命、百条人命、千条人命……

毕星星的文章还说到云南昭通的地震。在唐山地震发生前，云南昭通发生了地震，当地报纸做出的是这样的报道："千条万条，用战无不胜的毛泽东思想武装灾区革命人民的头脑是第一条。地震发生后，省革命委员会派专车专人，星夜兼程把红色宝书《毛主席语录》、金光闪闪的毛主席画像送到了灾区群众手中。"以后的人们，不知会用怎样的语言形容"文革"的荒谬、昏乱与弱智。当然，如果今天的人们都闭口不谈"文革"，以后的人们会不知民族的历史上，曾有过这样的荒谬、昏乱与弱智。仅有随笔来回忆和反思"文革"是远远不够的。但在我也远远谈不上全面的阅读中，随笔从各个侧面控诉和反思了"文革"。"文革"是对人性的考验。在正常的生活状态中，人性的差异难以有明确的显现。而在"文革"这样的时代，高尚与卑鄙、善良与邪恶、勇敢与卑怯，都有了显现的机会。方凌燕的《逃离》，不仅写了抄家者的凶残，也写了在那样险恶的环境中，几个普通人的大善良与大勇敢。何满子的《四十年前那一年》①，回忆的是"文革"开始时的自身遭遇，同样写出了人性的巨大反差。陈丹晨的《洪君彦章含之政治语境下的非正常生活》②，也是特别值得一读的好文章。陈丹晨是著名文学评论家，与章含之的第一任丈夫洪君彦是高中时的同班同学，对洪、章的结识和婚变，都很有发言权。陈丹晨作此文，是以老同学、老朋友和知情者的身份仗义执言，为洪君彦鸣不平，当然也有着揭露"名媛"真相的用心。陈丹晨在叙述章氏行径时，有一个关键词：攀附。攀附，历来是人类中的一部分谋取名利、权势的手段。历代都有些人，是以夤缘攀附的方式，致身通显。章氏的攀附，可谓登峰造极，因为她真正达到了"攀龙"的境界。攀附者又往往是踩踏者，因为踩踏，往往是攀附的前提。而攀附者所踩踏的，有时又正是先前所攀附的。当更高的目标出现时，先前所攀附的东西，于是成为垫脚石。事物的高低，是依时势而变的。始而攀附继而踩踏的东西，如果又高起来了，不妨立即再攀附之。章氏攀附与踩踏的两手，在与洪君彦的关系中表现得很充分，在与章士钊的关系中表现得则更典型。人世间有各种各样的低贱与无耻。陈丹晨的文章，让我们看到了低贱怎样以高贵的面目出现，无耻如何以雅淑的姿态登场。

　　随笔似乎是一种特别适合于表达历史反思的方式。这里的历史，既可以是国家民族的历史，也可以是个人的历史。而国家民族的历史，与个人的历史，又往往是纠结着难解难分的。十多年来，随笔的历史反思，当然不

---

① 何满子：《四十年前那一年》，载《随笔》，2006年第2期。
② 陈丹晨：《洪君彦章含之政治语境下的非正常生活》，载《炎黄春秋》，2008年第9期。

只指向"文革"。"文革"前17年间的荒谬与邪恶，也是一些随笔反思的对象。更有作者将反思的目光投向遥远的古代。随笔对历史的反思，往往表达的又是作者在现实中的感受。上世纪九十年代以来，思想文化界时有浊流、逆流出现。电影电视姑且不论了。就是在所谓言论界、学术界，那种昏乱、低能、弱智的说法，也时有所见。一些与现代社会格格不入的东西受吹捧，一些明显与人类的普世价值冰炭难容的东西，被歌颂。赞美秦始皇，便是一种突出的现象。有人用电影的方式赞美，有人用学术的方式赞美，有人则用小说的方式赞美。首先是随笔抗击了这种讴歌暴君、称颂专制的行为。针对张艺谋歌颂秦始皇的电影《英雄》，潘旭澜先生发表了《什么〈英雄〉》[①]，表示了强烈的愤慨。潘先生以学者的笔触，揭露了秦始皇的残暴，更强调了秦始皇对后来历史进程的恶劣影响。

　　随笔对历史的反思，总是作者在现实中受到某种刺激的反应。传统文化中肮脏、邪恶的一面，90年代以来，在现实的许多方面都有程度不同的表现，而电视剧在弘扬肮脏、邪恶的传统文化中，可谓用力最多、作用最大。在今日中国，所谓电视连续剧，是特别无聊的东西之一。那种古装戏，更是不遗余力地歌颂着那些与自由、民主、人权等现代价值观念格格不入的东西。针对古装电视剧，有一批随笔文章做出了尖锐的批判，同时也表达了对历史的反思。董健的《流行影视剧对民主精神的颠覆》[②]，指出当代影视剧中存在着严重的"反启蒙，反现代"的倾向。传统的中国人，头脑中有着根深蒂固的臣民意识。至于现代公民意识，则是中国的传统文化中绝对没有的。要建立一个民主的、法治的现代社会，让现代公民意识取代每个人头脑中的臣民意识，便是一种前提条件。但我们的古装电视剧，却在日复一日巩固着、强化着人们头脑中的臣民意识。巩固、强化着臣民意识的，当然不仅是古装戏，董健指出，那些现代的"清官戏"，也同样没有表现出民主与法治的力量，或者，也没有表现出对民主与法治的渴望与呼

---

① 潘旭澜：《什么〈英雄〉》，载《上海文学》，2003年第7期。
② 董健：《流行影视剧对民主精神的颠覆》，载《深圳特区报》，2003年9月15日。

唤，所以也仍然是在认可、加强传统的臣民意识，因为对所谓"清官"的渴望与呼唤，恰是臣民意识的典型表现。最近二十年来，古装电视剧也好，以现代官场和商场为题材的电视剧也好，都往往对权谋大肆渲染，以惊心动魄的权谋来吸引观众。就如臭鱼烂虾总能吸引苍蝇，屏幕上的权谋，也的确特别让中国的观众兴奋。所谓权谋文化，是中国传统文化中一个突出的部分。这也是传统文化中特别肮脏、邪恶的部分。王绍培的《权谋文化的历史土壤》①就是针对权谋文化大热的现象而作。正如有的学者指出的，中国的权谋文化极其发达，极其源远流长，以至于历代中国人都普遍有着深厚的权谋心理，甚至代代遗传着一种权谋人格。电视连续剧，还有许多大众出版物之所以能以权谋文化吸引观众和读者，就因为广大观众和读者本有着权谋心理和权谋人格。观众身上固有的权谋心理和权谋人格，使得他们对屏幕上和出版物中的权谋产生浓厚的兴趣，正如苍蝇的嗜臭习性使得它们对一切臭物都产生兴奋。广大观众和读者身上固有的权谋心理和权谋人格，本是应该尽快清除、摧毁的对象。因为权谋心理与权谋人格与现代公民社会是薰莸不可同器的。只要"笑里藏刀"、"皮笑肉不笑"仍是一种普遍的表情，只要"见人只说三分话，未可全抛一片心"仍是一种普遍的信条，只要"当面说好话，背后下毒手"仍是一种普遍的现象，只要所谓的规章制度仍是"写在纸上，挂在嘴上，贴在墙上，一阵风吹在地上，却从未落实在行动上"，真正民主与法治的社会就仍然遥遥无期。观众之所以对屏幕上和出版物中的权谋感兴趣，就因为屏幕和出版物中的权谋迎合了、刺激了他们身上固有的权谋心理和权谋人格。他们怀着固有的权谋心理和权谋人格欣赏着屏幕上和出版物中的权谋，嘴巴张开着，眼睛放光。他们感到了巨大的精神享受，就在这享受中，身上的权谋心理和权谋人格渐渐在强化着。这样的观众和读者普遍存在一天，所谓"潜规则"便仍然主宰社会。

权谋当然也是一种智慧。但权谋是一种邪恶的智慧。王绍培在《权谋文化的历史土壤》中指出，在权谋文化发达的社会，人人都显得很"聪

---

① 王绍培：《权谋文化的历史土壤》，载《深圳特区报》，2003年7月28日。

明"。但是，当人人都具有这样一种邪恶的"聪明"时，社会却必然是低效的。因为这样的社会，人与人"彼此防范，无法建立信任，也无法合作"。权谋文化发达的社会，必然是做任何事情成本都很高的社会。同时，权谋文化发达的社会，也一定是政治道德低下的社会。在权谋文化发达的社会，政治领域，或者用通俗的话说，"官场"，是权谋最集中、最活跃的地方，因而也就成为最黑暗、最险恶的所在。

四

随笔在反思历史时，思想锋芒总是指向现实的。与中国的现实关联着的，不仅有中国古代的历史，也有外国的历史。十多年来，一部分随笔作者执著地向当代中国人述说着斯大林时期的苏联和希特勒时期的德国的事情，往往发人深省。我这里把斯大林与希特勒相提并论，并非没有根据。实际上，在苏德战争爆发前，斯大林与希特勒之间、苏联与德国之间，有着千丝万缕的联系，不妨说是携手合作的伙伴。斯大林在苏联执掌最高权力在前，希特勒在德国登上权力峰巅在后。在一定的意义上，希特勒是斯大林的仿效者。

1937年奔赴延安的"老革命"、"老干部"曾彦修，"文革"后的几十年间，发表了众多关于苏联的文章，对于人们了解苏联和认识斯大林，起了明显的作用。例如，《九分军事一分民》[①]，指出在苏联时期，"工业生产投资的军用与民用之比"竟是九比一，也即意味着，在整个苏共执政时期，百分之九十的财力用于发展军事，只有百分之十的财力用于民生。而这，才是苏共终于垮台的最根本原因。在冷战时期，苏美是所谓的两个超级大国，左右着整个世界的政治格局。但实际上，苏联仅仅在军事上能与美国相抗衡，其他任何方面都不可同日而语。以广大人民的饥寒交迫为代价发展军事，让国家一时间成为军事强国，当年的秦始皇就是这么干的。到了20世纪，斯大林这么干，希特勒这么干。如今，这样干的国家也还有吧，

---

① 曾彦修：《九分军事一分民》，载《杂文月刊》，2002年第2期。

但或迟或早，必定要崩溃。正如曾彦修所说："不忧民之忧者，民亦不忧其忧。"学者肖雪慧亦长期坚持以随笔的方式表达自己的思考，其文章篇篇精彩，《殉难的华沙　狂欢的巴黎——六十年前两场反抗纳粹暴政的人民起义》①，则从一个特定的角度，将二战期间的苏联和英美做了对比。1944年8月，盟军已在诺曼底成功登陆，欧洲的战局大势已定，希特勒的败亡指日可待。在这样的时候，那些仍被德军占领的城市，例如华沙、例如巴黎，最好的选择是静静等着盟军的到来，如若当地抵抗组织发动人民举行起义，反而会付出不必要的惨重牺牲。因为这样的时候，已成困兽的德军，必然会疯狂镇压。但已将大军开到华沙边上的苏联，却极力煽动、要求华沙地下抵抗组织举行暴动，加快解放的进程。苏联并且承诺对起义提供军事援助。在这种情况下，华沙百万人起而暴动，几天内控制了大半个华沙城。但华沙居民毕竟不是德国正规军的对手，他们请求苏军援助。此时苏军如果介入，华沙城便可真正解放。令华沙人民没有想到的是，此前一直敦促他们起义的苏联电台默不作声了。至于苏联军队，本来在起义前已经开始了对华沙德军的空袭和进攻，现在不但停止了，反而往后撤了一段路程。这样，华沙人民便面临惨酷的大屠杀。获悉此情的丘吉尔和罗斯福，屡次致电斯大林，敦促斯大林立即采取救援行动，斯大林置若罔闻。丘吉尔和罗斯福只好打算让英美空军从十分遥远的地方飞临华沙，向起义人民空投武器和食品。但英美空军空投后必须立即加油。丘吉尔和罗斯福亲自请求斯大林同意英美空军在苏联加油，仍然遭到断然拒绝。于是，华沙人民忍着饥饿，几乎是徒手与德军搏斗，每天都有大批人死于德军从地面和空中的屠杀。华沙人民历来便有反抗侵略的传统。他们就这样坚持了两个月。10月2日，残存的起义者向德军投降。三个半月后的1945年1月17日，苏联军队以"解放者"的姿态进入华沙。原占领华沙的德军固然已被击溃，原华沙居民，尤其是那部分青壮勇敢者，也都在起义中牺牲。华沙几乎成

---

① 肖雪慧：《殉难的华沙　狂欢的巴黎——六十年前两场反抗纳粹暴政的人民起义》，载《书屋》，2004年第4期。

了一座空城。这正是斯大林苦心谋求的结果。占领华沙和整个波兰，是斯大林梦寐以求的。德军占领华沙期间，华沙一直活跃着地下抵抗力量。英勇的华沙人民，不甘于当德国占领者的奴隶，誓死要将侵略者赶出家园。苏联军队开进华沙，实际上是取德军而代之。对于华沙人民来说，是德国侵略者换成了苏联侵略者。在某些方面，苏联占领者或许连德国占领者都不如。这一点，斯大林十分清楚。这也就意味着，苏军占领华沙后，同样会遭到华沙人民的抵制、反抗，同样会有无穷无尽的麻烦。而唆使、动员、要求华沙人民起义、暴动，目的就是要借刀杀人，即借德军之手清除华沙的抵抗力量，当然，也一定有让德军和华沙人民两败俱伤之意。华沙人民的起义，一定程度上削弱了德军的力量，这使得苏军"解放"华沙时要容易些，要少付出代价。而德军消灭了华沙人民的抵抗力量，这就更帮了苏军的大忙，使得苏军战后对波兰的占领要容易许多。

德军占领巴黎后，巴黎也同样有地下抵抗组织在活动。1944年8月15日，美军在法国南部里维埃拉登陆。巴黎地下抵抗组织和广大市民激动不已，也对起义跃跃欲试。但盟军总司令艾森豪威尔一再告诫巴黎地下抵抗组织，切勿轻举妄动，扰乱盟军的整个作战计划，巴黎人民只需隐藏好自己，等着盟军的到来。这样的告诫终于没有发挥作用。急不可耐的巴黎人民在法国共产党的策动下，终于也暴动了。法共喊出了"巴黎值得死20万人"的口号。法共之所以如此积极地策动起义，是想扮演起义领导者的角色，一旦起义成功，自身也就成了巴黎的占领者和主宰者。但巴黎人民陷入华沙人民同样的困境。灭顶之灾即将发生。戴高乐亲自向艾森豪威尔求救，请求盟军向巴黎开进。法共也急忙向巴顿求援。一开始都遭到拒绝。因为这意味着盟军在欧洲的作战计划发生重大改变。这事情太重大了。求救者没有死心。求救在继续。终于，艾森豪威尔心软了。8月22日，艾森豪威尔决定改变作战计划，提前解放巴黎。巴黎是世界名城。没有人愿意扮演巴黎毁灭者的角色，即便是以"解放"的名义造成巴黎的毁灭，也会成为历史罪人，这样，解救巴黎人民的盟军，便不能对巴黎空中轰炸，也不能对巴黎进行地面炮击。盟军几支地面部队冒雨前进，夜不停息，于24

日在巴黎会合。巴黎解放了。巴黎起义者和广大市民终于避免了与华沙人民同样的命运。

肖雪慧的文章耐人寻味。蓝英年的《"向帕夫利克看齐!"》① 则让人悲不自胜。帕夫利克是苏联时期著名的小英雄,其在苏联的知名度,甚至远远超过刘胡兰在中国的知名度。帕夫利克在12岁时,向克格勃前身的苏联政治保卫局告发自己的父亲,说父亲"是苏维埃政权的敌人"。父亲于是进了劳改营。后来,帕夫利克被人杀害。这个孩子的死,被认为是苏维埃敌人所为。这样,他的告发行为就更有了一层悲壮的色彩。在斯大林的策划下,帕夫利克成了小小的大英雄,其事迹进入学校教材,宣传他的文章、书籍铺天盖地。苏联的孩子们,都被要求向帕夫利克学习,成为父母的监视者。告密,在苏联成为最光彩的事情。告发父母、兄弟、配偶,就分外光荣了。这样,有孩子的人,自己的孩子就成了最须防范的人。蓝英年议论道:"把帕夫利克制造成告密英雄完全是斯大林的计谋。告密行为从儿童培养起,他们长大成人后,告密便成为一种自觉的行动。为个人利益诬告他人是一种卑鄙的行为,在哪个社会都为正派人所不齿。人应当保持独立人格,有正义感、荣誉感、同情心,懂得尊重隐私权。但在斯大林执政时期,这些道德观连一点影儿都没有。布尔什维克政权把人类这些高尚品德统统归入资产阶级道德或封建社会道德的范畴。"古代中国的秦始皇,20世纪苏联的斯大林和德国的希特勒,还有一些其他国家的与他们类似的人,在精神上有一个共通之处,即毫无道德底线,敢于蔑视人类已有的最基本的伦理准则,为了达到目的没有不可以做的事。他们能成为一代枭雄,并非仅因为他们有过人的才华、能力,更是因为他们敢于突破常人不可能突破的道德底线。

如果说蓝英年的文章写的是斯大林时代的苏联孩子,那赵刚《穿制服的思想——被谎言与怯懦所扭曲的良知》② 则写了希特勒时期的德国孩子。

---

① 蓝英年:《"向帕夫利克看齐!"》,载《随笔》,2005年第5期。
② 赵刚:《穿制服的思想——被谎言与怯懦所扭曲的良知》,载《随笔》,2008年第6期。

在二战后期，德国兵源已严重不足，于是 16 岁的孩子也被动员参军。无数这样的孩子，还没有活到"第一次刮胡子的年龄"，就"英勇"地死在战场上。他们确实是英勇的，因为他们都被成功地洗脑，他们满怀着对"元首"的崇拜，"慷慨赴死"。斯大林时代的苏联孩子，与希特勒时代的德国孩子，在精神上是相通的。他们还让我想到二战后期的日本孩子，还让我想到别的国家特定时代的孩子们。赵刚说到了希特勒的宣传术。希特勒是十分重视宣传，也极其善于宣传的。希特勒时代的孩子之所以对"元首"无限崇拜，随时愿意为"元首"肝脑涂地，并且以此为最大幸福，就是因为希特勒通过极其高明的宣传，彻底控制了他们的精神。实际上，像希特勒这一类的人，首先是卓越的心理学家，在对群众心理的把握、理解上，有着超人的敏锐。所有的邪教教主，也都具有这种能力。赵刚还说到希特勒特别重视用"美"的方式俘虏人们的心灵。"法西斯用各种美好的形式和活动，把一个充满邪恶和仇恨的纳粹主义包装起来。"在希特勒时期，德国有一批文学艺术家，以小说、诗歌、电影、戏剧、歌曲、舞蹈、绘画、雕塑等方式，为纳粹服务。说到这些，自然让我们想到希特勒时期德国的著名女导演瑞芬斯塔尔。而筱敏的随笔《诚实与否，这是一个问题》[①]，评说的就是瑞芬斯塔尔的事情。作为电影导演，瑞芬斯塔尔当然是极具才华的。在希特勒时代，她以两部纪录片而达到自己艺术生涯的顶峰。一部是《意志的胜利》，这是为 1934 年纽伦堡纳粹党大会而拍摄的；另一部是《奥林匹克》，这是为 1936 年柏林奥运会而拍摄的。"两部影片都是以其特异的艺术效果令人震撼，在电影史上堪称无与伦比。"瑞芬斯塔尔的电影，有着直逼人心的"美"，纳粹的精神、意识，以强大的"美"的方式征服着观众、特别是青年人的心灵。用一种通俗的说法，瑞芬斯塔尔的电影，用极其壮美的形式表达着极其邪恶的内容。当人们要说明"真"、"善"、"美"并不必定统一时，总喜欢用瑞芬斯塔尔的电影做例证。由于瑞芬斯塔尔有着无可替代的宣传作用，由于她对纳粹德国"杰出"的贡献，她成为希特勒的宠

---

① 筱敏：《诚实与否，这是一个问题》，载《随笔》，2004 年第 2 期。

儿。希特勒多次接见瑞芬斯塔尔，赐给她美丽的花园、豪华的住所和极其优越的工作条件，更让其执掌艺术管理的大权，让她带领其他艺术家一起为纳粹效劳。瑞芬斯塔尔活得很长。活到了 21 世纪。但在纳粹垮台后的近六十年间，瑞芬斯塔尔从未有过真正的反思、忏悔，从不肯承认自己的罪错。她以不懂政治只忘情于艺术为自己辩解。她说自己并不知道希特勒的政治行径，并不存在主动配合的问题。她仍然为当初的辉煌而自豪。这当然不能让人信服和原谅。瑞芬斯塔尔的表现也具有普遍性。在中国，"文革"期间那些为江青之流效劳的文学艺术家、那些"文革"中得宠的专家学者，"文革"后不也是如此表现的吗？例如浩然，例如余秋雨。对于他们，诚实与否，的确是一个问题。

最近几十年，有几位从大陆到英美生活和工作的学者，在国内发表了大量随笔，颇有影响。这几人是林达、徐贲、刘瑜。先说在美国的徐贲。徐贲的随笔，学术意味浓，反思意味也浓。中国的"文革"、纳粹德国、苏联时期，通常是他取材的领域。徐贲近年在大陆结集出版的随笔集《人以什么理由来记忆？》、《通往尊严的公共生活》、《在傻子和英雄之间：群众社会的两张面孔》等，都很受欢迎。徐贲的随笔，每每给人以启发。例如，《"罪人日记"的见证》[①]，写的是纳粹时期德国犹太人的苦难以及非犹太人对犹太人的种种不同态度。文中写道："克莱普勒深深忧虑纳粹语言对普通德国人思维方式的影响。他看到，希特勒、戈培尔和纳粹其他领导人所使用的语言并不仅仅是呈现在意识层次上的词汇、概念和说法，而且更是一种在下意识层次诱导和左右普通人思维的毒质话语。这种帝国语言像是很小剂量的砒霜，在不知不觉中毒杀人自发独立的思想能力。例如，纳粹语言在提到人的时候，用的总是没有个人面孔的集体称呼，'犹太人'、'德国人'、'敌人'……这种语言总是将它排斥的人群非人化……这种语言总有一种根深蒂固的狂热，总是使用最高的极端形式……"，"纳粹语言对德国

[①] 徐贲：《"罪人日记"的见证》，载作者《人以什么理由来记忆？》，吉林出版集团，2008 年 10 月版。

人思想的毒害不只是存在于一些官方文章、口号、演说和海报的词语之中",它更是渗透并潜伏在所有接触过这种语言的人,包括那些反对纳粹意识形态的人们脑中。徐贲意在让我们想到"文革"时期的语言。诸如"人民群众"、"阶级敌人"、"当一颗螺丝钉"、"牛鬼蛇神"、"要扫除一切害人虫,全无敌"等等,与纳粹语言可谓同条共贯、若合符节。"文革"后,中国其实需要有一场语言上的反思运动。没有对"文革语言"的反思,对"文革"的反思就不能说真正到位。

对纳粹德国、对苏联,略知一二者,在中国还有一些,但知道"红色高棉"、知道波尔布特者,则相对少些。由于这种原因,我愿意特别推荐燕妮的《穿越历史的悲怆——吴哥、红色高棉及其他》①。燕妮述说了波尔布特的"红色高棉"统治时期,柬埔寨比地狱更凄惨的情景。消灭城市、消灭知识分子、消灭工商业、消灭家庭、消灭私有制,是"红色高棉"的政治口号。波尔布特曾经将金边全部两百万居民统统驱赶到乡村,数十万人死于这场大迁徙。波尔布特执政的四年,大屠杀是一种日常的行为。他把人分为"新人"和"旧人"两种。而所有的"旧人"都必须消灭。"对新政权不满者、地富反坏、不愿自动离开金边者,一律格杀勿论。接着是清理阶级队伍,有产者、业主、资产阶级知识分子、教师、医生及其他专业人士都不是无产阶级,属于清理之列,连戴眼镜的人也不放过。然后是种族和宗教迫害,会说外语也是死罪。禁止所有的宗教信仰,关闭或摧毁所有的教堂和庙宇,佛教徒被迫还俗,回教徒被强迫吃猪肉。除了整肃党内异己,普通百姓以越南、苏联间谍,美国特务等罪名遭疯狂屠杀,大多数遇难者全家都被斩尽杀绝。""S-12杀戮场,主要用来审讯、拷打和处决党内敌人。据估计,仅在这个中心一处,就处决了两万人。上个世纪80年代初,在S-12发掘出近9000具尸体。还有许多死人坑尚待挖掘。这些人死得极其恐怖,红色高棉为节省子弹,杀人多用棍棒重击或以斧头砍杀,许多陈列的头盖骨上,还有被斧头砍出的裂痕。"……对波尔布特,真用得着

---

① 燕妮:《穿越历史的悲悯——吴哥、红色高棉及其他》,载《长城》,2004年第10期。

这句老话:"罄南山之竹,书罪未穷;决东海之波,流恶难尽。"

波尔布特与斯大林、希特勒,原本属于同一精神谱系。

五

前面说到了在美国生活的林达。上世纪九十年代以来,林达在大陆发表了大量随笔,结集有《历史深处的忧患》、《总统是靠不住的》、《我也有一个梦想》、《扫起落叶好过冬》、《如彗星划过夜空》、《带一本书去巴黎》、《在边缘看世界》等多种。林达的文章,行文清新流畅,说理明晰透彻。介绍美国的自由理念、民主理念、法治理念,介绍美国人对生老病死的态度,介绍美国人在日常生活中的思维方式和处世之道,是林达随笔的重要内容。不难看出,让普世价值在中国深入人心,是林达写作的重要动力。通过对具体故事的讲述来说明那种具有普世意义的道理,是林达随笔写作的基本方式。林达讲述的故事,在美国或许很寻常,但对中国人却总那样奇异。林达说明的道理,在美国或许很普通,但对中国人却总那样新颖。完全可以说,林达的文章,大有益于中国人生活得更健康更合理。例如,《阿米绪的故事》[①],就颇为益人神智。在美国,生活着一个叫做阿米绪的族群。阿米绪人产生于16世纪欧洲的宗教改革,他们被称为"再洗礼派"。他们一诞生就遭到残酷的迫害,于是漂洋过海到了美国。他们的宗教信念使得他们完全拒绝现代生活方式:"也许,他们的上空就是高压线,他们的邻居就是家用电器样样俱全,但是他们不用电。所以,也没有电灯、电视、电冰箱、收音机和微波炉。阿米绪不用汽车,他们是农夫,却拒绝使用拖拉机和任何新式机械……阿米绪则用马拉犁耕地,驾着单驾马车外出。我们看到,在兰开斯特的乡间公路上,哒哒疾驶的阿米绪马车后面,常常跟着几辆耐心的邻居们的汽车。"把阿米绪人称为"族群",其实并不很合适,因为他们并不聚族而居,而是分散地生活在那些生活高度现代化的美国人中间。这样,冲突就难以避免。发生冲突的,并不仅仅是两种生活方式,阿

---

① 林达:《阿米绪的故事》,载作者《在边缘看世界》,云南人民出版社,2001年7月版。

米绪人的宗教信念和人生理念,与美国的法律也多有冲突。在美国,阿米绪人绝对是少数。同时,谦卑是阿米绪人基本的特性,而绝对的非暴力是阿米绪人的宗教信念之一。美国的主流社会如果无视这少数人的生活方式、精神取向,强行要求他们与绝大多数人保持一致,阿米绪人会无法在美国生存。如何对待这绝对不会武力反抗的少数人,对美国主流社会是一种考验,对美国的政府更是一种考验。美国的主流社会容忍了阿米绪人似乎极其不可思议的生活方式,平静地接受了阿米绪人给自己带来的种种麻烦、不便。当阿米绪人的马车在自己汽车的前面悠然缓慢地走着时,自己也让汽车以马车的速度跟随着。当然不仅是汽车有时要跟着马车。与阿米绪人比邻而居,需要迁就、忍耐的地方还有很多。就在美国主流社会对阿米绪人的种种迁就、忍耐中,"文明"在闪光。

迁就、忍耐的不只是美国主流民众,美国政府也在许多问题上对阿米绪人原则性地让步。按照美国法律,公民有服兵役的义务。而绝对非暴力的阿米绪人,是绝对拒绝服兵役的。如果不当兵就得死,他们毫不犹豫地选择死。于是,美国的兵役法对阿米绪人网开一面,免除了他们的兵役。美国的某些税收,是与阿米绪人的生活理念相违背的,阿米绪人拒绝交纳,美国的税务法律也就只好认可。在高度法治的美国,让法律如此妥协,是十分不容易的。林达意在告诉我们,一个国家、一个社会,怎样对待少数人,将少数人的权利置于何种位置,是检验这个国家、这个社会文明程度的一种标准。

刘瑜近些年发表了大量随笔,结集为《民主的细节》一书中的文章,有着突出的公共价值。关于民主,人们进行了许多抽象的理论探讨。这种探讨当然很有必要,也应该继续进行。但是,对于并没有民主传统的国家和民族中的人民来说,通过抽象的理论,便只能对民主达到一种抽象的理解。但对民主仅仅有一种抽象层面的理解是不够的。刘瑜的《民主的细节》,让我们深切地感到:民主是一种政治制度,但更是一种生活方式;在一个真正民主的国家,社会生活的细枝末节中,都有民主在闪光。如果说抽象的民主理论,只能让我们对民主产生一种粗略的理解,那么,刘瑜的

《民主的细节》，则让我们对民主的理解走向精细。这种精细的表现之一，便是让我们明白：民主并不意味着"完美"和"至善"；"民主"是一种"众害相权"取其轻的选择。用书中所引用的丘吉尔的话来表述，那就是：民主是最差的一种政治制度，除了所有那些其他被实验过的政治制度之外。

直面当今中国现实的随笔，也时见精彩之作。在这方面，我愿意认真地推荐孙立平的《守卫社会生活的底线》①。孙立平文章指出，人类的社会生活，应有着某种"底线"。这种"底线"比通常意义上的道德模糊，却比通常意义上的道德更为坚固，更具有永恒性，更不随时代变化而变化。这是一种"类似于禁忌的基础生活秩序"。在正常的社会里，这种"底线"顽强而无声地存在着，它总是在人们并不意识到其存在的情况下制约着人们的行为，或者说，它往往以一种潜意识的方式左右着人。比如，不能打骂父母，就是一种比通常意义上的道德更具有强制性的"禁忌"。在任何时代，践踏"底线"，突破"禁忌"的人都是有的，但总是极少数。对于这种人，人们会用"伤天害理"、"丧尽天良"这样的词语来谴责。而"天理"、"天良"，就比一般意义上的道德准则更具有不容侵犯的特性。孙立平指出，今日中国频频发生的一些现象，不能仅仅看作是一般意义上的道德伦理问题，实际上意味着社会生活的"底线"在崩溃。这种崩溃的消息甚至常常是以"正面"的方式透露出来。例如，某地教育局颁布的"教师准则"中有"中小学教师严禁奸污猥亵女生"这样的条款。在任何社会，中小学教师奸污猥亵女学生的事情都可能极个别地发生，但针对此类行为而特意颁布禁令，则意味此种"伤天害理"的行为已具有某种普遍性。例如，某地建设局用"红头文件"规定"不得用公款打麻将"，几乎所有医院都规定"严禁销售假药、严禁向患者索要红包"。更让人悲哀的是，国家海关总署颁布的五条禁令中，居然有"国家海关人员不得庇护走私"一条……当一个国家的各级行政单位和职能部门，不得不用"禁令"的方式来试图守护那些社会生活的"底线"时，就说明这种"底线"在严重崩溃。中小学教

---

① 孙立平：《守卫社会生活的底线》，载《经济观察报》，2006年3月27日。

师不能奸污猥亵女生，医生不能卖假药，海关人员不能与走私者狼狈为奸，公安人员不能与黑社会沆瀣一气，这些都是毋须明言的道理，是那种禁忌般的约束，是一种"绝对命令"。换言之，这些本不应成为一个"问题"，而如今，这些都成了"问题"。孙立平指出了社会生活"底线"崩溃的三种原因：强弱失衡的社会结构，维护社会公平和正义机制的丧失，实用主义的价值观。这当然都有道理。但我以为，这种禁忌般的"底线"，这种天理、天良，其崩溃的原因应该追溯到改革开放之前。"文化大革命"之前，此种崩溃已经发生，"文革"则是摧毁这种"底线"，破除这种天理、天良的最根本原因。这些禁忌，这类天理、天良，"文革"中常常是被作为"四旧"而破除的。那时候，有一句响亮的口号："彻底的唯物主义者是无所畏惧的！"无所畏惧的人，当然是没有任何禁忌、没有"底线"的，也是根本无视天理、天良的。学生打死老师、子女与父母划清界限、夫妻之间相互告发、年轻人打骂老年人、随随便便就能把人打死，诸如此类的行为，无疑都是伤天害理、丧尽天良的，都意味着禁忌和"底线"的崩溃。可以说，社会生活的"底线"，是在"文革"中被人们以"革命"的名义，以"大无畏"的精神气魄所突破和摧毁的。孙立平说得对，社会生活的"底线"，或者说，这种模糊而坚固的天理、天良，是良好的制度发生作用的基础和前提。如果这基础和前提崩溃了，再好的制度也形同虚设。要重建这种"底线"，要在人们的意识和潜意识里恢复这些禁忌，复活这些天理、天良，是极其艰难的，恐怕要好几代的时间。

学者秦晖也常常以随笔的方式，针对现实发言。秦晖曾说过一句很精辟的话："有真问题才有真学问。"秦晖的学术著作固然都是对真问题的研究，而他的随笔文章，也总是对真问题的深切思考。例如，《"死在家里"还是"死在医院"——我们时代的"后现代问题"》[①]，就表现了面对中国现实时的清醒和良知。在传统社会，人们通常是在家中告别人世。死在家

---

① 秦晖：《"死在家里"还是"死在医院"——我们时代的"后现代问题"》，载《东方文化》，2003 年第 1 期。

中的床上，才算寿终正寝。死在外面，则是死于非命，连祖坟都进不了。而现代社会与传统社会的区别之一，就是人们越来越多地死在医院。一个社会有多少人在医院里，在医护人员的陪伴下死去，是判断这个社会现代化程度的标准之一。在发达国家，绝大多数人是死在医院的。在中国，死在医院的人也渐渐多起来。然而，死在医院刚刚成为一种现象，就有人煞有介事地怀念"死在家里"了，就有人对死在医院这种"现代性的弊端"表示忧虑、做出批判了。这种"田园诗"式的矫情似乎有些激怒了秦晖。秦晖严正地指出，对于今天广大的中国人来说，缺医少药是基本的事实，欲死在医院而不可得的人远远多于能够死在医院的人。看病难、住院难，是绝大多数中国人的真切感受。在这样的情况下，赞美"死在家里"，非议"死在医院"，不是头脑出了问题，就是良心出了问题。秦晖愤慨地说："任何有良知并且有常识的人都不会认为，大批农民与城市贫民缺医少药地'死在家里'就是对'死在医院'这种'现代性弊端'的一种超越。正如鲁迅先生当年所说：'将沦为异族的奴隶之苦告诉大家，自然是不错的，但更要十分小心，不可使大家得着这样的结论：'那么，到底还不如我们似的做自己人的奴隶好。'（《且介亭杂文末编·半夏小集》）如今，把'死在医院'的现代性之苦告诉大家自然也是不错的，但尤其要十分小心不能使大家得出这样的结论：那么，倒不如让我们'根本进不了医院'，而'在没有医疗保护的情景下'死在家里吧！"

十多年来，随笔的内容丰富多彩，很难对之进行概括性的论述。以上流水账式地评说到的文章，自然只是九牛一毛。这样地写下去，"挹滴"会滴答不休。现在，再罗列一部分给我留下清晰印象的文章，便结束这篇又臭又长的"挹滴"。王学泰的《关于"暴民"问题的思考》① 是随笔，但却是颇具学术含量的随笔。"暴民问题"是中国历史上一个极为重要的问题，"暴民"对中国历史进程的影响是极其巨大的。作者的专著《游民文化与中国社会》，也表达了同样的思考。在现代，"暴民"问题又何尝不严重。"文

---

① 王学泰：《关于"暴民"问题的思考》，载《东方文化》，2002年第3期。

革"某种意义上就是传统的"暴民文化"的现代表现。

还有一类随笔,主要表达的是对个人命运、伦理准则的思考,表达的是对人性的好奇和惊讶。例如徐晓的《有一个人的存在让我不安》[①],写的是自己的朋友李南。这实在是一篇好文章。与其说李南是一个不通世故的人,毋宁说是一个世故无奈她何的人。徐晓是写实的,但却描绘了一个放射着奇异的人性光彩的形象。何怀宏的《同一根绳索》[②],通过对两部电影的解读,表达了深沉的伦理思考。崔卫平的《唤醒了倦鸟如今在集合——我的1988》[③],则是个人灵魂的某种袒露,触及的也是那种最深切的伦理问题,某种意义上可与何怀宏文章对照着读。谈论"知识分子问题"的随笔,十多年来也时有所见,而丁帆的《知识分子是怎样吸食鸦片的——〈知识分子的鸦片〉读札》[④],某种意义上表达的是对知识分子"职业伦理"的思考。

我一直以为,即便是写论文,也应该有着"文章意识",也应该努力追求把自己的学术观点以一种漂亮而得体的方式表达。至于随笔,本就可以视作"文学创作"之一种,所以好的随笔,应该也是美文。十年来的随笔,文质俱佳者很多。也有不少随笔文章,材料新人耳目,思想也给人启发,但行文或拖泥带水,或枯燥乏味,"起承转合"亦很笨拙,这未免令人遗憾。随笔作者都有自觉的美文追求,随笔文章都既能给人思想上的享受又能给人文体上的愉悦,是我衷心希望的。

2011年2月2日星期三
旧历大年三十,虎之尾尖也。

---

① 徐晓:《有一个人的存在让我不安》,载《天涯》,2004年第5期。
② 何怀宏:《同一根绳索》,载《随笔》,2005年第5期。
③ 崔卫平:《唤醒了倦鸟如今在集合——我的1988》,载《山西文学》,2004年第4期。
④ 丁帆:《知识分子是怎样吸食鸦片的——〈知识分子的鸦片〉读札》,载《随笔》,2010年第5期。

阿米绪的故事

林 达

近几年随着中美文化交流的展开,美国一些远离主流的文化小溪,也渐渐被介绍到中国。于是,美国不再是一个刻板的固定套路,在大洋此岸人们的印象中,美国的形象正在逐步丰富起来。我曾经两次在国内的杂志上看到有人提到:美国有一群默默无声地生活在自己世界里的阿米绪人。

假如我们对美国的一般印象可以放在概念的一个极地的话,那么阿米绪是肯定必须送到相反的另一个极地去的。如果我们称美国的生活方式是现代的,那么阿米绪可以说是古代的;如果我们称美国是技术进步的,那么在同一个价值体系里,阿米绪不仅是落后的,而且是拒绝进步的,等等。假如再形象化一些,如果我们对美国人的印象是眼花缭乱五彩缤纷的,那么阿米绪人永远是平淡的,是只有黑白的单色调的。

假如在你的想象中,阿米绪是一小群生活在某一个群山环抱,车船不达,鸟不下蛋,与世隔绝的山洼洼里的话,倒也没什么稀罕了。问题是,今天的美国这样一群教徒有差不多35万人,人数还在缓缓地增加。他们生活在美国传统农耕区富庶辽阔的平原上。他们不但不封闭,甚至不集聚而居,没有什么阿米绪村庄,他们全是散户。一个个阿米绪农户就星星散散地坐落在其他美国人的住房之间,混居在同一个地区。他们家门口的乡间公路也都是平展的柏油马路,直达高速公路。城镇就在附近,那儿就有购物中心和娱乐设施。嘈杂、多变而生气勃勃的现代生活就近在咫尺之遥。但是当你经过那里的民房,很容易辨别出阿米绪的住宅,除了都有巨大的谷仓之外,还在后院停着黑色的小马车。因为在我们断定不开汽车就算不得美国人的年代里,他们却只驾马车。

所以,这不能不让认定"技术进步"必是"挡不住的诱惑"的人们愣一愣神。不管将来如何,你不得不承认,毕竟在世界上此类诱惑最大的美国,阿米绪已经200多年这样默默地过来了,宁静安详。也许不见得特别幸福,至少并不格外痛苦。他们也有自己的喜怒哀乐,但是并没有如我们想象的那样,被"诱"得骚动不安,六神无主,跃跃欲试,痛苦不堪。

说起他们的来龙去脉,还得上溯到500年前的欧洲。

在16世纪欧洲宗教改革的大潮中,从苏黎世产生出一个人数不多的激进改革派,被称为"再洗礼派"。他们主张严格实践《圣经》教义,排斥不符合《圣经》的虚文褥节。他们认为宗教信仰应该在日常生活中时刻加以实践,不能说一套做一套。他们认真地寻求《圣经》中对于大小事情的说法,弄清楚了就一定要去做,而且要做到。他们认为,教会应该是信仰相同的成人的集体。所以,婴儿出生以后"被动的"第一次洗礼不能算数。而在一个人成年之后,如果他确信自己真有信仰的话,应该"主动"地再接受一次基督徒的洗礼。这就是"再洗礼派"这一名称的来历。

16世纪还远不是一个宗教宽容的年代。再洗礼派一问世,就遭到来自罗马天主教会和其他新教徒两个方向的迫害。在再洗礼派发源的瑞士和德国南部,当时曾有几百个再洗礼派教徒被烧死在火刑架上。在这样残酷的环境中,再洗礼派却显示出惊人的宗教执着。他们认为,虽然他们面对的世界是傲慢的、富有的、偏狭的、暴戾的、而他们却仍然应该是善良的、清贫的、谦卑的、非暴力反抗的。在严酷镇压下,再洗礼派逐步形成了一些与其他新教教派不同的特点。他们无法形成良好的教会组织,一开始甚至只能在山洞里悄悄地聚会祷告。他们甚至没有明确的领袖,因为领袖一出来就给杀了。他们的一切都只能悄悄地做,恐惧、不安和受苦受难始终伴随着他们。

既然没有严密有形的教会组织,没有教会规范的约束,也没有一般宗教常见的仪式仪规的凝聚,那么,他们作为一个教徒存在,就完全是依靠他们内心的信仰了。因此,假如说再洗礼派的信仰特别执着,大概是不错的。他们在北欧传播的过程中出现了两个支派。16世纪中叶,一个叫做梅诺的荷兰人曾试图在北欧重建和平的再洗礼派的团体。他们的后继者就叫做梅诺纳特，也就是梅诺派。而到了17世纪末，瑞士和南莱茵河的再洗礼派还是处于遭受迫害的分散状态，有一个叫阿曼的瑞士人站出来号召再洗礼派的改革和联合，这一派就被叫做阿米绪，也就是阿曼派。

这两个分支此后都来到北美这块新大陆，大部分定居在宾夕法尼亚州和俄亥俄州。这两个州当年是北美大陆最好的农业区，而他们在欧洲时就是最出色的农夫。感谢开拓宾夕法尼亚的教友派，他们是对待异教最为宽容的北美主流教派，更要感谢北美大陆很快风行，并在美国独立以后由美国宪法保障的宗教自由，使这些"梅诺纳特"和"阿米绪"们，终于能够安居乐业了。由于阿米绪与梅诺纳特相比，他们更恪守古老的服饰和生活方式，在外观上更容易辨认，他们的风格与现代生活的反差也更为鲜明强烈，所以很多美国人也是只知阿米绪而不知梅诺纳特。

宾夕法尼亚的兰开斯特，是阿米绪比较集中的地区，离著名的大都市费城仅1小时车程。在去冬最寒冷的日子里，我们来到那里，也是想一睹真正的阿米绪生活。可是我们发现，他们安静谦卑地生活在自己的世界里。只要是对外开放，以满足游客好奇心而设立的"阿米绪旅游点"，那就一定不是阿米绪办的。因为这样获利甚丰的"第三产业"，并不符合他们的生活原则。然而，他们虽然在宗教上固守而且生活方式内向，可是他们对外界很友好，也理解外人对他们的好奇。假如你想给他们的小马车拍张照，他们会微笑着放慢车速，让你如愿以偿。我们发现，他们没有这类小教派非常容易出现的诡秘行迹，他们坚守的只是一种由宗教信仰导致的平淡。

生活在宾夕法尼亚的再洗礼教徒至今没有显赫的教堂，他们的教堂一如他们的农舍，朴素而卑微，有时候甚至像早期教友会一样，把他们聚会崇拜上帝的教堂谦称为会屋。老派的阿米绪还轮流聚集在各自的农舍里做礼拜，围着老式的乡村火炉，一边坐着男人，一边坐着女人，读着老版本的圣经，用的是这里其他人都不懂的高地日耳曼语。而在他们只有一间房间的学校里，他们的孩子则个个都要学两种语言，英语和这种他们从欧洲家乡带来的古老语言。

无论在什么地方，你一眼就能把阿米绪认出来，因为他们的服饰与众不同。简单地说，其他的人，四五百年来的服饰一直在变，而他们却一直没有变。不论是男人的服装礼帽，还是妇女的衣裙，都是一水的黑色。只有在节日或婚礼上，妇女们才加上一方纯白的披肩。姑娘们的裙衫上没有一个纽扣，男人们的服饰上有纽扣，但没有任何其他装饰。据说这些突出"谦卑"的规矩都可以从圣经中找到依据。在兰开斯特，假如你遇到以前只在电影里才能看到的"古代欧洲村民"，他们就是阿米绪。

也许，他们的上空就是高压线，他们的邻居就是家用电器样样俱全，但是他们不用电。所以，也没有电灯、电视、电冰箱、收音机和微波炉。阿米绪不用汽车，他们是农夫，却拒绝使用拖拉机和任何新式机械，有些梅诺纳特偶然使用汽车，但一定是黑色的，以示谦卑。阿米绪则用马拉犁耕地，驾着单驾马车外出。我们看到，在兰开斯特的乡间公路上，哒哒疾驶的阿米绪马车后面，常常跟着几辆耐心的邻居们的汽车。

对于认定只有自己的价值体系是惟一正确的人们，很难理解为什么阿米绪放着现成的新技术拒不使用。他们除了认定阿米绪固守落后，再也找不出别的解释。然而在多元文化的概念逐步被人们接受的今天，人们能够看到，这些再洗礼派教徒非常聪敏智慧，也非常能干。他们在兰开斯特县用传统农业技术经营的家庭小农庄，是全美单位出产最高的农庄之一，而且没有化学污染土壤退化等现代农业的通病。他们的生活简单而安逸。他们自己的解释是，由于他们的宗教信仰和几百年来所遭受的迫害，他们对整个外部世界抱有深刻的戒心，他们强烈地要和外部世界的浮躁轻薄和人性渐失，保持一个距离，从而能不受诱惑干扰地追随他们的上帝。他们认为眩目的电器是对他们的精神世界的威胁。

兰开斯特公路上汽车马车混列行驶的景象在美国实属罕见，因此，在离开之后我们依然久久难以忘怀。这也引起了我们的另一个好奇：阿米绪既然是混居在普通的美国人中间，他们要解决的问题显然不止是汽车和马车的矛盾，他们独特的宗教信仰与几百年前的生活方式，同现代化的外部世界是如何协调的呢？这个问题最突出的部分，就是他们和各级政府依据现代美国生活所制定的法律冲突是如何解决的呢？

之所以我们会立即产生这样的联想，就是因为在美国生活了几年之后，我们知道这是一个重法律契约并且执法很严的国家。在一个民主社会，法律和政府的决策是多数达成一致的结果，所以法律一旦通过，就要求个人服从，包括持有不同意见的少数，而阿米绪显然是美国的少数。

在两个不同文化发生冲突的时候，最重要的往往是妥协的精神。阿米绪是一个谦卑的群体，因此，他们在自己能够接受的范围内，也在作最大的妥协。兰开斯特县议会曾经立法规定，阿米绪的马车在公路上行驶时，车后部必须安装一个橘黄色三角形的慢行车标志。尽管这有违阿米绪不行装饰的传统，但是他们理解交通安全的合理性，如今他们的马车上都有这个标志，衬在黑色的车篷上，格外醒目。同时县议会立法规定，马车夜间行驶不能使用老式黯淡的油灯，而必须使用干电池的车灯。阿米绪是不用电的，但是，这一次他们还是接受了这个干电池车灯。又如，兰开斯特县为了公共卫生，立法禁止没有化粪池的户外厕所。阿米绪于是改变自己的习惯，把厕所移到室内，并且都接受了地下化粪罐这样的"新技术"。

然而，在现代美国社会中，还是有一些与阿米绪宗教信仰完全冲突的法律，是他们无法妥协的。这种冲突有时还相当尖锐。这就是考验这个国家的时候了。因为民主意味着按照多数人的意志行事，但是如何对待少数人，始终是民主社会一个难解的课题。美国也经历了一个逐步认识的历史过程。

首先遇到的就是一个大问题：战争与和平。当美国卷入两次世界大战，以及以后的朝鲜战争、越南战争时，国家都需要有人当兵打仗。征兵法应该对所有的公民一律平等，这是现代国家的一个常识。但是阿米绪所属的再洗礼派是绝对的和平主义者，他们的信仰使他们坚守不动刀兵。于是，他们和美国的法律开始了旷日持久的冲突。

那么，绝对的和平主义者究竟意味着什么呢？在阿米绪代代相传的一本书中，记述了他们人人熟知的一个历史故事。早年间，有一个荷兰再洗礼派教徒叫迪尔克。他由于遭受宗教迫害被警官追捕，追捕过程中警官掉进了一条冰河。迪尔克明知自己一旦被捕将会性命不保，他还是不能见死不救。他返过身来救起警官，自己却因此被捕，被烧死在火刑架上。这件事发生在 1569 年，在他们来到北美大陆以前。

在他们来到北美大陆以后，也有类似的事情发生。在白人和印地安人互相追杀的年代，有一次，一伙印地安人在夜间包围了一个叫雅各布的阿米绪家庭。雅各布的儿子们本能地操起了打猎用的猎枪准备自卫。雅各布却夺下他们的猎枪扔了出去。结果是，他们一家除了两人被掳走以外，全部被杀。这并不是一个孤立的例子。不仅是阿米绪，其实当时还有大量教友派教徒也由于坚持和平主义而被印地安人杀死。以上这些历史都是阿米绪教育后代的典范。

在第一次大战期间，一些阿米绪的年轻人被迫入伍，参与军训，甚至被迫拿起了枪来。然而，不管是什么理由的战争，对于再洗礼教徒都是不可接受的。所以阿米绪抗拒军令者甚众。那是近 100 年前，美国政府战争当前，显然不打算在这个时候与阿米绪探究什么宗教哲学问题。因此，在这次战争中，有很多阿米绪教徒因拒服兵役而被逮捕入狱，也有人因为在阿米绪的报纸上告诫教徒遵从教义反对杀戮而被判"煽动不服从罪"。

当时，有一个叫鲁迪的阿米绪被征入伍。军官逼着他穿上了军装，列队操练。几个星期以后，轮到实弹演练的时候，他再也受不了良心的谴责，脱下军装，要求退伍。按当时的法律，违抗军令要受军事法庭的审判。军官把他带到军营外的三座新坟边，拍着手枪警告他，明天早晨如若不穿上军装报到，他就将是第四座坟墓。鲁迪一夜无眠。第二天早晨，新兵们吃早饭的时候，鲁迪来了。他穿着一身黑色的阿米绪传统服饰，戴着黑色的帽子。为了宗教良心，鲁迪作了死的选择。从来就说一不二的军官看着这个阿米绪，却没有枪毙他，让他退伍了。

在一次大战期间，这个问题每个个案遇到的情况不同，处理的方式也不同。冲突发生了，问题却没有解决。由于阿米绪人数不多，牵涉的面不广，没有引起太大的注意。

到了第二次世界大战，德国是主要敌对国。恰巧很多阿米绪祖先的故乡就是德国。他们在教育中很重视保持故乡语言，阿米绪的日常语言往往是高地日耳曼语。所以，这一次他们的反战行为在美国引起了关注。有人怀疑他们拒绝作战，是因为他们站在自己的母国一边。美国国会为此专门举行了听证会。为了阐明再洗礼派的和平主义宗旨，争取不上战场的权利，一向不愿抛头露面的阿米绪派出代表在国会听证会上宣誓作证。

他们以自己的历史向美国人民证明，他们反战只是出于他们的宗教信仰。他们反对的是任何一种战争，不论其交战国是谁，也不论其战争原因如何。

在他们绝对和平主义的宗教立场被确认之后，多数向少数作出了让步。在二次大战这样的险恶环境中，美国国会依然承认一个事实，人和人不一样，少数人有少数人的理由。美国军方为称作"良心反战的"阿米绪作出了特殊安排，称为"替代性服役"。他们必须在军方安排的医院或工厂从事两年没有酬劳的，与战斗没有关系的工作，以代替服兵役打仗的公民义务。

阿米绪历来只在自家农庄上务农，很少外出就业。他们认为，这样的两年"替代性服役"仍然使他们被迫融入外部生活，并把外界躁动的气息带进了再洗礼派虔诚平静的生活。再洗礼派再次向国会申诉。经过长期的努力，现在的"替代性服役"改为"自愿性服役"，阿米绪可以在自己的教会管理的农庄上从事两年没有报酬的农业工作，以代替服兵役。

美国国会作出这样的决定并不容易。二次大战对所有的参战国来说，都是一场惨烈的厮杀。在战争接近尾声之前，谁也说不上胜负的必然走向。在这种非常状态下，作为一个国家的"多数"，同意用自己的血肉之躯去为一些声称是"和平主义者"的"少数"抵挡敌人的子弹，其原因仅仅是因为尊重这些"少数"的宗教信仰，假如没有理性的精神，几乎是做不到的。

美国在历史上屡有无视少数的过去，成为他们迄今为止不断反省的原因。现在你如果在美国游览的话，常可以遇到一些历史纪念牌，记载了插牌所在地发生的一段历史。有不少这样的牌子在检讨当年对待印地安人和黑人的不公正。正是这样的反省使得美国在对待少数的问题上，变得越来越谨慎，也越来越宽容。

这个国家的多数和阿米绪是有冲突的，但是双方都以理性为基础，尤其在处于多数优势的主流社会一方，逐步地在学会如何尊重少数，以达成妥协。因此，阿米绪虽然是美国公民，但是他们的公民义务和权利与一般美国人是不完全一样的。例如，美国的税收很高，这样的税收虽然不在阿米绪传统的自给自足生活方式之内，阿米绪还是依法纳税。可是另一方面，他们也和政府达成协议，他们以传统方式颐养天年，从不出现老无所养的问题，他们不享受美国的老年福利金，也就不交纳税收中用于社会养老的社会安全基金。他们也不承担美国公民的一项重要义务，就是他们不担任法庭的陪审员。因为在他们的宗教信仰里，只有上帝有权判定人们的罪孽或清白。

在历史上，美国法律与阿米绪的一次最大的冲突，是在教育领域发生的。这场冲突，很典型地反映了"少数"与"多数"在文化上的差异可以有多大。

阿米绪的传统学校是所谓"单室"学校，顾名思义，学校只有一间房间。它也只有一个老师，所有的孩子都在一起上课，为的是让他们学会互相帮助。美国人一贯认为，选择、怎样教育子女，这是父母的权利，美国历史上延续至今一直有家庭学校的做法。问题是，阿米绪还认为，孩子读书到14岁，相当于8年级，就够了，从15岁起就应该到农田里干活了。他们认为外面的孩子从15岁开始的高中教育对阿米绪是有害无益的。可是，教育立法和他们的教育方式直接冲突。

美国的教育管理权归属各州，对中小学最有发言权的是各地的学校理事会，由家长和教育界人士共同组成。各州的议会有教育立法权。为了维持整个社会全体民众的教育文化水平，各州议会在上世纪末就先后立法实行强制性的义务教育。各州的普及教育立法是顺应时代潮流，立足于提高全民文化水平，深得民众的支持。至今为止，我们还很少听到有其他人反对义务教育法规的。当阿米绪所定居的那些州开始立法规定强制教育至16岁时，阿米绪教徒教育自己孩子上学只到14岁的做法就违法了。

阿米绪当然也理解，州政府在教育上的强制立法，并没有恶意。但是他们认为，公立学校的教育方式，会引导他们的孩子脱离他们代代相传的宗教追求，是对他们的宗教传统的威胁。这不是没有道理的，专家们曾经指出，再洗礼派的教育，在维护传授价值观念方面起了不可低估的巨大作用。对于他们来说，能否自己教育子女，等于自己能否生存延续。

"少数"不可以借着不同意而不服从法律，这是美国的游戏规则。惟一的合法途径是申诉，而少数人的合理申诉能够得到公正的对待，也是游戏规则能够操作下去的前提之一。申诉有两种方式，一是向行政和立法分支和平请愿，二是向司法分支提出法律诉讼。阿米绪的神父们劝告大家不要和政府冲突，也不要上法庭去打官司，因为这违背了阿米绪教徒和平主义与世无争的传统。神父们决定向州立法与行政两大分支请愿，请求网开一面。

宾夕法尼亚的阿米绪把请愿书印了1000份，然后征集签名。阿米绪教徒人数虽少，可是他们捍卫信仰的精神以及和平谦卑的态度却深得宾夕法尼亚人的同情。签名者甚众。往往一个阿米绪就可以征得3000个来自外部世界的签名。他们把这些签名联成130英尺长的条幅，然后，阿米绪的代表就带着它去见州长。州长于是下令州司法部长进行调查，新的教育法是不是侵犯了宗教自由。阿米绪因此很感激这位州长，在随之而来的感恩节，他们给州长送去一篮农家产品，包括一只火鸡，一罐糖浆，还有一些苞米。但是，调查结果并没有解决问题。

阿米绪知道他们还可以走的一条路就是司法途径。但是，阿米绪不喜欢提起诉讼，他们只习惯于诉诸上帝。这一次，他们无路可走，假如不想放弃的话，惟一可行的是"以身试法"了。实际上这是一般美国人在自己的观点处于主流文化之外的时候，常常采取的方式。这一类以被动形式出现的司法挑战，常常引发对一个主流观念的质疑，甚至可能改变这样的观念。而"被动"，正是阿米绪的特点。

阿米绪从不惹是生非，但他们不送自己的孩子读高中，警察就找上门来了。美国是一个执法很严的国家。在20世纪初，就有阿米绪家长因为违反义务教育法而被捕，他们的孩子则由政府监管。为了家庭的团聚，他们要么屈从，要么被迫变卖家产，举家迁徙，有些阿米绪家庭甚至为了逃避义务教育法，迁移到遥远的墨西哥去。他们不愿意在压力下改变他们的宗教信仰和与此相随的生活方式。

宾夕法尼亚是一个有着宽容精神传统的州，我们去过的兰开斯特居住着全美第二大的阿米绪人群。州教育法通过后，一开始地方政府对如何向阿米绪执法也很困惑，所以出现了比较罕见的执法不严的情况。地方上对阿米绪少年辍学到地里干活，基本上取睁一眼闭一眼的态度。但是到了1937年，兰开斯特的教育官员觉得阿米绪传统的单室学校实在不够正规，并且没有高中教育。就计划关闭一些单室学校，以新建的公立学校作为替代。州政府的代表想说服阿米绪，"教育是通向知识的大门"。可是，这种对话建立在完全不同的文化价值体系里，自然是谁也说服不了谁。这样的文化冲突使州政府和阿米绪都深感不安和困扰。第二次世界大战中，这个问题被搁置一边，战后又立即重提，为此又有一些阿米绪家长由于违反义务教育法而被课以罚款，甚至被捕坐牢。

他们再次向州政府请愿。直到1955年，州政府作出妥协：阿米绪人可以在自己的学校里教育子女到14岁，然后为他们设立一种专门的职业学校，阿米绪的孩子在这种职业学校受教育到法定的16岁。这种职业学校一周只上半天课，并且是由阿米绪的老师讲授传统的农业知识。这个安排是一个突破，所以在美国历史上很有名，称作"兰开斯特职业学校妥协"。这里的阿米绪完全是靠着一种不可摧毁的宗教精神韧性，和强大的多数人的政府达成妥协，赢得了按自己的意愿教育子女的权利。美国史书上的妥协一词通常是一个正面的词。大家认为，达成妥协解决了问题，是双方共同的胜利。

由于教育立法权归属各州，所以"兰开斯特职业学校妥协"并没有解决其他州的类似冲突。问题是普遍的。在爱荷华州的布肯南县，地方政府宣布要取消单室学校，把阿米绪学童集中到新建的公立学校；而阿米绪却坚持把孩子送到他们的单室学校去。在1965年11月的一天早晨，县上的教育官员带着警察，开着校车，来到一所阿米绪的单室学校，要把孩子们押上校车送往新学校。单室学校只有一个阿米绪老师，无可奈何地看着孩子们列队出去。突然，不知是谁喊了一声。没等警察和官员回过神来，孩子们像炸了窝一样，拼命地冲向附近一望无际的苞米地，刹那间就消失在青纱帐里。原来是一个阿米绪孩子喊了声"快跑！"，他用的是阿米绪的高地日耳曼语，其他人谁也听不懂。

随行的新闻记者凭着职业反应，迅速拍下了穿着黑色衣衫的大小男孩女孩，像兔子一样惊慌逃向田野的背影。这张照片后来非常有名，因为这个问题后来终于在全美国人民同情的目光下，走向了联邦最高法院。

在有些地方的阿米绪学校，学童们被成功地押上校车转学，两种不同价值相遇形成十分荒诞的后果。一个为了提高孩子教育水平的法律，实行中却场景凄凉。阿米绪孩子们唱着"上帝爱我"，母亲们无声地哭泣，父亲们则青着脸，默默地站立一旁。阿米绪人依然奉行和平主义的原则。但正是这种沉默、谦和然而执着的态度，以及美国民众对于"多数与少数"关系的反省，使得阿米绪的教育事件开始走向全美国。来自全国各地的私人捐款涌向布肯南县，要求替阿米绪人偿付罚款。这种同情和抗议给爱荷华州州长带来很大的压力，但是他作为行政长官无权修改法律。他只能在他的职权范围内，宣布暂停执行合并学校三周，同时请求拥有立法权的州议会，考虑立法豁免阿米绪的强制教育。1967年，爱荷华州议会将豁免权授予州行政部门的教育官员，从而，爱荷华州的阿米绪也赢得了以自己的方式教育子女的权利。

就在这个时候，一个叫林德赫姆的人挺身而出。他不是阿米绪，而是路德教会的一个牧师。他了解了阿米绪在教育问题上的遭遇以后，认为阿米绪的宗教自由受到了侵犯。1967年3月，他在芝加哥大学一个有关公共教育立法的学术会议上，呼吁关心阿米绪宗教自由权利的人伸出援手。一个叫做"阿米绪宗教自由全国理事会"的组织就这样诞生了，林德赫姆担任了这个理事会的主席。这个组织不仅有律师、学者，还有基督教和犹太教的宗教领袖。

这时全国关注的目光移到了堪萨斯州，那里有阿米绪的家长被捕，还有人在法庭上被定罪。堪萨斯州态度强硬地宣布，类似宾夕法尼亚州的

"职业学校妥协"的做法,在堪萨斯州将是非法的。州一级不打算妥协。林德赫姆的组织曾经试图把案子上诉到联邦法院,但是联邦最高法院拒绝接案,其原因是美国"分权"的制度。在这个制度下,教育管理是留归各州的权力,联邦政府无权干涉。因此,联邦法庭也就没有这些案子的司法权。

于是,那里的阿米绪又决定迁徙。不少人就这样迁到了威斯康辛州的格林县。但是到了1968年秋天,这儿也开始严格执行教育法规。又有两家阿米绪面临被捕,被指控的罪名就是没有送孩子上高中。1968年圣诞节前夜,林德赫姆和一个叫鲍尔的律师,在请求威斯康辛州政府豁免阿米绪遭到拒绝后,决定在格林县的法庭,代表阿米绪向州政府打官司。告州政府侵犯阿米绪的宗教自由。可是,官司输了。地方法庭认为,虽然可以说州政府侵犯了阿米绪的宗教自由,但是普及教育涉及全体公民的长远利益。这一利益压倒了少数人的宗教权利。

这在美国是经常发生的事情,就是在两个法律条款发生冲突的时候,必须判断何者为先。出现这样的法律悖论的时候,一般总是要走到联邦最高法院,因为最高法院具有"司法复审权"。这正是鲍尔律师想要达到的目的。他不是打算在地方法院就打赢这场官司,他甚至知道他会输。但是他要开辟一条司法渠道。鲍尔先上诉到威斯康辛州最高法院,州最高法院推翻了地方法院的判决,法官说,能够压倒少数人宗教自由权利的所谓全体人民的利益是不存在的,阿米绪选择8年教育并没有损害社会。

于是案子的被告,威斯康辛州政府的行政分支,开始向联邦最高法院上诉。前一次,案件的性质是判定阿米绪孩子的教育管理问题,这个问题联邦法院没有司法权。可是现在,案件的性质是全国性的民间团体代表百姓控告州政府侵犯宗教自由,也就成了州教育法规是否违宪的问题,这属于联邦最高法院的审理范围。于是,这一次,联邦最高法院接受了这个叫做"威斯康辛诉约德尔等"的案子。鲍尔律师出庭辩论,一些从不抛头露面的阿米绪也默默来到首都华盛顿,听候决定他们命运的判决。他们还是一袭传统阿米绪的黑色服装。黑色的背影衬映在最高法院白色大理石建筑的背景上,使我们今天看到这张过时的新闻照片时,依然有惊心动魄的感觉。

1972年年底的一天，最高法院大法官以压倒多数作出了有利于阿米绪的判决。首席大法官沃伦在判词中指出，现代中等教育所教授的内容和价值同阿米绪宗教生活的根本方式有尖锐的冲突，强制实行的教育法规侵犯了阿米绪教徒的宗教自由权利。

在最高法院的判词中，沃伦大法官写下了如下这段现在还常常被人引用的话：

"我们不可忘记，在中世纪，西方世界文明的很多重要价值是由那些在巨大困苦下远离世俗影响的宗教团体保存下来的。没有任何理由假设今天的多数就是'正确'的而阿米绪和类似他们的人就是'错误'的。一种与众不同甚至于异僻的生活方式如果没有干涉别人的权利或利益，就不能仅仅因为它不同于他人就遭受谴责。"

最高法院的判决，一劳永逸地解决了各州与阿米绪在教育问题上的冲突，沃伦大法官的判词，更是对美国人民长久以来的思考和反省，作出了一个总结。民主制度要求少数服从多数，同时要求多数不能压迫少数，不能侵犯少数的自由和权利。要做到这一点，在制度的设计上，一开始就要为持不同意愿的少数预留下申诉、辩解和反抗的渠道。在百分之九十九点九的一致之下，仍要为百分之零点一的异见留下呼吸的空间。这也是美国法律强调个人的宪法权利必须归属个人，而政府"不得立法"侵犯这种权利的根本原因。

如果法律不打算保护千分之一万分之一，也就保护不了"百分之五"，那么，"多数"本身也就都潜在地岌岌可危。我们曾经习惯于法律对"百分之五"的不予保护，这是因为，当我们身处"多数"之中，我们理所当然地认为，"多数"就是对的，我们只知道庆幸自己不是少数。谁也没有想过，今天你不挺身而出保护你所不同意甚至不喜欢的百分之五，你怎么有把握下一次你不在另一个百分之五中呢？今天你看到与你无关的百分之五遭受的不公正扭过了头去，下一次轮到你的时候，你还向谁去呼喊呢？

一个社会要发动成千上万的人并不难，要达到多数人的一致也不难，难的是公正善待只有百分之几的少数。有时候,少数显得如此人微言轻,他们的生死存亡是如此地微不足道,可是,一个制度能否保证这微乎其微的少数得到公平的善待,恰恰是检验这个社会是否文明和人道的试金石,也是决定这个制度能否长治久安的一个关键。

也许,最平凡的阿米绪正默默地以他们的存在,在给人类讲述着一个并非无足轻重的故事。

(原载作者《在边缘看世界》,云南人民出版社,2001年7月版)

战争纪念碑的主题是和平
——建筑师札记
林 达

朝鲜战争纪念碑的设计和一般纪念碑的设计另有不同之处——这些战士的塑像都没有底座，他们不是高耸的英雄，而是普通的士兵，战场的严酷和士兵危在旦夕的生命，在这里有了整体的表现。

美国首都华盛顿的越战纪念碑，是一个相当出名的设计作品。今天的建筑系学生，在学到当代纪念碑设计的时候，恐怕都会接触到这个设计范例。在中国，有不少介绍美国的文章，都提到过这块青草坪上，刻满了阵亡者姓名的黑色花岗岩挡土墙。一方面，人们当然是被它别具一格的设计思想和表现手法所吸引；另一方面，我们也好奇地注意到，纪念碑的设计者是一个刚二十出头的华裔女孩，她当时还是建筑系的大学生。更何况，她和中国似乎有着丝丝缕缕的关系，追根溯源，她原来是中国著名建筑师梁思成夫人林徽因的一个远亲。这样，就有了一点传奇色彩。也使美国越战纪念碑在中国的知名度，远远超出了建筑系大学生的范围。

可是，在中国很少有人知道，就在这个著名的越战纪念碑近旁，还有一座与中国关系更为密切的战争纪念碑，那就是美国的朝鲜战争纪念碑。

这实际上不止是一个纪念碑，而是一个小小的纪念园区。走进这个园区，首先相遇的，是19个与真人尺度相仿的不锈钢美国军人雕塑群。这些雕塑是写实的。大家都知道，以写实的战士塑像作为战争纪念碑的组成部分，这已经是一个古老得不能再古老的设计手法，似乎了无新意。可是，这个纪念碑以最传统的设计方法入手，却能够赋予参观者一种特殊的感受。那么作为对一个设计作品的分析来说，它的突破点在哪里呢？

朝鲜战争纪念碑的设计者，并没有按照通常的做法，把这些雕塑集中在一起，而是将他们一个个拉成散兵线，撒开在一片长满青草的开阔地上，"搜索前进"。他们头戴钢盔，持枪前驱，表情显得非常紧张。它和一般纪念碑设计另一个不同之处是，这些塑像都没有高抬的底座。他们不是高耸的英雄，而是普通士兵。他们的脚就结结实实地踏在这片开阔地上。这么一来，士兵脚下的这块土地就自然地融入，成了雕塑群的一部分。战场也就因此而被活生生地移进了这个纪念园。当烈日炎炎，当狂风扫过，当暴雨倾注，当冬天的雪皑皑地覆盖在这片开阔地和士兵们的身上，这时，设计者甚至将整个气候和环境都引了进来，成了这个雕塑群最真切的背景和注释。于是，战场的严酷和士兵危在旦夕的生命，作为一个战争片断，整体地走进了纪念园。传统的写实群雕就这样被新颖的设计思路所突破，产生了与众不同的视觉效果和感受。按照建筑界的行话，这确实是一个非常有"想法"的作品。

在南面是一座黑色的花岗岩纪念墙。而在这座墙上，还隐现着浅浅蚀刻的许多士兵的脸部，这些形象不仅是写实的，甚至可以说是真实的。因为所有这些脸部，都是根据朝鲜战争新闻照片中美军各个兵种的无名士兵的真实记录，临摹刻制的。纪念墙的花岗岩是磨光的，开阔地的塑像群因此而映射在墙上。随着我们的脚步移动，两组形象便流动地，互为背景地融合在一起。战场的引入，新闻照片的应用，都表明着设计者在刻意寻求一个历史真实的感觉。而正是这个设计者的追求，让走入美国朝鲜战争纪念碑园区的我们，不无困惑。

我们当然是困惑的。因为我们从小唱着"雄赳赳，气昂昂，跨过鸭绿江"长大；我们熟读课文《谁是最可爱的人》；我们看了无数遍电影《英雄儿女》；哪怕是在美国打工，我们只要一张嘴，都会不假思索地唱出《上甘岭》的插曲。在我们出生入世长大成人的每一天，我们最崇拜的艺术家们，就是以他们最卓越的才能，以最优美的旋律，最动听的歌喉，向我们讴歌这场战争和战争中的英雄。以致我们在一生中有过多次痛恨自己生不逢时，没有生在朝鲜战争的18年前，没有最后一次赶上报效祖国的机会。我们根本不需要思考就能推出天经地义的逻辑：我们的父辈跨过鸭绿江，就是"保和平，卫祖国"，就是"保家乡"。至于为什么要跑到鸭绿江那头去"保卫"，是因为唇亡齿寒。美帝国主义醉翁之意不在酒，他们挑起朝鲜战争，就是要利用朝鲜半岛作为跳板，企图将刚刚诞生一年的新中国，扼杀在摇篮里，就像要杀死一个天真的婴孩一般。

为此，我们的爱国主义绝不是干巴巴，而是血肉丰满的。既充满对侵略者的仇恨，却又伴随着诗意无限的对祖国的热爱。这与我们青少年时代的浪漫和激情实在很合拍。就像《上甘岭》的主题歌《我的祖国》一样，"一条大河波浪宽，风吹稻花香两岸"的柔情，和"若是那豺狼来了，迎接它的有猎枪"的激昂，能够有机地结合在一起，浑然一体，天衣无缝。因此，我们向来不认为自己接受过什么说教，那是一种已经化为血液流淌在胸中的感情。这样的感情是如此难以割舍，它不仅会伴随我们从小到大，而且也会伴随我们越洋过海。我们就这样毫无思想准备地突然"踏入敌阵"，走进了美国朝鲜战争纪念园区，蓦然面对"行进"在朝鲜战争的开阔地上的，那19名疲惫艰难的美国士兵。我不由自主地说，这就是被我们打败了的"美国野心狼"。

关于这些美国士兵，园区里只有一句短短的碑文："我们的国家以它的儿女为荣，他们响应召唤，去保卫一个他们从未见过的国家，去保卫他们素不相识的人民。"在读到这段碑文的时候，我们才恍然大悟，我们眼中穷凶极恶的"美国鬼子"，却也是美国人民心中的"英雄儿女"。我们停在这只有一句话的碑文前，不由有些发愣，就愣在"保卫"这个词上。美国兵千里迢迢去朝鲜，他们凭什么言称"保卫"，他们又究竟去保卫了什么？这是一场跨越了半个地球的战争。我们也想到，在有着信息自由法的美国，政府不可能对于这样一场战争，向他们的士兵和家属隐瞒重大历史情节。这个朝鲜战争纪念碑是在1995年6月27日才揭幕的，远在1982年揭幕的越战纪念碑之后，那么，在经历了对越战的不断重新认识之后，美国人在建立这个朝鲜战争纪念碑的时候，为什么还能够保持整整半个世纪的自信，坚信这样一个远征是正义的呢？

这时，我们才意识到，这是我们此生第一次站在这样一个位置上，站在交战双方的边界。我们感到奇怪的，不是上面的这段碑文和疑问，而是我们怎么直到站在这个"敌营"的纪念碑前，才第一次产生这些疑问，我们怎么直到今天，才想到有必要了解和知道，我们当初战场上的敌人，他们又是怎样看待和解释这场战争的。

很难在纪念碑上直接找到彻底的答案，因为这个纪念碑园区的文字非常少。除了上面这段碑文，另外，就只有一句话的碑文了，那是用银色的字，镶镌在一座同样简洁的黑色花岗岩纪念碑上的。纪念碑坐落在一个圆形的水池中。它是整个朝鲜战争纪念碑的主题："自由不是无代价的"。虽说提到"自由"这样一个"主旋律"，可是整个设计基调仍然是低沉的。和越战纪念碑一样，它强调的仍然是"代价"，是战争对于生命的摧残。因此，作为对主题的诠释，在围起这个水池和纪念碑的石块上，我们看到刻着参与朝鲜战争的联合国军的伤亡记载：

阵亡：美军　　　　54246
　　　联合国军　　628833
失踪：美军　　　　8177
　　　联合国军　　470267
被俘：美军　　　　7140
　　　联合国军　　92970
受伤：美军　　　　103284
　　　联合国军　　1064453

我们从未接触过这些战争数字，不由自主地感受到它的分量。在这些数字里，我们也发现了自己对历史事实的无知。我们一向以为，在朝鲜战场上，美军只是打着联合国军的旗号而已，战场上都是"美国狼"。而从以上数字表明的事实，与我们原来的印象差异很大。美军在联合国军中的比例，远远低于我们的想象。我们于是想知道，当年志愿军的敌人，究竟是些什么国家。我们终于找到了这个园区的最后一点文字。那是当年所有加入联合国军、参加朝鲜战争的国家和提供医疗支持的国家的名单，他们是：

希腊，法国，埃塞俄比亚，丹麦，哥伦比亚，加拿大，英国，泰国，瑞士，南非，南朝鲜，菲律宾，挪威，荷兰，新西兰，卢森堡，印度，意大利，澳大利亚和比利时。

　　离开这个纪念碑，我们感到，一切基于主观的，基于意识形态的，对于战争和历史事件的解释，都可能是有偏差的。作为一个平民，首先需要知道的只是历史事实，只有当事实是清楚的，听取各方面的解释，才可能是有意义的。于是，我们打开计算机，从国际互联网里，找到了最基本的有关朝鲜战争的时间表和历史资料。

　　在第二次世界大战刚刚结束5年，人们享受和平还很短暂的时候，1950年6月25日，北朝鲜突然打破国际公认的划分南北朝鲜的"三八"线，进攻南朝鲜，并且长驱直下，几乎灭了南朝鲜。在这样的情况下，联合国安理会决议，派出联合国军援救南朝鲜，其中包括作为主力的美国军队。所以，美国人至今自豪的，他们的儿女去保卫的那个"从未见过的国家"，就是南朝鲜，而南朝鲜人，就是美国军人保卫的那些"素不相识的人民"。1950年9月15日，美军在仁川登陆，10月，志愿军入朝参战。经过三年残酷的战争，1953年7月27日，板门店停战签字，维持"三八"线。

　　我们一向被告知，中国人民必须打这场战争，不打就会亡国。我们一向被告知，连美国高级将领也承认，他们在朝鲜"打了一场错误的战争"。现在我们才知道，当时的参谋长联席会议主席、五星上将奥玛尔·布莱德尔确实说过类似的话，但是，他的原话是，假如因为朝鲜战争，"我们就打入中国的话，那么，我们将是在一个错误的时间，在一个错误的地点，与错误的敌人，进行一场错误的战争"。这段话和我们原来理解的意思，实在差得太远了。

　　我们读完这段历史的史实，就再也没有兴趣探究在3年的朝鲜战争之后，到底是谁把谁逼到谈判桌前，争了这最后的一口气。因为，基本事实实在是太简单了：战争之前，是和平，是国际公认的，南朝鲜和北朝鲜也承认的，划分它们边界的"三八"线；战争之后，恢复了和平，维持了同一条"三八"线。3年的时间，惟一被改变的，是上百万生命的丧失，几百万人致残，无数和平的家庭被毁坏。

我们从华盛顿回来，从一大堆照片中，抽出一张装进了镜框，放在桌子上。照片的上端窄窄的一条，是那座黑色的纪念碑，隐隐可以看到那句有关自由与代价的碑文，照片的大部分是纪念碑下的水池，水池里，一只飞来的野鸭正把嘴插进翅膀，静静地享受着和平温暖的春日阳光。

（原载作者《在边缘看世界》，云南人民出版社，2001年7月版）

九分军事一分民

曾彦修

对苏联究竟是怎么在风雨飘摇若干年后，最终被迫自行宣布灭亡的看法，这十年来在中国大地上可以分为两大派。一派说它是多年来积累够了种种祸患，丧尽了人心，实在维持不下去了，它这条路实在走不通了，只好自行宣布退出历史舞台；另一派意见，是说斯大林的正确伟大事业受了挫折，赫鲁晓夫、勃列日涅夫修改了斯大林的正确革命路线，复辟了资本主义的结果。有的甚至在全国闻名的大刊物上在批判我的文章中说，赫、勃们如果保留了斯大林一点点好东西，那就是苏联人民莫大的幸福了。21世纪的中国的有些人还是这么空前绝后地歌颂斯大林，这真是中国的奇迹。这种歌颂还肯定会越来越多，原因彼此心照不宣，大家全明白是怎么回事。按此逻辑，斯大林在世时，苏联人民的幸福还受得了吗？恐怕全宇宙也装不下那么多幸福了。因为中国人太闭塞，具体情况一无所知，说这类话对自己又大有好处，即使今天仍然全力崇拜斯大林的俄罗斯人，也不会把话说到这个程度的。

对于苏联的自我灭亡，经多年考虑，翻了一些材料后，我的最后结论，可简单地归纳为四个字：政酷民贫。稍详一点，就是政治、经济、思想、军事、外交（对外扩张）五大方面的斯大林模式。根本的一点当然是专政太酷。不少人承认有斯大林模式，但只承认在经济上有这个问题，也只承认只要在经济上改正一下过分集中的缺点，松动一点，其他方面则应仍旧贯之。谁敢把斯大林模式超出经济范围，谁就是"修正主义"、"自由化"，是必须打倒的叛徒。斯大林"发展"了的马列主义是铁则，一切社会主义国家都必须照上层建筑决定经济基础的斯大林的"马克思主义"理论办。斯大林把农村当时当地先进生产力的所谓富农经济，一声消灭，在1929—

1930年的几十天内，连人带物，就轰轰烈烈地全盘消灭了。结果是几千万或成亿农民一下变成赤贫，或连人带物一齐毁灭，这纯是十分残酷无情、违背常理的专政！

百分之百的事实是，赫鲁晓夫、勃列日涅夫等朝代的统治模式，是完完全全继承了斯大林主义的（安德罗波夫想稍改一改，但上台年把就死了），之后的契尔年科，比前述诸人都更保守、无能，一个眼看就要病死的人，此公是苏斯洛夫一类人物，他出身于意识形态长官，做过苏中宣部长，思想不问可知，他似更不敢也不愿来半点改革，不敢也不愿对斯大林来半点"修正主义"。谁敢离开祖宗成法半步，就叫脱离了"列宁主义"的正轨（即中国说的"修正主义"）。赫鲁晓夫从当权起，除了在杀戮上确是大有减轻之外，其他方面，则是坚持祖宗成法，坚持"凡是"到底的。因此，赫、勃之流，正是不折不扣的斯大林"凡是"派，而绝不做斯大林主义的"修正"派。我们骂了他们几十年，连骂的方向也根本反了：如果他们对斯大林真来了个大"修正"，岂不是好之又好的事么？所以，"凡是"到底才是他们的致命伤：他们是确确实实亡于"凡是主义"，而绝不是亡于对斯大林的"修正主义"。1956年，赫鲁晓夫要搬去马林科夫的部长会议主席之职，由自己来干，根本理由就是说马氏犯了右倾路线错误，未能全力发展重工业，实即指未能全力发展军需工业，即未能对斯大林"凡是"到底。再以现在最热门的阿富汗问题为例，现在弄到这步田地，同"凡是"有无关系？答曰，正是由苏联执行"凡是"政策而引起的。苏联为了占领阿富汗这个重要战略基地，以便有利于对中近东地区、印巴地区以及中国地区的侦察、潜入、渗透和更远大的控制甚至占领更大领土的目的，便于1979年突发大军无故占领阿富汗。我看见的材料，是一、二把手勃列日涅夫、苏斯洛夫两人决定的。之后，才加上乌斯季诺夫、葛罗米柯两个政治局委员参加定案——这两人不参加也不行，乌是国防部长，葛是外交部长，如何打、打起来引起的外交问题，全要他们两人去搪。苏联的无故侵略，自然会引起阿富汗的全民抵抗，此点中国人最清楚，我们对日本侵略的全民抗战就是这么来的。绝不因为你打着社会主义招牌进军，人家就会箪食壶浆以迎王师的。这件事，有的政治家恐怕终生都沉浸在其中始终糊涂的。闹了十多年的"站在家门口，眼望北京城，心想全世界，为革命种田"，"文化大革命"后我在上海郊区劳动时，就多次参加过农民出工前"早请示"的拜神仪式，天天都在自吹全世界都在等待中国去解救他们。似乎全世界的人都快饿死光了，只等中国人去解救他们了。等到真正到达劳动田块，已经上午快十时了，劳动云乎哉，比什么宗教都要宗教。对阿富汗，1985年戈尔巴乔夫上台，才采取逐步脱身政策；1989年初，苏军才全部被迫撤出阿富汗。苏联时期决定占领阿富汗，其实也是继续完成老祖宗斯大林的遗愿，此非信口开河。在《莫洛托夫访谈录》上，载有不少斯大林、莫洛托夫在对外扩张上极力多占领他国的回忆，其中有斯大林对战后领土扩张成果比较满意的言论。但斯大林有一点还是相当不满，指着南方边境外地图说，这面领土扩张成效甚少。当然，斯大林想在南方扩张领土，主要目标并不限在阿富汗，而是伊朗与土耳其，不过这两块肥肉难于下手，其他欧美大国决不允许。现在谈到斯大林要大力扩张领土，有些人即奋起斥责，说这是反革命修正主义，是叛徒。20世纪60年代初，毛泽东在接见日本社会党代表团时，就严厉斥责过斯大林的领土扩张主义。那时，斯大林才死去八九年，赫鲁晓夫并没有搞新的领土扩张，所以毛斥责的只能是老扩张主义，即斯大林的扩张主义。（那时，我是个摘帽右派，看不到《参考消息》，是1978年后从书上看到的，保证没错。）

上面说了这么多，似乎还不到正题似的。但是有多少读者知道这些真相？我是借此谈几句的。如果你不理解这些背景，也就根本无法理解下面的正题了。正题是：苏联庞大的工业生产能力，长期以来，竟有百分之九十以上是属于军用的，而属于民用的还不到百分之十。这个最大的、七十多年的绝对机密，全世界都猜想不到的绝顶荒唐历史。最近在戈尔巴乔夫的一篇短文中，却被他不经意地讲出了。

2001年12月23日，俄新社向世界发出了一篇专稿，是戈尔巴乔夫写的一篇短文，一千多字，题为《我一直主张建立新的联盟国家》，《参考消息》全文译载了它，公开了上述七十年来苏联的这个最高国家机密。戈氏在文中说："当时（指戈氏当政时）窘得很，无论洗衣粉和牙膏，还有连裤袜都不能敞开供应。只有百分之九到百分之十的工业（的生产能力）生产生活必需品。如果能从用于国防的（每年）一千多亿美元中拿出百分之十到十五用来生产日用品，也能缓解消费品市场的紧张局面。但已经来不及了。"

前面乌龟爬烂路，后面乌龟烂路爬。戈氏的语气很明显，他已经改正不过来了（其实是他胆小），只好照老路爬下去。他所说的占年军费的百分之十到十五，即为一百亿到一百五十亿美元，如果把它拿出来投资于民用工业，收回的利润可能就是一年三四百亿美元。解放初期，我们的纺织、烟草、小五金、木家具等日用轻工生产的回报率，大体就是这样的，甚或还要超过。我听过陈云同志的多次报告，都说发展日用轻工生产，对国家最有利。而且戈氏即使有改变老路的认识，要作如此重大的改变也办不到，既得利益集团能允许他这么做吗？何况他还并没有这个正确的认识呢！他上台后，提倡所谓"新思维"，但新思维的核心并不涉及经济上的根本改变，而只是着重在"公开化"、"民主化"。经济进步跟不上，经济不先行，你那个"公开化"、"民主化"，岂不只能越来越乱，终至不可收拾吗？

戈氏所说的这种全苏工业生产能力或投资的军民之比，显然是斯大林时代的遗产，而不是赫鲁晓夫、勃列日涅夫们的创造。世世代代，不敢更改。赫、勃等人如果真敢对斯大林来个大胆的"修正主义"，事情就完全有可能变好。中国就是个正面例子。可是，他们谨遵祖制，"坚持"他们的"列宁主义"，一点也不敢"修正"它，甚至更为荒唐。例如，赫鲁晓夫时代把一切集体农庄改变成国营农庄，取消农民多年来的那点儿命根子——自留地；把核导弹基地设到古巴去等，均属荒唐的太离谱！左得离谱！只有在几十年闭关锁国的状态下，才能培养出这一类比猪还蠢的"政治家"。

赫鲁晓夫时代，在1961年开了个苏共二十二大，通过了一个纲领，是一本三十来万字的大书，赫鲁晓夫作的报告。我一目十行地翻过。这纲领提出了苏联正在建设共产主义，还提出了一个动人的总口号，叫："一切为了人，一切为了人的幸福！"这口号我看不能说有什么不对，而是很好，这同马克思、恩格斯在《共产党宣言》中强调的精神是一致的。

问题是，赫鲁晓夫是个胡吹英雄，他常说苏联可以像制造香肠一样一堆堆地制造出原子弹来，又说苏联的核导弹可以准确地把空中的苍蝇打下来之类。因此，他吹的苏联正在建设共产主义之说，同上面那类胡吹完全是同类性质的东西。

勃列日涅夫等把赫鲁晓夫打倒了（1964年），当然就得大批赫鲁晓夫，说他是"唯意志论"。这倒也不错，勃氏于是稍退了点，说苏联正在建设"发达的社会主义"，换汤不换药。发达的社会主义国家投资的军民之比，竟是9∶1！这叫发达的社会主义，还是发达的军国主义？无须多说。

不管你叫什么口号，百姓首先关心的不能不是从经济上得到实惠。如果掌握政权者不此之图，老百姓就不可能从心里拥护你。这个道理本来并不深奥，并不要有什么高深理论才懂得的。约二千二百年前，汉初一个政治"秀才"陆贾（汉高祖刘邦的"太中大夫"，据《历代职官词典》，秦以后历代均设，掌议政，是中上级官员了，不知是否即"高级咨议"之意，毫无实权）就对刘邦说："马上得之，宁可以马上治之乎？"同理，革命党人以暴力取得政权，难道可以仅凭暴力来治理国家吗？太相信暴力了，"以暴易暴"，哪个会欢迎你？

孟子说得更清楚："忧民之忧者，民亦忧其忧。"苏共取得政权七十年后，工业生产投资的军用与民用之比竟是9∶1，难道这不是"不忧民之忧者，民亦不忧其忧"吗？因此，在他们垮台时，全国一片鸦雀无声，无人留恋。

（原载《杂文月刊》，2002年第2期）

《玉门出塞》及其他

潘旭澜

我读小学时,音乐课就是跟老师学唱歌,学会唱的,大约有100首(曲)以上。《玉门出塞》是特别赞赏之一。六十年过去,至今仍然记得。歌词是:

> 左公柳拂玉门晓,塞上春光好,
> 天上融雪灌田畴,大漠飞沙旋落照。
> 沙中水草堆,好似仙人岛。
> 过瓜田,碧玉葱葱;
> 望马群,白浪滔滔。
> 想乘槎张骞,定远班超,
> 汉唐先烈经营早。
> 当年是匈奴右臂,将来便是欧亚孔道。
> 经营趁早,经营趁早,
> 莫让碧眼儿射西域盘雕。

这首诗,极力描绘新疆景物的美好,笼括古今,展望未来,优美大气,言近旨远,一韵到底,朗朗上口。全诗传达出热爱新疆、建设新疆的情怀,着重提出警惕外国侵占、瓜分的意思。尤其是,从张骞、班超、"汉唐先烈"的艰辛经营,展望未来,富于预见地说"将来便是欧亚孔道"。热爱祖国的情思与很强艺术表现力的和谐结合,使它不但是当时歌词中的佼佼者,也是中国现代诗歌史上的优秀作品。它由赵元任谱曲,珠联璧合,一时全国传唱。

可是，1949年以后，它在中国大陆却突然消失了。是不是被定为"反动歌曲"呢？不然，为什么一般的出版物中，再也不曾见到提到呢？说不定除极少数特许的图书馆外，凡收藏载有此歌的旧书刊，都一概"处理"掉了，有些当代人的作品，不是由"有关部门"发文全国，"统统就地销毁"吗？《玉门出塞》必须让它消失，便是不在话下。歌词"反动"，作者更是万万不能让他出现。

很可能，"左公柳"是由此歌词首先提出的。即使早有别人提出，也是由此歌而广泛流传。左公为谁？就是近代史上杰出爱国者左宗棠。鸦片战争以后，列强加紧侵略、瓜分中国。在新疆，"北极熊由北而南，约翰牛自南向北"，企图将新疆从中国版图上分裂出去，浩罕汗国的阿古柏在英、俄的支持下占领南疆，局势严重。时任陕甘总督的左宗棠力排李鸿章等人强调海疆不要新疆的错误议论，坚决主张出兵收复新疆。他在65岁的多病垂暮之年，接受朝廷加委的"钦差大臣、督办新疆军务"的重任，他以"先北后南，缓焦急战"的策略，收复了新疆。在收复新疆、经营西北的全过程中，有很多重要建设。其中一项，就是规定部队开到哪里，大路就筑到哪里，杨柳就种到哪里，定下严格的奖惩办法。结果，完成了由潼关到嘉峪关3700里的路旁种树。以路的宽狭，分别种杨柳三四排。他的继任者杨昌浚，在1879年赋诗一首咏之："大将筹边尚未还，湖湘子弟满天山。新栽杨柳三千里，引得春风度玉关。"说的就是左宗棠西征的故事。左宗棠收复新疆、经营西北的丰功伟业，在任何有良知的中国人看来，都是应当彪炳史册的。将他指挥部下栽种的杨柳称为"左公柳"，也是恰当的。

然而，在1949年以后三十多年里，由于所谓"阶级分析"，由于"镇压太平天国"的大罪名，更由于"一边倒"的国策，左宗棠这些丰功伟业，统统被掩盖被抹煞，有些历史著作甚至横加指责、斥骂。到了"大跃进"的1958和1960年，他的墓便两次被拆得只剩下淹没在荒草中的墓拱。再到文革的1974年，更是被炸开墓拱，破棺抛尸。直到1983年，他的曾孙向一位最高层领导人写信，得到肯定，公开发表文章，才为他收复新疆的作为初步恢复名誉。至1996年，他的五代孙左奎出版《左宗棠传》，才将他一生的功业大部分，作了正面的叙说。但对于参加镇压太平军，仍还如临如履、尽量简略，不敢直接褒贬。到了2000年拙著《太平杂说》，才对他为洪秀全和太平军画上句号，从根本上加以肯定。说这是"对中国的重大贡献"。但我人微言轻，我的见解只能诉之知识界的良知，诉之历史老人的检验。

《玉门出塞》的"反动"，还在于最后一句"莫让碧眼儿射西域盘雕"。这是说别让外国——尤其是苏联、英国侵占新疆，将新疆从中国分裂出去。在中国大陆，很长时间里，对"苏联老大哥"是根本不可以有一点点不恭敬的。沙皇俄国的领土扩张野心，被斯大林和他手下的很多高层领导人，无保留地继承下来并且大大发展和实施了。身居高位、长期兼任外交部长的莫洛托夫就直言不讳地说："外交部长的任务，就是不断扩大苏维埃的领土。"他们可以将外国领导人请到克里姆林宫，提出领土要求，说，如不答应，"您就回不去了"。斯大林当着英、美领导人的面，红铅笔在地图上一画，一些国家就成了苏联的势力范围和附属国。这些国家的党政领导人，全要由斯大林指定或认可，它们的军队全要由苏联统一指挥，甚至还派苏联将领去做别国的国防部长。如此等等，难以尽述。中国不是东欧，但对"老大哥"也是一点不能有微词的，萧军对驻东北的苏军有所不满，便被整得半死不活。1957年的划右派分子的标准，就有一条是以对苏联的态度来定的。许多对某一具体的苏联人、事稍有不同意见的，统统划入别册，绝不手软。萧军自然被划为右派分子，到1979年才成为"出土文物"。甚至，四十年代初对斯大林明显损害中国的事发表过意见的爱国人士王造时等人，此时也老账新算，划为右派，不服抗争，就逮捕入狱。所以《玉门出塞》最后一句，是"绝对不能容许"的"反动"言论。只是，作家罗家伦在台北，得免于被处治。虽然如此，他和他的作品却从此不再"谬种流传"。

得改革开放之赐，这个罗家伦近年才在一些文章中被谈到。可是，大多只限于他在清华办学的大略。他的作品，五十多年来，我只见过1997年出版过一本薄薄的《历史的先见——罗家伦文化随笔》，是"海外学者文丛"的一种。所以，做一个简介，对于多数读者也许不是多余的。

罗家伦（1898—1969），字志希，笔名毅。先后就学于复旦公学、北京大学。是新文化运动最早的团体新潮社发起人之一。参与创办的《新潮》月刊，影响仅次于《新青年》。五四运动发生时，起草当日惟一的印刷传单《北京学界全体宣言》，并被推为三个学生代表之一，到各国使馆分送。五月廿六日发表了《"五四运动"的精神》，首次提出"五四运动"这个名称，并从此确立。被认为是五四运动主角之一。1920年因北大校长蔡元培推举，赴美留学，入普林斯顿大学攻读历史学与哲学，一年后转哥伦比亚大学，译《自由思想史》（*History of Freedom and Thought*）出版。1922年转英国伦敦大学，次年入德国柏林大学研究院。两年后再转入法国巴黎大学。主张有计划地收集编辑中外史料，以研究中国近代史。六年之间，在美、英、德、法的五所著名大学研读，是很罕见的。1926年回国，参加北伐，被任命为北伐军总司令部参议，旋任编辑委员会委员长。从此成为蒋介石在文教方面的主要亲信之一。1928年8月，奉国民党政府之命接管清华学校，改为国立清华大学，出任校长。认真说来，他是清华大学的首任校长。就职后，对学校多有重大改革。大概说来，有以下几方面：一、聘用教授尤其是院长、系主任专重学问、才能，不徇私情；二、改变了外交部官僚重职员轻教师的传统，提高了教师地位；三、提高中国教师的地位，使他们与外国教师平起平坐；四、提高中国课程的地位，使与西洋课程受到同等对待；五、终止清华作为留美预备学校的功能，改造为四年正规课程教育的多科性综合大学；六、解除女禁，招收女生，实行男女同校，在全国大学中开了先例；七、使清华脱离由外交部与教育部联合监管的体制，改为教育部直辖；八、加强校舍和教学设备的建设。其目标，是将清华建设为"中国现代化的第一流大学，俾与世界先进大学相抗衡"。但因蒋介石在与冯玉祥、阎锡山的战事中失利，又因罗家伦推行"党化教育"、实行军训，加上平时作风骄矜，招来许多非议。于是发生"驱罗风潮"，1930年5月在这种情况下辞职。转到武汉大学任历史系教授，作为临时性过渡。几个月后，调任中央政治学校教务主任兼代教育长。1932年8

月，被任命为国立中央大学校长。不多久便将这个解散后恢复的大学，搞得有声有色，成为中国一流大学。除了国民党政府的重点照顾外，也与他的办学能力有直接关系。当然，中央大学的庙堂意识，也在他任中得到确立，并成为一种传统。1941年10月，调任滇黔考察团团长。1943年3月调任新疆监察使兼西北考察团团长。6月由"陪都"重庆出发，1944年3月完成大西北建设计划及报告14帙。估计《玉门出塞》当是1943年6月至1944年3月之间所创作。这首诗，也许可以视为他任新疆监察使一年的观感和建议的艺术表达。

抗战胜利后的1945年10月，到英国伦敦参加联合国筹建"文化教育科学组织"会议。返国后，出任国民党中央党史编纂委员会副主任委员（主任委员是国民党中常委张继），负责实际工作。1947年调任中国首任驻印度大使，由于印度于1949年底承认中华人民共和国，与国民党政府断绝外交关系，乃离开新德里到台北。

1950年任中国国民党党史中央党史会主任委员，继续出任大使以前的工作，只是名义上由副扶正了。1952年兼任"考试院"副院长。1957年辞"考试院"兼职，改任"国史馆"馆长，先后编辑出版了《国父百年诞辰纪念丛书》等书。1968年因病退休，次年因脑血管硬化及肺炎并发症去世。

罗家伦的著作有：《新人生观》、《新民族观》、《文化教育与青年》、《科学与玄学》、《中山先生伦敦蒙难史料考订》、《逝者如斯集》、诗集《西北行吟》等。

近年，人们纷纷撰文谈论1949年以前的中国教育家，探讨他们的教育思想和办学实践。这无疑是一种有益的世纪回眸与反思。以史为鉴可以知兴替明损益。只是谈论的人物还很窄，谈论的内容还很浅。不过，既然有一个好的开始，就应当也一定会继续下去。不但各校编写校史应当记载他们，一些有重大影响的人还应当在各种报刊评述，出版专著介绍研究。这之中，作为第一任清华大学校长和恢复中央大学并担任校长达十年之久的罗家伦，是不应当被遗忘的，他在教育方面的功过得失，应当在尊重事实的基础上，得到恰如其分的评说。作为五四运动的主角之一，更不应被偏见所湮没。他在文化、历史、哲学方面的著作，需要有实事求是的介绍和评价。

　　临了，再回过来说两句关于《玉门出塞》的话。看来，罗家伦去新疆时，左公柳还大多保存，才会有"左公柳佛玉门晓，塞上春光好"的诗句。可是，近年许多文章都说，如今左公柳已"所剩无几"。那些还挺立的苍老左公柳，作为历史见证，一定有许多话要向今天和明天说。也许，它们要说，当年怎样延伸于荒凉的西北大地，同左宗棠名字联系在一起的历史启迪，内战和"大跃进"又有什么样的遭遇，历史之被颠倒需要现实付出什么样的代价，等等。近年，开发西部的计划正开始实施。它当然不是几十年前的罗家伦所能想象的。然而，他的诗篇却因此而凸现出穿越历史风雨的生命力。当开发西部取得根本性成就之时，就是"欧亚孔道"实现之日。比修筑铁路、西气东输等工程更艰巨的是，绿化西北大地，绿化人们的心灵。

　　《玉门出塞》应当作为 20 世纪中国的经典歌曲，长期流传下去。但"应当"而未能实现或经过许多曲折才姗姗来迟的事，向来难以胜数。在这个并非什么大不了的"应当"实现的时候，只不过像一株被湮埋的左公柳重新挺立于塞上。

（原载《同舟共进》，2002 年第 3 期）

关于"暴民"问题的几点思考

王学泰

去年初，我在《南方周末》发的一篇短文——《警惕暴民意识》中说："暴民意识和清官意识一样，对于中国人来说都是挥之不去的情绪。现在，清官意识不管如何改头换面、冒充新的东西，舆论还是能够把它识别出来、作为负面的社会现象来批评的，而暴民意识则不然，电视剧《水浒传》中的一曲《好汉歌》唱遍大江南北。许多处于弱势地位的普通老百姓从内心里羡慕那些敢于'该出手时就出手'的暴民。把它看作解决社会不公时可供选择的手段。社会舆论，特别是通俗文艺作品还常常把这些当作'反抗精神'和'英雄气概'加以表彰。听说，它还被改编为现代民谣，起句为'下岗大哥你别走'，以'该出手时就出手'作结。民谣赤裸裸地表达了一些人幻想用暴力的手段改善经济地位的愿望。这些都是值得关注的。"这篇文章本来是有感于目前通俗文艺作品（特别是影视作品）中暴力的倾向发表的意见，不期引起了许多热心探索社会改革人士的注意。不仅有些读者在各地报刊上发表了不同的意见，有的还把这篇小文贴在了网上，以期引起更多人的关注和讨论。这是我预先没有想到的。学术本属公器，讨论更是促进学术发展的动力，何况，关于暴民意识与暴民的问题近几十年来似乎从来没有见过系统的讨论文字，如果就此机会把这个问题展开，各抒己见，对于理论的发展和社会实践都是有积极意义的。

综合发表的文章和寄给我本人的信件，其意见大体可分为以下几个问题：一、"暴民"的说法本身就是错误的。老百姓的反抗是天然合理的（实际上，从当前语境来看，近几十年的"暴民"都是在"指挥刀的保护下"，所"反抗"的也是逆来顺受的弱者），没有什么"暴民"问题，只有"暴政"、"暴君"。"暴民"的说法是统治者对人民反抗"暴政"的污蔑，甚至有人认为提出"暴民"这个概念就有"与民为敌"之意。有的读者很气愤地说:"暴民"是什么?中国的老百姓还不老实么?你不满意"暴民",是不是在为贪官污吏的横征暴敛张目?二、如果说老百姓中有需要解决的问题的话,那也只是"顺民"的问题。因为据有的论者说,中国的老百姓在迫害与压迫中缺少反抗勇气。三、因为有"暴政"才有"暴民",因此,就要"治民必先治官","治暴不如治权"。对于通俗文艺作品,特别是当前影视作品充斥着的暴力文化的问题及其负面效应反而没有什么人接触到,这是令人遗憾的。也许是人们习以为常、见怪不怪了。

"暴民"是个沉重的话题

近几十年来,我们说惯了"人民"这个词儿(50多年前是说"国民"),近几年来,又有倡导用"公民"这个概念来表述老百姓在"法治社会"中位置的建议。这的确体现公民意识的觉醒和社会的进步。而"暴民"这个词儿却很少在我们的文字和口头里出现,大家头脑深处也缺少"暴民"这个概念。因此,《警惕暴民意识》的发表使一些读者感到突然,感到不解。我曾在《从"该出手时就出手"说起》一文中写道:头脑里充斥着"清官意识"和"暴民意识"的人们"或是匍匐在清官脚下,希望得到他们的垂怜;或是不怕天、不怕地,铤而走险,去争夺属于自己或不属于自己的利益"。于是,有的批评者就据此驳斥说,夺取"属于自己利益"的人们是正当的反抗者,那些夺取"不属于自己利益"的人是"暴徒"。称"反抗者"为"暴民"是错误的。这种批评根本上否定有"暴民"存在,没有"暴民",当然更不会有"暴民意识"。于是讨论便失去了基础(当然也有认为所谓"暴民"就是"革命者"的,并以自己就是这样的"暴民"而自豪)。

什么是"暴民"?我想对这个概念的具体所指,大家都会有感觉,但它又很难下定义。我理解的"暴民"是:当社会或人与人之间出现矛盾时只是执着地使用暴力解决问题,而不作其他思考的平头百姓。他们认为暴力是万灵妙药,可以解决一切社会问题,就像梁山上的李逵,认为他的两把板斧可以解决一切问题而不考虑其他选择。这种思维方式的产生与人类本能、某些生活经验以及环境、文化素养有关，我在下面将一一述及。

究竟有没有"暴民"？我认为首先这不是个理论问题（如果说是"理论"问题的话，只是一度把持"理论"者不许公开讨论），而是现实问题。经过"文革"的人都不会对是否有"暴民"形成疑问！事情摆在那儿，不说"打砸抢分子"，就那些在"指挥刀保护下"造反的积极分子、勇敢分子是不是暴民？那些充满了暴力语言和暴力行为的批判会、斗争会，"文斗""武斗"，喋血闹市，溅血长衢，这些都是谁干的？难道就几个、几十个、几百个、几千个"暴徒"就能够搅动天下？在七八年中，把偌大的国家搞得鬼神不安？干这些事的不是"暴民"又是什么？他们当中的许多人以此为乐，以此为荣，起码是不以为非的，人性中蓄积的暴力倾向得到了缓解，人们在心理或生理上获得了些快感（尽管这是变态的），即所谓"与人奋斗，其乐无穷"！有人把这说成是"革命"，我不以为然，革命中有暴力，但暴力不等于革命。

"暴民"不仅中国有，外国也不缺少。非洲的图希族、胡图族的互相仇杀，几十万人丧生，参加的"暴民"总数在百万以上。这里有什么"革命"？从近期的《作家文摘》上读到了记录印度尼西亚加里曼岛上部族仇杀的文章，题目为《人头在我眼前落下》。那里的达雅克人仇杀马都拉人，见到他们就杀，砍掉人头，称为"猎人头"，无头尸横陈街头。看完这篇报道令人不寒而栗。本来都是相处很好的邻里朋友，一旦受到民族仇恨的蛊惑，突然反目若不相识，对朋友大开杀戒，仿佛变成了另一个人，变成兽性十足的"暴民"。

为什么广大读者对"暴民"一词感到陌生和不习惯呢？因为近几十年来理论界谈到"民"都得用褒义词。把"暴"与"民"联系起来，在评论家看来是不可想象的。似乎说"暴官"还可以理解，而人民的一切暴力活动都是合理的。这与抽象的"人民"崇拜有关。"人民"只是个抽象的概念，可是其崇高的地位却无以复加。张三李四、王五赵六，谁都是"人民"，谁也都有可能不是。提到"人民"只能与正面意义的东西相联系，否则谁都有可能代表"人民"大兴问罪之师，实际上"人民"只是一些人用来敲打别人的一根棍子。中国的知识界也犯了名词崇拜症，不管你谈的是什么问题，"民"就不许有负面的东西，当马寅初先生在50年代，谈到中国人口应该压缩数量，提高质量时，马上就有人义愤填膺，说他诬蔑中国人民，中国人民在共产党领导下推翻"三座大山"是质量最高的。

如果我们心平气和地想一想，"民"是与"官"相对的一个群体，皇室、贵族、官僚以外都是"民"。一为群体，其中自然是形形色色，良莠不齐，因此，谈到"民"可以与性质不同的形容词相连接。良民、刁民、顺民、莠民都是成立的，"民"中有英雄豪杰，当然更不乏疲软分子，"暴民"只是众多类型"民"中的一类，决非全体，更没有借此贬低"人民"之意，还请有不同意见者垂注。

另外，探讨问题要关注参与者的本意。我提出"暴民问题"，一是有感于现在通俗文化具有暴力倾向的作品太多，武侠作品充斥于文化市场和与普通人关系致密的声像作品之中。人们打开电视到处都是打打杀杀，许多人物都是"一言不合，拔刀相向"。这是不是在培植人们的"暴民意识"？另外，在社会转型期间，矛盾丛生，如何理顺这些，是各阶层的人们都要考虑的。多年的社会教育和文化熏染使得许多青年认为只有暴力才能解决问题。我不否认历史上暴力起了非常重要的作用，身处今天更无权利否定过去人们的历史选择（当然，更不是责备），但是会不会有更好的方法解决社会矛盾，从而推动社会发展呢？这确实是关心社会进步的人们所应该思考的，当前人们对历史上改良主义的研究、对非暴力文化的研究都属于这一类。我想即使这些思考的结论不正确，也不等于这种思考毫无意义，理论研究本来是不应该有禁忌的，但实际上不仅过去，直到现在还存在着许多禁区和敏感问题。我想其根源在于把一些社会理论问题泛政治化。

《史记·儒林列传》记录了一个道、儒两派学者相争论的故事，很有启发性。孝景帝时道家黄生提出"汤、武非受命，乃弑也"。儒者辕固生不同意，他说："不然。夫桀纣虐乱，天下之心皆归汤武，汤武以天下之心诛桀纣，桀纣之民不为之使而归汤武，汤武不得已而立，非受命为何？"黄生说:"冠虽敝,必加于首;履虽新,必关于足,何者,上下之分也。今桀纣虽失道,然君上也;汤武虽圣,臣下也。夫主有失行,臣下不能正言匡过以尊天子,反因过而诛之,代立践南面,非弑而何也?"辕固生搬出现实问题:"必若所云,是高帝代秦即天子之位,非邪?"景帝看接触到现实的敏感问题,赶紧出来打圆场:"食肉不食马肝,不为不知味;言学者无言汤武受命,不为愚。"于是,结束了这场论争,此后再没有学者谈论和争论这个问题。这使得原始儒家一个重要的观点在汉代很少有人再谈,更使得儒家关于"汤武革命"这一命题中更为精微的分析和论证失传。其根本原因就在于把一个学术问题泛政治化了。我们今天谈论暴民问题,不仅问题本身沉重,而且讨论的环境和人们对这个问题的反映都不会很和谐、很轻松的。但我希望不要重蹈辕固生的覆辙,把一个学术问题泛政治化。

"暴民"的产生

就人类的自然本性来说是具有"攻击性"一面的,这已为欧美一些社会生物学家所证明,奥地利的社会生物学家、诺贝尔奖获得者康罗·洛伦兹在《攻击与人性》一书指出人是动物的一部分,其攻击本能也是具有自发性的。美国的社会生物学的创始人之一的 E. O. 威尔逊曾说,从调查和实验研究中可以看出,人的攻击行为具有较显著的遗传特征,这就是说人类在处理矛盾时采取暴力行为,或说采取有暴力倾向的行为,这是有内在的生物学根据的。但他又在《论人的天性》一书中指出,与自然界万类比较起来,人类绝不是最好暴力的动物,人类的暴力行为大多还是环境与文化的产物。洛伦兹从另一个角度指出,文明与理性是会大大削弱人类的攻击性的,甚至他设想,在不久的将来人类的淘汰压力将赋予我们后代一种新的能力,促使他们完成一种新的戒律,即爱全人类。

虽然我们的古圣先贤还不懂得从试验出发去考察人的本性,但是他们认识到文化环境对于人性的影响。孟子曾说:"富岁子弟多赖,凶岁子弟多暴。非天之降才而殊也,其所以陷溺其心者然也。"社会失序、天下大乱,人的生存受到了威胁,当求生存上升为第一问题时,暴力也就变成解决这个问题时的第一选择。暴力替代了一切秩序,此时,不"暴"的人根本无法生存,大家都成了"暴民"。

明太祖朱元璋曾经生动地描写过元末大动乱的情景。他说:大乱一来,无论是"豪民",还是"窘民",都得裹入乱兵之中。他们"弃撒田园宅舍,失玩桑枣与榆槐,挈甲就军,老幼尽行,随军营于野外,少壮不分多少,人各持刃趋凶,父子皆听命矣。与官军拒,朝出则父子兄弟同行,暮归则四丧其三二者有之。所存眷属众多,遇寒朔风凛凛,密雪霏霏,饮食不节,老幼悲啼,思归故里,不可得而归。不半年,不周岁,男子俱亡者有之,幼儿父母亦丧者有之,如此身家灭者甚多矣"(朱元璋《大诰三编》,见《全明文》)。在这种情况下,"良善者生不保朝暮",想不为"暴民"而不可得。正是在这样的时代氛围里才会出现"不平人杀不平者,杀尽不平方太平"(《南村辍耕录》)这样激愤而极端的声音。对于这样时代的"暴民",我们应该抱有"同情的理解"。

当然,历史上的求生存奋斗中包含有一定的反压迫、反剥削的内容,尽管不一定是行动者自觉意识到的。社会上是一片乱象,杀戮、抢掠成风,人们的行动带有很大的盲目性。什么叫"自己的利益"或"不属于自己的利益"、什么叫该杀或不该杀,哪有个认真的计算!老百姓朝不保夕,"丧乱死多门",每天都面临着死亡,真是苦不堪言。这是老百姓最害怕的时代:在拙作《游民文化与中国社会》一书中,我称之为"暴民乱治"。因此,老百姓总结说:"宁为太平犬,不为乱世人。"这是生活在太平时期的人们很难理解的。每一个社会大动乱时期都要死上数千万人,总人口大量锐减,有时高达百分之五六十。毛泽东在一次讲话里说,用冷兵器,例如大刀梭镖之类杀人未必比原子弹少!就是针对这种情况说的。

然而我们对社会与国家的倡导暴力、鼓励"暴民"就感到难以理解。前苏联有位作家名叫达尼埃尔,写了一篇近于荒诞派风格的小说,名为《莫斯科广播电台现在播音》。有一天,莫斯科广播电台突然宣布说:"为满足广大劳动群众的需求兹宣布 1960 年 8 月 10 日为公开屠杀日(前苏联当局喜欢颁布各种名目的"日",如"飞行员日""教师日""矿工日"等),

这一天凡年满16岁以上的公民皆有任意屠杀其他公民的权利。命令将于莫斯科时间1960年8月19日（原文如此）凌晨6时生效至24时失效……最高苏维埃主席团主席。"命令还有附加条款：16岁以下少年、穿军装的人和民警局的工作人员不得屠杀。过了规定期限屠杀者则追究刑事责任。这条消息激起了许多人的杀人恶念。第一个听到这个消息的托利亚本来是温和善良的。他的情人卓姬约托利亚要在"屠杀日"杀死她的丈夫帕夫利克，被他拒绝了，他想，你不爱他可以和他离婚嘛，干嘛非得杀死他呢？可是当情人走了，托利亚一个人坐在屋子里面也不禁浮想联翩：那一天，杀死谁好呢？从他脑子里闪过的人有：上大学时，总给他不及格的老师、他所讨厌的作家，还有那些"主宰人民命运肥头大耳的人们"。最后还是心中善念战胜了恶念："他任何人都不想杀，决不想杀！"当他的朋友在一起赞美"8月10日这一天是我们党的英明政策的结果"和街头已经有了屠杀发生的时候，托利亚在呼吁："公民们，不要互相屠杀，我们要爱他人。"这篇带有寓言性质的小说，揭示了30年代以来大清洗等政策给普通百姓心理的创伤，当政者挑动人们的攻击本能和人类内心的恶性，把老百姓变成"暴民"，最终会自食其果的。纳粹、法西斯、日本的军国主义都这样干过。它们把善良的百姓塑造成为"暴民"，然后驱使他们为自己的侵略政策服务（从日本老人东史郎的日记也可以看出这一点）。当然，小说只是个寓言，即使是极端专制制度下的"暴民"也不一定跑到街头上去杀人，但在人们之间提倡仇恨，制造紧张气氛，互相提防敌视、彼此虎视眈眈，如《红楼梦》中探春所说的一个个像乌眼儿鸡似的"恨不得你吃了我，我吃了你"，为此可以采取任何手段。权力为使自己通行无阻，蓄意制造"暴民"，这必然恶化人与人之间的关系，毒化了社会氛围，为专权制造条件，至于这会给社会的全体成员带来什么样的精神和物质的损失是它在所不计的。

"暴民"的迅速培养往往都要通过所谓的"群众运动"，并借助它以张扬。"暴民"也可借群众哄起，充分展示自己残暴（他们或她们都把这种残暴当作自己人生的辉煌）。"文革"当中，第一个打死教师的是北京师大女附中的学生们，动手的都是十七八岁的女学生。如果没有所谓轰轰烈烈的

"群众运动"作背景、没有"群众"一起动手,我想让哪个女孩子单独上阵,都不会有这个胆量。这是有心理根据的。19世纪末法国心理学家古斯塔夫·勒庞在他的《乌合之众——大众心理研究》一书中指出:当人们汇成群体,他作为个体所具有的品行和理智消失得无影无踪,无论智力高低,在群体中很少起作用了,大家所具备的只是群体特征了。勒庞认为,群体只知道简单而极端的感情。他们往往受到一种简单化的理念的控制,并用专横的手段推行它。群体不能接受讨论和质疑,更不能批评,在群情激奋时,往往会丧失理性,此时暴力是他们特别爱使用的手段。

有人认为"群众运动是天然合理"的,就是因为群体具有简单幼稚的本质。群体易于被一些炫人眼目的说词所左右,一些似是而非的理论(越简单越好)、一些激动人心的口号就可以使群众怒发冲冠、慷慨赴死。从中获利者,让群众为自己火中取栗的人们,当然要廉价赞美群众运动。另外一批慷慨地赞美"群众运动"的就是"看客"。鲁迅也说,中国多的就是"看客"。这些人抱定"看热闹"的宗旨,惟恐天下不乱。他们不懂得真正的"大热闹"出现的时候,很少有人逃脱,覆巢之下,岂有完卵?真正身处于这种大动荡中,而又无所适从的广大老百姓绝不会再有"看热闹"的雅兴。20世纪对中国人来说是有太多悲哀的世纪。如今我们走到初步稳定和发展这一步已是很不容易的了。不仅是经济和国家整体面貌的巨大改变,更重要的是有更多的人逐渐相信了还可以通过非暴力的形式争取和保护自己的权益,相信了社会能够实现有序的、渐进的变革,从而选取了比较平和的态度争取社会的进步。现在人们可以心平气和地讨论"暴力"负面价值和"非暴力"的正面作用了。这在20年前还是不可想象的。人们在这个问题上与主流意识稍有差异,轻则为人所笑,以为是太迂;重则被指为别有用心。

最重要的是专制压迫制造着"暴民",极端的专制时代杜绝了一切和平解决社会矛盾的可能,把实在无法生存下去的广大人民群众逼上必需诉诸暴力的道路。横征暴敛、吏治黑暗、社会腐败和自然灾害都是催化剂。当走投无路的民众处在"今亡亦死,举大计亦死"的两难选择时,稍有胆识者就会揭竿而起，干一场轰轰烈烈的大事。可是在农业文明的中国，民众没有新的意识形态作为指导，他们的目的、宗旨，乃至反抗的手段，都是从他们的压迫者那里学来的，可以说暴君是"暴民"的"老师"，暴君与"暴民"是一条暴力链上的两端。从暴君专制到"暴民乱治"再到暴君专制是中国古代社会循环往复的怪圈。当"学生"变成"老师"后，他们又在培育新的"学生"。这一点我在拙作《游民文化与中国社会》有较详细的论述，有兴趣的读者可参看。

在《游民文化与中国社会》中，我较为系统地介绍了游民、游民意识、游民文化的特点，及其产生过程。游民因其经历、社会位置、生活环境、文化教养是最容易沦为"暴民"的群体。特别是游民所创造的通俗文化对于暴民意识的传播起了很大作用。

暴力与暴力文化

"暴民"之所以被一些人视为英雄，就在于他们认为只有暴力才能解决社会问题，推动社会进步。在个性萎缩的宗法社会，有些人敢于"该出手时就出手"，怎么不被大众歆羡呢？有人引恩格斯的话说，恶才是历史进步的杠杆。这原本是黑格尔的意见。但"恶"不等于暴力（例如人的"贪欲"也是一种恶，它促使人们追求利益的最大化，这一点，在大多数情况下不表现为暴力）。暴力也不一定推动社会进步。

社会存在矛盾是常态，社会矛盾发展到一定程度就要解决，解决社会矛盾历来有两种手段，一是暴力，二是非暴力。社会矛盾激化易于导致暴力，不仅事实如此，而且是有生物学依据的。暴力解决问题比较痛快，暴力的实施者内蓄能量得到了释放（有实验证明，有人深为过剩的攻击冲动所痛苦），这是人们在盲目状态下解决问题时的首选方案。然而它不一定是与社会进步相联系的。可以设想，经过几年、几十年或长达一二百年的社会大动乱，它给社会带来大量损耗。社会安定时期的经济积累、文化积累扫荡殆尽。待社会重新稳定下来的时候，一切都需要从头开始。中国封建社会持续了两千多年，肯定是与战乱过多有关的，因为每次大动乱后都要重新积累财富,而社会的进步虽然不能说完全取决于社会财富的总量,但从马克思主义历史唯物论的原则来看,社会财富增多肯定起极重要的作用,对财富大量毁坏肯定会影响历史进程。中国古代社会长期在社会动荡(破坏财富)——安定(财富积累)——社会动荡(财富破坏)循环(反映到政治上就是:分久必合、合久必分)中震荡。这个历史循环现象之所以在古代不断地出现,其原因主要有三点:一是社会结构不合理;二是生产力水平的限制(中国小农经济特点就是生产规模太小);三是统治者不合理的政策(这其中有利益的、意识形态的和文化的等多种因素)。于是,生产和社会关系的重新调整只好靠大量的消灭人口来实现。这种情况下,在主流舆论中形成这样的悖论:一方面是"人命关天"(这主要是儒家思想的影响);一方面又认为死个几十万、几百万人没有什么,这是"历史进步"的代价。数千年来,暴力文化弥漫于上下,人命贱如蝼蚁。人们迷信暴力,动不动就要展示武力,并认为只有武力才能最终解决问题(永远不会出现十全十美的理想社会)。因此,"暴民"不仅不会受到社会的责备,而且被视为拯危救弱的英雄;暴民也不会自责,认为他对社会的报复理所当然。

暴力实际上不可能从根本上解决社会问题和比较完美地调整人与人之间的关系。鲁迅曾讲过"娜拉走后怎样"?"文革"当中,备受苦难的顾准先生把它用到思考"革命"最终结局这一重要问题。"不断革命论"者断言"革命是常态",这是不正确的,除非他无限扩大革命的外延。"革命",特别是暴力革命是短暂的,是解决社会矛盾的一个可供选择的最激烈的手段。与非暴力相比,采取暴力形式解决社会的表层问题(如报仇雪恨、富贵易位、政权转移),一般说来是比较迅速彻底的。人生百年,人们,特别是革命的领导者也是常人,谁不愿意眼看自己事业成功、理想实现呢?因此,不仅中国,就是在世界范围内,许多民族也多愿意选择暴力手段解决社会问题。实际上,社会在发展中是不断地出现问题和解决问题的,社会的进步是在经济和文化不断地积累中实现的,那种认为使用"最后一次暴力",一劳永逸建立世间理想社会,以后永远不会有暴力的善良愿望,实际上只是一个梦想。正如先驱者顾准所指出的,它乃是基督教传统——在现实生活中建立千年王国的幻想。在暴力革命基础上进入相对和缓的社会财富积累时期是十分困难的，它需要相当长的一段时期维持一种张力，新建立的政权也往往在相当长时间内采取更有力度的暴力镇压以求得新建社会的稳定（过去人们常责备新建立的王朝屠戮功臣，说这是"鸟尽弓藏"之祸，实际上就是新上台的统治者为保持新朝稳定而进行的镇压）。这样非常容易形成暴力的轮回，也就是伯夷所说的"以暴易暴"。这在中国古代是无法解决的，有些人的善良愿望也很难为大多数人们所理解。进入了21世纪，"非暴力"这一解决社会矛盾的选择越来越为世界上大多数人所认识，成为他们的选择。我想，持这种想法的不一定都是"既得利益者"。

暴力是嗜血的，为暴力所浸染的人们，容易形成"暴民情结"。这些人极易成为"极权主义"社会运动的基础。德裔美国政治学家汉娜·阿伦特（H. Arendt）在其名著《极权主义起源》中就指出极权主义运动中的"精英"用宗教的或意识形态上的狂热（往往夹杂着未来虚幻的幸福）去煽动那些文化不高、现实生活中有着各种不满的分子（这样的人在任何社会中都非少数）采用暴力手段，改变社会结构、重新分配权力和利益。如意大利的法西斯运动、德国的纳粹运动。这些"精英"运用各种花言巧语把无数顶高帽戴在群众的头上，鼓励他们的犯法行为，本来就缺少思考的人们，在无比热烈的群众运动中，智力更是大幅度下降，被那些花言巧语愚弄成为暴力机器中的齿轮或螺丝钉。实际上获得利益的是那些"精英"，使大多数人，包括"暴民"陷入苦难。这样的例子太多了，上面我们曾列举许多中外的事例加以说明，可以看出各种"暴民运动"的目的、宗旨、操作手段是大体相同的，但其中也有不同，最明显的差异是外国的"暴民"是杀其他国家或其他民族的"异类"，而我们中国则是杀自己国内、同民族的"异类"。

泛滥的暴力也在制造着暴力文化，这里统治者的行为起了导向作用。虽然说国家、政权本身就是以暴力为基础的，但政权以哪种意识形态指导权力的运作还是对被统治者思想有深刻影响的。例如秦始皇统一天下后，以政治秩序替代一切秩序，而且其"政治秩序"就是用强有力的规范去限制老百姓的一切行为。秦统治者之所以如此，就是因为他们信奉的是法家学说，法家把一切人都看成坏蛋，只有在严厉法律的统治下才能遵纪守法，不干坏事。为了推行严刑峻法，便借助于暴力。因此在战国期间，秦就被其他国家的人们称为"虎狼之国"（有虎狼之国，必有虎狼之民）。从这个称呼就可想见其国中暴力文化泛滥和"暴民"充斥的情景。与之相反，儒家虽然不完全否定暴力，但是，在政治操作中他们更强调"导之以德，齐之以礼"，注重"德治"和感化作用，倡导人和人之间的和谐关系。这样，在孔子、孟子的家乡邹鲁一带就形成了尊重礼乐的风气。刘邦统一天下的战争中，进兵围鲁，城中的儒生尚在讲习礼乐，弦歌之音不绝。虽然在今人看来不免有点"迂"，但可见儒家风习对民间的浸染决非暴力文化。

一千年以来，对于民间和下层社会影响更大的乃是广泛流传的通俗文艺作品。阿Q连圈也画不圆，但是他会唱"悔不该，酒醉错斩了郑贤弟"、"我手执钢鞭将你打"，可见，这些通俗文艺的影响力之大。它仿佛是水银泻地，无孔不入。我在《游民文化与中国社会》一书指出宋代以来游民参与了通俗文艺作品的创作与演出，他们的思想意识渗入了这些作品之中。游民是古代脱离了主流社会的群体，他们不被社会主流思想所约束，他们脱离了宗法网络，自然也就失去了儒家所分配的角色位置与相应的角色意识。他们是具有主动进击精神（而宗法网络中的人民则个性萎缩，缺少这种精神）、有着暴力倾向的群体。体现了他们的思想意识的文艺作品必然是暴力文化的一部分，例如《说唐》那样的通俗小说，以气力和武艺排定"天下第一条好汉"至第N条好汉，第一条好汉李元霸面对一百八十万军马，打开一条血路，双锤到处，纷纷落马，个个身亡。元霸犹如打苍蝇一样，把隋朝将士打得尸山血海。这种对暴力的张扬，对民间的影响是不可估量的，而且是负面大于正面。有人说，三教（儒、释、道）之外，还有一教，这就是"小说教"（钱大昕语），从影响面来看，的确不错。"小说教"与"三教"倡导非暴力不同，它鼓吹暴力至上，可以凭借它解决一切问题。这些在拙作中已经有详细的论述，这里不赘。

暴力文化有那么多渠道通向普通民众，民众受其控制、影响，自不可免。大多情况下,普通民众并没有成为"暴民",但并不等于没有"暴民意识";这与不是游民的人们也可能沾染上游民意识一样。当社会问题从人们的头脑中一过,马上通向暴力解决一途,问题与暴力仿佛是短路,因为这些人们的头脑里充斥着"暴民意识"。这种"暴民意识"不仅解决不了问题,反而使问题复杂化,暴力升级,于己于他都不利,因此,许多希望社会祥和的人们才提倡"有话好好说",不要立足于"斗"。我说"要警惕暴民意识"也是这个意思,这不是都在为贪官污吏着想。希望那些不同意见的读者垂注。

就是对待贪官污吏的横征暴敛也是要采取合法的手段予以揭露,使之受到法律的惩处。有人问:"我们的国家达到法制(治)社会了吗?"我也同意现今的社会离真正的法制(治)社会还有相当长的一段距离,"人治"的阴魂不断,官员有法不依和违法乱纪的现象还很严重。然而,也应该看到走向"法治",建立公民社会不仅是世界的潮流,也是大多数中国人和社会上下的共识。这个共识也是得来不易。这个方向已经确定,"法治社会"的实现不仅取决上面的"战略部署",更与整个社会民众的公民素质密切相关。普通的老百姓也是有学习做"公民"的义务的。这与前几年的"普法教育"不一样,那次教育活动,在一些干部心目中是把"普法"看成是让老百姓认识和熟悉法律规范,不要越界犯法,这种认识的思想背景就是把法看成"治"民的工具(当然"法"也不是单纯"治官"的工具)。实际上,现代社会的法律是界定人们的权利与义务的。学做公民就是要懂得公民的权利与义务,并善于运用自己的权利去保护和争取自己的利益,破除依靠清官的"顺民思想"和靠拳头解决问题的"暴民意识"。中国古代文化传统中缺少这方面的机制,可供借鉴的思想资源非常少。这个学习任务就显得很重(当然,"官"的学习任务更重)。台湾批评家龙应台女士,1999年来大陆,在西安讲学时说过一句话,意为:民主制度实现以后,发现民主最大的"敌人"就是我们自己。法治社会也是如此,实现它不仅需要制度上的变革,需要制定一套法律,需要合格的法官,也需要合格的公民。"顺民"、"暴民"都是不合格的公民。他们是一个问题的两面,都是专制制度、依附制度和暴力文化的产物。我们不能设想，某一天真正实现了"法治"以后再来学做公民；当然也不是说，大家都成了拿到合格"毕业证书"的公民以后我们再来搞"法治"（有些官员就有这样的想法：待老百姓都成为合格的公民以后，再像幼儿园小朋友一样排好队来领取公民权利）。实现法治社会是个渐进的过程，人们在这个渐进过程中从"臣民"转换成为公民。

当然，即使进入了公民社会，人们也要受到各种规则的约束，特别是法律的约束，不能"任我行"。我们希望，通过淘汰压力，爱人类的意识渗入人的本性，成为人的本能，这大约需要很长时间的进化。现实中每个人还不是天使。十多年前，有部法国电影——《恐惧的代价》。影片中说，某电视台为了提高收视率做了一个有奖追杀的节目，被追杀者如果在规定的时间内躲过了追杀，则获奖金100万美元；另有五个志愿者做追杀人，他们在规定的时间内杀了被追者，则奖金归杀人者。节目开始时，主持人问其中的一个志愿者："您为什么参加这个节目？"他说："每天我都揣着一把手枪上街，看谁不顺眼，我就想一枪把他崩了。可是我不敢，我怕法律惩罚。今天你们让我杀人，而且还给钱，所以我就来了。"其他四位也各有杀人的"理由"（可见出于人性的攻击冲动的可怕）。当然，这是寓言，意在揭示人的攻击性的一面。不过我想，到了公民社会，社会的非暴力的调节能力会进一步增强，会有更多的"使强者有所忌惮、让弱者有所扶持"的手段，影片《恐惧的代价》不就是对那些掌握了"话语霸权"的强者恶行的声讨吗！理性会成为人性中暴力冲动任意伸张的有力屏障。

（原载《东方文化》，2002年第3期）

鸭绿江的另一边

王小妮

1. 我们过鸭绿江

2002年的5月2号上午9点钟，中国的东北部晴朗，我们过鸭绿江。

中国公民赴朝鲜旅游停办了两年，在2002年4月27号重新开通。为应付突然涌到辽宁丹东的大量游客，这个城市临时征用了几十辆市内公交车。一早，沿鸭绿江的路堵满了临时编号的汽车和穿行其间的旅游者。我也在喧闹中间。我们被告知，去朝鲜要备上足够的饮用水和熟食品。因为带了从小吃肉长大的儿子，我必须去买四日旅程中的补给。游走在人车之间的还有叫卖铅笔香口胶的，据说过境后可以作为礼品赠送给朝鲜孩子。中方导游向大家宣布了许多条"纪律"，主要是过了江不能乱说话乱走动。导游有点幽默，说不要跟朝鲜人讨论改革什么的，他们听不懂。

不是雄赳赳气昂昂过的江。大铁桥黑滚滚。俯瞰江心，各式装扮花哨的游船很缭乱，有的飞驰有的悠闲，在浑浊江水里横竖穿行。远处，与我们并行了一段的，是另一条被炸断50年的鸭绿江断桥，它又黑又锈留在原地，提示着人们，过去这里有战事。

晃荡晃荡，车上的人规整他们临时买来的火腿肠方便面，所有人带着食物过江。我们将从北纬40度的丹东，向南，到朝鲜首都平壤停留，然后再向南，到北纬38度的朝鲜与韩国交界的军事禁区板门店。

车轮从鸭绿江桥另一侧落地就是另外的景象，空旷寂静清洁，天和地突然又平又扁，摊得很开，是另一种天地了。临着江边，有几件色泽暗淡的游乐设施，没见一个人，有树。

很快，我注意到的第一个人，是路中心笔直站着的朝鲜新义州市交通警察，男的，正为我们这辆车指方向。身材瘦小，手臂伸得直，手的延长部分是红白相间的指挥棒，一根有点笨拙的油漆木棒。艳蓝的制服扎腰带，把人扎得更干瘪。他的站立以及周围背景明显地缺了点什么，显得有点奇特有点突然。很快到平壤，又看见女交警，才发觉朝鲜没红绿灯，没岗亭，没安全岛，没太阳伞，警察举着根指挥棒，挺宽的路中间画了一个白圈，她就站在圈中心。路上空荡荡，只有我们这一辆车。

依然是右侧通行，我被那似乎还留有遥远记忆的一根油漆木棒指引着，进入了另一些人和他们的世界。

2. 特殊的行进

火车进入朝鲜的腹地，几乎没见车，乡间有牛车，很大的木轮。朝鲜人多数在步行。

那是一种很难形容的特殊行走，怪异又陌生。这感觉在进入首都平壤后更强烈，我仔仔细细地想，究竟是哪儿不对？只能隔着车窗玻璃看到的那些矮瘦的朝鲜人，他们的走究竟有什么不同？

那是他们全民特有的行进姿态和节奏。绝没有交头接耳，没有前呼后应，没有左顾右盼，没有嬉笑玩闹，每个人都是完全孤立严肃的，正是由这些单个个人的东西南北行，构成了无限庞大的一个行进集体。

人人向上扬着几乎没有表情的、农民般褐红的脸。不是散步又绝不是奔跑，只是朝着他的正前方，急促，一往无前。他们把四肢摆动得相当明显，步伐大，特别是双臂，看上去有点夸张地大幅度用力，像双桨深陷泥沼以后，急于划水求生一样。我从来没见过平民有这种走法，而且举国上下人人如此。好像无论谁无论往哪个方向，目的地必然是同一个，它相当远相当神圣，必须以这个走法才可能勉强接近。衬托和夸张了这种行走的还有太空旷的街道，灰色高层建筑，极少街树，没有广告，没有低层民宅，没有一间街头售货亭，没有人间琐碎生活的气息。他们好像在灰颜料画出来的单调楼房间不太真实地走。

平壤城里少数人提着黑包，几乎人人的包都相同，包也随人摆动，成为他们身体的一部分。除黑包以外，再没见人提任何东西，更多的人完全空摆着他的双手。从乡间到城市，无论什么人，只要他在路上，必然以这种奇怪的姿势向前。

中国人也有了穿红戴绿的这一天，坐着崭新得还来不及上牌的空调旅游车，散漫随意，见到什么都新奇，见到什么都拍照。朝鲜人保持着应有的距离，不关注甚至不望我们一眼，雄赳赳气昂昂地走在远方。

新开通的朝鲜旅游有一个必须参加的项目，在平壤的五一体育场，它据说是全亚洲最大，可以容纳15万观众，游人必须去那里观看大型团体操《阿里郎》，在出团前就要交相当于30美元的门票费用，拒交者将不能成行。有人怀疑这是中方强加的收费项目，直到看了演出，或者在朝鲜停留两天以上，才不再简单地以商品社会的角度去想问题。不要忘记得太快了，这世上还有重要过金钱的事情。

演出的确宏大，参加演出者10万人，据说排练了一年的时间，将连续演出60天。被引导到正面看台的都是外国人，主要是中国人。两侧看台上整齐的平壤观众情绪明显与我们不同，一直不停地双手举过头顶呼喊鼓掌，我试着靠拢他们，隔着警察，看见那些新鲜泥土一样的脸上，让人惊异的亢奋和自豪。朝鲜导游说，这团体操是世界上没有的，中国2008年奥运会开幕式，已经邀请它的创作人员参与设计，他的话我并不确信，因为我本人在1973年的长春市就参加过类似的演出，规模不可比，但性质相同。当年，中国人曾经很会干这个。

演出结束是夜里九点，到处是离场的人。被场内两小时强照明刺激过的眼睛一下进入黑暗。我们在完全无光亮的空地上走，突然有黑压压的人群接近，这是我们在朝鲜国土上和大批民众最近的接触。黑影迎面带来强烈的热气，长时间积累的汗渍味，劳动加泥土味。在朝鲜，凡接近人群，一定有这种特定的气味。几百人的整齐队伍斜着插过来，带着热的气浪擦身而去，一队过去又有一队。在黑暗里，只感到无数衔枚噤声疾走的人发出远比我们急促的嚓嚓脚步声。猛然出现一辆离开体育场的小汽车，极刺眼的灯光，首先照亮了七八个驱开人流的警察。赶紧闪避汽车的队伍突然暴露在强光里，是无数少年的脸。我越看他们，他们越不看我，更急着保持队形向前走。

冲进黑暗里的这辆小汽车，车牌号我记住了，前面一颗五角星，后面的数字是664。这是我在朝鲜期间看到仅有的带五角星的车牌。

汽车消失，黑暗又回来了。更多的队伍热腾腾地过去。我问朝鲜导游，参加演出的这些孩子要去哪。他说坐车回家。这么晚了，还有什么车？他说有地铁。可后来，同是这个导游，带领我们参观地铁站不成的解释是，平壤地铁只在每周四周日运行，而团体操演出在两个月中，将一同不停，这说明团体操的表演者在多数日子里必须步行回家。

乘车经过乡村，偶然遇到几个静止不动的人，他们一定向我们的车辆招手，看来亲善朴实，无论大人孩子都有节奏地伸出浅色的掌心来，经过训练一样，让人想起当年的口号，欢迎欢迎热烈欢迎。可是，只要车门打开，我们下车，他们迅速无声无息地散开，根本看不到他们是怎么遣散的。总之，附近百米内只剩下我们自己。似乎刚刚被他们欢迎的不是车中的人，而是那辆快速行驶的旅游车本身。

刚到平壤下火车，中国游客被领向平壤站前右侧小广场，远看那里有几条无靠背的简易水泥长凳，本来悠闲地坐了人的，我急走，想走近了拍照。中国游客接近那广场，不过两分钟时间，长凳全空了。原来的人全部消失，又快又鸦雀无声，完全不知道他们去了哪儿。向远处的街道看，只有昂着头空着手的赶路人。超过三十岁的中国人该了解这种快速的退避。但是，到了今天，连超过四十的我们也变得不习惯了。

现在的中国人到一旅游地，拍照，问价，探路，好奇，擅自离队，任什么都想摸摸看看的特点，到了朝鲜自然感到不自由，除了几座高大建筑物，再没什么可以接近的。朝鲜人在朝鲜人的世界里坚定地走着，和其他完全无关。频道不同，层面不同，他们离得远又消失得快。

我所看见的朝鲜人面目表情少于其他民族，不能武断地说他们缺少了随意欢快，只能说多了单纯严肃。不知有汉，无论魏晋，究竟好还是不好。

3. 单纯的人和复杂的人

跟随我们这辆车二十几个中国人的朝鲜导游有两个。一个读过三年吉林大学，算我的校友，叫洪昌建，可以勉强讲中文，发音七扭八歪的。他说他当年汉语学得不错，几年不用，忘了。另一个人面孔极像韩国围棋国手李昌镐，我们一家人都叫他石佛。我只听他讲过有限的几个汉语词：不行！到时间了！走吧！他像带领小学生春游的少先队辅导员，而且，是超级严厉紧张不苟言笑的那种辅导员。无论你想干什么，石佛靠过来了，绝对是个坏消息，他一定说属于他的那几句中国话，然后用相当于专业九段的眼神盯住了你，直到你扫兴放弃，走回那辆随时要开跑的旅行车。石佛永远镇后，紧跟着。石佛了不得。

越过国境，我见到的第一个朝鲜女人，她远远地正随着队伍向一座高大铜像走，在和中国丹东接壤的城市新义州。当时的太阳那么好，它本身正向大地投下金属丝。那女人穿民族服装，背对我们，距离很远，所以，我感觉她那条朝鲜裙子，像正迎着光膨胀起来的粉红色降落伞。她隆重地拖带着艳丽夸张的巨伞，向着高处更耀眼的金属人像走。

我不知道相当于中国海关联检大楼里的朝鲜女职员穿的什么制服，灰的，让人马上想到长征路上那种纯洁发白的灰，有点伤感的灰。制服配简朴的裙子，经过我面前的一个职员礼貌地笑，她化了可爱的妆，地道的白粉腮红。我禁不住说，她多好看！我儿子不想我这么直接地议论人，但是，我没忍住。过一会，又说另一个朝鲜女人好看。

好看的究竟是什么？是那张不复杂的脸加上廉价白粉。高档的化妆往往不自然，油亮亮的。但是朝鲜女人的妆刚好相反，厚脂粉像白粉笔的细尘，我的感觉这是朝鲜式的纯洁。从小学女生到城里的中年妇女，几乎人人面白唇红。她们走近了，没有现代女人的人造香气，她们无一例外地有一种陈年木箱里久放着的米糠味道。离开平壤前，我们把从丹东带来的铅笔之类礼物送给宾馆女服务员，她们也回送了礼物，在小纸盒里。经我的校友洪导游翻译，是靠近三八线的城市开城出产的高丽参雪花膏，打开来闻，确实有小时候的雪花膏味道。我喜欢这些擦胭抹粉的女人，把脸涂白把嘴点红，然后出门，直直地站到人前。好像活着不能比这个更简单了。

　　我们住的宾馆在门前搭建了临时售货亭，向游客卖高丽参一类特产，有三个年轻的女售货员。中国人说，他们也想方设法要赚我们的外汇了。太阳直射，她们中有一个取出柜台里摆卖的羽毛扇挡住脸。一个四十多岁的中国男人恶作剧，故作严肃过去，又说话又打着手势，他的意思是：太阳！就是领袖，像你胸前佩戴的领袖像章，你拿这把扇子遮挡了领袖的光芒，这个不行！女售货员马上懂了，羞愧地放下扇子，粉白的脸完全暴露在太阳里，一直一直，大约一个半小时，我们乘坐的汽车开动，在同一颗太阳下，她们招手，我们回中国。

　　后来，回到丹东，一个看守停车场的男人直问我从哪来。我随口说，长春。他说，不远，想不想带走一个朝鲜小保姆，绝对不出门不会打电话，绝对老实听话能干活还不收工钱，只管吃饱饭。他这么说。

　　洪导游总是满足不了中国游客的要求，只好拿他的家事来调节气氛，他说中国女人太厉害，他的女人不那样，如果他回到家女人还没下班，他就去睡觉，决不做饭，朝鲜女人的责任就是伺候好男人和孩子。他向全车人说这话，努力向后梗着他挺男人的脖子。

　　我们住的宾馆里公开出售翻成中文的朝鲜书籍，我买了几本，其中一本有这样一段：总书记说，我们的人民的确是很好的人民。像我国人民这样好的人民在世界任何地方是找不到的。正如他所说，主席逝世后12天内，共和国500万青年当中相当于三分之一的167万多人誓死保卫金日成总书记，志愿参加朝鲜人民军或归队，将近3万工厂企业工人和高等中学应届毕业生报名下乡到渗有金日成主席领导业绩的合作农场去。

　　这段话从宏大的角度解释了朝鲜的男人，解释了为什么在朝鲜经常能看到军人和类似军人的严谨市民。

　　在北纬38度，简称三八线，朝鲜与韩国的军事分界线，我们直接接触了朝鲜士兵。他们大概是这世界上最不苟言笑的士兵。负责解说的军人兼有接待游客的职责，但是，他只陪三伙游客拍照，好像这是一道禁令，第四次再有人来约他，哪怕是个中国小女孩，哪怕相机已经在按快门了，他也要面色恼怒断然拒绝。他有意快步走远了，一个人去靠近修剪如仙的松树站着，好像那样才安全。

像三八线这种直接对峙的军事禁地，在今天的世界上是仅存的了，刚听说以色列要花费巨资建筑类似的隔离墙。就在去年的8月，我和徐敬亚在柏林，整整一天都在一间展览馆看"墙展"，它存在时候的惨烈，人类向往自由的代价，一夜间轰然倒塌后的空旷，都还历历在目。

表面上看，朝鲜和韩国南北对峙的板门店，不过两公里长的铁丝网，几排简易房。站岗的朝鲜士兵绝对纹丝不动。好像要有意造成反差，韩国兵在属于他们的不大空间里肆意洒脱地游走，墨镜高靴钢盔。盔顶是雪白的，在太阳下面闪闪发光。韩国兵明显高大过朝鲜兵，钢盔更夸张了身高，起码高30公分。从和平中来的人参观三八线这地方，更像观看两个饰演仇敌的角色在一块舞台上像模像样地入戏。韩国一侧有飞檐的凉亭上，和我们一样站了旅游者，双方无声地互相对望。朝鲜导游专门叮嘱过，向对面招手可能引致开枪。谁想听枪响中子弹？这时候想想在巴黎游塞纳河，游船交错间互相的招手呼喊绝对是另一个世界的行为。

突然一只夸大了的手挡在我的镜头前面，我用眼睛瞄到石佛。

我真生气了。我说，你干什么！他说，不行！我说，既然不行，为什么不早说！

石佛定力好，不气不急，也许他不会其他中国话，又去遮挡别人的镜头了。

刚进入平壤，我们就被告知，乘车行进中不可以拍照，停车到了指定景点才可以。在离开中国前，也早被告知，傻瓜相机可以带，专业机长镜头必须留在丹东，不要找麻烦。可是在三八线，我这一队人并没听到不可以拍照的提示。讨厌一只不明之手跑到我的镜头前面，我虽然听到其他团队的导游说，到二楼上允许拍照三分钟，但是我不想拍了，我保留我不拍的这点自由。

回国后，偶尔看到一篇关于韩国旅游的文章，作者这样形容北纬38度线：我们在导游的带领和几名美国大兵的保护下，乘车穿过一条反坦克壕、铁丝网、地雷区和安装着爆破装置的桥梁关卡组成的狭长军事通道，终于进入板门店的核心地带。导游要求大家不要随意走动，不要指手画脚，不要随意拍照，更不能离开队伍擅自行动，几个高大魁梧的韩国宪兵叉着双腿握着拳头，蜡像般站在谈判桌前，从这里向北看，朝鲜的军事建筑遥遥相对，戴着大盖帽的朝鲜军人依稀可见。

这段完全来自对面一方的文字印证了三八线的紧张绝非夸张。可惜没人给我们详细讲解，地雷区坦克壕等等全不知何在，只知道汽车穿过了很长一段铁丝网。

三八线引起人们的战争记忆，回平壤的路上，有人问洪导游，知道谁是黄继光吗？对方摇头。再问邱少云，还是摇头。几个中国游客同时说，是中国人，志愿军，抗美援朝打美国。四十岁年纪的朝鲜导游洪昌建连连摇头。有人叹气，然后全车人无言开始睡觉，朦朦地进入了据说当年承受了美军1431次轰炸，接收了42万多颗炸弹，曾经完全变为废墟的平壤城。

紧临三八线的土地就是普通农田。中国东北土地里的玉米苗已经快有10公分长了，板门店一带更靠近南方更温暖，但是还没见到土地里的玉米发芽。有农民在田里牵牛，那牛很瘦，松脱的皮下鼓起着运动中的牛肋骨。田地中间竖有木桩，向不同方向挂着几只大高音喇叭。按我们的推理，朝鲜人不可以城乡间自由流动，农民必须几十人一个编组留在集体的田里，但是，田地里的农事并不精细，田埂荒芜，田畦不平整，远山光秃发黄，几乎不见乔木。中国游客对中国游客说，为什么不种树？回国以后听说，板门店一带农田以下遍布了军事工事。

朝鲜的农民并不匆忙地弯腰在田里做事。零星也见到人在没翻耕的稻田里挖野生的植物，好像挖野菜。在乡间道路上的走路人同样挺胸扬臂，不左右四顾。我想，朝鲜人没有中国东北农民形容的闲着卖呆儿吗？进入朝鲜第四天，我才在一个小火车站密闭的玻璃窗后面发现了拥挤在一起的面孔,很明显,他们在自以为安全隐蔽的地方,正带着极大的好奇在观察我们这些坐进口空调车一掠而过的外国人。自从这个发现以后,再去注意朝鲜的玻璃窗后面经常贴着黝黑的脸,他们在张望。这样才正常,像 20 年前的中国。

还有一些人,我说不清他的身份,在几个允许我们停留的广场边缘游动,一律拿一本书,但是眼睛不在书上。

朝鲜的孩子们,他们除读书以外,都在什么地方逗留,以什么方式玩,像我们这种旅游法儿,没可能知道。平壤的傍晚,大约一小时内有匆匆赶路回家的行人,很快,它静得不像一座城市,只有太宽的街面空空荡荡袒露着。洪导游说,他的国家实行全民免费住房、免费教育和免费医疗。中国人马上问,大学的学费由谁出。回答是国家。中国人顿时感慨,要供一个大学生需要多少人民币!洪导游说,他在中国读书,正是朝鲜最艰难的三年,1995 到 1997 的大灾荒,他说自己很没良心,当了逃兵,没和他遭遇困境的国家在一起,所以他现在要好好干。他的好好干,目前就是突击讲好中国话。导游的大女儿在平壤第二少年宫,在带我们参观平壤第一少年宫的时候,他不断重复这话,让我们联想到少年宫不是容易进入的圣地。他还强调,一个国家必须重视知识分子:没有知识人,不行!我感觉他在暗示中国的文化大革命,同时暗示他的国家比中国进步开明。

在中国,我没见过这么富丽堂皇的少年宫,它更像一个对外接待景点,不是给孩子们的活动场所。和过去中国的少年宫一样,佩戴红领巾的孩子在这里画画跳舞练琴,有一间电脑房,都是男孩,我儿子进去看了几分钟,出来对我摇头。我知道他想说什么,但是没说。我们把从丹东带来的一包铅笔给了一个画石膏像的男孩,因为他画出了那个苍白人脸透露出的并不明显的忧郁。男孩接过礼物的动作有点不自然,好像那些笔是凭空落在他的手心里,他直接把它接住塞在画板下面,整个动作之小,只有他和我们能察觉,然后他继续他的临摹,没有抬头,没说谢谢。

少年宫是石头建筑，徐敬亚走到哪儿都反复说，朝鲜啊，太缺乏新型建筑材料了，只有使用石材。徐敬亚观察朝鲜和我不同，他在延边朝鲜族自治州插队，有另一种感情。石头显出凉爽但是沉重压抑，就在石头屋子里孩子们让琴声不断。

朝鲜的大部分山光秃荒芜，但是河水清，流过平壤的河叫大同江。早晨，我们坚持要去百货商店看，但是，导游以商店没到营业时间为由，把车停在江边，宣布自由活动。江水满盈，沿着堤岸，过来两个男孩，我们想和他们拍合影，怕被拒绝，就有点强硬，直接过去揽孩子的瘦肩膀，他们想挣脱，能感到暗中的用力和害怕。徐敬亚把口袋里的橡皮钥匙链指甲刀气球皮全塞到他们手里。我说，这是胁迫。孩子照过合影马上跑，跑了很远再回头看我们，又看手里多出来的东西。

记得，有一个外国人说，他欣赏中国人"前消费时代的古朴的脸"，现在，这略带青铜色的形容必须让位给鸭绿江另一边的朝鲜人了。那是一些什么样的人们，女人男人孩子，他们的内心里都存放着什么。

4. 越困难越乐观的人们

在有着2400万人口的朝鲜境内，作为中国旅游者停留了四天，我没见到一个拿一根小葱的路人，好像朝鲜人活着并不食人间烟火。

去平壤的火车上，穿一身灰制服的男列车员手里一直握着个白炽灯泡，四个小时，无论走路扫地开关车门都不放下。为什么要始终拿着它？或者把它拧好，或者干脆扔掉。后来，我发现全朝鲜，除我们住的宾馆里，再没见过垃圾箱，没有这种装置。因为朝鲜不产生垃圾，没有纸巾没有罐装饮料没有塑料瓶没有纸袋塑胶袋。洪导游蹲在路边抽过烟，四处望望，小心地把烟头塞进路边下水井的铁箅。平壤也因此极其洁净，除风掀起的尘土外，可以说一尘不染。下午，成队的小学生蹲在人行道上，手拿小木棍清除路面砖缝里的泥土。红领巾飘飘。

进入朝鲜，我们用上了外汇兑换券，一定的人民币换回几张印制并不精致的纸片。据说是极不公平的汇率：4朝元等于1人民币。买一束又少又蔫的鲜花，放到金日成铜像前，要付出50元人民币。

我想到两年前在西安，又矮又丑的出租车司机对我嘲笑美国游客愚蠢，会拿出一把美元任你自取。我们在朝鲜就充当了那种美国人，手里的兑换券扑克牌一样送出去，随朝鲜的女售货员挑拣，没人会怀疑她们对金钱存有杂念。

引用朝鲜书籍里的语言：朝鲜人民越困难越乐观地生活。

这本书的作者是亲朝的日本人，属名名田隆司，书名为《金正日时代的朝鲜》，书后标明朝鲜民主主义共和国印制，2000年出版的中文版本正式出版物。它详细讲述了朝鲜几年前的情况："1994年7月8日金日成主席突然逝世，那天深夜，国家的各个地区突然倾盆大雨，雷电交加。人民都把它同主席逝世联系起来谈论，感到惊讶和悲痛，全世界都沉浸在悲哀之中……但雪上加霜，共和国连续四年遭到自然灾害，灾情是极其严重的，具体数字表明了这一点。1994年冰雹灾害，1995年洪水灾害，1996年洪水灾害，1997年高温灾害旱灾和海啸灾害"，下面，他引用了一系列数字，简要累计了三年中朝鲜的受灾人口，被他称为"难民"的有1127万人，他说"这个时期遭到破坏的耕地，到现在也还没有恢复地力"。他在书中还专题探讨化肥问题，朝鲜不能自己生产钾肥磷肥，一直依赖于"社会主义市场的进口"，他责怪由于这个市场的解体，有些国家向朝鲜提出用外汇结算，使他们面临严重的化肥短缺，同时发生了能源危机，仅有的农机不能利用。我们在旅途中经常见到草棚下停放着陈旧的拖拉机。

朝鲜的五月，刚绿的土地上只有零星散漫的劳动者和几面褪色的旗帜。一个丹东出租汽车司机告诉我，朝鲜每人每天配给粮食定量曾经是100克。二两啊，一小捏啊，他说。

到朝鲜的第二天，我们要求看看商店，努力了再努力，最后被带去了没有一个顾客的外汇商店。后来，我们学会自己识别市区内的商店了，门上有朝文，有大橱窗，有一两个女售货员，没有顾客，是朝鲜商店的特征。

洪导游在埋怨，你们的要求太多了，什么都要看，没什么可看的！宾馆的商店不是每天让你们看？

没人再为难追问这个导游，哪个国家宾馆在商场里摆卖饭锅和煤气灶？

这个时时感到被刁难的朝鲜人连叫头痛，他想躲开中国人。但是，下一餐饭几点吃，人们总要问，而这类问题竟然不由导游或宾馆厨房说了算，导游说要请示科长的意见，他一个人站在宾馆大堂柜台前，焦躁不安等待科长的电话，有中国孩子过去拉他，你不会打手机吗？谁知道那科长是个什么人，总之，准时吃一餐饭不是件容易事。人们要求自己去外面吃，洪导游更紧张了，一口咬定出了门会走丢，他极力推荐去宾馆顶层吃夜宵。我们去了，上面没有第二伙客人，只一个女服务员，等了一小时，吃到了冷面，15元人民币一碗。而几个沈阳游客锲而不舍，终于离开酒店，据说走出两公里，有专为外国游客搭建的临时小食摊，吃的也是冷面，不过，由洪导游全程陪同，他的要求是请他喝不低于50度的烧酒。

在我们烦闷地等冷面的时间里，服务员一点不急，她十分投入地看小电视，居然是好莱坞的《狮子王》，听说朝鲜电视只有一个频道，到周末有三个频道。我们房间里的电视始终只有一个频道，两个晚上都播出会议，胸前带奖章的老人在台上发言，台下的听众在流眼泪，所有发言的人不断发出"斯密达"的感叹声。我问洪导游，他说斯密达的意思是"是的"，表示肯定。我问他，有"不斯密达"这词吗？他说，没有。

没有否定，没有怀疑，只有斯密达。

宾馆里的电视讯号经常断掉，屏幕上马上跳出了"福如东海"四个中国汉字，原来这电视是中国产长虹牌，顺便再注意周围，香皂是中国水仙牌，电灯开关是朗力电器，卫生间洗面池是唐山陶瓷。新地毯下面铺的地板胶图案是中国小城镇上最常见的。

我们在南部城市开城吃的午餐算一顿盛宴，每人面前隆重地摆满铜制餐具，食物精致，主人拿出了最好的烹调技艺，三分之一个煮鸡蛋刻出尖齿，每人一片橙子，极薄，大约一只高尔夫球的十分之一，我儿子打开所有铜碗扣盖，小声说，不会是这么一点点吧！斯密达，就是这些了。

有人告诉我，朝鲜人的月工资大约100至150朝元，每月15号、30号分两次到有关机构领取配给的食品。以日本人的计算方式，朝鲜人每月工资只能购买一公斤苹果。近来有朝鲜将取消配给制的说法，不知道它怎么样实施。

开城是座古城，曾经在五百年间做过高丽国的都城，据介绍有许多古迹，而我们只看到了没有内容的高丽博物馆，还有比平壤更空疏简陋的街道楼房。

确切地说，我们参加的是四日朝鲜革命领袖游，从故居到铜像到展示各国首脑赠送礼品的纪念馆。

每个晚上都住平壤，路总是重复，总在它的最中心转。第一次看到那座突出于所有高楼的黑灰色的建筑，感觉它像欧洲城市的古老教堂，事实上，它是一座一直都未完工的尖三角形的宏伟建筑，裸露的水泥和一座高入云中静止不动的塔吊。据说是一座高105层的酒店，名为柳京饭店。有人说，1995年印刷的平壤图片上它就是这个样子，已经原地静止了七年？斯密达呀斯密达。

夜间穿过平壤有点奇异，天刚变色的时候，总感到有什么不对，渐渐发现由于所有楼房都是暗的，虽然都是统一的住宅楼，却没见和人的生活有关的一切，花草衣物晾衣竿，包括偶尔眺望夜色的人，什么都没有，干净单调到了让人怀疑这是一座空城。导游说，平壤居民只在房间里晾湿衣服，这是法律。天完全黑了，才发现其实有灯亮，一律是15瓦的白炽灯，每一个窗口同一角度有一盏，绝无例外。除临街的一楼外，其他窗口一律不见窗帘；使那些楼房看上去像一些暗黄和漆黑相间的格子布，一张张整齐排列在前方。再晚一点，到处都黑了，出市中心广场，再没路灯，我们乘坐的车厢里倒通亮着，就这样穿过全黑的城市，完全是一种太空遨游的感觉。这会儿，轮到我们不知有汉，无论魏晋了。

离开平壤的那个早上，迟迟不出发，听说洪导游前一晚喝了50度的烧酒，睡不起来了。这只是一种说法，因为其他的旅游车也没动，所有的人都在等待，也许又在等候某一个科长的出发指令。在我前边不远，一辆车头前，一个中国人正紧挽住一个朝鲜人，两个人上身手臂扭在一起，中国人硬把什么东西塞给朝鲜人，后者坚决不收，我看见中国人手里拿的是一叠钱。后来，两个人分开了，都是中年人，都擦眼泪，不知道最后把钱留下的是谁。朝鲜人是个旅行车司机，我看见他擦过眼睛，在戴手套。

从各个方面得到的信息都说现在的朝鲜经济在好转，他们称前几年为"苦难行军"，现在改称"强行军"。在词汇变换以外，不知道他们的生活是否会好转。

5. 我的这篇文字结束了

2002年5月的前几天，几万中国人跟随旅行团的三角彩旗，蜂拥一样过鸭绿江，住满了平壤的大小宾馆，千里马万寿台万景台用光了胶卷，再蜂拥一样回来。

21世纪仅存的一块飞地，回来以后，我想把我一路上看见的写下来。

这篇文字刚开了个头，世界杯就开始了，我把它放下，我说，头儿开的真不是时候，只能放放了，一个月过去，在韩国狂飙疯舞的火红看台上，我发现了和平壤体育场的大型团体操惊人一致的某些东西，跳进火海中烧灼的忘我和亢奋。就像一个中国电视记者在韩国球赛现场说：我感觉他们不是在喜欢足球，而是热衷于一种齐心协力。

6月的报纸上有一篇小消息被我注意到，朝鲜没有转播这届世界杯足球赛，他们的国民不能通过电视屏幕了解世界上有这个热血沸腾的赛事，但是，三八线上驻防的朝鲜军人听到来自韩国一方的欢呼，应当猜测到他们的族人胜利了，他们也随着呼喊，这时候的呼喊绝对是非军事行为。同在这一个月里，还发生了朝鲜人冲进外国驻中国使馆，朝韩双方海上军事冲突等等。随后，报上说，韩国农业部表示，在目前局势下，将不可能向朝鲜运送30万吨剩余大米，信息和交通部推迟援助朝鲜建造移动电话网的谈判。我算了一下，30万吨米，平均到每个朝鲜人，大约是13公斤，可以维持最低生活一个月。而美国也收回了恢复双方高级别对话的建议。上面所有这些，好像和我所要写的并不直接关联。

 还有，5月5日我们从平壤回中国，眼前这个丹东变得不适应了，人声车声霓虹灯上下跳窜，中国人又回到了一锅滚滚沸腾的火热八宝粥里。在丹东我们去了抗美援朝纪念馆，不止一次听到丹东人讲述鸭绿江上游叫"一步跳"那地方的耸人听闻的传言。

 斯密达呀斯密达，连今天以前发生过的事情，亲眼见到的事情，我们都不可能完全清楚，何况其他？

2002年7月4日

（原载《花城》，2002年第6期）

"死在家里"还是"死在医院"
—— 我们时代的"后现代问题"

秦　晖

我的朋友李昌平在一篇文章中沉重地写到：目前我们的许多乡村卫生危机与教育危机愈益严重，农民看不起病用不起药。他的奶奶最近去世了，"她和千千万万的农民一样，不是死在医院里，而是死在家里"。在另一篇文章中他更指出：过去农村中病人死在医院，现在死在家里，根本进不了医院。

张晓山先生用详实的调查进一步证明了李昌平的感觉，他指出，如今占总人口70％的农村人口只享有20％的卫生资源配置，87％的农民完全靠自费医疗。仅就5岁前儿童死亡情况为例，2000年农村56.6％的孩子是死在家里，而城市91.3％的孩子是死在医院里。1998年，患病农民应就诊而未就诊的占36％，应住院而未住院的占65％，两个比例均比1993年有所增加。在税费改革试点地区由于乡镇财政收入减少，农村公共卫生危机更加严重。

而"死在家里"现象似乎不仅存在于农村，城市贫困阶层的卫生危机也值得注意。著名作家毕淑敏在自述式小说《预约死亡》记录了她与一位医院院长的对话：

"'随着我见过的死亡越多，我越发现死亡是那样的不平等。我私下里做过一个调查，你知道人一般是死在哪里？'

'不知道。医院里吧？'我没有多大把握地说。

'大多数人都会这样说。可是严酷的数字说明，只有三分之一的人是死在医院洁白的病床上，他们大部分是年轻人或是高干。一直到死，都有人服侍他们。普通的老人就没有这番待遇了。三分之一的死在急救车里，家里的人发现他们不行了，赶快往医院运，铁皮的救护车就成了最后的归宿。还有三分之一的老人死在家里。可以说，假如你是一个平民，你多半是在没有医疗保护的情景下寂寞地死去。生命是一个完整的过程，作为中国人，我们画得不圆。'院长忧郁地注视着我说。"

但是这种对于"死在家里"的"忧郁"感如今似乎很不时髦。在文字世界里，我们看到的好像更多的是对"死在医院"的抨击与对"死在家里"的赞美。其中，用最优美的田园诗式笔调赞叹"死在家里"的文字莫过于余秋雨先生的大作，他在散文《乡关何处》中写到：

"县城……在村民中唯一可说的话题是那儿有一所高山仰止般的医院叫'养命医院'（阳明医院），常言道只能医病不能医命，这家医院居然能够养命，这是何等的本事，何等的气派！村民们感叹着，自己却从来没有梦想过会到这样的医院去看病。没有一个人是死在医院里的，他们认为宁肯早死多少年也不能不死在家里。乡间的出丧比迎娶还要令孩子们高兴，因为出丧的目的地是山间，浩浩荡荡跟了去，就是一次热热闹闹的集体郊游。这一带的丧葬地都在上林湖四周的山坡上，送葬队伍纸幡飘飘，哭声悠扬，一转入山岙全都松懈了，因为山岙里没有人家，纸幡和哭声失去了视听对象。山风一阵使大家变得安静也变得轻松，刚刚还两手直捧的纸幡已随意地斜扛在肩上，满山除了坟茔就是密密层层的杨梅树，村民们很在行，才扫了两眼便讨论起今年杨梅的收成。"

在余先生笔下"死在家里"俨然是一种优雅的"文化"，出丧令人"高兴"，哭声"悠扬"悦耳，农民们陶醉于其中，不知有汉，无论魏晋。他们"宁肯早死多少年"也要与医院划清界限，坚持要"死在家里"！

　　这是多么的"后现代"啊！近来在许多发达国家，人们对"死在医院"这种"现代性的弊端"批判越来越激烈了。汪丁丁先生指出：1995年在美国死去的70岁以上的老人，80％死在医院或护理中心，其余20％虽然死在家里，却大部分死于孤独。一篇题为《现代死亡特征与临终关怀的目的》的文章说：在100年前人们患了病很少住医院，而是住在家里，受到家属的照顾，病人的家属会尽最大努力给予照顾。现在不同了，很多病人是死在医院里，只有少数死在家里。他们在医院里得到的不是给予濒死者的照顾，而是接受检查、诊断、治疗，对临终病人很少给予照护，更不知道在什么情况下终止病人的生命，所以在延长生命方面，选择了很多人工的方法、手段，正是这些方法和手段给一些濒临死亡病人造成了很多不必要的痛苦。这引起了现代性批判潮流的强烈抗议。发达国家的人们因此怀念起"不发达的美好"来。《西藏生死书》的作者写道："当我回忆起在西藏所见过的死亡时，对于许多人都是死在宁静和谐的环境中，感受很深。这种环境常常是西方所欠缺的……我觉得，在可能的情况下，人们应该死在家里，因为家是大多数人觉得最舒服的地方。佛教上师们所鼓吹的安详死亡，在熟悉的环境里是最容易做到的。"基督教会方面也有学者指出："75％美国人盼望死在家里，但只有22％人如愿以偿。此外，大部分人都死在医院与老人院。假如你有年迈父母，我劝你不要让他死在医院。你知道死在医院的情况吗？当病人的呼吸有问题，他按铃，护士就抢来了。他们的第一个动作是把仪器关掉，免得吵到别人；弄好所有机器才去理会病人。一个人如果被送到医院，他身边常常没有人，他要讲话没有对象，要留下什么都不能够。假如人死在家里，旁边都是亲人，有人抚摸他的前臂，有人轻轻的与他谈话，他可以在爱护底下离开这世界，还有比这更好的结局吗？"

　　应该说这类论述很有说服力。事实上就连前面引证过的毕淑敏女士，也在对"死在家里"现象表示强烈"忧郁"的同时，写下了另一篇文章。在那里，她与美国人讨论起《让死亡回归家庭》来。美国新奥尔良临终关怀医院的布朗女士说："我们的口号是让死亡回归家庭。衰老后的死亡是一件很正常的事情。人们并不觉得成熟的麦子变得枯黄，然后倒伏在地，是多么恐怖和不可思议的事情。那是大自然的必然。旧的麦秸不回归土地，就没有新的麦株的繁荣。在上个世纪以前，人的死亡是司空见惯的事情。孩子们从很小的时候，就看见和体验到生命的消失，他们会认为那是很正常的事情，是世界一个必须和不可避免的环节。但是，本世纪以来，由于技术的进步和医学的发达，人们把死亡的地点，由传统的家庭转移到了陌生的医院。死亡被排除出视野。死亡被人为地隔绝了。一位老人，哪怕他从来没有进过医院，哪怕他再三表明自己要死在家里，却没有人理睬他。人们渐渐认为只有死在医院里才是正常的，才算尽到了责任。如果谁死在了家里，舆论会认为他没有得到良好的照料。"

"现代化剥夺了人死在自己熟悉的安全的家里的权利。现在，是回归的时候了。让死亡回归家庭。让濒临死亡的人，享有最后的安宁与尊严。他们将在自己的家里和亲人的包绕之下，平静地远行。"

毕淑敏女士对这位美国志愿者表示了最诚挚的谢意，并感慨道：

"我们原来是死在家里的。后来，由于科学的昌明，我们把死亡搬到了医院里。于是人类最后的温热眷恋，在雪白的抢救帷幕的包裹中，被轻易地剥夺了，遗留下另一种现代的残忍。"

而丛亚丽在《医学伦理学与生命伦理学的关系》一文中也指出："昆兰案件的撤掉呼吸机和安乐死问题引起普遍关注；人们从传统上死在家里到现在的死在医院里，观念上发生了戏剧性的转变……但人们在与之平行的文化进程方面又远未跟上这些变化，这是生命伦理学为何能引起公众如此关注的一个主要原因和历史背景。"

如此等等。

无疑，探索生命伦理学的国际前沿，发展临终关怀事业，解决现代的医疗异化问题，以及为此回过头去寻求传统资源，都是十分必要的。但是

"死在家里"还是"死在医院"——我们时代的"后现代问题"

我想,任何有良知并且有常识的人都不会认为,大批农民与城市贫民缺医少药地"死在家里"就是对"死在医院"这种"现代性弊病"的一种"超越"。正如鲁迅先生当年所说:"将沦为异族的奴隶之苦告诉大家,自然是不错的,但更要十分小心,不可使大家得着这样的结论:'那么,到底还不如我们似的做自己人的奴隶好。'"(《且介亭杂文末编·半夏小集》)如今,把"死在医院"的现代性之苦告诉大家自然也是不错的,但尤其要十分小心不能使大家得出结论:那么,倒不如让我们"根本进不了医院",而"在没有医疗保护的情景下"死在家里吧!

"死在医院"是一种"现代的残忍",那么像李昌平奶奶和张晓山文章中的那些农村孩子那样"死在家里"就是一种"后现代的幸福"么?在后者而不是在美国人面前,"让死亡回归家庭"的口号是否有意义?面对后者,有良知有常识的人们应当"忧郁"呢,还是应当"高兴"?

如今我们的思想界其实常常面临类似的问题,对于基本的现代化问题尚未解决的现实大谈"现代性批判",这不就是对"根本进不了医院"的人们大声谴责"死在医院的现代残忍"么?把发达国家的"后现代理论"搬用于正在向现代化转型的我们,与向"没有医疗保护的"老人孩子呼吁"让死亡回归家庭"有什么区别?

当然这并不意味着现阶段我们就不能讨论"后现代",正如贫困农村中也不是不能提倡临终关怀一样。其实笔者认为那些批判医疗异化之论还是很精彩的,假如我走到了人生的终点,也希望能够在家庭的亲情中安息。但是如果有人以"死在家里的优越性"为理由剥夺我上医院就医的权利,我是要与他上法庭论理的。

死亡是如此,活着不也是同理吗?现代式的活法引起的抱怨导致了不少"后现代活法"的向往者极力夸奖传统活法的好处。他们的说法有不少是对的。但我想,即便他们自己,也不会希望失去选择现代生活的权利而被迫封闭在"传统"之中的。——无论死法还是活法,人们都希望有更多的选择自由,而不希望被强制。这大概是传统、现代与"后现代"人们的共同之处吧。

——以上文字写成于"非典"灾难爆发以前。还没来得及找地方发表呢,严重的疫情便把笔者封闭在了家里,到哪儿也不方便了。医院因其高感染概率这时已经被一般人视为畏途,而在严格隔离状态下"死在医院"要比正常条件下那种"后现代"式的医院内亡故更不幸得多。——但是恰恰也正在这当口,痛感我国现代公共卫生体系之阙如、呼吁重视公共卫生体系建设的呼声大为高涨。而那一直缺少最基本的医疗保障使得绝大多数病人不得不"死在家里"的农村,更被担心一旦疫情祸及将蔓延至无法收拾,而引起了空前的忧虑。看来,尽管非典使人们更加不愿"死在医院",但追求基本的现代化目标以避免缺医少药饥寒交迫地"死在家里"的问题,不是更加淡化,而是更加突出更加尖锐了。

(原载《东方》,2003年第1期)

什么《英雄》

潘旭澜

在"非典"(SARS)病毒肆虐中国,在呼唤民主与科学的"五四运动"八十四周年的时候,我提笔写这篇关于《英雄》的琐谈。

琐谈也者,琐琐碎碎、零零星星地谈谈,既不全面也不系统,鄙之无甚高见。

一

去年12月20日,影片《英雄》在全国上映,在媒体的一片猛炒之下,没多久就创下中国电影票房的最高纪录,成了一部"印钞机"。

议论纷纷,大多是质疑与批评的。就我家里的报刊而言,1月13日某大报发了条采访——《魏明伦:〈英雄〉"拍御马"》,说影片是"当前影视剧流行的'帝王崇拜'情结最精致的代表作……大拍秦始皇御马"。次日,该报以一倍以上的篇幅,配上大幅明星们的照片,发表了"对批评的反批评",题目叫做《媒体不可滥用否定权》。这题目很有趣,什么叫"滥用否定权"?难道发表否定一个作品的采访、文章,就叫"滥用",而且与"权"字挂起钩来呢?怎么说是"一味趋附时尚、随波逐流"呢?读了该文,它告诉读者,要"着眼大局",从中国电影"一盘棋"去看《英雄》推进电影产业化,"救市"、"跨界"的开路意义,用评说历史剧的尺子去衡量它是南其辕北其辙,它的"硬伤"亦可忽略不计,离开炒作断然不行,云云。登了此文,是不是"正用"(正确运用)媒体肯定"权"呢?几天后,即1月17日,该报刊登了《在纽约看〈英雄〉》,靠报上的提示,知道此文是谈张艺谋作品与李安、陈凯歌、黑泽明的竞争关系,它认为《英雄》取得了压倒性优势,比李安的《卧虎藏龙》更过瘾,更能抓住观众,叙事结构比黑泽明的《罗生门》好得多。因此，张无疑是"'社会主义市场经济'条件下的当代中国首席电影作者"。1月21日，一家专发外电、发行量很大的报纸，转载香港一家综合刊物上的署名文章，认为大多数评论都是借题发挥，对张艺谋太不公正了，质问道：为什么没有评论家仔细探讨该片的形式的意境？1月30日，有家发行量很大的晚报发了一文，既说魏明伦的批评，完全是真理在手，于史有据，义正词严；最后又说，这批评是认真过头，比起"老谋深算的老谋子，像个武林上的新手"，认为只要不存心丑化中华文化，能用文化产品在世界文化市场上赚钱也不错。2月17日，一家准权威大报，发表该报驻柏林记者电讯，说非官方送评的《盲井》"意外获得银熊奖"，而（官方送评）的《英雄》，虽然德国媒体"做了大张旗鼓的宣传"，结果却失意柏林电影节，他（她？）分析原因是：评委十分看中现实政治题材，对《英雄》所谓政治背景有不公正评论，外国人对该片内容并没有完全看懂。尽管有主办方的偏向，它得到大多数观众认可，"就应该是部好电影"。3月20日出版的一家敢发表些争鸣文章的刊物上，发表了魏明伦的《劝君少刺秦始皇》。某大报1月13日发表的记者采访，实际上是此文提要，当然还有采访所无的不少东西，说到他一贯反对帝王崇拜，赞许张良风骨与华盛顿精神。其中，说到刘晓庆虽热情邀请他为《火烧阿房宫》写主题歌，但他写后刘却几次打电话要求他改得"温柔"些，结果他不改，拉倒。魏文之后，还有一篇《"天下"为何物》，说秦始皇的"天下"是为私，为他一个人的权力和野心，不应将他作为那个时代的英雄去吹捧，更不应作为后世施政楷模去维护。3月25日，已在1月21日转载港刊文章的那家报纸，发表该报驻洛杉矶记者文章，详说"被国人寄予厚望的《英雄》最终无缘本年度奥斯卡奖"的原因：市场宣传相对滞后，今年不该来，几位华人会员没有去投一票，它像一道地道的中国菜而未必合美国人口味。最后说，"在没有时间宣传的情况下"获得提名，就是一项了不起的成就。此文让我看得一头雾水。"寄予厚望"的国人，是否包括魏明伦及持相同相似观点的人？是否包括被指责为对张艺谋太不公正的"大多数评论"的作者？是否包括那些没有去投一票的著名演艺界人士？为什么在德国媒体上

"大张旗鼓"宣传,而在晚评一个多月而又最为看重的奥斯卡奖反倒没有时间宣传呢?《在纽约看〈英雄〉》一文明明说,去年9月底就看了内部放映,还在剧场门口看见"穿大红夹克"的"Zhang Yimou",难道"老谋深算"的他仅仅是去露露面的?比国内上映早了近三个月,怎么还"没有时间"?如此等等。于是,我想起了《媒体不可滥用否定权》的最后三个字——尤其是最后一个"权"字,觉得真是洪钟大吕。果然,媒体的编辑记者们都一下子领会了,这记警钟敲得很好很及时很必要。最后虽然"无缘",也是"很了不起的成就",不承认这一点就要问问你是不是自外于"国人",甚至算不算"国人"。大约,这样也就一锤定音了,别再多啰嗦。

二

张艺谋的艺术才能,加上高科技的运用,大投入造成的场面,使得《英雄》的色彩、光影、动作、构图都独具特色。敦煌当金山气象雄浑,桂林漓江山水画中有诗,两者形成一种强烈的反衬。铁骑飞驰,喊声震天,有如钱塘观潮。利箭密集,如雨如风,使人疑为数字化导弹群的精确打击。剑术、书法、抚琴、做爱也全都一应俱全,且也有些出新之处。其中,有些游离于全片之外,作为散落的镜头、片断,倒也算不了什么。那些与中心人物、主题密切相关的,让人看了觉得很不是味道。

武侠片展现的是虚幻的世界,是为成年人编的童话,根本不需要用最著名的历史人物尤其是帝王来做主角的。然而,张艺谋偏要这么干。全片只有秦王嬴政一人是实有历史人物。其他男女角色全是按需创造的。不但要抬出秦王这个中外闻名的"祖龙",更要将"被颠倒的历史再颠倒过来",让他成为"保国护民"的大英雄。不知这是秦始皇情结使然,还是"老谋深算"的产物,或者两者兼而有之?

作为西安人,张艺谋对秦朝历史、文物、传说、故事估计多有耳濡目染。1973年5月开始流传的那首"劝君莫骂秦始皇"(莫骂,一作少骂)的诗,随后出现的狂热歌颂秦始皇的浪潮,青年张艺谋谅必印象深刻。将近三十年过去,各种主客观情势的风云变幻,《英雄》出场,谁也不能说与当年无关。

还是不要随便"颠倒",让史实说话。

战国末期,秦国凭仗地理优势、军国主义,对百姓的严密控制,成了七国中最强大和最富侵略性的大国。它极大地推动了弱肉强食的国际关系,加剧了战争的惨烈,造成"争城以战,杀人盈城;争地以战,杀人盈野"的局面。嬴政出生的前一年,即公元前260年,秦赵长平之战,秦将白起将赵国投降的官兵四十万人,一齐坑杀。这是史无前例,骇人听闻的杀降。嬴政就是在这种环境和家庭教育下成长的。他十三岁继位为秦王,三十八岁消灭六国的最后一个齐国,统一天下,成为秦始皇。在征伐六国的过程中,无所不用其极,被称为"虎狼强秦",不但强大而且凶残。此外还有许多阳谋阴谋,比如要挟、威慑、离间、行刺。每灭一国,就将其财宝物资悉数劫夺,将其精英人物尤其是能工巧匠和美貌妇女全部掳掠,在咸阳北坡仿造一个该国宫殿。从而,消灭了六国也就是搜括、集中了天下财富、人才、美女,建成了规模空前绝后的宫殿阿房宫。这在《史记》和《阿房宫赋》里都有叙述。建成阿房宫用了七十多万人力,还要耗费大量物力,供嬴政一个人穷奢极欲地享受,纣王的肉林酒池比起来,简直是一碟低级小菜。还有就是为自己修造陵墓。他一即位,就驱押七十余万"刑徒"即犯人去建造陵墓。《史记》写道:"始皇初即位,穿治骊山,及并天下,天下徒送诣七十余万人,穿三泉,下铜而致椁,宫观百官奇器珍怪臧满之。令匠作机弩矢,有所近者辄射之。以水银为百川江河大海,机相灌输,上具天文、下具地理,以人鱼膏为烛,度不灭者久之。"可见他,准备死后仍要穷奢极欲。结果,所有参加造墓的人和没有生育的姬妾,一起活埋在墓里。七十多万条生命啊!哪怕有一丁点人性,能这样干吗?再有就是连接长城,至少也是几十万人。在饥寒交迫和超强度劳作中,倒下的人,就埋在墙根下,所以造成了孟姜女的传说不胫而走,盛传不衰。还有就是修驰道,让他出巡,巩固统治,威加海内,动用人力难以计数。兵员也很多,派蒙恬率兵三十万坐镇北边,又以"犯罪农民"五十万编成军队征伐并驻扎南方。无怪乎力役戍边"三十倍于古",租赋税收"二十倍于古",

简单地说，就是比以前几十倍的横征暴敛。只从这几项来说，征用人力当在三百几十万。据当代人口学家说，那时全国人口，男女老幼总共才二千万人。百姓大量被杀和其他非正常死亡，造成人口非但不增加而且明显下降。过度的徭役，尤其是修宫殿、造坟墓、连长城之类，不但耗尽从天下搜括、劫夺来的财富，也严重破坏了有社会效益的物质生产，使百姓陷于普遍的极度贫困。直接、间接的大屠杀，尤其是有技术的工匠被杀和作无用功而耗尽生命，加上医学、种树之外的科技书籍被焚烧一空，就极大地破坏了社会生产力及其传承。他的"以古非今者族（杀尽全族）"，"偶语诗书者弃市（杀掉）"，完全禁止了任何人的思想自由与言论自由。集中表现他的专制主义的焚书坑儒，将书差不多烧光，又活埋了四百六十多个读书人，斫丧了春秋战国以来的灿烂学术文化，造成思想文化大倒退，而且开创了一个极其恶劣的先例。为了实行和维护他的极权统治，给臣民的刑罚多达十几种，如腰斩、抽筋、寸磔、下油锅、凿脑袋、五马分尸等等。不杀的，也让人觉得生不如死。他又极其热衷于自我吹嘘，到处树立石碑，叫李斯撰写大同小异的碑文，说什么"圣智仁义"，"忧血黔首"，"皇帝之明，察临四方"，"皇帝之德，存定四极"，"功盖五帝，泽及牛马"。让人难以相信，他居然敢于这样自我宣传，制造个人崇拜。这也给后代帝王，创造了一个范例。人们所肯定的书同文、车同轨、统一度量衡，实际上其本意是巩固统治，强化一言堂，便于游览宣威，鸣自己之得意，树自己的声名；当然，这些事在客观上有积极意义，正如隋炀帝之连通运河。简括地说，他的所作所为，全是为私、为自己；最好长生不老，不然也要传子传孙，保证他作为精神领袖，永远君临天下。

上面说的嬴政的一些重大史实，张艺谋应当知道。从虚构了一个飞雪，作为赵国将军的爱女，集国恨家仇于一身，表明他对战国的历史大势也是清楚的。看来，正因为知道，正因为清楚，他才硬将嬴政塞进这部影片里，而且作为中心人物；用他对嬴政的基本评价，作为全书情节的出发点和落脚点。

三

张艺谋说，《英雄》是武侠片。从一个个应当刺秦而不刺，能够刺秦却反而心甘情愿地为之献出生命，几个一般英雄成全了一个超级英雄；从"天下"与"保国卫民"这种驴唇不对马嘴、不三不四的点睛之笔来看，该片是思想性、政治性很强的说教片或曰教育片。魏明伦说它是"商业片、武打片中罕见的重大政治题材"，是"寓教于乐的最高境界"，与我的看法相近。要我说，它是武侠其表、政治其里，武侠的外衣包裹着强大政治躯体的影片，一定要给个名称的话，就称之为武侠政治片吧，算是一个新品种。不过，武侠是作为修饰词的。

"天下"是什么？至少有以下几种能指。一种是指天底下的土地山川，还可以包括海洋，如"走天下"、"游历天下"。一种指天底下的人，一般指全世界的人，如"天下为公"、"冒天下之大不韪"。一种指特定局部、行业等等的占有率、控制权，如"中长跑成了某某队的天下"。更多的是指政权，如"打天下"、"坐天下"。张艺谋充分利用了它的多义性、模糊性。《英雄》告诉观众，谁越能打天下，越能兼并他国，谁就是超级英雄，就应该统治"天下"百姓、占有"天下"土地和财富，无论他的兼并过程是怎么干的，无论他兼并后干了些什么；请看原来的铁杆反对者，复仇者也终于深明大义，幡然悔悟，成全霸权与兼并，一般老百姓无条件顺从、拥护与崇拜，更是天经地义，千应该万应该。

说到这里，可以说说我对影片主题思想的体会了。魏明伦说它是"帝王崇拜"，自然不错。不过，似乎还不很到位。专制主义是帝王们的基本特征，除了少数傀儡，没有一个不专制的。不过，毕竟各人由于内在和外在原因，还有所不同。就以近年影视中正说、戏说得令人眼花缭乱的康熙、雍正、乾隆祖孙三代来说，他们都将天下视为一人一家之所有，对付政敌毫不留情，搞文字狱决不心慈手软，但他们为了维护自己的统治，还实行一些有利于国计民生的事，不随意破坏社会经济和生产力，对学术文化也不采取一概消灭的办法，对百姓也远没有像嬴政那样凶残地迫害、劫掠、屠杀，让多数百姓能够活得下去，做稳了奴隶，所以乾隆中期全国国内产值占全世界三分之一。然而，他们专制主义的突出表现是，以文字狱和禁书的办法，将嬴政的焚书坑儒的传统，再一次推向高潮。严酷的屠杀与思想禁锢，使中国失去活力，举不起前进的脚步。尤其是乾隆，文字狱持续四十年，使中国与经过文艺复兴从而正在发生产业革命的欧洲，形成了强烈的反差。而那些正说、戏说的影视，基本上避开了这一点，满台辫子飞来飞去，马蹄袖甩个没完，"皇上圣明"、"奴才该死"之声不绝于耳，实际上是在对观众进行帝王崇拜和奴化教育。而《英雄》更有很大发展，它不是隐恶溢美，而是以虚幻的人物、不讲心理流程与行为逻辑的情节，从根本上倒说嬴政，将血腥的兼并和全无人性的暴政"颠倒"为"保国卫民"，值得英雄志士为之而死的人间大义。要用一句话来说，这是宣扬强权和极权崇拜。

柏林似乎是张艺谋的发家之地。他曾一再在这里受到欢迎，得到荣誉。这次《英雄》去参展，德国媒体非常关注，观众也很踊跃。可是，原先对它十分看好的人们，结果却大为失望。不但金熊奖没有得到，连银熊奖也没有。大约是秦始皇在德国也广为人知，犹如希特勒之在中国，一向对张艺谋很是热情友好的媒体，此次一眼看出在精美画面包装下的内容，不少大报直白指出，"该片大肆宣扬强权法律"。一些文章谈到了它的政治背景，《柏林每日镜报》甚至说，张艺谋"今天是政权的卫道士"。针对媒体的议论，张艺谋在柏林的新闻发布会上强调："这部影片是一部关于和平的电影，而不是政治性电影，它有意摒弃血腥暴力场面，用心智去影响他人。"但是，这些颇富策略性的辩解，根本不能说服那些较真的老外。他们相信看影片所得的印象和判断，不听信与实际对不上榫的宣言。评奖结果公布的次日，中国一家准权威媒体发表了驻柏林记者的述评。关于政治背景问题，述评说德国媒体那些说法"不公正"、"没有任何根据"，但是人家为什么会这么看这么说呢？如果真没有背景，影片岂不是让"有关方面"白白受累？如果有不容易说清楚之处，影片及对它十分看好的人们，是不是用力太过，反而得到负面效果呢？在西方国家中，德国对中国还是比较友好的,不能简单地用一句"反华势力的谬论"这样破烂不堪的挡箭牌来以一挡百吧?至于中国媒体一再说人家看不懂影片的内容,"该片大肆宣扬强权法律",看不懂能说得出来吗?

  在人们更为看重的奥斯卡奖方面,这个中国大陆从未有影片得过的奖项,当然更是用力角逐。前已说过,早在2002年9月底,《英雄》就在纽约内部放映,并且事先准备好一份一份问卷让观众填写,张艺谋也亲自到场。这时影片还没有最后完成,想必是想从问卷听取意见以确定宣传调子和做点可能的加工。2002年12月23日《时代》杂志的特别报道中,张艺谋说:"观众将会记得美的画面更多于故事。主题就是和平,这个主题不惊人,除非把它放在(武侠片)类型中来看,则有创新之处,其实,观众不是来看思想的,而是来看景观的。"巧妙地一再突出影片的优点,即"美的画面"和"景观",极力将原有的主题思想转移为"和平",并淡化"思想"与观众的关系。仿佛后来其他媒体也有过宣传,大约也是这么个意思。奥斯卡外语片奖有两位华人当评委,《英雄》中有两位演员在美国也很有名,然而最终未能"称雄",大约这拨评委与柏林电影节的评委"英雄所见略同",甚至更深入一步吧。可惜,"寄予厚望"的国人,还不能通过"做工作"左右投票的结果。要是能够,固然可以让一些明白人和糊涂人大大高兴一番,但,那决非奥斯卡奖之幸,更非中国影视、文化之幸。

  幸不幸且不说。《英雄》要是在"文革"中出来,主题先行如此到家,尤其将"一号人物"嬴政塑造得如此高、大、全,如此应当以一般英雄的生命来崇拜,如此合乎"马克思加秦始皇"的观点肯定成为超级样板。那时没有评委之事,但主创者上天安门城楼谅必没有问题。要是早在斯大林还活着的时候,设个什么大奖给它,再推向听他话的各国,还不轻而易举?说不定还给主创者一个很大的头衔,指导原共产国际调控的各国的电影和文艺呢。

  不过,现在是现在,提出思想解放已经二十多年,要不,很可能有些人看了《英雄》,心想,秦始皇到底已经龙驭殡天,自己也不是影片中那几位英雄的料子，就心甘情愿地去当个兵马俑，也是很值得的。这是不是"用心智影响人"的底蕴呢？现在，出于各种原因去看这影片的，只要大约略知道真实的秦始皇是个什么人，至少会掠过一个疑问：这是干么？或者干么要这样？有些人还会有各种各样很难听的评说，极小的一部分忍不住到网上去一吐为快，我听说某网站就有一万几千条，自然没法看，吓住了。

我看影片的时候，那红色画面，老让我想起"流血川原丹"，想起红色恐怖。那"风，风，风，大风"的吼叫，竟让我想起孟姜女的恸哭，想起有些人临刑时发音器官被毁坏的咿咿唔唔。我在渴望中国早日造出"非典"疫苗之时，接着祈愿科技快快发展，近年能完全揭开嬴政墓，而且不会以保护之名行保密之实，那将是对人类文明进步的一大贡献，联合国应当为此建造一座特别纪念碑。

（原载《上海文学》，2003年第7期）

权谋文化的历史土壤

王绍培

在某些人眼里,权谋文化的实用价值远远超过其欣赏价值。有一些人视权谋文化为人生教材,为人处世深受其影响。这一现象包含诸多意味,绝非"消费"一语可以概括。

在实际操作过程中,权谋具有强烈的非道德色彩,它将任何活动等同于战争,以取胜为至上目的,故不仅兵不厌诈,而且不择手段。

"权谋"的另一层面的含义,简言之就是"权之谋"。主要探讨的是官场权术,它既是"权力学",也是"驭权术"。

近些年来,权谋文化大热。影视剧中的宫廷戏或官场戏,几乎以帝王将相之权谋为主要叙事内容。图书出版业中的权谋书系,自李宗吾的《厚黑学》滥觞,中间经南怀瑾《历史上的智谋》等书发扬,至集大成的《中华权谋》之类,现在已是汗牛充栋。倘如某些论者所谓,现今是消费文化的时代,一切不过在机智轻巧的历史戏说中化为单纯的愉悦与快感,那倒也罢了,但事实却非如此简单。不是有这样一句话流传么:为政要看《曾国藩》,经商要读《胡雪岩》。在某些人眼里,权谋文化的实用价值远远超过其欣赏价值。有一些人视权谋文化为人生教材,为人处世深受其影响。这一现象包含诸多意味,绝非"消费"一语可以概括。

"权谋"一词两个层面的含义

"权谋"这一词组似有两个层面的含义。一个层面与我们现今所说的策划,谋略等大致相近,无非指了解信息,把握趋势,权衡局面,出谋划策。权谋是一种预先对实践进行规划、以期未来事态能够按照自己的意愿演变的思维活动。有谓"春秋多权谋",盖因为在一个社会激变转型期,善于权谋者有更大机会生存。

这一层面的权谋不免有一股"阴谋"的气味。阴谋本无贬义,它无非是指这一思维活动是静态的、隐蔽的、预先的、深层的。不过,在实际操作过程中,权谋具有强烈的非道德色彩,它将任何活动等同于战争,以取胜为至上目的,故不仅兵不厌诈,而且不择手段。如,能而示之不能,强而示之以弱,有而示之以无,要而示之不要,进而示之以退,知而示之不知,等等,力图迷惑对手及他人。权谋文化的这些特质,对国人心理及人格的塑造,影响极其深刻而深远。

"权谋"的另一层面的含义,则似乎是在千百年来的宫廷和官场中形成的,简言之就是"权之谋"。这一层面的"权谋",主要探讨的是官场权术,它既是"权力学",也是"驭权术"。热衷于这一层面"权谋"的人,认为权力是稀缺资源,有权者幸福,无权者卑弱;权力斗争无双赢,保持权力为人生要务。因此,他们极其重视实用层面的"权谋",花了非常大的功夫探讨如何获取、维护、统驭权力等等。上一层面的权谋经验和技巧,在此更是无所不用其极,故使权力斗争成为和平时代的最高战争形式。

"权谋文化"如今被某些人追捧,显然并非思古之幽情,而是当今少数为官者被腐朽文化侵蚀的一种表现。"官本位"的价值观,近些年有愈演愈烈之势,在一些人眼里,权力拜物教与金钱拜物教并驾齐驱,甚至有凌驾的意味,这些现实存在,成为当今权谋文化"恶之花"盛开的土壤。

权谋文化的三种历史土壤

若论权谋文化的历史土壤,首先是战争。中国历史在其第一个转型期——春秋战国时代,战事频仍,政变剧烈,胜王败寇,别同霄壤。故兵书极其发达,成为最早成熟的思想系统之一。如《孙子兵法》,迄今为止,其中颇多原则仍被各国军事专家视为圭臬。

《孙子兵法》开宗明义:"兵者,国之大事,死生之地,存亡之道,不可不察。""兵者,诡道也。故能而示之不能,用而示之不用,近而示之远,远而示之近;利而诱之,乱而取之,实而备之,强而避之,怒而扰之,卑而骄之,佚而劳之,亲而离之。攻其不备,出其不意。此兵家之胜,不可先传也。"有关权谋文化的必要与精要,孙子的这几句话概括尽净。值得一提的是,兵法之书,实为在险恶的战争环境中求生存的结晶,其中包含你死我活的心智。而当兵法被借鉴到别处,这种心智的危害,是可以想见的。

权谋文化的另一种历史土壤,则是漫长的封建社会的人治传统。人治可与法治比照而论。法治非无人,不过,规则第一;人治非无法,不过,人际至上。在法治的情况下,人因法而止,事因法而定,法既成则不轻易变;在人治的局面下,一切因人而异、因人而变,人是异动善变的。

吴思在《中国历史中的真实游戏——潜规则》中说:"凡游戏必有规则,但规则未必明说,明说的又未必当真。"——发挥作用的就是"潜规则"。"潜规则"自然未必成文,它"运用之妙,存乎一心"。

在法治之下,权谋不必要、不需要,照规则行事,结果自然清楚;而在人治之下,人际关系有如"兵者",离开权谋,不善于权谋,缺乏权谋意识,就不能成为官场的"适者",不适者便无法生存。权谋文化反过来要求人治的存在,亦是一目了然的。

权谋文化的第三种历史土壤,则为中国传统的思维方式及致思趣向。这个课题极大。简而言之,中国传统思维喜欢分阴阳,凡事都有隐与现、正与反、内与外、可说与不可说、可说的不可做、可做的不可说等等,其中一方面可以呈现为知性的清晰,而另一方面却只能维持一种直觉的混沌,前者可以言传,后者只能意会。如所谓"术"者,巫术、武术、艺术、医术、印刷术等等,在其知识构成上,都有可意会不可言传的部分,这一部分是经验的、神秘的、直觉的、技能的。

权术也不例外。它的实用价值,无法从课堂、书本、公开场合中学到,它需要师法某些个人,需要历练和体悟,需要了解人情世故,需要从那些上不得台面的场合去观察体验。这一迷恋神秘、迷信神秘的致思趣向,为权谋提供了用武之地。从这个意义上说,当今权谋文化书籍的公开出版,则相当于把这种文化暴露在阳光之下。

权谋文化的两种社会危害

多数权谋读本都有一个这样的判断：权力场上的强者，总是有着过人的权谋。正是权谋使他能够立于不败之地。我们在历史影视剧中看见的那些天纵英明的帝王将相，个个都是权谋高手。因此，一些人由权力崇拜再到权谋崇拜，也很合乎逻辑。

这些人或许并不公开认同并赞扬那些善于玩弄权谋的人，但是，对那些性情天真、心地单纯的人，他们倒是敢于表达轻蔑，比如批评其"不成熟"。"老实人"早就不再是褒奖了。不少人年纪轻轻，就已经非常懂得世故地运用各种心计追逐权力了。

但是，经济学家发现，当社会大部分人都"很聪明"的时候，反倒比不上大部分人都"不很聪明"的社会（熊秉明语）。原因是，一群"聪明人"在一起，总是会视他人为骗子，彼此防范，无法建立信任，也无法合作，这样的社会只能产生"低度均衡"。而一个大家彼此信任的社会才可以产生"高度均衡"。可以说，权谋文化越是发达，经济活动就越是落后。

权谋文化当中，虽然也有一些论及人格修养的部分，但是总体来说，糟粕多而精华少。比如，权谋文化在权力观上，就有一系列致命的误区。例如，它把权力跟斗争联系在一起，似乎权力必然意味着斗争；它只知道征服和臣服，只知道有争权夺利，却不知道权力的分工与合作；它认为权力斗争必然是零和游戏，不知道在权力的配合协作下，存在着双赢；它认为成功高于正义，成功也可以取代正义，从而取消了历史的道德评价标准；权谋文化也取消了对于历史手段的道德评价，只要这些手段最终有助于取得成功，手段就是有效的，用道德规范来约束手段的选择是迂腐的；它还把一般人际关系都视同人与人之间的战争，别人的失败等于自己的成功。权谋文化越是发达，政治道德就越是低下。

无论在官场还是商场，在权谋文化的作用下，有利于社会整体进步的建设性的措施和设计都被忽略，它可以产生所谓"英雄"，只是这样的英雄以无数人的牺牲为代价，"有英雄的历史好看，没英雄的日子好过"，这是有其内在道理的。

权谋文化的另一大贻害是妨碍建设政治文明。政治文明的主要表现之一，即为法治。所谓法治，一是要承认法律规范高于任何个人意志；二是要依法而治；三是要求政治过程透明。相对而言，法治较之人治更加刚性、更加明晰，在这样的格局下，权谋文化实在枉费心机。

政治文明还要求政治活动的目的不是为了权力，而是为了国家的安全和人民的福祉，权力只是手段，权力的运用只是为了完成政治活动的目的。为了有效地用好权力这个手段，必须使权力的授受、使用按照程序和规范来进行，并且要有严格的监督。

（原载《深圳特区报》，2003 年 7 月 28 日）

流行影视剧对民主精神的颠覆
董　健

　　看了那些为康熙、雍正、乾隆三代皇帝树碑立传的电视剧，又看了那部把秦始皇高度英雄化、神化了的电影《英雄》，不禁顿起"今世何世"之叹。我吃惊于人类在物质和精神两个方面的进步，竟如此地不平衡！我们的屁股坐在现代的社会里，脑袋却是中世纪的。一百年来，中国人在物质、技术上的进步很大，没有这个进步我们今天也无缘"欣赏"电视剧这种高科技的产物，更看不到电影《英雄》那些靠高科技拍出来的气势宏伟、变换神奇的光与色的画面。再说，没有这个物质上的进步，我们也不可能吃饱喝足了之后坐在自己家的彩电前来看电视剧或花高价去电影院悠闲地"欣赏"《英雄》一类的"大片"，然而，这些影视作品借着有时是颇为引人入胜的"故事"和光与色的"奇观"的冲击力，播撒给我们的是一种什么样的精神呢？不客气地说，是早在一百年前就被呼唤中国现代化的仁人志士们为了"走向共和"而一再拒斥、一再鞭笞、一再口诛笔伐过的那些精神的垃圾、思想的毒品——封建专制主义！显然，当代大众消费文化中正滋长着一种反启蒙、反现代的倾向。

　　一个国家的现代化建设，如果离开了人的现代化，是不堪设想的。而人的现代化，如果缺了现代公民意识与民主精神的养成，也同样是不堪设想的。一些先辈学者如李慎之、何家栋等近四五年以来一直在呼吁"公民教育"，试图编一本《公民课本》或《公民试行教程》。但是，我们也看到，流行影视却对公民意识与民主精神进行了颠覆，它们借着"娱乐"对大众进行精神的麻醉和腐蚀，这恰恰是一种与公民教育相对立的奴化教育！潘旭澜教授说得好："专制主义是帝王的基本特征"，这些历史电视剧"满台辫子飞来飞去，马蹄袖甩个没完，'皇上圣明'、'奴才该死'之声不绝于耳，实际上是在对观众进行帝王崇拜的奴化教育。"（见《南方文坛》2003年第4期）有的朋友说，这不过是一些"娱乐片"，纯属文化消费，不值得认真的。然而，你可以不"认真"，它们却是在"认真"赚钱的同时，把皇权至上的毒素洒向了人间。作家朱苏进说，这是把皇帝生活"民间化"，以适应每个人心中都有的"帝王种子"的需要。这"逻辑"更加可怕，似乎专制无过、皇权无害，影视制作者们都是应老百姓之"邀请"而让那些皇帝老儿们登台表演的。

　　脱离开社会、历史、阶级的具体分析，笼统地说什么"每人心里都有颗帝王种子"，并进而以此为那些颠覆民主精神的影视进行辩护，是不能令人信服的。人性中有"恶"的东西，也有"善"的东西，如果从其"恶"之中可挖出占有欲、权力欲、治人欲，这三欲可以名之曰"帝王种子"，那么，从其"善"之中不是也可挖出对自由、平等、民主的追求吗？后者恰恰是反对专制并将人类引向现代、引向进步的。我们的作家如此用心以人性论为反现代、反进步的东西找理由，为什么不用人性论为符合着世界潮流的民主进程与人的现代化找理由呢？我们关注的那些聪明的作家难道不知道皇帝时代已经一去不复返了吗？

　　一百多年之前，随着我国现代化进程的开始，我们的民族就在"开启民智"、"使民开化"，就在推翻皇权的同时，在精神领域、文化领域里倡导人们摆脱千年奴隶的"臣民"状态，做一个独立、自主的现代"公民"。中国现代文学艺术（包括诗、小说、戏剧、电影等），从辛亥革命和五四运动以来，一直都在大众中传播与培育民主精神，怎么到了21世纪的今天，人们在电视荧屏和电影银幕中又回到了那种"奴才"和"主子"构成的文化氛围之中了呢？这是何等惊人的精神倒退？年老而气盛的评论家何满子惊呼这是精神"蹂躏"，年轻而老辣的评论家王彬彬痛斥这是"害人"。可惜如此清醒者毕竟不多。不少影视研究者，在影视的技术层面和市场效应上津津乐道着"革新"，而面对着精神的倒退却显得十分麻木。至于无数的观众，则更是在麻木中，他们在看电影、电视的"愉悦"中，在嘻嘻哈哈之中，甚至在作家所描绘的似乎人人都在做的"皇帝梦"的梦境中，认同了、接受了皇帝——这个国家的"第一把手"的无上权威，从而艳羡之、崇拜之、神化之、无条件地服从之。报载一个备受娇惯的小女孩看多了这类电视剧，她心中的"帝王种子"发芽了，居然在家里演起了"皇权戏"，她当"主子"，叫父母当"奴才"给她下跪。不要小看这种事，这绝非天生的"帝王种子"在孩子心中发芽，而是一只还没引起大众警惕的罪恶的手在小孩子洁白的脑海里最先"画"上了"奴才"、"主子"的概念。听说近年来从幼儿园到中学，小孩子都滋长了很强的"当官"意识，芝麻大的"干部"都争着当。这与皇权意识接上榫儿，是顺理成章的事，因为未经过现代民主意识的启蒙，做"官"就是"治民"、"管人"、"主民"。当个有权有势的"第一把手"，就会得到平民所得不到的"好处"。在我们中国，"民主"是很容易翻个个儿变成"主民"的。在我们当前的现实中，以"父母官"自诩的官员不在少数。哪怕他们一直在大叫着"民主"，甚至真想着要对人民"好"，做事要叫"人民满意"、"人民放心"，但在他们的灵魂深处，还是觉得自己是"主"。"主"有大小、上下之别，当官只对提拔自己的上级负责，骨子里还是"奴"对"主"的依附。地方有地方的"一把手"，所谓"加强领导"就是他说了算，他做"主"。如果没有经过现代民主意识的启蒙，人们对皇权思想，对电视剧里那个全国"子民"都在"第一把手"面前下跪的情景和"规矩"，是很容易接受和认同的。这时，"立党为公，执政为民"就成了一句空话。这样一来，你能说影视里对"臣民"思想的鼓吹、对民主精神的颠覆与我们的现实没有关系吗？

　　人类自从有了人群和社会，就有了权力问题。羡慕权力、追求权力，权力到手后就留恋权力，为权力而六亲不认、良知泯灭，为权力而厮杀，为权力而耍尽阴谋、阳谋及种种诡计，凡此种种，皆出自人性之恶。这大概就是一些作家所说的人人心中皆有的"帝王种子"吧。诚然，历史上也出现过革命者、正义者的权力，他们以自己手中的权力去反对专制者、独裁者的权力。他们的理想是"每个人的自由发展是一切人的自由发展的条件"，而不是变旧专制为新专制。然而，当权力发生异化，革命的理想主义便不可避免地蜕变为反民主、反现代的新的专制主义。个人迷信、个人崇拜就是维护这种新专制主义的。电视剧《康熙王朝》的主题歌中,那位皇帝留恋皇位,还想当上五百年,这份"豪情"正是一种皇权专制情绪的自然流露,而作者则是把它当作人人心中皆有的"帝王种子"大加赞赏的。评论家说这是"蹂躏"人的精神,"有害于世道人心",实在一点也不为过。须知,只有用现代民主、理性来制约权力欲、压抑权力狂,才能使社会健全、公正地存在和发展。只有借助民主和法治,培养公民意识,使每一个人都脱离依附、臣服于权势的"臣民"状态,成为一个有个性、有尊严、有人权的现代公民,我们的现代化建设才会有实现的可能。那些"皇权戏"、"清官戏"、"武侠戏"的精神内涵,就是"皇帝万岁"、"强权第一"。今天还在贩卖这些早在百年前就被启蒙运动作为垃圾扫除的旧货,实在是太反历史、太反现代了。这种东西充斥我们的文化市场,不可能不对现实政治的改革产生干扰。

不错,在中国长期的封建社会中,有些朝代生产力比较有发展,文化上也有不少盛事,老百姓生活相对安稳一些。据说乾隆中期全国国内生产总值能占到当时全世界的三分之一,还完成了一些文化"大工程",如《四库全书》、《皇朝通志》的编纂等。但是,我们难道要以一种"做稳了奴隶"的心态,去看待天下为皇帝一家之天下的那个朝代的"盛世辉煌"吗?难道"盛世"就没有血淋淋的封建专制主义的统治了吗?单说"康乾盛世"那疯狂、恐怖的文字狱,就是令人永远不能忘记的,那种控制思想的文化独裁恰恰扼杀了我们民族的生机!一个没有思想、不能进行精神生产的民族是必然要堕入愚昧、落后之境的。正是在所谓辉煌的"康乾盛世"掩盖之下,中国走了下坡路,与西方拉开了距离。最近有专家论证,中国本来也有"文艺复兴"出现的可能,但它在"康乾盛世"之下"胎死腹中"了。如果还有一点点起码的爱国之心,我们的文艺创作有什么脸面在国人面前来为这段历史上的"万岁爷"树碑立传,还要拿文化理念上的毒药、麻药去骗大众口袋里的钱!

我们在培养人民大众的现代公民意识上做得很不够,一直没有教他们如何做一个现代社会的公民。结果呢?调子越高越虚假。少数人利用这些陈义甚高的运动，领一时风骚，出尽风头，而大多数人仍然不知道一个公民应有的权利和义务究竟是什么。我们经常用大而空的口号掩盖了最实实在在的东西。王彬彬有感于此，对电视剧提出了一个"最低要求"："不要有'害'于世道人心"。从这一要求来看，现代公民意识的养育，就是中国今天所最缺的一课。如果大众中的每一员还不是一个知道捍卫自己做人权利的公民，还不是一个告别了"臣民"的奴隶、盲从、迷信状态的独立自主的公民，他们又怎么会加入到现代小康社会的建设中去呢？而我们那些走红的皇权影视却在借着大众传媒的优势，继续向大众灌输"臣民"意识，培育"帝王种子"，来泯灭本来就很薄弱的公民意识。值得指出的是，即使是那些写现实题材的电视剧（如众多反腐片），也往往充满"清官"意识，并没有表现出民主与法治的力量。那些被老百姓称作"青天大老爷"的大官，不过是穿着现代服装的皇帝而已。记得去年于光远来南京讲学，吃饭时他向我提出一个问题："五四精神在中国到底'落户'了没有？"我说："谈影响，当然不小；讲落户，则差远了。看看受众最多的电视剧吧，'吾皇万岁'不绝于耳。"于老深以为然，说他在北京就为此与他们社科院的一位领导辩论过。看来，启蒙主义精神的火炬，"五四"的科学、民主旗帜，还得高高地举起。

（原载《深圳特区报》，2003年9月15日）

理性和良知让人如此美丽

刘方炜

1941年底的北京，那个时候是叫北平的，一位四十八岁的学者被残暴的侵华日军抓进监狱，押到了审讯室里。翻译是个韩国人，当这位学者被押进来之后，这个韩国人对他说："请向太君鞠躬。"

面对赤裸裸的暴力，文弱的学者不能不照做。但是他说："我对武力鞠躬。"

日本军官问："你是不是抗日分子？"

"我是。"学者平静地说。

日本军官又问："你为什么抗日？"

学者说："这问题我有两个回答方式。概括地说，我不得不如此。但你要我细说的话，请你给我二十分钟，不要打岔。"

日本军官说他可以有二十分钟。

在这二十分钟的时间里，学者告诉日本军官：我是研究历史的，我研究的结论是，无论是东方还是西方，用武力来占领别的国家，把别国人民当奴隶，镇压别国人民的意志，只能暂时收效，最后一定得报应，报应来时，压迫者有时会比受害者更惨。你们宣传说日本的目的是要亚洲各国共同繁荣，这是骗人的。看看韩国的历史就知道。日本吞并了韩国，现在韩国人不管愿意不愿意都被征入日本军队，做着卑微的工作。你们是要把中国变成第二个韩国。

那位刚才还洋洋得意的韩国翻译听了这番话后热泪夺眶，而日本军官则脸色发白，不等翻译译完这段话就叫把学者带回牢里。

下次继续审讯的时候，照样先要鞠躬，学者照旧说向武力鞠躬，没想到那个日本军官站了起来，向学者鞠躬道：我向一个不怕死敢说实话的人鞠躬。

这位在强大的暴力威胁之下坦然地保持了自己尊严的学者叫洪业,又名洪煨莲,卓有成就的历史学家,燕京大学的创始人之一。

读了陈毓贤女士写的《洪业传》,我的内心被一种久违了的情感温暖着。

一个人原来可以这样真诚而优雅地生活着,追求真理,探讨学问,淡泊名利,率性任事,不求达亦不求隐,被前人奖掖又去奖掖后人,平静地生存,又平静地逝去。这是怎样的一种美丽呀!

在我的视野里,有几位中国学人是值得崇敬和追随的,伟大的鲁迅,高峻的顾准,正直深锐的李慎之,宽厚担当的茅于轼……现在我又发现了洪业。而且比起前边那几位,洪业显得更加优雅也更加世俗一些,唯其如此,洪业也更加令我觉得亲近。

洪业生命中的几个片段尤其让我觉得印象深刻。

洪业年轻的时候,曾经被几个同学拉去逛妓院,由于怕妓院里面的狗,跑了回来。回到宿舍,收到父亲的一封信,那上面说:

> 我的儿子,现在你慢慢长大,开始懂人事,年轻的时候,女色是很大的关键。如果一个女人失节,社会会看不起她。男人失节,社会不会看不起他,但是一个大丈夫应该有自己的标准,他会自己看不起自己。你身体要保持清洁,就像器具一样,念书人要立志做圣贤,有所不为。我老早就有八个字管自己,现在我写给你,请你记住:守身如玉,执志若金。

洪业读了,出了一身冷汗。

一个人的良知就是这样一点一滴地建立起来的。这是中国正直的儒家传统,像接力一样,一代一代,由父传子,由子传孙,世世代代传接下来。

现代社会的性观念发生了很大的变化,性不再作为一种节操,而是作为一种身体健康享乐的东西来看待,洪业父亲所说的那种标准在今天看也许古板了一些。但是，良知的建立依然不可或缺，"守身如玉，执志若金"这八个字依然可以作为青年人的座右铭，也包括我这种年纪的中年人。只是，在意义的理解上，可以更加宽泛一些。

另一个片段是这样的：

洪业年轻的时候，颇为桀骜不群，虽然在教会学校读书并且是成绩优秀的学生，却大胆地找出了《圣经》里的瑕疵，并由此判定儒家学说远比基督教高明。《圣经》里面记载：迦拿的一户人家娶媳妇，酒喝光了，耶稣的母亲受众人之托来找耶稣，耶稣说："妇人，你怎么来打搅我？"洪业论证说，做儿子的这样对母亲说话，显然不孝，怎么可以做圣人？

校长夫人反对学校为此开除洪业，但她启发洪业说：书是古人经验的结晶，好的坏的都有，就像有人摆了一桌子宴席，你应该拣爱吃的吃，不好消化的不吃。《圣经》古来语言就换了几次，里面有错误、有矛盾的地方是难免的，所以看《圣经》要拣好的记着，其余的不要。但有些现在看来是矛盾的地方，往往以后发现并不矛盾。但你现在专心去记这些，等于白费脑筋。

洪业听了校长夫人的这一番话，深受启发。

在这里我们看到了理性的精神，经由一位传教的外国女人，教授给年轻的洪业。从此这种理性的宽容冷静的分析精神伴随了洪业一生。

在此后不久的一封信中，洪业写道："……神派耶稣到西方，派孔子到东方，以拯救人类于万恶之中……无论如何，耶稣和孔子都是神的传言人，是拯救人类的恩者。"在这里，那种争强好胜的欲望之心淡去了，认真的态度却仍在，伴随着一种平和的心态。

后来，洪业留学美国的时候，念到《圣经》第二章第三四节的时候，老师问他，耶稣为什么把他的母亲称作妇人？洪业回答说：《圣经》里没有说耶稣回答他母亲的神态，我想耶稣是在逗他母亲笑，他说话时眨眼向他母亲示意，这酒喝完另有供应。

理性在这里已经上升为一种宽容和智慧。

良知和理性，在建立之后，就始终伴随着洪业，使他对人生众多需要面对的纷纭复杂的事情,都能够作出真诚而从容的应对。

洪业后来总结自己的诸多选择时,说了这样一段话:

> 我自己定下了几个原则,归纳起来就是三有与三不。三不是什么呢?我一生对三方面有兴趣,我对怎样统治人民造益国家这些问题很有兴趣。但官场险恶,投身政治不时要做妥协,有时损伤到自己所爱的人,所以我决心不做政府官员。我对宗教很有兴趣,但教会与宗教是两回事,教会如面孔,宗教若笑容,要笑容可爱,面孔得保持干净,我既不能擦洗面孔的污点,便决心不做牧师。我对教育有兴趣,但教育的行政工作类似官场,要奉承有钱有势的人,所以我可以做教员而不做校长。三有是什么呢?第一是有为,第二是有守,第三是有趣。这三有是相辅相成的。一个有抱负的人常为了急于达到目标而牺牲原则,所以得划清界限有所不为,这叫"有守";但有守的人常干燥无味,要懂得享受人生自然的乐趣,所以要"有趣";但最有趣的人是诗人、艺术家,他们大多不愿负责任,罔视于社会福利,所以要"有为";这三个"有"之间得保持平衡。

良知与理性,在这里得到了和谐的统一。

上个世纪的二三十年代,作为对"打倒孔家店"的"新文化运动"的一种反动,重兴国学是注重中国传统的学者们极力推重的。洪业是一位非常注重中国传统文化的有号召力的学者,但是他却不赞成"国学"这一概念。当有人提议要学清华和北大的样子,在燕京大学也建立一个国学研究所的时候,洪业坚决反对。洪业认为,所谓的国学,不能孤芳自赏,而应按学科归纳到各院校。正如不能把欧洲的科学、文学、历史等笼统归入"欧洲学"一样。而且,洪业认为中国的学问应当让有现代训练、有世界常识的人来研究。

也正是这位反对"国学研究"的洪业,做了一件当时所有的中国学者都无法完成的、对研究和继承中国传统文化最为重要的工作,创建了哈佛燕京学社引得编纂处,把中国历史上最主要的经书史籍有系统地重新校勘,并加编引得(索引)和词汇索引。洪业的用意,在于把中国先人浩如烟海的知识和书籍进行清晰的排列,让未来的科学家、历史学家及其他学者可轻易索取,以便让新文化冲击之下的传统文化显露它们真正的价值,使之融入人类共同的文化遗产之中,让后人得以继承和发扬。

在这里,洪业身上的两大支撑点:良知和理性,已经变得博大和宏伟起来。

还有两件小事能够从平和之中见出洪业的淡泊和风骨。

洪业听朋友传话,说是当时的财政部长孔祥熙怪他到南京不去看孔。洪业说:我不去看他对他是有好处的。我如果去看他,他办公室外面一定坐满了人,他先见老朋友,对他不利,对我也不利。人家看见我去看他那么有势力的人物,就会请我写信求这个求那个,麻烦极了。我的信来了,他也没办法,不回嘛,怕见怪;回嘛,荐几百个人中也许能用一两个,别的你怎么办?

在这里,洪业展示了他的另一面:日常生活中的恬淡自如,不去故作清高,也不使自己搅进无意义的事情之中。抗战胜利之后,李宗仁任北平行营主任,上门邀请洪业做他的秘书长,官衔是少将。洪业婉言谢绝,但表示在外交事务方面可以提供帮助。有一次,李宗仁宴请驻华美军司令魏德迈将军,请洪业作陪,魏德迈致答词说:"中国之所以未能成为强国,对世界和平及繁荣有贡献,乃由于两大敌人的阻碍。第一个是日本,半个世纪来一直操纵中国政治,给中国带来灾难,但现在中国在美国的帮助下已经打败了日本,在今后一段时间内不会再给中国找麻烦了。可是第二个敌人是你们的内奸,我们美国人爱莫能助,这个内奸的名字就叫贪婪。你们若要享受真正的自由,要为人类的福利尽一份力量,非得把这个内奸除去不可。"给魏德迈做翻译的是另一位美国将军普利士,他却没有翻译魏的第二段话。这个时候洪业站了起来,说:"李将军和诸位朋友,我以平民的身份要说几句话。我以一个平民和历史学家的身份,先向魏德迈将军致谢,他由衷而发的讲演讲得好极了。我也向普利士将军致谢,他翻得很准确,但他为了给我们中国人留面子,讲词第二部分没有翻,我现在替他翻完它。"洪业的举动没有赢得掌声,带来的是一片鸦雀无声的肃静。

在这里,上面那一个故事中的平和淡泊的洪业消失不见了,取而代之的是一位风骨翘然的文雅刺客。良知和理性在这里再一次展现无遗,不过这一次展现的却是舍我其谁的担当精神。

洪业是中国第一代受过完整的民族传统教育又受过完整的西方教育,并对两者都深有领会和反省的、清醒、冷静、绝少功利之心的知识分子,也是我所从书籍里面结识的一位最接近于完美的知识分子。

洪业先生的人生和境界,令我心向往之。

1980年12月22日,先生于谈笑风生之后,平静地逝于美国麻州康桥,葬于麻州泊泊利镇克劳佛德家族墓地。这位克劳佛德先生,就是在洪业还是一个贫困学子的时候,慷慨资助他到美国求学的人。

(原载《温故》第二辑,广州师范大学出版社,2004年版)

一九三零年的肖洛霍夫

向继东

肖洛霍夫（1905—1984）是前苏联著名作家，著有《被开垦的处女地》、《一个人的遭遇》等，其代表作是长篇小说《静静的顿河》，曾获诺贝尔文学奖。他还是前苏联经久不衰的当红作家，连任过多届前苏共中央委员，当过前苏联作协理事会书记，两次获得列宁勋章。肖洛霍夫家乡维约申斯克还为他建了半身铜像。关于肖洛霍夫和斯大林的关系，一直是研究者感兴趣的。著名俄罗斯文学专家蓝英年先生说，在《静静的顿河》中，"肖洛霍夫对红军过火行为的揭露、抨击很合斯大林的心意，对消灭托洛茨基余党有利"，所以"斯大林救肖洛霍夫"是"为加强自己的权力"（《被现实撞碎的生命之舟》，花城出版社1999年8月版，第193页）。30年代，肖洛霍夫怎样在斯大林的"大清洗"中死里逃生，有蓝先生的宏文说了，这里不赘。我就说说《作家与领袖》（孙美龄编译，北京大学出版社2000年8月版，以下引文只注明页码）一书中肖洛霍夫就前苏联农业集体化和大清洗时期写给斯大林的那些信。

我们知道，20世纪20年代末、30年代初，正是前苏联强制推行农业集体化的时候。由于集体农庄造成的损失，农业歉收，而粮食收集急剧扩大，再加上干旱等原因，造成了空前的大饥荒。据统计，仅1932—1933年间，就有近700万人被饿死。一位当时在乌克兰工作的官员后来回忆说："1933年的春天，我目睹了人们在饥饿中死去。我看到妇女和孩子们肚子浮肿，皮肤发青，尽管目光已失神无采，但他们还没咽气。到处是尸体、尸体，裹着破羊皮的死尸，脚上是肮脏的毡子，在农舍里的死尸，在正在融化的雪中的死尸……（黑龙江人民出版社1998年2月版《克格勃全史》，第137页）当时，乌克兰国家政治保卫总局（即克格勃）执行的重要任务就是将饥饿中的乌克兰同外界隔绝起来，不许往乌克兰境内运粮食，乌克兰人没有特许也不准离开居住地。基辅的火车站被国家政治保卫总局的武装分队把守着，没有特别通行证的人统统被从火车上赶下来。中国历史上有"大饥，人相食"的记录。在那时的乌克兰，食人也成了平常现象，因为刑法中没有规定追究食人者责任的条款，所以食人者都被交到国家政治保卫总局关押着……

　　肖洛霍夫的家乡顿河流域情况也一样糟糕。从《作家与领袖》中，我读到肖洛霍夫1931—1933年写给斯大林的四封信，都是反映其家乡维约申斯克区及北高加索等区农业集体化问题的。在1931年1月16日的信中，肖洛霍夫说："北高加索边疆区一系列区的集体农庄出现了十分危急的情况，因此我认为有必要直接写信给您。"（第40页）牛是中国农民的宝贝，马可是顿河流域农民的宝贝。接着，肖洛霍夫如实报告说"红色灯塔"集体农庄65匹马死了12匹，49匹饿得爬不起来，可用的仅剩4匹；卡沙尔区一个集体农庄去年秋天还有180匹马，如今只剩下67匹，死了113匹。而他的家乡维约申斯克区死掉的牛马已超过了1000匹。"可以毫不夸张地说，是灾难性的。这样管理是不行的！"（第41页）面对如此严重的灾情，媒体却不能真实地报道，肖洛霍夫几乎愤怒了，指责"区报纸谦虚地一言不发"。

　　尤其是1933年4月4日，肖洛霍夫写给斯大林一封近两万字的长信，如实反映了在其家乡以及整个顿河流域因强力征购农民粮食而造成的灾难性后果："维约申斯克区及北高加索边疆区的其他许多地区，没有完成粮食征购任务，也没有储备籽种。集体农庄庄员们和个体农民们由于饥饿现在正濒临死亡。成年人和孩子们都浮肿，他们吃人所不能吃的一切东西，从橡树的树枝到树皮以及沼泽地里各种各样的草根。"（第46页）这是怎样造成的？"维约申斯克区没有完成粮食征购计划，也没有储备籽种，不是因为富农暗中破坏得逞，也不是党组织不能战胜他们，而是边疆区的领导们领导得不好。"（第47页）肖洛霍夫把矛盾直接指向地方当局。

　　对地方官员们征集粮食中的种种暴行，肖洛霍夫毫不留情地向斯大林报告说:"奥夫钦尼科夫……拍打着左轮枪的皮套宣布下列指示:'要不惜任何代价拿到粮食!我们要施加压力,让它鲜血飞溅!不怕鸡飞狗跳墙,要把粮食拿到手!'"后来,这位区领导"命令没收全区所有农户的全部粮食,其中包括劳动预支的百分之十五的粮食",令集体农庄庄员一律"不留一针一线"。"在全区以极大的热情推行'不怕鸡飞狗跳墙'的做法,'不惜任何代价',征集粮食……半夜里把集体农庄庄员一个一个提到征粮协动委员会,一开始是审讯,威胁说要动刑,尔后就真的动起刑来:在手指中间夹上铅笔,拶伤手指的筋骨,尔后又在脖子上套上绳子,拖到顿河上,塞到冰窟窿里。""在格拉切夫集体农庄,区委会特派员在审讯时,把集体农庄女庄员们用绳索套着脖子,吊在天棚上,对勒得半死的人继续审讯,然后用皮带拖向河边,半路上不断地用脚踢,让她们跪在冰上,继续审讯。"(第55—56页)"大部分采取恐怖手段的共产党员们,在动用镇压方法时丧失了分寸感。"在这封信中,肖洛霍夫还列举了地方官员们对集体农庄庄员和个体农民大规模拷打的种种暴行——有把农民关进仓房或柴棚的;有在夜间把女庄员运出村外两三公里,然后在雪地里扒光了衣服的;有强令妇女夜间陪宿的;有让人坐在烧得滚烫的火炕上拷问的;还有往女庄员们的脚下和裙子上倒汽油,点着火审问的;还有把一个女庄员扔进坑里,埋上半截,审问"粮食藏哪里去了"的;还有强迫一个体农民开枪自杀的(这个农民不知枪膛里没有子弹);还有被拖出假枪毙的……真"像在中世纪一样,对人进行刑讯拷打"(第60页)。

　　肖洛霍夫列举了维约申斯克镇一组有力的数字:全镇有农户13813户,总人口52069人;而被政治保卫局、民警、村苏维埃逮捕关押的人数达3128人。其中判处死刑52人,受到人民法庭审查或根据政治保卫局人员命令受审查的2300人;开除出集体农庄的农户1947户,罚款没收粮食和牲口的3350户,赶出家门的1090户。肖洛霍夫说,地方官员们"曾经正式地和十分严厉地禁止其他农庄庄员让被赶出家园的人进屋过夜,或者是暖暖身子。被赶出家园的人,只能在柴棚子里、在地窖里、在街上和在菜园子里生活。居民们被事先告知,谁要收容被驱逐的人家,他自己全家也将被逐出户外。有的仅仅是因为某个集体农庄庄员被受冻孩子的哭声所打动，让被逐的邻居进屋暖暖身子，他本人就被赶出了家门。这1090家农户，在零下20摄氏度的冰天雪地里，整日整夜地在街上生活。白天像影子一样，紧靠着自己被上了锁的房子。夜里为了躲避寒冷，就在柴棚里、在用来堆放谷糠的棚子里，找个藏身之处。但是根据边疆区委会制定的法律，他们也是不能在这里过夜的！村苏维埃主席们和党支部书记们派出巡逻队，巡视柴棚，把从住屋赶出的集体农庄庄员轰到街上来。我看到这样一幕，那场景我至死也不会忘记：在列别亚什集体农庄的沃洛霍夫村，夜里冷风怒吼，冰天冻地，连狗都因为怕冷而躲藏起来，被赶出家门的农户，在偏僻的街道上，燃起火堆，坐在火旁。把孩子用破烂的衣服裹了又裹，放在被火烤化的土地上……"（第62页）读到这样的文字，任何一个铁石心肠的人恐怕都会双眼发涩。

斯大林读了肖洛霍夫的信，给他发过两份电报，写了一封信。信是1933年5月6日写的。斯大林的信说："正如您所知道的，您的两封信都收到了……为了审理案件，什基里亚托夫将前往你处，前往维约申斯克区，我请您对他给予协助。情况确实如此。"我想，尽管当时前苏联是实行消息封锁的——并且封锁得很成功（连东方的鲁迅先生也被骗了，写了《我们不再受骗了》，为前苏联作了全面的辩护），但斯大林绝不会是读了肖洛霍夫的信才知道这真相的。当时斯大林倾全力在追求国家工业化，他是铁了心让农民做铺路石。于是，他笔锋一转说，"但这并不是全部，肖洛霍夫同志。因为您的信给人的印象多少有些片面。对此我想给您写几句话……有时我们的工作人员想要摧毁敌人，无意地打到朋友身上，甚至滑到暴虐的境地。但这并不意味着我完全同意您的意见。您看到了一个方面，看得并不坏。但这只是事情的一个方面。为了不在政治上犯错误（您的信件不是散文，而是清一色的政治），应该学会看到另外一个方面。而另一个方面恰恰是你们区的（也不只是你们区的）尊敬的庄稼人，在'耍滑头'（暗中破坏！），他们并不反对让工人、红军没有粮食吃。这一暗中破坏活动是和平的，从外表上看，无可指责（不流血），但这一事实并不能改变：尊敬的庄稼汉们在实质上是向苏维埃政权宣布了'和平的'战争。以饥饿宣战……当然,这一情况无论如何也不能替您所叙述的我们的工作者所犯的种种不法行为来辩护。对这些不法行为负有罪责的人,应当受到应有的惩处。但有一点却像青天白日一样清楚,尊敬的庄稼汉们并非是从远处看可能给人造成这种印象的天真无邪的人……"(第38—39页)细读斯大林的信,就清楚地意识到斯大林尽管承诺要"惩处""负有罪责的人",但他并不同意肖洛霍夫对农业集体化问题的描述,并批评肖洛霍夫的信"是清一色的政治"。至于斯大林为何不迁怒于肖洛霍夫,恐怕欣赏肖洛霍夫"具有巨大的艺术才华"(斯大林语)以及肖氏本人在国内外的影响也是原因之一。

号称"消灭了富农"的农业集体化后,斯大林又在全苏开展大清洗。在大清洗中被害的,绝不仅止于过去的党内反对派或同反对派有牵连的人。当时的斯大林认为,"一切残酷都是建立新社会和同反革命斗争的需要"(《克格勃全史》第152页)。因此,对大清洗表示怀疑、不愿积极跟着跑的许多干部,敢于坚持原则、不愿人云亦云的许多党员都遭了殃;而别有用心的和有野心的人,或告密,或诽谤,或趁机报复,铲除比自己强的竞争对手,以至干出种种罪恶滔天的勾当。今天我们从《克格勃全史》、《斯大林秘闻》、《我这代人的见证》以及《古拉格群岛》等书中也可略知一二。据统计,仅1935—1940年就有1700万人被捕,其中700万人被处决或死在劳改营里。

肖洛霍夫的家乡顿河流域也不例外,不少人被关进内部监狱,遭受种种折磨。连受到斯大林赏识的肖洛霍夫也被列入逮捕的对象,大肆抓捕肖氏的亲友,刑讯逼供,以获取有用的材料,证明"肖洛霍夫是富农作家,是反革命的哥萨克的思想家"。同时,当局还向斯大林写信告"阴状",说"肖洛霍夫至今没有交出《僻静的顿河》第四部,也没有交出《被开垦的处女地》第二部"。他的"《静静的顿河》第四部300页打字稿,鞑靼村遭破坏,达丽亚和娜塔莉亚死了,整个300页贯穿着破败的和某种无望的总基调,葛利高里·麦列霍夫的爱国主义激情(反对英国人)和对将军们的愤怒,在这种灰暗的基调下丧失殆尽,所有这一切造成的印象是叫人难以消受的"。"直截了当地问他,你是否想到,区里的敌人就在你的周围活动,你不写书,有利于这些敌人?现在你不写,也就是说,敌人在一定程度上达到了自己的目的!肖洛霍夫脸色变得苍白……"(第82—84页)维约申斯克区党委书记鲁哥沃依后来在回忆录中也这样说,"内务人民委员部机关和侦查机关围绕他(肖洛霍夫)进行了敌视他的间谍活动。说内务人民委员部用枪口对着被他们逮捕的人,挖掘假材料,证明他,肖洛霍夫是人民的敌人"。在这危急的关头,肖洛霍夫毅然挺身出来,一面为自己辩诬,一面把当局的种种非法行径向斯大林反映。他在1937年6月至1938年5月这一年时间里,给斯大林写了六封信,如实反映了发生在身边的"大清洗"。1938年2月16日,肖洛霍夫致信斯大林说:"维约申斯克区人民委员会征粮特派员,克拉秀科夫经米列罗沃被送往罗斯托夫,关进内务人民委员部办事处的内部监狱,1936年11月23日被捕,11月25日开始审讯。第一次审讯连续进行4昼夜。"(第109页)在96小时的审讯里,只让他吃过两次饭,可一分钟也没让他睡。侦讯员向他问了些什么呢?"让他供出托洛茨基分子斯拉勃钦科,供出柯列什科夫,让他招供他所从事的反革命活动。从1937年1月起,开始审问关于我、关于鲁哥沃依(维约申斯克区党委书记)和洛加乔夫(维约申斯克区执委会主席)的情况。""在侦讯员的办公室里,一审就是连续三昼夜、四昼夜、五昼夜。侦讯员异口同声地说,鲁哥沃依和洛加乔夫已经被逮捕,他们已经招供,侦讯员用枪毙威胁他,折磨他不许睡觉。他们没有获得令他们满意的供词,于是就在1937年3月17日将他投入单人特囚室。""他在单人特囚室里过了22个昼夜。精疲力竭的、备受折磨的、勉强站着的他,被架进侦讯室。又重新连续三昼夜、四昼夜地受审讯。4月25日侦讯处处长奥西宁大尉提审。他有过一次简短的谈话:'你不开口?不提供证词?畜牲!你的朋友们都在押,肖洛霍夫也在押。再不开口,我们就把你折磨死,把你像一堆烂骨头扔进死尸堆!'审讯他时又不让他坐。开始他还能勉强站着,"后来就瘫在地上,再怎么踢他、踹他,他也站不起来了……"当侦讯员确信从克拉秀科夫口中无法得到他们想要的供词时,就把他送进罗斯托夫监狱。9月,又把他送到米列罗沃监狱。克拉秀科夫"如果不是及时被召唤到莫斯科，他很可能就死在米列罗沃监狱了"（第109—111页）。

"维约申斯克区党委书记鲁哥沃依从被逮捕开始，就被单独关押。审讯他的是侦讯员康德拉吉耶夫、格里哥里耶夫和玛尔科维奇。折磨犯人的方法是一样的，只是小有不同。同样是连续几昼夜的审讯，让他坐在一个高高的凳子上，使他双脚够不着地，强迫他坐46个小时，不准站起来"。还"往他脸上吐唾沫，往脸上扔烟头"。让"他不得不睡在水泥地上"，"进单人特囚室"。有一次，一个侦讯员半夜里来到牢房对他说："反正你不能永远不开口！我们强迫你招供！你在我们手里。党中央批准了逮捕你的命令吗？批准了，也就是说，党中央知道你是敌人，而对敌人我们是不会客气的，你不开口，不供出自己的同伙，我们就打断你的双手。双手长好了，我们再打断你的双腿。腿再长好了，我们就打断你的肋骨。让你尿血、拉血！你会满身鲜血地爬到我的脚下，求我恩典，求我让你死。那个时候，我们再打死你！然后写个报告，说你断气了，把你扔进土坑。"（第111—112页）

"维约申斯克区执委会主席洛加乔夫同样经受了这一切。侮辱他，践踏他的人格，骂他，打他。连续八昼夜审讯，然后又把他放进单人特囚室七昼夜。"后来，"他从单人特囚室不是被架出来的，而是被抬出来的。他的左脚残废了。审讯了四昼夜。在单人牢房躺了三小时，接着又抬去连续审讯了五昼夜。他不能坐，不停地从椅子上摔下来，他请求沃洛申侦讯员允许他半躺在地板的条布上，可是沃洛申不准他躺在那里。他在地上睡了将近一个小时，又被弄起来，重又拷问了他四昼夜，对他进行诱供。玛尔科维奇侦讯员对他高声喊：'你为什么不谈肖洛霍夫？他也在我们这里关押着，死死地关押着，反革命的笔杆子，你还掩护他！'还打他的嘴巴"。在第四个昼夜里，洛加乔夫终于签署了侦讯员为他编造的并向他宣读的东西。洛加乔夫说："到了这步田地，准确地说，把我弄到了这步田地，即使让我签字说我当过罗马教皇，我也会签字，我的想法只有一个：快点死。"（第109—113页）

肖洛霍夫这六封信，其中 1937 年 6 月 19 日、10 月 5 日、10 月 7 日三封是请求紧急会见斯大林的。斯大林虽然 1937 年 9 月 25 日、10 月 7 日两次会见了他，但在维约申斯克区并没有停止对肖洛霍夫的迫害。1938 年 2 月 16 日肖洛霍夫这封一万多字的长信，我们读来可以说是"暗无天日"、"触目惊心"、"毛骨悚然"！斯大林读了，只是随手写上"交叶若夫同志"。"叶若夫"何许人也？叶若夫（1895—1940）1935 年 2 月任联共（布）党监察委员会主席。自 1936 年 9 月起接替亚戈达，同时掌管内务人民委员部，成了第一个俄罗斯族克格勃头目。他上任即开始大清洗，被西方称之为"叶若夫恐怖"时期。随着前苏联档案的解密，现在已经知道叶若夫就是企图迫害肖洛霍夫的人之一，只是碍于斯大林和肖的关系，不好明目张胆地下手。1938 年 10 月 31 日，斯大林在接见维约申斯克人时问当地的内务部人员科甘，是否有人向他布置了诽谤肖洛霍夫的任务。科甘回答说，他是从格里哥里耶夫那里接过这项任务的，并说关于这项任务，他同叶若夫进行过协调，但叶若夫当场连连否认，说他对此一无所知。至此，肖洛霍夫才算逃过一劫，免死于大清洗中。

　　文章写到这里，还应交代一句，关于肖洛霍夫这个人物，对其作品及其人，在整个前苏联历史上的地位及其影响究竟作何评价，好像还没有定论。如对《被开垦的处女地》，有人说是歌颂前苏联农业集体化的；有人说它绝非赞歌，而是人类历史上一次"人祸"的真实记录。但不管怎么看，肖洛霍夫上世纪 30 年代在前苏联作为一个作家、作为一个有社会良知的角色，我以为是应该肯定的。至于他 40 年代以后与权势媾和，对"持不同政见"作家，如帕斯捷尔纳克、索尔仁尼琴等人的态度，就不是这篇文章要说的了。

（原载《芙蓉》，2004 年第 2 期）

诚实与否，这是一个问题
筱　敏

　　德国电影导演莱妮·瑞芬斯塔尔在百岁上去世，中国的许多报章报道了这一消息，有的篇幅相当不小，配以瑞芬斯塔尔从青春到衰年的照片，其中自然少不了希特勒多次接见她的合影。中国人对瑞芬斯塔尔的如此兴趣像是有些奇怪，这超出了我们对许多世界性艺术家的关注，也超出了艺术本身。事实上，有机会看到过瑞芬斯塔尔影片的中国人很少，能够领略她那些首创性的摄制技巧的更少，这个无论是时间还是空间都与我们相距遥远的艺术家，所以刺激我们的，是她的艺术背面的更为广延的问题，那是时间与空间都不能抹平的问题，即便我们不愿意承认那问题与我们相关。

　　作为一名电影艺术家，瑞芬斯塔尔生活的年代是上世纪的三四十年代，在她的祖国，那是希特勒第三帝国的年代。瑞芬斯塔尔的艺术生涯是在这样一个年代达到了自己的峰巅。这年代之于她，如水之于鱼，林之于鸟，因之那也是她的年代。其时她执导了两部气势恢宏的标志性作品，皆为大型纪录片，一部是为1934年纽伦堡纳粹党大会所拍摄的《意志的胜利》，一部是为1936年柏林奥运会所拍摄的《奥林匹亚》。两部影片都以其特异的艺术效果令人震撼，在电影史上堪称无与伦比，从而一次再次获得世界性大奖。

　　瑞芬斯塔尔当然是极具艺术才华的，在那个德国妇女都遵照党的意旨，以回家去生育优等人种为己任的年代，她却得以走到广场上去，奇迹般地执掌起艺术的权力——或者说权力的艺术，卓然独立在其事业的峰顶。这辉煌的年代以算术的说法在她百岁生命中所占很短，但其炫目的光焰已经将她整个一生遮没了，以致她一生都沉迷于那光焰。直到她垂暮之年，在第三帝国覆亡半个多世纪以后，她依然以此自恃，说："我不知道我应该为什么道歉。就像我不能为拍摄了《意志的胜利》而道歉——它获得了最高奖，我所有的电影都获奖。"

瑞芬斯塔尔所要说的，是艺术成就的问题，而不是罪与非罪的问题。罪与非罪是法庭上的问题，所涉范畴毕竟较小，"成功越狱"毕竟容易。但在罪与非罪之外，却有着广延得多的政治与艺术的问题，却是难以逃逸的。瑞芬斯塔尔的后半生以超人的勤勉和坚毅，试图再次"越狱"，摆脱政治的纠葛，逃逸到艺术的庐舍里去，但这一次的"越狱"终究没有成功。她的艺术与政治胶结太紧，她的里程碑之作是钢筋混凝土结构的，她就是凭这样的结构成功登顶，而后来，她却企图带走她艺术的混凝土，抽掉并销毁她政治的钢筋。

瑞芬斯塔尔为自己辩护的理由是这样的：她在政治上很幼稚——她所追寻的永远是艺术之美——"我关注优秀和美好总是多于丑陋和疾病"——"我拍摄这些电影并没有什么政治原因"——"那时候有一个希特勒和一个政府，每个人都喊'嗨，希特勒'那时候这样子很正常"——"我没有伤害任何人，也从来没有害人的意图"——她对于希特勒的种族灭绝计划一无所知——她不知道那些从集中营里找来为她的影片充当临时演员的吉卜赛人后来都被杀死在集中营里……

评价一个艺术家，我们不能以政治正确与否为标准，但诚实与否却是重要的标准。对自己所处的时代是否诚实，对个人所闻所见的现实生活是否诚实，对个人内心的知觉和感受是否诚实，亦即对自己所从事的艺术是否诚实。巴尔扎克是保王党人，宣称自己"在宗教和君主制这两种永恒真理的照耀之下写作"，然而，事实上，他忠实于现实生活和个人感受远胜于"永恒真理"，因之他成就了超越政治理念的伟大艺术。瑞芬斯塔尔的悲剧不在于她政治幼稚，而在于她对置身其中的现实生活缺乏诚实，以致纳粹党的意识可以完全覆盖掉个人的感知。

据说瑞芬斯塔尔也曾推拒过希特勒的邀请，想撇弃那个纳粹党的宣传大片而飞往国外去拍自己的电影，但元首的青睐毕竟太荣耀了，这种权力的恩宠，很少有人可以抗拒。单个人——尤其是渴望荣耀的文化人——的内心里总是弱的，而国家权力却是那么强有力。人总需要为自己寻找某种外力的支撑，亲人，友人，同道人或资助救助人，但毫无疑问，国家权力却是最强大的支撑。何况在一个极权国家里，在一个垂爱艺术的极权者面前。极权国家端给瑞芬斯塔尔的馅饼太诱人了——无限制的经费，数目庞大且任凭调遣的机器和人员，无与伦比的盛大而壮阔的场景，划时代的历史瞬间……还有依傍在国家权力之上的荣耀。许多艺术家把自己卖得太贱，而瑞芬斯塔尔是骄傲的，志在高远，她换得的是多少人梦寐以求的价钱。

或者我们不说买卖，我们可以把这说成一种信仰，信仰可能会使事情变得干净一点，但瑞芬斯塔尔自己反对信仰的解释，她甚至不是纳粹党员，而且否认自己是纳粹的支持者。但信仰也罢，既得利益也罢，都是一副滤光镜，必然要滤掉现实生活中的很多东西，也就是滤掉那些与信仰或既得利益不吻合的东西。这滤光镜随时控制和修正你的视线，决定你看见什么，看不见什么，对什么东西进行放大、渲染，又对什么东西缩小、省略、视而不见。

我们可以相信瑞芬斯塔尔不知道希特勒的种族灭绝计划，不知道她的临时演员们怎样从集中营被拉来，又怎样在集中营被杀死，我们可以相信这些丑陋的事情离一个艺术家的生活很远。但另一些事情却必然是靠得太近的。我们不能相信瑞芬斯塔尔不知道那场轰轰烈烈的焚书运动，不知道一批又一批同行的作品被无理查禁，不知道每日里有多少艺术家和文化人（其中自然有她熟识或知晓的）在逃亡，被逐，被捕，或者失踪，不知道那些褐衫党徒遍布每一条大街小巷的暴行……如果她的确不知道，人们便有权责问是什么导致了她的无知，她也必须为自己的无知承担责任，因为她不是沉默的羔羊，她是言说者。一个用艺术言说现实的人，有义务了解自己所置身的社会的基本事实。作为对照的是，德国当年的许多艺术家和文化人了解他们的社会现实，他们或者逃亡，或者抗议，或者沉默，他们对自己的所见所感保持诚实。作家恩斯特·维歇特1933年就在国内发表文章说道："你们没有看到，我们这儿，在吵吵嚷嚷的喧嚣声中有多少人沉默不语吗？有多少人不想打开报纸吗？因为歌功颂德、奴颜婢膝的嗥叫使他们感到讨厌。又有多少人让收音机积满灰尘，因为播音员假惺惺的声音使他们感到讨厌。"并不是像瑞芬斯塔尔所说的那时候这样子很正常，有多少人是知道的，可惜的是，天生应有敏锐直觉的艺术家瑞芬斯塔尔不知道。

那么瑞芬斯塔尔知道的、看见的是些什么？据她自己所说，1931年她第一次听到希特勒的演讲，便觉轰然洞开，"我眼前一亮，如同神谕出现，永生难忘，就像大地在我眼前无尽地展开，并突然从中间裂开两半，喷射出巨大的水柱，直冲云霄，震颤大地。当时，我似乎瘫痪了"。这自述可以成为弗洛伊德的材料，但这里宁可不请弗洛伊德。一位女性艺术家，并不比男性暧昧一点或欠缺一点，仅以信仰和理念作为她的注解同样够用。我们所能确定的是，自此瑞芬斯塔尔服膺于一个信仰，如同受洗而成为忠实的教徒。任何信仰都是排他的，它摈除一切与其相左的观念，也摈除一切可能的疑念。任何信仰都是闭合的，它设置有墙、壁画、彩窗，以及庄严的大门，它提供有纯净富足的景观，引领你的视线，阻隔开外面那些扰乱人心的情景。

希特勒为与其合作的艺术家建造了一个美丽的花园，那里有优渥的工作和生活条件，有令人感戴的恩宠，有诱人迷醉的特权。这位懂艺术的领袖，向花园频频播撒阳光，源源输送温暖。那些宠物一样被圈养在花园里的艺术家们，所看见的就是太平盛世，繁花似锦，而看不见外面的惨苦和暴行，即使偶尔看见了，他们也会像掸掉礼服上的灰尘一样把它轻轻掸去，甚或用他们艺术的花朵去修饰暴行。瑞芬斯塔尔说："我关注优秀和美好总是多于丑陋和疾病。"但与其说这是天性乐观如此训练了她的眼睛，不如说是她享有的优渥如此训练了她的眼睛。

于是，她看见的悉数是美：纳粹党的节日盛况空前的美，整饬而壮阔的美，意志的美，秩序的美，号令与服从的美，德国青年被一个政治理想照耀得意气风发的美，领袖神话的美，极权统治下一个民族正在振兴的美，奥林匹亚力量的美，人体健硕的美，仪式繁丽的美，国家社会主义的美，旗帜和使命的美，整个德意志民族万众一心、雄视天下、让全世界侧目惊叹的美……她通过她的镜头，极尽所能渲染和放大这些美。

瑞芬斯塔尔可以说，她拍的是纪录片，镜头中的种种都是真实的。但与此同时，宪法中保障个人和公民自由的条款被勾销；议会民主制度被踏平；报刊电台接连被封禁；成千上万反对党、教士、工会会员、异见者被追杀逮捕；冲锋队横冲直撞，破门而入，任意抓人、打人、杀人；国家鼓动精神上和肉体上的恐怖，以教育和驯服它的国民；直至对犹太人及所有"劣等种族"的人解除公职，剥夺财产，关入集中营，百般施虐使他们尽失人形，最终如牲口一样被一列车一列车送进毒气室和焚尸炉里……这一切"丑陋和疾病"也是真实的。

一个伟大的艺术家以自由为第一生命，他的眼睛和心灵都是不受羁勒的，他必须争夺在大地上自由行走的权利，没有人能遮蔽只属于他个人的、具有穿透力的眼睛。但瑞芬斯塔尔并不要这样的自由，她宁愿选取纳粹党和法西斯国家要求她选取的景色，这样，她就蒙上了自己的眼睛而代之以统治者的眼睛，她就放弃了一个艺术家的生命，而沦为一个宣传员，只不过她制作的宣传品有更厚的艺术躯壳而已。宣传员与艺术家的区别在于，他不需要自由而只需要追随，他不需要怀疑而只需要迷信，他不需要穿透力而只需要煽动力，他不是独立的个人，而是某群体里的一个工具。

《意志的胜利》固然是法西斯的宣传品，《奥林匹亚》同样也是。在一个极权国家里，任何与国家相关的事情，都是与极权政治相关的事情。在希特勒的统治下，奥运会就不可能是一个单纯的体育事件，它就是一个政治橱窗，恰逢其时地向全世界展示纳粹德国的力量。在这里，单纯的、不带极权政治色彩的德意志民族并不存在，所谓的民族感情，只要取合作趋向，都将被巨大的政治力量席卷，合流为极权国家感情。这既不是民族的节日，更不是"各民族的节日"，而是纳粹主义的节日。从这个节日里获益最丰的，不是毫无政治权利可言的德国人民，而是将整个民族操控于掌心的纳粹党人。更何况瑞芬斯塔尔的这部巨型作品，还是元首生日的献礼片呢？

后世的一些电影艺术家为瑞芬斯塔尔影片的宏大叙事叹服，将之归结为瑞芬斯塔尔的特异才具，感慨于无人能及。但他们忽略了另一个事实。瑞芬斯塔尔的宏大叙事之下，是纳粹的组织力量，只有一个达到极致的极权机器，可以如此恣肆地运动整个国家，如此随心所欲地调度它役使之下的人民，奇迹般制造出它乐于制造的场景。与一个极权国家相比，民主政体的国家机器是弱的；与国家机器相比，个人的力量更弱。一个独立的艺术家，不可能造出极权国家机器所制造的奇迹，也没有理由钦羡那奇迹。瑞芬斯塔尔的脚下，是垫了极权国家的强硬基石，她的宏大叙事，是凭借煊赫一时的法西斯主义和第三帝国的权力所达致的。获奖能说明什么呢？这不是一个独立的艺术家获奖，而是第三帝国获奖，瑞芬斯塔尔不过是头顶艺术家的花冠，代表纳粹的意识形态和美学理想，代表一种权力的艺术，站在台前。

瑞芬斯塔尔后来说："我拍摄这些电影并没有什么政治原因。"这辩解当然是不诚实的。作为一个艺术家，她应该感到羞愧，艺术家必备的敏感没有帮助她识破谎言，却帮助了她制造谎言。与一般的纳粹支持者不同，瑞芬斯塔尔的宣传才能太出色了，因之她的罪孽也太出色了。这既是一道耀眼的光焰，也是一道耻辱的绳索，一路缠绕着她，直到她的百年。

追随纳粹主义的人今天还有，学步瑞芬斯塔尔的人自然也有，我们无权焚毁他们，但把他们认出来，与艺术作一区分，却是必要的。

（原载《随笔》，2004年第2期）

空袭中路遇宋美龄

沙　浪

宋美龄已经作古。这位世纪风流人物，史书给她的一生画上了句号。

近几年来，在电影、电视中看过扮演的宋美龄，我不能说表演者不优秀，但她们塑造的宋美龄形象，也许受这样、那样的局限，无论是形似、神似，我总感觉不像或者不太像，这也许是我对艺术的苛求。

最近看到一条讯息，有人要拍一部宋美龄的电影。由此，唤回了我遥远的记忆。

在我叙述这段往事之前，我必须回顾一下故事发生的历史背景。

据《重庆大事记》1939年5月记载：

5月3日，日本飞机26架以密集队形空袭重庆，我飞机起飞迎敌。日机侵入市区，投弹1000多枚，陕西街、大梁子、仓坪街、左营街等地均被炸起火，居民伤亡近1000人。

5月4日，日机27架再度空袭市区。市区发生大火，都邮街、柴家巷尽毁，居民死2000多人，伤3300多人。

3、4两日，市区房屋被毁1200多栋，驻渝英、法、德使馆均无幸免，人员亦有伤亡（我的记忆中，当时外国使馆、教堂房顶上为防日机轰炸，都铺着该国巨幅国旗，以示第三国）。

5月3、4日，仅这两天日机对重庆市区的狂轰滥炸，几千人的鲜血流淌成河，漫天大火烧焦了湛蓝的长空！山城重庆啊，千百年来，日夜依偎身旁的滔滔长江和美丽如画的嘉陵江也被日本法西斯的残暴激怒了！

"把我们的血肉筑成我们新的长城……"

"大刀向鬼子们的头上砍去……"

"中国不会亡，中国不会亡……"

这是重庆市民和滚滚大江的同一首歌,同仇敌忾!

1938年9月下旬,我们战时儿童保育会一百多名师生,从保卫大武汉的战火中乘民生公司轮船辗转宜昌、万县到达重庆,编入重庆临时保育院,住在朝天门临江半坡上一座叫万寿宫的小庙里。

5月3日下午警报解除后,街上大火还在冲天地燃烧着,院长、老师们带着我们,撤离万寿宫,紧急向外疏散。那时保育院难童年龄最大的约十三四岁,还有更小的。从万寿宫出发时,老师们领着走,我们的老师也多是流亡学生及自愿者。前一年暑假我小学毕业,在这个大家庭里我算是个大孩子。出发时,我原在队伍的后头,上了大街,有一边街的房屋大火还在燃烧,我们冲撞在长长的狼烟迷漫的街道上。那时重庆街道不宽,但逃难的人群和救护队、救火车混流,一些倒塌在马路上的墙壁和燃烧着的木头、家具又不时地横在路上。直到现在我也不完全记得清我们这个非常弱小的队伍,老师们是怎样将我们拖带出火海的!但我记得逃难的人群中好些我们不认识的大人,不顾自己的安危,帮老师带着我们一起奔跑。

大约过了几个小时,才到两路口。这里马路宽了一点,脱离了狼烟蔽天的街区,路上来往的人、车仍然很多,由于我们保育院的孩子都是穿着一色的青布衣裤,特别好认。到两路口时,我已从队伍的后头,跑到了队伍的前头,站在了老师的身旁,等待后面的同学上来。

这时,一辆黑色轿车从城外迎面缓慢开来,车子突然在我们的左前方,距我们很近的路旁停下。谁知,下车的是宋美龄,跟着她下车的还有外国人端纳。宋美龄身着深蓝色西服裙装,快步向我们走来。即问:"你们是哪个学校的?"

"我们是重庆儿童保育院的。"老师答。

宋又问:"你们到哪里去?"

"我们去歌乐山保育院。"老师又答。

宋美龄环顾前后,果断地对老师说:"你们停下不要走了,等我……"

只见她立即转身到马路中间,伸开双臂拦住了一辆卡车,车子一停,她步履矫健地登上汽车踏板,手扶车门,大声对司机说:"我是蒋夫人,请你把我的孩子送到歌乐山去。"

我们几个同学也跟着到了车前,她对司机说的这句话我们听得特别清楚。

司机立马下车,打开后车厢,帮着宋美龄和老师扶着我们快捷上车。很快车子满载着我们向歌乐山驰去。时间已近傍晚,后头的师生也都乘车陆续到达歌乐山,直到深夜我们才吃饭睡去。

这个夜晚,重庆市民陷入深重的灾难中,无家可归的人不计其数。宋美龄和歌乐山保育院院长曹孟君和老师们也是一个不眠之夜。过后听老师们讲,宋美龄送走了难童,她的车子又向城内被炸中心开去了。

从两路口到歌乐山,究竟有多少公里,要走多少山路、黑路、险路?如果只凭我们这群孩子徒步行走,将有多少艰险!

写到这里,我想补充一个情节:战时儿童保育会是1938年4月由沈钧儒、郭沫若、李德全、邓颖超、沈兹九、刘清扬、唐国桢、杜君慧、安娥、季洪等在大武汉保卫战中,鉴于许多流亡儿童流浪街头,在汉口发起成立的,宋美龄被推选为战时儿童保育会会长。

从此,成千上万的流浪儿童,从各个战区被儿童保育会接收后,运到后方转送到各个学校上学。记得1938年圣诞节前夕,宋美龄来到万寿宫,还带来了好几大篓橘子赠送全院师生。还有一次视察保育院时,宋美龄和陈纪彝等走进庙里,在我们的地铺上,翻开垫在地上的稻草查看是厚、是薄,对院长、老师也有不少嘱托。

宋美龄的难童情结,我们那时并不理解,在上了中学以后,有的同学与当地学生打架难解难分时,老师忠告我们,你们(保育生)在学校上学、吃饭、穿衣,一切费用,是宋美龄和妇女运动的领袖们募捐来的,来之不易!

我们年龄虽然不大,但战争中苦难的经历已经不少。几次见到宋美龄,她的美貌、智慧、端庄,还有她那特有的气质和典雅的风度,在我们小小的心灵里留下了难忘的印象。

(原载《炎黄春秋》,2004年第3期)

唤回了倦鸟如今在集合
　　——我的 1988

崔卫平

　　一个动荡不安的年代造成的外部破坏是显而易见的,它各方面的修复很快被提到议事日程上来,得到不同程度的解决。就像我们从农村插队回到城里上大学,像许多流离失所的家庭重新团聚,像很多人开始他们作为一个人的正常生活,这些都是在比较短的时间之内可以做到的事情。但是,人们在精神上留下的创伤毒素却不是一天两天、一年两年所能够清除的。这涉及一个反身自省的过程,一个从内部拔除、脱水的过程,它是每一个人自己的工作,即使一个时代总的风气转变了,但如果个人没有找到属于自己的那条道路,没有经历过自己的那个"窄门",那么他仍然停留在原地,依靠一种惰性在原来的道路上一路下滑,而他本人却浑然不觉。在这个意义上,研究一个时代思想风气的演变,在图书馆里翻阅那些发黄的旧书报,找出比如"伤痕文学""人道主义"、"异化"理论、控制论、现代派、存在主义、结构主义、符号学这样一条线索,只是具有非常有限的意义。如此一路下来,也许会有不少表面上的收获,从中找出某种逻辑把它们串起来,做出一种看似有说服力的解释,但是,假如在这些名词、概念、符号的根部,仍然蹲伏着那些旧的神灵,仍然是过去时代的阴魂不散,那么尽管这些学派主张不一,甚至互相冲突对立,但在本质上,它们仅仅是那个叫作"时代的最强音"的不同翻版而已。人们接受它们、谈论它们,都是作为"时代的最强音"来对待的,是新的"主旋律",依旧对其他的东西造成强烈的排斥和压制。实际上我们看到过不少这样的东西,翻看当时的许多文章,其中夹杂着许多连作者也没有弄清楚的晦涩概念,棍子般地飞来飞去,仿佛空中杂耍一般,很难想象它们对事物的理解有所帮助,仅仅代表着新上市的"真理"而已。

1988年下半学期我在电影学院上课,在课堂上花了比较多的时间来讨论陀思妥耶夫斯基的《罪与罚》,迄今我认为这是一本最为针对时代的精神痼疾的一本书,这部出版于19世纪60年代的著作,没有比它更为准确地击中了影响其后100年的某种新文化的要害。那是诞生于论战中的一本小说,论战的对方是"先知"车尔尼雪夫斯基,这个人对于在这条道路上后来者提供的"灵感"是——"创造历史的人是不怕弄脏自己的手的"。从绞刑架上被解除、经历了流放、目击了俄罗斯大地的泥泞潮湿和生活得像抹布一样的人们之后,陀思妥耶夫斯基不同意车尔尼雪夫斯基的看法,在这部小说中他作出了激烈的回应。大学生拉斯柯尔尼科夫获得了那种被称之为"理论上的存在",他正在学习一种新的为人类谋幸福的理论,这使得他有别于一般人,能够从一旁冷眼地、嘲讽地、阴沉地看这个世界。当他把现有的这个世界基本上定位"邪恶"、需要重新加以组合之后,他变得无所畏惧,勇于蔑视一切,勇于以一种二元对立来划分人们:虱子和凶手。平凡的虱子从来不思考、浑浑噩噩、带着自己低等生命的病菌苟且生存并传播着这种病菌,不可能指望他们有一天能够觉悟,结束现在的生活,所以他们生活的意义等于零。对付这种人唯一的办法是:消灭。消灭虱子。承担这个伟大工程的人就是"凶手",高贵的凶手并不是无缘无故地杀人,他们并不是一些嗜血狂;相反,他们是一些"先知先觉"者,是未来的洞察者、真理的立法者、代表历史前进的"火车头"。他们看准了在将来的社会中不可能由虱子来掌握,于其中虱子不仅一无用途,还是阻挡这个新社会到来的绊脚石,只有把它们彻底挪走。那位放高利贷的老太婆在这位大学生眼里,就是这样一名虱子,她愚蠢、不中用、卑微、凶恶、浑身是病,她活着只会对别人有害,而另一方面,"年轻的新生力量因为得不到帮助而枯萎了"。而对于这么一个完全不配活在世界上的卑微的生物,只要稍微搬动一下,就能为崭新的真理、簇新的人类开辟道路。"一桩轻微的罪行不是办成了几件好事吗?"拉斯柯尔尼科夫受到一种崇高的信念的推动,最为激动人心的是——这是一种最新才被人们谈论的真理。拉斯柯尔尼科夫为自己选择了一种最先跃入未来的姿态，在他身上发生的一切只有以未来的尺度才能加以评判，现今的是非、善恶不足以评判他。是啊，在一个创造新世界的人眼里，一切的障碍都必须清除，他们不应该害怕弄脏自己的手。"为了实现自己的理想，他们甚至有必要踏过尸体和血泊。"如此，既然"老太婆是一种病"，那么，"我"所做的，仅仅是"从所有虱子中挑选出最不中用的一只，杀死了它"。

但实际上，当大学生拉斯柯尔尼科夫把放高利贷的老太婆当作尸体一样跨过去的时候，他必先从自己的尸体上跨过去；当他决定擅自取消他人生命、取消他人的人类成员身份时，他必先取消了自己的人类成员身份、取消自己的良知、正义和任何一种人类情感。在杀死那个老太婆之后，他把自己心中属于人的任何一种东西也给杀死了——他把自己秘密地处决了。渐渐地，这令他越来越恐慌，从此以后，他与这桩秘密的罪行永远伴随，他将陷入彻底的孤独，失去与人类成员的一切联系。亲切、善良、诚实永远地离开了他，他从哪里还能找到和自己的同胞相似和相沟通之处？在他剩下来的日子里，等待着他的将是大大小小数不尽的谎言和掩饰，他将尽全力制造一个因谎言而日益膨胀的巨大虚空。于是他决定自首了。他终于意识到，他无权"逾越"别人的生命，无权自以为掌握了有关新历史的真理，将别人丢弃在所谓"黑暗"当中。

这里面最蛊惑人的东西，就是所谓"新"。这一切都是在"新时代"、"新真理"、"新学说"的名义之下发生的，以"新"的名义，就是以"革除"的名义，就是践踏他人生活的名义。这可是利用了人性中最大的弱点，一般人们总是害怕自己落后。落后于时代，落后于他人，落后于一切先进的东西。于是他们心甘情愿地被这种貌似新派的力量牵着走，把自己的生活和思想感情交给他人，离开自己生活的根基，离开自己正在站立的脚底下的土地，用各种不属于自己的东西把自己武装起来，变得像在空中随风飘荡的一件空衣服。这种原本是政客的作风，在部分掌控意识形态话语权的所谓"知识分子"那里频频出现，是十九世纪才开始出现的现象，到了二十世纪达致登峰造极的地步。

先是在笔记中,我记下了自己的收获:……逐渐明白了什么叫做"旧势力"。一切的旧势力——包括尚未出生的——其共同特征都是压制,或者是伴随着压制、携带着压制而前来。压倒别人、压倒多数或少数、压倒一切看起来是不和谐的、不合作的声音。脸上总有那种斗鸡般的表情,向着弱者寻衅,最好是踢开!

陀思妥耶夫斯基入木三分的地方还在于,他发现这些标榜自己是出身于乌托邦的人,或者确实是为乌托邦的热情所点燃的人,却不能在这条道路上走得足够的远。也就是说,对他们自己的理想很不够彻底,在追求理想的某个中途,他们会出人意料地突然掉过头来去追求现实:仅仅属于他们自己的现实——非常实在的自身权力、权威、话语权或者别的什么私人利益。"权力仅仅只给予敢于俯身去拾取的人。这只需要一个条件,仅仅一个条件在:只要胆大妄为。""谁比所有的人更胆大妄为,谁就比所有的人更正确。"今天写下这句话,我还记得当时与某人谈及所谓"勇气"的时候,那人用手指在半空划了一个圈,轻蔑地说道:"勇气,有的是。"我当时的直接反应是想起了纳粹。所谓既惑人又令人生畏,道理就在这里。在同一个时刻占据了现实和理想的两把交椅,并随时随地准备用现实去亵渎、去侮辱理想,又转而用理想来抽现实的耳光。时而振振有词,时而庸俗不堪。我感到自己也属于害怕的人们中间的一员,的确心悸得很。为理想,也为现实。

在课堂上讲授这些内容遇到了一些阻力,来自学生方面。有人提议道:"这个老师太'右'了,是不是需要组织一个批判小组来批判她?"但是另外一些比较年长的同学没有接受这个主意。提出这个想法的那个学生后来的确成了一时的风云人物。

《罪与罚》只是让我的思想得以着落的一本书而已,一个承载物。在这之前,某一类的情绪已经酝酿了很长时间,只是到了这时候,需要寻求一个出口。这种神话应该是很少有人愿意相信了,说一个人可以被一本书而启发。启发他的永远是他周围的现实。然而现实不可能是整体一块,实际上每个人所面临的现实都不一样,其中包括他本人的现实、现状。在这种情况下,会出现某些偶然的因素,有一些仅仅属于个人的经历,对于他人是完全陌生的。比如个人所吃的一些苦头,只有自身才能体会到的局促、尴尬、疼痛,沦陷到只有一个人才能遇见的美丽或者衰败的风景,它们是不可重复的,不宜大声说出来。而事实上每个人都会遇到一些类似的、仅仅属于个人的经历,每个人的身边都存在着这种"别样的声音",就看人们是否能够以恰当的心情去迎接它、接纳它、吸收它,能否有力量将它转化为启示或者教训,将它们凝结为一些富有意义的东西。就如克尔凯郭尔所说的,一个人存在于他自身"个人的秘密"之中。由此作为结果而出现的,便不可能是一些概念、名词、主义,不可能和别人去兑换、交流,而是一种可以被称之为"总体的生存情绪",你不是很能够称呼这种情绪,不愿意大声叫出它们,在别人眼里,它们也一无用处,仅仅对于你自己,它们非常重要,你知道,在这些情绪的堆积之处,会有一个生长点,一种可能性,它是一种接近"反应堆"的那种东西。太多的东西还不确定、甚至还有些陌生和不习惯,你会感到几乎处在一个十字路口,有些迷茫和惊奇地看着四周,并不知道要去往哪里,但是于弥漫之中有某种确定性,你知道,有些方向是永远不可能再去了。这是一种既拒绝又开放的状态,许多东西在凝聚,一点点聚拢了来;但是不知不觉它们又分散开去,时而聚集成一定的形状,转瞬又不知去向。你在其中磕磕碰碰地摸索着、倾听着,同时感到失落和满足、孤独和圆满。

  1988年是我精神上重要的一个生长点,我从未真切地、持续地感到自己如此"无力"、如此"柔弱"、如此"无语"和"无声"。在思想、感情、精神方面跌到了一个完全的低谷,经历着克尔凯郭尔所说的个人的"隘口"。某种带电的云块一定要寻找它们的落脚点,于是我写了大量的日记、随想和一些信件,包括给一些素不相识的人,当然也永远没有发出。它们是和自身的持续不断的交谈,是有关自身建设。当时只是事情走到了那一步,并不是很清楚它们的意义,到了今天我要说,一个人如果能够自己单独准备一些什么,从熟悉自身开始,从为自己度身量体开始,渐渐培养和建立一些恰当的尺度和比例，再来开始了解这个世界和他人，那是一件比较舒服的事情。一个本能的人就像一根鱼刺，在那个高音下造就的人更像一条大鱼骨头，令他自己和别人都难以消化，而如果有这样一个过程，你把自己放在某种浓度的酸醋里浸泡，把那些伤己伤人的刺加以软化，除去它们的进攻性和挑衅性，肯定是需要的。即使不是从那个年代中走过来的人，也存在同样的问题——所有那些炫目的、张牙舞爪的东西，难道不是从我们自身的人性中生长出来？对于权力的追逐、满足个人虚荣心的需要、不顾一切的成名欲望，这在每个时代的人们身上都一样。弗吉尼亚·伍尔芙用了"土著民族"一词，来形容我们人性中的那些幽暗成分，她的意思是我们都是需要自我调整、自我改进的。

下面这些片断，摘自当时为数不少的笔记。写了这批东西之后，我觉得元气又回到了自己身上，在一种柔弱的状态中，同时感到自己力量充足。这种东西肯定不能用逻辑语言来加以表达。恰恰相反，它们是从逻辑脱落、逻辑断裂的地方才开始的。

1. 常常恐惧地体验到——完了，这下在我身上再也寻不出一线有光亮的地方，一丝有种子的缝隙，一片有水的去处。这种恐惧周期性地发生。

2. 是不是有一种东西曾经惠顾于我，让我无疑中瞥见了它的景象，从此我在劫难逃。所有的道路都通向它，所有的心绪都飘向它。每时每刻，我都能听到一种来自内心的"异样的声音"。

3. 饥渴的翅膀其道路是寻不出来的。即使访遍每一个梦境也寻找不出。它的行踪是那么轻、那么无定。

4. 所有的词汇都是为了覆盖另一种词汇。暗暗地写上，然后涂掉。船靠岸时，舱里的货物正在潜入海底，悄悄开始另一条道路的航行。

5. 悬浮的小路上飘荡着一个无力的小人影。

6. 那种时候，我就觉得自己像一片秋草，一阵风刮来，我的腰齐刷刷地弯下；等到站立起来时，头发就全白了。

7. 即使我的燃料用完了，我也不四处散溢。

8. 有一些词你永远不能够说出。它们像那种叫做蜗牛的生物，一旦暴露它便努力往前赶。它们永远有着合乎自己的本性。

9. 节约词。节约与人的接触。节约和这个世界的关系。

10. 在我们身上活跃的东西，总是有点乱糟糟的样子，没头没脑的。

11. 还有黑夜。我们一整天努力建造的那些小小的秩序，全被睡眠打搅了。

12. 我就是第欧根尼，常常抱着白天打着灯笼寻找好人的心情。

13. 小小的无色的灵魂不知道自己的本性，好像一滴水不知道自己的本性一样。

14. 在这个世界的套层结构的底部，有一层是不言自明的。

15. 对于人们掩饰的行为我是这样敏感！就好像一眼就看出答错最简单的算数题一样。比如二加二等于四，人们却可以当着他人的面说等于五或者七。况且是在没有任何压力的情况下，没有人要求他说谎。这种时候我的头脑就感到异常活跃和不安。

16. 无知即恶。

17. 宁愿去辨认和倾听思考着的足音，而不一定弄清楚他到底说了什么。

18. 用不着装腔作势去过一种高贵的生活，也用不着装腔作势去过一种低贱的生活。

19. 有一种出身于谎言的人，却无时不在寻求"真实"。因为那样做，可以令他自讨其辱和侮辱别人。

20. 我还看到过一种人，他们即使是去做一件高尚的事情，也要寻找出一个卑贱的理由。

21. 在动物界中，繁衍得过快的是某些品格低贱的物种。人们挂在嘴上的某些概念也是这样。

22. 怀疑主义并不轻易出示它的身份。在某些人身上，它意味着心灵衰竭、无能、败血症。

23. 我们每个人都像是一所郊外的旅馆，其中某些房间住着一些披头散发、性情古怪的人，某些房间的住户则终日不出，还有另外一些则喜欢酗酒、打架、惹是生非。

24. 我们有时候不能很好地和他人相处，是因为我们不善于自处的原因。

25. 我在课上对同学们说：听我的课，不要怀里揣个"大老虎"来，只要放上一只"小蛇"就行了。

26. 弗罗斯特说，有好篱笆才有好邻居。我们的心灵也要修筑篱笆，但不是防备别人，而是不让自己随处散溢。

27. 生活中有些低矮的内容——像灌木丛的那些——是不能用来兑换的。

28. 人们把一种会发炎的东西叫做"自尊心"，却没有发展出随时随地适当的自尊。

29. 我们的头脑中有一半是密不透风的黑暗。使用起它们来，我们并不感到有什么不方便。

30. 这种生活像是一种演习，像临时布置起来的场景。但演习的警报始终不解除。

31. 有些人身上原始的东西从来没有被触动过。

32. 一个喋喋不休的人，怎么可能是反省的？

33. 良知是我们身上最微弱的声音，是一架钢琴中隐藏的那个键，平时不宜弹奏。尤其不宜当众弹奏。

34. 一个人经常谈论的东西，往往是对他本人具有威慑力的东西。并且，他知道这个东西不属于自己。

35. 使自己内部的喧哗中止下来，变得沉寂。把一只蜗牛、一支蜡烛、或一个玻璃杯视为和自己同样出身的东西。

36. 将人推至九死一生边缘的人是不道德的。但是，过这种九死一生的生活的人，也是不道德的。在一种非人的生活中，不可能发展出属于人性的东西；在无意义的生活中，不可能发展出生活的意义。

37. 有些人的生命由"信"构成，他有可能"相信"；有些人由"不信"构成，他不能够相信任何一种内部或者力量。

38. 几乎在每一个人的身上，我都能找出一些和自己血型相近的东西。

39. 十几个人围住桌子吃饭。我欣赏第一个起身离座的人。

40. 寂静中的"只手之声"。

41. 痛苦是一种器官。有时候它取决于感受痛苦的能力，以及需要痛苦的程度。

42. 做了一个梦：掉进一个瘆人的无名深洞之中，它仅仅供我一个人做掩体用；我走不出这个洞，是因为它是我自己一手挖掘的。

43. 不能继续感到自己心中温柔的力量是可怕的。然而，急于给自己寻找一个寄托是可笑的。

44. 人渴望被吸收掉。感觉渴望被思想吸收掉。声音渴望被耳朵吸收掉。个人渴望被他人吸收掉。这种吸收就像某种微生物，能够吸收海面上的石油污染一样。

45. 闹闹用她的拼板做机器人的时候，不同功能、形状的机器人一概是左撇子。闹闹自己是左撇子。

46. 孩子也是很痛苦的。每晚睡着之前，她都在床上辗转反复很长时间。"我害怕"，她总是说。

47. 当痛苦变得清晰时，慢慢地变成一种难以言传的幸福，隐秘的喜悦。怕就怕不能给它恰当地命名。

48. 可是……在本性上我是欢乐的。没有人知道我内心欢乐的感情，没有人知道我是多么想笑。

49. 死亡是一种滑稽和古怪的举止。没有比它更令人发笑的了。

50. 心情好的时候，就抱头在沙发上睡上一觉。因为在这么好的心情下，做事情太可惜了。

51. 想想这句话是谁说的？——"最大的华美是与人交往的华美"。

52. 尼采说："每个人都有他的良辰吉日。"

（原载《山西文学》，2004年第4期）

有一个人的存在让我不安

徐　晓

李南是我的朋友中最让人操心的一个。这话听起来有点滑稽，儿女操心父母、父母操心儿女都是天经地义的，何以为朋友操心？如果只我一个为她操心也就罢了，本来我就是一个爱操心的人，但是如果连老鄂、刘迪这种不爱操心的人也为她操心，足以说明李南真的不是一盏省油的灯。

李南是特别的人，所以她与别人的关系也特别。我知道，"特别"这个词意思有点含混，不像特好特坏特强特弱那么提纲挈领。但是我想不出一个更合适李南的说法。

这个冬天李南让大伙儿操心的是房子。简而言之，她要把一套房子卖了再买另一套房子，这中间的曲折暂且忽略不表，总之我们都认为这不是明智的决定。于是和老鄂、刘迪商量阻止她的对策，其中包括侧面说服房主不卖给她，背后警告朋友不要借给她钱。当然我们还掰开了揉碎了对她动之以情晓之以理，也正面和她争论甚至吵嘴，直至最终把这件事儿搅黄。

本来这是私事，对任何人来说如此蛮横的干预都是不可思议的冒犯，但这个规则惟独对李南无效。记得八十年代她婚变时朋友们专门开会讨论她离婚中的是是非非，到场的每个人都觉得自己对她负有责任，她也有义务听取大家的意见，像是法院的听证会似的。虽然以后的实践证明，她是她，他还是他，别人也还是别人。这种共产主义式的人际关系现在几乎消失了，只有在李南那里还行得通。也许她会固执己见，但朋友不会保持沉默，她也不会抗议朋友侵权。在我们这个圈子里，李南是"公共"的，她可以在朋友家轮流住，如果不指望吃她做的饭，你也可以随时住在她家。我曾经开玩笑说，李南只需要一张月票，就能在城市里生活。有她在，我们就好像是一个大家庭。在我与人交往的历史中，和李南相处的方式是独一无二的，我们可以相互拒绝对方，甚至不用考虑表达方式。如果她不喜欢谁，不是千方百计掩饰，而是千方百计让对方知道。同样，喜欢一个人她也会毫无保留，替你包办一切，包括替你得罪人。她曾经给一个朋友的公司当出纳，月底发完工资一个员工找到老板，说老板没兑现工资，老板坚持说不可能，查了工资表发现的确少给了，问李南为什么，她理直气壮地说，"我觉得这个人不值这么多，想给你省点钱"。让你简直哭笑不得。世故对李南来说是生疏的，我说过，她是个特别的人，以特别的方式赢得信任和保护，赢得尊重和爱。

　　七十年代末，李南刚从内蒙古回到北京，她的前夫卷进了西单墙一个政治性刊物，但她的趣味却与号称纯文学的《今天》更加投合，听说周郿英在刊物的空白页上留了姓名地址，她也跑去留了名字，地址写的是"北京人艺宿舍"。第二天北岛按图索骥找到周郿英，两人聊得投机，说到发愁一个叫李南的不知住在北京人艺的哪个宿舍，周郿英笑了，抄起电话当即叫通了李南，约好下午和北岛见面。北岛真是不虚此行，不仅为杂志发展了一个工作人员，而且还得到了小说素材，《归来的陌生人》就是那天下午李南讲述的亲身经历。真是人以群分物以类聚，在空白页上第三个留名的是北京大学国际政治系的王捷，他也是周郿英的朋友，又不约而同地投奔了《今天》。

　　我和李南1978年冬天在北岛三不老胡同的家里第一次见面，印象深刻的是她那一头浓密并天然鬈曲的黑发和一双又大又亮的眼睛。因为从不忌口，很多年后我才知道她居然是回族，难怪她的眼睛那么清澈。那天同时认识的还有程玉和当时与她形影不离的陈彬彬，我们四人一度被大家称为"四人帮"。程玉后来去了美国，陈彬彬也渐渐淡出，我与李南远远近近磕磕绊绊的，一直交往了快三十年。

　　三十年基本就是一个女人的一生了。眼看着李南嫁给一个野心勃勃的男人，又眼看着这个男人扯上了一个蒸蒸日上的著名女作家的裙带，整个过程看起来简单，从发生到结束只有几个月时间，但实际上对李南影响的何止是三十年。我还眼看着她一头油黑的头发变得花白，尤其是牙齿，满嘴牙齿被牙周炎毁坏后，一个庸医答应给她植牙，她交了全款，可做着一半这个医生却没了踪影，留下满嘴的金属桩，欲做不成，欲拔不忍。李南爱笑，笑起来常常开怀，金属桩自然是藏不住的，我们已经看习惯了，没见过的准会被那一嘴发着光的"钢牙"吓着。朋友们都劝她去做手术，说这样不但影响她自己的形象，也影响她的健康，还影响大家的视觉环境。她总是笑着搪塞过去，有时你说多了她还会跟你耍赖，说那正是她喜欢的样子。

　　说李南不食人间烟火不是比喻，也不是夸张，是贴贴切切的写实。比如她不爱做饭，不管住在哪儿，她可以把房间收拾得一尘不染，最爱干的活儿是收拾书橱，把书细细地重新分类，调理电器也是她有耐心干的，就是坚决不下厨房做饭。有一段时间她住在我家，我出门一天回家，她躺在沙发上优哉游哉地看书，居然大喊大叫地诉苦说，"一天没吃饭快要饿死了！"我只好急匆匆地钻进厨房，为她做一顿"钢牙"消受得了的饭菜。这几年她真正开始一个人过日子，除了买干粮，就是下面条，不管白菜还是萝卜，一股脑丢进锅里煮，还是从不炒菜。她至今穿的还是二十多年前的衣服，七十年代别人都把的确良当好东西时，她穿棉布的，如今棉布成为时尚，她却穿上了的确良，大有衣不惊人死不休的后现代味道。别人淘汰的东西，好一点的她认为应该送给小保姆，估计小保姆不要的留下她自己用。我敢说，在城市里她的生活花费之少，也许可以和农民工相比。

　　千万不要认为李南是穷苦人出身的命，她出身于让很多人望尘莫及的艺术世家。她的父亲是北京屈指可数的专业剧院"首都剧场"五十年代的经理，被打成右派，先后在兴凯湖、团河、茶淀、五姓湖劳改农场待了二十多年，直到1979年才回到北京。李南的母亲和姨都是于是之那一代北京人艺的老演员，中国最著名的交响乐指挥家李德伦的妹妹黎频和李滨。在电影《龙须沟》里她母亲黎频扮演王大妈，九十年代她还拍了不少电视剧，印象深刻的是由濮存昕担任主角的《小墩子》。八十年代老太太七十多岁，一头白发，穿一件水红色毛衣，倚着门框看着我们这些三十岁的老青年发笑，她说，"我们年轻时也好玩，但我们那时只顾自己玩，不像你们出来玩还带着孩子"。我问,那孩子怎么办?她说,当然是让孩子在家里自己玩。可见,在人艺大家庭中长大的李南,虽然不是能歌善舞,在个性上却颇受熏染。

李南在大事上也是出手不凡。知道自己出身不好上不了大学,"文革"前她自作主张放弃高中进了技校。那时技校的学生多来自平民家庭,因为有生活费可以减轻家庭负担。并非因为生活困难进入技校的李南一点没有艺术世家出身的孩子的孤傲,经常接济同班同学。本来技校的学生是不用上山下乡的,但因为得罪了军宣队、工宣队,被逼着到吉林白城插队,于是,不如索性逃亡,到内蒙古牧区投靠先期插队的弟弟。那是李南最美好的年代,不仅因为她年轻漂亮,更主要的是,蒙古大草原与她浪漫奔放不拘一格的气质正好相得益彰,她在吉普赛人似的游牧生活中如鱼得水。穿着蒙古袍骑着快马的李南,吸引着情窦初开的小伙子们的视线。一个曾经和她一起插过队的男生曾经很认真地对我说,他的婚姻之所以不幸福,全怪当年李南没有接受他的初恋。

1978年李南回到北京,她热衷于办民刊,热衷于为正在读研究生的前夫当秘书。八十年代中,她曾经在栗宪庭主办的《中国美术报》工作,那是一份鼓吹先锋艺术的报纸,从形式到内容都让人耳目一新,"波普艺术"、"包豪斯"这些概念都来自那份报纸,后来崛起的《北京青年报》创刊时的标题化版块化设计很得美术报的真传。反精神污染一来美术报停刊,李南又成了个无业人员。好在曾经为商务印书馆做过校对的一凡教会了她做校对,还介绍她到北京出版社抄稿子。凭她的能力和责任心,加上有不少新闻出版界的朋友帮忙,如果她能巴巴结结地干,应该早就有了稳定的工作和收入。但是,李南是从来不按规矩出牌的。她会因为不喜欢某个知名的作家而拒绝抄写其书稿,也会因为太喜欢一个不知名的作者而校对书稿不要钱。比如,我曾请她为《遇罗克遗作与回忆》做校对,其中当然有遇罗锦的文章,李南不喜欢遇罗锦,觉得她不够资格写遇罗克,于是拒绝为这本书做校对。李南没钱纯粹是"自找"。

没钱的李南常常出手阔绰。1996年,她把自己仅有的钱全部借给了一个朋友,那人随后出了国,全部家底眼看要打水漂了,朋友们都替她打抱不平,她自己倒是不慌不忙。我去美国时,发誓非替她把那钱要回来不可。那次居然让我得了逞,我带回了美元,还带回了一个让大家笑翻了的故事。可气的是,还没等我们脸上的笑容退去,本可以用来治牙的美元早进了别人的账户。更可气的是,当你一脸严肃地责怪她太轻率时,她会像孩子似地给你一个鬼脸,或者瞪着大眼睛来一个无辜状,干脆不做任何解释。她帮朋友,找了麻烦朋友再帮她。李南就是这么闹。

上个世纪七八十年代,如果评论一个人"很实际",谁都认为那带有贬义,等于是批评你太俗,太势利,太急功近利。那时候我们还不知道世上有个著名的海德格尔,更不知道海德格尔有"人,诗意地栖居"这样一句经典,但那时的我们的确比现在活得更有诗意。我们心安理得地骑着自行车上下班穿四块钱一件的衬衫买两毛钱一斤的青菜,却总是无忧无虑。那时的李南没有一点烟火气,我们也透着清高;那时的李南不讲究衣装打扮,我们也一样不习惯逛商店;那时的李南不在乎职业收入,我们也羞于谈论金钱。所以,那时的李南在人堆儿里并不扎眼。

不知不觉间,"很实际"的评价,已经从贬义上升为中性,而"诗意的栖居"成了小资生活的装饰。我们中的不少人习惯了花几百元吃一餐有名堂的饭买一件上档次的衣服染一次花白了的头发甚至洗一次脚,却开始为生计担忧。那时文人中有为女人大打出手的,却少有人为争名利而闹翻。如今刚好相反,分分合合倒不会再有大的波澜,反目成仇却大多与名利扯不清楚。所以,现在的李南像是出土文物,在人堆儿里变得越来越突兀了。

李南突兀得有时候让人不舒服。比如我,看她穿着我二十年前穿过的衣服,我不好意思说出我新买的衣服花了多少钱,与消费水平几乎等于零的苦行僧相比,不管多么节俭都是奢侈。我可以拉她跟我去干任何事,就是从不拉她去商场买东西,虽然我知道她绝对不会受刺激。我总想说服她稍微跟一跟潮流,只要她愿意,别说是我的衣柜,连我的钱包对她都是敞开的。我更愿意在她面前诉苦,说我上有老下有小开销多么大,挣钱又多么不容易,好像这样更能缩小我们之间的差距,也更能博得她对我的理解,维持她对我的尊重。看起来什么都比李南好的我，在她面前显得那么没有自信。

李南突兀得有时候让人不安。她从不怕与陌生人打交道，不管你是如雷贯耳还是名不见经传，在她眼里都一视同仁，可是往往却难为了对方。她既不像下岗女工可怜兮兮，又不像知识分子满口道德文章，既不像精英分子慷慨激昂，又不像白领女性潇洒时尚。在这个社会，连另类都成了准主流，该把李南这么个色的人归到哪一类，实在是一个难题。

李南是上过天堂入过地狱的人，看破了红尘却从不消沉。她走路总是高昂着头，目光明亮，身板也挺拔。她既不围着有名有钱的人，也不刻意躲着有名有钱的人，更不用为见什么人说什么话而犯踌躇，那份坦然和从容是绝对装不出来的，没有底蕴学也是学不来的。没有工作的李南整天都很忙，像一个救火队员被呼来唤去，一会儿帮别人带孩子，一会儿义务帮助搞环保展览，一会儿跑到北京郊区为别人看房子，一会儿为捐助活动做义工。在一切都可以用金钱购买的年代，遇到张不开嘴求人帮忙的事，只能去找李南。她还在遇难的人周围忙来忙去，自己却不立言，不标榜。你问她在忙什么，"我玩呀，玩得可开心了！"不经意间，自己先就颠覆了道德优越感。

这几年她反反复复把一个插队时的故事写了好几遍，故事的主角是个女知青，因为左调唱得高而在知青中不得人心，李南虽然和她是同屋，但绝不原谅她总以一贯正确的面貌打压别人。然而，出人意料的是，这个正统的女知青在众目睽睽之下隐瞒了十个月的身孕，在一个风雪交加的早晨生下了一个不知父亲是谁的女婴，女知青自己在结了冰的房子里剪断了胎儿的脐带，用报纸擦干净血迹，并试图把婴儿冻死。这个惊心动魄的故事李南早就给我讲过，但文章中李南把更多的笔墨用在了对自我的反省。三十年后，李南质问自己：是什么力量使得政治上的正确压倒了人道主义的同情？我们在生活的污泥浊水中自我消耗的时候，李南也没闲着，她在心灵的荆棘中自我救赎。

长久以来，李南的存在让我困惑。是她落伍了，还是我们随波逐流？

什么才是完满的生活？物质与精神，是鱼与熊掌可以兼得，还是非此即彼？

身边很多下海经商的人都曾信誓旦旦地发过誓，只要挣够了活命钱一定金盆洗手。记得八十年代中期，我的目标是挣两万元，有这样的目标，在当年应该算是个大野心家了。当年两万元的银行年利息是两千元左右，那时我的年薪才不到七百元。我曾经无数次地幻想，有了这样一笔钱后的生活该是多么自由自在。遗憾的是，二十多年过去了，我的野心早已经实现，但是自由自在的生活并没有到来。挣了钱的与没挣钱的，挣了小钱的与挣了大钱的，都没有挣脱被物欲驱赶的命运。撇开那些利欲熏心的不说，只说那些怀着"用钱买自由"的美梦的人罢，不只在商场上历尽艰辛，在精神上也同样是伤痕累累。富并痛苦着的人越来越多，富并快乐着的并不多见。于是，一些人膨胀了物欲而收缩了精神，不是原本不聪明，而是非要由聪明变糊涂；另一些人热衷于推理、辩证，试图在安贫乐道与追名逐利之间寻找平衡。

泛泛地说，人人都对"极端"持否定态度，"妥协"作为一种处世态度被越来越多的人所接受，似乎不懂妥协就不是现代人了。"底线"这个词使用频率也颇高。其实底线也是分高低的，不同的人会设置不同的底线。不杀人是底线，不害人是底线，不说谎是底线，说真话也是底线。如果没有界定，就等于没有底线。同样，自由也有不同的质量，钱可以买到时间的自由，享受的自由，堕落的自由，却难以买到心灵的自由。所以，有些人为渡出苦海，煞有介事地吃斋念佛，但是仍然静不下来，放不下来。这与真诚无关，或许也与信念无关，正所谓"曾经沧海难为水"，即使从生理上来说，退也比进要难许多。就像吸毒，底线不是吸多吸少，而是连沾都不能沾。

李南一开始就看穿了禅机，不用身体力行，就看清楚了追求物欲无止境，她用不着"看山是山"，"看山不是山"，一步到位地达到了"看山还是山"的境界。她原地不动，而我们走了二万五千里，集体绕了一大圈却又回到了原地。这时我们才发现，不入套的，惟有李南！她说勤奋就勤奋，说偷懒就偷懒，想忙就忙，想闲就闲，快乐得让人嫉妒。李南的超脱与其说是悟性,不如说是天分,与其说靠修炼,不如说靠直觉。难怪她像个巫师,看着我们忙我们累我们愤怒我们焦虑,站在一边幸灾乐祸地笑。

李南是自成一体的,不可以与什么人比较,也不需要与什么人比较。很难想象,身为主妇的李南怎样操持日常生活?身为母亲的李南怎样教育子女?我是尘世中人,对于这样的人只有景慕,没法步她的后尘。对于几种类型化的人,我也许能了解更深,描述得更清晰,对于李南,我不能。所以我实在无法回答,如今无牵无挂的男人女人大有人在,为什么只有一个李南?

(原载《天涯》,2004 年第 5 期)

一部宪法与一个国家

易中天

一、"打出来的"和"谈出来的"

美国这个国家很有些奇怪。她不是"打出来的",而是"谈出来的"。

和世界上许多民族一样,在美国人的建国过程中也经历了一场战争,这就是著名的"独立战争"。但与众不同的是,胜利后的美国人并没有立即建立起他们的联邦政府,那些手握兵权功勋卓著的将帅们也没有趁机登上王位。也就是说,他们打下了江山,却没有去坐江山,而是和自己的士兵一样一哄而散,解甲归田。战争胜利四年后,即1787年,美国各州的代表才被迫重新坐到一起,讨论起草一部宪法。又过了两年,即1789年,宪法才被通过,联邦政府才开始工作,美国人民也才选出他们的第一届总统华盛顿。直到这时,一个在我们看来"像模像样"的国家才算是真正建立起来了。

然而美国的建国日却定在13年前,即1776年的7月4日。这是他们发表《独立宣言》的日子。这时,为期八年的"美国革命"才刚刚开始一年。那时的美国,既没有总统,也没有宪法,更没有一个像模像样的政府,当然也没有国旗、国徽、国歌和首都,而只有一个"自由独立"的"美国理想"。但在美国人看来,这就是建国了。于是,美国的建国过程竟是这样:先有一个关于国家的理想和一种精神,然后有宪法,最后有政府和总统。

那么,在独立宣言、联邦宪法和国家机构这三个环节之中,哪一个最重要呢?应该是宪法。因为如果只有独立宣言,美国就永远只是一个理想或理念,不是一个国家;而如果只有政府和总统,则美国未必是美国,没准还会是伊拉克。可以这么说，正是美国人在1787年起草的这部宪法，不但使《独立宣言》的理想变成了现实，而且保证了这个现实的国家最大限度地符合《独立宣言》的精神和理想：人人生而平等，造物主赋予他们一些不可剥夺（转让）的权利，其中包括生命权、自由权和追求幸福的权利。为了保障这些权利，人类才在他们中间建立政府。因为政府的正当权利，是要经过被治理者的同意才能产生的。当任何形式的政府违背这些目标时，人民便有权改变或废除它，并建立一个新的政府。这个新政府赖以奠基的原则及其组织权力的方式，务使人民认为唯有这样才最可能获得他们的安全和幸福。

现在我们知道，美国人民恪守了他们制定宪法时许下的诺言，并为确保《独立宣言》的精神和理想不受伤害进行了不懈的斗争。二百多年来，美国的宪法没有修改过一个字，而所有违宪的或者有违宪嫌疑的行为都受到了惩罚或付出了代价，当事人不是遭到国会弹劾，就是自动辞职下台（如尼克松）。就连华盛顿这样在我们看来当之无愧的"国父"，也是在宪法被批准之后，才由美国人民根据宪法选举为第一届总统的。所以我们说，没有联邦宪法，就没有美利坚合众国。我们甚至还可以说，正是一部宪法缔造了一个国家。

然而，这就把一般人心目中的建国程序完全颠倒过来了。因为在大多数国家那里，都是先建国后制宪的。但正是在这种"倒行逆施"中，人类追求了上千年的宪政精神才得到了最充分的体现。这种精神认为，不是国家创造了法律，而是法律创造了国家。美国的建国过程便体现了这一精神，美国也确实是最地道的宪政国家。唯其如此，美国宪法在1789年生效以后，世界各国便纷纷效尤，相继制宪，并以此作为自己立宪的参照系甚至楷模。

这也毫不奇怪。毕竟，在1787年费城会议上起草的联邦宪法，是世界上第一部成文的宪法。依据这部宪法选出的总统，是世界上第一个民选总统。根据这部宪法建立起来的美利坚合众国，则是最典型的共和国。它甚至被称作"共和国之祖国"（梁启超语）。而且，正是由于它有着迄今为止最完备的共和制度和宪政精神,这个国家在不过一二百年的时间内,迅速由一个大西洋沿岸狭长地带的松松散散的联邦之国,崛起为举足轻重的超级大国。其影响之深远,已让许多历史悠久的大国望尘莫及。

可是,这部宪法在形成过程中,却差一点胎死腹中。

首先是制宪会议开得很不顺利。这次会议的时间原本定在1787年5月14日,正式代表74人。但结果,实到只有55人,而且拖到5月25日才达到法定人数,正式会议因此延期11天。会议开始以后,因种种原因中途退场的又有13人,坚持到底的只有42人;而这42人中,又有3人拒绝在宪法文本上签字,罗德岛则始终拒绝派代表参加。这样,最后在宪法文本上签字的,只有12个邦的39名代表,包括他们的主席、弗吉尼亚代表乔治·华盛顿,再加上一个证人、会议秘书威廉·杰克逊,签字的一共40人,只不过比74人的半数稍多一点(55％)。至于会议过程中充满唇枪舌剑和讨价还价,则更是不在话下。所以这次会议便从1787年的5月25日一直开到9月17日,足足开了三四个月之久。最后,许多人最初的意见,都被别的代表修改得面目全非。对于珍视自己思想的人而言,这种结局当然不能令人满意。因此华盛顿认为,这部宪法能维持20年,就算不错了。

随后,好不容易才草成的宪法,在交由各邦批准时又遇到了麻烦。特拉华、新泽西和宾夕法尼亚三个邦倒是爽快,当年就予以通过:特拉华和新泽西的议会一致通过,宾夕法尼亚则以2:1的票数通过。到1788年6月,批准联邦宪法的邦已达到法定的九个,但还有两个举足轻重的邦,即弗吉尼亚和纽约,迟迟不肯批准。这样,又经过一番斗争和妥协,这两个邦才勉强同意批准,美国宪法也才得以于1789年3月4日正式生效,一个"神形兼备"的美利坚合众国,也才算是真正建立起来了。但恰恰是这种特殊的国情,不但决定了这个国家是谈出来的,是由宪法和法律创造的,而且决定了它的宪法也一定是最能体现共和与宪政精神的。

二、从殖民地到合众国

多少读过一点美国史的人都知道,在《独立宣言》发表之前,北美大地上并没有什么国家,只有一些殖民地。它们在理论上属于大英帝国,实际上由自己管理,即"主权王有,治权民有"。在1607—1732年之间,这样的英属殖民地一共有16个。后来,有3个殖民地被兼并。因此,到独立战争时,北美大地上的英属殖民地一共是13个。按照从北到南的顺序排列,它们是:新罕布什尔、马萨诸塞、罗德岛、康涅狄格、纽约、新泽西、宾夕法尼亚、特拉华、马里兰、弗吉尼亚、北卡罗来纳、南卡罗来纳、佐治亚。所谓美利坚合众国,起先就是由这13个殖民地联合而成的。

把它们联合起来并不容易。首先,这些殖民地虽然都号称英属,但相互之间却并没有什么关系,也没有什么瓜葛。每一个殖民地都是以个案的方式建立起来的,其政治权力直接来自英国国王的特许。大英帝国对它们进行"垂直领导",并没有在当地设立过统一管理这些殖民地的政府机构。所以,这些殖民地之间是互不相关的,也是可以互不买账的。

其次,这些殖民地的性质也不相同。它们大体上可以分为三类。一类是公司殖民地,比如弗吉尼亚,就是弗吉尼亚公司建立的;马萨诸塞,则是马萨诸塞湾公司建立的。第二类是领主殖民地,是英国国王封给某个或某些领主的。而且,就像当年周天子分封诸侯一样,这类殖民地也可以再分封。比如以英国王后玛丽命名的马里兰,就是封给第一代巴尔的摩勋爵乔治·卡尔弗特的,而巴尔的摩勋爵又分封了六十个庄园。第三类殖民地是自治殖民地,也叫契约殖民地。它们既不属于国王,也不属于领主,是自由移民自己根据他们之间的契约建立起来的,比如罗德岛和康涅狄格就是。这三类殖民地,各有各的情况,各有各的利益,各有各的想法,并不那么容易就能拢起来。

再次,这些殖民地的人口也很复杂,有白人,也有黑人。白人当中,除英格兰人外,还有苏格兰人、爱尔兰人、德意志人、西班牙人、荷兰人、法国人、瑞典人等等。根据1790年的统计,当时的白人中,英格兰人占60.1%,苏格兰人占8.1%,爱尔兰人占3.6%,德意志人占8.6%,荷兰人占3.1%,法国人占2.3%,西班牙人占0.8%,瑞典人占0.7%,其他人占6.8%。这说明北美殖民地是一个以盎格鲁—撒克逊人为主的多元文化社会。多元必多样，也必定多心，正所谓"非我族类，其心必异"。何况他们原本互不相属，各自为政，哪里就能一下子统一起来？

最早是在 1754 年的 6 月，有七个殖民地的代表在阿尔巴尼召开了一次联席会议。这次会议虽然只是为了应付法国人及其印第安盟友所造成的威胁，是一次临时的动议，但这些殖民地能够想到结盟，就是一个了不起的开端。联合开始了。

十一年后，即 1765 年，又有了一次"反印花税法大会"。这次大会是根据马萨诸塞的倡议在纽约召开的，有九个殖民地派代表参加。正是在这次大会上，克里斯托弗·加兹顿提出了"美利坚人"（Americans）的概念。他说，在这个大陆上，不应该再有人自称新英格兰人、新约克郡人，我们都是美利坚人。这个说法得到了人们的响应和认同。于是，生活在北美英属殖民地上的人民第一次有了共同的民族概念，美利坚民族诞生了。

又过了九年，1774 年 9 月 5 日，第一届"大陆会议"在宾夕法尼亚的费城召开。来自各殖民地的 55 名代表参加了会议，并通过了《权利宣言》，宣布殖民地人民有生存、自由和财产的权利。他们向英国国王递交了一份请愿书，要求废除一些"不可容忍的法令"，并同时决定一致抵制英货，停止对英出口。

这种原本有限的反抗却被英王乔治三世视为叛乱，他宣称这些殖民地人民"必须用战斗来决定他们是属于这个国家（英国）还是独立"。殖民地人民也不含糊。1775 年 5 月 10 日，第二届"大陆会议"在费城召开。会议决定组建"大陆军"，并任命乔治·华盛顿为总司令。独立战争打响了，而且一打就是八年。

实际上，1774 年第一届"大陆会议"以后，事情就发生了变化。这就是：原本互不相属各自为政的那些北美英属殖民地，现在已变成了"联合殖民地"（United Colonies）。他们有了一个相互联系的平台，也有了合众国赖以孕育的母体。1776 年 1 月 5 日，新罕布什尔率先通过了自己的宪法，建立了自己"主权、自由和独立"的政府，其他北美英属殖民地则在两年间纷纷效法（马萨诸塞则在 1780 年 6 月 16 日通过新宪法，以取代 1776 年的旧宪法)。这样,原来的"殖民地"(Colonies),就变成了具有"半国家"性质的"邦"(State),因为它们都有自己的宪法和依法成立的政府。唯其如此,1776年7月4日发表的《独立宣言》才可以这样说:"这些联合殖民地从此成为而且理应成为自由独立之邦。"

不过,1776年7月2日,当大陆会议讨论是否公布《独立宣言》时,特拉华代表约翰·迪金森却投了反对票。九天以后,迪金森又向大会提交了一个法案,即《邦联与永久联合条例》,简称《邦联条例》。这是《独立宣言》之后、《联邦宪法》之前最重要的一个文件。它于1777年11月15日在大陆会议通过,并于1781年3月1日生效。根据这个条例,"联合殖民地"(United Colonies)在名义上又变成了"联合之邦"(United States)。这个联合之邦的名字,条例开宗明义地作了规定,叫"美利坚合众国"(United States of America)。

三、在历史的岔路口上

现在,我们可以为美国的建国史大致列出一张时间表了:1754年以前,北美大地上已经有了十三个英属殖民地。1754年,他们开始联合。1765年,他们有了一个独立的新民族的概念(美利坚民族)。1774年,他们有了一个相互联系的平台和一个国家议会的雏形(大陆会议)。1776年,他们有了一个关于未来国家的精神和理想(美国理想)。1777年,他们又有了这个国家的国名(美利坚合众国)。而且,从1774年开始,他们做了三件事:首先是把互不相干的"英属殖民地"变成"联合殖民地",其次是把"殖民地"变成"邦",最后则是把"邦"变成"邦之联合"(邦联),进而变成"联合之邦"(联邦)。于是,美利坚人便一步一步地把自己的社会组织由"非国家"(殖民地)、"半国家"(邦)变成"国家"(美国)。

实际上,那时的"美利坚合众国",既不像样子,又情况不妙。这个"国家"没有国家元首,没有政府首脑,也没有一个真正的政府。许多本应由政府来行使的权力(比如对外宣战、和约缔结、外交主导、货币制造),是由国会来行使的。国会的权力其实很小,比如组建海军、从各州招募军队、解决各州争端等，就需要三分之二邦的同意。这就难以巩固和发展独立战争的成果，无法有效抗衡西部印第安人的反抗、英国人在海上的骚扰以及本国农民的起义，也实在承担不起诸如协调金融贸易、调节市场流通、保卫国家安全之类的重任。原本松散脆弱的"联合之邦"，甚至面临动乱、内战、无政府状态和分崩离析的危险。没法子，胜利之后分道扬镳的各邦，只好派出自己的代表，重新开会讨论解决的办法。这就是后来被称作"制宪会议"的1787年费城会议。

不过，这次会议的任务原本不是制宪，与会各邦给代表们的训令也只是修改《邦联条例》。因为在许多人看来，问题就出在《邦联条例》上。1777年通过的《邦联条例》，是美国革命时期的产物，自然存在明显的草创性和过渡性，在许多原则问题上是含糊其辞甚至含混不清的。其中最严重的问题是：所谓"美利坚合众国"，究竟是独立主权国家的结盟，还是高度自治地区的联合？也就是说，它是一个主权国家，还是十三个主权国家的联合体？如果是一个主权国家，那么，构成这个国家的十三个 State 就是"州"，美利坚合众国就应该叫做"州联"（事实上也有人主张用这种方式来翻译 United States）。相反，如果是十三个主权国家的联合体，则 United States 就是"国联"，State 也得理解为"国家"。可惜"州联"和"国联"的理解都不准确，因此我们只好把这时的 United States 称为"邦联"。

邦联不是国联，也不是联邦。也就是说，在邦联制度下，那些联合起来的 State，既不是国，更不是省，也不是后来联邦制度下的州，而是具有"半国家"性质的"邦"。《邦联条例》明确规定，这些邦"保留自己的主权、自由、独立、领域与权利"，除非他们同意将这些权力和权利部分地授予邦联。所以，这个时候的 United States of America（美国），还只是"邦之联合"（邦联），而非"联合之邦"（联邦）。组成邦联的 State，也还只是邦，不是州。因此本文将交替使用这两个概念。在说到邦联时，称它为邦。在说到联邦时，称它为州。

但这样一来，新生的美利坚合众国，就有些不三不四、非驴非马了。他们甚至自己也弄不清楚这究竟是一个主权国家，还是十三个主权国家四十三岁的马萨诸塞代表艾尔布里奇·格里在 7 月 5 日的会议上就说,事情难就难在"我们既不是同一个国家,又不是不同的国家"。这其实是《独立宣言》留下的老问题。当《独立宣言》宣布"这些联合殖民地从此成为而且理应成为自由独立之邦"时,似乎没有人想到要去说清楚,这究竟是十三个殖民地组成一个主权国家宣布独立,还是十三个主权国家相邀凑齐了一起同时宣布独立?不过当时并没有人计较这些。那时最重要的是从大英帝国独立出来。至于其他,也只能独立以后再说。

独立战争胜利了,而胜利后的国家状况并不那么理想,甚至充满危机。1787 年费城会议的发起人之一、后来被称作"美国宪法之父"的弗吉尼亚代表詹姆斯·麦迪逊,在他当年年初写给乔治·华盛顿的信中说,我们其实只有两种选择:十三个邦的完全分裂或全面联合。麦迪逊显然是主张全面联合的。要实现全面联合,就必须有一个高于各邦政府的"全国最高政府",更必须有一部高于各邦宪法的根本大法。因为只有这样一部法律,才能约束独立的各邦,并对新成立的"全国最高政府"授权。

这可不是修改一下《邦联条例》就行的。与会代表很快就发现,他们自己其实也只有两种选择:要么对《邦联条例》进行其实无济于事的修改,要么另起炉灶,重新制定一个文件,即制定《美利坚合众国宪法》。

幸而,在历史的岔路口上,美国的开国领袖们做出了明智的选择:抛弃邦联制,实行联邦制,并为此制定一部《联邦宪法》。

四、走向共和

1787 年费城会议制定的《联邦宪法》,堪称惜墨如金,一共只有七条。其中第一条讲立法,第二条讲行政,第三条讲司法,第四条规定各州(State)与联邦的关系,第五条规定修宪的程序,第六条规定宪法的地位,第七条规定宪法的生效。几乎没有一句废话。

但在这个简洁的文本中,却包含着一个精巧的设计。根据这一设计,国家权力既被纵向地分解为联邦的权力和各州的权力(其实是独立各邦部分让渡权力,变邦为州),又被横向地分解为立法、行政和司法三部分。其中，立法权属于美国国会，行政权属于美国总统，司法权属于最高法院以及国会不时规定和设立的下级法院，而立法权又分属参、众两院。只有参、众两院分别通过，法案才能成立。而且，总统对通过的法案有否决权，最高法院也可以判国会通过的法案"违宪"。虽然由实行终身制的大法官组成的最高法院有裁决权，但大法官要由总统任命、参议院同意。总统虽然可以否决国会通过的法案，但这一否决又可以由国会以三分之二的票数再否决。也就是说，这样，没有哪个人或哪个机构可以大权独揽，说一不二。

其实这正是制宪会议的难题之一。也就是说，既要把各邦的主权和权力收缴上来，交给一个"坚强之全国政府"，但又决不允许这个政府是专制主义和君临天下的。

防止专制的唯一途径是分权，而制宪会议的目的却是要集权。在这里，美国的开国领袖们表现出惊人的政治智慧。他们的办法是，既不集权于人（比如总统），也不集权于机构（比如国会），而是集权于法（宪法）。具体地说，就是用一部宪法把这个国家统一起来。所有的人、所有的机构、所有的邦或州（State，在宪法生效以后，我们将称它为州，不再称它为邦），都必须遵守而且不得违背这部共同约定的宪法。《联邦宪法》第六条规定：联邦宪法，依据宪法制定的联邦法律，根据联邦授权已经缔结或者将要缔结的条约，都是全国的最高法律。当各州的宪法和法律与之相抵触时，每个州的法官都应受全国最高法律的约束。联邦参议员和众议员，各州州议会议员，以及合众国和各州所有的行政官员和司法官员，都应宣誓或作代誓宣言拥护本宪法。也就是说，在人与法的关系中，法是第一位的；在法与法的关系中，最高法律是第一位的；在最高法律中，宪法是第一位的。

美国以宪法为立国之本，用宪法来统一和治理国家，将立法、司法、行政和各州权力都置于宪法之下，这就保证了集权而不专制。在宪法的统辖之下，各州（State），包括后来加入联邦的各州（现在已共有五十个之多），都享有充分的主权、独立和自由。他们都各自有着自己的宪法，自己的法律文字体系，自己的司法范围和法院系统，并按照自己的宪法由自己的人民选举自己的议员和官员，不受联邦政府的左右，只要不违背联邦宪法就行。很清楚，美国的五十个州，是用法（作为最高法律的联邦宪法）联合起来的。而且，联合之后，仍有相对的独立和高度的自由。

这就是共和了。共和之要义有三，一曰公，二曰共，三曰和，也就是"天下为公，政权共享，和平共处"。"天下为公"并不是要废除私有制实行公有制，将所有人的财产都收归公有，而只是确认国家权力乃天下之公器。这就是"公"。正因为"公"（共有），才必须"共"（共享和共治）。既然是"共"，就不能你死我活，非此即彼，参与政治事务和处理政治纠纷的方式也必定并必须是和平的。这就是"和"。显然，所谓共和，就是因"公"（公共、公用、公众）而"共"（共有、共享、共治），因"共"而"和"（和平、和睦、和谐）。

然而，要共和，就必须限政，即不能允许任何人、任何机构（政府或国会）独自坐大或者一统天下。所以，仅仅集权于宪法是不够的。如果对宪法的解释权和执行权集于一人或某一机构，就会变成宪政名义下的专政。因此，还必须在立宪集权的前提下立宪分权，通过宪法规定哪些权力属于哪些部门和哪些人。这就有了将立法、行政和司法分开来的"三权分立制"，以及参议院、众议院分别立法的"参、众两院制"。

这就是宪政了。宪政并不只是"宪政"（依照宪法行政），更重要的还是"限政"（限制政府行政）。它不但要限制政府，还要限制国会，而且首先是限制国会。因为代为代表民意的立法机关，国会如果不受限制，同样会造成专政，甚至更恐怖。这是一定要把国会分成参、众两院的意义。总之，必须最大限度地限制立法机关、行政机关和司法机关的权力，并让它们相互制约，这样才能防止它们单独或者联合起来以国家的名义剥夺公民的正当权利。

五、伟大的妥协

前面说过，没有大多数人的妥协，就不会有美国宪法。因为正如詹姆斯·麦迪逊所说，他们其实只有两种选择：十三个邦的完全分裂或全面联合。而要全面联合，就只有接受这部宪法。三十五岁的宾夕法尼亚代表古文诺·莫里斯的最后发言很能说明问题。古文诺·莫里斯说,他也有反对意见,但考虑到大多数人已决定赞同,自己也应该受此决定的约束。他强调指出,最大的问题还是:要有一个全国政府,那就只好签字。

我们知道,古文诺·莫里斯是制宪会议的积极参与者。他是这次会议上发言次数最多的一个人,共发言一百七十三次(其次为同一个邦的代表詹姆斯·威尔逊,一百六十多次;再次为弗吉尼亚代表詹姆斯·麦迪逊,一百五十多次)。而且,由于他文笔精巧细腻,宪法文本最后主要是由他来定稿的。这样一个人都对宪法草案不满,何况其他?

古文诺·莫里斯发言后,平时很少发言的三十七岁的北卡罗来纳代表威廉·布朗特接着表态。威廉·布朗特说他曾宣布过自己不会签字,也不愿意以誓词支持这个方案,但也不想使自己妨碍大家的意愿,这就是:这个方案是制宪会议上各邦的一致行动。这其实也是古文诺·莫里斯和其他一些人的共同想法,即不管怎么说,新生的美利坚合众国不能分裂,十三个邦应该一致行动。

不过,方向的一致不等于方案的相同,更不等于意见的统一。尤其是当方案涉及各自利益时,那就会针锋相对、寸土必争,以致制宪会议好几次差一点不欢而散。八十一岁高龄的宾夕法尼亚代表,德高望重的本杰明·富兰克林博士甚至提议聘请一位牧师,在每天开会前主持祈祷,恳请代表们放弃"唯有自己正确"的观念。事实上,正是由于争论的双方都表现出冷静理智的态度,居中调解的一方又能提出合理的建议,制宪会议才从走投无路转向柳暗花明,并最终达成协议。

比如国会问题。

新生的美利坚合众国需要一个联邦议会,这一点大家并无分歧。问题是国会如何设置如何组建,席位如何分配如何安排,制宪会议上出现了两种截然相反的意见。提出和赞成"弗吉尼亚方案"的人坚持民主原则,主张实行两院制,其中第一院(众议院)议员由选民选出,第二院(参议院)议员由第一院议员选出,两院席位都按各邦人口比例分配。而提出和赞成"新泽西方案"的人则坚持共和原则,主张实行一院制,席位按邦分配,每邦一票表决权。

不过，冠冕堂皇的背后，往往是利益的驱使。主张按比例的，主要是弗吉尼亚代表詹姆斯·麦迪逊和宾夕法尼亚代表詹姆斯·威尔逊。他们代表大邦的利益。主张讲平等的主要是新泽西代表威廉·佩特森和特拉华代表刚宁·贝德福德。他们代表小邦的利益。小邦代表坚持认为，大邦的意图就是要吞噬小邦，因此他们扬言宁肯投靠外国，也决不亡于大邦。大邦代表也不让步，甚至连剑与火、绞刑架之类的话都说出来了。幸亏这时康涅狄格代表奥立维·艾尔斯沃斯等人出来调停。他们代表中等邦，可以不偏不倚。在他们的斡旋之下，制宪会议于7月16日达成妥协：众议院实行国内法原则，按人口比例分配席位，照顾大邦；参议院实行国际法原则，不论大小，每邦一席（后改为两席），照顾小邦，尤其是特拉华和罗德岛。

这次妥协后来被美国宪法学家称为"伟大的妥协"。这倒不光是因为它帮助制宪会议走出了僵局，而且因为它创造了一个民主原则与共和原则共存的成功范例。众议院民主，参议院共和，两大原则共存于国会，岂非一种比单一共和制度更高境界的共和？

其实妥协是一种政治美德，因为只有妥协才能实现共和。至少，它也是走出困境的一种方法。对此，富兰克林有一个很好的说法。他在6月30日的会议上说，木匠做桌子的时候，如果木料的边缘厚薄不匀，他就会两边各削去一点，让连接的地方严丝合缝，桌子也就平稳了，现在，我们这艘船为大家所共有，难道不该由大家来共同决定冒险的规则吗？

富兰克林的说法得到了很多人的赞同。六十四岁的康涅狄格代表罗杰·谢尔曼说，没有人愿意就这样一事无成地散会。六十二岁的弗吉尼亚代表乔治·梅森更是情绪激动。他说他宁愿把自己这把老骨头埋在这个城市里，也不愿意看见制宪会议就这样如鸟兽散，陷国家于不堪。正是出于这种考虑，许多代表（主要是大邦代表）决定妥协，以保证邦联不会分崩离析。

六、最不坏的就是最好的

妥协保住了草拟中的宪法，宪法也体现了妥协的精神。事隔多年，当我们蓦然回首，重新审视这部宪法时，就会发现，妥协并不仅仅只是制宪代表的权宜之计，它也是制宪工作的思想方法。那些取得了制宪会议高度一致的看法，就写成宪法中的刚性条文；那些取得大致相同意见的观点，就写成宪法中的柔性条文；那些达成初步共同意向的部分，就留下今后继续发挥的余地；而那些实在达不成统一的问题，则干脆只字不提，暂付阙如。因此美国宪法虽然二百多年来没有修改过一个字，却又有一系列的"修正案"，而且几乎从它批准之日起就有了。二百多年后，美国人民仍很感激先辈们的妥协，并庆幸他们不是"完美主义者"，庆幸他们在那个时候就能有这样一个观点：世界上没有十全十美的事情，也没有十全十美的方案，能做到最不坏，就是最好。

这个观点也是富兰克林博士提出来的。他在9月17日最后一次会议上发表了一篇深情而智慧的书面发言，并由宾夕法尼亚代表詹姆斯·威尔逊代为宣读。富兰克林说，他承认，对这部宪法的若干部分，自己到现在也仍然不能同意，但没有把握说永远不会同意。相反，活了这么大的年纪，深知没有人能够一贯正确。不管是这一次还是下一次，每个人来参加会议，固然会带来自己的智慧，但也不可避免地会同时带来他的偏见、激情、错误观念、地方利益和私人之见。因此，无论召开多少次制宪会议，也未必能制定一部更好的宪法。从这种感觉出发，富兰克林同意这部宪法，连同它所有的瑕疵，如果它们确实是瑕疵的话。他也希望其他代表略为怀疑一下自己的一贯正确，宣布我们取得一致，并在这个文件上签下自己的名字。

同样来自宾夕法尼亚的代表古文诺·莫里斯赞同富兰克林的观点。他说自己对宪法也有反对意见，但考虑到这已是目前达到的最佳方案，愿意连同它的瑕疵一并接受。

在威尔逊宣读完富兰克林的书面发言后，三十四岁的弗吉尼亚代表爱德蒙·伦道夫接过话头，起立对自己拒绝签字表示深深的歉意。他说，尽管有那么多德高望重的姓名都对宪法的智慧和价值表示嘉许，但他自己却仍然只能受责任心的支配，等待未来的裁决。当富兰克林再一次苦口婆心地劝说爱德蒙·伦道夫，希望他暂时把反对意见放在一边，和自己的兄弟们采取一致行动时，爱德蒙·伦道夫回答说，拒绝在宪法上签字，也许是自己一生中最坏的选择，但良知迫使自己这样做，不可改变。我们知道，爱德蒙·伦道夫不是等闲人物，他是制宪会议的发起人之一。正是他，作为会议的第一位正式发言人，向代表们陈述了召开这次会议的原因和意义，他代表弗吉尼亚提出的制宪方案甚至又称"伦道夫方案"。他以揭开会议主题开始，却要以反对会议决议告终，其内心的痛苦可想而知。

爱德蒙·伦道夫说完后，四十三岁的马萨诸塞代表艾尔布里奇·格里也站起来，表达了他此时此刻的痛苦心情。艾尔布里奇·格里是美国革命的先驱者之一，曾先后在《独立宣言》和《邦联条款》上签字，现在却成了"反革命"，心里当然不会好受。何况在整个会议过程中，艾尔布里奇·格里也是全身心投入讨论的。所以他表示，如果还有更好的办法，自己不会采取拒绝签字的方式来表示态度，但现在已逼上梁山，却别无选择。

七、限法之法才是法

乔治·梅森是弗吉尼亚代表。他是一个农场主，有三百多名奴隶，但他本人却坚决主张废除奴隶制度。他曾经参与制定弗吉尼亚宪法，起草了其中的"权利法案"，从而使弗吉尼亚宪法成为最初十三个邦的宪法中唯一具备权利条款的宪法。对于他来说，权利法案比什么都重要。此外，很多人对联邦宪法缺少保障公民权利的条款都不满。曾执笔起草《独立宣言》的托马斯·杰斐逊在巴黎公干，没有出席制宪会议，事后大声疾呼要进行弥补。法国的拉法耶特侯爵在看到会议主席乔治·华盛顿寄给他的联邦宪法文本后，也指出了缺少权利条款的这一缺陷之处。拉法耶特侯爵参加了美国独立战争，曾在华盛顿的麾下当一名少将。他也是法国大革命时期

《人权和公民权利宣言》的起草人之一（写第一稿），可谓"两个世界的英雄"。

那么，如此重要的条款怎么没有写进宪法呢？在这一点上，"联邦主义者"和"反联邦主义者"并无分歧。在前者看来，最重要的是尽快建立"坚强之全国政府"，以免新生的美利坚合众国陷入内乱、分裂和无政府状态。因此，费城会议的主要任务是建国、制宪和授权。至于其他问题，只好以后再说。何况，在1787年，大多数的邦都已经有了自己的"权利法案"，明确保障了个人权利。而现在要做的，是对联邦政府授权。只要明确联邦政府的权限，它就不能做未经授权的事情。相反，如果一一列举应该得到保障的个人权利，反倒可能授人以柄：凡是没有被列举出来的，就是政府可以做的。这岂不是更糟糕？在美国人民看来，"个人权利"比所谓"国家利益"和"政府权力"更重要。因为国家是由人民组成的，而人民则是由一个个具体的个人组成的。没有个人，就没有人民，也就没有人民授权的国会和政府。而且，人们之所以要建立政府，正是为了保障每个人的这些权利。这正是《独立宣言》的精神，也是美利坚合众国的精神。因此，许多邦（比如马萨诸塞）的议会在通过联邦宪法时，其决议都附上了要求增加权利法案的条件。

联邦主义者同意了这一条件，力主增加这些条款的乔治·梅森也因此被看作是"权利法案之父"。于是，第一届联邦议会就有了一系列宪法修正案。这些法案分别列举了民众个人的一系列权利，声称这些权利无论如何必须得到保障，是政府和国会不能蚕食、侵犯、剥夺的。尔后，美国国会于1789年9月25日通过了这十条宪法修正案，将其作为美国宪法的补充条款，并于1791年12月15日得到十一个州（这时它们应该叫做"州"而不是"邦"了）的批准，开始生效。这十条法案通常称作"权利法案"，是美国宪法的"第一修正案"。

在第一修正案中，最重要的是第一条，即"联邦议会不得立法建立宗教，不得立法禁止宗教活动自由；不得立法剥夺言论自由和出版自由；不得剥夺人民和平集会、向政府请愿、表达不满、要求申冤的权利"。这就是著名的"不得立法"条款。简言之，它用最简单最直截了当的语言规定，国会不得起草通过有可能侵犯民众个人基本权利的法律。

这样一来，不但行政机关要受到限制，立法机关也要受到限制。于是，就可以看出民主与宪政的区别：民主关注的重点是授权，宪政关注的却是限政。在宪政主义者看来，绝对的权力必定导致绝对的腐败和绝对的专制，哪怕这一权力来自人民或掌握在正人君子手里。民主和道德并不是绝对可靠的。民主完全可能导致"多数的暴政"，从而使"人民民主"变成"群众专政"；道德则很有可能导致"理想的暴政"，由理想中的"人间天堂"变成实际上的"人间地狱"。靠得住的只有宪政。因为宪政要考虑的问题不是授权，而是限权。它的任务，是把行政机关和民意机关的权力都尽可能地限制在不会侵犯公民权利、不会导致专政和暴政的范围之内。

联邦宪法其实已经体现了这一精神，比如三权分立，比如两院立法，比如总统、国会和最高法院相互制衡等等。但美国人民还强烈要求自己的宪法必须明文规定，即便通过法案的条件完全具备——参、众两院分别通过，总统不否决，最高法院也不判其"违宪"，某些法案仍然不能成立，甚至不能考虑。

二百多年前那场争论，终于以宪法第一修正案的方式做出了结论，但由此引起的一系列问题却仍然值得我们深思的是在这一全过程中体现出来的原则和思路。宪法正文体现出来的原则和思路是：在人与法的关系中，法是第一位的；而在诸法之中，宪法是第一位的。第一修正案体现出来的原则和思路则是：在国家与人民的关系中，人民是第一位的；而在人民之中，个人是第一位的。这两种原则和思路看起来似乎相反，其实一致。因为第一种原则和思路中所说的"人"，是指议员、官员和法官。他们实际上是"国家"（政府）。国家必须服从宪法，而宪法之所以高于国家，则因为它保障公民的基本权利。也就是说，作为个人的公民是第一位，作为公民集合体的人民是第二位，保障公民和人民基本权利的宪法是第三位，由宪法派生的法律是第四位，由宪法和法律授权的国会、行政机构和法院是最后一位。这就是美国人建国的思路和原则。因为只有这样，才能体现和实现《独立宣言》的思想：人人生而平等，造物主赋予他们一些不可剥夺（转让）的权利，其中包括生命权、自由权和追求幸福的权利。为了保障这些权利，人类才在他们中间建立政府。

也许，这就是所谓的美国精神。

（注：本文引用制宪会议的代表发言，详见詹姆斯·麦迪逊《辩论：美国制宪会议记录》一书，尹宣译，辽宁教育出版社2003年版。）

（原载《书屋》，2004年第6期）

我负丹青！丹青负我

吴冠中

二〇〇三年是农历的羊年，我不信传统的所谓本命年，但上个羊年，即十二年前，老伴病倒，恰恰属我的本命年，似乎是对我顽固思想的惩戒。这个羊年孙女吴曲送来一条红腰带，坚持要我用，我用了，但红色的带驱不走华盖运，老伴又病倒，情况严重，我也罹疾，两人住两个医院，我们的三个儿子和儿媳穿梭于医院间，实在辛苦极了，尤其乙丁，眼看着瘦了许多。老两口携手进入地狱之门，倒未必是坏事。但终于还是都出院回家了，大约还有一段桑榆晚境的苦、乐行程。病后，我们住到龙潭湖边的工作室，清静，远离社会活动，每天相扶着在龙潭湖边漫步，养病。可雨和于静从新加坡给我们两人各买了一件红色外衣，白发、红装，加上老伴的手杖，这一对红袖老人朝暮出现在青山绿水间。长长的垂柳拂年轻的情侣，也拂白发的老伴，我想起《钗头凤》中"满园春色宫墙柳"及陆游晚年的"沈园柳老不吹棉"，不无沧桑之感。我们被人们看眼熟了，进园门也不需出示月票，如果某天未到，倒会引起门卫的关注。也常有游人认出我来，便客气地回答：你认错人了！但那神情，对方还是坚信没认错。日西斜，我们携手回到公寓，一些年轻人在打网球，有一位新搬来的姑娘，并不相识，她举着球拍向我们高呼：爷爷奶奶真幸福！

龙潭湖上，隔着时空回顾自己逝去的岁月，算来已入垂暮之年，犹如路边那些高大的杨树，树皮干裂皱褶，布满杂乱的疮疤和乌黑的洞。布满杂乱的疮疤和乌黑的洞的老树面对着微红的高空，那是春天的微红，微红的天空上飞满各色鲜艳的风筝，老树年年看惯了风筝的飞扬和跌落。我画老树的斑痕和窟窿，黑白交错构成悲怆的画面，将飘摇的彩点风筝作为苍黑的树之脸的背景，题名《又见风筝》；又试将老树占领画幅正中，一边是晨,另一边是暮,想表现昼与夜,老树确乎见过不计其数的日日夜夜,但永远看不到昼夜的终结。

春天的荷塘里浮出田田之叶,那是苗圃,很快,田田之叶升出水面,出落得亭亭玉立,开出了嫣红的荷花,荷花开闭,秋风乍起,残荷启迪画家们的笔飞墨舞。当只剩下一些折断了的枯枝时,在镜面般宁静的水面上,各式各样的干枝的线的形与倒影组合成一幅幅几何抽象绘画。我读了一遍荷之生命历程,想表现荷塘里的春秋,其实想画的已非荷或荷塘,而着意在春与秋了,怎样用画面表现春秋呢!

我彷徨于文学与绘画两家的门前。

多次谈过我青年时代爱文学,被迫失恋,这一恋情转化而爱上了美术,并与之结了婚,身家性命都属美术之家了。从此我生活在审美世界中,朝朝暮暮,时时刻刻,眼目无闲时,处处识别美丑,蜂采蜜,我采美。从古今中外的名画中品尝美,从生活中提炼美,创造视觉美是我的天职。七十年来家园,我对耕耘了七十年的美术家园却常有不同的感受。我崇拜的大师及作品有的似乎在黯淡下去,不如杰出的文学作品对我影响之深刻和恒久。达·芬奇的《最后的晚餐》,我同大家一样一直崇敬着。《最后的晚餐》这样的题材,如何用形象来透视内心活动,芬奇到聋哑人那里去观察表达情绪的动作姿态,用心至苦。如果他或别的大作家用文学来创作这一题材,我想会比绘画更易深入门徒们和叛徒的内心。但因须要作这一重大题材的许多壁画,画家们的工作不得不跨越了自己业务的领域。席里柯的《梅杜萨之筏》表现垂死的悲惨场面,令人心惊肉跳,而及我读了当时的文字报告,揭示了悲剧之起源于官场的腐败,便更感受到悲剧的震撼。南京大屠杀的照片令人愤怒,当时文字记录的实况当更令人发指,因形象毕竟只显示了一个切面,画面用各种手法暗示前因后果,都是极有限的。绘画之专长是赋予美感,提高人们的审美品位,这是文学所达不到的,任何一个大作家,无法用文字写出梵高画面的感人之美,语言译不出形象美。而文学的、诗的意境也难于用绘画来转译,比如阿Q和孔乙己的形象,就不宜用造型艺术来固定他,具象了的阿Q或孔乙己大大缩小了阿Q与孔乙己的代表性和涵盖面。听说赵树理不愿别人为他的小说插图,我十分赞赏他的观点。极左思潮中,有的作家羡慕画家,因齐白石可画鱼虾、花鸟,而他们只能写政治。齐白石利用花鸟草虫创造了独特的美,是画家的荣幸,也是民族文化的荣幸,他提高了社会的审美功能,但这比之鲁迅的社会功能,其分量就有太大的差异了。我晚年感到自己步了绘画大师们的后尘,有违年轻时想步鲁迅后尘的初衷,并感到美术的能量不如文学。文学诞生于思维,美术耽误于技术。长于思维,深于思维的美术家何其难觅,我明悟吴大羽是真诗人,是思想者,他并不重视那件早年绘画之外衣,晚年作品则根本不签名了,他是庄子。

梵高临终最后一句话:苦难永远没有终结。梵高的苦难没有终结,人类的苦难也没有终结。今年,"非典"像瘟神扑向人间,将人们推向生死的边缘,今天不知明天,人心惶惶。我们住的工作室离人群远,成自然隔离区,两个老人天天活动在龙潭湖园中,相依为命,老伴说,工作室本是你专用的,不意竟成了我俩的"非典"避难所。晨,夏,清风徐来,我们照例绕荷花池漫步,看那绿叶红花和绿叶上点点水珠,昨夜刚下过雨。忽见远处湖岸渐渐聚集了人,愈聚愈多,"非典"期间一般是避免人群聚集的,怕彼此感染,我想,这回出事了。回忆一个清晨在北海写生,尚无游人,而湖岸居然有数人在围观,我好奇地也去看,地上躺着一个通体苍白的赤裸少妇,法医正在验尸,是奸杀?自杀?失足落水?是昨夜发生的悲剧。我画过无数裸妇,见怪不怪,而这个苍白的死去不久的裸妇却永远不会忘却。我想这回在"非典"期间恐又将见到这样苍白的裸妇了,便偕老伴慢慢前去看个究竟。人多,我们挤不进去,便绕到湖岸拐弯的一侧遥望,原来是一个披着黄袍的年轻和尚在放生,将被放生的鱼虾装在一个大塑料袋里,和尚则在高声诵经,经卷厚厚一本,大家听不懂,只是想看放生,都有放生的愿望,人类应多行善事吧,以减少像"非典"这样的惩罚。鱼虾在塑料袋里乱蹦,不耐烦了,但和尚的经不知何时念完,人群渐渐走散,我们也走开了,没有看到鱼虾入水的欢跃和看到鱼虾欢跃的人们的欢跃。

因"非典",有些单位暂不集体上班,于是到公园里的人群多起来,有的带着工作在林间干活,而打牌、下棋、放风筝、游湖的人骤增,这里原本主要是老人和儿童们的乐园。打牌、下棋、种花、养鸟……当属老年人安享晚年的幸福生活吧,但我全无这些方面的兴趣。躯体和感情同步衰老是人生的和谐,而我在躯体走向衰颓时感情却并不就日益麻木,脑之水面总泛起涟漪,甚至翻腾着波涛。这些涟漪和波涛本是创作的动力,但她们冲不动渐趋衰颓的身躯,这是莫大的性格的悲哀,万般无奈,民间谚语真比金子更闪光:江山易改,本性难移。

朔风起,天骤寒,画室空间大,冬天不够暖和,而年老怕寒,故我们考虑搬回方庄度过今年的寒冬。离开工作室的前一天,我们从龙潭湖走回画室的路上,秋风从背后送来一群落叶,落叶包围着我俩狂舞,撞我的胸膛,扑我的头发和脸面。

有的枯叶落地被我踩得劈啪作响,碎了!

随手抓一片,仍鲜黄,是银杏叶,带着完好的叶柄;有赭黄的,或半青半紫,可辨血脉似的叶络。有一片血红,是枫叶吧,吹落在绿草地上,疑是一朵花,花很快又被吹飞了,不知归宿。

树梢一天比一天光秃,谁也不关注飞尽了的叶的去向。

西风一天比一天凛冽,但她明年将转化为温柔的春风,那时候,像慈母,她又忙于孕育满眼青绿的稚嫩的叶。

(原载《我负丹青》,人民文学出版社,2004年6月版)

画事琐记

高尔泰

一

我生之初，碰上日军侵华。全家逃难，避居大游山中，转眼八年。

头几年，我常生病。没医没药，不知何病。并无大痛苦，只是没力气，有时一连几天十几天下不来床。床头罗列着姐姐们采来的毛栗子覆盆子一类山果，母亲和祖母做的蜜饯楂糕一类小吃，还颇享受。特别是还有一块画版和纸墨笔砚水，父亲放的。纸是那种棋盘一般大小的灰黄色草纸。战时山中，除了过年的红纸和描红的竹纸，平时只买得到这种纸。农家包东西，做冥钱，上茅房，卷火媒子，都是它。厚薄不匀，粗糙吸水，易留飞白，宜书宜画，且价格便宜，不怕浪费。我一天要画掉很多。

把画板放在腿上，凭记忆，加想象，胡涂乱抹。不在乎像不像，主要是追求那种胡涂乱抹的快感。把浓浓淡淡的墨痕，想象成山、水、云、树……一张复一张，有滋有味。阳光透过木棂的小窗和棉纱的蚊帐，照在我的床头，模糊的树影，在画上摇曳。冉冉转移，由明转暗，一天就过去了。晚上父亲回来，一张一张地看。总是说我废笔太多，要我用最少的笔墨画出最多的东西。他说这个东西不必是实物，比方说这张柿子，你画成方的了，可以。但是没画出它的山野的气息、秋天的气息，这就没意思了。

气息、意思这些词，我似懂非懂。但我相信，有这些东西。我感觉到古诗词中有些句子，就气息很浓。"斜光照墟落，穷巷牛羊归"，"平林漠漠烟如织，寒山一带伤心碧"，读着就像看见了一样，就想画。但是画了一遍又一遍，结果，出来的东西，完全不是那么回事。以前画画，结果不重要，过程本身就是目的。现在过程变成了手段，怎么也达不到目的，不免沮丧。

父亲说，诗词中许多东西，小孩子不会懂，所以也画不出来。古时候有个大画家，别人出了个题目，叫"手挥五弦，目送归鸿"，要他画。他回答说，"手挥五弦易，目送归鸿难"。这个"目送归鸿"的问题，不光是个技术问题，还有个人生阅历在里面，所以难。大画家都难，小孩子哪能？画没有感觉到的东西，就是做作，要不得。

我有感觉，更没做作，感到冤枉。幼小幸福，不等于无忧无愁。我怕黑夜，怕大阴天，怕太阳快要落山的时候。那时如在外面，就特别的想家，有一种害怕失去家的恐惧。如在家里，就要关紧门窗，害怕有什么危险可怕的东西要钻进来。因此古诗词中那些人生如梦、世事无常、离愁别恨一类的东西，读之感同身受。"暝色入高楼，有人楼上愁。"愁什么，人家没说，我填上了自己的。这种神经质心理，可能同我身体单薄有关。后来病好了，逐渐强壮，神经也变粗变硬，就没有那么多感觉了。听说某处闹鬼，照样去捉黄鳝，深夜里提着风灯，在水田蹚来蹚去。

还是喜欢画画，但已无纸。战时的自然经济，常调剂失灵。草纸难买了，每天只给一张练字，不许再浪费了。门前有一块打谷场，地方上叫稻场，"新磨场地镜面平，家家打稻趁霜晴"的那种。收获季节一过，我就用小刀和铜笔帽，在上面画起来。笔帽画穿了，刀尖画圆了，破碗碎石一样好用。满稻场纵横交错，都是我留下的线条。线条宜画人物，不宜画风景；宜叙事，不宜抒情。工具材料的更换，也同身心健康的变化一样，可以改变绘画的形式、内容和性质。先是根据西游记、童话故事里的插图，画神仙妖怪。后来自己编故事，画想象出来的怪物，依然乐在其中。

因为场地大，画也越画越大。后来嫌自家的场地小了，就到山下村上去画。村上有几块共用的稻场，大的有篮球场那么大。我把镰刀尖按在地上，倒退着往后小跑，留下一条一条的刻痕，组成画面。往往一个怪物，头在这边，脚在那边，我只能在想象里看到它的全貌。村上的人过来过去，有的说，画的什么呀你？有的说，累不累呀你？

这些大画，最多存在三天，三天后就模糊了。要是下一场雨，立马全都没了。但是我不在乎，我快乐过了。依然是过程大于目的，过程本身就是目的。后来到父亲办的村学里上学,每天放学以后,都要画上一阵子才回家。父亲说,你那不是画画,是玩儿。我提醒他,他自己说过,画画是玩儿的东西。父亲说那不等于说,一切玩儿的东西都是画画。我也糊涂了,不知道画是个什么东西。不管它是个什么东西,我喜欢,我就去弄,如此而已。

二

战后回到老家,不好好上学,打架、逃学,满街涂鸦,还留级,丢死人了。解放那年,才上到初中二年级,但是得了个全校美术比赛的第一名。学校里配合土地改革运动,搞了个《白毛女》剧团,到各地巡回演出。没人画布景,就叫我画。幕布很大,但不比小的稻场更大。我把它铺在地上,觉得很容易对付。排笔代替镰刀,色块代替线条,照样倒退着画。干了挂起来一看,杨白劳躲债大雪纷飞,王大春还乡红霞满天,倒也像是那么回事。老师夸同学赞,略减了当留级生的耻辱。

然后跟着剧团到处跑,上下火轮船、双桅船、卡车。画海报,写标语,打杂。好处是不必上课、做习题、考试;坏处是也没意思。后来就独自离开家乡,专门学画去了。这件事的发生,不完全是自己的决定。父亲一直反对我专门学画,他常说,写诗作画吹笛子拉琴这些,根本上都是业余的东西,靠它吃饭就没意思了。他要我好好读书,说将来学问事业有成,画着玩玩,反而能出东西。我不听,他说我是野狗耕地,不是正路牲口。

我不明白,正路牲口有什么好,野狗有什么不好,依然故我。他无可奈何。后来是政治形势的发展,使他觉得我应该尽快离家。我得以到丹阳和苏州,学了五年画。那是 1950 年秋天的事。我们国家的一切,包括文学艺术,都在走向统一。画也是:独尊写实。从素描学到油画,都要求客观地描述对象,有一套严格的操作程序。苏联的教学法,成了经典。水墨画虽然被边缘化了,也按照徐悲鸿的路子,纳入了这同一个模式。

最后两年,我在苏州,解剖学课的挂图是生物系借来的,透视学课的讲义就像投影几何。有一次考透视,试卷是一张街景,教改错。我不及格。

老师说，许多错误我都没改。比如街上有人挎着个篮子，篮子的口面没有消失在视点上，错了，但我没改。我说篮子不是一碗水，可以倾斜着拿。篮子口也未必浑圆，可以七歪八扭，凭什么说它错了？老师说不可以用个别的特殊现象，来否定共同的普遍规律。教我要学学理论，不可以纯技术观点。

系上有一门理论课，叫《艺术概论》，教材是《在延安文艺座谈会上的讲话》。授课老师是苏州市委宣传部长，看在我们的系主任蒋仁先生的面子上，每周来给我们讲两节课。蒋先生是著名的油画家，从法国回来的。他常说他走过许多弯路：印象派达达派立体主义都试过，都是颓废没落的东西，还是现实主义最有活力。他说我们这一代人，一起步就有一个正确的方向，他很羡慕。那时师生同学之间，关系都非常好。先进带落后，共同进步（见《唐素琴》）。在大家的关心帮助下，我终于也——用大家的说法——跟上了时代。无论静物风景肖像人体，都全力追求逼真。那时还没有彩色照相，画得栩栩如生，也有一种乐趣。

想不到的是，随着这种合法的乐趣逐渐取代了原先那种胡涂乱抹的非法的乐趣，我居然成了班上的尖子。蒋先生上油画课，还常常拿我的作品作范本，讲块面分析，讲质量感和空气感，讲环境色和固有色……大家都为我高兴，因为后进变先进，不光是个人的、也是集体的成功。更加想不到的是，这种严格的技术训练，也改变了我的感觉方式和思维方式，并且不可逆转。从此观察力日增，想象力日减，许多往日频频来访的激情和灵感，再也没出现。从此我除了这种单向度的、现实主义的画，再也画不出别样的画来。

从那以后，我一直在寻找失落的自我。一直没有找到，有一种漂泊之感。很多年后，回想起来，我才发现，接受那种技术训练，进入那个话语系统，等于是通过了一次灵魂的改铸。事实上，早在公安部门强迫我脱胎换骨之前，我已经在学校里被柔性地和无痛地脱胎换骨过一次了。只不过这一次是成功的，后来那次失败了。

我不知道，这次成功是好，还是不好。

八年后，在敦煌，看到智利壁画家万徒勒里（他画过许多只有在海上才能看到全貌的大壁画）带来的幻灯片，我想起那个在稻场上倒着小跑的孩子，觉得他那么一路跑下去，出来的东西必会更好。四十年后，在美国，看到毕加索、马蒂斯、梵高、康定斯基等人的原作，特别是米罗、卢梭和克利的充满童心的原作，我又想起那个在稻场上倒着小跑的孩子，觉得他那么一路跑下去，也会跑这么远。可惜那个孩子已经死了，变成了我——一个以栩栩如生为务的俗物。

　　这么说，并不是抱怨命运。哀悼一个没有出生的婴儿是毫无意义的事情。更何况，纵然那婴儿出生，也早已经死在大荒原中的夹边沟右派农场里了。没有人能够知道，几年间在那里死亡殆尽的数千名右派分子之中，有没有未来的贝多芬和托尔斯泰、毕加索和爱因斯坦。我没死，就因为我不是。凭着那一手俗套故技，被押送到兰州，为筹备中的"建国十年成就展览"画大油画，在大饥荒中得以免死（事见《出死》）。

　　这是好？还是不好？

三

　　1962年到敦煌文物研究所，主要任务是临摹和研究壁画。技术上是另外一套，有许多东西要学，都不是很难。真正难的，是要画出原作的格调：高古，舒缓，安详。这是敦煌壁画的基调。魏窟的飞扬流动，唐窟的恢宏华严，宋窟的清旷萧散，千百年来技法和风格的变迁，都统一在这基调之中。即使飞天乐舞，也从容而有静气。局部看金碧重彩璎珞珠饰，整体看超凡脱俗不食人间烟火。这个境界，最难将息。

　　临摹什么，在所务会议上决定。下达到美术组，再分配给个人。分到的，不一定是自己喜欢的。比如莫高窟北端第四六五窟，是元代的密宗洞子，阴森压抑，我不喜欢，但在里面耗费了整整一个1963年。不论喜不喜欢，我都全力以赴，争巧拙于毫厘，直到自以为几可乱真，才交差。但是在敦煌多年的老同事看了，不约而同，都说像现代人。我不觉得，怎么看都看不出来。好在几年后，就没人再说我了。几年后，中央美院姚治华、张同霞，西安美院的刘文西等人，带着毕业班来敦煌实习，我看他们的摹本，都像现代人。说给他们，他们也看不出来。我说等到你看得出来的时候，你就是入门了。

临摹不是画画，这个门很难入。古人作画，就像一个人走过雪地，留下了脚印。后人临摹，每一步都得把自己的脚放到人家留下的脚印里，就不是走路了。我们看汉晋竹帛之遗，如楼兰出土残编断简，大都是普通人随意写下的实用记录，何尝有书法之求。但历经百代兴亡，后人观之，哪怕是一角借条，都觉高古不可企及。姑不论有何意义，生为今人，为做到古淡风姿近六朝，不惜把铁砚磨穿，也算是一种追求。里面乐趣很多，只对内行人存在。可惜我入门不久，刚结婚，"文革"就来了。

被揪斗、抄家、关牛棚（见《桃园望断》）。妻子李茨林被下放农村，"接受贫下中农的再教育"，死在那里（见《天空地白》）。带着三岁的女儿高林，到酒泉地区五七干校劳动。集体劳动，集体"学习"，睡公共宿舍，吃公共食堂。食品定量，不见荤腥。大人都难忍受，何况孩子（见《没有地址的信》）。从前在夹边沟，不管多苦，都是自己承担。现在有一个孩子跟着受罪，就完全是另一回事了。那份焦灼，忆来惊心。

我在夹边沟能死地生还，全靠学校里教的一套。想不到这一次，还是那一套，帮助我解脱了困境。当时毛泽东的标准像供不应求，特别是广场礼堂使用的那种特大号，根本买不到。干校应各地方各单位的要求，派我去画。是政治任务，没有报酬。但是不管到哪里，都是请来的客，可以不参加"政治学习"，可以单独活动，可自由支配时间，还好吃好喝招待。孩子的脸上，很快就有了血色。

以前没画过毛像，要先打格子。两至三米高的一个，磨磨蹭蹭，大约七至十天出来。事先要开一个清单，让他们采购油画材料、定做内外木框、绷布、打底。画完以后，单位头儿要验收。验收后多少得加工一下。每到一处，平均一至两个月交差。有一次给酒泉地区革委会画毛像，用的是粗帆布，布上有许多线疙瘩。地委书记、前省政府专员马汝贵验收时，要求把疙瘩去掉。我说远一点儿就看不见了，他说那也不行，毛主席的脸上，怎么能有疙瘩？有一次给酒泉军分区画毛像，司令员吴占祥验收，叫他的通信员站在像跟前比脸色，说不够红光满面。要求红一点，再红一点。

任何要求，我都照办。画熟了手，就不用打格子了。再后来稿子也不用起了，油彩直接上布，一天可画一个，惟妙惟肖，红光满面，皆大欢喜。虽然一天可画一个，我还是分十天画完，一两个月交差。这样，从这个单位画到那个单位，从1972年画到1976年，除了领工资，难得回干校。像一个打短工的油漆匠，一把刷子吃四方。甚至吃到了阿克塞哈萨克族自治县、肃北蒙古族自治县、肃南裕固族自治县、天祝藏族自治县。有些地方，不是画毛像进不去，比方八四七〇一野战军坦克师，金塔的导弹基地。没接触到什么机密，但看到许多民俗、风景，交了不少朋友。工人、农民、牧民、干部、军官、士兵都有，从他们那里，学到不少东西。

更大的收获是时间。一两个月只干一两天的活，等于是从被别人整个儿夺去的生命之中，偷回来了一星半点。虽只一星半点，用处却大。可以教孩子识字画画，讲故事做玩具画连环画。还可以关起招待所的房门，写点儿自己想写的东西。我在上世纪70年代末和80年代初发表的那批文章，包括《关于人的本质》、《异化现象近观》、《异化及其历史考察》的初稿，都是那时写的。早就想写了，积累了很多写满小字的纸片。除了在"文革"前的敦煌（见《寂寂三清宫》），一直没有一个敢于把它们同时铺在一张桌子上加以整理的机会。现在可以了。多少年来，我还从来没有这么感到安全和自由过。

至于省下的饭钱和粮票顶了一大半的工资，今天看来虽不足挂齿，但那时也很重要。正是大动荡的时代，关河一望萧索。凭什么我那么特殊？凭什么我那么嚣张？不光是凭手艺匠师的俗套故技，主要还是——用干校一位校友的话说，沾了毛主席他老人家的光了。毛死以后，没得画了，不得不又回到干校。好在干校气氛已经宽松，劳动和学习都少了。大家没事时，打扑克下象棋聊天，等待回本单位。人越来越少，我和高林有了一间屋，床底下塞着一大堆剩余画材，时不时发出一股子油画颜料气味。……终于忍不住，把那些颜料画笔全扔到垃圾堆上，下决心以后不再画画了。

那时母亲还在世，替我着急。她说我一写文章就招灾惹祸，一画画就逢凶化吉。现在不画了，又来写，凶多吉少。

四

整个80年代，我一直在教书和写作，没有碰过画笔。母亲的话，不幸言中。1989年初秋，我在南京大学被捕，从娃娃桥监狱转移到成都四川省看守所。一肚子火气没处发泄，就唱歌。后来不准唱了（见《唱歌》），就用毛笔蘸着清水，在大墙上书写狂草。怀素的那种。昔怀素题壁，"忽然绝叫三五声，满壁纵横千万字"，快意可知。我虽不能叫喊，郁积直泻笔端，快意亦如之。成都天气阴湿，大墙更湿。水写的字，可以留存十来分钟，然后就消失了。这无所谓，我快意过了。依然是过程大于目的，过程本身就是目的。就像童年时代，在荒山野村里那样。惜乎墙上写字，毛笔易脱。狱中一笔难求，此事无以为继。但由此唤起的童心，时时来复如梦。铁窗绝地，居然童心来复，亦是前缘。

出狱后，不能再回南大，住在四川师范大学（妻子小雨在该校艺术系教书），很受注意，什么事也不能做，就又买了毛笔宣纸毡毯，想胡涂乱抹起来。但是经过五年的"专业训练"，几十年的"美术工作"，我已经失去了胡涂乱抹的能力，下笔就落入俗套，圆熟甜腻，不堪入目。以致画画这件事，变成了一场同自己的搏斗。我想了许多办法，用左手，用秃笔，倒着画，反着画，书法从纸的末端，从字的最后一笔写起……总之怎么生疏就怎么弄，一发现圆熟的笔迹和甜腻的造型就撕纸。结果"废画三千"，倒也得到一些好东西，稚拙木讷，元气淋漓。都是偶然效果，像路上拣来的宝物。

比较喜欢的画上，顺手写了些字句。题秋瑾图"读书无用思剑芒，地黑天昏一吐光。英雄岂以成败论，秋风秋雨忆秋郎"。题钟馗夜饮图"魑魅魍魉何其多，一个钟馗奈若何。毕竟人穷鬼不穷，醉里似闻击壤歌"。题孤狼图"尘满毛血伤满身，回头无处不惊心。极目故园家何在？风雪关山一毡轻……"题孤舟图"客愁点点满江湖，扁舟一叶归何处？弥来历尽风波恶，骇浪惊湍似坦途"……都无非情绪宣泄。如果作为思想，也许经不起分析（暴力革命论？犬儒主义？什么什么）。好在我追求的是美，而不是正确。听从美感的引导，我体验到一种在不自由中失重的自由，类似漂泊。孤狼图、孤舟图中一股子漂泊之感，好像是预示着未来的逃亡。

兴致愈好，又在150公分正方形的粗麻布上，画了八幅大油画《中国古代神话》系列。一疙瘩一疙瘩火气很大的颜色，和刀砍斧劈的笔触，给夸父、后羿、精卫……这些图腾式象形符号，输入了某种当前的信息。像深远麻木里一星悸动的知觉，无机星球上一痕不愈的伤口，或者火山灰里爬出来的一个形象模糊不知道是什么的活东西……纷红骇绿，百怪惶惑，都无非在某种原始意象中呈现出来的、历史大潮深层的个体经验。输入和呈现，同样无意识，有如儿童扶乩。我得之，惊讶多于欢喜。油画不作兴题词，但我还是想题。用稀释的颜料，写在《盘古开天》上面：

髹漆圬墼事半生　　诒红媚绿转眼空
那知重结丹青缘　　下笔苍茫吐白虹

字迹在干硬颜料的尖角深孔之间艰难曲折地爬行，呈现出一种力和阻力搏斗的张力结构，恰好同画中那些在巨大强暴的客体中坚持存在的主体相呼应，也还是书画一体，可遇而不可求。

但我更喜欢的，还是一个雕刻和一个半装置型的油画《窗》。所谓雕刻，不过是在一段带结疤的木头上钉了一些铁钉。简单得不能再简单了，但是表达了我的一种复杂的感受，是我几十年来一直有的。所谓半装置，不过是给油画钉上了一个绿苔斑驳的朽木窗框。窗框上有当天的日历。窗外拥挤的民居，展现成一片荒原，直到天边。天是一堵老墙，破洞里透进天光。也很简单。也因同一原因，我很喜欢。

我出狱之初，小雨曾大病一场。病好后康复缓慢，但一直在坚持上课。课余也画点儿画，敦煌风格的佛画。壁画形式，画在纸上。我们称之为"纸本壁画"。主要是菩萨、飞天和伎乐。不是临摹，很随意，比我在敦煌的摹本潇洒。她本有童心，宗教情绪浓厚，下笔真纯。加上是劫余病后，画境散淡清空，天然大气，为我所不能及。两年二十多幅，都是天籁，同我的画放在一起，恰好为那些躁气和火气降温，成了反面的平衡。

所有这批作品，且不说制作过程，仅仅它们的存在，就是我们快乐的源泉。

快乐的源泉，来自一场意外灾难。这个事实，不可思议。

五

但是灾难并未过去，以另一种形式发展（见《回到零度》）。

我们不得不远走他乡。前来带领我们经由地下通道离开国境的大侠，看到我们舍不得丢弃这批画作，都愿意帮我们拿上。我们把油画、水墨画、壁画分别卷成三卷。他们各拿一卷，我们除了文稿笔记，拿上了一卷纸本壁画，和一幅70年代在干校时唯一为自己画的油画，戈壁滩上的一棵老树。树皮几被剥光，但是依然活着，在大风里摇曳。那树使我感动，画也舍不得丢弃。

但是我最喜欢的那个雕刻和半装置，太重太大，不得不留下，很痛心。幸亏留下了。到达香港以后，两卷画要不回来，永远地失去了。（个人所致，与组织无关。）与之相反，那个雕刻和半装置得到好朋友戴光郁和张炜的帮助，辗转运到了香港。面对这劫火余烬，悚然于人算不如天算。失去珍爱的东西，于我已是常事，但还是不能习惯。痛心疾首，下决心根据记忆，把它们再画出来。

东道主为保证安全，把我们藏在海边的一个渔村，要求地点保密，不与外界联系。时间充分，正好画画。但是时过境迁，已不再能从时代的重心吸取能源，没了那激情灵感。许多偶然效果，也都无法重复。油画一次次刮掉重画，水墨画一次次团掉重画，都无非"知其不可为而为之"，很苦很累。出来的东西，和原来的没法相比。就像鸟的标本，和鸟没法相比。鸟不会再来。鸟如稻场上那些刀画，鸟如监狱墙上那些水字。

东道主的关心，无微不至。在即将离开香港的前几天，1992年的5月下旬，友人在香港大会堂为我们举办了一次《中国梦》画展。除了这些标本，新画了两幅大画。其中小雨用银线画在黑色底子上的一尊千手千眼观音，每只手里拿着一支蜡烛，烛光明灭，如同曦微的晨星，如同那些呼唤黎明的英灵。我们的好朋友卢沉和周思聪来香港看了，说是这次展览中他们最喜欢的一幅。除此之外，还展出了我们适应消费文化的需要，为谋生而画的十几幅静物风景山水。两种画放在一起，苦涩凝重和甜美轻松形成鲜明的对比。

媒体广泛评论和报道的是前者，卖出去的都是后者。报道评论很善意，但多不确切。见仁见智，本无所谓。但我没见过世面，贼认真，在《信报》和《明报》各发了几篇文章，说明本意，反而显得迂腐可笑。商业社会各行各业争夺注意力的战争，早已经把人们的感觉麻痹了。滔滔信息滚滚文字之中，任什么都是过眼烟云，何况画展画评。留存下来的，唯有那卖画所得的两万五千美元。只有它，才是我们安身立命的基础。

这个如此薄弱的基础，仍然是建立在学校里学到的那一套技巧之上的。还是它，比较地能满足一般消费者的品味，可以有一定的销路。有这手艺，只要足够勤奋，又有一个好的经纪人，生活不成问题。但是接受市场的要求，为经济动物制造精神快餐，也如同当年接受权力的意志，为政治动物复制膜拜的偶像，都是一种屈服，一种自我否定。这种生存的困境，由于事先没有想到（只能怪自己笨），毫无思想准备，更感到难以承受。

有时我们坐在海边，沐着大风，面对自由辽阔，面对即将到来的美国之行，谈话都忧思重重。小雨提到我以前写过，"人生的归宿在路上，而不是在深深的沙发之中"（《美是自由的象征》）。我提到70年代末遇见她的时候，在她的手抄本上读到一首莱蒙托夫的短诗，也是我在学生时代抄过的：茫茫海上/孤帆闪着白光/它在寻求什么/在这遥远的异地/它抛弃了什么/在那自己的故乡/大风大浪/桅杆轧轧发响/它要的就是这个/它这样才得安详。我说，我们不约而同，都抄了它，很像是一个预言。她说不像，我们没有安详。

六

到美国不久，有幸见到佛教宗师星云上人。一见投缘。承蒙垂爱，指点迷津，并邀请我们到洛杉矶西来寺门下的满地可精舍居住，以每幅一千美金的酬金，为他们画一百幅禅画。是很大的恩惠。我们得以免费住进位在山上、四周风景优美的一栋独立豪宅。既自食其力，又无须为了挤上艺术市场或者思想市场早已琳琅满目的货架，去拼命地包装和叫卖自己，这是我们最怕也最没有能力做的事情。同时，也得以避免卷入尖锐复杂你死我活的政治斗争，这是我们更怕也更没有能力处理的问题。

怀着感恩的心情，我们决心把画画好。传统佛画，多为工笔重彩，这是小雨的特长，但于禅宗不宜。禅宗史上本有北渐南顿之说，北尚渐修，或可金碧写之。但唐安史之乱后，南宗成为主流至今，都首重顿悟。"公案"不落言筌，"话头"无迹可求。一旦图像化，机锋就死了，工倍愈拙为道日损，几乎是背道而驰。我想最好还是水墨渲淡，以意写之。相马遇以神，解牛游乎虚，或可得些禅机。我们商定这批画我一个人完成，小雨利用这段时间，集中精力学英语。

这种画只能用中国生宣，美国的艺术用品店里没有。后悔没有从香港带一些来。很多天跑来跑去，才在一家中国画廊看到一批有安徽泾县印章的宣纸。用舌头一舔，却是假的。就像吃中国餐馆，菜名是中国的，味道是美国的。每到这种时候，身在异国之感就特强烈。有位李欧梵先生来访，带我们到一家"马家馆子"吃了一顿羊肉烧饼，地道的中国北方风味。我想文具店里，必也有个马家馆子。下决心再找，几乎找遍了整个大洛杉矶，终于以贵得离谱的价钱，买到了一些勉强可用的生宣，以及中国的毛笔墨汁。

如获至宝，回来天天试。就像小小小小的时候，在荒山野村中的病床上胡涂乱抹。就像监狱中出来的那年，怎么生疏就怎么弄。也还是"废画三千"，才得到一些禅意。但是拿到庙里，众僧尼，众护法，众信徒一致摇头，说看不出是个什么东西。这是达摩面壁？怎么像块石头？这是野鸭飞空？怎么像些水渍？……太粗糙了，太简单了。美国的好纸多得很，干吗偏用这么单薄、见水就化的纸……星云上人开示，这些都是外行话，二位不要介意。但是弘扬佛法，为的是普度众生，还得让广大众生喜闻乐见，才能起到作用，你们说对吧？我回答说，知道了。

"知道了"三个字一出口，我就吃了一惊：三十多年以前，我从夹边沟被押到兰州，为宣传"建国十年伟大成就"作画。省委书记张仲良要我把画上的笔触去掉。说颜色不匀，人民群众不爱看。说别管学院里那一套，要人民群众说好才算好。我的回答，是同样的三个字。三个字的重复，意味着转了一个大圈子之后，又回到了原来的出发点。几十年的挣扎，几万里的奔逃，政治、经济、社会历史背景的重大变换，都毫无意义。荒谬感，魔幻感，无力感，无意义感，一时云集。集成一朵更加沉重的、漂泊的云。

要迎合大众的趣味不难，俗套故技，驾轻就熟。但很费时间，还是得两个人合作。数量大，也带来另外一些问题。如僧尼都无须发，又服装一律，画多了容易雷同。鸠摩罗什菩提达摩都是西域形象，慧能支遁百丈希迁皆有大德威仪……弄不好就分不清谁是谁。虽庙里没要求分清，我们还是想做到百幅画数百人各有特点。总得有点儿追求，工作才有乐趣。完成任务时，1994年已经过去了。对开大小的一百幅，亮丽整齐，拿到庙里，皆大欢喜。在台湾展览以后，出了本精印画册，星云上人亲自作序，并题写书名。销路很好，报酬也丰厚。十万美金，够用好几年

但是我们两个，都没有成就感。画册到手，都不好意思给朋友看，自觉俗气。口袋里有了一点儿钱，就想下山走走，看看世界。星云上人诚恳挽留，说这房子你们可以无限期地住下去，山上有做不完的事情要做。我们知道，这样一直画下去，必定发财。我们知道，这样的机会，不会再有。上人的深恩厚泽，我们确实感激不尽。但是奔逃万里，却以这样一种形式的自我放弃作为终点，总归是心有戚戚。无意义感不是空无，它压得我们在美景豪宅里寝食不安，决心拜辞。别无长物。为了表示深深的感激，我们在临走以前，把出国时自己拿着因而没有丢失的大部分画作，包括我们

最为珍视、朋友们帮助运到香港的那个雕刻和半装置,一并捐赠给了星云上人。

从西部的太平洋海岸,驱车到了东部的大西洋海岸。辗转到了新泽西州的海洋郡杉谷湖,买了栋林中小屋,圆了几年在祖国圆不了的隐居梦(见《雨舍纪事》)。苟能如此,都是星云之赐。我们常饮水思源。三年后再次应上人之邀,到台湾佛光山雷音寺画了一堂长三十公尺,高五点五公尺的壁画。本想画成传世之作,但也像那一百幅禅画,仍只能以俗套故技了事。画上神、人三百多身,鸟兽楼观无数。我们快快地画完,只用了五十多天时间。《中国时报》艺文版用通栏标题,评为"栩栩如生,满壁生风,宏伟壮观,如临佛国";说"完成的速度之快,显出两位画家雄厚的功力"。十分善意,十分夸奖。虽时评如过眼烟云,总算是为我们苦味的台湾之旅,圈上了一个甜美的句号。

其实,画得快,不单是因为我们厌烦俗套故技,还因为不喜欢雷音寺,想尽快离开那里。这个庙使我们想起官场。看到星云这位开创了佛光山和人间佛教的一代伟人,在年老多病生活不能自理以后,如何被门徒欺骗捉弄,陷入百年孤独,不禁感慨莫名(见《在零度》)。爱莫能助,我们临时决定,将此画呈献给星云上人。对于这位尊者和智者,我们在原先的敬爱和感激之上,又增加了一份深深的同情。

离开台湾之前,在台北的佛光缘美术馆看到一套四本《当代名家艺术精品义卖》画册,齐白石、张大千、于右任、徐悲鸿、罗青哲等的鼎鼎大名,和许多陌生人的名字混在一起。我们捐献的那批作品也在其中,都卖掉了。其中小雨的一幅黑色观音,被"蒋家"后人以二百二十万台币买去,是我们的画中卖价最好的一幅。但画册上小雨的名字前面,加上了我的名字。据说这是因为,知名度比技艺值钱。但是我名下的那个雕刻和那个半装置都没人要。枯木锈钉,后来被当作垃圾,丢弃了。

至此,这两只偶然归来的灵鸟,也飞了。如同地上的刀画,墙上的水字。如同它们那些在劫火中飞散的同伴。感谢好朋友罗青,他在1991年访问大陆时,曾经光顾寒舍,为这两件作品拍了反转片,并在三民书局出版他所主编的我的文集时，印在了卷首。这是那两件作品留下的唯一痕迹。雪泥鸿爪，益增川上之思。

七

据说要想打开局面，就得进入主流。我办不到。从西到东一路过来，看了许多画廊、美术馆、博物馆、设计学院之后，感到我这个出自另类生态的野鸟，要学会在这个自由竞争所形成的复杂湍流中游泳很难。不光是技术问题，还有个语义场和文化基因的问题。加上笨。这些抽象、装置、行为、现成物、声光组合、概念设计等等存在的价值、意义和理由，都植根于一个话语系统。离开了这个系统，杜尚的马桶只是马桶，劳森柏的纸箱只是纸箱，此外什么也不是。反过来也一样，纽约的博物馆里开过中国水墨画百年回顾展，也开过八大山人原作展。听与会的外国专家用流畅的中文谈中国书画和八大山人，除了背景知识以外，于字画本身，可以说完全外行。这不奇怪，也无关对错。杜尚的后裔和八大的后裔，是两个不同的物种。

而我，属于我们这个物种中最笨的一类。说杜尚打破了生活与艺术的界限，取消了视觉的审美要求，是美术史上伟大的革命等等，挺有理。但我还是做不到喜欢，比方说那个马桶。喜不喜欢，无需理由。波普早期有人收集包装著名艺术家的粪便，受到达利的称赞。近期有人收集世界各国不同人种妇女用过的月经带作为艺术品，被认为很有创意。我就感觉不到，所有这些妙处。至于把一座大楼包起来或在两山之间拉一块布，"造成视觉震撼"之类，在我看来，也和某厨师为打破吉尼斯纪录而做的特大蛋糕类似。鱼有鱼的乐趣，未必野鸟可知。但如果野鸟铩羽，要来学鱼，那就惨了。

何况技术方法可学，动力能源不可学。学到了，又如何？这里是市场，作品是商品，所谓成功就是卖得出去，卖得越贵越成功。收藏是投资，贵贱取决于行情。行情靠炒，得要世事洞明、人情练达才行。许多具有波西米亚气质、并且早已扎根美国本土的欧洲画家出手不凡，现在连二十年前的苏荷厂房（已变成了富裕雅皮士精品店式的社区）都住不起了，只能在东村窄巷的小酒吧里终其一生，就因少了这画外功夫，何况我们。少数能超越画廊，经由美术馆、博物馆，进入美术史的人们是幸运的。但是即使他们，一阵辉煌之后，就被新潮淹盖，前卫冷淡，在稠人广众中寂寞。彼犹如此，我何以堪？

像两只迟飞的笨鸟，"绕树三匝，无枝可依"。来到这海边林中，就像是再一次逃亡。生计成了问题，但体验到一种解放。写了些文章，画了些画，小雨还翻译了一些童话。换不来钱（稿费极低，有等于无），只为喜欢。这是过分奢侈，玩一场玩不起的游戏。中国古人隐居，都是回到故乡。"百亩耕桑五亩宅，先生归去未必非。"即使贫穷如陶潜，也有个将芜的田园可守。他因脚踏实地，所以能此心悠然。我们存款无多，蛰居异乡，天天要吃饭，月月要付账单，钱越来越少，想悠然也难。朋友们都劝我们搬到纽约去住，说那里机会多些。这是真的。但在这海风松涛里面，我们有一种与外间世界同一的感觉，害怕那异己的楼群，拖了又拖没去。

想把在香港画不出来的中国古代神话系列再画出来。只因材料太贵，没敢动手。一位朋友和他的夫人来访，想找个有办法的人给我们帮点儿忙。不久他们带来一位深得美国政要大亨欢心的"学生领袖"。不久后者又带来一位银行家罗伦斯先生，商定三年内罗伦斯每年给我们三万美元，我们给他画三十幅画，内容形式不限。三年后他们为我们办一个大型展览，出一本大型画册，打开局面。他们一走，我们就到纽约采购材料，将近五千元，咬着牙都付了。把沙发桌椅都塞进书房和卧室，腾出客厅做画室。动起手来，满屋子松节油的气味，好像生活变了样。

不久以后，"学生领袖"打来一个电话，说他不能光让别人帮助我们，他自己也要帮。我说这个忙实际上是你帮的，我们已很感谢，不用再帮了。他坚持要帮，让我们给他本人也画一批画，每幅用了多少时间，多少材料，都记下，他付钱。我说我可以送你一幅作为感谢。他坚持要画一批，要付钱，说不付钱不公平，影响也不好。我说艺术价值不是可以用计时工资计算的，同材料贵贱也没关系，你要公平……他打断说，什么艺术价值，梵高的画，他生前不过是废纸一张……我没听完，挂上了电话。接着电话铃响，还是他，说，告诉你一下，罗伦斯不干了。

朋友来电话，说"学生领袖"让他劝劝我，要我遵守协议，不要说好了的事又不干了。罗伦斯带着他的侄女儿来我们家玩，看到满屋子画，很惊讶，说你不是说不干了吗？知道了事实，他一再道歉，说他只是出钱，别的都没过问。我问可不可以不经过"学生领袖"，我们直接合作。他说不可以，人家是大英雄，他出面办画展，许多大亨政要好莱坞巨星都乐于捧场，会来花大钱买画，画价一下子就上去了。我不过是个商人，起不了那个作用。

他回纽约以后，寄来一张一万美元的支票，"赔偿损失"。小雨要退回去，说不是他的责任。我赖着脸皮收下了。后来他又寄来一张五千美元的支票，是"新年礼物"，我们没去兑现，支票留作纪念。

八

接到一个电话，是一位已故大诗人（我喜欢他早期的诗）的女儿打来的。她从日本来到美国，已经很多年了。听说我们手头有一批字画，想帮忙找个出路。要我们寄点儿反转片、画历给她。说办画展，一开始就要在最高档次的画廊办。要是在低级画廊里办过一次，以后所有高级画廊都不会理睬你了。她说纽约的"日本画廊"，和相邻的"韩默画廊"，都属于最高档次的画廊。"日本画廊"有九十七年的历史，上万名会员，全是大亨，名气特牛，挑选展品也特严。她和"日本画廊"有联系，可以帮我们打进去。以后的路，就好走了。

我们没有反转片，她说那就普通照片也行。没有画历，她说那就简历也行。一个在敦煌工作十年，一个在首都博物馆工作十年，都是资格，不说是浪费本钱。寄去照片简历不久，她告知审查已经通过。"日本画廊"将在十月份举办一次"高尔泰浦小雨双人联展"。说这是"日本画廊"近百年来第二次为中国人举办画展，非常难得，表示祝贺。让我们准备字画三十多幅，九月下旬带到纽约。已经是九月中旬了，我说时间太紧了，下次吧。

她说已经签了约，不能改期了。十月金秋是办展览的黄金时段，画家们都抢着要，我好不容易才抢到手，你们怎么能放弃？

"日本画廊"位在曼哈顿中城五十七街一座咖啡色玻璃摩天大楼的底层。展厅收租金和管理费，字画的装裱买卖由画家自己负责。装裱合格才收。需自费印刷两千份贺卡那样的双页彩色请柬，印上作品一幅，画展年月日，署名"日本画廊"。自己一一装进信封，封好，贴上邮票，交给他们。他们有个名单，可以帮寄一下，但要另收服务费。需自费办一个酒会，要有各种名酒（品牌很具体），要雇一个调酒师（时薪八十美元）……每一项都是大钱，我们花不起。诗人之女说，废约赔偿的钱更大。我问为什么事先不告诉我们，她说办画展就是投资，这是常识，凡画家都知道的，你们怎么会不知道？

还需自费雇请一个接待员和讲解员，男的须西服领带，女的还要化妆。为了省钱，我们自己充当（未着装也没化妆，算是画廊让步）。

在布鲁克林那种"二战"前造的三层连栋屋里租了一间房住，早出晚归，像上班族一样。"上下班"坐地铁，来回三个多小时耗在路上。

住处的一边，街上有水洼，墙上满是涂鸦。有些鸦也涂得真好，如惊蛇走虺，如奔浪崩雷。那些无名天才，不知今安在哉？再过去是海。沿海是废弃的工厂，空寂荒凉，一派灰色的忧郁。住处的另一边，越走越繁华。过去是八大道，热闹脏乱的程度，不亚于法拉盛。在那里乘地铁，到五大道五十七街出来，像穿过时光隧道进入了另一个世界。无数深色玻璃的摩天楼互相映照着蓝天白云，而真正的蓝天白云只在高空冥冥一线。楼底深谷里草坪碧绿树木欣荣，街道整洁秩序井然，名牌商店的橱窗，比的是格调品位。

如果从地面上过来，你会觉得这个城市，好像千百个不同社区的结集。它们各持固有的习性和交往方式，而从不互相影响。你会发现许多纽约人可以很自得地，在一个比与世隔绝的偏僻村镇还要狭窄闭塞的区域中度过一生。我不知道，为什么政治、经济的一体化，网络资讯的普及，地理上无藩篱的连接，以及它们各自的文化息壤的水土流失，都未能改变这种状况？我想象当年杜尚们宣布格林威治村从美国独立出去时的景象，就像看见了一样。我怕未来的地球村，很可能也是那样。有时不免觉得，办展览是一种荒唐。各国观众进出展厅，不知道谁有什么感想。

十月下旬的一天，进来一位中国老人，注意什么忽略什么，一看就是内行。旁边有人碰碰我，低声说，这个人就是周方，前大都会博物馆亚洲艺术部主任，赫赫有名。他看得很细，完了过来握手，说都是好东西，问怎么进来的。我们说了诗人之女帮助联系的经过。他摇头，问合约怎么签的。我说不知道，是诗人之女代签的。他又摇头，说他看《画廊指南》，今年十月份"日本画廊"展出的是李庚，怎么会是你们？我说不知道，什么是《画廊指南》？他说回头我寄一本给你，你得弄清楚是怎么一回事。没有本人签字，哪里来的合约？没有宣传造势，画怎么卖得出去？画卖不出去，花的钱怎么回来？

我拿着《画廊指南》，坚持要看合约，终于没能看到。诗人之女代理的是李庚，人在日本，不知何故没来。我们被临时抓住，当了替身。我据理力争，把开销降到一万二千美元，不能再低了。这期间，很意外地，先后卖掉了两幅字画。一幅小雨画的菩萨，四千美元。一幅我写的心经，五千美元。弥补了大部分损失。打电话告知周方，不知道怎么感谢。他说，在纽约地面上行走，你得要学会保护自己才行。

来时三十几幅一卷的字画，装上镜框以后，变成了一大堆笨重的货物——我们愚蠢的象征。画展闭幕时，没法子再随身带走。友人詹益文开了一辆箱型车，来帮我们拉。在车流里停停开开几个小时，才到了哈德逊河边。一上了华盛顿桥，望见新泽西辽阔的天野，我和小雨都长长舒了一口气。不用问也知道对方的感动：像囚犯获得释放，像游子回到家乡，像小船从惊涛骇浪里出来，断桅破帆，驶进了平静的港湾。

枫树佳时已过，叶尖略显憔悴。橡树还在燃烧，展示着不同的华美与苍凉。朱红、褐红、金紫、赭黄……色泽都高雅而又热烈。到家已是黄昏，野花一片银蓝。高空迟归的鹰隼，翅膀上明灭着夕阳。

静下来，相对无言。多少事，欲说还休。不能不承认，正如父亲所说，我们是"野狗子耕地,不是正路牲口"。

为了生存,先是小雨考取了美国邮局,到那里挣一份工资,当正路牲口,来养活我这个野狗去了。后来我接受国际作家议会的资助,到了拉斯维加斯大学,也变成了个正路牲口。我想这就是所谓"去国十年,老尽少年心"吧?

但是老尽少年心,并不就是漂泊的回归。相反,以权宜为正路,漂泊感更深了。

离开新泽西前不久,纽沃克博物馆来挑了一批字画,到他们那里展出。开幕式上,不知道该说些什么。只能说我这些,都是纯中国的东西。

有记者问,为什么到美国十几年了,还纯中国?我说不为什么,只是喜欢。

答得不好。

博物馆的专家卡尔曼女士插话,说越是民族的就越是人类的,越是古典的就越是现代的。

这话该由我说。我笨得没有想到。

实际上,我们的许多故事,也都是笨出来的。

(原载《读书》,2004年第8、9期)

今日中国的"群众性民族主义"

王彬彬

美国学者周锡瑞在《义和团运动的起源》一书的英文版序中说："在中国历史上，几乎没有什么事件比义和团运动更广为人知。——义和团之所以重要，不只是因为它不同寻常地吸引了国际间的关注，更为重要的是，它是普通中国农民起来把他们所憎恨的外国人和外国事物赶出中国的一个引人注目的例证。因此，它是中国群众性的民族主义兴起过程中的一个重要事件。"这位美国学者的书，我多年前买来并且翻过，并不怎样吸引我，但"群众性的民族主义"这一概念却令我眼睛一亮。民族主义的内涵丰富而模糊。从秉有民族主义情绪和精神的主体方面来区分，大概可以分为三类：知识精英的民族主义、政治家的民族主义、群众性的民族主义。这三者之间当然没有截然的区分，但比较起来，群众性的民族主义更加没有理性，更加鲜明地表现出蒙昧和疯狂的特征，也更加具有"祸国殃民"的效力。

"义和团运动"应该说是中国"群众性民族主义"的源头。"义和团"的兴起，固然原因并不简单；他们对当时的"洋人"的憎恨，也实在不能说事出无因。但他们的所作所为之野蛮、愚蠢和残忍，却也实在是无可避讳的。例如，他们把杀戮和打击的人物分为"十毛"。首当其冲的当然是洋人，被称为老毛子或大毛子，那是格杀勿论。其次是信"洋教"的中国教民，被称为"二毛子"。"二毛子"必须退教，否则亦杀无赦。再往下，用洋货、行洋礼者，都在杀戮和打击之列。在"义和团运动"盛行之时，民间甚至有因不知"洋货"已被"禁"而仍用"洋火"（火柴）、"洋钉"而至于满门被抄斩者。这里所说的，当然还只是"义和团"的"英雄壮举"之一部分。"义和团运动"中诞生的"群众性民族主义"，并没有随着"义和团运动"的终结而终结。作为"义和团运动"的精神遗产,"群众性民族主义"从此便存留下来,不时以改头换面的方式表现自己。例如,"文革"中"红卫兵"的某些行为,就不妨视作是以"革命"名义出现的"群众性民族主义"的宣泄(当然,也可以说是以"革命"名义出现的"义和团精神"的宣泄)。

最近几年间,我常常想到"群众性民族主义"这一说法。日本人的"珠海买春"、西北大学日本留学生的所谓"辱华事件",都闹得沸反盈天,其间民众的一些言行,都可以用"群众性民族主义"来概括,尤其是互联网上众多"民族英豪"的言论,真让人感到"义和团运动"的复活。

"见义勇为"者之稀少,已成为一种公认的社会现象。各地以行政手段大力鼓励、表彰所谓"见义勇为"的行为,诸如设立"见义勇为奖"、中学生而有"见义勇为"纪录者高考时可加分,等等,都说明着愿意和敢于"见义勇为"者,实在不多。流氓凌辱少女而路人袖手、小孩失足落水而众人作壁上观、车匪路霸用一柄真刀或一把假枪便令满车青壮钳口结舌、悉数奉献——类似的报道时现报端。凡此种种,都昭示着正义感的普遍淡薄,都意味着人们心灵中"良知指数"和"义勇指数"的低落和对邪恶的承受力的过强。与此形成对照的是,对外国人在中国的言行则十分敏感、极为计较。只要觉得外国人的言行表示了对中国人的某种不敬,立即便群情激愤、杀声四起。——在"良知指数"和"义勇指数"低落的同时,是这种"群众性民族主义"的高涨。这也告诉我们:"群众性民族主义"与真正的"良知"和"义勇"无关,甚至与真正的"良知"和"义勇"是不相容的。对外国人在中国言行的敏感和计较,说到底,是以极度自尊的面目表现出的自卑,是"义和团"之精神遗产的鲜明表现。

对"人"的尊严很淡漠,身边每日每时地发生着种种践踏"人"的尊严的现象,他们习焉不察;对有涉"民族尊严"之事则感觉异常敏锐,随时准备捍卫"民族尊严"——这是"群众性民族主义"的一种特征。对外国人针对中国的行为、尤其对外国人在中国的行为不能具体问题具体分析、动辄把问题提到"民族尊严"的高度,是"群众性民族主义"的又一种特征。例如，外国人在中国激起"群众性民族主义"大爆发的某种言行，或许本不过是一种过分和出格的玩笑。即便要对之提出抗议，也应该抗议的是其玩笑的过分和出格，不必牵连太广。但"群众性民族主义"却非常善于"见微知著"，立即省去一切中间环节，把个人的一种玩笑看成是针对国家和民族的严重侮辱和挑衅，并用山呼海啸般的行为把一种私人的玩笑变成重大的事件。"内外有别"也是"群众性民族主义"的典型特征。英国作家奥威尔说，"不顾现实"是"民族主义"的基本特征之一："所有的民族主义者都不能看到同样一组事实之间的共同点。英国的托利党人会在欧洲捍卫自决权，而在印度，却反对当地人的自决权，并且一点也不觉得有什么矛盾之处。行为是善是恶，不在于行为本身，而在于是谁做的，所有的暴行——拷打折磨、使用人质、强制劳动、大规模放逐、不经审判就监禁、伪造、暗杀、轰炸平民——假如是我们的人干的，那就另当别论了。"如果说一般意义上的"民族主义"是如此，那"群众性民族主义"就更是如此了。同样一种行为，假如是"同胞"所为，那就是正常的、不值一提的，但若是外国人所为，那就十恶不赦。例如，嫖娼现象在中国男同胞中之普遍，已是毋庸置疑的了。中国的男同胞嫖中国的女同胞，这早已不足挂齿，即便是男同胞成群结队、集体性地嫖女同胞，也不会成为令人感兴趣的新闻。但倘若是外国男人在中国的土地上嫖中国女人，那情况可就大为不同了。这时候，不再是一个男人嫖了一个女人，而是一个外国人在中国的土地上嫖了一个中国人。一种简单的嫖娼行为迅速丧失其固有的生理和道德内涵而上升为国家与国家、民族与民族之间的问题。而如果这个外国人来自那种特别令"群众性民族主义者"仇视的国家和民族，那性质就更为严重，引发的"群众性民族主义"的怒火也就更其熊熊。"法律面前人人平等"已是"常"得不能再"常"的"常识"。从法理上说，嫖娼就是嫖娼，在中国的土地上，嫖娼该当何罪，无关乎嫖客的种族国籍。但"群众性民族主义"连人类最基本的理性都丧失了，哪里会理会"法理"。他们不妨刚刚从"洗浴中心"或"洗头房"里提起裤子，便以"是可忍，孰不可忍"的神情，对外国人在中国的"买春"表现出满腔怒火。这里的逻辑是：我可以嫖自己的同胞，那是我们的"家事"；你却不能嫖我们的姐妹，你嫖，便意味着一种"入侵"。在"群众性民族主义者"对外国人在中国的"买春"表现出的无比痛恨中，的确可感到他们把女性的身体也视作了"领土"之一种。外国人在中国嫖妓，在他们看来，也是一种对中国领土的侵占，它与外国人武装占领中国的城市乡村具有同样的侵略性质，甚至是一种更可恨的侵略行为。——这里表现出的，其实是一种非常陈腐肮脏的女性观。

"群众性民族主义"正因为是"群众性"的，所以有着数量上的巨大优势，它总是以"民意"的名义强烈地表现自己，而这就难免或多或少地影响着政府的内政外交政策。各级当政者也许内心深处并不认同"群众性民族主义"的逻辑，甚至意识到如果满足"群众性民族主义"的要求，对国家形象和民族利益都造成实际的损害。但是，他们又深知，对一种非理性的民众性思潮和行为，当政者如果强硬抵制，那是要付出代价的，起码会被扣上"汉奸"、"媚外"、"卖国"的帽子。这样，他们就不得不在"必要"的程度上对"群众性民族主义"让步，从而使既定的内政外交政策在"必要"的程度上被扭曲。——这是大堪忧虑的。

在衣服上写上或印上一些文字，在中国早已司空见惯。前些年，在夏天常可见年轻女性的前胸后背都赫然写着"别惹我，烦着呢！"一类字样。这几年，此种时髦已经传染给了汽车。人们常可在大小汽车的屁股上看到诸如"别吻我！""别碰我，我怕痛！"一类请求、提醒、告诫。中国有成语"入乡随俗"。假如一个在中国的外国人感到有某种意愿想向中国人表达，便也在衣服上写上一些字，那只不过是"入乡随俗"的表现，理应被中国人接受。然而，事乃有大谬不然者。去年，一名白种的外国男子，就因为衣服上的字而在南京一家饮食店消费时遇上了麻烦。这名男子身穿的T恤衫背部，印着十条对中国人的请求、提醒和告诫，诸如"不要盯看外国人"、"不要叫外国人老外"、"对外国人收费与中国同等"、"不要说移民留学或换钱的事"、"不要问你是否有汽车别墅或挣多少钱"、"不要跟老外讲你晚上没地方睡觉"，等等。这些文字惹怒了也在就餐的几名中国男子，他们觉得这是对中国人的公然侮辱和挑衅，于是走上前去，愤然要求这名外国男子"道歉",并要求他立即脱下这上衣。此事也马上惊动了警察。警察将这名外国男子带到派出所,也要求他"认错"。警察对此事的处理很耐人寻味。这名外国男子并没有丝毫违反中国的法律条例之处,从法理上说,他并没有"错",因而也无"错"可认。相反,那几名中国男子倒颇有"违法乱纪"之嫌。粗暴地干涉他人表达自己意愿的自由,已经错了;要求他人在公众场合脱衣服,就更近乎野蛮。作为执法者,为了维护中国法律的尊严,这名警察应该要求这几名中国男子"认错"并向那名外国人"道歉"。但他却毫不犹豫地满足了中国民众的要求:在"群众性民族主义"面前,法律显得如此苍白。如果说这名警察并不懂得,从法理上讲应该"认错"和"道歉"的是这几名中国人,那说明他是一个不懂法的执法者。但是,即便他懂得这一点,他又能怎样呢?他如果不要求外国人"认错"从而平息"民愤","民愤"就会转而指向他;而如果"竟然"要求中国人向外国人"认错"、"道歉",那还不被民众啐死?所以,无论这名警察懂不懂法,在"群众性民族主义"的怒火面前,他都只能使法律处于被扭曲和屈从的地位。

我所谋生的南京大学,有不少韩国留学生。我也带着一个韩国研究生。他此前曾有留学日本的经历,日语说得极流利,相形之下,汉语的口头表达则不十分顺畅。一次,他与也留学南大的一名日本女生在一家餐馆吃饭,两人用日语交谈。突然,一名喝得有些醉意的中国男子走上前来,打了他一耳光,转身悠然地回到自己的座位,继续吃喝起来。这名韩国学生和那名日本女生也立即明白了他挨打的原因:他被当成了日本人。于是,那名日本女生便不绝声地向他道歉。这名韩国学生把这件事告诉我后,我半天沉默无语。在中国,随便打人是犯法的。按理,这名韩国学生可以报警。而警察对此事的处理也可以想像:即便他认为打人者应受到应有的处罚,他也决不会真依法对其进行处罚的。在这种时候,"群众性民族主义"明显左右着一个派出所警察的执法。那么,在一些更重大的问题上,"群众性民族主义"无疑也会左右着更高层人士、甚至是国家决策层的方针策略,这不是大堪忧虑的么?

在面对日本和日本人时,"群众性民族主义"更容易发作并且发作得更为猛烈。这当然并非不可理喻。坦率地说,对日本某些政客的言行、对日本民间那类"右翼分子"的表演,我也深为痛恶。不过,我总提醒自己,不要因此而对日本民族的一切彻底否定,不要因此而不分青红皂白地仇视每一个日本人。我总记得鲁迅和胡适在日本侵华时表现出的冷静理智和对国人所做的提醒。"九·一八"之后,国内掀起了一股"日本研究"热。鲁迅于 1931 年 11 月 30 日发表了《"日本研究"之外》一文,其中说:"怎么会突然生出这许多研究日本的专家来的?看罢,除了《申报》《自由谈》上的什么'日本应称为贼邦','日本古名倭奴','闻之友人,日本乃施行征兵之制'一流的低能的谈论以外,凡较有内容的,那一篇不和从上海的日本书店买来的日本书没有关系的?这不是中国人的日本研究,是日本人的日本研究,是中国人大偷其日本人的研究日本的文章了。"并且说:

> 在这排日声中,我敢坚决的向中国的青年进一个忠告,就是:日本人是很有值得我们效法之处的。譬如关于他的本国和东三省,他们平时就有很多的书,——关于外国的,那自然更不消说。我们自己有什么?除了墨子为飞机鼻祖,中国是四千年的古国这些没出息的梦话而外,所有的是什么呢?

在"排日声中",鲁迅指出日本人的认真研究自己和认真研究别人的精神,是值得中国人学习的。在对待日本的态度上,胡适与鲁迅有着相同的冷静和理智。1932 年 12 月 6 日,胡适在接受北平《晨报》采访时说:"大凡一个国家的兴亡强弱,都不是偶然的,就是日本蕞尔三岛,一跃而为世界强国,再一跃而为世界五强之一,更进而为世界三大海军国之一。所以能够如此,也有他的道理。我们不可认为偶然的,我们要抵抗日本,也应该研究日本,知己知彼,百战百胜。"1935 年,一位名叫陈英斌的青年留学日本前写信给胡适,请教留日期间应注意些什么。胡适于 7 月 24 日复信给这名青年时,首先说:"中国文化现在还是事事不如人,青年人应该努力学外国的长处。——'和本国文化离开'也无大害处，因为本国的文化的环境实在太坏了，可以坑死不少的有用的青年，青年人能脱离这种空气，是福不是祸。"最后，胡适告诫说：

> 最要紧的是不要存轻视日本文化之心理。日本人是我们最应该研究的。他们有许多特别长处，为世界各民族所没有的：第一是爱洁净，遍于上下各阶级；第二是爱美，偏（遍）于上下各阶级；第三是轻死，肯为一个女人死，也肯为一个主义死；第四是肯低头学人好处，肯拼命模仿人家。

在"最要紧的是不要存轻视日本文化之心理"这句话下面，胡适每个字都加上了重点号。在日本正对中国进行武力侵略时，鲁迅和胡适能有如此清醒的头脑，实在值得我们学习；而他们在举国汹涌的排日和仇日浪潮中，能如此明确地表达自己的观点，其勇气也实在令人敬佩。

"群众性民族主义"、"义和团"式的社会情绪、心理、精神，每每被一些别有用心的政客奸商所利用。当年，慈禧太后大大地利用过一回"义和团"，但结果是搬起石头砸自己的脚，正应了"民气可用，匪气不可用"这句告诫。在今日中国，也总有人想利用这种"群众性民族主义"来实现自己的目的。杂文家鄢烈山先生曾写过《"爱国贼"》一文，声讨的就是这类人。鄢先生这样给"爱国贼"下定义："所谓'爱国贼'，主要指那些打着爱国主义的幌子，煽动极端的民族主义情绪，以作爱国秀捞取名和利的家伙。"此种"爱国贼"，这些年在文化界屡有所见。正如鄢烈山先生指出的，有资格"卖国"从而称得上"卖国贼"者，"非大人老爷莫属"，但"爱国贼"则上至达官贵人下至引车卖浆者流皆可充当。虽说"国家兴亡，匹夫有责"，但匹夫匹妇若宣称自己要"卖国"，那一定会被目为精神有毛病。但若有丐帮"帮主"一类角色，在"群众性民族主义"猛烈发作的时候，打出"乞丐救国团"的旗号，喊出最激烈的口号，那一定会收获可观的捐赠。所以，"爱国贼"是虽乞儿亦可胜任的。鄢先生文中说："小的'爱国贼'这些年我们见得多了。君记否：1996年几个混混拼凑了一本'可以说不'的书，借'爱国'的商标大捞了一把；自己赶着又来了一本'还是说不'。他们的暴发惹得不少人眼红，一时间仿制品纷纷涌上书报摊，都想给中国人灌'爱国'的迷魂汤，趁机掏人们的口袋。""爱国贼"可分出多种类型。鄢烈山文中举了几种，在此不一一转述。读鄢文，我也想到了较远和较近的两个例子。较远的例子，是数年前中国驻南使馆遭炸时，一位著名作家发表了一封致美国总统克林顿的公开信，其言辞之拙劣、见识之粗陋和常识之匮乏，以及心态之卑微，都足以令稍有头脑的中国人脸红。较近的例子，是去年苏州一家新开张的古董店，在门前竖起了"日本人禁止入内"的牌子。当我在报上得知此事时，实在很佩服店主的"精明"。这牌子与其说是针对日本人的禁令，毋宁说是抛向那些极端排日和仇日者的诱饵。有可能进这家小小古董店的日本人，能有几个？而可能见到和知晓这块牌子的极端排日和仇日的同胞则多出无数倍。这些人，一定引这名店主为同志，即便本对古董无兴趣或许也会赶来购买一二，他们自以为这是对店主"爱国热情"的支持，又哪里知道，他们支持的不过是一种"爱国贼情"。

  大学校园往往成为"群众性民族主义"的大本营，大学生们往往成为"群众性民族主义"最激烈最典型的体现者从而也成为大大小小的"爱国贼"们最主要的利用对象，这是分外让人悲哀的。1935年12月，上海学生为声援北京的"一二•九运动"而跪在市府前请愿，此事令鲁迅十分痛心。在12月21日致台静农信中，鲁迅说："上海学生，则长跪于府前，此真教育之效，可羞甚于陨亡。"鲁迅认为大学生的"长跪于府前"，比国土陨亡还令人羞耻。这当然多少是私人通信中的愤激之辞。但看到今日大学生中的那种激烈的"群众性民族主义"，看到大学校园里"义和团精神"的涌动，我也真想说："此真教育之效，可羞甚于陨亡。"

2004年6月27日

（原载《书屋》，2004年第9期）

雷震与胡适

聂华苓

雷震(1897—1979),字儆寰,生于浙江长兴,学生时期即加入中华革命党,毕业于日本京都帝国大学政治学系,1926年返国。曾任中学校长、国民政府法制局编审、教育部总务司长,抗战时期担任国民参政会秘书长,1946年出任政治协商会议秘书长,执行政党协商,并获选为制宪国大代表,目睹制宪经过。1949年来台参与国民党改造之同时,创办《自由中国》半月刊,以胡适为发行人,由雷震负责实际运作鼓吹自由主义、民主反共不遗余力,成为销量最广的政论刊物。惟雷震对国民党的威权走向不表赞同,复因《自由中国》批评时政,引发执政者不满,致于1955年初遭到撤销党籍处分;1956年10月《自由中国》出版"祝寿专号",更引发党政军媒体批判。此后雷震除关切保障人权、改革地方政治等议题外,更用心于促进反对党成立,与大陆籍政治精英、台湾籍地方精英均保持密切联系。1960年发起"中国民主党"组党运动,奔走各地召开组党说明会,以实际行动贯彻其政治理念。同年9月4日,当局以"知匪不报"罪名起诉雷震,并处以十年徒刑,此即轰动一时的"雷震案"。于狱中撰写回忆录,批评执政当局,回忆录于刑满出狱时遭扣留。晚年提出《救亡图存献议》。身后留下大量手稿、日记、书信,为近代政治史留下一手资料。

政治在我眼中,是一场又一场的戏。我关怀实际政治,而不喜参与,我感兴趣的是政治舞台上的人物。就凭胡适那个人物,就耐人回味。雷先生从大陆到台湾之前,就在上海和胡适商量创办一个宣传自由与民主的刊物。《自由中国》是胡适命名的,杂志的宗旨是他在赴美的船上写的。1949

年《自由中国》创办时,他人在美国,却是《自由中国》的发行人,虽不情愿,也默认了,也为一小撮开明的中国知识分子撑腰。《自由中国》毕竟创刊了,他任发行人有关键性的作用。

1951年,《自由中国》的一篇社论《政府不可诱民入罪》就激怒了"台湾当局",胡适因为这件事来信辞去发行人名义,引起许多人揣测。有人说《自由中国》和统治权力一有冲突,胡适就要摆脱《自由中国》了,以免受到牵连。既抗议了,又摆脱了,一箭双雕。

胡适在美国的反应,雷先生记载在回忆录里:

儆寰吾兄:

我今天要正式提议请你们取消"发行人胡适"的一行字。这是有感而发的一个很诚恳的提议,请各位老朋友千万原谅。

何谓"感"呢?《自由中国》第四卷十一期有社论一篇,论《政府不可诱民入罪》。我看了此文,十分佩服,十分高兴。这篇文字有事实,有胆气,态度很严肃负责,用证据的方法也很细密,可以说是《自由中国》出版以后数一数二的好文字,够得上《自由中国》的招牌。

我正在高兴,正想写信给本社道贺,忽然来了四卷十二期的《再论经济管制的措施》,这必是你们受了外力压迫之后被逼写出的赔罪的文字!

昨天又看见了香港《工商日报》(七月二十八号)《寄望今日之台湾》的社论,其中提到《自由中国》为了《政府不可诱民入罪》的论评,"曾引起有关机关(军事的)的不满,因而使到言论自由也受到一次无形的伤害","为了批评时政得失而引起了意外的麻烦"。我看了这社评,才明白我的猜想果然不错。

我因此细想,《自由中国》不能有言论自由,不能用负责态度批评实际政治,这是台湾政治的最大耻辱。

> 我正式辞去"发行人"的名义，一来是表示我一百分赞成"不可诱民入罪"的社评，二来是表示我对于这种"军事机关"干涉言论自由的抗议。
>
> 　　　　　　　　　　　　　　　　　　　　　胡　适
> 　　　　　　　　　　　　　　　　　　　　四十年八月十一日

1952年，在他第一次到台湾以前，即1949到1952年期间，《自由中国》已经闯了祸，现在，他公开演讲时，首先歌颂雷先生为民主自由而奋斗，台湾的人应该给雷震立个铜像，博得全场掌声。接着话锋一转，说他是"不发行的发行人"，听众默不作声。

> 现在，我想借这个机会请雷先生、毛先生以及帮忙《自由中国》发展的各位朋友们，解除我这个不负责任发行人的虚名，另举一位实际负责任的人担任，我希望将来多作点文章，做编辑人中的一个。我为什么有这个要求呢？我刚才说过，言论自由是要自己争取的。争取自由是应该负责的。我们在这个地方，话说错了，要负说错话的责任，违反了国家法令，要负违反国家法令的责任；要坐监的，就应该坐监；要罚款的，就应该负罚款的责任。

据说还有两句话，他终于没有说出："要砍头的，就要去砍头。"

1958年，胡适就任"中央研究院"院长。雷先生常去南港看胡适。雷先生筹组新党时，要求他做新党领袖，他不答应。可是，他鼓励雷先生出来组党，他可在旁协助，他可做党员，召开成立大会，他一定出席演讲捧场。并引用孟子的话："待文王而后兴者，凡民也。若夫豪杰之士，虽无文龙犹兴。"我可以想象雷先生得到胡适这样的鼓励，一定像小孩子一样得意，满面春风：组织新党是水到渠成了。

1960年6月，他和李万居、高玉树、傅正等十七人开始筹备新党组织工作。9月4日，雷先生、傅正、刘子英、马之四人被捕。雷先生被诬为"涉嫌叛乱"，军法审判。《自由中国》被封。

当时胡适在美国开会。美联社、合众社问他对雷案的看法，他表示雷案应由法院来审理，不应由军法审判。他避重就轻，不谈原则，只谈枝节。在台湾特务监视下的殷海光、夏道平、宋文明三人却挺身而出，共同发表声明，表示对于《自由中国》上的有问题的文章文责自负。殷海光写的几篇社会几乎都是雷案中"鼓动暴动"、"动摇人心"的文章。

据傅正1989年主编的《雷震全集》中的记载，胡适1960年11月18日的日记写着：

> 总共三十年的徒刑是一件很重大的案子，军法审判的日子（10月3日）是10月1日宣告的。被告的律师（指梁肃戎立法委员）只有一天半的时间可以查卷，可以调查材料。10月3日开庭，这样重大的案子，只开了八个多钟头的庭，就宣告终结了，就定8日宣判了。这算什么审判？在国外实在见不得人，实在抬不起头来，所以8日宣判，9日国外见报，10日是双十节，我不敢到任何酒会去，我躲到普林斯顿大学去过双十节，因为我抬不起头来见人。

胡适将在10月23日回台湾了。毛子水特地从台湾到东京去接他。毛老先生在两三年前已辞去《自由中国》编辑委员的名义，杭立武、瞿荆州和《自由中国》也早没关系了。这次毛子水去东京是另有任务，据说是去告诉胡适回台后不要多讲话。他到台北当晚接见记者，表示《自由中国》为了争取言论自由而停刊也不失为"光荣的下场"。并说十一年来雷震办《自由中国》已成为言论自由的象征。"我曾主张为他造铜像，不料换来的是十年坐监，这——"他在桌子上一拍，"是很不公平的！"

"光荣的下场"，胡适公开说得很漂亮，毕竟有点儿风凉。在他拍了桌子之后，握手时对记者说："今天我说了很多动感情的话，希望你们写的时候注意一点，以免影响到各位的饭碗。"

胡适对雷震是在乡愿和真情之间回荡。他写了两首很有感情的新诗给狱中的雷先生:"刚忘了昨日的梦,又分明看见其中的一笑。"这对狱中的雷先生是很大的安慰。1961年7月,雷先生在狱中度过65岁生日,胡适以南宋诗人杨万里的《桂源铺绝句》题赠:

> 万山不许一溪奔,拦得溪声日夜喧。
> 到得前头山脚近,堂堂溪水出前村。

雷震判刑以前,甚至家人也不能探监。判刑以后,家人每星期五可去监狱看他。我们一到星期五就眼巴巴望胡适去看看雷震。他可以不发一言,只是去看看雷震。那个公开的沉默的姿态,对于铁窗里的雷震就是很大的精神支持了。星期五到了。星期五又到了。星期五又到了。一个个寂寞的星期五过去了,胡适没有去看雷震。我和殷海光、夏道平、宋文明几个人忍不住了,要探听他对雷案究竟是什么态度。一天晚上,我们去南港看胡适。他招待了我们一顿点心,一点幽默,一脸微笑。

11月23日雷震复判结果,仍然维持原判。胡适对采访的记者说了六个字:"太失望,太失望。"记者提到他没去探监。他说:"雷震会知道我很想念他。"他鼓励雷震组织一个有力量的新党,他自己呢?不做党魁,"要看新党的情形而言"。结果新党被扼杀了,雷震被关在牢里了。雷案复判结果那天,他在书房独自玩骨牌,想必他是非常寂寞苦闷的。真正的胡适关在他自己的心牢里。直到1962年2月24日,他在台湾"中央研究院"欢迎新院士酒会结束后,突然倒地,他才从那心牢里解脱了。

诗人周弃子写了一首诗:

> 无凭北海知刘备,不死中书惜褚渊。
> 铜像当年姑漫语,铁窗今日是凋年。
> 途穷未必官能弃,棋败何曾卒向前。
> 我论人才忘美事,直将本事入诗篇。

胡适曾说过：过河的卒子，只有前进，而无退后的。雷先生认为周弃子对胡适误会了，他对胡适一直死心塌地的崇敬，认为他因为雷案受了冤屈，并因为雷案突然心脏病复发，倒地而死。胡适是他狱中的精神支柱。他甚至在狱中梦到胡适谈论"容忍与自由"，作了一首自励诗，读起来像《增广贤文》：

无分敌友，和气致祥；多听意见，少出主张。容忍他人，克制自己，自由乃见，民主是张。批评责难，攻错之则，虚心接纳，改勉是从，不怨天，不尤人，不文过，不饰非，不说大话，不自夸张。

雷震那首自励诗，倒真像胡适的作风。

（原载章立凡主编《记忆：往事未付红尘》，陕西师范大学出版社，2004年9月版）

穿越历史的悲怆
——吴哥、红色高棉及其他

燕 妮

柬埔寨暹粒省的五月，雨季即将来临，气候闷热潮湿，中午气温高达摄氏三十八至四十度，而每天清晨和黄昏却是乌云压顶，水塘和小吴哥周边的护城河近乎干涸，草色发黄，它们都在等待一年一度的雨季的滋润。熙熙攘攘的来自世界各地的游人，冒着酷暑和闷热，不远万里，来探望吴哥这座不朽的千年古城。

吴哥文化的亘古绵长，已经诱惑了我许多年。这座遗失了又找到的传奇的古城，在我心底里是那么神奇和优雅……从元朝元成宗元贞元年六月（1295年）吴哥王朝鼎盛时期奉命随使赴真腊的温州商人周达观的著作《真腊风土记》，到小吴哥那些石雕回廊浮雕的神话故事，从垂垂僧人老尼守护的佛像雕塑，到巴戎寺石墙上长达几百公尺的高棉人在12世纪与占婆人的战争浮雕，从矗立于丛林之间的巴戎神庙五十四座高矮不一、大小各异刻有加耶华尔曼七世的两百多个微笑面容的四面塔，到女皇宫那些红砂岩上精雕细刻美轮美奂的石雕，九百年前的故事历历在目，呼之欲出。这些宏伟建筑和雕塑，因记载的文字极其有限而充满神秘，又因为发现吴哥窟的故事离奇而具有极大的诱惑力，它使来自世界各国的人为之驻足、凝视、深思和感叹！

本来我到柬埔寨的目的十分单纯，短短一个星期的流连，除了缅怀吴哥王朝的历史，拍照片，采撷吴哥文化的艺术瑰宝，就没有任何其他任务，但是，不论在金边、在暹粒，或是在吴哥，与灿烂的古文化之美相比反差极大的，是当地百姓的贫穷。无论在哪里停留，一群小孩、乞丐、残障者立刻涌过来，团团围住你，伸手向你要钱要东西。我拍过几个乞讨的孩子，他们小小年纪，眼睛里却有那么多凄苦和无奈。我不断解读那些凄美的眼睛背后的故事。二十多年的内战，使柬埔寨的百姓变得谦卑，甚至失去了自尊，虽然战争已经过去了好几年，但似乎这里的百姓还没有从战争的创伤中恢复元气，加上外国游客的涌入，更加大了贫富之间的反差。就在上个世纪 60 年代，柬埔寨还是中南半岛最富裕的国家之一，而现在，他们却如此贫困。我在旅途中遭遇到的出租车司机、导游，还有那些乞讨的小孩，他们不断向我讲述柬埔寨的历史，讲述他们的亲人在红色高棉统治时期被折磨致死的故事。我总是反复地被这个我本不想触及的令人不愉快的问题所困扰，与当地百姓的接触，使你无法规避上个世纪 70 年代红色高棉给人民造成的深重苦难。红色高棉对于柬埔寨人来说，犹如挥之不去的阴霾。

在即将离开柬埔寨的前一天，我终于要求导游抽出一个下午的时间，带我去暹粒战争纪念馆。虽然我知道，这不会是愉快的经历。我想弄清楚那些孩子眼睛里与年龄极其不相称的悲哀，我被那些眼睛深深触动。

战争纪念馆实际上是一座庙宇，其中的一座塔的四面装着透明的玻璃，陈列着在波尔布特统治时期惨遭杀害的人的骷髅。塔前有几个小孩，在兜售一本柬埔寨人 Loung Ung 写的英文自传，书名叫《他们先杀死我父亲》，书的封面上依次排列着一张张一寸大小的男女老幼的照片。导游说，所有这些照片，都是在红色高棉保留的档案中发现的被红色高棉杀害的人。站在陈列着遇难者骷髅的纪念塔神龛前，心脏似乎被挤压得异常疼痛，感觉喘不过气来。也就是在这些骷髅的面前，人们把红色高棉（Khmer Rouge）时期的惊心动魄的杀戮故事仔细讲给我听。像这样的纪念塔，在柬埔寨有很多，而最大的一个是在金边南部，一个编号为 S-21 的大屠杀现场。S-21 杀戮场之所以出名，是因为红色高棉在那里杀的人最多，而且多为"政治犯"。

细究柬埔寨的历史，实在是悲惨而又令人尴尬。越战期间，美国要求柬埔寨助战，遭到西哈努克的拒绝。美国对西哈努克政府的中立偏左政策深为不满，从 1969 年 3 月起，派飞机轰炸成为北越"庇护所"的柬埔寨领土，并把目标转向柬军方，开始扶持朗诺将军。朗诺趁西哈努克 1970 年 3

月出访前苏联之际,发动了军事政变,废黜西哈努克,由朗诺出任总统。美国对柬埔寨的干涉为一直在丛林里打游击的红色高棉带来了崛起的意外机遇。民族矛盾上升为柬埔寨国内的主要矛盾。忠于王室的柬埔寨子民不能接受国王被驱逐的现实,更不甘心屈服于傀儡政府,柬共趁机打着爱国的牌子扛起抗美救国的大旗。1970年4月,美国和南越军队入侵柬埔寨南部。大敌当前,西哈努克和柬共摒弃前嫌,携手抗美,结成抗美救国统一战线。5月5日,柬民族团结政府成立,西哈努克任主席,乔森潘担任副首相。民族团结政府得到民众衷心拥护,抵抗力量如星星之火,迅速燎原。大批青年、知识分子、僧侣、朗诺政府官员、军人奔向丛林,加入红色高棉的行列。而朗诺本人庸碌无能,完全是一个扶不起的阿斗。1971年底,抵抗力量粉碎朗诺政府的"真腊二号"军事行动取得了战场上的主动。1973年8月美机停止轰炸柬埔寨。民族解放武装力量发展、壮大到5万人,一举解放了百分之九十以上的国土,完全控制了金边外围地区。1975年元旦,抵抗力量发起总攻。4月1日,朗诺以去外国治病的名义离开金边。4月17日,金边挂起了白旗。红色高棉取得了抗美救国战争的全面胜利。

在北越和美国签订了在印支停火的协定后,红色高棉开始与越共分裂,在骂"越南修正主义"的同时,堂而皇之地树起了抵抗越南入侵的旗帜。柬共与越南抗衡,为美国出了一口恶气。于是美国转而通过泰国向红色高棉提供武器和装备,希望借此削弱越共的势力扩张。有了这一层关系,美国对红色高棉日后践踏人权的胡作非为自然是睁一只眼闭一只眼。

1975年4月17日,红色高棉扳倒了朗诺政府,开始了所谓的"元年"(Year Zero)。而这一天,却是柬埔寨人刻骨铭心难以忘却的日子。红色高棉的领导人波尔布特,实行"民可使由之,不可使知之"的愚民政策。他发出一号命令,以战备为借口把城市居民遣散出城。这项决定是在红色高棉进城前两个月作出的,但他们对相当高级的干部都严加保密,并且欺骗老百姓说美国人要轰炸金边,谁也不准留下,不准携带行李,用不着带出城市的东西,三天之内就可以回家。在士兵的强行驱赶威吓之下,四天之内,所有金边人被迫离开了世世代代居住的家园,放弃所有财产,成为彻头彻尾的无产者。素有"东方巴黎"之称、并有两百万人口的金边,数日之内就成了死寂的空城。正是从这一天开始,柬埔寨的百姓开始陷入水深火热且极其荒谬的处境之中。

红色高棉的军人荷枪实弹,强迫城市居民迁往乡下改造,实践所谓的农业乌托邦计划。同年9月,全国所有城镇的人口被全部迁出。红色高棉认为这在世界上是个独一无二的"创举"。而大部分的金边人没有料到,此次的离开,竟是一条不归之路。体弱的人还没到达目的地,就病死在去乡村的长达一个月的徒步跋涉中。有幸到达目的地的,一落脚便开始了刀耕火种的日子。眨眼间,柬埔寨禁止私有制,没有工业,不准商品买卖,不准货币流通,连以物易物的原始交易方式也不允许,而波尔布特策划的这次两百万人的大迁移,事先毫无物质准备,直接导致几十万人的死亡。

波尔布特掌权之后,开始了长达四年的血腥统治,并宣布要在十到十五年内使国家实现现代化。首先要把每一个城里人改造成农民。红色高棉把人分为"旧人"和"新人"。"旧人"是攻克金边前已在解放区的人口,主要是农民。"新人"则是旧政权的军政人员、知识分子、僧侣、技术工人、商人、城市居民,"新人"必须通过改造才能新生。每位"新人"必须重新登记,交代以前的历史。凡在朗诺政权服务过的人、对新政权不满者、地富反坏、不愿自动离开金边者,一律格杀勿论。接着是清理阶级队伍,有产者、业主、资产阶级知识分子、教师、医生及其他专业人士都不是无产阶级,属于清理之列,连戴眼镜的人也不放过。然后是种族和宗教迫害,会说外语也是死罪。禁止所有的宗教信仰,关闭或摧毁所有的教堂和庙宇,佛教徒被迫还俗,回教徒被强迫吃猪肉。除了整肃党内异己,普通百姓以越南、苏联间谍,美国特务等罪名遭疯狂屠杀,大多数遇难者全家都被斩尽杀绝。

红色高棉视知识为罪恶,不设正规学校,禁用书籍和印刷品。只准唱革命歌、跳革命舞,取缔传统歌舞戏剧,严禁西方文化传播。人们不能自由流动。全国没有邮政电信,也没有医院。"新人"在"旧人"的监督和管制下,食不果腹地从事超强度的体力劳动,强迫所有百姓必须放弃原来的民族服装和服饰，男女老少一律穿上黑色革命装或者军装。妇女不论多大年纪，必须剪清一色的齐耳短发。红色高棉成员的脖子上则多了一条红白相间的长布围巾。被放逐的"新人"和原先的乡下农民都按军事编制分为男劳动队、女劳动队，一律强制劳动，男女分住在各自的营房，连夫妻也只能在获得批准的前提下一周相聚一次。

吃饭在公社大食堂，每人配以碗筷，定时去集体食堂排队打饭。刚开始时一天三餐，到后来认为吃三餐多余，改为一天两餐，没过多久，粮食配给越来越少，干饭变成了稀饭。野菜、草根、树皮、蚱蜢、甲壳虫、蟋蟀、壁虎都成了果腹的美味佳肴。很快连这些"美食"也找不到了。每天都有人饿死，发展到最后，就像中国古书中记载的大灾之年，人甚至吃死人的肉。

新人们被迫学习农活，种地修渠，为了完成规定的劳动限额，白天必须在田里干十几个小时活，晚上还要开会学习。居住的条件尤为简陋，用竹子搭成无法遮风雨的吊脚楼，家徒四壁，没有任何家具。辛辛苦苦打下的粮食，必须全数交公。允许种蔬菜瓜果，但收成归公。偷吃瓜果被定为偷窃罪扭送村委会处治。据不完全统计，在此期间，至少有一百多万人因为劳累、饥饿、营养不良和疾病而死去。

在红色高棉执政的三年八个月二十天时间里，其恐怖程度空前绝后。1976年夏，一直处在幕后的波尔布特出任政府总理。年底他忧心忡忡地指出"党的躯体已经生病了"，此后就以肃清亲越分子、克格勃间谍、美国中央情报局特务和新混入党内的异己分子为借口开始了内部清洗。在1975年10月宣布的民族阵线的十三个领导人中，就有五个在1977年的清洗中被处决，其中包括内政部长、两任商务部长、新闻和宣传部长、国家主席团第一副主席等。各大区的党政军领导人被处决的更多。最集中的一次是1978年对被认为是亲越派的东部大区干部和军人的清洗，由西南大区的领导人塔莫负责，一次屠杀了近十万名自己人。S-21杀戮场，主要用来审讯、拷打和处决党内敌人。据估计，仅在这个中心一处，就处决了两万人。上个世纪80年代初，在S-21发掘出近9000具尸体。还有许多死人坑尚待挖掘。这些人死得极其恐怖，红色高棉为节省子弹，杀人多用棍棒重击或以斧头砍杀。许多陈列的头盖骨上，留有被斧头砍出的裂痕。1976年1月，柬共颁布新宪法，改国名为民主柬埔寨。4月，西哈努克被迫退休，随后遭到软禁。他的子女亲属十几人照样作为"新人"下放劳动，最后下落不明。

在大屠杀的同时，民柬对外处于极度的自我封闭状态，国门被关闭，受害者无路可逃，只能束手就擒，惨遭杀戮。到1978年底，只有为数很少的几个国家与之互派外交人员。

在短短不到四年的时间里，红色高棉取消城市、强制人口迁移、取消货币、取消商品、取消家庭，用暴力达成社会改造，建立一个最纯粹的社会主义社会，整个国家没有商店、没有庙宇、没有学校或公共设施，文明被践踏，百姓遭涂炭，国民经济全面崩溃。

1984年获得第五十七届奥斯卡三项大奖的影片《THE KILLING FIELDS》就是描写红色高棉时期的苦难。影片根据真实的故事，再现了红色高棉时期大屠杀的生还者Haing Ngor经受饥饿和严刑拷打、饱受战争恐怖、亲人死亡的经历。

在长期的抗法和抗美斗争中，柬越曾互相支持，并肩战斗，但也有一些积怨。两国革命胜利后，越南企图通过越柬的"特殊关系"控制柬埔寨，实现其"印支联邦"的美梦。早在1975年6月就趁解放越南南方之机，出兵占领柬埔寨的威岛。而红色高棉不屈服于越南的压力，利用民众根深蒂固的仇越反越情绪予以反击。1977年起两国边境冲突不断。年底因越军入侵鹦鹉嘴地区，柬埔寨宣布与越南断交，而越南则公开号召推翻红色高棉政权。1978年12月25日，越南十万"志愿军"兵分七路入侵柬埔寨。红色高棉自信能轻易击败越南的任何侵略，不料事与愿违，仅仅两周时间，红色高棉就兵败如山倒，政权不保。1979年1月7日越军占领了柬首都金边。翌日越南拼凑成立韩桑林傀儡政权，即"柬埔寨人民共和国"。红色高棉执政时代结束。此后，他们溃退到柬埔寨西北和西南山区，建立革命根据地，进行有组织的武装抵抗斗争。红色高棉如此迅速地土崩瓦解，现任柬埔寨王国政府总理洪森（Hun Sen）起了重要作用。洪森少年时代出于对西哈努克的热爱和对"美帝"的义愤，投笔从戎，参加了红色高棉，从排长一步步晋升到师长。后来发现波尔布特倒行逆施，残酷镇压人民，他的信心开始动摇。他因拒绝屠杀穆斯林，反被红色高棉追杀，使他遂起倒戈的念头。1977年，洪森率部逃亡越南，不到两年，他联合越军杀回金边，一举推翻了红色高棉。但毋庸讳言，红色高棉的迅速倒台还有一个重要的原因，就是几年倒行逆施的残暴统治，使得老百姓人心思弃。

1979年以后的历届联合国大会上，绝大多数成员国谴责越南侵柬，要求越南无条件撤军，拒绝承认金边当局。1981年12月，柬共宣布自动解散。1985年，波尔布特、农谢和切春宣布退休。这些举措改善了红色高棉的外部形象。实际上柬共仍然存在，而且这些"退休者"仍决定着红色高棉的一切。尽管西哈努克憎恶红色高棉，为了共同的抗越大计，还是再度与之携手合作。不过，此时的西哈努克和另一位抵抗派领导人宋双都有了自己领导的小股抗越部队。1982年6月，民柬、西哈努克和宋双三方决定成立民柬联合政府。西哈努克任主席，乔森潘任副主席兼国民军总司令，宋双任总理。1989年9月，越南从柬埔寨撤军。1991年10月23日，柬冲突四方在巴黎签署《巴黎和平协定》，并在联合国监督下进行大选，组成新政府。从1992年2月起，联合国陆续派出二万二千工作人员，花费近二十八亿美元来帮助柬埔寨实施和平协定。这是联合国战后最大一次维和行动。而作为协定签字方之一的红色高棉却拒绝与联合国合作，抵制大选。它先是不让联合国维和人员进入其控制区，后又拒绝裁减军队，不断采取军事进攻，并多次发生扣留和伤害联合国人员的事件，最后是在大选前撤走驻各地的联络站。除红色高棉外，其他十九个政党都参加了1993年5月举行的大选。西哈努克派的奉辛比克党得票百分之四十五点七，出人意料地战胜了人民党。大选后组成王国政府，奉辛比克党和人民党达成妥协联合执政，拉那烈任第一首相，洪森为第二首相。红色高棉失去国内盟友和国际支持，陷入全面孤立。

1994年7月7日，柬议会宣布红色高棉为非法组织。在政府的军事压力和政治攻势下，红色高棉内部思想混乱，官兵厌战思乡，开始逃离。对此，强硬派领导人始终没有制定切合实际的对策。波尔布特迷恋军事斗争的魔力，红色高棉军队能征善战，且在根据地周围埋下无数地雷，政府军的围剿常常是损兵折将，无功而返。对内政策仍然坚持抗美时期的做法，反对自由经济和私有财产，强化他的绝对领导，清除不同意见者，结果终于激起内变。红色高棉二号人物英萨利，主张政治和谈和内部改革，但不为波尔布特所容，并当作"享乐主义"和"投降主义"倾向受到批判。1996年8月，英萨利率领两个师与波尔布特派分道扬镳。拉那烈和洪森马上与他达成和解协议，允许他在其控制区享有自治权利。西哈努克国王还下令赦免英萨利。英萨利的分裂使红色高棉丧失了四千人的精锐之师，又失去了重要的木材和宝石等经济来源。而政府既往不咎的和解政策，则摧垮了红色高棉官兵的心理防线。红色高棉的解体已是不可避免。不久又有十几个师脱离波尔布特，改组并入政府军队。到1997年5月，红色高棉已丧失了近百分之八十的作战部队，大势已去。1997年6月，民柬国民军总司令宋成密谋投诚，波尔布特得知后派人枪杀宋成夫妇及其八个子女。红色高棉的官兵忍无可忍，第一次把枪口对准了自己的"一号大哥"。波尔布特仓皇逃命，但为部下抓获，随后被公审判处终身监禁。红色高棉希望通过此举改善形象，寻找出路，保存组织力量，但因波尔布特是红色高棉的灵魂和象征，对他的审判显然更使民柬群众士气涣散，无所适从。1997年，奉辛比克党与人民党明争暗斗，又给残存的红色高棉一线希望，部分民柬武装甚至与拉那烈派结盟反对人民党。然而，7月初，洪森以武力驱逐了拉那烈，完全控制了局势。红色高棉的如意算盘又一次落空。此后，在国际压力下，柬埔寨再次举行大选，拉那烈派与洪森派重新妥协，联合执政。红色高棉对前途已完全绝望。波尔布特1998年4月因心脏病突发去世后，剩下的红色高棉领导人陆续走出丛林，形成又一轮投诚浪潮。毕姜、江裕朗等五位高级官员和马本、波尔布特遗孀梅松等人先后离开红色高棉。最后，12月5日，肯农等八位将军率数千余部投诚，民柬前主席乔森潘和前人大委员长农谢回归。1998年成了红色高棉的投诚年和终结年。红色高棉的兴盛和衰亡，构成了柬埔寨当代历史的重要篇章。

　　从纪念馆出来，久久挥不去心头的压抑，我似乎看清楚了那些乞讨的孩子凄美的眼睛背后的真相，我仿佛听到成千上万的冤魂在地狱中嘶吼和哀号。暴徒们竟以千千万万同胞的生命为代价，去实现一两位暴君的所谓伟大理想！今天，屠杀的现场还能见到蛛丝马迹，但不久的将来，凄凄荒草会长起来，那些痕迹将被掩盖。几年后的孩子将不会知道，在那荒草之下，埋藏着他们父辈对生命的全部寄托和希望。

（原载《长城》，2004年第10期）

殉难的华沙、狂欢的巴黎
——六十年前两场反抗纳粹暴政的人民起义

肖雪慧

1944年8月,华沙和巴黎先后爆发了反对德国占领军的人民起义。两场起义在起因、过程和结局等诸多方面都有耐人寻味的可比性。起义六十周年纪念日即将来临之际,重温二战末期这段历史,可以获得有益启示。

一、华沙起义

1. 华沙罹难于纳粹德国行将总崩溃时

1944年6月盟军诺曼底登陆后,不断由西向东推进。7月下旬,苏联地面部队从东面逼近已经沦陷近五年的华沙,空军开始在靠近华沙的机场起飞轰炸驻扎华沙的德军。横行欧洲数年的纳粹德国已作困兽之斗。

整个二战中,波兰承受了最深重的民族苦难,但不屈的人民在纳粹铁蹄下一直进行着有组织的地下抵抗。随着战局进展,解放的曙光已然露出,起义准备在进行之中。在伦敦的流亡政府授权波兰地下军领导人适时举行总起义,阻止德军在波兰境内特别是在首都华沙死守作战。长时间以来,苏联电台也一直敦促波兰人发动总起义,并承诺提供军事援助。7月29日,莫斯科电台播放呼吁,要求华沙地下组织举行反德国占领军暴动,加速最终解放进程;呼吁指德军设置防守据点进行抵抗的计划会给城市造成破坏;整个呼吁以"不积极奋起自救,一切将化为乌有"的警告结束。31日傍晚,苏军坦克在华沙东面突入德军防线,德军已开始从华沙撤退。从德国军用无线电台得知这一消息的波兰地下军司令部决定于次日下午五点举行起义。8月1日,也就是莫斯科电台播放呼吁之后第三天，华沙起义爆发了。起义者从下午五点开始进攻占领军，不到15分钟，全城百万居民都卷入了战斗，三天内控制了大部分地区。但在兵力和武器装备上对起义的华沙人具压倒优势的德军从各个据点进行疯狂反扑，起义者吁请近在咫尺的苏军支援。如果此时得到援助，起义前景仍然光明。然而一直敦促波兰人发动总起义的苏联电台沉默了，先前承诺的军事支援不仅拒绝兑现，苏军还停止了对驻华沙德军的空中轰炸和地面进攻，而且后撤了一段距离。在一场灭顶之灾和大屠杀即将降临华沙的紧急情况下，从8月初到8月中旬，丘吉尔和罗斯福一再致电斯大林敦请采取支援行动未果，不得已，只好努力从一条远得不能再远的空中航线向华沙抵抗战士空投军火和食品，但执行任务的英国或美国飞机空投后需要就近在苏联领土着陆加油。然而就连这一请求也遭断然拒绝，理由是"苏联政府不希望直接或间接跟华沙的冒险发生瓜葛"①。鉴于华沙情况危机，20日，丘吉尔和罗斯福再次致电斯大林："如果华沙的反纳粹分子事实上被弃置不顾，世界舆论会说些什么。我们深信我们三人都应竭力从那里拯救尽可能多的爱国者。我们希望你们向华沙的波兰爱国者空投救济补给品和弹药，不然，你们能否同意帮助我们的飞机来迅速进行空投。我们希望你会赞同。时间因素是极端重要的。"斯大林在两天后的回电中干脆把起义说成"罪犯集团旨在夺权而在华沙发动冒险事件"②。——战后，由于斯大林这一断语以及清除异己的需要，曾长期坚持抗德斗争并在华沙起义中流血牺牲的波兰抵抗战士，死者蒙污，幸存者入狱，直到1956年才恢复名誉。

---

① 8月16日莫洛托夫致英国驻苏大使克尔的信宣布："苏联政府当然不反对英国或美国飞机在华沙地区空投军火，因为这是英美两国的事情。但苏联政府断然拒绝美国或英国飞机在华沙地区空投军火后在苏联领土着陆，因为苏联政府不希望直接或间接跟华沙的冒险发生瓜葛。"维辛斯基同日召见美国驻苏大使时宣读了内容完全相同的声明。
　　莫洛托夫的信和维辛斯基宣读的声明分别引自《关于华沙起义的俄国档案文献》和丘吉尔著《第二次世界大战回忆录》第6卷，132页，时代文艺出版社，1995年中译本。
② 丘吉尔和罗斯福致斯大林电和斯大林两天后的回电均引自丘吉尔著《第二次世界大战回忆录》第6卷，134页，时代文艺出版社，1995年中译本。

弹尽粮绝、孤立无援的华沙人几乎赤手空拳地进行着无望的斗争。一位华沙妇女致教皇的信是这种情况的真实写照:"最尊敬的圣父……三周以来,我们固守着我们的要塞,缺食少药,华沙已成废墟。德军残杀各医院中的伤员。他们驱使妇孺走在他们前面,以保护他们的坦克。关于孩子们用汽油瓶跟坦克战斗,烧毁坦克的报道毫无夸张之处。我们母亲眼看着儿子们为祖国和自由而牺牲……现在没有人援助我们。俄国军队在华沙的大门口已经三周了,但寸步不前。来自英国的援助不足。世界无视我们的战斗,只有上帝和我们在一起。"①

德军从空中和地面狂轰滥炸了63天。10月2日,这个英雄城市投降了。在投降前的最后几次广播中,有这样一段话:"这是地地道道的老实话。我们遭受的待遇比希特勒的仆从国还要坏,比意大利、罗马尼亚、芬兰更坏。公正的上帝,对波兰民族所承受的可怕的不公正作出裁决吧,希望他因之惩治那些犯罪者。"②

三个半月后的1月17日,苏军作为华沙的"解放者"入城时,华沙已是一座尸横遍地、到处瓦砾和废墟的空城。莫斯科电台7.29呼吁的最后一句话是"不积极奋起自救,一切将化为乌有",华沙人民英勇奋起了,苏军坐视起义者溃败和遭屠杀,华沙真正"化为乌有"了。

2. 不是第一次罹难

波兰有上千年悠久历史,人民资质聪明、气度恢宏、宗教信仰深厚,却命运多舛。

在欧洲民族国家大多作为专制君主国家崛起的十五六世纪,波兰走的是另一条路:国王由全体贵族选举产生,只有议会才能制定法律。这是一个有国王的共和国,与英国政体颇为形似。但她没有英国的富有和四面环海的天然屏障,也没有山脉构成的屏障和确定的边界,而邻国是与她敌对并虎视眈眈觊觎着她领土的俄罗斯、普鲁士、奥地利这三个大君主国。关

---

①② 分别转引自:丘吉尔著,《第二次世界大战回忆录》第6卷,141页、143—144页,时代文艺出版社,1995年中译本。

于波兰的状况和处境,史学家 H. G. 威尔斯是这样说的:"一个贫穷的、天主教的、内陆的不列颠,完全被敌人而不是海洋包围着。"

1772 年,波兰第一次被俄、普、奥三国瓜分。经过十几年斗争,通过了有波兰在欧洲国家中的贵族特许状之称的 1791 年宪法,处境有所改善。但俄、普、奥随即在 1793 年进行了第二次瓜分。次年爆发科斯丘什科领导的全民起义。俄军镇压了起义,并对起义者和平民进行了大屠杀,波兰的领袖人物被监禁、流放。随之而来的 1795 年第三次瓜分,把这个共和国从现成国家中一笔勾销。波兰从欧洲地图上消失了,但她仍然在波兰人心中,人民为重获独立而进行的斗争从未停息。1831 年,波兰人为摆脱俄国统治举行大规模起义,遭到更残酷镇压。数以百计起义领袖被枪杀或流放西伯利亚。从此波兰作为一个被征服的省份接受沙皇统治,并当成危险民族被强制俄罗斯化。波兰固有文化受到严重摧残,人们被强制信奉东正教、被禁止使用自己的语言。俄罗斯化的残酷,从以下事实便可见一斑:19 世纪的波兰有着辉煌的流亡文学,但波兰人要了解自己的文学却只能通过俄文译文来实现。

自 1795 年第三次被瓜分,历经 123 年无望的斗争、等待,直到一战后,被三个专制的世袭王朝合谋灭掉的波兰才又重新作为独立国家站立起来。但东西两面分别暴露在苏俄和德国的敌视和觊觎下。1939 年 8 月 23 日斯大林和希特勒签订了苏德互不侵犯条约和瓜分波兰的秘密议定书。苏德条约为德国进攻波兰开了绿灯。希特勒在东面有苏联的纵容,又以为西方国家不会援救波兰,9 月 1 日,也就是苏德条约签字一周后,德国入侵波兰,英、法对德宣战,第二次世界大战爆发。尽管波兰军队的英勇顽强令德国大为吃惊,但终不敌强大的德军,不到三周就溃灭了,政府被迫流亡。9 月 17 日,与波兰有互不侵犯条约的苏联派兵从东面入侵,18 日在布列斯特—利托夫斯克与德军会合。面对大国侵略,发生在首都华沙的最后抵抗伟大而悲壮,血战到 9 月 28 日才被德军攻陷。29 日,苏德瓜分波兰的条约正式签字，波兰作为一个国家再次被消灭①；苦难深重的波兰民族要面临的是一个前所未有的黑暗、恐怖时期。

3. 死于黎明前夕的波兰抵抗运动

波兰沦陷了。但她很快就组织起一个地下政府。地下政府不仅领导了一个坚强、团结、受绝大多数人民支持的抵抗运动，而且有法院，发行公债，甚至有一个初步的教育制度，还与伦敦的流亡政府保持着密切联系。

第二次世界大战爆发后，斯大林既与希特勒合谋瓜分，又趁火打劫，在战争初期毫不费力就攫取了大片领土，之后则听任德国挨个占领欧洲各国，包括与苏联利害攸关的巴尔干国家。但1941年6月，希特勒撕毁苏德互不侵犯条约，向苏联大举进攻。苏联在为了生存必须与纳粹德国殊死斗争之时，才跟波兰流亡政府建立了外交关系。

1944年7月，苏军以解放者身份越过波兰边界，身份与五年前作为希特勒的合谋入侵者和瓜分者越过波兰边界时不同了。但苏军一进入波兰，斯大林立即撇开一直领导着波兰抵抗运动的流亡政府和地下政府，23日设立了一个后来被称作卢布林委员会的傀儡政权。卢布林政权的人与国内抵抗运动没什么关系，当地下组织团结人民进行抵抗时，他们在莫斯科受训；当纳粹德国面临盟军东西夹击已显崩溃之势时，他们被红军运送回波兰；当德军以血腥屠城报复华沙起义时，他们没有为拯救华沙人和华沙城作任何努力。这个听从莫斯科命令的小圈子在波兰毫无代表性、毫无民众基础。但斯大林的既定目标是把卢布林政权强加给波

---

① 这次由苏、德两国进行的瓜分实际上是波兰的宿敌继历史上三次瓜分波兰之后的第四次瓜分，这次由苏、德实施的灭波兰计划实际上是波兰的宿敌在1795年抹掉波兰后，事隔146年再次把这个国家一笔勾销。只不过，由于德国在1938年3月吞并了奥地利，实施瓜分和消灭波兰的主角少了一个奥地利。而在反对两大国入侵的战斗中当了战俘的波兰军人，在德国是被枪杀或进集中营。占领波兰东部的苏联俘虏了25万人。苏德战争爆发后，苏联与波兰流亡政府首脑西科尔斯基将军签署了恢复两国外交关系的协议，并就波兰战俘问题作出安排，但战俘中有2万多人下落不明，其中1万多人是军官。1943年4月，德国宣布在俄罗斯摩棱斯克的卡廷森林发现埋波兰军人的万人冢后，苏联指德国栽赃、诽谤。究竟是苏联还是德国屠杀了1万多名波兰军官，成了悬案，直到1990年，苏联才正式承认这批波兰军官是被苏联内务部杀害的。

兰以使波兰苏维埃化。华沙起义后，斯大林背信弃义拒绝援助，又设置障碍使英美对华沙的支援难以进行，把正在遭受屠城之难的华沙置于孤立无援境地。他借行将覆灭的纳粹之手除掉了波兰独立抵抗力量，为没有民众基础的卢布林政权清除了竞争对手。

起义的华沙在英勇抵抗 63 天后投降，标志着波兰的独立抵抗运动彻底终结。此时，西欧、中欧国家正纷纷获得解放。

二、巴黎起义①

1. 一场要避免而未能避免的起义

巴黎起义是在华沙起义之后半个多月举行的。从盟军的全盘战略考虑来说，这是一场必须避免的起义。

巴黎无论对德国方面还是对盟国都极其重要，解放巴黎，无疑会极大地鼓舞世界反法西斯斗争。然而，以下原因使盟军最高统帅艾森豪威尔决定推迟解放巴黎。一是过早进攻巴黎势必与决心死守巴黎的德国人发生激烈巷战，这既使横扫法国本土的兵力陷入消耗极大的城市争夺战，又将冒毁灭这座世界名城的危险；二是过早攻占巴黎后盟军要承担的民政责任对部队作战能力造成严重限制，并且为了供应巴黎 200 万居民的生活必需品要耗费掉部队大量油源，必使进军莱茵河的压倒性目标严重受挫。而巴黎的毁灭、部队作战能力的受限和拖延向莱茵河进军，都是决不允许发生的。最高统帅部拟定了一个可以避免在巴黎打一场破坏性巷战、可以把军队推进到最能发挥作用的坦克地带、可以节约宝贵汽油的解放巴黎计划。这一从南北方向对巴黎作钳形包围的计划至少要到 9 月中旬才能完成部署。但如果巴黎发生起义，整个部署将被打乱。为避免出现这种意外，艾森豪威

---

① 在所能见到的各种二战史以及法国史中，几乎没有关于巴黎解放的叙述。译文出版社 2002 年翻译出版的拉莱·科林斯和多米尼克·拉皮埃尔合著的关于巴黎解放的著名纪实文学《巴黎烧了吗?》对这一历史事件作了最详尽叙述，该书史实方面十分严谨，所写内容被认为事事有根据，人人有下落，句句有出处。本文这一部分所写内容大多依据该书，特此说明。——笔者

尔向总部在伦敦的抵抗运动各派武装的联合组织"法国国内部队"首脑柯尼希将军发出"坚定指示",在他发出命令之前,"巴黎或任何其他地方都不得发生任何武装行动","不能让巴黎发生任何事情改变我们的计划"。

可巴黎人早已急不可耐要摆脱德国占领。尽管华沙烧成一片火海的消息震惊了巴黎,但当美国军队于 8 月 15 日在法国南部里维埃拉登陆后,巴黎人要采取行动洗刷四年被占领屈辱的冲动已经不可遏止。当推迟解放巴黎的指令送达国内抵抗组织时,起义准备已经就绪。抵抗组织内部的分歧和斗争使情况陡然间复杂起来。

法国同波兰一样有相当活跃的抵抗运动,但不同于波兰抵抗运动的团结和统一,而是存在多个派别。虽然有"法国国内部队"这一抵抗运动各派武装的联合组织在伦敦协调关系,但各派自成体系,有自己不受联合组织控制和约束的组织结构、隶属关系,协调工作极其困难。其中,戴高乐派和法国共产党是抵抗运动中拥有最强武装力量也对民众影响最大的两个派别。戴高乐创立的自由法国是法国最早的抵抗组织。1940 年 6 月贝当投降,7 月在维希成立与德国合作的伪政权。维希政权还未成立,戴高乐就在伦敦发表了著名的 6.18 广播讲话,号召法国人民抵抗,并创立了"自由法国运动",从伦敦领导法国的抵抗运动,使法国刚被占领,有组织的国内抵抗运动就出现了。此时,作为共产国际法国支部的法共没有参加反对德国的斗争。直到 1941 年 6 月德国进攻苏联后,法共才加入反对德国人的抵抗运动。共产党极强的组织纪律性给抵抗运动带来了最有战斗力的队伍,经过三年努力,法共影响迅速扩大。两大派别除了在反对德国占领上是共同的,没有共同的思想基础和价值基础,政治目标上更是相互敌对,而法共一直与莫斯科保持着联系并接受莫斯科指示也加深了对立。由对付德国占领所掩盖的双方矛盾,在法国临近解放之际便尖锐起来。

双方都希望及早解放巴黎,都想通过解放巴黎这一政治行动确立自己对未来法国的领导权,都清楚没有盟军力量配合的起义代价惨重。戴高乐要求盟军最高统帅部改变计划提前进攻巴黎的努力没有结果,命令国内代表务必防止在盟军兵临城下前举行起义。而巴黎的共产党已经得到上级领导机构命令，决心不计代价——用起义策动者的话说，"巴黎值得死20万人"——造成共产党领导了起义的既成事实。危机一触即发。8月18日，戴高乐派地下组织法国总部发往伦敦的电报叙述了巴黎的紧张局势，"任何抵抗组织稍有不耐所引起的局部事件都足以导致严重麻烦，德军似已决定并集中必要手段进行血腥报复……您有必要向盟军交涉，要求迅速攻占巴黎。通过英国广播公司以最尖锐最明确语言正式警告居民避免华沙事件重演。"就在这一天，在一个受共产党控制的秘密会议上强行通过决议，决定第二天举行起义。整个起义计划中重要的一点是把戴高乐派领导人蒙在鼓里，使其无法制止起义。

在起义已经无法阻止的情况下，法共巴黎小组和已获知起义即将发生的戴高乐派在8月19日清晨先后举事，这场必须避免的起义终于未能避免。

2. 巴黎危机

起义开头似乎进展顺利，很快蔓延全城。然而巴黎是希特勒不计代价要保卫的。在与德军坦克发生遭遇战后，起义行动当天就陷于困境。受命死守、守不住就把巴黎夷为平地的巴黎城防司令冯·肖尔铁茨已经决定次日天明时对起义实施空中和地面打击。一旦实施这一不可挽回的步骤，巴黎毁灭在即！

然而，这座世界城市的命运对于当事或不当事的各方，都是一个格外沉重的问题。就连一贯奉命行事的德国将军冯·肖尔铁茨也变得犹豫不决。瑞典总领事的严肃警告——"夷平巴黎，会犯下一桩历史永远不会宽恕的罪行"，使他不得不考虑自己承不承担得起毁灭巴黎的罪责。他接受了总领事提议，实行暂时停火，如果停火生效，可以推迟原定的进攻。由德军主动提出的停火对于戴高乐派来说是一个拯救巴黎、控制他们无法防止的起义的意外机会。他们竭尽全力争取在全市实行停火。巴黎起义和停火消息传到伦敦总部，柯尼希将军通过英国广播公司向巴黎人民发出警告："对于巴黎市来说，没有比居民听从起义的号召造成更大的危险了。"

但不惜代价发动起义的一方谴责停火是叛国行为，采取一切措施破坏停火，在全城恢复起义势头——虽然这一政治行动的代价可能是 20 万条性命和一个世界名城的毁灭。

尽管这样，停火还是在不断发生战斗的情况下勉强维持了两天。这两天给各方都提供了避免最不幸局面出现的时间。国内部队戴高乐派和冯·肖尔铁茨利用这个喘息机会接触、周旋，想要避免或拖延不可挽回的冲突。与此同时，抵抗运动各派都在向盟军呼吁援助。戴高乐派呼吁盟军火速开进巴黎；法共也呼吁盟军支援，但不是要盟军支援兵力而是要盟军在全城大规模空投武器。

这段时间，希特勒派来埋设地雷和炸药的爆破专家已经到了巴黎；冯·肖尔铁茨收到的一个比一个疯狂的希特勒命令也已经到了无法再拖延执行的地步；来向巴黎实行无情惩罚的德军增援部队即将开赴巴黎……

一封 21 日发给戴高乐的紧急电报中描述了巴黎的危局："起义星期六发动，靠停火抑制两天……但无法再拖过今晚。似乎可以肯定。明天巴黎将发生战斗，双方力量悬殊，后果悲惨。"

3. 巴黎得救

巴黎已经很难逃脱华沙命运，得救的唯一希望是盟军立即进攻巴黎。

戴高乐亲自出马要求艾森豪威尔向巴黎进军，他失败了。艾森豪威尔关心的是作战进度，拒绝为适应戴高乐的政治需要改变计划。

奉法共上司指派前往盟军总部要武器的使者知道武器救不了巴黎，也呼吁盟军进军巴黎，可是在巴顿将军那里就碰了壁。这位职业军人答复很干脆：盟军是在"歼灭德军，不是收复首都"，抵抗运动未接命令擅自发动起义，现在"得承担后果"。

但使者仍在努力，法国部队驻美军联络官也在努力，并写了个人呼吁："如果美国军队眼见巴黎发生起义而坐视不救，这将是法国人民永远不能忘掉的过失。" 22 日，在可怕命运就要落到巴黎和巴黎人民头上之际，艾森豪威尔不容更改的军事计划更改了。执行进军巴黎任务的是美国第一二集团军下属的法军第二装甲师。集团军首脑布雷德莱将军不容许因战事使巴黎遭受严重损坏，对装甲师师长提出"巴黎决不许有任何重大战斗"的要求。这个美国军人在他的第 21 号战地命令中更明确规定:"向巴黎进军决不能用重大战斗来完成。我们只要能避免,不希望在该市进行任何轰炸或炮击。"第二装甲师的直接上级则在派美军第四步兵师支援装甲师的同时,抽掉了装甲师两营炮兵,为的是"我不希望他们以为一遇上一支机枪挡道就可以用迫击炮还击,而毁掉巴黎。"①

23 日一早双方战斗全面恢复。如果军队一两天内赶不到巴黎,一场可怕的大屠杀在所难免。就在起义者弹尽粮绝,毫无希望之时,第二装甲师已经于头天晚上日夜兼程向巴黎进发,24 小时后第四步兵师在倾盆大雨中向巴黎挺进;24 日,当几个执行报复的党卫军师正赶赴巴黎时,法军第二装甲师和美军第四步兵师先后到了巴黎。

巴黎得救了。

8 月 25 日,狂欢的巴黎沸腾了。此时,在先于巴黎 18 天起义的华沙,孤立无援的起义者正在做无望的战斗。

三、两场起义不同命运背后

华沙起义和巴黎起义的不同结局令人深思。

从抵抗运动内部情况看,以华沙为领导中心的波兰抵抗运动团结、统一,不似法国派系重重、争斗、牵制。在时间选择上,华沙起义说得上适时:一方面有援助的承诺,另一方面,再三呼吁华沙总起义并承诺援助的苏联,其军队已经兵临城下,不致在该进行援助时鞭长莫及。巴黎起义则不仅没有外部力量不断催促,反而是盟军采取措施要坚决防止的,对这要防止发生的起义,盟军当然不会作援助承诺。这是抵抗运动中一个派别为夺取政权拿整个城市和人民作赌注的不适时行动。

如果对两场起义作预测,华沙起义因抵抗运动内部的团结统一和起义时机选在可以履行驰援承诺的军队已近在眼前,它应是一场胜券在握的起

---

① (美) 拉莱·科林斯,(法) 多米尼克·拉皮埃尔著,董乐山译,《巴黎烧了吗?》,211 页,译林出版社,2002 年版。

义——事实上,起义一开始就显示了胜利势头。德国将军冯·梅林津后来承认,华沙起义对德军构成很大威胁。他以为是俄军没能与起义者接上头,才使德军面临的"紧张形势有所缓和"①——缺乏这两大条件,在既定政治目标支配下一意孤行发动的巴黎起义,其逻辑结局如果不是惨败,至少也是必将付出不可承受之重代价的"惨胜"。然而,实际的结局恰恰相反。华沙罹难了,巴黎解放了。

华沙血战了63天,遇难的地下军战士和平民达20余万之多,独立抵抗运动就此被彻底消灭,城市则被炸成了一片废墟。巴黎从起事到解放,总共6天,中间还有两三天不稳定停火。城市基本完好无损,没有大的人员伤亡。从双方全面恢复交火到25日晨德军最后一个据点投降,其间48小时战斗中,约两万德军被俘,伤亡3200人。第二装甲师在赶到巴黎投入战斗的一天中,死42人,伤77人;平民死127人,伤714人。虽然每一伤亡对承受它的个体都是不可挽回的不幸,但对于一场准备付出死20万人代价的起义来说,能以不大的人员伤亡实现解放,又实在太幸运。

华沙蒙难于斯大林的背信弃义。背信弃义背后,是这个大国首脑控制整个东欧的计划。要想对任何国家进行有效控制,关键是一个完全受其操纵的政权。关于二战后东欧除南斯拉夫之外各国政权的性质,有人说它们是红军用行李车运送给各国的。此话大致不错。但运送来的政权在波兰是难以立足的。历史上,沙俄屡次瓜分波兰并且曾把她作为一个省来统治,沙俄统治者深知波兰的反抗传统。苏俄领导人斯大林也清楚了解这一点,而且目睹了整个二战期间波兰抵抗运动的有组织性和团结统一、抵抗力量在人民中的声望和号召力,此外还有关键的一点:作为抵抗运动中坚的地下军忠于在伦敦的流亡政府,且对苏联与德国合谋入侵和残害波兰记忆犹新,有着强烈的反苏情绪。他很清楚,他们日后必将对苏联的控制构成最严重挑战。可以说,起义者落入了借德军力量为苏式政权清扫障碍、为今后一劳永逸地消除反对派的算计之中。不仅借刀杀人,据克里斯托弗·安

---

① 据冯·梅林津《坦克战》第18章"防守波兰"。

德鲁《克格勃全史》，起义被德国军队镇压后，苏联内务人民委员部立即派出一支精干的小分队去扫除地下军残余。

而对于预测一场起义的结局来说，背信弃义、阴谋诡计以及老谋深算的背后目标（通过扶持傀儡政权对一个国家进行牢固控制），它们不在正常思维之内。

巴黎起义是一意孤行的产物。巴黎得免于难，有赖于多种与导致华沙蒙难结局相反的非预测性因素。

在美英苏三大国结成反法西斯联盟期间，意识形态和价值观的深刻分歧使美英与苏联之间既合作又防范，双方都有基于地缘政治目的的考虑，都极力要维护和扩大自己的利益。在这些方面，双方没有多少区别。基于反对法西斯危险的共同需要，美英给成为盟国的苏联提供了大量武器和其他物质援助，但又警惕着共产主义向西方国家蔓延，所以在给欧洲各沦陷国家的抵抗运动空投武器时，武器尽可能不投往抵抗运动由共产党控制的地区。然而，欧美深厚的人道主义传统和对自由的珍视使这些国家的民选领袖在精神和行为方式上，毕竟与受专制传统浸润、经由"秘密活动＋暴力"的公式和途径获取最高权力的终身领袖之间判然有别。在这方面，丘吉尔很有代表性。希特勒进攻英国遭挫败后，转而撕毁苏德互不侵犯条约，悍然进攻苏联。正如他进攻波兰之前作了一个错误判断，以为西方国家不会对这个小国履行援救义务，这次又作了错误判断：指望对共产党苏联的进攻会得到美英资本家和右翼的同情。然而，强烈反共的丘吉尔的态度是："我只有一个目的，就是打倒希特勒……如果希特勒攻打地狱，我至少也会在下院为魔鬼说几句好话。"尽管斯大林与希特勒签订了臭名昭著的条约和秘密协定，对二战的爆发难辞其咎，之后又坐视一个个欧洲国家沦陷，对孤军作战的英国似乎将面临的毁灭幸灾乐祸，对德国每打一个胜仗都给以祝贺，并源源不断把大批重要原料送到德国。但希特勒于1941年6月22日进攻苏联，丘吉尔当晚就发表广播讲话："在过去二十五年中，没有一个人像我这样始终一贯地反对共产主义。我并不想收回我说过的话。但是，这一切，在正在我们眼前展现的情景对照之下都已黯然失色了。过去的一切,连同它的罪恶,它的愚蠢,它的悲剧,都已经一闪而过了。我眼前看到的是,俄国的士兵们站在他们故乡的门旁,……捍卫着他们的家园,母亲和妻子们在家乡祈祷……俄国的危难就是我们的危难。"① 整个苏德战争期间,英国不断给苏联以武器援助,其中大量武器和军需物质是把美国援助英国的调拨给了苏联。美国更是给了最多的援助。②

当巴黎起义引发危机后,解决危机所寄望的盟军总部,作的抉择与丘吉尔颇为类似。盟军最高统帅有强烈的意识形态立场,但一个古老城市和这个城市两百万居民的安全重于意识形态考虑。所以,戴高乐强调的尽快进军以防止共产党控制法国的理由没有说动不喜欢共产主义的艾森豪威尔改变计划,但巴黎和巴黎人即将遭遇的灭顶之灾迫使他改变了计划。无论他还是最高统帅部其他人都不能因为巴黎人不听劝阻举行起义而心安理得任由其承担后果,不能为了已拟定的战略计划而置巴黎于不顾。对作战计划所作的不情愿改变乃巴黎得救的决定性因素。

当伦敦收到共产党要求空投武器的无线电呼吁后,法国国内部队首脑柯尼希在决定是否空投武器时也作过同样性质的抉择。他是竭力要防止这场起义的人。当起义已经发生且唯一拯救巴黎的停火机会又被彻底破坏,使艾森豪威尔改变计划提前进军巴黎似乎也不可能,而且这位实际上是戴高乐派的将军知道空投的武器大多会落到法共手中。但他不能眼看同胞用手枪和老式步枪同德国坦克作战,宁可不顾使共产党人得到武器和控制政权的政治后果,决定向巴黎空投武器。只是由于最高统帅部终于决定进军巴黎,武器空投计划才未付诸实施。

还有两点值得一提。一是派往盟军总部的代表违背其共产党上级要武器不要士兵的命令,自行决定说服盟军出兵,并且成功地实现了这一戴高

---

① 丘吉尔著,《第二次世界大战回忆录》第 3 卷,367—370 页,时代文艺出版社,1995 年中译本。
② 冯·梅林津在《坦克战》"防守波兰"一章有如下看法:美国源源不断提供给俄国的军需物质,特别是飞机和汽车"使红军的突击力大为提高,并使战役进程加快。1944 年六七月间,俄军由第聂伯河向维斯瓦河迅速推进,以及随后突入匈牙利和波兰,都是跟英美的援助分不开的。这是罗斯福提供了条件,要使斯大林成为中欧的主人"。

乐也未能实现的目标。二是驻守巴黎的那位德国将军面对毁灭巴黎这一疯狂任务时有对历史罪责的顾忌，所以要竭力避免与起义者全面交火，甚至希望美国军队赶在增援的德军之前到达巴黎。

巴黎最大的幸运在于：它求救的对象在乎人的生命，有着对文明准则和文明成果的尊重、作重大决定时有道义上的考量。比起意识形态高调，尊重生命和人类文明成就之类准则简单而朴实，但却很有力量。如果求救对象除了政治功利的考虑而不在乎别的，巴黎就只有充当政治棋盘上一颗棋子的份，存亡莫卜；如果求救对象道义上无所遵循无所顾忌，正好不必承担责任而让一意孤行发动起义的派别自食其果，哪怕会有很多平民为此陪葬。这种精神素质与好的制度安排相互凭借和支持，可以最大限度避免灾难。相反，极权制在本性上就无节制无道德顾忌，而它的权力斗争规律也与此相应：最有机会胜出的是在选择手段上最无顾忌的人。体制性的无节制与最高权力的无顾忌，使得为了既定目的而不惮于放手制造任何灾难，同样具规律性。六十年前两场起义的不同际遇为此提供了最鲜明的对照，这种对照在之后的六十年间更是不断以不同方式或形态呈现在世人面前。

（原载《书屋》，2004年第10期）

"古镜"新说

从维熙

2005年4月,我在古城西安第一次见到秦汉时期的青铜宝镜,那光泽震撼了笔者的心,从而有了这篇童真中掺杂着历史苦涩的文字出炉……

一

中国古代用的镜子是青铜镜,发明于汉代。应该说,这是一项了不起的科学创举。但是随着镜子的出现,一个与镜子有关的哲学命题,也就应运而生了。那就是镜子的两极的功能,用其照人和用以自照的话题。

我在穿开裆裤的年纪,不理解镜子的真正意义,经常用一个小小的玻璃镜子照人。当我把镜子中反射出来的阳光,向对方的眼睛照过去的时候,对方便再难以睁开眼睛,那是让我非常开心的事儿,每逢此时我便得意地笑个不止。儿时,我取笑的对象多是我的爷爷,当镜子里那束阳光,照到爷爷留着山羊胡子的皱巴巴的脸上时,爷爷先是用巴掌挡着那束光线,接着便是对我的训斥:"你看你的鼻涕流过河了(指嘴),自己好好照照镜子去,弄上一盆水洗干净,再到院子里来玩耍。镜子是让你自照污斑的,你怎么喜欢拿它照人?"这是我记忆中,第一次用镜子取乐。另一次,则让我永生难忘:爷爷正站在厅堂过道的水缸旁,用水瓢往枯干的墨盒里舀水,我再一次故伎重演时,可捅了大娄子——因为光线晃眼,他手中的墨盒掉在了地上,黑乎乎的墨汁把过堂弄脏了。当天,他强令我擦净厅堂过道之后,拧着我一只耳朵,把我拉到了他的书房。我是长孙,祖父对我疼爱有加。我不担心爷爷会动手打我,但心里还是跳得如同擂鼓,因为祖父只有动了肝火的时候,才有拧我耳朵的习惯。被惹恼了的祖父,把我拉进书房之后,虽然没有用竹板子打我巴掌,但是满脸怒气地拉我坐在一把木椅上,让我学习古训。由于年代久远，我爷爷究竟向我灌输了什么有关于镜子的典故，早已被我忘得一干二净，但是祖父强迫我去对照镜子自视，我则永生铭记于心：原来爷爷那只沾满了墨汁的手，在拧我耳朵时，在我耳朵上留下一大块墨痕，当我用那面镜子自照时，发现我的一只耳朵，就像家里那条黑狗的耳朵那般黑了。因而我不但自照了镜子，还舀了一盆水，洗净了我的黑耳。

年纪大了一些，由于好奇有了读史的嗜好，一次在祖父书房里，胡乱地翻阅古书时，偶然读到晋人葛洪的《西京杂记》，似懂非懂地读到秦始皇曾在咸阳宫里树起一面宝镜的轶事，让我产生了似曾相识之感。原来不止我用手中那面镜子，照别人的脸，以取乐于一时；想不到那始皇高悬于咸阳宫里那面宝镜，也是用以照人的。这个帝王，派使臣徐福出海去找什么长生不老药，以达到永生的目的，咸阳宫内的这面宝镜，则是他为了维持永恒统治的另一副灵丹妙药。他听信为他立下这面镜子的道士之言，说每位臣子只要站在镜子之前，用手抚摸一下肚子，那镜子就能透过皮肤，看见他的五脏六腑；如果哪一位臣子对他心揣二意，那面镜子有洞察秋毫之能；如果有的宫妃不安于宫中的冷寂，一时之间动了红杏出墙的春心，镜子里的那颗心脏，就会轻轻震颤。凡是遇到这种情况，秦始皇立刻下令把他们处死，把有红杏出墙之心的王妃宫女打入冷宫云云……记得，当我读到关于古代镜子的这些轶事时，最初心里感到有点恐怖，但当恐怖渐渐淡化之后，便产生了找到了知音之快意——镜子是可以用以照人的。窃喜之余，我第一次知道了"明镜高悬"这句成语，最早出自于咸阳宫内的这面镜子。

我找到祖父说理："秦始皇还用镜子照人呢！"

祖父看了看我手中的书，开怀大笑说："你相信镜子能照出人的五脏六腑吗？两千多年过去了，直到现在县城的医院里，都没法儿检验人的五脏六腑（当时中国还没有 X 光机），那面宝镜怎么会有那么大的能耐？你年纪还小，书读多了你就会明白了，那是皇帝统治愚民的手段。"祖父为了说服我，从书堆中拿出一本唐代开国贤臣魏征的传记，告诉我这本书里也有关于镜子的事儿，让我好好看看。说实在的，我当时对于祖父的开导，并不感到兴趣。因为小小年纪的我，只是出于嬉戏的童心，才阴错阳差地闯进史书中的咸阳宫，并找到以镜子照人的历史典故。

直到我青年时代到了京城，有一次去西单旧书市浏览古书时，我才翻到了唐史中有关镜子的典故。书中记载，唐太宗李世民曾说："以铜为镜，可以正衣冠；以古为镜，可以知兴替；以人为镜，可以明得失。"因而当辅佐他的开国贤相魏征辞世后，他发出了"失一镜矣"的感叹。李世民不同于秦始皇的是，这位开创了盛唐历史的帝王，把镜子的最大功能定为自照。此书不仅使我大开眼界，还激发了我阅读古籍的兴趣。出于兴趣的吸引，我又在史书《战国策》中，看到了《邹忌讽齐王纳谏》一篇中，读到镜子的自照之能：齐人邹忌是个美男子，有一天他询问其妻妾自己与另一美男徐公谁美？妻妾们都说徐公之相，难以与他媲美。但邹忌自照镜子之后，才知道"妻之美我者，私我也"。后来邹忌将此事讲给齐宣王听，齐宣王将其镜子典故引入治国之策，从自照其不足之中，使齐国进入强国之列。这是古代镜子留给后世人的启示。

至此，镜子的功能才在我心中定位，昔日我用镜子照祖父取乐，只是折射出了我的童心，而非是镜子的根本用途。至于秦时咸阳宫内的哈哈镜，是帝王为统治群臣，而采用的一种手段；而镜子的真正功能，对于国家和个人来说，全然在于自洁形神。

二

记得，在上个世纪的五十年代，报界中有一位老报人，说了句"马列镜子虽好，不能只照外，而不照内"。其用心不外是加强民族自审，知其不足后而自洗污垢。但是这个倡导自审自视的老报人，耿耿忠心付之东流不说，被打成右派分子送去劳改。另一个小品文家杨凡，针对历史中的帝王，缺乏唐太宗李世民喜欢听魏征逆耳忠言的胸襟，只喜欢用镜子照周围的世界，不喜欢用镜子进行自照不足；爱听喜歌，而拒绝苦口良药；便写下了一篇题为《灶王爷的小本子》的杂文，其意不外讥讽天上的"灶王爷"，只喜欢"上天言好事"的人，而厌恶魏征那样敢言的贤臣猛士。记得，此文刊出于1957年的鸣放时期，曾获得读者的一片喝彩声。正值许多读者在为此文拍手叫好之际，漫画家李滨声一幅题为《没嘴的人》也在《北京日报》上出笼了：画面上的人，五官中唯独缺了嘴这一官。弦外之音自然是喻义讲真话之难。干脆把五官中说话的嘴，取消了不是天下太平了吗？其结果这两位文化界精英，命运也同那位老报人一样，成了1957年的右派。笔者有幸与这三位在同一单位共事，出于热爱中华之情，针对歌舞升平背后的斑驳黑影，在1957年《长春》7月号上，发表了与歌舞升平音响迥然相异的小说"并不愉快的故事"。可想而知，无论是杨凡还是李滨声以及讲了真话的张三李四，到了反右派开始之后，都成了被射击的靶牌——既然这些人不能"上天言好事"，灶王爷也就无法"下界保平安"了。在这一年全国有几十万用镜子审视国事的知识分子，与杨、李以及那位老报人的命运一样，滚入了"反革命"的右派泥沼。事过多年，笔者突发奇想，秦代悬于咸阳宫内、用以窥视百官内心的那面"阴谋"之镜；在两千多年后，成了"引蛇出洞"的"阳谋"之镜。真是前有古人，后有来者，像人类自身的繁衍一样，也会传宗接代。但是其真正的后果，则是镜子的再次蒙尘。

由于用以自照明镜的变形，引蛇出洞的阳谋之威震撼全国，真实之声哑音失语，知识分子噤若寒蝉人人自危之后，真的成了"五官"之中，没了嘴的人。接踵而来的便是"上天言好事，下界保平安"的祭灶之风，弥漫了中华大地。什么"亩产十万斤粮"的神话出笼了，跑步进入共产主义的童话出笼了。倒是有那么一位忠心肝胆的忠良彭德怀，在庐山会议上演绎了一次魏征的故事，坦言中国农村没有亩产十万斤粮的神话，而许多农村正在承受饥饿之灾的痛苦。但结果并不美妙，毛泽东不愿像李世民一样照镜子；正好相反，他效仿了古代晋人因自己脸上长了痦子、而把镜子摔碎了的历史典故，不仅在庐山会议上对彭德怀大加围剿——到了"文革"年代，各种罪名一齐罩在了这位忠良头上，直到彭德怀魂飞西天，镜子之戏才算煞台闭幕。

开国功勋的命运如此，庶民百姓的命运也就可想而知了。到了"文革"

年代，人的性命轻如草芥，就是历史学家也难以说清究竟有多少人走上了祭坛。记得，在1998年4月号的《北京文学》上，笔者曾读到社科院王毅先生的一篇文章，其文章的标题为《"文革"的残酷性和野蛮性的文化根源》，文章从人性与人道的角度，展示了"文革"年代如下一串血淋淋的镜头：在边远的广西武宣县发生了人吃人的现象，被解肢吃掉的一百多个"牛鬼蛇神"中，有多人被挖心剖肝，有多人被割去生殖器。特别让笔者毛骨悚然的是，学生竟将被批斗的老师蒸煮而食之，简直是逆人伦纲常之最，仿佛让历史年代倒退到了蛮荒的远古时代。如果说此暴虐之举，是因为该地"山高皇帝远"而失控之故，那么近在皇城近郊的大兴县的一个公社，在1966年的8月的最后几天里，也将三百多口地、富和地、富子女，一起屠杀。其中最大的80岁，最小的仅来到人世38天。笔者当时正在京郊的一个劳改农场改造，劳改干部中有一位名叫王月娥的干部，其家庭就在这个公社，因其出身不好，就在那三两天内，一家七口人被杀戮了六口，全家只剩下她一个人了……

这些自上而下的史料说明，"文革"是一场惨烈的民族灾难。痛定思痛之后，按说理应有个自省。使笔者费解的是，"实践是检验真理的标准"的科学论断，已然在中国定位二十多年了；时至今日，我们对"文革"还欠缺完整而缜密的梳理，因而达不到"立此存照"以警后人，今后不再重演新中国成立以来历史悲剧的目的。更为令人匪夷所思的是，有些人不仅忌讳使用真理的镜子，进行仔细的自照，还给镜子戴上面纱、蒙上过滤器，这难道符合"求真务实"的精神吗？行文至此，笔者想到这样一个事实：巴金老人早在上个世纪八十年代初期，就提出来建立文革博物馆的倡议，尽管从上到下都盛赞其言为"世纪良心"，但时至今日，只见各种博物馆拔地而起——包括民俗、昆曲、皮影等博物馆都兴建起来了；唯独不见纪录十年血色文革的博物馆问世——不要说问世，连"下雨"之前的"雷声"，也还没有听到。我们至今还对自照镜子如此畏惧，真是不知其心态是清是浊是黑是白，是爱国还是误国了！

笔者为一书生，不知天下事的内在经纬。在陕西博物馆看了秦汉年代的青铜宝镜，回京之后联想翩跹，首先忆起有关镜子的童真往事，后将其延伸到历史中镜子的千秋功罪；并以明镜之光回眸了一下中国历史的往昔和今朝，目的是让镜子不再蒙尘。仅此而已。

2005 年 5 月中旬于北京

（原载《随笔》，2005 年第 5 期）

"向帕夫利克看齐！"

蓝英年

一

帕夫利克是一位俄国少年的名字，姓莫罗佐夫。帕夫利克·莫罗佐夫是何许人，恐怕中国读者没人知道。但在俄国和现已独立的前苏联各加盟共和国，包括波罗的海三国中，五十岁以上的人，没有一个人不知道帕夫利克·莫罗佐夫的。因为这些国家五十岁以上的人都参加过少先队，戴过红领巾。他们入队的时候，必须在莫罗佐夫的铜像、水泥像或石膏像前宣誓（铜像不多，水泥像不少，很多城市都有，石膏像则每所中小学校都有），给他戴上红领巾，然后齐声高唱队歌，队歌中有句歌词便是"向帕夫利克·莫罗佐夫看齐！"少先队每次活动的时候唱队歌，也要唱"向帕夫利克·莫罗佐夫看齐"，所以他们从小便记住了他的名字。

苏联对莫罗佐夫的宣传超过对任何人的宣传，甚至超过对斯大林的宣传。不知有多少街道、学校、图书馆、集体农庄、轮船和飞机以莫罗佐夫的名字命名，有多少作家为他树碑立传，多少诗人为他唱赞歌，多少画家为他作画，就连明信片、邮票和火柴盒上都印着他的像，连斯大林也没有享受过如此的殊荣。我就没听说过火柴盒上印斯大林像的事。1952年我在苏联《星火》画报上看到过一幅画，一位少先队员站在屋子当中，昂首挺胸，面对仰倒在椅子上的白胡子老头，老头左边坐着一位左手托腮的中年男人。这幅油画是1952年全苏美展获奖作品，画家是切布拉科夫，收入特列嘉柯夫美术馆。我不明白画的意思，便去问苏联老师。她告诉我少先队员是苏联少年英雄帕夫利克·莫罗佐夫，农业集体化时告发父亲，左手托腮的是他父亲，白胡子老头是他祖父。我记住了帕夫利克·莫罗佐夫是告发老子的少年英雄。

二

帕夫利克生在乌拉尔格拉西莫夫卡村,村子位于原始林区,居民多数是沙皇时代从白俄罗斯迁移过来的农民。这里地广人稀,只要辛勤劳动,要开垦多少耕地就能开垦多少。莫罗佐夫一家有三个壮劳力,帕夫利克的祖父谢尔盖、叔父伊万和父亲特罗菲姆。伊万和特罗菲姆后来各自成家,在农业集体化之前,大家日子过得不错。但他们没有文化,不懂得什么是社会主义,只想着"三十亩地一头牛,老婆孩子热炕头"。特罗菲姆娶塔季扬娜为妻,帕夫利克是他们的头一个孩子。1932年,乌拉尔农业集体化的那年,帕夫利克十二岁,进入村里刚开办的小学,告发了父亲特罗菲姆。特罗菲姆内战时期参加过红军,为捍卫苏维埃政权流过血。复员后三次被选为村苏维埃主席,在村子里人缘很好。帕夫利克因告发父亲成了英雄。记载帕夫利克英雄事迹的书多如牛毛,但内容大致相同:帕夫利克这年春天向苏联政治保安局,即后来的克格勃,告发父亲,说父亲是苏维埃政权的敌人,用自己的实际行动帮助苏联建设共产主义。告发三四天后特罗菲姆被捕,消失在极北地区的劳改营中。后来帕夫利克和他八岁的弟弟费佳被苏维埃政权的敌人杀死在森林中,帕夫利克被宣布为英雄。从此苏联儿童便在课堂上学习帕夫利克英勇的斗争精神,以他为榜样,也向苏维埃政权告发家里的人,包括自己的父母,如果他们变成敌人的话。

真实的情况是帕夫利克的父母闹翻了。邻居们说塔季扬娜是邋遢女人,屋里脏得下不了脚,她从不打扫。特罗菲姆受不了,打了她几回,但她仍然不改。特罗菲姆一怒之下,离家出走,跟别的女人过去了。这在那时的农村是极其平常的事。父亲离家后,喂马养牛,清除牛棚马圈,准备过冬的劈柴等活都落在帕夫利克肩上。母亲帮不上忙,弟弟们年纪又太小。没有父亲帕夫利克无法应付。他母亲想,只有用惩罚手段吓唬特罗菲姆,他才会回心转意。五十年后,当年的乡村女教师卡宾娜回忆道:"母亲怂恿儿子告密。她是个愚昧的女人,整天惹丈夫生气,结果丈夫把她抛弃了。她唆使儿子告密,她想,特罗菲姆一害怕,就会回家。"帕夫利克的小学同学说得更干脆:"特罗菲姆不离家出走,帕夫利克便不会告密,也不会被杀害,也就成不了英雄。可当时不能这样写。"

帕夫利克告发父亲什么呢?乌克兰和库班农业集体化后,大批"富农"流放到西伯利亚和乌拉尔,也有人流放到格拉西莫夫卡。这里紧靠西伯利亚,气候异常寒冷,冬天气温降到零下四十度。南方人受不了,他们想离开,返回故土或到气候温和的地方去,但没有村苏维埃的证件寸步难行。作为村苏维埃主席的特罗菲姆便偷偷给他们开证件,帮他们离开。这批"富农"是被武装人员赶出家门,什么东西都没带出,便被押解到这里来的。很多人倒毙在路上。把他们赶到原始林区就是让他们自生自灭。这些"富农"都是勤劳农民,种田能手。他们可能贪婪,但绝不是懒汉。他们忙不过来的时候雇工,但不会亏待雇工。他们知道,如果亏待雇工,雇工便不好好干活,吃亏的还是自己。他们生活得比懒汉们好,便成了"富农"。特罗菲姆这样做违背了苏维埃政权的政策,势必受到惩处。但帕夫利克和费佳为什么又被杀害了呢?是谁杀害了这两个孩子?

三

区苏维埃派法官来到格拉西莫夫卡村,未经调查便在村里召开公审大会,审判帕夫利克的祖父、祖母和舅舅,宣判他们是杀人凶手,并对他们立即执行枪决。审判声势浩大,向全区直播。那时直播是在各村安装大喇叭,让各村的人都能听到法官宣读的判决辞。接着从中央《少先队真理报》到州、区报纸大量报道这次公审大会。法官说,帕夫利克带着弟弟费佳到森林采浆果,祖父和堂兄丹尼拉在森林里把他们杀死。我看过部分审讯记录,祖父和堂兄都否认杀死帕夫利克兄弟。祖母根本没到过树林。审讯并没提到舅舅,不知为何舅舅顶替了堂兄。我怀疑这两个孩子并非他们三人所杀。帕夫利克住在祖父母家,他们把他养大,对他有感情,下不了狠心亲手杀死自己的孙子。舅舅是帕夫利克的教父,很喜欢外甥,怎么会杀他呢。他们肯定不满意帕夫利克告发父亲的行为,可能会骂他,打他,但不会杀他。那么谁杀的呢？为什么要杀呢？我从材料中找不到可信的凶手。俄国有位专门研究帕夫利克·莫罗佐夫的学者德卢尼科夫，研究了十四年，仍找不到凶手，但断定凶手不是被处决的那三个人。他提出凶手是"执行者"，即为了造成一种声势浩大的社会舆论，把儿子告发老子的审讯宣传得耸人听闻，必须把儿子杀死，然后把他变成英雄，所以必须有个执行者。这人是谁并不重要，就像帕夫利克是不是少先队员并不重要一样。女教师卡宾娜和其他当地居民后来都说，1932年偏僻的原始林区还没有建立少先队，帕夫利克不是少先队员，但这并不妨碍舆论工具根据来自上面的指示，把顽劣少年变成优秀少先队员。

斯大林所推行的农业集体化，遭到农民的顽强抵抗，他们不交粮食，不加入集体农庄。苏维埃政权需要粮食出口、供应城市居民和养活军队。但经过战乱，第一次世界大战和国内战争，苏联粮食的产量远远低于沙皇时代的1913年。斯大林认为地方领导人推行农业集体化不得力，派他的亲信到各地督战：莫洛托夫——乌克兰，卡冈诺维奇——高加索和库班，苏斯洛夫——乌拉尔。格拉西莫夫卡位于乌拉尔，是农业集体化进展最慢的地区，不要说"全面集体化"，连"片面"也达不到，农民就是不交出他们赖以为生的口粮（根本没有余粮）。格拉西莫夫卡处于原始林中，农民藏匿的粮食征粮队很难找到。向农民施加暴力，他们不开口仍找不到粮食。农民以家庭为单位，必须从家庭突破，而儿童正是突破口。这不知是多年控制苏联意识形态的灰衣主教苏斯洛夫的创意，还是斯大林的"英明"决策。

"'儿子反对老子'的社会模式的出现并非偶然。"俄国学者德卢尼科夫写道，"对政权有利，不但如此，这种实践还是必不可少的。革命后十五年（从帕夫利克告密的1932年算起）家庭仍然是抗拒布尔什维克掠夺、捍卫自己的'细胞'，农村家庭尤其如此。儿子——告密者从内部破坏家庭，使家庭丧失抗拒能力。帕夫利克的例子帮助政权恐吓那些藏匿粮食并确信家人和孩子不会告密的人。家庭必须变成国家的基层组织，服从国家并受它监督。消灭私有财产和毁坏家庭成为斯大林时代惟一的过程。格拉西莫夫卡的审讯只是全民族悲剧的一个插曲。"

国家实行工业化和扩建军队都需要粮食，但粮食极端匮乏。人民不满的情绪直线上涨。布哈林在秘密报告中写道：集体化完全失败，农庄散伙，农村挨饿，国家越来越贫困。斯大林受到指责。斯大林为了巩固自己的权力，反击政敌对他的攻击，果断采取四项措施：一、找到廉价的、无偿的实现工业化的劳动力，这就是被划为富农和被加上各种其他反革命罪名的人，强迫他们修建运河、海港、水电站和铁路。二、不惜任何代价夺取粮食，不管农民死活。据统计，农业集体化期间，农民死亡的数字为六百万至两千两百万。三、坚决镇压不满情绪。四、把责任推给布哈林等人，让他们为国家的贫困和人民的饥饿承担责任。

从1932年起，苏联宣传机构为了毁坏农村家庭，扫清农业集体化的障碍，铺天盖地地宣传告密小英雄帕夫利克，并及时提出相应的政策。不仅儿童受到教育，大人也受到影响，新政策规定，揭发藏匿粮食的富农，揭发者获得被没收富农财产的百分之二十五。于是没有财产的农民也学帕夫利克的样，把告密当成一种致富的捷径，踊跃揭发富农。但过于积极的农民，一连揭发四个富农，便获得足够的富农财产，自己也变成富农，只好去充实劳动大军了。

四

在莫斯科召开的共青团中央委员会议上，苏共中央政治局委员波斯特舍夫代表斯大林发言："帕夫利克应当成为苏联所有儿童的光辉榜样。"宣传帕夫利克的指示从上面传达下来："为所有儿童剧院编写戏剧脚本、拍摄影片"，"印刷歌颂英雄少先队员帕夫利克·莫罗佐夫的书籍和宣传画"。《少先队真理报》报道，苏联全体少先队员捐钱购买"帕夫利克·莫罗佐夫号飞机"。社会主义现实主义的奠基人高尔基一马当先，响应党的号召，在帕夫利克遇难地建立的纪念碑上写道："对他的怀念不应消失"。

1934年8月苏联作家协会召开第一次代表大会。大会召开前，帕夫利克传记的第一个作者索洛明把自己的作品《在富农巢穴中》寄给高尔基和其他几位作家。只有高尔基立即回了信，批评他的书写得肤浅、拙劣，没有经过深思熟虑。高尔基写道："如果写得巧妙，表现出莫罗佐夫所具有的强大精神力量，少先队员帕夫利克·莫罗佐夫的英雄行为对少先队员会产生极大的社会教育意义。他们当中的很多人会明白，如果亲属变成人民的敌人，那他就不是亲属了，只是敌人，没有宽恕他的任何理由。"高尔基接着写道，"读者读完这本书会说，这是瞎编的，并且编得不高明。罕见的材料糟蹋了，就像用金子做鸡圈门把手一样……"一个月后，中央各大报刊载了高尔基写的文章，果然比索洛明高明得多。我摘录其中的一段："与破坏分子——杂草和小偷小摸人的斗争，教会孩子们与两条腿的大家伙们斗争。这里我要提到少先队员帕夫利克·莫罗佐夫的功绩，这个孩子明白，有血缘关系的人，完全能够成为精神上的敌人，而对这种人决不能宽恕。"

斯大林用高尔基的嘴宣布，现在主要的任务是监视和揭发家庭中的破坏分子，两条腿的大家伙，这个光荣的任务落到孩子身上。现今苏联的头号英雄已经不是为农业集体化而斗争的小英雄，而是家庭的告密者。"对他的怀念不应消失，"高尔基声称，"应当为这位小英雄建立纪念碑，我坚信纪念碑必将建成。"高尔基的信心未必来源于自身，因为决定在莫斯科中心建立纪念碑的人不是他。原先准备建立在红场入口处，后来不知为何改建在了较为偏僻的街区。

苏联作家协会代表大会期间，再次提出莫罗佐夫的问题。高尔基提醒作家们注意："新人的成长特别鲜明地表现在孩子们身上。"作家马尔夏克作完儿童文学的报告之后，由少先队员向作家们致辞。我看到过一篇速记稿，是一位叫阿拉的女孩子代表西伯利亚儿童的致辞："阿列克谢·马克西莫维奇（高尔基）说得对，应当给帕夫利克·莫罗佐夫树立纪念碑。我们少先队员们，一定要做到。我们相信，全国都会支持我们。值得为帕夫利克·莫罗佐夫树立纪念碑。你们在世界任何地方能找到国家为孩子树立的纪念碑吗？我们这里有几千个这样的纪念碑。"有几千个因告密而被杀害的少先队员？小姑娘大概夸大了数字。《共青团真理报》报道，作家们当场捐款，高尔基带头捐了五百卢布，作协主席团成员跟着捐款，接下来便是作家们了。报纸没有报道其他作家各自捐了多少卢布。

作家们（文艺工作者）开始各显神通，用各种体裁讴歌告密小英雄。作品太多了，我只举苏联著名导演爱森斯坦为例。爱森斯坦1925年拍摄的《战舰波将金号》是苏联电影史上里程碑式的作品，1929年被美国全国电影评议会选为"世界电影佳作"的第三名。这位大导演决心表现帕夫利克的英雄事迹，一时却不知从何处入手。他终于在俄国作家屠格涅夫那里找到灵感，把《猎人笔记》中的《白净草原》作为展开故事的背景。屠格涅夫不是写了五个孩子吗？其中有两个还叫帕维尔和费佳呢。要表现帕夫利克如何英勇，就得表现富农如何凶狠。要表现富农凶狠，还得表现他们的对立面对他们如何残酷镇压。征粮队带着武装人员到处搜寻富农藏匿的粮食，掀翻屋顶，挖开坟墓，把家里翻个底朝天。不懂政治的艺术家把农业集体化表现得血腥味太重了，违背了布尔什维克政权的宣传政策。电影拍好后审查机构没有通过，爱森斯坦本人受到严厉的批判，从此一蹶不振。后来他又拍摄过几部历史题材的影片，但始终未能重获斯大林的欢心。

五

把帕夫利克制造成告密英雄完全是斯大林的计谋。告密行为从儿童培养起，他们长大成人后，告密便成为一种自觉的行动。为个人利益诬告他人是一种卑鄙的行为，在哪个社会都为正派人所不齿。人应当保持独立人格，有正义感、荣誉感、同情心，懂得尊重隐私权。但在斯大林执政时期，这些道德观连一点影儿都没有。布尔什维克政权把人类这些高尚品德统统归入资产阶级道德或封建社会道德的范畴。认为人道主义、平等和博爱都是资本主义虚假的宣传，苏联不需要这些骗人的把戏。斯大林要建立苏联的新道德，一种同以往完全不同的道德。苏联政权公开提倡告密，把告密视为光荣的行为，尽管很多人仍坚持全人类共同遵循的道德观念，不肯接受这种东西。苏联提倡告密是革命的需要，政权的需要。布尔什维克夺取政权后，进行过几次大规模的镇压，人民处于惊恐之中，与此同时，生活水平直线下降，人民对政权的不满情绪日益高涨。为了巩固政权，必须把这种不满情绪压下去。要了解人民的情绪，仅靠克格勃等机构是远远不够的，必须把全体人民动员起来，一起揭发具有不满情绪的人。为此苏联建立了强大的情报网。每个单位都设有情报员，情报员与克格勃人员单线联系。每个情报员负责监视几个人，注意他们的一举一动，把他们的言行记录下来。等到克格勃人员找他汇报情况时，直接把记录材料交出去。情报员自己不能主动找克格勃人员，这些监视别人的人自己也被别人监视。举一个有趣的例子。加林娜·维什涅夫斯卡娅是享誉全球的苏联大剧院女高音歌唱家。1989年她和丈夫回国的时候，我在电视上看到欢迎他们的盛大场面。她也被克格勃招募为情报员，不定期地向克格勃大尉报告大剧院几位演员的言行。加林娜对此十分厌恶，但每次大尉叫她，她又不敢不去。她报告的都是一些鸡毛蒜皮的事，因此受到大尉的批评，认为她的报告没有价值。加林娜痛苦万分，却无法摆脱大尉。1955年赫鲁晓夫带布尔加宁和米高扬到南斯拉夫"负荆请罪"，改善苏南关系。为了调剂气氛，还带了个歌舞团，加林娜被选入歌舞团，认识了布尔加宁。布尔加宁当时是苏联部长会议主席，又是一个六十岁的老鳏夫。他对加林娜一见钟情，从贝尔格莱德追到莫斯科。一次布尔加宁请加林娜吃饭，加林娜正准备动身，大尉来找她，要她报告最近的情况。加林娜忍无可忍，对大尉说了一句："您给我走开，别再纠缠我！"说完转身就走。加林娜离开大尉后害怕了，在苏联谁敢让克格勃大尉走开？其后果不堪设想。加林娜见到布尔加宁后，告诉他对克格勃大尉说了不应该说的话。布尔加宁把"别再纠缠我"理解成大尉追求她，醋劲大发，马上叫副官给克格勃主席谢罗夫拨电话。电话接通后，布尔加宁对着听筒把谢罗夫痛骂了一顿，让大尉马上从加林娜身边滚开。大尉从此消失得无影无踪，加林娜不用再做情报员了。布尔加宁是苏联领导人当中最有文化修养的人，如果后来成了加林娜丈夫的大提琴家斯拉瓦不出现，加林娜可能嫁给布尔加宁。后因加林娜和斯拉瓦与作家索尔仁尼琴关系密切，被迫流亡国外。从加林娜的例子可以看出苏联情报网撒得多大，但加林娜摆脱克格勃的方式是极为罕见的，谁能像她那样摆脱克格勃？很多人一生都摆脱不了克格勃的"纠缠"。并不是所有人都憎恨告密，因为告密是升官发财的捷径，报复的有效手段。在正常的社会里，人们是通过辛勤劳动获得合法的财富。但苏联情况不同，除尖端科技部门外，再怎么努力劳动生活也仍然贫穷。现实迫使人们走上邪路。苏联是官本位社会，当了官便有了一切。很多人是通过告密当官的，即使主要不是靠告密爬上去的，也一定告过密。告密者未必把告密看作光彩的事，但在实际利益驱使下，照样告密不误，因为现实中有滋生告密的肥沃土壤。

1989年我到莫斯科的时候，告密小英雄已失去往昔的光彩。我请一位俄国朋友带我去看帕夫利克·莫罗佐夫的纪念碑，他不屑地说："那有什么好看的，早该拆了。"我只好独自前往，很快便找到帕夫利克·莫罗佐夫的铜像。铜像竖立在圆水泥墩上，手里举着一面迎风招展的铜旗，周围没见到一个少先队员。我走到水泥墩前，上面刻着1932年9月某日遇害的字样，日子记不清了。以后我又到过莫斯科几次，没再去看帕夫利克的铜像。1991年铜像被拆除。

今天俄罗斯已没人再提帕夫利克，大概也没人再告密了，因为失去了滋生告密的土壤。没人需要告密，因此也就没人告密了。

(原载《随笔》，2005年第5期)

同一根绳索

何怀宏

《辞海》"绳索"释义:"由多股纱或线拈合而成,直径较粗。两股以上的绳复拈而成的称'索'。"

如果考虑到绳索的质料并不仅限于"纱线"等因素,我们也许可以将这一"绳索"释义修改如下:"由纱或线或不论什么具有某种连续性的质料紧密绞合成的东西。"绳索可以不断"复拈"且无论使用的原始质料是什么,在绞合之后,它一定比先前的质料更为强固。

在今天人们生活中再普通不过的绳索却是一件极古老的人的制品,从"结绳记事"的远古,人除了双手,几无任何其他工具开始,人们就发明和使用了它;到人已经发明了其他无数威力强大的技术工具之后,人们还是离不开它,仍在继续使用它。

"绳"和"轮"有着共同的一些特点,即在人类的文明史上发明很早,作用极大,且永远不会过时,仍在出现层出不穷的新的用法。而不同在于:"轮"满足我们行走、运动或搬移什么东西的愿望;而"绳"满足我们稳定、静止或抓住什么东西的愿望。现代生活中一幅常见的图景是:捆绑好的器物放在迁居车上行走,这是我们移动的家。

也像各种质料的轮子的永恒不变的"圆"一样,各种绳索虽然可以用不断发现的更加坚韧、强固或细密的质料合成,但一种基本的性质依然保留着,即它的长度总是超过它的直径,所以,虽然绳索粗细不同,有些绳索还可以是柔韧的,暂时变换为各种形状,但"长"总是它的基本性状。

人们在发明和改进绳索的同时,也赋予了绳索无数的用途,它一直是人的得力帮手,是人的谋生乃至救命之具。

然而,它也一直还有一个用途,那就是:杀人。

《夺命索》(Rope)

该影片由希区柯克导演,1948年上演,改编自帕特里克·汉密尔顿在1929年写的同名话剧,而此剧又是由1924年发生在美国芝加哥的一件真实案件提供的灵感:在这个案件里,两个年轻富有的大学高才生娄伯与利奥波德为了验证和寻求完美谋杀案的刺激,绑架并杀死了一个十四岁的少年。

伴随一紧闭窗后的一声凄厉叫喊,影片第一分钟就出现了受害人大卫·凯德利的面部特写,这也是惟一的一次,英俊、身着西服的他正被两个同样英俊和着衣冠楚楚西服的年轻人用一根绳索紧勒出了最后一下抽搐,他不再动了,被放进了一个大箱子里,然后两人喘气,其中一个不想马上开灯,另一个拉开了窗帘,窗外是纽约的摩天大楼,"好美丽的黄昏。"他说。全长80分钟的影片所有场景就都发生在这套公寓里,在整个命案发生和破案的过程中,我们能看见窗外的摩天大楼慢慢披上落日余晖,亮起万家灯火。不像一般的破案作品在结尾才解释谜底,我们一开始就知道了真相,知道了谁是凶手,而使观众仍感到强烈兴趣的是破案的过程,是杀人的"缘由"。

两个凶手中较坚定、强悍的一个叫布兰登,而另一个有点女性化的叫菲力蒲,他杀人后很快就感到震惊、惊恐不安乃至神经质。影片暗示两人之间存在着一种同性恋的关系,前者始终威胁后者,但这又正是他对后者的魅力所在。

死者是来赴晚宴的。其他的客人也很快就要到来。这两个人是想完成一件尽善尽美的杀人案——这里"完美"的界定是,这一杀人几乎无个人特殊利己或泄愤动机,它的形式必须大胆、巧妙、干得干净利落,对公众和社会极具挑战性却还不被发现。他们选择的对象是一个他们曾经的哈佛同学和室友——但在他们看来,大卫智力上是劣于他们的,是"在世上活着只是占据一个空间"的多余人。他们认为杀人可以成为一门艺术,杀人的能力有如创造的能力。他们是为冒险而杀人,为挑战社会而杀人,为证明理论而杀人，为体验刺激而杀人，或一言以蔽之：为杀人而杀人。而他们认为，这就是他们和凡夫俗子不同的地方，普通人即便有杀人之念也不敢动手。他们不缺钱，死者也不是他们的敌人。他们不恨他而只是轻视他。他们自己家境富有、智力高超、前途远大。他们有什么不能做或不敢做呢？

他们要杀人，但他们并不想被逮住，微妙之处正在这里，如果像其他人一样被逮住、被惩罚那就不完美、不好玩了。同时，也说明自己智力并不高超。他们无所谓自己是不是犯道德上的"罪"，但绝不能允许自己犯技术、判断上的"错"——因为那就意味着自己智力并不高超了。当然，客观看来，这还是一种杀人理论的"初级形态"，更高级的应当是不仅不被逮住，还被崇拜。即不仅是杀一两个人，而是成千上万地杀人，且不必自己动手，最后还被视为"英雄"和"伟人"。前一种形态可以通过"目的证明手段"的论据方便地过渡到后一种形态。

这样，把一件谋杀案弄得越是公然进行且又还不被发现，这就是他们——或至少是布兰登醉心的杀人"艺术"。所以，他们特意要在大白天杀人——稍有点遗憾的是没开窗；他们在杀人之后马上还要邀请一些客人来参加晚宴——包括死者的父母（后来是其姑母代替其母来到）；死者现在的女友珍妮、珍妮的前男友肯尼士以及一位最具威胁性的人物——他们几位学生过去的舍监，非常熟悉他们各自性格的、机警无比的罗伯特。而这种危险正是挑战的一个"乐趣"所在，他们还将自助晚宴的食物和烛台就放在了隐藏刚刚被杀死的大卫的大箱子上。

那根绳索也总是出现：它一开始就套在大卫的脖子上；后又被菲力蒲惊恐地发现在人来之后还夹在箱缝间；布兰登却若无其事地摇晃着它，几乎是当着威尔森太太的面走去放在厨房的抽屉里；后来又被布兰登用来捆绑送给大卫父亲的书（残忍莫过于此了——但他们的辞典里没有这个词）；最后是罗伯特在发现种种疑点之后，再次回来盘询，直到他一边说话，一边似乎无意中又掏出了那根带回来的绳索在手中拉紧，这时菲力蒲崩溃了，说出了真相。

但罗伯特也是认为人分优劣的，甚至也说过谋杀对大多数人是犯罪，对很少数优秀者来说却可能是一种特权。杀人不属于人文"七艺"之一，但还是一门"艺术"。不管为什么而杀人，为一只小鸡还是为美女或巨款杀人并没有什么两样。他在晚宴上试着阐述一种"人对人是狼"的"丛林规则"，他是认真的还是一种反讽？他是陀思妥耶夫斯基笔下琢磨出一套"杀人无罪"的理论、但自己却并不动手杀人的伊凡吗？布兰登则进一步引申道：卓越出众的人，超越道德的范围，善恶的准则都是为凡夫俗子制定的，应当由优秀者决定来消灭那些傻瓜、无能的人、无用的人。当大卫父亲凯德利问："由谁来决定呢？"布兰登答道："比如我、菲力蒲、或许罗伯特。"这有决定权的很少数是那些智力和文化优越者，他们是在传统的道德范畴之上。像希特勒法西斯一类表面上的"同道"也还是野蛮人，他们太愚蠢了，所以要首先吊死。"我要吊死那些白痴和无能者，这种人在世界上太多了。"布兰登说。凯德利老人回敬道："或许你该吊死我。因我笨得弄不清你是不是认真的。恕我直言，你对人性的轻蔑不合文明世界的标准。"而布兰登说："这文明是一种伪善。"

凯德利老人生气地说他听够了，罗伯特也陷入深思和怀疑。一种紧张不安的气氛在增长：因为大卫一向是很准时的，如果不来也会打个电话来。种种疑点使罗伯特虽然一直在怀疑这一气氛有点怪诞的晚宴，但是，他甚至在自己回来，听到了菲力蒲自认其罪，乃至最后打开箱子，看到了死者的尸体之时，他还是几乎不敢相信眼前看到的这一切是真的。当布兰登说让他来解释时，他说："这样的事情能解释吗？"但布兰登还抱着最后的一线希望，想要罗伯特谅解。罗伯特此时告诉他说：

"在此之前，世间百态对我还晦暗不明，难以理解，我试图以逻辑和过人的才智理出头绪。但你却将我的言论套在我的头上，你说得对，言行必须一致。但你却私自引申我的话，将其扭曲成丑陋谋杀的借口。那理论实际不是这样的，你也不能强行套用。是你内心深处有一股力量使你这样做，我的内心深处却有规范我的力量，使我不会和你同流合污。"

而他对自己的理论也开始了反省。他继续说："你今晚使我对优等人次等人的理论也感到羞耻。我得感谢你给了我羞耻感。我因此而知道每个人都有自行工作、思考和生活的权利,也都对所生存的社会负有义务。"

他质问布兰登:"你凭什么自认是优秀的少数?你凭什么敢判定那孩子是次等人因而被杀死也毫不足惜?你以为你是上帝吗?你在杀死他、在他的尸体上就餐时就是这样想的吗?我不知道你想什么或你是什么,但我知道你做了什么,你杀人了!你勒死了一个比你更懂得爱和生活的人!"最后,他向窗外开了三枪,全剧在警车到来的轰鸣声中结束。由一个谋杀的"理论家"来侦破此案,来否定这一行动看来也更有意义,它使我们更深地意识到理论与行动的分际。

不,不会有完美的谋杀案,希区柯克在另一部电影《电话谋杀案》中告诉我们:任何一件小事都可能成为颠覆一个"完美的谋杀案"的关键。甚至越是精心策划的谋杀案,越是有可能露出破绽。而关键的问题并不在"完美"与否,杀死一个人就是杀死一个人,而不管他是怎样杀死这个人以及为什么要杀死这人。人是否存在智力或文化水准高低等差别是一个事实问题,而一些人是否能杀死另一些人则是一个规范问题。杀死人的人,他自己又成了什么人呢?

有一件小事:在还没有任何客人觉察到有何命案时,菲力蒲想问他即将举行的个人钢琴演奏会是否成功而让艾华太太看手相,艾华太太说这双手将使菲力蒲出名,菲力蒲却突然愣住了,紧瞪着自己的双手,这双手将给他带来什么样的名声呢?菲力蒲修长的手指又一次在钢琴上滑过,乐音依旧,但那双手已不再是原来的手了,永远不可能是了——那是一双刚刚紧拉绳索勒死大卫的手,菲力蒲自己一定也突然意识到了这一点。即便他不被发现,不被抓住,他的心态、他的命运也永远地被改变了。

刚才说到,这一类型——精英以自己的某种理由杀人或犯罪的案件是真实的,它不仅发生在美国,也发生在陀思妥耶夫斯基写《罪与罚》时的俄国,而在中国,则可以举出20多年前在北京发生的冯大兴案。

的确,一直到最后,大卫·凯德利都不再露面,但他始终在场。始终。

《你不应杀人》(Thou shaltnot kill)

这是波兰的奇斯洛斯基(Kieslowski)导演的"十诫"系列片中的一个

短片。

我们现在看到的,不再是自认为"精英"的人杀人,而是一个普普通通的男孩杀人。不再是"理论杀人"、"理性杀人",而是"情绪杀人"、"情感杀人"。在现实生活中,它显然要更为常见得多。

那是1987年华沙的早春。

年轻的皮洛·布林基正准备参加执业律师的资格考试;一个胖胖的出租汽车司机从公寓大楼出来,不知是哪层楼上突然有人扔下一块破布几乎打中他;一个蓬头乱发,背一挎包流浪着的年轻人从街上走进电影院门厅,问电影怎样,女售票员正专心拨理自己的灰白头发,没精打采地告诉他电影没意思。

在这一两分钟里,三个主要人物——即将发生案件的受害者、凶手和他的辩护律师都已出场,时代气氛也用几笔勾勒出一个大略:一般人对自己的工作没有多少兴趣和责任心,邻里的关系也有点糟糕,人的心态无聊、烦闷,似有一种"山雨欲来"之前的压抑。

这种有些无聊和压抑的气氛在继续增长:两个人在街巷里追打一个男孩,蓬头乱发的年轻人冷漠地看着,其他路人无动于衷地继续走自己的路。人们在拥挤着上似乎永远不足的出租车,当广场上一个老妇人气冲冲地说那个"农民工"模样的流浪年轻人吓着了她的鸽子、说他是"人渣"要他滚开的时候,他不动声色地扔下烟蒂,突然冲向鸽群,把它们全都轰起。一种气氛进入了人的内心,或者说,它就是由许许多多的人们的心态所构成。外在的氛围和内在的心态、他人和我、社会和个人都在互相影响、互相构建。于是,人们对所有的行为就都可能负有一种程度不同的连带责任。几乎不会有谁能说自己对一种恶劣的社会氛围乃至一桩罪行全无责任。

而在那个年轻的应考人身上的确还有一种"初生牛犊"的生气和亮光,他在应试时谈到从事律师这一职业可以纠正庞大的司法机构所犯的错误,或至少可以设法纠正。律师能会见和理解那些否则不能见到的人们。人们一直在问自己,我们的作为可有任何意义,恐怕要找出意义越来越困难。可以相信,这是标准降低了,或更糟的,价值观下降了。从该隐犯罪以来,没有一项惩罚被证明是有恰当的威慑力使人远离犯罪。他通过了考试。

　　流浪的年轻人一直阴沉着脸，他的确很烦闷，他想干他今天想干的一件大事，但他瞥见人们还纷纷挤在出租车站，看来还不是时候。他憎厌这个社会。他无聊地趴到了一处可以俯视下面车水马龙的地方，看见旁边有一块石子，顺手推下去，立刻听到了一片紧急刹车和喇叭轰鸣的混乱。不，这还不够，这还只是一点小事。他也并不高兴。他使别人不快，但自己并不因此快乐，但在目前的心境下，他还是不能容忍别人的快乐。当在小便池的时候，看到一个小伙子进来高兴地哼着曲子，他走出去的时候顺手狠狠地一把将其按倒。

　　但目前还什么案件都没有发生，现在出现的这两个潜在的未来"凶手"和"受害人"看来都是普普通通的人：他们有自己的喜好，有自己的毛病，也有自己的优点。司机歪下头看往车下搬东西的年轻女孩的大腿，但也仅此而已。他想搭乘那个女孩，那女孩不睬他，他对想搭他车的别人也不太理睬。他擦完车后不顾一对夫妇的等待而径直将车开走。他后来又不肯搭载一个被人扶着的醉汉，最后却搭上了将杀死自己的凶手。然而，当他看见一只流浪的饿狗，却微笑着和它说话，把自己的面包投给了它；他在行驶时突然小心翼翼地停住车，笑着挥手让幼儿园的孩子们先通过马路。

　　而那个冷漠的、刚刚恶作剧的流浪年轻人心底里也还是有温柔的一角，他凝神注视坐在街头画家前的女孩和她的画像；他又被照相馆橱窗里一些女孩的漂亮照片吸引，走进去要放大一张一直放在他身上的、有折痕的女孩的旧照片；他对在咖啡馆窗外两个对他的小恶作剧微笑的女孩，也第一次发出他明朗的、孩子般淘气的微笑。

　　但就是这温柔的一刻也是他的杀机所在。因为他的妹妹几年前被一个拖拉机司机酒醉后撞死了。他打定主意今天要杀死一个人，杀死一个司机。在照相馆里，他在掏照片时，也第一次掏出了他的绳索。他在一条较僻静的街道上发现了一个出租车站等候的人很少，但旁边有一个警察站着，于是走进了旁边的一个咖啡店等候。在吃了一块蛋糕之后，他又悄悄拿出绳子，一道又一道地缠绕在桌子底下的手上，放松、拉紧，反复比划着，像是要试试它的恰当长度和结实程度。然后用咖啡馆的一把餐具刀割出了一截，放进了挎包，最后将唾沫吐进一个杯子离去，搭上了那个胖司机的出租车。

当出租车经过一个要拐向一条郊区的岔路口时，喇叭声使一个正拿着测量杆的人回过头来，这个人就是导演本人所扮演的工人。他好像是知道了那年轻人搭这辆车要去干什么，他的一双深深忧伤的眼睛似在劝阻，他似在缓缓地摇头，好像是说：不，年轻人，这一切还没有发生，还来得及，不要走上那条路。不过他只能默默地、用悲哀的眼神劝阻。他不能说，他说不出什么。车还是拐弯了。无论如何，犯下罪行的人并不是命定的恶人，走这条路还是走那条路，往往是一念之差。

在郊区一条荒凉的路上，这年轻人突然从后座用绳索勒住了司机的脖子，他的全部不满、憎恨和凶残似乎都一下子在一个具体的对象上释放出来了。司机拼死按响了喇叭，可惜附近没有人，不巧又一辆火车通过。看见司机挣扎，凶手用铁条击打他的头部，司机满面血污的脸还在盯视着他，凶手在后备箱找到一件衣服蒙住了他的脸，将他往河边拖。放到河边后，司机的头还在轻轻蠕动，说出断断续续的几个字："钱"、"妻子"。当凶手捡回一块大石头准备往司机头上猛砸下去的时候，司机说出了"求求你……"凶手犹豫了一下，把石头放到了腰部，然后还是按下去了。人一旦杀起人来了，就不容易停住手了，人一旦见血，就似要让更多的血来补充，直到把血流干。

凶手重新上了车，咬了一口司机留下的面包，似乎又得意。他打开了收音机，女声唱出了："所有长大的狮子都说，一只狮子应当有狮子的心肠。"他突然显出痛苦，猛力扯出收音机，扔到了外面的水洼里。

影片立即进入了下半部：法官宣布"退庭"，这时想已判决了凶手的死刑。一个坐在轮椅上的妇女被推着默默地离开，她也许就是受害者的未亡人。而几个乡下人模样的是罪犯的亲戚，他们也都默默无语，其中一个是他的母亲。全片截然地分成罪犯杀人的前半部和杀人犯被处死的后半部。中间如何破案抓住罪犯、如何审判的过程完全隐去。这一定是一个很"笨拙的"、被迅速破获的凶杀案，这年轻人甚至没有来得及去取他洗印的照片，但影片非常仔细地描写了罪犯杀死司机和他被处死的过程。而如果说第一个杀人过程极其残忍和丑陋，第二个杀人过程是怎样的呢？是否就变得正义和美丽了呢？

年轻律师从窗户看到楼下犯人被押往囚车，他喊道"杰基"，我们这时才知道他的名字。律师又忍不住来到法官的办公室，他问法官，如果犯人能找一位有声望的老律师，结果是否会好一些呢？回答是绝对不会。老法官说："你的辩护是我多年来听过反对死刑的论辩中最好的，不管是作为一个律师来说还是作为一个人来说都是如此，但这一判决是必定这样的。"律师说："那天正好也是我应试，经过了那个咖啡馆，本来也许能够设法……"法官说："你做律师可能是太敏感了。"

行刑日律师去监狱会见犯人。死刑执行人也去检查刑具，他把绳索套往下拉，然后又摇上去，打开死刑犯将站立的活板，将一个准备盛犯人排泄物的盘子放到底下，然后回来告诉典狱长一切准备就绪。

杰基问律师，母亲是否有话留给他，律师说，没有，她只是哭。杰基要他在这完事之后再去看一次他母亲，他说，法庭上我没仔细听人们说些什么，但那天听到你叫我的名字，我泪流满面。所有的人都反对我。律师说，他们是反对你做的事。杰基要律师告诉母亲，他希望能埋在父亲的坟中，那是座双人坟，本来是为母亲留的，但他妹妹已先葬在父亲旁边，他希望母亲能同意将余下的一点地方给他。他说他有三个兄弟，但只有一个妹妹。"她最喜欢我，我也最宠爱她。我一直在想，如果妹妹还活着，一切都或许不同。这样我就不会离开村子，她如果在，也许这一切都不会发生。"律师说有可能是这样。

狱警来过几次，问好了没有。律师最后生气了，说，永远没好的时候。最后检察官要狱警通知立即结束会见，当杰基刚出囚室，立刻被等候在那里的六个人大叫着扑上去抓住，尽管杰基根本没有表露出反抗的迹象，而这也许就是一种预先的威慑。杰基事实上已经软弱得像是没有了自己的身子，有点被拖着走。他原来有多么凶悍，现在就有多么懦弱。谁也没有办法对付国家，谁在国家机器面前也是极其弱小的，就像一只蚂蚁，随时可以被它捻死。一个再强悍的人在强大的国家机器面前也会变得十分的弱小。而这是否更提高了国家的责任？

到了行刑室，检察官要验明正身。一问一答，我们知道了杰基·拉兹刚满20岁。检察官向他宣布"奉波兰人民共和国之名"，由于他杀死被害人，法庭判处他死刑，现在就要执行。杰基被问是否想抽根烟，他要了支没过滤嘴的，抽完烟，他突然使出最后的力气，大喊着挣脱众人。不管他过去过的是怎样糟糕的生活，也不管他犯下了什么罪行，他还是强烈地想活。他自然马上又被众人抓住了，过程的节奏也迅速地加快了，哭叫着的他被立刻在眼睛上蒙上黑布，这时他安静了，反倒是旁边执行的人在不断叫喊。他的脖子上被套上绞索，行刑人的助手喊叫着又重新摇高了绞索，然后又迅速左右调整，一切就绪，杰基站立其上的活板猛然一翻，他的身体吊在空中了，他的两手奇怪地往后翻动着。过了一会儿，医生来检查他的心脏，点了点头。就在这很短暂的几分钟里，他被一个强大的、冷静的、理性的、深思熟虑的国家机器执行了死刑，走过了活着的人永远不能测知其究竟的从生到死的路程，越过了生与死的绝对界限。

他用一根绳索来杀人，最后吊死他的，也是一根绳索。在一个人为的死之后，又增加了一个人为的死。无论是他手中的绳索，还是吊死他的绳索，都是同一根绳索，都是夺取生命的绳索，如果说今天汽车的车轮已经成为"肇事杀人"的一个元凶和象征，那么，绞架则是一个更为久远的"人为杀人"的象征。

杰基杀人的主要目的是私自报复。并不是盯准特定目标的报复，而且，即便从私人报复的标准看，肇事杀人又何能与恶意杀人相提并论？但他也不是完全漫无目标地进行报复，他是想杀死一个司机，似是向车轮报复，向一种职业报复，也是向社会报复。国家、尤其是支持杀死他的"民意"也首先是为了报复，但我们如何实行报复的正义？自国家诞生之日起，就将私人报复的权利统一收到了自己手里，这是历史文明的一个进展，但不同的时代还是会考虑、会争论，究竟报复到何种程度才算恰当，才算正义？

文明还会继续进展。也许有一天，在中国，人们也将重新反省"杀人偿命"的"天经地义"。

影片虽然是在讲述一个残酷的故事，但始终平缓进行，话语极少，是故事和思想慢慢在流淌，或者说是故事和人物本身在说话，它应当跻身于这个时代最好的思想艺术品之列。但导演的忧郁这样始终持续下去是要伤身的，奇斯洛斯基死得很早，不正常地早。

让我们回到片头语，那大概也是那位年轻律师的心声："法律不应该依赖人性，而应该改造它。法律是人类的理念，人们据以管理他们的关系。时下的我们及我们的生活方式都是法律运作的结果——不管我们是遵守它还是违反它。人类是自由的，他的自由只是以不妨碍他人的自由为界。惩罚意味着报复，尤其当它意在伤害罪犯，但并不防止犯罪时。但法律是报复谁呢？它真的是为无辜的人们着想吗？是无辜者制定了这法律吗？"

法律应该改造人性吗？应该。但它又依赖人性。它应该正视人性中的恶端，但也应该信任人性中的善端，启发人们心里同样根深蒂固的恻隐之心。它的改造或要求又是在人性基础上的改造和要求。它不能脱离人性太远。主张废除死刑的观点看起来有点像乌托邦，看起来好像有些激进，离人性很远。但是，它实在离人性又很近。它同时认识到人性中原始的残忍本能和怜悯之心，认识到所有人并非神灵也非魔鬼，所有人都有某种连带责任和连带痛苦。

我们每个人，或至少是社会的绝大多数人的一般生活和观念，尤其是行为方式，在很大程度上都是由政治法律塑造的。问题在于：这整个的国家机器，在经过反复的考量之后，是否还是准备和一个缺乏理性和起码责任心的罪犯处在同一水平？国家能不能开启另一个进程？开启一个渐渐远离残忍和血腥之气的进程？树立另一种不流血的榜样？既然它如此强有力，它掌握着无数智慧的头脑和身躯，掌握着无数强力的机构和工具，具有那样多的其他惩罚方式可供选择，它是不是能以别的方式来制止犯罪乃至尽可能地预防犯罪？

同一根绳索。无论是精英杀人还是众人杀人，是同一根绳索；无论是非法杀人还是合法杀人,也是同一根绳索;甚至无论杀人还是救人,实际上还是同样的绳索。人类应当如何"合群",才有可能达到一种稳固乃至和谐的联系呢?而我们是命定地要生活在同一个世界上的。

(原载《随笔》,2005年第5期)

四十年前那一年

何满子

四十年前的1966年春节,"文革"虽尚需几个月后才爆发,但山雨欲来,那不祥的氛围已很浓烈。上年十一月,姚文元声讨吴晗《海瑞罢官》的万言长文推出。经历过反胡风、反右、反右倾等系列运动的考验,不必是敏感的人,都能察知一场风暴即将降临:凡有大动作,必有气势汹汹的诛伐文章开路。此文是奉命必须学习的,何况伴随着学习,还有烘染气氛的切切嚓嚓的小道传闻。

那时我在上海出版文献资料编辑所(简称"文献")供职——说"供职",是漂亮话,其实是在被管制。一年多以前,时任上海管文教的市委书记石西民大发慈悲,把我从"发往宁夏军前效力"的腾格里沙漠边调回上海出版系统;出版系统的官们老大不愿意地把我塞进这牛鬼成群成堆的"文献"。我住宿在"文献"孤零零的一间职工宿舍里,一室三人。除夕,同室的另两人都有家或亲属在上海,去团圆了;我单身一人,买了点酒菜在斗室中自得其乐。微醺后,吟成一律:

抛书对酒当除夜,悴憔斯人独送穷。不免翰身迎冷暖,何如放眼看鸡虫。文章得售贤阳五,孺子成名憾嗣宗。坚白纷纷那有定,由他智叟笑愚公。

诗的颈联正是有感于姚文元的大文而发的对他的讥薄。"文革"初起时,造反小将纷纷搜求我的罪证,一言一字都吹毛求疵地挑剔诛求,此诗我写后置于写字台玻璃板下,而竟不问。鲁迅曾说:"旧诗如此写得明白,而竟不觉,不免有呆鸟之讥。"诚然诚然。

闲话表过不提。且说风声越来越紧，早在《五一六通知》发布以前，"文献"就已"停产闹革命"，成天装得真的一样，只开批判会和学习文件，人们小心翼翼而且冷冷冰冰地度着每一天。本来，"文献"这个单位是为了安置牛鬼们才没事找事设置的，除了主管人员和一些"掺沙子"进来的骨干以外，全是历史反革命、右派、内定右派和公私合营后的资本家或资方代理人。成员中的知名人士有御笔亲点的大右派徐铸成，与鲁迅有过瓜葛的北新书店经理人兼右派李小峰，胡风案"漏网分子"、海燕书店经理人俞鸿模，与鲁迅交往过并是茅盾郎舅、"内定右派"兼资方代理人的孔另境，鸳蝴派作家、敌伪时期有附逆嫌疑的秦瘦鸥等等，都是些必须"夹着尾巴过日子"的人，一言一行都有人窥视着的。

至于我的境遇，可举下列三件小事以明之：

1964年我刚到"文献"不久，一个安徽全椒筹办吴敬梓纪念馆的来人，持赵景深的介绍信来找我征求建馆意见。考虑到自己的身份，我很谨慎，先关照了所属领导才接见。我在会客室和来人谈话时，人事科竟然派了一个人在一角监视。当然，来客不知那人是干什么的，交谈还不尴尬。记得那客人提出了两点：一是邀我去全椒考察一下，提提意见，我知道我的身份不宜，谢绝了；一是索取我那本《论儒林外史》供纪念馆展览，该书我已无存本，道了歉。就这点毫无关碍的交谈，不料客人起身时，人事科那位忽然邀他去一谈，我站在外面，因为按礼数我该向客人送别。等客人一出来，我发现他神色大异，惊惶失措地勉强点了个头就走了。可以想见，人事科是向来人说明了我的不可接触的贱民身份，把来客吓坏了。我是法定的公民，这种毫无道理的限制和歧视是违法的。但我知道我抗辩无用，只有吃亏，而且我也不稀罕那点自由。

第二件事是一次邂逅满涛。那时规定干部参加劳动，每星期五要到淮海路新华书店去劳动，卖一天书，这天早晨我独身从宿舍前往书店，在淮海路转角和满涛不期而遇。虽然我和他并无深交，且已多年不见，但觌了面总得寒暄几句吧；满涛也是与胡风案有牵连的人，我怕事，谈了两三句话就推说要赶上班告别了。次日是星期六，规定要写每周的生活思想情况汇报，我考虑了一下，还是不写上遇到满涛一事为好，免得引起无谓的误会。不料周一上班，立刻遭到人事科的传唤，责问我和满涛商量什么、为什么不汇报。显然是被哪位眼尖的仁兄仁姐瞅见了去打了小报告。我赶紧解释，是不期而遇，只彼此问候，没有见不得人的交谈。但仍被没完没了地盘问，说我们不是一般的朋友关系（其实我和满涛确是浅交，并无说私房话的情分），不汇报就是不老实，这个那个的胡搅蛮缠，实在超过了我的忍耐度。但我仍以委婉的口气表达我的抗议，我说，既然不相信我，我以后就不再写汇报了，似乎没有法律或什么条例规定我必须履行写汇报的义务。我一硬，他倒软了，说些这对我改造有利，组织关心同志之类的废话下台阶。我以为这下总算完了吧，不料两天后立即布置了对我的惩罚，在"五类分子"学习会上集中火力向我围攻，我不能声辩，不知触动了我的什么情绪，我禁不住笑了起来。这下可不得了，什么恶言恶语都倾盆而来，足足整了我四五个钟头，连晚饭都没赶上。

第三件事更是侮辱性的。我属于资料组。管内部材料的一位老姑娘发现少了一本材料，是锁在玻璃橱里的，其实只是无密可保的文史资料之类的书，我根本不感兴趣，如我想看，我也能从别处借到。组里集会查这件事，全组的眼光都异样地注视我。虽没明说，但神色和言辞之间以我为嫌疑犯是明白的。我想，我如辩白，倒反会落入做贼心虚的窘境，会上我自始至终没有吭声。人们问我怎么不发言，我答以一无所知，无话可说。谁能料到，竟到我宿舍里去搜了一遍，这是正好那天因病不上班的同宿舍的刘伯涵告诉我的。刘伯涵是个正派人，他以后帮了我大忙，简直是救了我。

"文革"劫难降临时，我便处于这种境遇里，您想我还会有什么恐惧？再坏也坏不到哪里去，真所谓"曾经沧海难为水"，"文革"对于我，十年前即1955年的胡风案就尝过同样的滋味了，无非是坐牢、流放、劳役，这些死去活来的命运我都挨受过，我倒反而感到已有了某种"免疫性"的欣幸。我已是"死老虎"，旧"罪状"人所共知，新"劣迹"找不到碴，单位内铺天盖地的大字报都没冲着我的，倒是外单位，上海少年儿童出版社一个叫做胡从经的给我送来了唯一的一张。

　　这是希腊寓言里"农夫与蛇"的故事。胡某与我本无干系，他是和我同宿舍的小许的朋友，常来宿舍看小许而认识了。上年法国芭蕾舞团来上海演出，那时高档次的文艺演出很珍稀，票很难买，我认识主管此事的上海文化局副局长吕复，凭老交情能弄到票。小许和胡从经求我弄两张票，我给他们弄到了。"文革"一造反，吕复被打成了走资派。于是，胡从经的大字报就说我和"走资派吕复有不可告人的关系"，还以高智商说了些奇里古怪的罪状。虽然追逼不出什么，我却挨了些无妄之灾，被"文献"的造反派推来搡去了好一阵。但此刻也无意责怪给我带来这场小灾难的胡从经，在那时的环境气氛下，稍稍表演一下"积极"是很平常的事。

　　但大字报是能置人死命的，六月间，我就亲眼目睹了惨烈的一幕。我的一位组长洪嘉义，就因大字报的声讨，那天中午活生生地从三楼跳下来殒命了。洪是中共党员，新中国成立前在圣约翰大学读书时就参加了地下党组织；能派到满是牛鬼的"文献"来当组长，可想而知是党性强、过得硬的；但没想到竟如此脆弱，经不起几张大字报的考验就自尽了。这是我"文革"中目睹的第一个被迫自杀的惨剧，也是生平唯一的一次亲眼看到生命如此殒灭，哪怕这些年已被艰险的遭遇整得麻木了的我，也不得不为之震颤。

　　接着便闹起了红卫兵。"文献"的红卫兵都是人事科的干部和几个部队转业来的复员军人，人不多，以至张贴出来监管"五类分子"的名单，一个红卫兵名下得监管五六个。有了红卫兵，抄家也开始了，这些造反行动都是和出版系统别单位的红卫兵串联伙同进行的，到我宿舍里来查抄的一伙中就有几个是陌生人。那时机关已经瘫痪，党政负责人已"靠边站"，处于无政府状态，单位的活动靠一种习惯的惰性在运行，出头指挥的则是红卫兵，不知红卫兵又由谁在指挥？

　　外面世界的活动似乎也以红卫兵的"破四旧"活动最为耀眼。北京南下的红卫兵到上海来串联鼓动后，更掀起了造反狂潮，不仅包围上海市委和党政机关,到处抄家、斗人,而且在大街喊叫发威,拦住过路的妇女,勒令脱下"火箭"皮鞋,即当时称时髦的尖头皮鞋;烫头发的一律被强行剪掉,小裤脚管(被称为"阿飞装")一律当街剪破,总之是一片混乱,整个上海市也处于无政府状态。

一天午饭后,人们正在单位院子里散步闲谈,资料室的一个女职员哭丧着脸,光着脚,一步一瘸地走了进来,她的皮鞋也遭那头街口的红卫兵没收了。此人是印尼归国读大学的侨民,向称"积极分子",这才"掺沙子"掺到"文献"来,平时挺会扮"阶级斗争面孔",标准的善于监管"五类分子"的革命干部,不料也被革了命。但我毫无幸灾乐祸之心,熬不住冒出一句:"简直是义和团!"

在一旁的徐铸成狠狠盯了我一眼,我立即警觉我的失言,但吃后悔药已来不及了。果然是闯了祸,下午,所里的红卫兵召集一些积极分子对我批斗。

——你污蔑红卫兵"破四旧"的革命行动是义和团?反动透顶!

我不能抵赖,只得辩说:"不是污蔑,义和团是反帝国主义的革命运动,有的书上是这样说的。我可以找出这种论断的证据。"

于是,一片斥责的鼓噪:有的喊"狡辩",有的喊"革命不革命,没有你这个胡风分子和右派分子的发言权",骂骂嚷嚷,推来搡去地纠缠了一通之后,一个红卫兵宣布:为了避免外面的红卫兵来干涉,今天起对我实行"保护性隔离",即关进一间堆放废旧文件的小库房。同时被禁闭的还有另外四五人,现在只记得其中有秦瘦鸥。这可能是最早的"牛棚"。

就在被隔离的那天晚上,一伙红卫兵到我宿舍里来抄家。把我带在身边的两百来册书全部抄走,连《马克思恩格斯全集》也不留。我抗议,马恩的书怎么也不许留?回说是里面有反动言论,指的是我在读书时加的一些评语。我藏在床下的几幅画,包括徐悲鸿、傅抱石等题有赠我的上款的几幅画,还有一幅解放初期我在苏州拣便宜买来、准备送给舅舅的一幅清初王翚的山水单条(因为我舅舅原有王石谷的一幅中堂,在抗战时失去,常常念叨。所以特地买了安慰他的)。这些,我知道抄家时是重点的"四旧",留不住的。最伤心的是我从四十年代起开始研究观世音菩萨所积蓄的大批资料,上千张卡片,一百多幅图片和拓片,十多万字未完成的初稿,我抗拒了半天无效,这是我十多年的心血,就被这些强盗们拿去白白糟蹋了。

在那种乱哄哄的日子里,只有晚上回宿舍,还能有几个钟头的读书时间,这回书都被抄走了,连这点读书机会也被剥夺,我当然十分恼恨。留着的只有一册机关发给的《毛主席四篇哲学论文》和一册据说本该不发给"五类分子"、特别宽大才发给的"红宝书"。我发了一句牢骚:"连马克思的书都抄走了不许读,只许读些ABC。"这下几乎闯了大祸。

记得这时已是九月下旬了,一天下午,红卫兵突然集合"文献"的全部人员,在院子里开批判会,我被叫出去,主角居然是我!

问:老实交代,你发表了什么反动言论?

答:我没有。

问:你还要抵赖!你狗胆包天,公然狂妄地污蔑伟大领袖的著作是ABC!

我一边抵赖着,一边暗忖,我说这话是在宿舍里,宿舍里只有两个人,刘伯涵是老好人,肯定就是小许打的小报告。

果然叫出了小许来作证。

这可是性命交关的事,在那时,就凭这句话就可以打成现行反革命,抵死我也不能承认。窘急之中,真叫狗急跳墙,我用胡扯法反攻过去,说:"小许要我介绍女朋友,我不肯,他是怀恨在心,故而造谣报复!"

事实上,他确曾要我介绍过我朋友的一个同事,但没有成功。小许吃了我一闷棍,口吃着说:"你说过的,刘伯涵也在场,他可以作证。"

于是叫出了刘伯涵。正像是囚犯等待判决的紧张关头,我盯着刘伯涵,心脏狂跳着。刘伯涵沉住气,慢吞吞地说:"老何有没有说这话我不敢断定,可是我没有听见。"

哇!一下子我嘘出一口长气,一身都汗湿了。事实上刘伯涵是听到我发牢骚的,他深知这事关系非轻,放了我一马。这下小许成了孤证,我又说他是挟嫌诬告,事情就很难办,正在僵着时,另一个角落忽然有人厮打,吸去了群众的注意力,红卫兵就趁势转移目标,对我的审问就此了结。这紧张的一幕下来,我几乎全身都瘫痪了。

顺便说说转移了群众注意力的那场厮打。事后我才知道,一个搞美工的同事,此人患有鼻炎,猛打一个喷嚏,无法控制地把一朵痰喷出,正巧吐到了一个红卫兵的裤子上。那红卫兵以为他拿痰呸他,"革命义愤"陡发,一伸手就给那人一耳光;挨打者当然不依,于是扭打起来。红卫兵同伙围上来相帮,那倒霉蛋自然吃了大亏。

不知是否由于这次"现反"嫌疑案,还是造反派的战略部署,闹不清是谁做主,可以这样轻便地处置一个人的命运。九月底,贴出一张题为《驱逐令》的公告,写的大意是:胡风分子、右派分子、现行反革命嫌疑分子何某,在家乡罪恶累累,当地贫下中农强烈要求押回原籍批斗,云云。天晓得,我自幼就离家在外,与家乡从无瓜葛,不知如何"罪恶"起!不过所谓"革命文书"从来就是如此这般的,不足为怪。

我至今也不知作出决定发号施令的是什么权力机构。次日,连户口转移证件都没办,我就被"文献"的两个红卫兵,一个是人事科的干事,一个是新来未久的复员军人,押送回到家乡。从此在农村里度过了漫长的十二年,直到1978冬,才回沪重操旧业。

诚所谓"塞翁失马,焉知非福",后来一比较,我比起留在城市里的朋友熟人来,"文革"中受的罪要少得多也轻得多。除了物质生活上穷困点以外,几乎没有受精神上的折磨。相处的农民都是通情达理的,开头还有几个刁狠的乡村治保干部和乡下的红卫兵吆喝几声,而且这些治保干部之类在农民群众眼里也是坏人,倒是同情而且呵护我的为多。既没有"积极分子"的窥伺,也无须提防人打小报告暗害,我倒是像平头百姓似的呼吸自由了。唯一的苦处是无书可读,老家原来储存的书籍也已被抄焚一空,十多年的与书本睽违几乎使我退化成为文盲,正如我那时仿黄景仁《绮怀》所作的打油诗的一联:抄走诗书归大火,丢光文化出中年。

以上便是我四十年前"文革"劫难初临那一年遭遇的梗概,我只叙及自身的经历，没有触及那场劫难的残酷而荒诞的种种，或许，从我这点浮光掠影的回忆里，也能若干地折射出那个时代、那个世界、那个运动的枝节，它的消耗性和对人民特别是知识人的摧残之酷烈的点滴。历史可以超越，但切不可以忘记。

（原载《随笔》，2006年第2期）

守卫社会生活的底线

孙立平

底线失守：一种更深刻的危机

前一段，网上流传一个帖子，叫作"国内十大著名荒唐禁令"，都是我们现实生活中的真实发生的事情。其中"中小学教师严禁奸污猥亵女生"这则条款出现在湖南省益阳市赫山区和资阳区两个教育局颁发的"教师准则"内；"严禁用公款打麻将"，这是 2004 年 8 月陕西省安康市建设局红头文件里的规定；"海关官员不得庇护走私"，这是海关总署五条禁令里规定的；还有医院规定，严禁销售假药、严禁向患者索要红包等。对于这些禁令，人们不乏嘲讽之声。像教师奸污学生、公款赌博、庇护走私、销售假药等，实际上都是不言自明的底线性规则，而现在却需要郑重其事做出规定。

过去，对于这样的现象，我们更多从道德伦理的角度去理解；有人将其称之为道德滑坡，而应对的措施也更多是软弱的道德呼吁。现在我们必须意识到，这里所说的"底线"，实际上是一种类似于禁忌的基础生活秩序。这种基础生活秩序往往是由道德信念、成文或不成文的规则、正式或非正式的基础制度混合构成的。一般地说，这样的基础秩序是相当稳定的，甚至常常具有超越时代的特征。它平时默默地存在，以至于人们往往忽略了它。甚至在大规模的社会变革中，政权更替了，制度变迁了，这种基础的秩序也往往依然故我。比如，"不许杀人"的道德律令，体现诚信的信任结构等，在社会变革的前后几乎没有大的差别。

但是，在我们今天的现实生活中，我们不得不承认，这样的底线经常被突破。这说明，我们这个社会生存的一些基础正面临威胁。

现在问题的严重性在于，类似的事情不仅发生在一般的日常生活中，而且也发生在公共生活中。有几件事情是应当永远作为教材，来昭示人们，什么叫作底线，什么叫作突破底线的耻辱。

一件是12年前的事情。新疆克拉玛依市教育局为欢迎上级"义务教育与扫盲评估验收团"，组织"专场文艺演出"，中间发生火灾，克拉玛依市教育局的官员出来叫学生们："大家都坐下，不要动！让领导先走！"学生们很听话，都坐在自己的位子上不动；等上级政府与教育局所有在场的官员"先走"之后，教师才开始组织学生撤离，结果796名师生全部陷入火海之中，323人死亡，132人烧伤致残，死者中有288人是中小学生。

另一件是2004年的事情。12名桑植县矿工在山西省盂县南娄镇大贤煤矿瓦斯爆炸事故中遇难。按照山西省政府2004年出台的遇难矿工死亡补偿最低标准，煤矿补偿给每位遇难矿工的家属20万元。桑植县五道水镇政府出面为矿工家属协调善后处理，统一领回了这笔补偿金。不料，当家属们向镇政府索要这笔补偿金时，却被强行扣留总计20余万元。其名目是所谓维权费。但实际上，当地政府有文件硬性规定，矿工死亡补偿金是每人20万元，并不存在什么谈判和维权的问题。更让人惊异的是，负责处理该事件的桑植县纪委信访办主任竟表示，几个镇干部在此事中出发点是好的，处理也很积极，只是收费高了。

应当说，这样的事情已经不是一般的渎职犯罪的问题了，在传统社会叫作天理不容，在今天可以叫"突破底线"。

制度是如何失败的？

在一次演讲中，央视主持人崔永元讲了这么一段话：我不是有什么道德洁癖，我没有特别高的要求，我要求的只是道德底线。比如你是医生，我给了你红包，你做手术时就应该认真些，不能把纱布放在我的肚子里。但是现在不是，拿了钱还会不小心把纱布留下；再比如你绑架，问我要钱，我给了你钱你一定要把亲人还给我，你不能拿了钱又把人弄死。我们现在都堕落到什么程度了？

在正常的情况下，罪恶活动的本身也是有规则的，即人们常说的"盗亦有道"。正当的社会活动更是如此。在我们经济社会生活中屡见不鲜的制度失败是如何发生的？换言之，制度是如何失败的？

对于制度的失败，我们往往将其原因归结为特定制度本身。比如，当反腐败制度不能奏效的时候，我们很自然地要追问，是不是反腐败制度设计存在什么问题，以至于让腐败分子有空子可钻？当我们的国企效率很低，甚至国有资产不断流失的时候，我们自然要问，是不是国有产权的安排存在问题？制度设计本身的问题确实存在，但许多制度的失败，往往不仅是制度本身的问题，而是制度运行的基础秩序出了问题。

以国有企业改革的讨论为例。人们曾比喻我国国有企业的处境是一根大热天的冰棍，不被人吃掉也要化掉。很多人就是用这个比喻来论证改制的必要性的。甚至有人激愤地说，这样的企业就是白送给人，也比慢慢流失掉好。上述的比喻大体是不错的，但问题远不是人们对比喻的解释那样简单。问题的关键是，我们的国有企业为什么会成为不吃即化的冰棍？仅仅是因为国有企业的产权吗？如果是这样的话，为什么世界上许多国家都有国有企业，有的国家国有企业占的份额还不小呢？即使我们承认国有企业的效率要低于民营企业，但有哪个国家国有企业的处境到了不被吃掉就要化掉的程度？关键的问题就是"大热天"——腐败的大环境的存在。大量事例表明，无论是在国企经营的环节上，还是在转让的环节上，抑或是在郎咸平所说的信托责任的环节上，几乎无不与这个因素密切相关。

正是由于权力的腐败，理论上所有者并不缺位的财产，在实践中成了"无主"的财产；本来可以公平进行的国资转让，变成了瓜分国有资产的"盛宴"；郎咸平提倡的信托责任问题一到实践中照样走样变形。因此可以说，国企的"失败"当然有产权的因素，但国企在实践中处于如此的"狼狈困境"，绝非仅仅在于国企产权制度本身。

一个值得注意的问题是，国企存在和运转所处的"大热天"，也恰恰是国企改制所处的"大热天"，正因为如此，国企改革的不规范，国企改革中国有资产的流失等，就成为一种难以解决的顽症。比较一下就可以发现，西方市场经济国家中也不断对国企进行改革,有时甚至也进行大规模的私有化,但所涉及的也主要是效率问题,而在我国,国企改革却成为一个与亿万人的利益相关的问题。差别的关键,就是国企运行或改革的基础秩序不同。

在改革中,无论是旧体制还是新体制,要正常地运行,都需要有更基础的东西作为前提。举例来说,信任结构就是这种基础秩序之一,新体制要以信任结构为基础,旧体制正常运行时也是离不开信任结构的。可见,信任结构是超越体制的,要比体制更为基础。现在我们社会生活中出现的种种问题,有些就是因为这种基础秩序被破坏了。因此,我们现在所面临的问题的严峻性,不仅在于新体制本身的无效或缺陷,而是新旧体制共同基础的丧失。这样的危机更具有根本性。

菲律宾前总统埃斯特拉达因腐败被赶下台的时候,曾有媒体评论说,腐败之风对于菲律宾社会生活基础的破坏,可能需要这个民族用上百年的时间来支付代价。可以说,腐败对社会生活造成的最大危害,就是对于社会生活基础秩序的侵蚀和毒害,是对于社会生活基础的破坏。

底线失守与社会生活的西西里化

吴思先生曾提出一个"潜规则"概念,是指"隐藏在正式规则之下、却在实际上支配着中国社会运行的规矩"。应当说,这个潜规则已经渗透到我们社会生活的许多领域,特别是渗透在官场当中。腐败现象在一些地方却愈演愈烈,一个重要原因是这种潜规则的支配作用已经形成。

潜规则的系统化,就是我在分析官煤勾结时提出的"另一种秩序"的形成。在官煤勾结中,官煤政治绝非是简单的权钱勾结,而是本身就构成了一种"体制"。对于这样的一种"体制",内部人有相当高的共识,局外人也不得不无奈地认同,甚至官煤政治的整治者也不得不对之退让三分,所谓官员在指定时间前退股既往不咎的规定,就是这种退让和默认的表现。

这种"另一种秩序"如果失去控制,则会演变为一种社会生活西西里化的现象,可以保证强弱双方平等互动的规则不断弱化,强者变得越来越蛮横和霸道。

说到这个问题的时候,我们应特别注意并警惕近年社会暴力现象蔓延的现象。其中尤其值得关注的是强者对弱者使用暴力的问题,比如定州事件。据新华社报道,河北定州市绳油村村民因征地纠纷,遭二三百名男子袭击,导致六名村民死亡、多人受伤。对这样的事情,当然需要在道义上加以谴责,但这种现象有着更深层的含义。

在一个正常的社会中,强者一般不太愿意向弱者使用暴力。这是因为,强者在经济、权力、法律甚至话语等各方面都具有优势,他们完全可以使用合法的手段使弱者屈服。再者,强者是"穿鞋"的,顾忌多,使用非法暴力所要付出的代价要更大。那么,最近几年为何频频出现此类事件?可能有这样几个原因:第一,强者的蛮横与霸道。在一些强者那里,利益受损的弱者不配成为利益谈判的对手,强者不耐烦使用哪怕对自己有利的合法手段,而是直接使用暴力。第二,强者有避害的手段。从几个事件来看,真正的主使者并不出面,事后也有"替罪羊"代为顶罪。第三,使用暴力形成了一种习惯,"暴力拆迁"能够成为一个流行词,表明了拆迁中使用暴力的普遍性。

从这样的事件中,我们可以发现一种深层的失序,即完全不顾规则和合法秩序的强力与暴力的原则,开始成为解决社会纠纷的手段。

底线何以频频被突破?

社会生活底线频频被突破,已经构成对我们社会生活的一个严峻挑战。那么应当如何看待底线被突破的原因?我们又应当如何来守卫社会生活的底线?

我们可以从几个层面来看这个问题。

第一,一种强弱失衡的社会结构。在过去 20 多年利益分化的基础上,精英和大众之间的裂痕进一步加深。在网络上,人们可以看到对精英的奚落和羞辱越来越多,而精英本身似乎也变得越来越专横和霸道。裂痕的加深会导致"上层阶级化、下层碎片化"的结构形成,其在行动的层面就是

"上层寡头化,下层民粹化"。实际上,目前许多现象,都与这种结构有关,最近的一个例子,就是"无极"与"馒头"之争。

第二,维护社会公平和正义机制的丧失。有人感叹,在我们这个社会中,最大的痛苦是很难找到说理的机会。如果你是一个被强行征用了土地的农民,如果你是一个被拖欠工资的农民工,就会知道找到这样一个机会是如何不易。这表明公平和正义的缺失。而道德伦理恰恰是要以公平和正义为支撑的。当公平与正义被破坏的时候,道德便处于相当尴尬的境地。相反,在公平与正义能够基本上得到维护的时候,道德的力量也会强大起来。道德本身是不能单打独斗的。这是我们在重建道德的时候必须要明白和记住的。

第三,实用主义的价值观。这一点特别明显地表现在改革的论证中。在旧体制弊端丛生、经济效率低下的情况下,对效率给予特殊的强调无疑是必要的。但问题是,效率有时成了惟一的价值,我们甚至可以看到一种明显的实用主义甚至机会主义的价值观:为了效率,什么都是可以牺牲的,被牺牲的公平和正义是不用计算在成本之内的。更学术化一点的表达,就是可以节省交易费用。在这种短浅的视野之下,许多为维护社会的基础秩序所必需的公平和正义,就被当作"交易成本"节省掉了。结果是,由此造成的基础秩序的解体,要由我们这个社会用极为漫长的时间来偿付代价。

(原载《经济观察报》,2006年3月27日)

又想起了王大点

张 鸣

在义和团运动一百周年（2000年）的前后，我曾写过若干文字，算是纪念，也算是抬杠，多少有点为了跟某些永远站在思想正确的制高点的"学术法官"闹点别扭的意思。文字中，有一篇是关于王大点的。在中国的历史上，王大点是个小得不能再小的人物，闹义和团那年，他是北京城里五城公所的一名衙役，干的是"警察"的买卖，当然有点小权力，但社会地位低贱，属于子孙不能参加科举考试的贱民。就是这样一个人，由于粗通文墨，而且胆子大（人家是警察），当义和团在北京城里杀教民、打洋人、攻使馆的时候，他天天跟着看热闹，看了就兴奋，兴奋了就记，留下了一部日记。我当时解读这本日记的时候，写的文字叫做"世纪末的看客"。文章在《读书》发表之后，好像还有点反响，记得有若干人给我写信打电话，文章也被若干乱七八糟的选本转载过，看来读者对这样一个历史上的看客很有点兴趣。

没错，王大点是个相当标准的看客，没心没肺没立场，对于义和团的革命行动，他没有跟着欢呼，被义和团杀的教民，他也不惋惜，这些倒霉的人，有些他还认识，知道姓名，家住城里，做什么活计。洋人进来了，他虽然没有告发街坊里的义和团，却也很积极地跟洋人套近乎，替洋兵拉皮条，找妓女，引诱禁酒的美国兵喝酒，喝醉了躺在大街上撒泼，无论哪一国的士兵，在王大点这里语言障碍都不成任何问题（由此观之，各国下层人民之间的交往应该没有太多的问题），对付印度缠头兵似乎更得心应手，虽然偶尔也会吃上条洋火腿（挨踢），但也绝没有激起过他老人家什么民族仇恨。同时，他也是个非常勤勉的看客，在北京城闹义和团的那些日子里，他几乎每天出去，满世界寻热闹看，凡是杀人放火的事，大概没有多少能逃得出他老人家法眼的。

　　这样的人,你可以说他很麻木,或者冷血,但他的观察的确相当客观,不带主观的爱憎,所以,他的"观察日记",应该说是相当可靠的。

　　实际上,这本日记当年之所以被整理出来(出版于1964年),最初的动机无非是想从中找到一点义和团英勇杀敌的事迹,为我们歌功颂德式的义和团研究提供有力的佐证。可惜的是,我在仔细搜寻了王大点的庚子时期的日记的每一个字之后,却发现里面根本没有这样的只字片语,难怪那么多年来,几乎没有什么人引用这个材料。

　　王大点看的热闹,最多的是义和团杀教民(信基督教的老百姓)。被杀的教民一律手无寸铁,不知道反抗,其中还有不少妇女和小孩。有抓住就杀的。怎么知道人家就是教民呢,或是有人举报,或是……据说有义和团的大师兄火眼金睛,搭眼一看,就能看出教民额头上有十字印记,所以,拖出去砍了就是。也有谨慎一点的,抓住了嫌疑教民,升坛(义和团的拳坛),焚黄表,让义和团供的关老爷、猪八戒之类的神来判定真伪,只是这些神好像一点都不开面,但凡焚表的,几乎没几个饶过的,结果还是杀,仅仅让王大点之流的人,所看的热闹情节稍微复杂了一点。当然,也有些人被杀,还是属于"铁证如山"的,比如在他们身上,搜出了洋玩意,哪怕一支铅笔,一张洋张,都足以让他们丧命,如果搜出打簧表之类的东西,那就死定了。这种人,义和团叫他们三毛子,义和团说是要从大毛子一直杀到十毛子,值得一说的是,义和团在剿杀那些用洋货的三毛子时,剿出来的洋货,并没有砸掉了事,而是拿走了。比如王大点记载,某日"冰窖胡同义和拳将长香(巷)四条照象(相)馆张子清俱家三口剿办,剿得自行车、话匣子、洋物等物不少,解送南横街老团"。

　　义和团杀人的方式比较简单,大多是砍头。所以,北京城那时节到处可以见到没有脑袋的尸体,大热天的,掩埋不及时,往往臭得让王大点这种见惯了死人的人,都感到受不了。除了砍头之外,也有一些人是被义和团乱刀剁成肉酱的,在一个人身上剁上无数刀,像过年包饺子剁馅一样。据王大点记载,这样的人似乎不是因为有所反抗,被剁的多半是妇女,大概女人在教，更容易激起义和团的义愤。

义和团杀的第二种人是白莲教徒。其实，这些人多半不是真的白莲教。白莲教只是明清以来民间宗教的统称，各个教门的面目五花八门，内容各异，其实跟原来的白莲教早就没有多少关系了，白莲教在元末又称明教，朱元璋原本跟这个教大有干系，可是自明朝定鼎以来，官方却一直禁查，被视为邪教，结果连累所有的民间宗教，都邪了起来。所谓邪教的邪，除了这些宗教在传教活动中男女混杂之外，就是传说他们有纸人纸马，可以驱使这些纸人纸马动起来，当成真的兵马杀人冲阵，高明的甚至可以撒豆成兵，杀人于无形。显然，这些都是些传说，真实的民间宗教绝对没有这两下子，也不可能有这两下子。然而，北京庚子期间被抓出来的所谓白莲教徒，证据就是在他们身边搜出了纸人纸马，如果不是有人栽赃的话，这些纸人纸马很可能是道具或者手工艺品，这些人，也许只是手艺人或者变戏法跑江湖的，却由于"证据确凿"，结果被义和团抓出去砍了头。在王大点日记里，这样的排头砍去有五起，每次杀掉男女六七十到二三十人不等。

说起来，义和团练气功，练刀枪不入，喝符念咒，团的头衔上还有八卦的名号，什么"乾字团"、"坎字团"之类，其实跟民间宗教也有那么点联系，至少看起来没那么清白，怎么进了城就开始拿自家人，或者怀疑是自家人的人开刀呢？原因是真正的民间宗教的人从来不认为自己是什么白莲教，教义和团"法术"的师傅，即使是这类的教徒，当然也不会认账，加上这种"法术"自身来源也杂，所以，义和团自然没有"邪教"的自我感觉。等到西太后老佛爷封他们为"义民"之后，几乎所有的义和团都打出了御封或者皇封的招牌，竖起大旗："奉旨练团"。既然咱们是皇封的（其实是太后封的），为朝廷出力，主动剿杀邪教，自是当仁不让。

义和团杀或者帮助杀的第三种人，是朝廷里某些不太同意西太后跟十一国宣战的官员。他们之所以得罪，除了"主和"之外，主要是被视为"帝党"，即光绪一边的人的缘故，比如吏部左侍郎许景澄、太常寺卿袁昶、内阁侍读学士联元、户部尚书立山、兵部尚书徐用仪。这些人被杀之后，由于是官员，多少有点优待，被允许家属收尸，而且还可以把首级缝上，假装算个全尸。无疑,这些都看在了王大点的眼里。在太后和皇帝敌对的问题上,义和团的态度是相当鲜明的,自从西太后赞许义和团之后,他们在名义上都是那个最希望光绪完蛋的端王载漪的部下,所以,几乎无一例外地站在太后一边,没话说,端王的战士最听太后的话,有的义和团,甚至宣称要杀"一龙、二虎、三百羊",这个"一龙",就是光绪,在端王眼里,光绪就是个该千刀万剐的二毛子,在朝堂之上,他就敢对当时至少名义上还是皇帝的光绪粗声恶语,全无起码的君臣之礼,连西太后见了都觉得过分。

当然,义和团也有法外开恩的时候,王大点就记过这样一件事,天桥小茶馆前玩艺场,有艺人张小轩说唱,挖苦了义和团,当即被团民揪上拳坛,结果是被若干人保了下来,没有丢脑袋。大概,义和团由于一直都对戏曲情有独钟,他们上法来神时,宣称自己变成什么神,这些神,基本都来自于戏曲,所以,放了冒犯的艺人一马。

在这三种人之外,义和团的刀好像就不太好使了。洋兵破城之时依然出来溜达的王大点(一来看热闹,二来可以乘乱往家顺东西),没有看见义和团的抵抗,只见到此辈的逃跑。义和团运动期间轰轰烈烈的攻打西什库教堂之举,在他的记载中,只有奉命各家悬挂红灯一事。另据别的史料记载,那是由于西什库教堂久攻不下,义和团请来金刀圣母、梨山老母前来助战的缘故。当时义和团的通令是这样说的:"各团诸位师兄:今为西什库洋楼无法可破,特请金刀圣母、梨山老母,每日发疏三次,大功即可告成。再者,每日家家夜晚挂红灯一个时辰。北京城内可遍为传晓。"(刘以桐:《民教相仇都门闻见录》)实际上梨山老母似乎没有来,只来了金刀圣母,据看见的人说,是一个四十岁内外的妇人。在义和团运动期间,西什库教堂是北京天主教的一个据点,里面有千余四处逃来的教民和少数外国传教士,有从使馆拨来的几十洋兵守着。几万义和团将之围了个水泄不通,但一进攻,发现中弹的人还是死,没有刀枪不入,于是义和团的勇气也就不见了。不久传出来消息说,义和团法术不灵的原因,是由于教堂里的洋人头子主教樊国梁,挥舞一个用女人阴毛编织而成的"旌"在指挥,而且西什库的围墙上，贴了好些女人的阴户，是险恶的洋人用女人的下体，破了义和团的神功。最后大家商议的结果是，以毒攻毒，以阴制阴，于是请来了金刀圣母（在此之前，已经有骑枣红马，持青龙力，手捧《春秋》的人来过，没有顶事）。当然，金刀圣母来了之后，还是没有下文，这个方圆不过百米的教堂，几万精壮的汉子就是拿它没有办法（注意：里面的洋兵没有连发武器，诸如机关枪之类的东西），王大点告诉我们，义和团又让挂白灯了。

显然，北京义和团的想象力远没有他们在天津的兄弟们丰富，那里不仅有黄莲圣母，年轻可爱，而且为了闭住洋人的枪炮，让义和团法术逞威，家家户户要用红纸把烟囱盖上，女人"七日不可入市，七日不可立门外，七日盘腿坐炕上，足不可履地，七日不可梳头洗面，七日不可裹脚"（《天津一月记》）。当时还有歌谣说："妇女不梳头，砍去洋人头，妇女不裹脚，杀尽洋人笑呵呵。"后来有研究者说，这是红灯照们实现妇女解放，放足，杀鬼子杀得来不及梳头洗脸。其实，这不过是源于巫术的义和团想象，在所谓的法术失灵了之后，指望靠基于女人身体的想象，建功立业。

显然，便宜的事没那么多，男人办不到的事，女人也不灵，即使她是什么圣母也一样。自从发现刀枪不入的法术不济事，真敢冲锋陷阵的人就不多了，否则，几万人拥上去，西什库踩也给踩平了。不仅西什库的故事如此，其他义和团的抗敌故事也差不多，出现在我们各种著作中的义和团战绩，属于跟清军打的还有点真实性，属于跟洋人打的，基本上是我们的史学家施展移花接木、裁剪拼合的妙手，把清军的功劳挪过来的，关于这一点，北京大学历史系的教授林华国老先生，有过认真的考辨。其实，当初西太后也不太相信义和团真的顶事，为此还派出刚毅和赵舒翘去打探虚实，结果两人看了之后，都说义和团的法术是真的（一说赵舒翘不太相信，但在刚毅的压力下，不敢说实话），待到北京城破，西太后逃难的时候，她肠子都悔青了，一个劲下令，剿办义和团，结果出现了中国跟西方列强战争状态还没有解除，八国联军就和清军一起打义和团的怪现象。真是早知如此，何必当初。

王大点这样没心没肺的看客，是导致鲁迅从医生变成文学家的刺激源，让人看了可气可恨又可笑，但他也留下了很多有意思的东西，只要我们的国人一天没有从义和团的心态中走出来，王大点就总会除了溜达，时不时地向人们做着鬼脸。

（原载《随笔》，2006年第5期）

革命很奇妙
谢 涛

黄慕兰是一位奇女子。这位出身湘中名门的女性，本可以像大多数的世家小姐一样，读一所教会大学，或写诗，或学艺，相夫教子，悠闲平稳地过日子。可是，她却选择了终身以革命为业。作为中共早期的妇女运动领袖和特科重要成员，她极富传奇色彩的一生，横跨差不多一个世纪，所接触的知名人士，所亲历的重大事件，足令后人喟叹。

可惜的是，在以往的党史叙事中，关于秘密战线的描述一直那是粗线条似的选择记忆，意识形态宣传所需要的宏大叙事人为地掩盖了史学本应有的精细。这一方面是由历史研究的政治功利性造成的，另一方面也源于鲜活史料的缺乏。随着亲历者们的淡出，抢救史料已成为一项紧迫任务。建国后黄慕兰曾写过六部回忆录，大多为政治需要而写，由于事涉党内机密，甚至有可能引起对党内定论的重新审视，因此，相当一部分也许永远也无法出版了。现在我们看到的这部《黄慕兰自传》是经过审查核准出版的，其内容已足令人震惊，可是，这湮没于历史烟云中的秘密，还有多少呢？

黄慕兰于北伐前夕在武汉投奔革命。这位不到 20 岁的妇女运动领袖，不仅人长得漂亮，而且交际能力强，有魄力，曾给不少国共高层人士留下深刻印象。生性多情的郭沫若甚至把她化身为长篇小说《骑士》中的女主人公金佩秋。国共分流后不久，黄慕兰赴上海任中共中央书记处秘书，兼机要交通员，并成为中央特科成员。期间，她立下两大奇功。1930 年 6 月 22 日，中共中央总书记向忠发在上海法租界被捕，旋即自首。《自传》记载：某天下午，她和密友陈志皋在咖啡馆闲聊，偶遇陈在法租界巡捕房工作的同学曹炳生，曹谈起了巡捕房最近抓到的一个共产党头头，说此人是个60多岁的老头，酒糟鼻子，镶一口金牙，9个指头，带湖北口音。言者无心，听者有意。黄慕兰马上想到此人可能是向忠发。短短两小时之内，这个消息便由黄慕兰传给了潘汉年，再由潘汉年传给了康生，最后由康生传给了周恩来。向忠发是中央总书记，又是特科领导成员，掌握的情报非比寻常，若不是黄慕兰的这次偶遇，中共在上海的中枢机构完全有可能在瞬间垮掉。"伍豪事件"是党史上的一大悬案，针对国民党散布的"伍豪等脱离共党启事"，黄慕兰不仅最先向周恩来献策如何反击谣言，而且是具体行动的执行者。《自传》为读者完整地展现了事情的来龙去脉，并澄清了不少可疑史实。1931年，黄慕兰调任中国人民革命互济总会的营救部长，1933年奉命脱党，先后以银行家、慈善家、国民党特派员等特殊身份为中共工作，参与了"全国冤狱赔偿运动"、营救"七君子"出狱、打通中共海路交通线、香港文化名人大撤退等重大行动。新中国成立前夕，她还在上海组建过渡性统战组织"牛尾聚餐会"，《自传》甚至提供了这个组织争取劝说蒋介石次子蒋纬国反正的一些内幕消息。

除了提供诸多鲜为人知的历史细节，《自传》还为读者展现了中共在革命年代所特有政治生态，以及个体在此大环境中所形成的某些共性，细心的读者甚至还能从中体会出个体利益在与组织利益博弈时所表现出来的种种无奈。长久以来，党内曾有一句广为流传的话："在战斗中结下了深厚的革命感情"，闪耀着理想主义光环的"革命联姻"，曾令无数青年向往不已。黄慕兰一生结过四次婚，其中有三次就属于典型的"革命联姻"。在武汉时期，黄慕兰结识了《民国日报》总编辑，国民党市党部宣传部长宛希俨，在董必武、瞿秋白撮合下结婚。宛希俨后来在赣南牺牲，黄则调往上海中央书记处担任秘书和交通员。在上海，黄慕兰遇到新任的中央委员贺昌，很快便产生"革命情谊"，经周恩来批准，两人正式同居。黄、贺的结合令暗恋黄的饶漱石气恼不已，他对黄慕兰冷嘲热讽："好啊！你是攀上高枝了，又是为中央政治局会议做记录，又嫁给了中央委员贺昌，眼里哪还有我这样的小人物呢？"此话使得黄精神恍惚，在人力车上遗失会议记录本，气急之下便跳了黄浦江。被救起来后，她就编了一个故事说她因失恋跳江的。此事曾成为上海滩轰动一时的新闻。不久，贺昌调往中央苏区，黄慕兰则留在上海继续从事秘密工作。此时，黄慕兰遇到了新的感情苦恼，她的工作对象陈志皋展开了对她的疯狂追求。于是，她向组织汇报了此事，并请求去苏区与丈夫会合。党组织很快否定了她的请求，并正告她："你的工作岗位在上海，中央给你指定的工作对象是陈志皋。你和陈志皋结合，更加有利于掩护身份，合乎工作需要，这件事组织会向中央证明是服从工作的需要，相信贺昌不会埋怨你的。"1942年，黄慕兰在重庆见到周恩来，周恩来表扬了她的牺牲精神。她却以陈志皋和初恋情人旧情复燃为由，向周恩来提出要和陈志皋离婚。周恩来劝她："共产党员要有肚量，民主人士的罗曼史多是逢场作戏，我们不要苛求，要以大局为重。"然而，陈志皋最后还是离开了她，并与初恋情人在国外同居，这段婚姻终以失败告终。《自传》不经意间为读者撩开理想主义的薄纱，叙说着一个革命女性的真实情感历程，理性地告诉我们这种革命浪漫背后包含着的诸多世相。

建国之后的黄慕兰命运十分坎坷。建国初期，她以民主人士的身份在上海从事里弄居民工作，当她因党籍问题去找当年的"小人物"——华东局书记饶漱石求助时，却被他一顿奚落。1955年，黄慕兰涉入"潘杨案"之中，于6月初在上海被捕。此后二十多年，她数入秦城，出狱后又多次上诉，一直没有结果。直到1980年，得蒙邓颖超召见，她的冤狱才得以平反。

中共特科元老陈赓曾说："慕兰的一生是中国革命曲折发展的反映。"这是一句很贴切的评语。掩卷而思，笔者突然想起了一位教授在"左翼文学与共产革命"课堂上说过的一段话，大意是：革命很奇妙，它的终极是永恒的正义，使人充满激情，它的过程则是残酷的美丽，浪漫与痛苦相伴相随。黄慕兰这样的秘密战线工作者，所经历的，或许更加深刻地体现着这种命运。

（原载《黄慕兰自传》，黄慕兰著，中国大百科全书出版社，2004年版）

"绝大部分工作就是否定自己"

王 尧

对许多知识分子来说,上个世纪可能是"未完成"的世纪,留下了种种残缺。其原因自然十分复杂,但有一条恐怕是不少知识分子的"通病",用冯友兰先生的话说,"绝大部分工作就是否定自己"。

知识分子的体制化是中国当代知识分子的一个重要特征,学界对此多有关注和阐释。知识分子体制化的问题也就呈现出来。其实知识分子与体制的关系问题,并非只是"中国问题"。费正清指出:"知识分子和国家政权的关系,无论在东方还是在西方,长期以来都是一个争执不休的问题。我们只要回忆一下西方经验是如何复杂和多样化,就不难看出在中国情况同样是复杂和多样化。如果我们不能看出这一点来,那只不过由于我们的无知罢了。"具体到中国,费正清认为"中国社会结构的一个突出特征,就是学者与国家之间的密切关系",他把这种密切关系追溯到商代政治实体。

随着运动狂飙式的展开,知识分子与现实的关系这根"松紧带"已经绷到了最紧张的状态。一大批著名知识分子的不知所措,预示了知识分子与这场政治运动有着本质性的冲突。因为这场运动的逻辑前提是知识分子已经成为"革命"的对象,在这个前提下,知识分子的任何自我批判和其他"革命行为",都只能是一种"微调",而不能在根本上缓冲知识分子与正在开展的运动之间的紧张关系,以及改变知识分子在现实的位置。

但许多人在当时还凭着过去在运动中积累的经验,想以某种"革命"的方式来改变运动开始后的被动状态。在重新检讨这个问题时,我首先要说到郭沫若,因为郭沫若在"文革"初期的表态,一直为人诟病。郭沫若在1966年4月14日全国人大常委会议上发言说:"我是一个文化人,甚至于好些人说我是一个作家,还是一个诗人,又是一个什么历史学家。几十年来一直都拿着笔杆子在写东西,也翻译了一些东西。按字数来讲,恐怕有几百万字了。但是拿今天的标准来讲,我以前所写的东西,严格地说,应该全部把它烧掉,没有一点价值。"郭沫若的发言在报上公开发表后,在社会上引起比较大的反响。1972年费正清来中国访问,他后来评述说,"在北京,我们没有把重庆时期左翼知识界领袖郭沫若先生列入我们想要会见的人们的名单中。郭现任中华人民共和国科学院院长,是该机构中地位最高的学者兼作家,但他早已成为一个随风转舵的政治风向标。为了迎合意识形态领域里的风向,他甚至可以不惜诋毁自我,与自己的过去决裂。"与自己的过去决裂,不仅是郭沫若,也是一大批知识分子视为革命的一种方式。费正清指出了一些现象,但结论过于简单。用简单的结论来评价包括郭沫若在内的一些知识分子,在国内学界也同样存在着。

  需要指出的是,以自我否定、自我放逐来寻找一种保护,是相当多的知识分子的一种策略。经历过数次政治运动的知识分子,有不少人似乎已经养成了这样的习惯。龚育之在《〈二月提纲〉和东湖之行》中,对郭沫若以及范文澜的处境与苦衷有深入的解读,我是认同的:"郭沫若这一篇讲话被人议论至今,议论的人大概不知道他的这篇讲话有什么直接的背景和苦衷。它与《二月提纲》汇报时毛泽东说郭沫若、范文澜还是要做一点自我批评为好的讲话,是不是有什么关系呢?毛泽东这个意见,是不是由什么人向郭沫若做了转达,并向他提出了什么要求呢?这些情况我不了解,但是我觉得是有关系的。"龚育之以他读到的《刘大年存当代学人手札》中范文澜的信为例,证明了自己的猜测是有道理的。1966年5月6日,范文澜致刘大年、黎澍的信说:"运动发展到惊人的程度,问题之广之深,简直不可想象。"范文澜还请他们对自己匆匆写出的检讨稿提意见,"高的调门不必减低,说理不妥处可改"。另一封信说:"有人从康老那里听说,郭老发表了谈话,得到主动,范某也该主动有所表示才好。我那稿子,比起目前形势来,已经大大落后了。希望嘱打字员快打出来,快派专人送来,以便交康老请批示。"又一封信说:"我晤陈伯达同志,他直言相告,大意说我倚老卖老,没有自我批评,保封建王朝,不要以为有些知识就等于马列主义。郭老批评就主动了。更使我惊心的,是说你老了,不能要求你有多么的马列主义。似乎我要学也不成了。我看情况很不好,咋和黎澍同志谈,请他大大增加自我批评的文字,请他站在敌对方面大加抨击,打倒老朽昏庸之辈。大势所趋,不可有姑息原谅之心。请你帮助黎澍同志坚强批评。愈过头愈好,不过头,别人会来补的,那就麻烦了。"范文澜在这些信件中表现出的紧张、恐惧的情绪以及想方设法自我保护的念头几乎是令人惊讶的。

"文革"结束后,冯友兰在《三松堂自序》中对自己的思想历程有过深入的剖析:"1974年我写的文章,主要是出于对毛主席的信任,总觉得毛主席党中央一定比我对。实际上自新中国成立以来,我的绝大部分工作就是否定自己,批判自己。每批判一次,总以为是前进一步。这就是立其诚,现在看来也有并不可取之处,就是没有把所有观点放在平等地位来考察。而在被改造的同时得到吹捧,也确有欣幸之心,于是更加努力'进步'。这一部分思想就不是立其诚。"比照冯友兰《论孔丘》之前言,可以说他对自己思想脉络的剖析是真实的。"文革"以后,有不少知识分子曾做忏悔、检讨或自我批判,但真正像冯友兰这样剖心者少。冯友兰自序数语,可以说是"立其诚"。他因此得到人们的谅解,曾经苛评他的人也多了一些理解和同情。傅伟勋便说,"我对他晚年的行为的苛评,今天重新'盖棺论定',应该收回。""将近九十高龄的冯友兰仍能面对自己,谈诚、伪之分,敢于公开自己的错误,敢于剖心,似乎暗示他的赤子之心始终未泯。他的内在真实不因外在苦难与'吾不得已也'的曲折妥协,而消失不见。"其实"收回"也不必,问题总在那里,关键在我们如何来论定。冯友兰晚年继续他的《中国哲学史》撰写,《中国现代哲学史》十分重要,但似乎也没有人们期待的那样好,原因是多方面的,但无疑与他很长时期"绝大部分工作就是否定自己"有关。

(原载《脱去文化的外套》,王尧著,花城出版社,2007年4月版)

丁 香 似 雪
白 桦

　　一个春雨纷飞的上午，很大意，出门没有带伞，而且敞着领口，任那依旧寒意袭人的春风从脖颈里灌进去，放肆地抚摸着我的全身。

　　离开这条街道已经很多年了，在我的记忆里，这里曾经那样安静，特别是冬春两季，往往除了落叶的呻吟就是我缓慢的脚步声了。如今，却是车水马龙，险象环生，随时都可能被飞快的车轮溅一身泥浆。悬铃木的新叶是鹅黄色的，给我一种晴朗的错觉，好像细雨中还会有浅淡的阳光。丁字路口那座四十年前被毁、三十年前又重新矗立起来的俄罗斯诗人普希金的铜像，在雨中无视脚下街道的繁忙，依然沉浸在十九世纪的忧思之中。五、六十年代我曾经无数次愁苦地从他身旁走过，仰望着他，为他的过早辞世而庆幸，诗人活着而不能吟唱不是比死去还要痛苦得多吗！然后就是普希金在我的背后注视着苟活的我。我慢慢地向南踱步，如今，沿街都是各式各样的餐馆店铺，这是九十年代后的新景观。只有左边林彪曾经为了韬光养晦而托病不出的那座大院，还保持原来的神秘面目，重门紧闭，讳莫如深。再往前走几步就是已经大为改观的上海中国画院了。原先它只是一座三层楼房，现在扩建成一座豪华大厦。它的正对门有一条比较宽阔的衖堂，那里有我魂牵梦萦而又一直没能回来看看的旧居。整个衖堂里一共是六排连体小楼，每排四座，每一座都有一个小小的花园。我原来住在衖堂的最后一排、最后一家。

　　走进这条我曾经留下过很多明朗和阴暗记忆的衖堂，心情非常忧伤。五十一年前，我和妻子在上海结婚，没有房子，借了友人的房子结了婚，而后再向有关部门申请住房。好不容易才接到看房通知。那天，春光明媚，一条衖里，所有的墙壁都爬满了藤萝。房管局指定给我们的房子是楼下两间，原来那只是主人的客厅和餐厅，听说主人在1949年前是工厂主，他们显然是为了表示拮据、压缩开支才放弃的。厨房两家共用，并不方便。但我们还是当即就接受了下来。因为我们特别喜欢衖堂内那种绿森森的色调和静谧的感觉。我第一次和这座房屋的主人见面的时候，他目光既新奇而又陌生，甚至有些不知所措。二十年以后，"文革"刚结束，年迈多病的男主人突然走下楼，第一次叩响了我的房，主动要求我听一听他的肺腑之言。我们一落座，他就开门见山地对我说开了：

老弟！我至今都记得你第一次走进这条衖堂的样子，嗬！年轻的解放军军官，一身簇新的军装，武装带，金色肩章，长筒皮靴，少年得志，英气逼人。后来，你就在楼下住下了，全衖堂的邻居都用艳羡的目光看着你，你立刻成了全衖堂孩子们心中的偶像。我们两家一直和平共处多年，因为人所共知的原因，楼上楼下，却很少来往。特别是我，和你只是点头之交。但是你对我们的情况、我对你们的情况应该是有些了解的。今天我们是一对一，没有旁证。如果万一你出了事，我可以矢口否认；如果万一我出了事，你也可以矢口否认。二十多年的风风雨雨，我们是怎么过来的，你们是怎么过来的，谁也瞒不了谁，不用细说。远亲不如近邻，我实在按捺不住了，想跟你说说心里话。你如果觉得毫无可取之处，就只当是一阵风，左耳朵进，让它右耳朵出。我早就想劝劝你了，总觉得很不合适。你是老资格的少年革命家，我是什么？一个资本被没收的资本家。唯一的长处是痴长你几岁，我痴长的那几岁，恰恰是你所没有的。那时候你正在为革命散传单，抛头颅、洒热血，冲锋陷阵。中国文化中有许多足以求生和自卫的东西，极其宝贵。也有很多高尚的东西，像暗夜的星光那样诱惑你，让你义无反顾地向它走去，在永远没法走近它的路上，遍布陷阱。当然，你会万死不辞。你不知道人性中的普遍弱点，不懂得人际关系中的奥秘，不管是什么社会，人际关系中的奥秘都是近似的。特别是利害，不管是权力还是金钱驱动下的复杂形态，你都很无知。譬如：忠言逆耳，这句话不但是对凡夫俗子，对至圣贤哲一样适用。"人无远虑必有近忧"，世界上，许多无言的动物比人聪明得多。田螺给我的启发最大，它们无疑是一种最弱小的软体动物,你注意到没有?它们从出生那天起,个个都不怕劳累地背着一个坚硬的壳。从1949年后我也背着一个壳,很沉重,很不舒服,可没有这个壳,我已经早就不存在了!老弟!我知道,你在渐渐了解了我的时候,一定很鄙视我,认为我是可耻的两面派。我知道,可我不以为意。在人前我是一个改造得很好的资产阶级分子,甚至是一个经常戴红花的"模范"人物。在人后,绝不是。1956年春天,你把两个人的家搬进这条衖堂以后,就把你美丽的妻子留在上海,就匆匆飞去,忙你的革命文学去了。1957年以后,你再次回来的时候已经是另一个人了,军装脱了,脸上也没有了那种阳光灿烂的笑容了。我一看就知道:不好了!你怎么也成了掉进"罗网"里的小鸟了呢?想想,也不奇怪。你陷入的"罗网"是无形的,也没想到你是人家要设计捕捉的对象,你自认为你是"自己人"。我一开始就知道我这样的人准是人家要设计捕捉的对象,我是"外人",所以我特别警惕。你大意了!诸葛亮大意失荆州。从此你在全衖堂孩子们心目中的偶像地位一落千丈,变成"人民公敌"。我经常听见孩子们在你的窗前齐唱当时那支最革命的歌曲《社会主义好》,歌词我还记得:"社会主义好,社会主义好,社会主义国家人民地位高。反动派,被打倒,右派分子夹着尾巴逃跑了!逃跑了!"我知道,你一定特别难过。如果这种侮辱放在我的身上,我会容易承受的多。但是,你不行,因为你是在革命战场上经过生死考验的革命战士。想得通吗?想不通。每一次我都想把他们轰走,但即使是打死我,我也不敢。老弟!我也很尊敬你。可你为了人们对你的尊敬付出了极其惨重的代价,由于你的高尚追求,你的妻子,你的儿子,你的岳母就必须年年月月提心吊胆,惶惶不可终日。你经常不能回来,"文革"中,你有整整七年的时间被隔离,一年三百六十天,乘七,两千五百多天,他们天天以泪洗面,每天傍晚,我都能看见你的岳母和你的小儿子站在弄堂口等最后一班邮差,战兢兢地问一声:有我们家的信吗?即使有,你在信里能说什么呢?每一封信都经过严格审查,也许他们所奢望的仅仅是你还活着……这一方面,你可能没有我们知道得深切。那时候,你看不见他们,而我却能天天看见他们。老弟!一得必有一失,我生下来就是将本求利的生意人，很重视得失。得失相等，可以考虑；得太少、失太多就不能考虑了！你失去的东西太多太多了！"对酒当歌，人生几何？譬如朝露，去日苦多。"这是曹操在讨伐孙权时的悲叹，他在全盛时期尚且如此，可见人生是很短的。我刚刚见到你时候，你是一脸稚气，一脸英气，一脸傲气。现在呢？苍老了！当然，我更加苍老。"人定胜天"是古人的一句狂言。人，即使是秦始皇麾下的庞大军团也是无力回天的，他就是在疯狂求长生的时候一命呜呼的！"神龟虽寿，犹有竟时。"竟，这是自然界恒常的一个方面，有阴才有阳，有死才有生，有圆才有缺，有始才有终。我们可以有曹操的浪漫，不必有曹操的野心……今天我可以对你坦白交代，数十年来，我每天晚上都要啜饮一杯，只一杯，最上等的法国白兰地，XO，一天都没间断过。即使是六十年代初的大饥饿，只有你有可能隐隐约约地知道，我依然过着资产阶级的生活，虽然是缩在小小的螺壳里。在上海四周就有人以树皮草根充饥的日子里，居然有人在悠闲地啜饮 XO，如果被饥民发现并且知道它的价格和来路，我一定会被乱棍打死。1966 年那个上海血腥的冬天，每一夜都有老朋友自杀身亡，其中有所谓资产阶级，也有知识界的反动权威。我照样喝！虽然很苦，苦酒也要喝！苦酒能让我冷静，冷静能让我清醒，清醒的人才能有效地自卫。每时每刻都有人在出生，都有人在死灭。那一刻也许刚好某一位伟人、圣人，也许是一个恶人出生或是断气，我依然是一杯好酒，不增，也不减。既可以庆祝生，又可以悼念亡。老弟！我并不是说现在已经可以畅所欲言，已经可以揭去假面了！不！永远不！今夜我是不是喝醉了呢？不！我永远不会醉。我严格遵守着一个戒律：守口如瓶，决不随便和除自我以外的另一个人交心，即使另一个人是我的儿子。今天对你却有了例外。因为：首先，我找的是历经坎坷的你，而且你即使以任何高尚或卑劣的理由也不能伤害我了（我所说的伤害与老弟的品质无关，老弟的一生只会在所谓理想的追求中迷乱）。请别误会，我指的并不是我们的生存空间已经有了改变，不！人类生存空间的改变，不是像激进的革命家想象的那样容易，很难很难！因为它不是客体所能决定的，关键在于人性的改变。我们民族有一句名言："江山易改，禀性难移。"最重要的一点是我自己已经病入膏肓、不久于人世了……老弟！正因为如此，我才敢于在你面前大无畏一回。你们革命者是在生命全盛的时候显示人的大无畏精神，如我等懦夫，只能在濒临死亡的时候……请原谅！今天我斗胆在你面前打开我这个密封了多年的瓶子。比起你来，你说，成功者是你？还是我？

没等我回答他就起身不辞而别了……

小花园的铁门敞开着，我第一眼看见的是贴着墙的两棵棕树，而后就是窗前攀援而上的一丛蔷薇，好熟悉呀！当初我刚住进来的时候，好像有意无意在窗下栽种过一丛蔷薇，今天已是花团锦簇地爬满了半墙。我立在门前，忽然有几片细碎的花瓣在我眼前飘落下来。猛一抬头，发现迎接我的是一棵正在盛开的丁香树。原来这里有过丁香吗？这么大一棵丁香，枝叶覆盖了半个花园，馨香笼罩着整座楼宇，好陌生啊！怎么这里会多出一棵丁香呢？！这时，房屋的主人在室内发现了我，连忙推开玻璃门走出来，他显然对我这个白发苍苍的不速之客很诧异，却客气地小声问我：

"您找谁呀？"

我说：

"对不起，不找谁。我过去在这里住过……"

"啊！听说过，您就是在这儿住过多年的……？"

"是的，我就是……"

"啊！请进！请进来喝杯茶！"

"不必客气……我想问一个问题。"

"好的……如果我知道……"

"这棵丁香是您搬来以后栽的吗？"

让我感到诧异的是，这个问题使他很茫然，一时不知道如何回答，他问我：

"您是不是在这里从1956年住到1983年的那位……？"

"是的！是的！"

"那……您怎么不记得这棵树呢？我在1983年搬来的时候就有这棵丁

香了。也差不多有这么大，丁香长得很慢。"

"啊!?"我先是惊讶，而后就沉吟着僵立在那里了，默默在心底里叹息着。"我这一生，辜负的何止是一棵芬芳的丁香呢！"

蓦然，一阵风雨掠过，丁香像雪花般缭绕着扑面飞来……

2007 年 4 月 26 日

（原载《不再重现的图画》，白桦著，南京师范大学出版社，2008 年 1 月版）

一个人的地震记忆
——从唐山到汶川

毕星星

我有一个心结,32年前的唐山大地震。

1976年7月28日凌晨3点42分,世界东方的地层深处一阵猛烈的碰撞,中国北方的工业重镇唐山遭到毁灭性打击。不久以后世界被告知,这场地震震中在唐山丰南一带,震级里氏7.8级,地面破坏烈度10—11度。事后统计24万人死亡,伤者无以计数。

唐山的地面建筑物几乎全部摧毁,地面塌陷,公路上裂开一道一道幽深的宽缝。火车站的铁道被扭成麻花。甚至连简朴的平房也难逃一劫,唐山几乎被夷为平地。

震后不久,我就随着救灾指挥部开进灾区。我看到唐山瘫倒在一片瓦砾中。破裂的楼房倾斜着,阳台上斜挂着跳楼出逃被压死的遗体。机场公路两侧,鳞次栉比的坟丘排列成一字长蛇。飞机场的空地,大片埋葬灾区居民的遗体。大量的死者拉进来,埋葬只能采取流水作业。土层太浅,一场大雨冲刷,触目惊心地露出了死者的半只脚。惊慌失措的灾民蓬头垢面,一声传言就可以形成大规模的出逃人流。

1976年的唐山,我心里永远的一场梦魇。

万万没有想到,32年以后,在祖国的大西南,一个陌生的地名又一次刺伤中华儿女的血肉之躯。川北高原的汶川,突然爆发出里氏8.0级地震,地面烈度11度,受灾面积10万平方公里。山体崩塌,巨石如斗,轰隆轰隆怪叫着从高空跌下,漫天尘埃聚成土红色的浓雾遮天蔽日。数十万人被掩埋在钢筋水泥坍塌的废墟里。中华大地,经历着一次超出唐山记录的浩劫。

2008年5月12日14时28分，又一道流血的伤痕，深深嵌刻在中国版图的胸口上。

汶川地震以后，全国的救援热浪滚滚，有多少可歌可泣的故事在眼前跃动。正是这一切，让我想起了32年前的唐山地震，想起了32年前的救灾。那些盘桓在心头，久久挥之不却的往事再次浮现让我又一次重温32年前的偏执、狂热和迷茫。

32年前，当京东大地一阵剧烈的颤抖，北京很快就感到了灾难的严重。两个小时以后，孤胆英雄李玉林飞车进京报灾情，一句"唐山都平了"，扑倒在当时的国务院副总理纪登奎身上泣不成声。此时，围绕唐山的救灾部署可以说立即开始。几个月的救死扶伤，安置生活，灾后恢复生产，抗震救灾的丰功伟绩，世人瞩目。但是，这一场牵动全国的大救援，留给我们精神历史上的阴云，却几十年在脑海载沉载浮。

唐山天摇地撼时，那是极左路线左右一切的时代。"文革"还在喧闹，全党全国压倒一切的中心任务是"批邓反击右倾翻案风"，任何行动，都要首先确保"政治正确"。一边是空洞的政治喧嚣，一边是人命关天，一百多万人口的生死存亡。孰轻孰重？怎么摆？现在看来，救人第一，这是一个不容置疑的问题。在极左思潮的笼罩之下，当时却是无人敢于公开把救灾放在第一位的。无论人们干什么，当时都要保证把"无产阶级文化大革命"摆在首位。最时髦的口号是"抓革命，促生产"，革命高于人命。"四人帮"集团的张春桥之所以敢于高叫"抹掉个唐山算个什么"，因为他已经成了正确路线的代表。唐山的抗震救灾指挥部，负责人是北京军区迟浩田副政委，1975年他因为支持邓小平同志的整顿方针大力整军刚受到批评。他来领导抗震救灾，多少有些疏离"中心工作"，被"边缘化"的意味。从上到下都存在一种偏见，路线正确的在北京抓革命，谁去"促生产"一定是政治上出了问题。救灾部队无形中感到了一种压力。我们在私下也曾经辩论过：救灾救人，你说是抓革命呢，还是促生产？救灾救人摆在第一位，是否成了"以生产压革命"？所有这些，当然要影响救灾部队的情绪和士气。抢救人命竟然还要承担一定的政治风险，这是生活在今天的宽松环境中的人们万万料想不到的。那么荒唐的命题，我们竟然拉开架势认真辩论，积极救灾的人们反而被指责"政治上幼稚"，我们的认知水平，仿佛又回到幼年，连常情常理都弄不明白了。

  1976年，中国人还处在冷战思维中不能自拔。任何来自国际社会的声音，都可能被怀疑为不怀好意。中国人狐疑地扫描世界，任何救援都会遭到质疑：政治上肯定有附加条件。"自力更生"，关起门来自己救灾，无疑就是冷战思维的产物。我们从不怀疑自己的有色眼镜，甚至连一些国际人道主义救援组织也被视为"帝国主义和反动派的走狗"，国人警惕地注视任何人的善意。唐山救灾，是在一个封闭的国际环境中，一个国家进行的自我救护。因此，它特别注意保密。救灾部队前指设在唐山机场，很少有人知道机场是这场战役的心脏。当时部队负责救灾的迟浩田副政委，协调节制北京沈阳两大军区十多万军队行动。机场有北空一架小型军用飞机，每天飞北京两班，地方人员不准搭乘。有一次河北省委书记刘子厚想借便回京，也被赶下飞机，尴尬地坐上汽车。部队集结、灾情实况、救灾进展、物资调动，所有这一切全部保密。大规模的救灾行动，在世界各国看来极其神秘。当时的中国，还没有"开放"这个概念，外国人尤其是外国记者，严格禁止进入。由于官方报纸对这场特大灾难语焉不详，世界一片猜测和疑问。地震发生时，恰好有一个法国代表团在唐山和灾难遭遇，官方立刻礼送出境。代表团回到法国，当地报纸采访，要求提供"真实情况"，我们的《参考消息》立即怀疑提问者恶意挑衅。救灾命令下达后，我们各部队开进很快，有一家外国报纸感叹他们那里地震发生，军队"惊人地姗姗来迟"，我们的《参考消息》立刻大书特书，突出报道。所有这些，让我们感到这是救灾，更是一场国际对抗。事实上我们就把救灾当作"狠狠打击帝修反"。当时的《人民日报》社论指出：自力更生的救灾努力，"说明了我国无产阶级专政的社会主义制度具有极大的优越性"。整个看起来，这是在一个封闭的区域、封锁的舆论环境内开展的中国人的自我救护。我们已经习惯敌意地警惕地注视世界，我们决绝地自外于国际社会。《华盛顿邮报》

感叹地说：中国人是"以一种西方人难以理解的方式"，继续进行他们"漫长的革命战争"。

最令当下的人想不通的是，当时包括美国英国日本联合国在内的国际社会纷纷提出援助方案，中国一概礼貌地拒绝。数年以后，迟浩田副政委已经成为中国军方的负责人，当《解放军报》记者钱钢问到唐山地震拒绝国际救援的事，这位将军连连惋惜那是我们的失策。他说：

"那时我们谁意识到了呢？当时中央领导人率领中央慰问团到灾区，在我们的帐篷里，他说，外国人想来中国，想给援助，我们堂堂的中华人民共和国，用不着别人插手，用不着别人支援我们！我们当时听了很激动，鼓掌、流泪，也跟着那么喊。多少年后才知道是干了大蠢事！自然灾害是全人类的灾害，我们每年不也要向受灾国家提供那么多援助么！"

"文革"中的中国，依照毛泽东"三个世界"的划分，天然地把自己划归"第三世界"。也就是相对于富国强国的"被压迫民族"。贫弱需要强调精神上的强大，中国共产党领导的革命和建设的历程中，革命队伍也一向以强大的精神力量摧毁强敌自许，马列主义被称为威力无比的"精神原子弹"。建国以后，这种精神作用一而再再而三被强调过头，它已经成为一切空洞口号和政治高调的滋生渊薮。在唐山地震救灾过程中，我们处处都可以看到这种左派幼稚病的荒唐表演。早于唐山大地震的云南昭通地震，震灾发生后，当时的报纸这样报道："千条万条，用战无不胜的毛泽东思想武装灾区革命人民的头脑是第一条。地震发生后，省革命委员会派专车专人，星夜兼程把红色宝书《毛主席语录》、金光闪闪的毛主席画像送到了灾区群众手中"，"看到红宝书和画像，灾区群众激动得热泪盈眶"。唐山地震常见的报道则是："地大震，人大干，拼命建设新唐山"，"一次震灾就是一次难得的共产主义教育"，"别看唐山遭了灾，大庆红花照样开"。在震后很短时间，尽管灾民的生活安置都还是大问题，钢厂却很快炼出了"抗震钢"，煤矿挖出了"抗震煤"，甚至饭店也蒸出了第一笼"抗震馒头"，各种各样的"震红"、"震新"牌产品出厂，一齐向北京报喜。给人的感觉，面对灾难，这一个人群仿佛受到了某种刺激，呈现出一种病态的兴奋。其实，这完全不是客观地面对灾难的务实态度。

　　对精神作用的病态赞美，必然也要影响到救灾部队。那个唐山广为传诵的"一分不差"的故事就是典型。某部一排清理挖掘银行金库，地下共埋压现金91万5150元零9分，在挖出大部分，剩下5元钱、5分钱、3分钱、2分钱时，银行工作人员几次阻止，表示误差已经在可以允许的范围内，不要再费劲了。战士们表示：财经纪律允许有误差，我们为人民服务的思想，却不允许有一丝一毫的误差！他们摸着黑，打起手电，在砖缝里抠，在泥土里刨，终于找到了最后一枚糊满泥土的二分钢镚儿。《解放军报》对此专门做了突出报道。

　　相信现在的人们看了这个故事，都会在心底疑问：这一排士兵难道没有更重要的事情做吗？小伙子为了2分钢镚折腾那么久，值得吗？这不是当时当地人们的思维。当时人们习惯夸赞的就是：2分不值钱，要的就是这种精神！

　　也是十年以后，《唐山大地震》的作者钱钢访问迟浩田将军，将军表情沉重，他表示：我们的战士是值得崇敬的！"只是我们，长期教育他们这么干，干了之后又大力宣传他们，可事过之后，越想心里越不是滋味。内疚啊——"

　　《一分不差》，这个唐山大地上广为传诵的精神传奇，在现代人看来，更像一出政治作秀。如此危难时刻，人们还没有忘记制造精神狂热。我们不能亵渎战士的真诚，但极端的精神，必然产生极端真诚的荒诞。不管你信不信，唐山废墟上，当时就这样绽放着一丛一丛刺目的精神之花。它不食水土，就在水泥渣子和钢筋牙子上纵情开放，妖艳而怪异。

　　关注唐山地震抗震救灾的专家曾经指出，唐山地震新闻报道的一个显著特点是：灾难不是新闻，救灾才是新闻。由此出发，地震实地大量的死亡惨景不许报道，死亡人数一直到三年后才公开。24万人的惨死，100多万人的困危，牵动着全国同胞揪心的目光，偏偏这些新闻只字不提，灾难的主体部分被遮掩，只有抗灾，只有现场的英勇顽强。无疑，这正是当时中国政府和民众上上下下共同抱持的"灾难观"和救灾理念。不要渲染苦难，要突出不屈不挠精神不倒。新中国成立以来，我们一直被这样告诫，我们也早已习惯这样作为。丧事当成喜事办，把不幸整成壮烈，把受灾整成奋斗，把一切忍受都变成崇高，庆功压倒了恸哭，唐山大地一股脑儿铺满了英雄谱。我们几个部队作家所记录的唐山地震，书名就叫《人定胜天的赞歌》。唐山震区耸立起一座纪念碑，它不叫"地震纪念碑"，就叫"抗震纪念碑"。唐山只有抗震，没有地震。地震博物馆里，大量展出的是抗震救灾英雄事迹，关于灾难本身，反倒内容稀薄。不要看我受了多少损失，重要的是看我出了多少英雄。我们奄奄一息，齐唱着人定胜天的赞歌。这不是哪个人的失误，而是整整一代人的精神迷失。

抱持这样的救灾理念，我们宣传部门的工作就是寻找牺牲，寻找烈士，普通人的命运，难以走进我们的视野。我记得唐山当时突出宣传的烈士有王彦修、李惠彬等人。王彦修是一个探亲的战士，地震发生时在唐山火车站候车，候车室垮塌，他不顾危险舍身救人，余震袭来，残楼再次倒塌，他英勇牺牲。李惠彬是某部战士，当大地猛烈摇晃，他正在值班站岗，他外跨一步就可以脱离危险，他扑向屋墙，拉响电铃，高叫战友们逃离，自己被砖墙砸倒，当场牺牲。这些都是名副其实的烈士。对于抗震牺牲的烈士，和砸埋而致的死亡，我们的态度是严格区分，分别处理。对烈士，我们当然崇敬爱戴，礼遇有加，厚葬并慰问家属。一般震亡，也就草草处理。其实不论烈士，还是遇难，生命之火熄灭，都是悲剧。找到烈士喜形于色，找不出垂头丧气，前倨后恭，没有必要。各单位兴致勃勃地寻找烈士，这绝对不是正当情绪。两者的严格区分，还导致判定的斤斤计较。临震值班牺牲属烈士，没有值班的呢？房子倒塌时伸出胳膊护卫同事，这是烈士。那么没有伸出手臂的呢？他是否生前没有救护行为？发展到后来，有人专以扒出死者的姿势判断是否烈士，决定是否应该给予礼遇。这在当今的人们看来，都是非常没有价值的争论，但都是我们曾经严肃认真一丝不苟演绎过的救护流程。大家争着抢着让单位多出烈士，在逝者灵前分辩争执，神圣反而被庸俗化。崇高从另一个方向被消解，这大概是好心做好事的人们始料不及的。

牺牲才是英雄，逝者不值得尊重。先分清阶级成分，再区别烈士与平民、英雄与凡人，唯烈士是尊，必然要轻慢其他死者。24万人中，烈士毕竟很少，我们轻慢了大多数，现在回想起来，非常不安。

唐山震后八天，部队从开滦矿医院废墟中救出矿工王树彬。地震发生时他住院，被埋在地下室。靠着黑暗中摸索出一瓶葡萄糖液，艰难地支持了八天。八天以后依然救出活人，本来应该好好宣传一下。不知从哪里传来一个消息，说被救出的矿工是个小偷。传言绘声绘色，说有人亲眼看到，公安抓捕小偷游街，胸前一块四方纸牌，上书大大的黑字"王树彬"，我们一听就泄了气。还有居民芦桂兰，她在唐山地震后13天被搜救出来。一位40多岁的妇女，就凭着喝自己的尿液，能在埋压地下13天以后生还，这简直是生命史上的奇迹。单凭研究生命极限的意义，芦桂兰也是世界上一个难得的标本。但那时人们眼睛里只有政治意义，生物学意义、生理学意义，一概不在视野之内。我们几个搞新闻报道的，本来想写一下这个事迹，突然传来这个妇女是地主成分，人们顿时无精打采，罢了念头。地震当中谣言很多，以上都完全可能是误传，但是对于涉及政治问题的传言，人们宁可信其有。这两个典型的搜救特例没有大书特书，32年过去，我再次应该认真向王树彬、芦桂兰致歉。

那个时代，生命只有和政治理想联系，才能被赋予价值。如果救出的是工人阶级贫下中农，当然皆大欢喜。要是遇救者背负什么政治瑕疵，大家就兴趣索然。这些实际上是错误的生命理念和阶级斗争思维的混合产物。"文革"年代，正确的生命理念未能发育，阶级斗争思维又甚嚣尘上，要求尊重和珍视每一个具体的生命，是大逆不道的空想。"政治统帅"一切，你不可能听到另外一种声音，哪怕是极其微弱的反驳。

看过钱钢的《唐山大地震》，都记得255医院护士丰承渤的埋压牺牲，作品记录了她生命的最后一程。这个年轻的姑娘，地震时正在值班，被水泥板和铁床架夹住，下半身死死地嵌入乱石里，她就像被一双恶魔的巨爪拦腰掐攥着，动弹不得。如果截肢，没有条件输血也是死。战友们亲眼看着一个姑娘在眼前一点一点死去，没有什么能比这个更残忍。他们只能一个个轮流钻进埋压的洞隙去看她,陪伴她。

丰承渤脸色苍白,把头斜搭在臂弯上,依然用淡淡的笑容面对落泪的战友。值夜班前她刚洗过澡,蓬松的黑发落瀑一般披在她洁白的护士服上。她告别人生的最后时刻,她的好朋友护士长张淑敏守在身边。

丰承渤想说什么,已经发不出声音。张淑敏懂了。含着泪,她以十指为梳,一点一点梳理着小丰散乱的头发。谁都知道,小丰是个爱美的姑娘。在那个年代,对她的评价可不怎么好。据说她主要的缺点是"爱美","不艰苦",爱用香皂洗脸,爱在额前做个"刘海"什么的。那一天,这位爱美的姑娘就在好友为她梳理头发后死去了。"她显得很安静",像是睡去了,永远地睡着了。——这位姑娘在生前未能自由自在地尽兴打扮自己,然而辞别人世时毕竟是美丽的。我仿佛也见着了她最后的形象。一位极美的石化了的姑娘。(引自钱钢《唐山大地震》)

毕竟是在十年以后,钱钢能够从美的角度凝视生命,从美的角度关注生命。从美丽被扼杀痛惜生命失去的残酷,从美丽的倏忽消失领悟生命的珍贵。但在唐山地震现场,这种生命审美是万万行不通的,它轻则被视为小资产阶级情调,重则被斥为思想落后,低级趣味。就在同一个丰承渤身上,我们能够强烈体会到两种眼光的时代变迁。

采访丰承渤的事迹,也是当时我们这些"战地记者"拟议中的行动。后勤部的新闻干事刘东宁陪着我,了解到她牺牲的全过程,单位希望认可她属于烈士,我总觉得有些牵强。她的全部英雄事迹,只在一句话,问她为什么没有跑出来,她说:我要招呼大家出来呢。能否作为烈士宣传,我心虚得很。刘干事还带着我,找到了255医院的临时墓地。那是飞机场的一块平地,几百个坟头密密匝匝挤在一起,看得出掩埋的匆忙。坟头有的放一块砖头,有的插一片木板,写上逝者的姓名。丰承渤的坟头插着一块木板条,临时劈开的,木头茬子尖刺着,黑笔写了姓名。这会儿也想不到整齐好看了,将来迁葬时,能认出墓中人就行。

依照部队的礼仪,我们应该脱帽、肃立、志哀。我因为心里掖藏着一份不安,一直没有行礼如仪的意思。刘干事已经脱帽,见我没有动静,只好尴尬地把军帽攥在手里。长天横云,枯草随风,盘桓许久,我们终于没有完成那个肃穆的悼念。

30多年过去,这一份尴尬和歉疚一直藏在我心里。我只能暗暗地责怪自己,究竟是什么糊了心,面对一个美丽的魂灵,就是不肯低下自己那么高贵的头,吝啬到不肯献上一个普通人的哀悼呢?

倏忽之间,唐山大地震的蓝光闪过32年了。

唐山大地震是全球罕见的灾难。面对瞬时间的巨痛大创,我们的军队、我们的国家承担了沉重的民族牺牲。回望艰苦卓绝可歌可泣的救灾抗灾,我没有资格去责备任何人。我只是复制出那一场抢险沉重的底色。我只是回想我们走过的路,为什么那样曲折多难。为那么多人包括我自己,在那么艰难的时刻依然被无处不在的精神偏执驾驭着而黯然神伤。那一份"精神奴役的创伤",我们惨不忍睹地背负了多少年,即使在紧急动员的非常时期也会犯病。

汶川抗震当是中国第一次以全方位的开放透明姿态展开的特大救援。救援活动自一开始,就面对中外媒体公开全部信息。国务院总理温家宝在地震废墟上举行中外记者招待会,欢迎世界各国的新闻从业者,秉持良知正义,客观报道中国大西南的救灾活动。各地新闻媒体不断公告地震见闻,四川省连日举行新闻发布会。外国记者感叹从来没有这样自由地在中国大地上行走。舆论的公开透明,高效有序地动员一切社会资源,激发起民众空前的爱国热情。民众感受到前所未有的信任,"沉默的大多数"顷刻爆发沸腾。民间力量在迅速崛起。各种志愿救护队伍络绎不绝,网络力量充分表达民众意愿民众情绪。从来没有见到如此成功的社会动员。

人类社会前进的脚步,总是要不可遏止地冲破某些人为的樊篱。汶川抗震,世界向中国伸出友好的臂膀,中国自然合理地得到世界各国的友好援助。让人民知道内情，让世界知道震灾，中国人坦坦荡荡，没什么丑事可遮掩的。捐款、慰问电纷至沓来，这是全球的抚慰和壮行呐喊。美国、日本、韩国等国家还派出了救援队伍到灾区，冒着余震危险和中国军民一起救援。有一位日本的救援队员，竟然因为自己没有成功地救出活人羞愧得辞职。此情此景，每一个收看收听到这个消息的中国人，如何能不动情感激？我们欣慰地看到，中国的救援是全球行动，经历了改革开放全程的中国人，终于回到了国际世界的怀抱。

政治狂热的高烧一旦消退，睁开眼睛看世界，我们惊喜地看到，中国再也不为空洞的政治热情所笼罩。文明务实会摒弃一切意识形态干扰，生命第一，救人第一，这是上上下下都坚信的一致共识。新一届政府高标以人为本的治国旗帜，温家宝总理震后第一时间赶到现场，给救灾部队下达死命令：我不管你有什么困难，我只要十万群众脱险！一向平和亲切的总理竟然疾言厉色，听得人心头滚烫，喉头哽咽。各路救灾大军坚定一个理念，救人第一，抢救生命高于一切。哪怕只有百分之一的希望，也要尽百分之百的努力。全国上下，万事唯此为大，一切为抢救生命让路。和世界各国的意识形态分歧也立刻搁置一边，迅速救灾救人是人类这个大家庭的共同目标。在人道主义的旗帜下，我们接纳了五洲四海的朋友，中国政府的形象，得到了秉持正义的全球各色人等的高度尊重和爱戴。国人危难中的坚持扶持，亲情人情，美丽的人性之光在废墟上灿烂灼目。舆论说地震形成了中华民族的空前大团结，从来没有见到中国人这样万众一心，这就是在人道主义旗帜下的同心协力。

5月19日14时28分，全国鸣响汽笛，为汶川地震中遇难的同胞志哀。从中南海到山乡村寨，13亿人静穆肃立，共和国低下了头，地球的东方沉默了，只有汽笛在鸣咽。这是新中国成立以来，国家第一次为非国家元首举行的全民哀悼。它显示了中国人在新世纪的民族观念更新。生命无价，生命至上，生命无等级。这也是国人第一次集体为一批非因公殉职的牺牲者志哀，中国人已经开始无条件地承认生命可贵，每一个生命都无区别地可贵。在我们辽阔的国土上，每一个生命都会得到关注，得到呵护。人类面死而生，生命只有一次，因为在有限的时光里绽放一次，它显得无比短暂，无比珍贵，无比美丽。我们怎么能慢待它？这种对于生命的尊重还延伸到对遗体的处理。汶川震区的所有遇难遗体分类处理，无家属认领的，统一编码，留存识别数据，以备将来亲人辨认。让生者温暖地活着，让死者有尊严地死去，这是我们对待生命的正确态度。本届政府以行动向世人宣告：救人为救灾最高目标。生命价值，就是国家的最高价值。政府的执政理念转换，自汶川开始完成。一个民族集体这样尊重生命，这是一个民族成熟的表现。奇灾大难，中华民族的整体素质，得到一次提振和升华。

　　32年的血泪历程，人类终于明白了一个浅显的道理，我们对于这个星球，对于脚下的大地，实在知之甚少。1975年，我们曾经成功地预报过营口海城地震。当全世界投过惊异的目光，我们也曾经自负，以为自己洞晓了地心的秘密。未料到残酷的地魔正躲在地层深处冷笑。时隔一年，它就利用人类的轻敌，在唐山制造了旷古未闻的巨大灾难。32年之后，我们又领受了它在汶川的残忍和暴戾。新伤旧瘢都在提醒，现在远远不是高歌人定胜天的时候。对于自然界的神秘莫测，虔诚地保留一分神秘，一分敬畏，是科学，也是文明。既然灾难不可避免，务实地救灾减灾，就成为人类唯一的抉择。客观地面对灾难，少一些意识形态制造的精神虚妄，多一些对大自然的敬畏，少一些廉价的胜天幻想——人类若能从自己制造的战天斗地的乌托邦空想中抽身出来，谦恭地摆正天、地、人之间的关系，苦难就没有白白地从我们遍体鳞伤的大地上碾过。

　　唐山大地震，24万人死亡。汶川大地震，十多万人死伤。灾难的血泊中，一个崭新的中国正在分娩。漫天血色里，新中国的太阳冉冉升起。

　　唐山地震以后许多年，大部分唐山人选择了遗忘。
　　唐山抗震纪念碑旁，矗立着地震纪念墙，没有多少人愿意在墙面刻上遇难者的名字。2006年，唐山大地震30周年纪念，北京的记者采访一对在地震中失去孩子的父母，问他们为何没有刻石为记，父母回答：他还是个孩子。

无辜遇难的死者没有纪念意义,我们还习惯沿袭着这个思路。

32年以后,汶川明确表示要在原址建起地震博物馆。按照这些天来救灾活动表现出的亲民爱民精神,平民在灾难中的友爱和坚持,危难中灼目的人性光华,数亿人同时落泪的一个个场景,这将是一座不仅记录英雄,也将记录平民,不仅记录抗争,也将记录灾难的全景博物馆。

灾难是推进文明进步的利器。灾难教训了我们,它也是契机,也是转折。中国抓住了契机,重塑自己的形象,重建民族的集体记忆。多难兴邦有一个前提,这个民族不能健忘。今天还刻骨铭心,明日流年似水,必将陷进大自然的轮回报复万劫不复。今天在汶川,我们郑重地嵌树一块里程碑,也是为了提醒我们,提醒后人,永志不忘灾难,面对大自然和谐图存。

我们欣慰地注意到,汶川地震以后,唐山也宣布在地震原址修建遗址公园。新的景观将体现对自然的敬畏,对生命的关爱,对科学的探索,对历史的追忆。32年,一个大转圜,唐山、汶川终于走到一起,实现了人文理念的同一。中华大地,南北两点,紧固一个民族的灾难记忆,千秋铭刻。

本世纪开头的2001年,时逢诺贝尔文学奖开奖百年纪念,瑞典文学院曾经以"见证的文学"为主题召开一个研讨会。当年获奖的作家奈保尔发言,希望作家记录自己在历史中的真切感受,用自己的语言对抗以意识形态来叙述的历史与政治谎言。他的铭言是:

活着,并要记住。

一个历经两次血火锻炼的民族,应该时时数点身上的伤疤。我们前行,我们记着走过的路,从唐山,到汶川。

(原载《随笔》,2008年第5期)

1978——找回父亲、找回自我

李南央

1978年7月28日,是我人生中应该记下来的一天。在那一天,我和大姑姑、大姑爹一起,从长沙动身去看望软禁在安徽大别山中的父亲——李锐。我知道那一步一旦迈出就再也不能回头了。从那一天开始,我离开了"毛主席的革命路线",走上了一条离经叛道、用自己的头脑追寻真理的崎岖小径。相对于同时代的很多人,我的觉醒来得非常的晚,因为那黑透了的出身,让我除了一心一意地改造自己,在每一篇日记的末尾写上:"跟着毛主席,革命到底!"天天铭记住我应该跟的人、我应该走的路而外,我不敢往歪里想,我不敢往偏里走。

那一天,距我最后一次见到父亲,已经整整十一年又两个多月了,我对他已经非常、非常陌生。确切地说,其实我也从来不曾非常地亲近过他。小时候打有了记忆起,父亲很少出现在我的生活中,对于我,他几乎是一个不存在的人。我上幼儿园和上小学的头五年半都是两个星期回家一次,在那些周末,他很少在家。与他的工作相比,我没有什么分量,是个很不重要的物件。只记得父亲和母亲一同带我们去过一次颐和园。可那天起了风,我们的船划不回去了,母亲大发雷霆,父亲勉强将船靠了岸,给了岸边两个年轻人一些钱,请他们帮助将船划回到租船的地方。因此我对那次可贵的全家出游的记忆并不愉快。至于父亲当的是个什么官,甚至后来给毛泽东当了兼职秘书,父母从未向我提起过,我浑然不知。及至我九岁时,父亲被发配去了北大荒劳改,后来又回到北京,母亲和他离了婚,他就住在我们前边的水电部的单身宿舍八号楼,才有了个可以见到面的父亲。但是又不方便见了,因为常去看他,妈妈会不高兴。爸爸有时会用电炉子烧些清炖甲鱼煮粉丝类的好菜,叫我们兄妹三人去吃饭。坐在矮凳上,围着权当饭桌的方椅,吃着爸爸亲手烹饪的饭菜,心里总是暖暖的。记忆中只有一次是我主动去的,因为在书店看到一本描写运动员生活的新书:《礼物》,没有钱买,就去爸爸那里要钱,并且多要了些。他给了,我就又多买了另一些一直想买的书。我知道爸爸和妈妈是不同的,他是可以"请求"的。后来我学会了骑自行车,是爸爸带着我第一次上的大街。我在前面骑,他在后边跟着。骑到德外大街,前边突然横过来个行人,我慌得连闸都没捏就跳下了车,父亲在后面猝不及防,为了怕撞到我,连人带车倒在路边。我吓得赶紧去抬压在他身上的自行车,问他摔着了没有,以为要挨骂了。父亲反问我:"没有事吧?"然后拍拍身上的土,看看自行车没有摔出毛病,说:"没关系,走吧。你怎么不捏闸呢?下次有了情况要先捏闸,不能跳车,这样太危险。"我们一直骑到新街口我所在的女十中附近,才返了回来,从此我就开始骑车上学。但是这个实实在在的爸爸没多久就又没了,他被发配去了安徽磨子潭水电站。我不久之后开始要求入团,就和他划清了界限,不再写信。

但是父亲人虽不在北京了,却并没有从我的生活中消失,他永远是我倒霉的源泉。在家里,听脾气变得越来越暴戾的母亲的责骂:"你这个小李锐,你和你爸一样坏。"这是我的家常便饭。有了"用阶级斗争的观点分析所见所闻"的口号后,在学校,我被同学用阶级分析的观点分析:我的出身——当然是父亲的问题;我的表现——骗取同学们的信任当了政治课代表;分析出了我身上应该让同学们警惕、应该让同学们都疏远我的肮脏的东西。"文化大革命"开始后就更不用说了,对联"老子英雄儿好汉,老子反动儿混蛋"一出来,庇护我入了团的妈妈的"革干"身份便不算数了,我成了"儿混蛋"。无论我怎样挣扎、怎样表现、怎样经年累月、坚忍不拔地表示要"跟着毛主席,革命到底!"都无助于我逃出父亲罩在我头上的阴影。有个干部子弟对我颇有好感,想和我交朋友,他父亲对他说:"'庐山会议'是个死案。这个女孩子是永远没有出路的。"我不恨说这些话的人,我只恨我的父亲，我恨我为什么会出生在这样一个家庭。其实，我从来也不知道父亲到底怎么犯的错误，他错在了何处，也从来没有想过要去搞清楚。一来我无处去问，二来如果找处去问，让人知道了，就有"替父亲翻案"的嫌疑。因此我根本没有动过那根筋。直到周恩来都成了批判的对象，"四人帮"招摇、霸道、不可一世到令凡有正常思维的人都无法忍受，我才开始想："毛主席有问题？"1976年发生了"四五天安门事件"，就在那前后的日子，我又看到了彭德怀1959年上书的油印件，方知道："'反党'的人都是些好人啊！"因为如果我在北京，我也就是广场上的"暴徒"；因为彭德怀上书中的话，句句都是为了国家好，为了党好。我才从真正意义上有了个自己的脑子，有了真正意义的思和想。

　　1978年3月12日——活到今天，再也没有哪一天的感受可以与那天相比：父亲的形象出现在《人民日报》上。那天的报纸刊登了一篇纪念周恩来的文章，附有一张照片，我的父亲就站在周总理的身后，虽然只露出半个脸，可我一眼就认出来了。那一瞬间我确确实实几乎窒息。自从变成了"狗崽子"，几乎每一个重大事件、每一个重大节日、每一次共产党的会议之后，报纸上登出的长长的出席人名单，我都要仔仔细细地、一字不漏地从头看到尾。那些人名会告诉我，又有谁被"打倒了"，又有谁被"解放"了。我百次千次地梦想着——明明知道那是白日梦，还是不能不做那个梦："李锐"两个字会出现在名单中。我不能相信，我绝绝对对地不能相信：这一天竟然真让我等到了！我泪眼模糊，擦不干、抹不净，我擦完了看，看完了擦：没有错，那半张脸属于我的父亲，那是李锐的半张脸。我将照片指给丈夫悌忠看，那种激动是找不到任何语言表达的。

　　我立即给《人民日报》写信，信被转给了新华社，就收到了这样一封回信：

　　　　4月2日的来信，由人民日报社转来我室。
　　　　关于你父亲李锐的情况，我们不知道，无法告知。请你找中组部或你父亲原来所在的有关单位了解。

  特此回复。

  此致

敬礼

摄影部照片档案室

1978.4.30

（新华通讯社新闻摄影部照片档案室公章）

  我憋在秦岭山脉中的三线工厂已经八年了，八年之中，每年只有十五天的探亲假可以让我离开那里，看看外面的世界。我就像只掉到井底的青蛙，向往着外面那蔚蓝的广阔天空，却没有爬到外边的本事。中组部、电力部，对于我这个小工人是太大的衙门，如何去攀？思前想后，想到了我的大姑。我记得她的名字叫李琬华，记得她是在湖南体委工作，我而且确信这些记忆的准确性，因为小时候在电视里看到过她在全国篮球联赛当裁判，是唯一的女裁判。我还记得妈妈说过，我的两个姑姑都是觉悟很低的人，李锐出了问题还把他当弟弟，完全没有原则。所以我相信只要父亲活着，大姑姑一定会知道他在哪里。给大姑姑的第一封信石沉大海，但是我不能放弃，这是我唯一能够找到父亲的希望所在。再发信，这次写上了李琬华姑姑，而不是同志收，我分析，即使大姑已经不在体委，只要有认识她的人碰巧见到，知道这是家信，是会转给她的。果然，第二封信被一个偶尔路过传达室的朋友见到，拿去交给了已经退休在家的大姑。大姑姑那天正在厨房做饭，一听说有人以大姑姑的称呼给她写信，脱口而出："那是小妹呀！"大姑姑围裙没解，冲过去接下信，刚读了开头"大姑姑，你好！……"已是涕泪滂沱。大姑立即提笔给仍囚禁在大别山中的父亲报信："小妹在找爸爸了！"我不知自己的信会是一声霹雳，给陷在死谷里的父亲带去了巨大的安慰："火山爆发逊于斯，我女书来独坐时。闻唤爸爸泉泪涌，悠悠别后廿年思。"后来读到爸爸的诗，我才知道女儿在落难父亲心中的分量。

我就和悌忠商量要去看父亲。悌忠说:"你去吧。"我问:"你不怕连累你?"他回答说:"你爸爸一定是被冤枉的,如果有可能,把他接来吧。我真的无所谓,现在有思想的人,哪还有什么前途?最不济就是当一辈子工人,有什么?我没什么可怕的。"我想起第一次到他们家见未来的公婆。我说:"我出身不好,父亲是庐山会议反党分子。"没想到他爸说:"早晚会翻过来的。"我真的觉得他爸是不懂政治,痴人说梦。哪知道,其实不懂政治的老百姓才最是看透了世事的。

1978年6月11日我到了长沙。6月19日,揣着大姑姑一家人和自己的热望走进北京富强胡同六号的那个大宅门,见到了胡耀邦,知道二姑姑替父亲递上的申述材料已经批给了中组部的李步新副部长处理。

几天以后,我返回了长沙,大姑姑将我送进姑爹所在的长沙湘雅医学院,住院检查我发了五年的低烧的原因。医院的老人,都听过当年共产党接管湘雅时我父亲作的报告,记得他的倜傥风采,他们把我当成"好人家"的女儿看待,我一辈子忘不了在那里度过的日子。

终于盼到了出院、离长沙赴安徽的那天。

1978年7月29日黄昏时分,经过了一夜火车,在信阳像打仗一样地挤购长途汽车票,汽车抛锚、修车和我一路高烧的艰辛旅途,我和大姑姑、大姑爹终于在磨子潭水电站下了车。大姑姑这是第二次来了,她拉着姑爹在前面急切地走,我提着大包跟在他们的后边,走到了一座矮矮、长长,一溜十几个窗口,显示着是个单身宿舍的平房前。大姑姑在走廊的第二间停了下来,我知道那一时刻要到了:十一年了,就要见到被定为"死案"的父亲了,不觉得脚下有些发软,不知道自己会怎样面对。门开了,大姑姑立即紧紧地抱住了那个开门的人,叫了声"明弟!"就哽咽地再出不来声。姑爹轻轻拍着她的背,嗔怪地:"好了,好了!还要让我们见啦。"他用湖南话道了问候:"您家还好吧?"我一直被挡在姑姑、姑爹的身后,突然感到了一种手足无措,近在咫尺的父亲,一下变成了遥远的影子,我真想就这么一直在他们的背后待下去。我看不见父亲的脸,只听到:"还好,还好。"这是爸爸的声音,居然没有什么变化,时间的距离好像一下消失了。姑爹让到一边，我直直地对着父亲了。他很瘦，非常瘦，眼睛还是那样像鹰一样闪着灼人的光。

"爸爸"，多少年没有叫了，我自己能觉出这两个字吐得有多么不自然。

"小妹呀！怎么这么瘦呀！"爸爸走过来，轻轻地拍了拍我。父亲是慈爱的，但是我感到了彼此的隔膜和距离。

大姑姑大概觉察到我们的尴尬，赶忙地擦去眼泪，一件件拿出带来的东西，张罗着做饭了。我环视着爸爸的这间小屋，大约有七八平米，四个人已经把它塞得满满的了。靠门的右手是一张木床，从门框起，一直顶到墙。一张凉席，看得出它下面的褥子很薄。一床毛巾被，竟然是我小时候熟悉的那床蓝白条的。心中的陌生感一下退去了许多。床边靠墙放着一个竹书架，插满了书。对着床是一扇窗户，窗下是一张破旧的三屉桌，上面堆满了书，就像当年六铺炕八号楼的那张一样。我心里的那层硬壳在融化了。转过去，对着书架的那面墙，放着一个脸盆架，架上面的墙壁贴着报纸，几件衣服挂在那里的钉子上。地面是土的，高低不平。姑姑就在走廊房间门口放的煤油炉上做开了饭。饭好了，爸爸搬过一张方椅当桌子，又到邻居那儿借了三张小凳子，我听到邻居友好地问："来客了？""是啊，是啊！"爸爸的回答是欢愉的。我们围"桌"而餐，我仿佛回到了少年时在爸爸那儿"蹭"饭的时光，暖暖的感觉从胃里向全身散开。饭后爸爸带我们去招待所。招待所在磨子潭电站的入口处，依着山，看招待所的大爷种了好些花，门口有石凳、石桌，幽幽的、静静的。爸爸在我们来之前就买了好些葡萄，我们把东西放好，爸爸把葡萄也洗好了。大姑姑和姑爹累了，先去休息，我和爸爸坐在石桌边，吃着葡萄开始了长谈。那一夜，我走近了父亲，我可以触摸到他那颗急切的、要让我了解一切的心，感到为了这一天的谈话，他早就做了足够的准备。父亲从他惹祸上身的三峡争论谈起，向我展开了一幅我闻所未闻、完全无法想象的历史长卷。现在的人们对那段历史已不陌生，父亲的《庐山会议实录》一书光盗版就有五百万册。可那是1978年的夏季，"四人帮"还没有审判，中国还被禁锢在两个"凡是"的牢笼里。父亲所讲的一切，犹如把我引入了另一个世界，一个完全没有神的世界。毛泽东在他的故事里是跟我们一样的人,爸爸曾被叫到毛的床边谈话,曾和毛一起在他的床边进餐!爸爸的故事里没有谁是革命的,谁是反革命的,只有彭德怀、朱德、周恩来、林彪、刘少奇……这些有名有姓,有血有肉的人。我在他的故事里看到了好人,看到了坚强的人;看到了小人,看到了懦弱的人。父亲的眼睛在暗下去的群山里闪着光,我一眨不眨地盯着那双眼睛,惊叹他的记忆,惊叹他的智慧,惊叹他的乐观豁达。父亲不停地讲,几乎不喘息,直到招待所的大爷说:"不早了,明天再聊吧。"我们才意识到他一直坐在招待所的门口扇着蒲扇,也许一直在听,也许什么也没有听,只是理解着这十一年未见面的父女是应该有说不完的话。爸爸不好意思地道了歉,对我说:"睡吧,明天再谈吧。"我一直望着他的身影消失在夜幕中才转回我的房间。那一晚,我离开长沙时发起的高烧全退了,心里很静,很凉,很踏实。我知道我来对了,我的父亲是个好人,是个被冤枉的好人,是老百姓说的忠良。我要为他的平反奔走,呼号!

　　第二天,父亲拿出了一条用他的料子裤子改缝的女裤。头一天晚上,他已经告诉我他和一个在电站工作的上海女青年的一段感情。裤子是他本来准备送给那位姑娘的。但是父亲因为和她的关系挨了批斗,女青年也很抬不起头,爸爸无法再将裤子送给她。1978年,不能希望我有什么开放的思想,和一个与我差不多大的姑娘有感情,我对父亲说那是一个污点,但是我理解他,原谅他,我收下了那条裤子。大姑让我穿上,并换上她在长沙给我做的一件月白色的确良短上衣,一起到水库去照相。这是我工作以来最高级的一套行头了。照相时父亲搭在我肩膀上的手紧紧地抚着我,温暖着我。此后,我再也没有感受到过他在那一时刻所给予我的慈父的浓浓如血的爱、那样深沉如海的爱。

　　父亲带着我在水库各处转,愉快地回答着人们的问话:"老李,这是你的女儿啊?""是啊,从陕西来,是工人哪!"父亲还带我去水库游泳。看着我瘦瘦的身材,怜爱地说:"太瘦了。一定要想法把低烧看好,吃好些,长胖些。"

　　接下去的几天,父亲跟我讲了他与母亲之间的感情纠葛和最后是怎上法院离的婚。父亲所讲的和我了解的母亲是一致的，我相信他说的都是真实的。我和父亲开始商量如何为他的平反运作了。他的任务是写申述材料，我的任务是以女儿的身份逐条说明我妈妈对我爸爸的揭发的不实之处。我们的想法是一致的，亲人的揭发还要亲人自己出面推翻。

一个星期的时间一晃就过去了，二姑姑已经来信要在北京与我会合，共同为父亲平反奔走，我不能再耽搁下去。尽管父亲显然希望我再待些日子，但是他知道形势是在以天为计变化着，胡耀邦任组织部长，给了他希望，我的出面，使这个希望很可能变成现实。走的那天，父亲拿出了两百块钱，要我带上。我知道他自一九五九年倒霉后，每月的工资就降为一百二十元，六十元给我们三个孩子生活费（"文革"开始后，我们虽然没有再拿这笔钱，水电部并没有把这些钱发给他，仍然放在部里），还给我奶奶寄三十元，自己实际只有三十元的月收入，二百元是一笔数目极大的钱。我不要，说我自己的工资足够了。父亲说："拿上吧，到北京要花钱。另外买几件像样衣服，算是爸爸送你的。要吃好些，身体要搞好，现在是太瘦了。"钱拿在手里很沉，很柔软，我强忍着没有落泪，知道自己又有了疼我、爱我的父亲。父亲送我们上了长途汽车，我坐在最后一排。父亲一直等在车外，车缓缓启动时，我看到他有一种要追上来的冲动，但是停住了，在那里招着手，目不转睛地看着我，眼里含着没有说出来的话："女儿，我等你的消息！""文革"后，我已不大知道哭是怎么回事。我告诫自己遇到多难的事，多么不公平的事，不能掉泪，特别是不要人前掉泪。没有人会同情你的，只有自己救自己。看着父亲消瘦的身体、稀疏的头发和那张充满病容但是洋溢着希望的黄黄的面孔，眼泪如汹涌的浪潮，冲击着我的眼眶。我死死地咬着后槽牙，按着书包里父亲的申述信，控制着自己，"现在不是哭的时候。爸爸你等着我，女儿一定要让你离开这里，要为你讨回公道"。

其实正像我同样是老干部的二姑爹在北京对我说的，"你父亲的问题早晚会一风吹的"。本来那些"混进党内的阶级异己分子"、"叛变"、"偷书"、"大水电主义"……的罪名，都是些欲加之罪，何患无辞的东西。庐山的案翻了,现在的党中央承认当年毛泽东错了,李锐的问题如何不"一风吹"?二姑爹是谙熟"内斗"之术的。我和二姑姑的奔走,其实只是为了唤醒那些复出又恢复高位的,当年把父亲赶下台出过拳、伸过腿的人的良知,希冀他们能通过"文化大革命"自己的挨整经历,对自己过去的做法有所悔悟。如果由他们这些当年处理父亲的人站出来说话,李锐的平反会早些提上日程,得到更快的处理。

1978年10月25日,尽管磨子潭电站、安徽省电力局的一些人千不愿、万不愿,对中央组织部的通知瞒了再瞒、拖了再拖,父亲在这一天还是住进了合肥安徽医学院附属医院的干部病房。父亲在那一天的信中说:"我的总的感觉是,如解除警报似的一种'轻松',即现在在这个医院内,我被看成一个正常的人,也是过的一种正常的病人生活了。"

1978年12月30日,父亲给我发出了电报:

通知即返京
爸

1979年元月一日的清晨,车间的生活委员敲开了我家的门,送来了这份电报。我立即向车间党支部书记告假,第二天乘火车先于父亲两天返回北京。办正式离厂手续,车间党支部书记给我做书面鉴定时,被正在办公室的一位同事扫见了。后来那位同事告诉我,写得跟革命烈士似的,他当时就讽刺书记说:"你们早干吗去了?"我的信仰、我对革命的追求,在那一刻似乎彻底地垮了:"自己过去所有拼死的努力,抵不上父亲的一纸平反。"我感到了一种被愚弄了的深深的耻辱。

后来,到了美国,我被一个台湾的基督教徒紧追不舍了好几年,她最终没有能够说服我信仰上帝。我告诉她:"我解剖自己的灵魂解剖够了,我无法再参加你们的圣经学习,我无法再对上帝说:我有罪、我忏悔。"

经历了1978年,我不知道自己还会信仰什么,一个没有信仰的人似乎应该是痛苦的,可是我不。我只是觉得十分的自由、十分的轻松、十分的欢乐。我拥有一个属于自己的幸福的小家,我拥有一份让我投入的工作,我拥有一支不受约束的笔,可以随时随刻想到哪里写到哪里,我知足,我常乐。但是我似乎仍然有着追求:"自由、美好、幸福!"虽然有些模糊,虽然不那么坚定,也不是天天写在日记本上,提醒自己须臾不能忘记。我努力于自己过上这样的日子,我也决不自私,一己有了这样的日子就满足了,我会自觉、不自觉地将这个追求扩展得更大些,并且还在不懈地努力。

(原载《书屋》,2008年第6期)

穿制服的思想
——被谎言与怯懦所扭曲的良知

赵　刚

一

1945年，第二次世界大战进入尾声。世界反法西斯力量将对德国纳粹发起最后的、毁灭性的打击。

这一年2月，西方盟军已经全线进抵莱茵河地区，并开始肃清莱茵河西岸从荷兰到瑞士边界的德军，准备强渡莱茵河，向德国的腹地进军。3月，苏军完成了进攻柏林的战役准备，推进到距离柏林只有60公里的奥得河与尼斯河一线，仅在200多公里的战线上，就部署了250万人，6259辆坦克，配备了7500架飞机、41600门火炮和迫击炮。此时的希特勒的军队，已经无法得到兵力和装备的补充，处于强弩之末，士气低落，无力招架。

早在1944年，当希特勒看到西方盟军打进德国本土已处于迫在眉睫之时，便在9月25日下令，正式组建国民军。由盖世太保的头子希姆莱任总指挥，强令每个从16岁到60岁的德国男人都要应征并接受军事训练，并极其蛮横地将所有反对使用儿童作为炮灰的异议加以否决。不久，希特勒又丧心病狂地开始实施"狼人"计划。

所谓"狼人"计划，借用纳粹的宣传部长戈培尔发布的"狼人公告"的话来说，就是鼓动全体德国人民组成游击队，拿起武器，全民皆兵。"让任何一个在德国领土上的英国人、美国人，或是布尔什维克主义者，都成为德国'狼人'的'野生猎物'。只要有机会，我们就将这些人置于死地。"

由于德国兵员缺乏，在"狼人"计划的实施中，训练青少年成为间谍和破坏分子，让他们携带砒霜和炸药前往盟军战线的背后进行活动，就成为主要内容。这些受到"狼文化"教育的"狼人"年龄实在太小,在美军的战史资料中,有报告说,美军在德国亚琛地区,曾抓到的武装分子最小的只有8岁。而在另一些地区,乒乒乓乓开炮的德国炮手们也只有12岁或更小,其中还有小姑娘参加,她们跟在那些小男孩身边用迫击炮打盟军坦克!

在德国历史学家、德国电视二台负责人古多·克诺普博士所写的《希特勒时代的孩子们》这本书中,就曾真实地记录了这一段历史。

1945年2月21日,弗兰茨和赫伯特这两个男孩,作为"狼人"被空投到艾弗尔山的敌军后方。党卫军给这两名孩子的任务是,利用手中的无线电发报机,将侦察到的美军和英军的装备、布防等军事情报发给德军指挥部。由于党卫军将这两名男孩空投的地方距离目标太远,结果没等他们开展活动,就被美军巡逻兵捕获。最初,将他们关进亚琛附近的战俘营。经过审讯,美军第九军军事法庭因间谍罪判处他们死刑,枪毙。他们的辩护人,一位美国军官,向法庭递交了赦免申请书,说明他们只是未成年的孩子。几个星期后,他们被带到布伦瑞克,被告知,拒绝赦免申请,第二天10点执行枪决。

在写给父母的遗书中,弗兰茨写道:"我这样做是深切地希望为我亲爱的德意志祖国和我的人民服务。"或许,直到这个时候,他们还不清楚,他们为之献身的第三帝国已经离最终的覆灭只剩下最后的34天,还不知道,他们所崇拜的帝国元首希特勒早已在一个月前就以自杀的方式结束了自己罪恶的一生,逃避了最终的审判。1945年6月1日清晨,就在全世界少年儿童欢庆自己节日的日子里,德国布伦瑞克的采砂厂中,两名德国少年被紧紧地绑在了柱子上。随着凄厉的枪声,他们默默地死去了,鲜血顺着他们还未成年的躯体,慢慢地浸透了脚下这块祖国的土地。不会有人再为他们祈祷,也不会有人再把他们歌颂为英雄,因为,他们为之献身的第三帝国的历史即将改写。此时,弗兰茨只有16岁零5个月,他的朋友赫伯特也仅仅17岁。

像这样悲惨的事件,绝非只发生在弗兰茨和赫伯特身上,在纳粹德国时期，何止成千上万。号称党卫军"精锐之师"的装甲师——"希特勒青年师"，全部是由 17 岁左右的青年人组建起来的。师长、少将弗里特兹·维特（Fritz Witt）只有 34 岁，在 1933 年前他也曾经是希特勒青年团的团员。"希特勒青年师"是党卫军仅有的三个备用于西线防御的装甲师之一。在诺曼底战役中，"希特勒青年团员"那种骇人听闻的狂热和不计后果的勇猛，让英国和加拿大士兵大吃一惊。"这些勇敢的，残忍的，傲慢的'小希特勒'们，在战场上岁数太小以至于完全藐视危险"，"他们像潮水般扑向（敌人）坦克，如果他们被包围或被优势兵力压倒，他们就一直战斗到无人幸存。年轻的孩子们，连第一次刮胡子的岁数还没到，被老得有些都可以做他们爸爸的盟军士兵射倒"。

40 多天的战斗中，"希特勒青年师"伤亡超过 60%，其中 20% 丧命，其他的受伤或是失踪。师长维特阵亡，他的指挥部被英国军舰的炮火直接击中。年仅 33 岁，绰号"装甲 Meyer"的科特·梅亚（Kurt. Meyer）继任师长，他成为了整个德军中最年轻的师长。直至 1945 年 5 月 8 日，只剩 455 人和一辆坦克的第 12 党卫军装甲师"希特勒青年师"向美第七军投降。从组建到毁灭，"希特勒青年师"仅有不到两年的时间，在这期间，有 9000 多人阵亡、失踪、受伤或是被俘。

就像古多·克诺普教授所说："希特勒时代的孩子们是政权不可缺少的支持，假如没有希特勒青年团坚持不懈的全方位的投入，德国经济和社会早就崩溃了。青年们通过他们的投入对战争延长起了决定性作用。900 万廉价劳动大军填补了在前线服役男子留下的空缺。""1921 年至 1925 年出生的人当中，三分之一还多的人惨死在第二次世界大战的战场上，或者死在国内的战场上。"

为什么这些充满朝气、善良的少男少女们，成为希特勒狂热的追随者？为什么这些人临死都不愿意承认他们是为"一个出卖了自己，欺骗了自己的政府"而送命？他们是心甘情愿，还是听天由命？他们是抱有爱国主义理想和献身捐躯的责任感，还是一名狂热的纳粹主义和反犹太主义分子？历史留下了一个巨大的"？"。

希特勒的时代，不仅是一个独裁与暴力的时代，而且也是一个谎言与诱骗的时代，在这个时代下生活的人民，不仅要接受威胁和恐惧的煎熬，而且还要接受由于自欺和怯懦而受到的内心良知的拷问。

二

这是一个喜欢穿制服的年代，无论大人和儿童都喜欢制服。

美国南卡罗来纳州大学欧洲史教授罗伯特·埃德温·赫泽斯坦说：纳粹"德国是一个制服国家"。当时，德国六分之一的人口，大约有1250万人都被要求穿制服，他们当中有党卫军、国防军、冲锋队、宪兵、邮差、教师、国家公务员……其中也不乏是以穿纳粹制服为荣的普通老百姓（《纳粹德国的兴亡》中，中国社会科学出版社）。

对孩子们来说，"制服是一种礼服"，克里斯蒂安·科恩贝格说道。"褐色的裤子，褐色的衬衣，黑色的三角巾，上边系着一个褐色的皮扣，皮肩带。有皮带扣子的武装带上，有一个表示'胜利'的鲁内文（日耳曼最古老的文字）字母。脚上还穿着白色的中筒袜，褐色的皮鞋。"克劳斯·毛尔斯哈根说，"头上还有一顶船型帽，我们把它歪戴在头上，样子十分调皮，我们非常骄傲。姑娘们十分羡慕我们。谁要是被批准穿上这套少年队的制服，谁就感到被接纳到了穿制服的人民团体中——为伟大的事业时刻准备着！"（古多·克诺普《希特勒时代的孩子们》，人民文学出版社，21页）

对于成年人来说，无论是冲锋队的褐色制服，还是党卫军的黑色制服，对人的视觉都有一种美感的冲击力。美学是法西斯主义的重要部分，平心而论，希特勒本人的审美能力还是不错的。赵鑫珊在《希特勒与艺术》一书中曾这样评价希特勒，"在骨子里，希特勒和其他纳粹头目（如戈林）对充满纳粹意识的绘画作品并不感兴趣。希特勒打心眼里崇拜的还是古希腊罗马、文艺复兴巨人以及伦勃朗、鲁本斯、戈雅、康斯太布尔、庚斯博罗、透纳、大卫、德拉克洛瓦和法国巴比松画派的作品，当然还有19世纪德国和奥地利的绘画"。因此，当年希特勒让设计师为党卫军、冲锋队设计军服时，曾下过特别命令：德国士兵穿戴的必须是世界各国军服中最漂亮、最威风的。结果正如帝国元首所望,法西斯的制服的确做到了英武、帅气、挺拔,甚至连后来成为盖世太保首领的希姆莱也为其所吸引,年轻时的他,在对什么是"国家社会主义"都不知所以的情况下,为了这身制服参加了纳粹。况且,在越来越强调组织、机构、思想、行为"一体化"的纳粹社会中,能够穿上这样的制服,不仅表明自己已经被当局和社会所接纳,成为纳粹体制内的一员,而且也足以唤起人的自我价值感和满足人的虚荣心。

穿上了制服,便意味着加入了组织。为了扩大纳粹主义的影响,希特勒拼命扩大法西斯组织。上台仅两年,希特勒就将400万名青年纳入"希特勒青年团",这几乎占了10岁至18岁青少年的一半。然而,对于野心勃勃的帝国青年团组织领导人席拉赫来说,这个数量远远不够,他的目标是要让全体德国青年都为纳粹服务。1936年新年伊始,席拉赫宣布,这一年将是"德国少年队年",年满10周岁的德国儿童,都必须"自愿"地加入少年队。按照每个乡镇的户籍名册,纳粹当局为1926年出生的孩子家长发去了书面通知,要求父母为自己的孩子报名参加少年队。这一年4月19日,席拉赫通过电台兴奋地宣布,90%的儿童遵从了他的命令,"自愿加入少年队","整个年轻的德国今天是一个由忠诚的誓言链接在一起的骑士团"。当天,在马林堡的普鲁士骑士团的要塞大厅中,席拉赫主持了数百名儿童的入队仪式,孩子们在火把的照耀下,高唱《我们誓死忠于希特勒》。

第二天,作为向希特勒生日的祝贺,全国新入队的少年队员,举行了规模盛大的宣誓活动,孩子们郑重地举起了右手,用天真稚嫩的嗓音高呼"我宣誓,在希特勒青年团的领导下,恪守我的职责,热爱并忠于元首和我们的旗帜"。这一天午夜,数千名青年,聚集在第三帝国各个地方,举行了加入党卫军的神圣的宣誓仪式。在用古代北欧符号装饰的火炬映照下,身着党卫军制服的青年,举手宣誓:"我向上帝宣誓,我将无条件地服从德意志帝国及其人民的领袖、三军的统帅希特勒。身为一名勇敢的战士,我将随时牺牲我的生命,以达成此誓言。"

此后,每一年的这一天,都要举行这样全国性的活动。每年都有成千上万的德国青少年,将自己的青春和生命奉献给纳粹党,将自己的一切送上法西斯的祭坛。直到 1945 年 4 月 20 日，德国的青少年还在为效忠帝国元首宣誓，而这时候，离这个独裁者在柏林废墟下的地堡中自杀仅仅还有 10 天。

作为在 1946 年纽伦堡法庭审判的重要战犯，席拉赫供认说："我以信仰希特勒并忠于他的思想教育这一代人。……几百万名青年人跟我在一起相信了这一点，他们在国家社会主义中看见了自己的理想，许多人为它而阵亡。是我教育这些青年拥戴一个杀人犯。"其实，作为个人而言，席拉赫自己何尝不是一个纳粹的牺牲品。他的母亲是一个来自费城的富有的美国人，他的父亲是魏玛宫廷剧院的总经理。席拉赫从小就生长在一个无忧无虑的自由的教育环境中。他喜欢艺术，爱好音乐，曾经梦想成为一名音乐家。

17 岁那年，当他第一次听到希特勒的讲演时，就被"那声音低沉而沙哑，共鸣如同大提琴。音调显得特别奇特，迫使人不得不听下去"的鼓动所吸引。在《纳粹德国的兴亡》这本书中，罗伯特教授统计，希特勒的一生中，共向 3500 万人面对面地作过讲演，至于通过广播听过他演讲的人，更是不计其数。席拉赫与其他追随者一样，就是在听了希特勒演讲之后，成为了他的信徒。于是，在希特勒的欺骗和煽动下，他开始仇恨《凡尔赛和约》，仇恨无能的魏玛共和国，仇恨造成德国战败的"犹太人"，仇恨把这个国家搞得混乱不堪、受人凌辱的"布尔什维克"。他觉得只有眼前这个人"才能拯救德意志民族"。他下决心追随希特勒，真心实意地崇拜他，24 岁便成为了"国社党全国青年主席"，负责整个德国青年运动。

席拉赫狂热地工作着，他提出"除家庭与学校外，希特勒青年团应从德智体三方面教育德国青年为人民服务并成为人民大众一员"。由此，这个青年纳粹组织成为了除家庭与学校以外的第三个国家认可的"教育载体"，成为了向正在成长的一代灌输法西斯主义的国家工具。

他通过组织少年队讲故事、做集体游戏、歌咏比赛；组织女孩子们进行"信仰与美丽"的团体操和健美表演；组织男孩子们野营军训、越野赛跑、十项全能运动；组织全体希特勒青年团员，身穿制服拿着募捐箱，为需要"帮助与救助失业者及退休老人"进行募捐和收集衣服与旧物等项活动,把青少年劫持到法西斯这部罪恶的战车上,并死死地抓住他们。而所有这一切,只是为了一个目的,就是要每一个青年"成为纳粹主义的信徒"。锻炼身体,是因为日耳曼民族"只有成为最强者才能够生存,才能统治其他劣等民族";参加军训,是因为"需要德国青年掌握枪杆子就如同掌握笔杆子一样熟练,在未来的战争中打败一切敌人";参加集体活动,是因为要教育青年"你是微不足道的,人民才是一切",而代表人民的只有帝国元首。

法西斯用各种美好的组织形式和活动,把一个充满邪恶和仇恨的纳粹主义包装起来,然后利用青年人的质朴和单纯,易于激动,以及为了一个充满光明与希望的意识形态,准备时刻献身的愿望,诱骗了他们,把他们培养成一个虔诚的"元首崇拜者"和"希特勒精神的追随者",把他们变成了政治纵火犯的"忠实的信徒"。用席拉赫自己的话说,就是叫青少年把自己作为祭祀的贡品,"作为希特勒的生日礼物,奉献给元首"。

在《希特勒时代的孩子们》这本书中,曾参加过冲锋队的维尔纳·哈尼茨施说过一句意味深长的话:"制服只是属于同一整体的外在标志。这一点对我们来说是最重要,我们是一个集体,我们是发过誓的集体。"

三

对于希特勒来说,在他的统治下,不仅所有人要穿上制服,而且思想也必须要穿上制服。任何理论乃至现实都必须服从一种标准,这就是,是否有利于纳粹的统治。无论是报纸、电台、广播、杂志……所有传媒,也无论是学校、文艺、电影、戏剧、歌曲、舞蹈、小说、诗歌、美术……所有机构,都必须与纳粹党的宣传方针保持高度一致,无论事实真伪、道理是非,首要的目标就是要强化人民对当局的忠诚,以及对当局所做出决定的正确性百分之百的认同。任何带来疑窦或犹豫的信息、观点、言论将一概不予传播。

在一个极权专制主义国家里,一切宣传都必须为同一目标服务,所有的宣传工具都要被协调起来朝着一个方向影响民众,并造成全体人民的思想"一体化"。就像纳粹宣传车的标语所宣扬的:"只要元首下命令,我们就执行!我们全都只说'是'!"而要达到这样的结果,宣传不但要体现在量的方面,更要体现在质的方面。因此,如何使舆论控制和宣传精致化,就成为纳粹主义宣传实施的重点。在这方面赵鑫珊的《希特勒与艺术》一书中,有过精彩的描写。"希特勒的广播演讲能使千百万德国人着魔,或情绪激昂,或手舞足蹈。他是一个能自由操纵德国人心理的一个狂妄人物,真是不可思议。"

笔者曾经听过"德国党卫军第一装甲师军歌"。伴随着雄浑低沉的男声合唱,你可以感受到德意志军队驱使着巨大的钢铁洪流,怀着刚毅而坚定的信念,视死如归地走向战场的气魄。这样的镜头,在二战的纪录片中时常可以看到。

在纳粹的宣传下,德国民众热衷于宏大的群众集会,盛装大游行。在这种场合,军乐队演奏的瓦格纳的乐曲更显得激昂雄壮,数不清的"卍"字旗迎风飞舞就像波涛汹涌的大海,成千上万的人发出的"HI,希特勒"的呼喊如同山呼海啸,伴随着德国军靴踏出的令人震慑的脚步声,勾画出一幅让人久久难忘的"壮丽的图画"。1933年,一位英国记者曾亲眼见识了这样的场面。当他看到,纽伦堡的露天运动场中,6万多名德国男青年,在众目睽睽之下,拿着明晃晃的匕首,高呼着"BLUT AND EHRE"(即"血与荣誉永存"),用以象征德国已经为战争到来做好一切准备时,他不禁感到炫目和震惊(《纳粹德国的兴亡》下,中国社会科学出版社)。

希特勒明白,只有营造出这样的氛围,才能显示人民万众一心的意志,显示群众的创造力与力量,证明渺小的个人只有与伟大的集体目标相一致,才能获得个人在历史中的价值,从而让人们更容易接受纳粹的口号:"你是微不足道的,人民才是一切。"法西斯正是投合了德国人的这种感情,使德国变成了一个巨大的兵营,变成了一个从思想到物质,都处于难以抑制的亢奋状态,时刻准备向世界宣战,时刻准备发动战争,时刻准备报复凌辱过自己的敌人,时刻准备征服"劣等民族"的兵营。假如希特勒不是代表了德国大多数人的想法和心理,那么,他决不会获得这样大的权力和支持。

德国的民众不仅要在群众集会上接受法西斯世界观的洗礼，而且在生活中的每一时刻，都要接受纳粹主义的洗脑。1935年颁发的《教师手册》中规定：数学教学要以"国家政治教育"为己任。在孩子们的书中，数学题是这样表述的：

"建设一个精神病医院需要600万马克，建设一所居民住宅需要1.5万马克，请问，600万马克可以建设多少居民住宅？"还有，"一架夜间战斗机能运载1800颗燃烧弹，若以时速250公里、每秒投掷一枚炸弹的速度飞行，请问，所投炸弹将覆盖多长距离？"纳粹主义就是要用这样的数学题目向孩子们说明，那些"没有生命价值的生命"会给国民经济带来多少损失；对那些阻碍第三帝国统治世界的国家应该如何严惩。对此，纳粹德国弗兰哥尼尔省的头目尤利乌斯·斯托莱切洋洋自得地说："如果在天平两端，一端是所有大学教授的脑子，一端是我们元首的脑子，你们觉得天平会偏向哪一边？"不言而喻，自然是偏向希特勒。在纳粹时期，有将近30%的大学教授，因不满或不堪法西斯的迫害，相继离开了德国。

纳粹的群众活动也极具特色，甚至连锅碗杯盘都成为纳粹的宣传工具。从1933年10月起，希特勒搞了一个"同喝一锅汤"的活动。每年10月第一个周日，全体德国人都要到街上去喝大锅汤，每个喝汤的人都必须"自愿支付50芬尼"的零钱，从元首到普通人都一样。喝汤捐献的钱，交给政府去为失业者和无助的老人寒冬赈济。希特勒虽然吃素，但也要装装样子，与民同乐，一起喝大锅汤。喝汤的现场热闹非常，彩旗飘舞，军乐阵阵，大街上挂着大字横幅："同喝一锅汤"。街上摆满长条桌，每个喝汤的人，都借此来证明自己的思想是与纳粹党保持一致的，与帝国元首是同心相连的。

纳粹就是利用了人民的善良和信任，对全世界进行了一场战争赌博，而赌注就是他们口口声声说为之服务的德国人民。其实，希特勒的追随者也清楚失败的结果，纳粹元帅戈林就曾悲哀地表示："如果战争失败，希望上帝能帮助我们。"在这场巨大的赌博中，希特勒通过国家社会主义工人党，将镇压之手伸向社会的各个角落。他们用专制和独裁，颠覆了正义与法治；用谎言与欺骗，替代了人民群众的自由与民主；用纳粹的话语权剥夺了社会舆论的公开性。

在纳粹德国，所有时事新闻的来源都被一个唯一的控制者有效地掌握，只有它高高在上，权威地向人民说，可以这样，或是不可以那样。资讯来源的唯一性，就使得希特勒的宣传家有力量按照自己的意愿，有选择地塑造人们的思想。这是因为，即使是最明智的和最独立的人民，如果他们被长期地与其他一切信息来源相互隔绝的话，他们也会变得愚钝和盲从。

在希特勒看来，要使大多数人失去独立思考并不困难，难就难在，在大多数人失去独立思考的同时，必须让仍旧保留着怀疑和批判的倾向的少数人保持沉默。否则，就无法达到让全体人民真正遵从统治者意志的目的。为了达到这样的目的，一方面，必须让人民相信不但他们所追求的目标是正确的，而且连所选择的手段也都是正确的。另一方面，还必须让人们相信，他们所追求的无比崇高而伟大的目标和手段正在遭受一小撮人的诋毁与破坏。只有彻底批判、打击、镇压、消灭这一小撮革命的叛徒、人民的异类，才有可能实现统治者提出的目标。一句话，极权专制主义统治者提出的计划与目标，是神圣的，不容怀疑，更不容批评。一切对于这个目的与手段的公开批评，或者甚至是表示怀疑都必须禁止，因为它们容易削弱人民对纳粹党的信任与支持。正如希特勒在《我的奋斗》一书中所宣扬的，"权力的武器是恐怖，是针对个体和群体的肉体的恐怖。只有当持不同政见的反对者遭受到这种恐怖打击之后，被击败的反对者们，才会对未来的任何抵抗丧失信心。"

1933年，希特勒就任总理。尽管当时需要着手解决和处理的政治、经济、军事、民族、外交等各类政务堆积如山，不胜其数，但他却将此搁置其后，上任仅仅6个星期，便立即着手成立所谓"帝国民众启蒙部"，任命了臭名昭著的戈培尔为部长以加强对德国人民的思想控制。4天之后，希特勒公布了第一批德国艺术家的黑名单，宣布他们是"被取消国籍"、"不受法律保护"的人。对不同政见的知识分子精英的镇压和打击速度之快，效率之高，力度之大，叫人瞠目结舌。

希特勒深知"文学艺术作品对德国人的生活产生了极大影响"。因此，希特勒和戈培尔策划的第一刀就是先砍向德国的艺术家。正在访美的著名画家 G. 格罗茨（George Grosz，1893—1959）因其作品特别是漫画对当时社会的腐败做出过尖锐深刻的批判，而被纳粹分子称为"头号文化布尔什维克"，马上就被剥夺了公民权。世界上第一所真正为发展现代设计教育而建立的"国立包豪斯设计学院"也被查封关闭。"包豪斯"是德国著名设计师和建筑学专家格罗皮厄乌斯（Walter Gropius，1883—1969）所创建，它包罗了所有艺术发展方向，并且造就了许多知名的艺术家。但这一切为纳粹所不容忍，认为包豪斯是"布尔什维克的颠覆的细菌细胞"而遭到取缔。与此同时，著名画家 M. 利伯曼（时年 88 岁）和 K. 珂勒惠支（时年 66 岁）、P. 克利、M. 贝克曼、O. 迪克斯以及O. 施莱默，均被剥夺了在艺术院校执教的权利。不久，纳粹当局又公布了第二批、第三批……到 1936 年底，共公布了 7 批名单，共有 300 位文化名人流亡海外。其中不乏像诺贝尔文学奖获得者，著名小说家托马斯·曼，被誉为戏剧创作之王的布莱希特，现代派艺术大师康定斯基。纳粹统治时期，德国戏剧协会主席汉斯·约斯特曾借用自己作品中的主角表达了希特勒对文化的心态："当一听到'文化'这个词儿，我就想立刻拔出手枪。"

不仅文学艺术界的学者遭受到希特勒的迫害打击，甚至连物理、化学、数学和地质这类在一般人眼中不会受政治形势影响的自然科学界的学者和知识分子也无一例外。像著名的科学家 A. 爱因斯坦，不仅自己的银行账号被纳粹查封，而且党卫军还以"窝藏共产主义者的武器"为由，搜查其住所，当众焚毁其关于相对论的通俗读物。

据统计，从 1933 年至 1944 年，共有 104098 位德国和奥地利人流亡美国，其中有数百位世界一流的科学家，1500 位艺术家，以及专门从事文化方面报道的知名新闻工作者。从 1933 年，希特勒上台后至第二次世界大战爆发期间，约有 13％的德国生物学家被解雇，约有四分之三移民国外。要不是德国爆发了微粒子病（nosema），甚至连 K. V. 弗里施也难逃一劫。K. V. 弗里施是世界上第一位发现"蜜蜂语言"的动物学家。由于纳粹怀疑他的外祖母是"非雅利安人",因此便在慕尼黑大学对他开展人身攻击,进行迫害。由于1941年德国爆发了微粒子病,即由蜜蜂之间流传的疾病,导致数十万只蜜蜂群体死亡,严重地影响了当年德国的水果产量,并使农业生态紊乱。第三帝国无计可施,为了自身的生存,只好停止对弗里施的迫害,让他解决这个难题。

在希特勒眼里,"群众是守旧和懒惰的,他们不喜欢看书,也不喜欢思考"。既然如此,人民群众的观念和想法,是需要被灌输、被引导、被宣传、被塑造,才能正确地加以表达。那么,谁能完成这种灌输、引导、宣传、塑造的任务呢?只有少数纳粹精英才能堪此大任。既然大多数人的理想和观念是在法西斯控制下的环境中形成,所以就必须依靠这些精英,有意识地用各种手段把人民的思想穿上由统治者和少数知识精英"缝制好的制服",转变到希特勒认为是正确的方面去。而一旦人民的思想穿上了制服,也就丧失了思考的权力与能力,成为了《国际歌》中所说的囚禁在"思想牢笼"中"饥寒交迫的奴隶"。

思想穿上制服的悲剧在于:它把理性的权威推到至高无上的地位,却以毁灭理性而告终;同时,在权威的压迫下,让人的地位渺小到无足轻重的地步。其实,人的伟大不在于他的地位与财富,而在于他的思想。因此,每一个人在任何时候都不应忘记"争你自己的自由就是争国家的自由,争你自己的权利就是争国家的权利。因为自由平等的国家不是一群奴才建造得起来的!"(胡适)

(原载《随笔》,2008年第6期)

洪君彦章含之政治语境下的非正常生活
丹　晨

一

洪君彦写的《我和章含之离婚前后》终于出版了。这本写于三年前的回忆录，曾在报纸上刚刚公开发表几小段，就应他女儿的要求停止连载即所谓"腰斩"了；现在又因女儿的理解和鼓动，作了修改和补充，得以与世人见面，连书名从一开始也是这位女儿拟的。君彦写这本书的目的是为了"还历史本来面目……留一些史料给后人"。仅此一番苦心和委曲求全，即可看出蒙羞忍辱、沉默了数十年的洪君彦是一位老实人！

本书顾名思义是讲述作者和章含之的婚恋旧事，但从"文革"乱世中这对夫妇仳离悲喜剧看到的，却远远不仅是一个私人化的话题，而是可以感受到历史的巨大投影，社会的人情世态，两位知识分子的不同人生道路。

20世纪后半期，中国知识分子走过了一段崎岖困顿的历程。凡是1949年前走上社会的教授学者专家，上面一概称之为"旧知识分子"，那些已经卓有成就的更被视为旧社会甚至为大地主大资产阶级服务的"资产阶级知识分子"，有了这样的原罪也就成了万劫不复的改造对象。至于此后出现的大学生业务骨干，曾被认为是党自己培养的新型知识分子。洪君彦、章含之就是属于这新一代的青年知识分子，理应有一个美好的前程。然而，读了洪君彦的书，当然也读了章含之写的许多书，出乎意外的是，我们看到的却是两种迥然不同的命运际遇。

二

笔者和洪君彦曾是新中国成立前上海沪新中学高中同班同学，对他略有所知。他父亲是当时银行业巨子，家里有一座大花园洋房，花园里有假山、溪水、甬径、亭子、树木、花草，还有一座大活动室，可以在里面举行派对、舞会等。君彦虽是富家子弟，学业很好，但与同学却也不分彼此。所以我们常去他家玩，在那活动室里高谈阔论，唱歌，听唱片，几乎是可以随意而为。但我们从来语不涉邪。那时的少年也爱玩，也注意时尚，但视野却很开阔，趣味比较雅一点。唱的歌多数是民歌，如管夫人（喻宜萱）、周小燕、盛家伦、蔡绍序唱的歌，听的唱片西乐居多。秧歌舞，"解放区的天是明朗的天……"等等，我都是在那个活动室里最早看到听到的。有时，沪新地下党也借这些活动联络同学。有一次联系了七八位同学讨论组织人民保安队，迎接解放。后来还把那些标语旗子留存在他家里。君彦是位心无芥蒂的人，对同学一向坦率热情，所以这样"危险"的活动也能在他家里举行。我觉得他们家很开放自由，对孩子很信任，从来不干预我们这些事。

这样的"好事"，君彦从不提及，不当作自己少年时的进步历史。近年说起，他笑呵呵地说："你记性好还记得，我全忘记光了！" 1955年，我入北大中文系读书，再遇君彦时已相隔六年，他是老师我是学生。谈起他们家的大花园洋房，我说："走过你们家门口，看见挂着一个剧团的牌子。不知怎么一回事？"他乐呵呵地说："败试了，全败试了！"原来是被公家在五反运动中没收了。他那副襟怀坦荡开朗的样子，我一点感觉不到他有什么困惑和遗憾。那时的人一心要求进步，就没把这些财产等当回事。"文革"时，我们多年没有交往，但他的情况却有所闻。"文革"结束不久，我在公安部礼堂看完电影散场时遇到君彦，相见甚欢，叙谈间，我问及章含之情况（那时听说章已受审查），他没有半句非议怨言，只说："现在看她怎么办了！"问及他女儿将从国外回来，他说："看她跟谁了！？"他仍然还是那样厚道实在！

三

1949年中学毕业后，洪君彦考入燕京大学，后随着并入北京大学。北大占了燕大的校园，所以他就没有动窝，一直在此读书、任教，直至退休，几乎一生在燕园安身立命。50年代前半期，国家兴起经济和文化建设高潮，发出"向科学进军"的号召，整个社会出现一派生气勃勃的新气象，尽管也存在许多问题和不尽如人意事。像他那样才华出众、思想积极进步的青年知识分子很自然地脱颖而出，成了经济学界后起之秀，受到上面的重视和信用，27岁就当了教研室主任，评上了讲师。这在当时论资排辈严重情况下是不多见的。有一次，我去未名湖畔全斋宿舍看望他，正好碰上外语学院学生章含之也在那里。给我留下很深的印象是：这是一位大家闺秀；他们真像一对金童玉女，非常美好。我从心底为他祝福。这也正是他事业、爱情丰收的时期。

但是接踵而来的无休止的政治运动和残酷斗争，以及那些祸国殃民的极端思想，使那些本应有大作为的科学文化技术人才不仅不能再在专业中作出贡献，反倒受到无穷的打击和迫害，沉沦在苦海中。像君彦那样被认为党培养的青年知识分子，竟然也无例外地被列入"革命对象"。他先是因"反右派"时软弱右倾，被下放门头沟斋堂劳动。"文革"时，更被莫须有的罪名如"漏网右派"、"反革命修正主义分子"、"资本家"等等，强加在头上，饱受极其残忍的摧残。笔者都不忍在此引述这些骇人听闻的暴行。这在当时的北大不过是千百个例子之一，也正是北大建校百年历史上最耻辱的一页。君彦宽厚，在书中只提这些施暴者是所谓"红卫兵"、"造反派"，其实大多数是正儿八百的北大老师和学生。知识分子整知识分子，"本是同根生，相煎何太急"！什么古怪的暴虐残忍手段都使了出来。就像纳粹暴行最早传闻西方世界时，人们都不相信这是真的。君彦也指出："70年代后出生的一代又一代人根本不知道文化大革命为何物。他们听到红卫兵打老师，给老师'坐喷气式'的情节，如同听天方夜谭般新奇。"这是中国教育史、北大校史中闻所未闻的，也是不能不正视、反思、研究的课题。洪君彦希望人们将从他的"亲身经历"中，"窥见十年浩劫之一角"。这样的第一手资料，这样的信史是值得人们重视的。

这时的洪君彦，有一段自我心理剖白：

我自问为人处世一向光明磊落，对红卫兵的欲加之罪，心中很坦然，虽然曾因为忍受不了种种虐待有过自杀的念头，但终于挺过去了。如今与我相恋八年、结婚十年的妻子竟然红杏出墙这等于在我背后捅了一刀。这等羞辱让我无地自容，一颗心像撕裂般痛。所以对我来说，家变比政治迫害更加惨烈。妻子的不忠加给我的痛苦、羞辱比红卫兵加给我的沉重千倍。

人们从这样椎心泣血的记述中，看到在大的历史劫难下一个优秀知识分子的悲惨遭遇。关键是妻子的不忠就是从"文革"开始而开始。是从洪君彦在北大最早被当作校长、党委书记的黑帮同伙，揪出批斗、监督劳动而开始。也就是说，当年洪君彦作为燕大高材生，北大出类拔萃的青年教师，名门世家子弟，英俊帅哥，许多女生追逐的对象，章氏慧眼识英雄，14岁起就紧追不舍；现在，洪君彦一下子跌落万丈深渊成了阶下囚，管他八年恋情，十年夫妻，说变就变。"文革"期间，多少家庭亲情爱情就这样破灭碎裂了！特别是这一切都是在神圣的革命名义的包装下出现的；据章记述，洪章婚变竟然还惊动了伟大领袖，章是在受到圣眷隆恩关照下才"奉旨离婚"，这就更增添了一层光环和传奇性。

这使我想起沙俄镇压十二月党人起义，把大批党人流放到西伯利亚。赫尔岑严厉批判了当时贵族中的"道德堕落"，没有人敢站出来表示同情，反倒"出现了野蛮的狂热拥护奴隶制的人，有的是由于卑鄙，有的却不是出于私心，这就更坏……"，这时"只有女人不曾参与这种抛弃亲近的人的可耻行为"（《往事与随想》第一卷，中文版第67页）。她们或是站在断头台边，或是跟随丈夫流放，放弃贵族地位和生活。诗人涅克拉索夫为此写了长诗《俄罗斯女人》歌颂了这段动人的历史故事。我相信中国女人一样也是忠贞坚忍的，为维护真理、亲情、爱情宁可牺牲自己的一切；当然，在"文革"特殊环境下，可能更加艰难。但是，我们不能不感到悲哀的是洪章故事却是另一种情况。

追求快乐和幸福，大概是人类心灵的一种本能吧！但是如何获得快乐和获得什么样的快乐却有着很大的不同。洪君彦走的是一条普通知识分子的人生道路：以自己的才华、学识和能力，兢兢业业在教学、科研岗位上作出创造性的贡献；这些专业上的成就在"文革"前后都已为人们公认和为事实所证明。他又是一位重情义、重信诺的人，对于家庭、妻子、女儿充满着爱，担当着责任。他不是那种热衷于追名逐利之徒，正如他女儿笔下和我所知，他恰恰是一位慷慨侠义的性情中人。所以，"文革"的无妄之灾固然使他痛不欲生，但心爱的妻子的背叛使他从感情、心灵、尊严上受到加倍的羞辱和伤害，也使他百思不解：他曾经拥有过的快乐和幸福竟是那样虚幻！他虔诚付出过的热烈真挚的爱和对理想的追求就这样被鄙弃了？我想这是洪君彦深埋在心底已久的伤痛和疑问，也是他写本书寻求历史之谜的原因所在。

四

章氏则走了另一条人生之路。她也是一位学有专长的知识分子，也执着地追求自己的幸福和快乐。显然，她更看重家世、门第、声望、权力……这些外在的物化了的，又非自己作了什么贡献的，被英国哲学家休谟称为"虚荣"的情感带来的快乐，更擅长于攀附于外力达到或满足自己的欲望。例如章氏自称有一种"大红门情结"，但远不是像她所宣传的有什么"凝重历史感"（章含之：《跨过厚厚的大红门·代序》），倒是有点飘忽不定，随着情势忽爱忽恨，此一时也，彼一时也，都是着眼于对自己的利害。在阶级斗争日日讲的岁月里，她积极主动多次向党的上层领导表态，对"旧官僚"章士钊相当不屑，要划清界限，无非表示自己革命的坚定性；如今"大红门"大大升值了，成了又一个光环时，却被无限放大充分利用，至今成为"名门之后"、"最后的贵族"的标签，甚至夸张成"我们家这一百年中的三代人似乎浓缩了中国社会的进程"（同前）。

攀附确实给她带来无限风光和荣誉、快乐和幸福。譬如："走后门"把女儿"塞进"一个特殊的外语学校；后来又把十二岁的女儿弄成外交部官派的第一批小留学生；连离婚都是由公家打通关节。这些都是小菜一碟，但无疑都是攀龙附凤的成果，是那些芸芸众生的草民想都不敢想的，包括洪君彦。所以连女儿都惊呼她妈妈的"本事太大了"，做这类事时自己都不在北京，更不用动手出面；女儿从她妈妈进外交部后，看见她就感到"由衷的自豪"，"身边似乎有一个光环，她比别人都亮"（洪晃：《我的非正常生活》第 154、122 页）。

五

这就是党培养的两位知识分子的命运，他们从同一个起点出发后的不同人生选择，不同的荣辱浮沉，不同的幸福和快乐，却又无情地折射出各自的个性、心灵和品格。现在他们又已各得其所：洪有了一个安定幸福、平淡又平静的晚年；章既是名作家，又为女儿及其友朋们呼为"美人妈妈"，簇拥如"星捧月"，在"大红门"里依然风光无限（均参见《我的非正常生活》第 2 页等）。他们各自叙述自己的故事，但都强调与"历史"密切有关，或称"凝重的历史感"，或说"还历史的本来面目"。就在这页历史中，人们看到诡谲和荒诞，真情和虚伪，爱和背叛，诚实和谎言，荣誉和污秽……特殊时代的众生相，人世的百态，人性的变异……仿佛在已逝去的历史隧道中，重新唤起记忆，对世事有了新的憬悟：作为一个知识分子，该有怎样的正常生活呢？

（章含之已于 2008 年 1 月 26 日去世）

（原载《炎黄春秋》，2008 年第 9 期）

"罪人日记"的见证

徐 贲

如果把青蛙放到烫水锅里,青蛙会立刻跳出来逃走。但是,如果把青蛙放进冷水锅里,然后再慢慢地煮水,青蛙便不会动弹,一直到被热水烫死。维克多·克莱普勒(Victor Klemperer)在德国纳粹时期所留下的日记《我会作见证》,给读者一个非常难得的机会,通过一个在场证人的眼睛,看到纳粹极权是如何逐渐升温,愈演愈烈,终于成为人间炼狱。克莱普勒没有逃离纳粹德国,但也没有让自己成为极权统治下的"自然死亡者"。他的日记记录了一个犹太人知识分子在纳粹极权统治下的日常生活经历。正是这些日常记录,成为一个最残暴时代的即刻见证。在纳粹灭亡六十多年后,他的日记仍然是这一黑暗时代的鲜活记录。

一、被德国拒绝的德国人

克莱普勒日记于 1995 年秋在他去世 35 年之后,由德国 Aufbau Verlag 出版社出版,日记长达 1600 页,时间跨度是从 1933 年到 1945 年。第一卷是从 1933 年到 1941 年,第二卷则是从 1942 年到 1945 年。1933 年和 1945 年分别是纳粹上台和纳粹灭亡年代。日记德文本的原题为《我要作见证到最后一刻》(*Ich Will Zeugnis Ablegen Bis Zum Letzten*),可以说是相当确切的。克莱普勒日记的这两卷分别于 1998 和 1999 年译成英文,经删节后,仍有将近 1000 页,由蓝登出版公司出版,题目改为《我要作见证》。

克莱普勒的日记在西方引起极大兴趣,一个主要原因是人们对犹太人大屠杀问题的持续关注。克莱普勒的《我要作见证》虽然不是直接记录纳粹对犹太人的大屠杀,但却为西方读者所熟悉的种种关于大屠杀的记载和叙述提供了一个重新认识、重新理解的视角。《我要作见证》的作者和写作环境都与西方读者熟悉的许多大屠杀见证作品不同。这些作品包括安妮·弗兰克的《女孩日记》、埃利·维赛尔的《夜》、普利摩·利瓦伊（Primo Levi）的《如果这是一个人》、保罗·塞南（Paul Celan）的诗歌、伊达·芬克（Ida Fink）和阿亥龙·阿培菲德（Aharon Appelfeld，以色列作家）的小说，华沙犹太人起义领袖亚当·捷尼雅可夫（Adam Czerniakow）、历史学家伊曼纽·林克本（Emanuel Ringelblum）和查姆·卡普兰（Chaim Kaplan）等人在华沙写的日记，等等。许多这类关于大屠杀作品的一个共同特点是事后的回忆或反思，而克莱普勒所提供的则是与时事同步进展的事实记录和感受。大屠杀见证作品的作者在二战期间有的被迫躲藏，有的居住在犹太人的圈禁区，有的被关在集中营。他们都生活在一个很小很小的特殊世界里。与他们不同的是，克莱普勒一直生活在德国的心脏城市德莱斯顿。他当时已经是德莱斯顿大学的知名教授，他所观察和记录的德国日常生活是一个完全不同的世界。由于克莱普勒的语言学专长，他对纳粹宣传对普通德国人的影响，对纳粹语言如何左右德国人日常生活想法、情绪和行为的现象，都有特别细致和深入的观察。

克莱普勒于1881年出生在一个犹太家庭，家乡是德国勃莱登堡（Brandenburg）州东部的一个小镇。他父亲是犹太教的拉比。维克托是八个孩子中最小的一个。他9岁时，父亲转向柏林任职，全家随父移迁。维克托的三个哥哥都非常优秀（他的一位哥哥曾经是列宁病重时，由苏联政府特别请去的医生），这使他常常自相形秽。他在几经挫折后，选择了18世纪法国文学和启蒙运动为他的学术专业。他1906年毕业并结婚，在柏林担任记者工作。1914年他得到博士学位，在大学里获得教职。一年后，他当兵服役，参加了第一次世界大战中的德国军队。

克莱普勒一家在一次大战开始的时候就已经放弃犹太教，并皈依基督教。维克多·克莱普勒本人曾在前线为德国作战，他的妻子艾娃（Eva Schlemmer）是雅利安人。然而，这一切都改变不了维克托的犹太人"血统"身份。要不是因为妻子是雅利安人，克莱普勒早就和他所熟悉的其他犹太人一样被杀害了。纳粹统治时期，很多"混种婚姻"（mixed marriage）

的雅利安人一方最后都与他们的犹太配偶离了婚（就像"文革"中成分好的一方与成分坏的一方划清界限一样）。如果不离婚，则受到各种歧视对待，这是一种对"立场不稳"和"不能划清界限"者的惩罚。

尽管克莱普勒没有孩子，但克莱普勒的妻子一直都和他在一起生活。克莱普勒总觉得自己是一个真正的德国人，他认同德国文化和德国语言的程度甚至远远超过一般的德国人。他一战时为德国在前线作战，自认为是一个不容怀疑的"爱国者"。再加上妻子是雅利安人，他一直觉得自己不至于成为纳粹排犹浪潮的牺牲者。克莱普勒对德国的热爱使得他在还有可能离开德国的时候，选择了留在德国。他不愿去法国，不愿去巴勒斯坦，也不愿去美国。然而，现实的发展让克莱普勒逐渐明白，他与"德国"的所有联系都改变不了他的"犹太血统"原罪。这就像在"文革"时代的中国，无论一个人有多么爱国，多么进步，甚至有过什么贡献，都不能改变坏阶级成分血统的原罪。1940年5月，克莱普勒夫妇被强迫搬出了自己的家，住进了德莱斯顿的一处"犹太房"中。1941年9月19日起，犹太人一律必须佩戴标志身份的黄星胸章。克莱普勒这时候才完全清醒，明白他的犹太血统原罪注定他不可能成为他所热爱的德国的一分子。

二、"我要作见证到最后一刻"

1933年，《我要作见证》开始的时候，克莱普勒是德莱斯顿大学罗曼语言文学系的讲座教授，他和妻子刚在德莱斯顿郊外的 Dolzschen 买了一块地，准备在那里盖一处小房子。这个时候的日记充满了各种日常生活的家庭琐事和朋友往来。克莱普勒家里有两辆汽车，夫妻都患有忧郁症，都喜欢看电影，艾娃喜欢园艺，不是一个能干的主妇。维克托常为钱的事情烦恼，等等。这显然不是一部政治日记，但是政治的黑暗阴影已经从远处渐渐逼近。

纳粹上台，希特勒成为首相，恐怖和暴力进入了德国人的日常生活。尽管德莱斯顿的中产阶级还没有太大的动静，但纳粹的狂热已经在迅速升温。在1933年3月22日的日记中，克莱普勒记录了教授朋友布鲁门费尔德（Blumenfeld）家女仆辞去工作的事情。这位女仆说要找一个更有长久保障的工作。她觉得"这位教授肯定很快就会请不起女仆了"。事情变得越来越麻烦，先是纳粹市长老来盘问，后来克莱普勒被解除了教授职位。他看到越来越多的朋友和熟人移居国外，他们夫妇两个的生活变得越来越孤独。

1935年以后，政治的阴霾笼罩在克莱普勒夫妇的头上，克莱普勒的日记也越来越关注政治时局的发展。政治终于入侵到他们生活的全部领域，令他们随时感觉到死亡的威胁，生活陷入持续的饥饿和无尽的恐惧之中。克莱普勒的日记具有真正私人记事的魅力。它不同于那些专谈政治、人生和艺术的"日记"。那些"思想日记"本来就是写给外人看的，因此往往把作者最隐私、细微、暧昧、真实的个人成分刻意隐去。克莱普勒的日记非常隐私，以至哲学家马各利特（Avishai Margalit）认为，那根本是自己写给自己的写作（当然也有许多论者不同意这一看法）。像真正的好日记一样，克莱普勒的日记让我们看到一对平常夫妇的生活如何在极权统治的浪潮中被摆布，起伏动荡，身不由己。我们和他们在一起，恐怖地感觉到，勒在脖子上的绳索在一点一点收紧。克莱普勒日记的震撼力正在于让读者在一天一天的自然叙述中，身临其境地感受到这个可怕的过程。这种感受与阅读历史著作完全不同。

纳粹时期一件一件针对犹太人的迫害政策也被记录下来。1933年4月7日的"公务员法"，解雇一切"非雅利安"人公立学校教师和国家机构工作人员的职务。1935年9月15日的"纽伦堡法"，剥夺犹太人的德国公民身份，不承认他们的公民权利和政治权利。1936年4月，禁止公务员与犹太人结伴或婚配。1937年10月，规定各种各样只为雅利安人服务的商店。1938年8月，规定犹太人必须在一切生意或正式通讯中使用有犹太标记的名字。1938年12月，完全禁止犹太人使用图书馆。1939年6月，清查犹太人家产。1939年9月，禁止犹太人收听外国电台。同年9月，限制犹太人银行账户，强迫犹太人交出所有现金。1940年初，禁止犹太人进入公园。1941年9月，犹太人开始佩戴黄色袖章。

日益加剧的恐惧成为克莱普勒日记的基调,"恐惧,那种在法国雅各宾党统治下的恐惧"(1933年3月22日),"我们像生活在中世纪一样,无助无力"(1936年9月27日),随时随地都有被逮捕和枪杀的危险,"我睡下的时候在想,他们今天晚上会来抓我吗?会枪毙我吗?会把我抓到集中营去吗?"(1939年9月3日)1942年6月23日至7月1日,克莱普勒因违反灯火管制而受8天单独监禁的惩罚。没有书,也没有眼镜,处在极度的恐惧和虚无之中,他努力调动自己的记忆,好不容易"从地狱……重新爬向人间"(1941年7月6日)。克莱普勒随时随地都感觉到被押送集中营的恐怖,"更令人惊讶的消息,犹太人被押往波兰,几乎全身赤裸,身无分文,好几千人被从柏林押往罗兹(Lodz)"(1941年10月25日)。

《我要作见证》第二卷的时间跨度从1942年到1945年,不到第一卷8年的一半。这是纳粹最残暴、最疯狂的最后几年,犹太人的处境也越来越危险、绝望。克莱普勒的日记也更频繁,更详实。日记中不断有德军在东线失利的消息,也越加清楚地表明作者要作见证到底的决心。1942年5月27日他写道,"我要继续写下去,这就是我的英雄主义。我要作见证,一个准确的见证!"

克莱普勒记录一日复一日的恐惧和末日临头感觉,也记录下生存的欲望和希望。"今天,在吃早饭的时候,我们谈到了人的承受和习惯事物的出色能力。我们生存在极端丑恶之中,为生命而恐惧,饥饿(真正的饥饿),不断翻新的禁令,越来越残忍的奴役,每天都在逼近的致命的危险,身边每天都有新的受害者,彻底的无助。然而仍然有快乐的时刻,出声阅读,劳动,吃那不够吃的食物,我们就这么苟延残喘,延续地抱着希望。"(1942年5月30日)克莱普勒盼望能活着看到希特勒完蛋的那一天。他有好多想要做的事情,但又总觉得怕是活不到那一天了。1942年10月24日他写道,"当我想象希特勒主义末日的时候……我常常问自己,希特勒完蛋以后,我有什么事情要做呢?我要从哪里开始呢?我很肯定我不会有多少剩下的时间了。我已经许久没有关注18世纪(文学),得更新一下知识。……是不是在第三帝国(或第三帝国语言)研究中再加一章,不,也许是一卷？第三帝国语言，这个题目是不是太狭窄？是不是该把它扩充为第三帝国思想史？还是回到以前计划的（希特勒主义）哲学词典？我是不是该专心地重操旧业，更新自己的学问？我现在是不是该移居美国，学习英文呢？我的健康、精力、体力还能不能胜任这些事情呢？……想起做这些事情，我真的很害怕。无论如何，我常常觉得，我是活不到那一天了"。

克莱普勒这部分日记吸引读者的一个主要原因是涉及了一个敏感的问题，那就是普通德国人，还有犹太人自己，是否知道纳粹已经开始了对犹太人的大屠杀，或者究竟了解到什么程度。从克莱普勒1942年1月1日至1945年6月10日的日记中可以看到，德国民众确实通过传闻或者通过事情迹象，对发生在波兰和苏联的屠犹罪行有一定的了解。日记中有很多相关的记载：

"克里德（Paul Kreid，一位朋友）告诉我们——据说，但非常可靠，且有多个来源——撤离的犹太人在一队一队离开火车时，就在Riga被枪杀了。"（1942年1月13日）

"1942年3月，听说奥斯维兹，4月，告诉妻子在芭比·雅（Babi Yar）和基辅发生的屠杀。1942年10月，称奥斯维兹为一个'快速的屠宰场'。1943年1月，"从奥斯维兹不断传来的可怕消息。"……大家一直在说许多（犹太）撤离者［押解出德国］甚至不能活着到达波兰。在运牲口的车厢里就被毒杀了，车厢然后停在一排早已挖好的群埋坑旁边。"（1943年2月20日）

"两则关于犹太人的传闻：在撤离去波兰的途中有大规模杀害。另一方面，在匈牙利和美国的协定后，犹太人被允许离开匈牙利。我们觉得第一条很有可能。只有当匈牙利脱离德国时，第二条才有可能。判断是否正确？茫然。"（1942年8月19日）

"我听说，不久前许多犹太老人（三百？三千？）被从特莱西恩斯塔特集中营（Theresienstadt）押解出去。后来英国广播报道说，这些人已经全部被用毒气杀死。是真的吗？"（1944年8月10日）

克莱普勒日记吸引读者的另一个原因是记录了普通德国人对犹太人的真实态度。在克莱普勒对与他人交往的记录中，绝大部分德国人在犹太人处于极度困境时袖手旁观。他们不仅是被纳粹的仇犹思想洗脑，而且自己也是生活在恐惧之中，生怕与犹太人有所牵连，灾祸便随时会落到自己头上。用"分清敌我"来控制人与人之间的同情，这是与一切现代极权相同的统治法术。在1942年4月19日的日记中，克莱普勒记道，"这位教授因为对犹太人太友善被处以高额罚款，……雅利安人确实有害怕与犹太人交往的理由！盖世太保痛恨一切人与人的关系"。1943年3月2日，他记道，"又发布了一道新的命令。任何人如果给将要押解的犹太人送东西，警察都可以将他枪毙"。

但是还是有雅利安人冒着生命危险帮助了他们的犹太朋友和熟人。克莱普勒在日记中有十几处提到一个叫里契特（Richter）的德国人。里契特受 Schrapel 房产公司委托，管理克莱普勒那一带的房屋。克莱普勒第一次见到他是1942年4月19日，他这样记下自己对里契特的印象，"我想自己要见到的肯定是一条（纳粹的）猎犬，因为他就是为了看管我们而被派来的。但我却碰到了一个秘密盟友——党所挑选的人居然这样地可靠！真叫人高兴，哪怕最后我不一定能得到好处。里契特三十出头，和我握手，小心地关上房门，不让隔壁的秘书看到。他告诉我说汉斯（Heise，前任）不得不辞职了，因为他对犹太人太客气。如果他，里契特，不装装样子，过几个月就会有新的管理员来了，对你不会是件好事。里契特说他会帮我，他知道我们过的不是人过的日子"（1942年4月26日）。里契特后来偷偷给克莱普勒送土豆。1943年2月14日克莱普勒记道，里契特告诉他，"这里很快要发生屠杀了"，劝他到乡下去躲一躲。1943年2月14日克莱普勒记道，"我告诉他我不被允许离开德莱斯顿。（他说）我必须就在这里躲一躲。他可以给我提供一个空房间，一个应急的地方"。后来里契特自己被警察抓走了。战后克莱普勒才知道，"里契特被送到了 Buchenwald 集中营"（1944年5月20日）。

到底应当如何解读普通德国人在纳粹时期的行为，对这个问题一直存在很多分歧。自从戈德哈根（Daniel Goldhagen）的《希特勒的自愿刽子手》（*Hider's Willing Executioners*）（1996）出版以来，争论最多的一个问题就是，是不是所有的德国人都自觉参与了对犹太人的迫害。同意或不同意这种说法的人们似乎都可以在克莱普勒日记中找到支持自己观点的实际例证。这正是克莱普勒日记特别有意思的地方。

戈尔德哈根的《希特勒的自愿刽子手》一书1996年由哈佛大学出版社出版，先是受到普遍赞扬，后来又受到普遍批评。关于此书的争议集中到一点，那就是屠杀犹太人是不是全体德国人的罪过？这也是一个从40年代后期以来，一直引起史学界和其他人士争议的问题。这个问题的另一种问法是，对希特勒大屠杀犹太人的计划和行为，普通德国人到底知不知情？曾经产生极大公众效应的电影《纽伦堡审判》（1961）中，这个问题便已经被明确提出，从纳粹的司法部长、纳粹将军太太到普通的德国人，对这个问题几乎是众口一词的回答，不知情。克莱普勒的日记让读者察觉到，普通德国人即使不完全知情，也绝不是完全不知情。

然而，克莱普勒日记中的普通德国人，并不都是像戈德哈根所分析的那样，对犹太人有一种根深蒂固的仇恨。戈尔德哈根认为，必须为大屠杀负责的是根深蒂固的德国仇犹文化。克莱普勒则表明，仇恨犹太人并不是德国的本土意识形态。希特勒主义利用和延续19世纪的奥地利反犹主义，这才使仇恨犹太人成为纳粹时期德国的"正确政治思想"。但不少德国人处在又想"做好人"，又想"政治正确"的矛盾之中。1944年8月，有一次空袭演习，带队的是一个德国人。他是一个"好人"。他先是说，要是犹太人的地窖塌了，不会就这么眼看他们烧死的。但又说，"我很想帮助你们，但是你们也知道，我是不能这么做的"（1944年8月5日）。克莱普勒日记的这则记载为人们了解和思考纳粹极权统治下，普通德国人的集体罪过问题提供了难得的一手材料。

克莱普勒最后4个月的日记占了第二卷514页中的173页，详细记载作者在纳粹灭亡前最后时期的生活状况。这则1945年2月13日至14的日记是2月22到24日补记的。克莱普勒去送通知，被通知的许多都是病人或有小小孩的母亲，他们都是下一批押送集中营的对象。克莱普勒知道下一批就轮到他自己了。盟军1945年2月13日至14日轰炸德莱斯顿。当时火光冲天，克莱普勒找不到妻子，脸上受了轻伤。他抓住装日记的袋子，冲过大火，逃到易北河边，看着那个像"洛可可珠宝盒"一般美丽的德莱斯顿在大火中燃烧。2月14日天亮的时候，他的妻子找到了他，一把撕去了钉在他胸前的黄星标记。他知道，自己已经自由了。

三、日记和真实的存在

克莱普勒日记一出版，就很自然地令人联想起犹太女孩安妮·弗兰克的日记。但就历史价值来说，克莱普勒的日记要高得多。克莱普勒是一个学者，他记录的不仅有丰富详实的日常生活细节，而且更具备敏锐的社会、政治观察和对人性人情的体会。克莱普勒更是一个语言学家，他的日记记录了许多与纳粹意识形态有关的日常语言现象和由那种特殊语言所塑造的国民思想和心态。他的日记提供的是当时德国日常生活的环境氛围，令人想起塞缪尔·佩皮斯（Samuel Pepys，1633—1703）的日记记录的17世纪德国，圣西蒙公爵（Duc de Saint Simon，1675—1755）日记中的18世纪法国和詹姆士·包斯威尔（James Boswell，1740—1795）日记中的18世纪英国。

但是，与这些著名日记不同的是，克莱普勒的日记是在极端危险的情况下，冒着生命危险写作和保存下来的。他的日记每隔一段时间，都得由他妻子秘密带到德莱斯顿郊外一个叫作Pina的小镇，藏到一位友人的住处。这使人想起《一九八四》中，温斯顿把日记偷藏在墙洞里的情形。在纳粹德国，克莱普勒记的是随时可以令人丢失性命的"反动日记"，他写日记是为了"作见证到作后一刻"。他的日记见证的是那个残暴的纳粹极权统治。冒着危险和不冒危险的日记需要不同的道德勇气，而道德勇气正是历史见证最重要的价值基础。任何"罪人日记"之所以具有特殊的道德见证价值，都是因为有一个考验记录者的残暴环境。克莱普勒1945年以后的日记虽然由同一人记载，在"作见证"这一点上，已经完全不能与他从1933

年到1945年的日记相比。

以今天人们对纳粹时期德国的了解来看，克莱普勒日记的客观、真诚和对社会、政治的理解都超过许多同时代人。把克莱普勒的日记和他的两位同时代人的日记比较一下，就可以看出这一点。恩斯特·恽格尔（Ernst Junger, 1895—1998）是一位勤于日记的作家。他是德国一战时的英雄，文学名人。恽格尔坚决反对魏玛帝国，一度接近纳粹，甚至为纳粹党报撰稿，把自己的著作寄赠希特勒。但是，纳粹当政时期，他看透了纳粹的残暴，甚至在小说《在大理石山崖上》中讽刺纳粹。二战期间他旅居巴黎，但驻守在那里的德国国防军当局仍然还是允许他出版了日记第一卷。1945年，这一卷日记与后来的九卷一起再版的时候，恽格尔刻意删去了其中因他与纳粹的关系而有损形象的部分。这种经过修饰的日记，其历史价值当然不能与克莱普勒的原始日记相比。不仅如此，恽格尔日记把仇犹仅仅当作一种德国恶俗来记载，对犹太人的命运抱着一种居高临下的冷淡，使得他的日记远不能成为苦难时代道德见证。

小说家、诗人和记者克约克恩·克勒帕（Jochen Klepper）的日记则是另一种情况。克勒帕自己是雅利安人，妻子汉妮（Hanni）是犹太人，处境与克莱普勒相仿。他深爱自己的妻子。尽管他因为犹太妻子失去了工作，但坚持不与她离婚。他通过与纳粹熟人的关系，保住妻子不被押送，但终因保不住他妻子的女儿，一家三口于1942年11月开煤气自杀。克勒帕以极大的道德勇气，守护与妻子的誓言，但他远远低估了一般德国人接受纳粹极权的暴力和仇恨意识形态的程度。1938年11月9日"水晶之夜"之后，他甚至天真地以为，希特勒的反犹会引发德国人民对纳粹的反感。一直到死，他都无法相信，也无法接受自己的祖国可能犯下这么严重的罪行。就帮助当代读者了解纳粹统治现实和实质而论，克莱普勒的日记要比克勒帕的日记有更高的价值。

克莱普勒日记对纳粹德国现实、实质和统治机制的观察和分析中，最重要的是他对日常语言的文化分析。这种分析也体现了一个人文学者在逆境下如何把"学问"当作一种人的真实存在方式继续下去。从1935年，克莱普勒失去教职以后，写作成为克莱普勒最重要的事情。1935 年 10 月 5 日，他写道，"我的书将我耗尽，也让我继续活着，给我平衡"。在克莱普勒战后出版的《第三帝国语言》(1947) 一书中，他把自己战时的写作比喻为走钢丝者手里的那根平衡木杆，是写作帮助他在面临危险和绝望的情况下，把身子站直，向前行走。

在《我要作见证》中，克莱普勒记下了自己在极端环境下写作的亢奋和亢奋过后的沮丧，成为一种存在焦虑的写照。这种写照让我们看到了极真实的情绪起落和欲念交错：一会儿是学者的抱负，一会儿是对虚无的恐惧；既明了人生的短暂荒诞，又不甘心就此消失在存在的空虚之中。正由于他体会到人生的脆弱无常，他才更为思想的收获感到兴奋。在这种心境下的写作，已经不再是为名为利，不是文人间的互比高低。写作完全摆脱了学术体制的陋规。写作就是写作。写作让人觉得自己还有自由的心灵，还有思想的存在。这是思想压迫下的写作，也是政治压迫下的写作，写作因此成为人以存在的名义而进行的抵抗。

四、第三帝国的语言

克莱普勒在日记中所作的关于德国日常生活语言的笔记，成为他于 1945 年到 1946 年写作的《第三帝国语言》（1947 年出版）（英译本 *The Language of the Third Reich: LTI, Lingua Tertii Imperii*. Trans. Martin Brandy. London: Athlone, 2000, 以下引文出自此书）的主要材料。克莱普勒非常关注纳粹语言的特征。他敏锐地察觉到，这种语言渗透在普通人日常语言和思维方式之大，成为不折不扣的大众语言和大众文化。克莱普勒在受到极大限制的情况下只能从报纸、传单和偶然能得到的书籍中获得研究素材。作为一个犹太人，他不能去任何图书馆，不可以拥有任何"雅利安"作家的著作。所幸的是他的雅利安人妻子偶尔还能从图书馆给他偷偷借来一些书籍。在战时（1939—1945），犹太人不准收听广播，不准看电影，不准读报纸，甚至不能当众交谈。这些使得克莱普勒的语言研究只能呈现为片断的思考。

克莱普勒深深忧虑纳粹语言对普通德国人思维方式的影响。他看到，希特勒、戈培尔和纳粹其他领导人所使用的语言并不仅仅是呈现在意识层次上的词汇、概念和说法，而且更是一种在下意识层次诱导和左右普通人思维的毒质话语。这种帝国语言像是很小剂量的砒霜，在不知不觉中毒杀人自发独立的思想能力。例如，纳粹语言在提到人的时候，用的总是没有个人面孔的集体称呼，"犹太人"、"德国人"、"敌人"（"人民群众"、"阶级敌人"、"当一颗螺丝钉"）。这种语言总是将它排斥的人群非人化，"犹太害虫"（"要扫除一切害人虫，全无敌"、"牛鬼蛇神"）。这种语言总有一种根深蒂固的狂热，总是使用最高的极端语式（"巨大成就""伟大胜利""就是好！就是好！"）。

克莱普勒对这种语言有他自己的透视解读法。当报纸不用极热烈的语言谈论某件事情的时候，这件事情就一定已经相当糟糕。他用这种办法解读德国在北非和苏联的不利战况，后来都证明果然正确。（就像"文革"中，报纸如果不用"形势一片大好，""到处莺歌燕舞"来形容某个地区，这个地区一定出了麻烦。）纳粹语言发展出一整套能适用于各种场合的套话，报道时事、攻击敌人、效忠领袖、热爱祖国、人民团结、表扬先进、检讨错误、开场白、祝贺词，甚至连死人的悼词也不例外。即使在纳粹灭亡以后，那一套语言依然阴魂不散。克莱普勒就此写道，"我一次又一次地发现，天真烂漫的年轻人，非常希望弥补自己教育的不足，但仍然摆脱不了纳粹的思想方式。他们自己察觉不到这一点。来自过去的语言用法在迷障和诱导他们"。（p. 2）

克莱普勒清楚地看到，普通人的自觉意识很容易被麻痹，一旦麻痹了，那套笼罩他们日常生活的语言便会成为他们思想的自动表述。（p. 27）他感到纳闷不解的是，为什么知识分子和大学教授就不能比一般的老百姓更清醒地意识到极权语言的毒害，"在那些年月里，我一次又一次问自己同一个问题，而如今仍然找不到答案，那些受过教育的人们，怎么就能这么背叛自己的全部教育和人性"。（p. 268）克莱普勒说的那些知识人，都是从魏玛时代过来的人，并不是从小接受纳粹极权教育。要是他们从小受的就是极权教育，克莱普勒的问题反倒有了答案。在克莱普勒为之纳闷的"知识者"当中，有著名导演莱妮·瑞芬斯塔尔（Len Riefenstahl），她是生产这种语言的帮凶；有海德格尔（Martin Heidegger），他的1933年校长就职典礼演说，至今仍使人感到惊讶；还有和伽达默尔（Hans-Georg Gadamer），他使用这种语言的娴熟已经因为让·格朗丹（Jean Grondin）的传记（*Hans-Georg Gadamer*：*Eine Biographie*. Tubingen：Siebeck, 1999）而为世人所熟知。

纳粹语言对德国人思想的毒害不只是存在于一些官方文章、口号、演说和海报的词语之中，而更是渗透并潜伏在所有接触过这种语言的人们，包括那些反对纳粹意识形态的人们。克莱普勒意识到，就是他自己也不能幸免。他写道，"我自己不就是用'德国人'、'法国人'（这种有群无人的概念）来思想的吗？我也忽视过这些人群中的内在差别。我自己不是也曾躲在学院里，避免涉及政治，享受着一种奢侈而自我中心（的学问）吗？"（p. 129）

"学术归学术，政治归政治"，这从来就是极权统治为垄断公共权力而营造的一个语言神话，但这样的鬼话却被知识分子心甘情愿地拿来用作"学术准则"，并自觉自愿地奉行遵守。克莱普勒指出，甚至连"文化批评"（kulturkunde）这种学术行为也会就此沦为一个"学术门类"，一个"学科"，把自己与现实政治分割开来。（p. 129）这种有名无实、装模作样的"批评"简直是思想的耻辱。

克莱普勒不是小说家，不然的话他也许会写出像奥维尔的《一九八四》那样的作品。他也不是一个"学院派"的语言学家，不然的话，他也许只会写出一些"纯学术"的语言学文章。克莱普勒是一个语文学家，一个对法国启蒙运动有深入研究的学者。他正是用语文学的观察和分析来揭示那个他称作为LTI的"第三帝国语言"的。他称这部研究为"一个语文学者的笔记"（A Philologist's Notebook），不是出于谦虚，而是出于实情。"笔记"成为一种有别于学院"论文"的、更贴近现实的真实写作方式。

在纳粹时期，其他德国学者也用非学院式的"笔记"，在逆境中继续他们的思想。著名的例子包括阿多诺（Theodor W. Adorno）的《最低限度的道德》（*Minima Moralia*）（写作于1944—1947年，1951年出版）和奥巴赫（Erich Auerbach）的《模仿：西方文学中的现实再现》（*Mimesis: The Representation of Reality in Western Literature*）（写作于1942—1945年）。阿多诺的《最低限度的道德》对"破损人生"警句式的思考正适合它那片断、破碎的内容。奥巴赫的《模仿》则是在西方人文传统黯然失色的时代，力图保存这一传统。这部著作在战后成为比较文学经典的著作。奥巴赫自己说，他书中作的文本细读（close reading），不是提倡什么隔世的阅读，而是因为在土耳其能接触的西方著作实在有限。

克莱普勒与这些德国学者不同的是，他一直留在德国，而没有像阿多诺和奥巴赫那样成为流落美国或土耳其的"外乡人"。克莱普勒"罪人日记"中的对极权语言的观察和分析，成为一种独一无二的"文化批评"方式。它的贡献恐怕不是在于什么"理论"，而是那种脚踏实地，与日常生存处境息息相关的问题意识和思想反抗。

阅读克莱普勒的日记，并不给人带来一种灾难过去后的舒畅。相反，它倒是给读者留下沉重的忧虑。这是因为，在这个世界上，专制的权力还在奴役人的自由，洗脑的语言还在控制人的思想，习惯性的不思考和无判断还在把人们领向自我愚昧和自我欺骗。

但是，克莱普勒毕竟让我们看到了一种在这样的世界里作见证的生存方式。哪怕是冒着生命危险，在完全不能公开出声，也似乎永远不再能公开出声的情况下，克莱普勒仍然拒绝沉默。哪怕是面对存在的虚无，他的写作仍然在证明，他并没有放弃存在的意义。在似乎最不可能的境遇下，他观察、倾听、辨析和记录。他始终没有放弃对语言的热爱和信心，不只是作为文学的语言，而且是人与人用来彼此沟通的语言。他相信，人们应该用语言来揭示而不是障蔽真实，用语言来帮助而不是控制对方，用语言来沟通而不是阻隔群体。无论在怎样的逆境下，只要人坚持住这个信念，人的话语言辞就仍然可以是有生命的、思想的语言。

五、后 记

读克莱普勒的日记《我要作见证》，令人想起《顾准日记》。克莱普勒和顾准都曾经是"罪人"，一个是犹太人，一个是"右派分子"。他们都留下了罪人日记，一个是为了要"作见证"，另一个则就是"记日记"。然而，一切幸存的"罪人日记"都有见证的意义，顾准日记也是一样。

克莱普勒的全部日记分成三部分：时间分别是1933年纳粹上台前、1933—1945年、1945年纳粹灭亡以后。只有从1933年到1945年的那一部分才是罪人日记。这是因为在纳粹极权统治的黑暗时期，克莱普勒已经成为罪人，真实地记日记成为一件"危险"的事情。克莱普勒二战后入籍东德，成为东德的共产党员。这以后的日记与1945年前的日记相比，虽然为同一人所记，但就见证勇气和见证价值而言，已经属于完全不同性质的日记。

顾准记日记，应当是一件更危险的事情，从他用字的极端小心谨慎就可以看出来。他的日记只记一些有别人可以旁证的日常事件，鲜有议论，其他要么是寥廖数语或几个字的流水账，要么是"正确思想汇报"，如《新生日记》中的"人民的罪人与敌人"、"蜡山芬郎论70年代的国际斗争与日本问题"、"棉花会议"、"西哈努克、人造卫星和计划会议"、"毛主席发表庄严声明"、"经济跃进态势"、"国际形势"、"清查'五一六'运动"，等等。顾准没有能够活到摆脱罪人身份的那一天。

我们今天能见到的顾准日记也由三个部分构成，第一部分是从1959年10月到1960年1月的"商城日记"，第二部分是从1969年10月到1971年9月的"息县日记"，第三部分是从1972年10月到1974年10月的"北京日记"。这些部分之所以是罪人日记，同样是因为日记的环境、日记者的身份和所冒的危险。顾准日记的时代跨度连头带尾是16年，比克莱普勒的13年要长。但实际记录的分别是4个月、1年11个月和2年，加起来不过4年3个月，比克莱普勒的少了9年。我们不知道，顾准日记为什么记记停停？在那些空白的岁月里究竟发生了什么？

克莱普勒和顾准都有一个不是罪人的妻子，她们具有比"罪人"优越的政治身份。克莱普勒的妻子艾娃是雅利安人。夫妇俩没有孩子。艾娃一直没有离开克莱普勒，常常冒着危险帮助克莱普勒藏匿日记。顾准的妻子汪璧是中共干部，解放初在华东财政部公营企业财务管理处任副处长。1965年10月，顾准第二次戴上右派帽子。"文革"开始后，汪璧就与顾准离了婚。但是汪璧终究还是承受不了因罪人连累的煎熬，在"文革"期间的1968年自杀了。

如果顾准和汪璧生在希特勒的德国，那会怎样？如果克莱普勒和艾娃生在"文革"时的中国，又会如何？为什么可以说克莱普勒是德国的顾准，而顾准却不是中国的克莱普勒？这些令我们今天感叹寻思的，也许正是日后人们解读"罪人日记"的课题。

附注：

本文引述的克莱普勒的著作包括：Victor Klemperer, *I Will Bear Witness: A Diary of the Nazi Years: 1933—1941*. Trans. Martin Chalmers. New York: Random House, 1998. *I Will Bear Witness: A Diary of the Nazi Years: 1942—1945*. Trans. Martin Chalmers. New York: Random House, 1998. *The Language of the Third Reich: LTI, Lingua Tertii Imperii*. Trans. Martin Brandy. London: Athlone, 2002.

（原载作者《人以什么理由来记忆》，吉林出版集团，2008年10月版）

抄家的经历

晓 剑

1966年8月8日,天气炎热,我和同班的五个男生和四个女生共十人,身穿老式黄布军装,腰扎两寸宽的武装带,佩戴"红卫兵"袖章,乘坐公共汽车从海淀区的人民大学附中来到位于东城区的西总布胡同,实施一次抄家的活动,我们中年龄最大的刚满十四周岁,小的还只有十三岁,在今天尚属于"未成年人保护法"保护的范畴。但我们绝没有需要被谁保护的任何概念,反而洋溢着保护无产阶级专政、保护无产阶级革命路线、保护伟大领袖毛主席、保护老一辈无产阶级革命家打下的红色江山的冲动。

所谓抄家,和今天对贪官污吏家产的查封、对刑事犯罪分子窝点的搜查没什么两样,不同的是今天需要搜查证,有时还需要有公安和武警的武装协助,而在1966年则无须任何手续,只要被我们这些"红卫兵"认为是阶级敌人的家就可以堂而皇之地破门而入,武装协助的是我们自己的拳头和皮带。

抄家行动是当时"破四旧"的组成部分。所谓"四旧",乃旧文化、旧风俗、旧习惯、旧思想是也,由于并没有人对"四旧"定出严格的标准,因而对"四旧"的评判完全由我们这些"红卫兵"小将来定夺,譬如不准女性烫头发、男人留背头,譬如制止女性穿裙子、男人穿瘦腿裤,譬如长安街改名为东方红大道、东交民巷改名为反帝路,譬如敲下颐和园佛香阁上的小佛头、砸碎前门大街上全聚德的金字招牌,都是"破四旧"的内容,没有任何人敢于提出非议,实际上,当时的大多数人是给予相当支持的,而且这种支持具有很大的真诚成分。

关于红卫兵的诞生及其背景,已经有相当多的文章记述和研讨,尽管离客观、真实还有一段距离,但因不是本文的主题,因而不加详述,反正在

1966年8月初的时候，红卫兵在社会上的活动已经合法化，当然，这完全是伟人毛泽东给清华附中红卫兵的一封信所起的作用，在这封信中他老人家表示对红卫兵坚决支持并告之"无产阶级只有解放全人类才能最后解放自己"。我们这些因当时的国家主席刘少奇派出工作组而备受迫害的"革命小将"一旦获得了毛泽东的认同，立刻有了"子系中山狼，得志便猖狂"的感觉，高呼着"国家者我们的国家，社会者我们的社会，我们不说谁说，我们不干谁干"，以"舍得一身剐，敢把皇帝拉下马"的大无畏精神，带着每一代人必有的青春冲动、破坏欲望以及对旧秩序的本能反抗，来到了社会上。

其实红卫兵最早干涉社会不是一些文章中指责的抄家，而是打击小流氓，这本应该是维护社会治安的好事，但其出发点跟今天的"严打"可能是两回事，因而这些打击小流氓的红卫兵们在1967年以后也有不少成为了在公共场所"拍婆子"、"碴架"、在光天化日下聚众闹事的小流氓，电影《阳光灿烂的日子》对此略有反映，作家王朔在里面还出演了一个"拍婆子"、"碴架"的小头目，尽管由于太痞而不那么像。

我所在的人大附中曾经以一举抓获在海淀区声名显赫的流氓集团头目"四龙一凤"中的"凤"而名噪一时。现在细想起来，这个"凤"不过十七八岁，略有姿色，大概就是和"龙"们睡睡觉，绝没有吸毒、抢劫、拐卖妇女、欺行霸市、开发廊当鸡头之类的勾当，但被我们学校的红卫兵抓到后，一阵拳打脚踢，不知命中了哪个要害部位，便呜呼哀哉，尸体被扔在教学楼的楼梯下。当天夜里，还有一个父亲是挺有名的将军的高三男学生因着对异性的好奇，前去"研究"了一下她的身体构造，结果被当场擒住，若非他是响当当的"红五类"子女，肯定也会被当成小流氓给处理了。

据说这个"凤"是北京市的红卫兵在"大破四旧"中被打死的第一人，从此，几乎每天都有红卫兵手下的冤鬼被拉到八宝山去火化，至于有多少人在震惊世界的"红八月"中被打死，尚没有人进行统计，恐怕这也是个不太容易干的事，据当时八宝山火葬场的工人披露，最多时，一天有两卡车尸体拉进来。

"文化大革命"初期抄家的原始动机大概有两个，一是要收缴地主、富农、反革命、坏分子、右派、资本家、国民党特务等家庭里藏有的"变天账"、武器、反动文件,二是要剥夺这些人家里以往从劳动人民手里剥削走的不义之财。这时候,被誉为"副统帅"和"接班人"的林彪的那个"文化大革命就是革过去那些革过命的人的命"的说法我们还没有听到,所以除了对老师、校长发威之外,我们这些红卫兵文化的批判和武力的批判的主要矛头还是对准传统上的阶级敌人,也就是所谓封建主义、资本主义、修正主义,简称"封资修"。

  学校坐落在海淀区,我们却要跑到东城区去抄家,是有着我们的想法的。老北京城有着东富西贵、南贱北贫的说法,就是说东城区住的资本家多,西城区住的贵族多,南城住的是天桥耍把式的,北城住的大都是各种工匠。贱和贫的地方自然不需要抄家,而西城的王府、驸马府在1949年以后不少都改换了身份,成了部长府、司令府,在1966年的8月这里还不是冲击对象,甚至这些深宅大院里的少爷小姐们很多还是红卫兵的头目,后来为了维护他们的利益还成立了"首都红卫兵西城纠察队",专门对付那些不知好歹、要去革"新贵"们的命的平民红卫兵。所以,到东城区去抄资本家的家当然成为了我们这些所谓干部子弟红卫兵的首选。另外,我们有个数学老师的家就在东城,她在我们看来是个典型的资产阶级臭小姐,刚刚大学毕业就整天打扮得花枝招展,无非是因为她的爹是个资本家,在公私合营时国家以二十万元作价,收买了他的企业,于是她家就有了每个月五百元左右的定息吃。而在60年代,毛泽东的月薪不过四百六十元,五元钱就可以雇一个保姆,一个小学生全年的学杂费是十元钱,家庭月平均收入超过八元就不再享受国家的补贴了,五百元足以让一个家庭不知怎样才能把钱花出去。看着这个数学老师的富裕和奢侈我们就有气,因而想先把她家给抄了。

  不过,有比我们行动迅速的红卫兵先下手为强了,我们又不想白跑一趟,找那个胡同的居民委员会的老太太一打听,说有一家比那个数学老师家还阔气的资本家就住在这个胡同里,而且老头子当过国民党的大官。我们一听,立刻摩拳擦掌,跃跃欲试,二话没说,就冲向那个人家。

  这是一座两进的大四合院,有着高台阶、大红门、小石狮、厚影壁,正房加厢房加头进院的南房，起码有二十多间。说实话，在我十四岁的生涯中，这是第一次进入到由一家人住的这么大的宅子，心中不由得愤愤不平地骂道："真他妈是资产阶级！"几年后当我又进到一个部长级的干部家的宅子，看着那三进院和四十多间雕梁画栋、青砖灰瓦的房子时，由于已经阅读过了当时和《血统论》齐名的文章《论财产再分配》和经典文献《共产党宣言》，也就没那么多愤慨和不平了。

也许是预感，或者是听到了传言，甚至是认命，我们冲进这家大宅门之后，并没有看到不满的脸色，更没有听到委屈的声音，一个白发苍苍的老头和一个保养得很好的老太太像迎接当年的解放军进北京城一样把我们这些满脸稚气而又凶神恶煞的红卫兵迎接了进去，而且在花坛边的石桌上摆上了热乎乎的茶水。我们当时的第一个念头就是：资产阶级放出了糖衣炮弹。

不过，想击中我们这些阶级斗争的弦绷得很紧的红卫兵小将绝非容易的事，我们当即朗读了伟大领袖毛主席的语录："凡是反动的东西，你不打，他就不倒。""革命不是请客吃饭，不是做文章，不是绘画绣花，不能那样雅致，那样从容不迫，文质彬彬，那样温良恭俭让。革命是一个阶级推翻另一个阶级的暴烈的行动。"然后，迅速解下了腰间的皮带，二话不说，照着那老头子就抡了过去。

我记得很清楚，那个肤色很白的老头子一下子就摔倒在地，而且呜呜地哭了起来，而那个老太太则扑通跪了下去，连连磕头。这时有一个女孩子兴冲冲地跑了出来，手里举着一张国民党政府颁发的委任状，上面的官职是天津法院院长。我们顿时欣喜若狂，纷纷议论着："法院院长是个大官，肯定有枪！""说不定还有潜伏特务的名单。""咱们要立大功了。""抄这家算是抄对了！"

于是，我们开始了对老两口的刑讯逼供。刑是皮带、拳头、巴掌、木棍及脚伺候，讯是横眉立目、义正词严及歇斯底里、破口大骂，目的只有一个，那就是让反动官僚交代出埋藏起来的武器弹药和反革命材料。不论男孩子还是女孩子，每个人都必须动口还要动手，否则就是对阶级敌人心慈手软，就是革命立场不坚定，就是妄称革命后代，就是红卫兵的败类！

那老两口苦苦哀求，指天发誓绝没有什么武器隐藏起来，更没有什么反革命材料，老头子还给我们上起课来，说是当时法官从来不佩带武器，他们最严厉的武器就是法律条款，他们的护身符就是黑袍子。当然，他的这种解释只能获得一阵更为狂暴的痛打，直至两眼一翻，昏了过去。

我们认定这老两口是坚持反动立场，死不改悔，是不见棺材不落泪，便把他们扔在太阳下面，让8月的烈日烤晒他们的肉体和灵魂，我们则从居民委员会借来铁镐和铁锹，在屋里屋外砸墙刨地，寻找我们认为必定存在的那些东西——枪支弹药、变天账、潜伏特务名单。这一类东西被搜寻出来的消息在当时的北京几乎每天都会传来，给我们这些红卫兵带来的冲动和现在什么地方出土了珍贵文物所产生的轰动没有任何区别，甚至是有过之而无不及。

一番如同下乡拔麦子的重体力劳动过后，除了一堆碎石烂瓦和泥土外，真正的收获就是一沓沓的人民币现金和一串串金银首饰。这家人看来不是土财主，不会把值钱的东西装到腌咸菜的坛子里埋在后院或厕所粪坑底下。从当时的情况来看，把金银财宝藏什么地方的都有，我们组织的一个红卫兵就从床梭子里抠出几十根金条来，至于后来拍卖抄家得来的一些家具和衣服被褥时，更有人从椅子背里发现金元宝，在棉被里发现几万美元，在枕头里发现翡翠西瓜，在西装夹缝中发现五万元的存折。还有一些人不愿意在被抄家时发现藏有金银财宝，干脆把这些东西扔出家门，像我的既在新中国成立前开过公司又在新中国成立后当上了副局长的大伯父就把上百两金子趁着夜深人静时给拽到北海里去了。有专家分析说，若是把北海的淤泥清理一下，从里面筛出来的金银财宝不仅够支付清理费用，多出来的还够建一座"文革"博物馆。

不过，在当时，我们这些红卫兵小将绝对是视金钱如粪土的，如今一些文学和影视作品描述当年红卫兵抄家时往自己兜里塞东西的情节完全是赋予了今天人们的行为方式。有一件事可以为我的说法作证，那就是1966年秋天在北京展览馆举办的"首都红卫兵抄家战果展览"上，我作为解说员亲眼看到了被严格管制的展品是各种手枪和战刀，被精心保管的是各种地契和国民党政府的委任状，而金元宝、银元、金条、美元、英镑、宝石、钻石戒指、全绿的翡翠雕件却被随便摆在一边，任人丢来扔去，实际上也没有人对其感兴趣，更没有听到丢失的传闻。

因而，仅仅抄到金银财宝而没有抄到武器和变天账让我们没有感到过分的欣喜，反而有些沮丧，于是对那已经快被晒昏过去的老两口又是一顿暴打，以发泄没有抄家战果的难堪，当然，老两口真的就昏过去了。这时，我们的肚子饿了，生理上的需求并不考虑革命的需要，"人是铁饭是钢，一顿不吃饿得慌"的俗话不因震惊世界的"红八月"而改变其本来意义。可吃的东西在这个大宅子中并不少，先不说厨房里有鸡鸭鱼肉，就是从几间卧室中打开的点心盒子里的各种点心就已经让我大开眼界了，那全是稻香村的产品，我不到十四岁的生涯中从没有见过这么多式样的点心。然而，没有一个人去吃，甚至每一个人都会以产生吃资本家家中的东西的欲望为耻辱！我们每人拿出两角钱，交到一个女生手中，让她到附近的北京站去买回一大书包五分钱一个的烧饼，然后让居民委员会的老太太送来一壶开水，守着那些色香味俱全的高级点心和龙井茶，狼吞虎咽着烧饼，喝着白开水，算是解决了肚子问题。而在此时此刻，我们还没有一个人学习过毛主席他老人家关于解放军路过果园而不吃老百姓的果子的最高指示。

到天黑之时，尽管暴打和挖掘继续轮番进行了几次，可我们预想的战果还是没有出现，于是我们决定夜战，不获全胜绝不收兵。盛夏的夜依然不凉爽，天上没有云，空中没有风，远处时而传来惨烈的嘶嚎，这一定是阶级敌人发出的，不值得同情。几盏电灯被拉到院子里，我们将老两口置于明亮的灯光下，任凭他们跪在地上痛哭流涕、苦苦哀求，却绝不被打动，而且还要痛打落水狗。

到了深夜时分，老两口再次昏晕过去，我们的困意也终于来临，于是一个个或坐在屋檐下或倒在土堆上，酣然大睡，我们绝不会想到那老两口若是从昏迷中醒来，完全可以把我们这些半大孩子一个个掐死。当将近黎明时不远处人们的喊叫声和消防车的鸣叫声把我们惊醒时，我们委实感到了后怕，因为就在这同一条胡同里，离我们抄的这家只有几十米远的另一个被抄的地主家，那个老地主不堪凌辱，放了一把火，将自己和自己的两个老婆一同烧死。幸亏抄他们家的红卫兵们见没什么收获，提前撤走，否则将会酿成更大惨剧。这场火灾，是北京"红八月"中最为严重的事件，从这一夜以后，置顽固不化的阶级敌人于死地的事情才开始大规模爆发，被皮带抽死、铁棍敲死、绳子勒死、拳头打死、皮鞋踹死、太阳晒死、刺刀扎死的男女络绎不绝。而我们从火场回来，再也不敢睡觉，用绳子把老两口牢牢地捆住，把所有的菜刀和火柴都收藏起来，并眼睛一眨不眨地盯住他们，生怕他们也会做垂死挣扎。

天亮之后，看确实抄不出武器之类的东西，再加上对夜里发生的事件的后怕，我们决定像当年湖南农民运动搬走地主的浮财那样把这个大院子里值钱的东西搬走，不能让这些新中国成立前过好日子的人在解放十七年后还过着衣来伸手饭来张口的生活。简单说，就是彻底剥夺他们靠剥削和权力得来的财产！我们出了胡同，一抬手就拦截住三辆大卡车，见戴着红卫兵袖章的孩子，没有一个司机敢不停车的，他们对红卫兵的恐惧肯定超过了对交通警察的敬畏。我们告诉司机，去拉反动资本家家中的东西。那些司机一个个连连称是，马上把车开到了大院子门口，真正的抄家开始了。

这家人的西厢房里堆满了大号樟木箱子，查找武器和变天账时，我们已经把它们翻了个底朝天，里面全是四季衣服，而且料子都是绫罗绸缎和各种皮毛，其华贵程度起码我是前所未见。据老太太交代，这是她的嫁妆，共有七十箱，但从新中国成立后，她就再也没穿过，那些充满资产阶级和封建阶级味道的式样也确实让她无法穿出门去，她很希望把这些东西破了"四旧"。这意思不用她表示，我们肯定要将其抬走，装上卡车。接着搬走的还有这家人从王府井百货大楼购买的整打的袜子、整捆的床单、成排的呢子大衣、几十款瑞士手表、法国席梦思软床、红木家具，还有什么，我如今已经记不清了，反正整整搬了一天时间，那三辆大卡车跑了三趟。东西都被送到西交民巷附近的一个大教堂里，那里是抄家物品的收集处。对于这些抄家物品，既不需要给被抄家人打收条，也不会向收集处的管理人员要收条，反正只要这些东西不再属于资本家就行，从理论上说，这无非是一次财产再分配的过程,是对新中国成立后那次财产再分配不够完全的补充。当然,以我们当时的认识水平,只把它看成是剥夺剥夺者的行动,是破"四旧"的一个组成部分。

天黑之前,我们的抄家行动结束了,老两口虽然伤痕累累,但依然活着,不是每一个红卫兵都有动不动就打死人的勇气。九天之后,伟大领袖毛主席在天安门城楼上接见了百万红卫兵小将,用亲自佩戴上红卫兵袖章的方式再一次肯定了我们的行为。又过了三天,我随着一伙高中学生南下串联,到西安、重庆、贵阳、湛江、广州煽革命之风,点革命之火去了。不久,当我父亲被打成"走资派",我母亲被打成"国民党中统特务"的时候,我们家也被抄了,面对着别人抄我的家,我无话可说。

(原载《亲历历史》,张贤亮、杨宪益等著,中信出版社,2008年10月版)

我的大串联

徐友渔

"伟大的无产阶级文化大革命"已经如火如荼地搞了半年，10月下旬的一个下午，我正坐在教室里百无聊赖翻读《人民日报》和《红旗》杂志文章，M兴冲冲地一阵风卷了进来，压低声音但压抑不住亢奋地对我喝道："快，快去开串联证明，我们明天上北京！"

我被这突如其来的想法惊吓住了。怎么，上北京，我们？我们这样的人也要去大串联，而且去北京？M兄，你的神经是不是有毛病？

M急匆匆地向我解释，说现在形势变了，外出串联不再受家庭出身的限制。他见我反应不过来，得意非凡地掏出学校开给他的介绍信，果然，是证明他外出串联。

M是我最要好的朋友，我们初中是同班同学，他当班长，我是学习委员，大概算得上是品学兼优、春风得意的学生。1963年升高中时，已经是大讲特讲"阶级斗争"和"阶级路线"的时候，我们报考的都是成都最好的第四中学，但我只考上第二流的学校，他则被发配到郊区一所不入流的中学。我们的失败是因为家庭出身，我的父亲有说不清道不明的"历史问题"，1949年之前他一直教俄语，但要命的是在国民党政府的军校；M的父亲过去领有将军衔，新中国成立后以"历史反革命"的罪名被捕入狱。我和他在经历了一段难堪的日子后，分手到了不同的学校，但我们仍然是好朋友，因为念高中时学校气氛与以往大不同，同学按家庭背景分成三六九等，我们失去了以前风华正茂的气概，新一茬得宠的同学和我们的关系是"帮助与被帮助"、"教育与被教育"。我与M同病相怜，是无话不谈的知心朋友。

去北京？当这个问题从遥远、可望而不可即一下子变得现实摆在自己面前时，我感到措手不及、百感交集。如果它永远只是一个藏在心中的梦，或许要好得多。

我想象过脱离四川盆地，登上高山，眺望大海，奔腾于草原，或是徜徉于森林，但不敢奢望到北京，我缺乏政治想象力，而北京已经被高度政治化了，它成了金光闪闪、令人思而起敬、望而生畏的符号。舞台背景的北京天安门光芒万丈，诗人吟唱北京颂时，会在吐出这个神圣的词之前做一个短暂而令人震颤的停顿，在纪录毛主席接见串联师生的影片中，画面的重叠使北京成为红太阳升起的圣城。如果说朝觐麦加是每个伊斯兰信徒的毕生愿望，那么我们这里对资格的要求更严，相当一部分人由于血统的原因天生被排除于进京朝圣的行列。

与北京有关的事情，还带给我难言的隐痛。

那是在这年6月，北京大学的聂元梓等人贴出了"全国第一张马列主义的大字报"之后，革命形势如野火燎原，校园内、教室里每天充斥着既程式化又力图花样翻新的"敬献忠心"活动，每个人都用极度夸张的词句发言，歌颂领袖、表示决心，天天如此。一天，一个同学提议，为了表示我们对伟大领袖的热爱，我们应该从北京购买毛主席像章，胸前佩戴上像章，就等于心中时时刻刻装着他的伟大形象和教导。这个倡议在欢呼声中一致通过，像章也出乎意料地顺利从北京寄到我们班级。

在等待像章的短短两周时间之内，形势发生了剧烈变化。北京的红卫兵串联到了成都，他们在东方红礼堂——四川省规格最高的会议场所，原名"锦江礼堂"，在"革命化"的更名运动中改变了名称——举行"红五类①子女翻身大会"，抬出了他们的纲领即对联"老子英雄儿好汉，老子反动儿混蛋"，扬言要把出身不好的"黑五类②狗崽子""打翻在地，再踏上一只脚，叫他们永世不得翻身"。一刹那，原先朝夕相处的同窗划分为"专政与被专政"、"改造与被改造"两个阵营，侮辱和打骂随时都在发生，歧视和等级划

---

① "红五类"指革命干部、革命军人、革命烈士、工人、贫农和下中农。
② "黑五类"指地主、富农、反革命分子、坏分子、右派分子。

分最基本的表现之一是宣布出身不好的人没有佩戴毛主席像章的权利，戴了的要喝令取下、没收。

其实，出身非"红五类"的同学心理上更需要佩戴像章。"红五类"的革命感情据说由于血缘关系自然相传，天生得到保证，而运动一开始那些干部子女的着装一概是褪了色的旧军装加腰间的武装带，更是与他们父辈的武装斗争形象一脉相承，他们的革命精神是家传，不需要证明。其余人等需要借助于配饰来表示自己的忠心，但正是在这个立场攸关的重大问题上，"红五类"们严格把关，不准血统不纯的人佩戴像章，他们要使差别无所不在、突出显眼。喝令"取下像章"，没收像章的事件在校园内不时发生，被"纠察"的学生哪怕没有受皮肉之苦，也会因为在大庭广众之下遭到揭露和打击而狼狈不堪。

当我拿到一枚小小的像章时，就像接到一个烫手的山芋。"戴，还是不戴？"成了类似哈姆雷特思考的难题。胸前没有像章等于是身份暴露，就像霍桑的小说《红字》描写的那样，本身就是罪过与耻辱的标记；但是，大着胆子戴上，就要冒自取其辱的极大风险。虽然我心中有一大套"我配，我有权利"的说辞，并且默默念叨了无数遍，但实在没有勇气去冒险。我不敢，也没有设想过要抗争，至于抗争肯定没有用，则是另一回事。

我怔怔地面对着 M，心中着实为难，我怕被拒绝，我怕遭到奚落，"你是什么人，你也想去串联？" M 对我的迟疑很不耐烦，只甩下一句话"明天去火车站"，转身就走了。他是在激我，不容我推脱，不与我争辩。

退无可退，我三步两停地走到学校办公室。管开证明信的是年轻的教师 L，她家庭出身不坏，在"四清"运动和"文革"初期是教师中的政治红人，没有像多数同事那样被打成"牛鬼蛇神"而成天劳动改造，待我说明来意之后，她直截了当地问："你家庭出身是什么？"用鹰隼般的眼睛盯住我。内心惶恐不已，但嘴上鬼使神差般地冒出："教师。"谢天谢地，她没有追问。拿到证明向校外走，脚步固然轻快，心中其实余悸未消，我是被 M 逼到这一步的。

串联的始终，出头露面的事全是我去办。M比我能干得多，特别长于对外交往，但他的证明上除了说他是学生外出串联外，特别注明他"家庭出身为旧军政人员"，因此像办理火车票、接待站登记的事一概由我出面。证明信夹带这么一条又粗又丑的尾巴，显然是他的学校中"红五类"掌权者迫于形势，不能拒绝他外出串联，但又不甘心"狗崽子翻天"与他们平起平坐，给M的行程安放的定时炸弹。

从8月的"红色恐怖"和血统论到10月底"革命师生人人权利平等"，给了我们这些人改朝换代的感觉，这是党中央、毛主席干预和命令的结果。

10月16日，"中央文化革命小组"组长陈伯达在中央工作会议上作题为"无产阶级文化大革命中的两条路线"的报告，其中把"红五类"们提出的"老子英雄儿好汉"斥责为"剥削阶级的反动血统论"，比喻为封建时代宣扬的"龙生龙，凤生凤，老鼠生儿打地洞"，认为他们犯了"压制群众"的错误。

此前不久的10月5日，中央批发中央军委和总政治部的"关于军队院校无产阶级文化大革命的紧急通知"，命令为在"文革"运动初期被党委或工作组打成"反革命"、"反党分子"、"右派分子"的学生平反，销毁用来整这些人的档案材料。

这两个重大举措表明"文化大革命"和以往的政治运动不同，不是整一般的"阶级敌人"、"牛鬼蛇神"，而是整所谓的"党内走资本主义道路的当权派"，即某些党的负责干部，毛泽东需要大量群众作为基本队伍去冲击他的政治对手，他需要把运动初期被压制的人"解放"出来。我们当时完全不明白这些深奥复杂的政治上的战略战术，但和许多人一样，感到时局变了，感到"毛主席的革命路线"确实是尊重群众的路线，和群众心连心。运动刚开始时的惶惑一扫而光，原有的坚定信仰恢复了。

在火车站办理车票遇到了麻烦，工作人员埋头检查过我们的串联证明后，抬头现给我一张充满警惕性的脸，他认定M本人的身份是"旧军政人员"。我费了好大的劲才让他勉强相信那说的是他的家庭出身，即他的父亲，而不是他本人。很明显，从年龄上说，一个中学生在1949年之前最大只有两岁，绝不可能是"旧军政人员"。在递给我两张成都至北京的车票时，他还在喃喃自语："他爸的事写在证明上干什么？"

这个场景，使M从意气风发的顶峰一下子跌落到沮丧和自惭形秽的谷底。

我和M在车上逐渐有了"这不是梦，这是真的"的感觉。但M始终惴惴不安，列车上的广播整天不停，时时传出"我们这辆满载红卫兵革命小将的列车，正在驶向伟大首都北京"！M偷偷地四下张望，周围的人不论大小、不论男女、不论口音天南地北，个个都是那么坦然、自信，显然都是货真价实的红卫兵，看来只有我们两个不是！当他的不安无法平息，连和我说话都心神不定时，我实在忍无可忍了，对他吼道："既然你不信我说的，'红卫兵'只是泛泛而言，那么你去给列车长说你不是红卫兵吧！"

列车驶入河北地界后，广播中对我们的称呼升级，叫我们为"伟大领袖毛主席请到北京的客人"，看得出来，这个称呼打动了每一个人，大家喜气洋洋，车厢里一派欢声笑语。

我们这次列车抵达北京时已是深夜，数千人旋即被带到一个广场，分发进入到一辆辆大客车，开往不同的接待站。大量的工作人员有条不紊地指挥、安排，口口声声叫我们为"毛主席请来的客人"，他们自我介绍是来自北京市级机关，大半是女同志，普通话之纯正，口气之亲切，让我们这些没有见过世面，从千里之外第一次来到北京的孩子感到温暖无比。大客车驶过天安门广场时，赭色的城楼和巨大的毛主席像一晃而过，但惊喜的欢呼声却长久地流落在广场上。

M和我住在邮电部招待所，这里离天安门广场很近。吃饭不要钱，每天伙食标准五角，是我们平常的两倍。在这里，我们第一次看到了电视节目，招待所有一台大概是十四英寸的黑白电视机，大家吃过晚饭一直守在它的前面，一切都是那么新奇，那么激动人心！乘坐公共汽车也不要钱，但人太多，一字长蛇阵排到几百米开外，我们去一趟北京大学要花两三个小时。

我和M时时记住我们是来进行"革命串联"，即来取革命的经，我们早出晚归，到各个单位去抄大字报，冷得手发抖也顽强坚持。

北京真不愧是革命的心脏，这里的一切都显示出高水平，令我们赞叹不已。北京大学是大字报的海洋，哲学系师生的大字报尤其引人注目，他们分析本校、本系的任何一件小事都铺开辩证法的巨网，说得头头是道，让人天旋地转。观点虽然对立，但使用的辩证武器却同样无所不包、左右逢源，好像如来佛的掌心，什么人都跳不出去。看来看去，双方说得都有道理，有道理得令人晕头转向，不过越不懂越觉得高深。

我们还去科学院的"学部"，即后来的社会科学院，去《红旗》杂志社，去中宣部，那里的大字报使我们大开眼界也大为惶惑。比如，大字报转抄了林彪在一个重要会议上的讲话，说现在世界上政变成风，我们这里也有许多鬼事、鬼现象；毛主席经常昼夜不眠，绞尽脑汁，调兵遣将，就是为了防止政变、防止颠覆。我简直无法想象，我们国家的政治生活会这么惊心动魄，充满刀光剑影，党和国家领导人之间怎么可能有你想杀我的头，我想杀你的头这样的事。林彪的另一个讲话也令我大为不解，他说毛泽东思想是当代最高最活的马列主义，是马列主义的顶峰，毛主席比马克思、恩格斯、列宁、斯大林高明得多；马克思列宁离我们太远，他们的书太多，读不完，我们要用百分之九十九的时间学习毛主席著作。在我们历来的观念中，马克思当然最伟大，现在林彪这么直露地说毛主席要高得多，而且实际上号召只读毛主席的书，不读其他革命导师的书，思想上怎么也觉得有些别扭。

总之，在北京接触到的政治信息，与我们从前受到的正面、正统教育大不一样，似乎上层人物生活在阴谋诡计中，随时都准备着迎接腥风血雨。我们国家怎么会是这么一个情况呢？我心中产生的疙瘩长时间都没有解开。

一天吃过早饭，正要出门去抄大字报，接待站的负责人叫住大家，要我们下午早点回来，说有重要的事情宣布。M说："我看，十有八九是叫我们做准备，中央首长要接见我们，说不定能见到毛主席。"我怎么也不肯相信有这种可能性，嘲笑他异想天开。但事实证明他是对的，我缺少M那样的想象力，低估了毛泽东和群众见面——大规模地，一次成百万人地见面——的需要。

晚饭后，接待站来了好些解放军，为首的军人向大家宣布：伟大领袖毛主席十分关心大家，爱护大家，决定后天上午在天安门广场接见这次来北京串联的同学。请同学们明天早一点回来，做好准备，遵守纪律，以充沛、饱满的政治热情去见毛主席。

第二天的晚饭特别丰盛，另外还给每个人发放一袋干粮，用作接见那天的早餐。晚饭后，几乎没有时间上床睡觉，而且，每个人都激动得不可能入睡。大约在午夜时分，我们就集合起来，准备向接见的集结地进发。

这时我才发现和我们一起的解放军战士异常之多，事实上，每一个学生方阵最外面一圈全是军人，他们手拉着手形成一条坚固的链环，护送被接见的队伍向前。

临出发前给我们交代了许多注意事项，主要是遵守纪律、听从指挥，不要在广场上滞留。还告诉我们接见的场面往往很乱，常常失控，每一次都有不少人受伤，死人的事也时有发生。最容易发生伤亡的情况是鞋子被踩掉了弯腰去捡，人流涌动很容易被挤翻在地，遭到践踏。解放军笑着告诉我们，每次接见完，天安门广场上都要留下成千上万双被踩脱的鞋子，要用大卡车拉走处理。交代了这个情况之后，他们找来各种绳索，帮我们把鞋子死死地捆在脚上。

有一个军人非常好心地向我们传授经验，"你们知不知道哇，大队伍在广场上呼啦一拥就过去了，好多人还没有回过神来就出了天安门。你问他看见了毛主席没有，主席是什么样子，他什么也说不出来，一个劲地后悔，只知道哭鼻子！所以呀，你们必须记住，远远地就要望住天安门城楼，早早地集中注意力，使劲盯住个头最高的那个人，那就是毛主席！等你走到最近的地方，就能把毛主席看清楚，牢牢记在心里。这可是一辈子都难得遇上的机会，千万不要马虎大意，遗憾终生呀！"

我非常重视这条宝贵经验，有了它，犹如怀中揣了什么宝典秘籍，比别人多了一门本事。最后，宣布纪律，即不得带照相机，不得拍照；不许带刀具，连水果刀都不行。大家相互之间搜身检查，然后出发。

整个后半夜都是在等待中度过，天冷极了，头天晚上那顿丰盛的晚餐早已将作用发挥得一点不剩，干粮三下两下就一扫而光。前两三个小时解放军指挥大家唱歌，精神上的热情似乎产生了体内的热量，但后来唱不动了，又冷，于是许多人靠跺脚产生体热，M和我趴在路边做俯卧撑，引来很多人跟着做起来。街上挤满了人，上厕所很麻烦，但每去一次厕所就可以消耗一段较长的时间，使单调的等待好歹有一点变化，大家也就乐此不疲。

挨到天亮，人们的情绪开始高涨，但随之而来的又是似乎无穷无尽的等待。不知过了多久，也许是九点，或者是十点——那时几乎没有学生戴表，终于从大喇叭中传出，伟大领袖登上了天安门城楼，检阅开始了。

疲惫、饥饿、寒冷，还有单调感，一下子全消失了，大喇叭的声音震耳欲聋，要么是雄壮欢快的革命乐曲，要么是高声入云的口号，我们每个人的心立刻和天安门城楼，和城楼上的毛主席连在一起。城楼上领呼口号的一男一女据说是中央人民广播电台的播音员，他们的声音高昂、悠长，充满革命激情，具有极大的感召力，我们跟着喊口号，直到嗓子嘶哑。

接见的程式早已烂熟于心，因为这已经是第七次检阅了，每次检阅之后，中央新闻电影制片厂以飞快的速度发行纪录片，在全国放映。我们所期待的，就是让自己亲自置身于像电影中那样的幸福无比、美妙无比的画面之中。一开始是林彪副主席代表毛主席讲话，然后开始游行。

检阅开始一两个小时之后，我们这里还是丝毫不见前进的动静，年轻人沉不住气，开始着急起来。又过了一阵，解放军才传过话来，说今天的游行队伍秩序比较乱，因为人太多，以前一次接见是一百万，最多也就一百二十万，但今天参加接见的有二百万。解放军还告诉我们，有时游行队伍走到广场，正碰到毛主席退回休息室，很多人就不走了，停留在那里，要等到主席出来，他们看见了再走，但后面的人兴冲冲地使劲往前赶，队形自然大乱。

我们从广播中也能够知道发生了什么事情，因为这时传出了陶铸的声音："同志们，同学们，今天的大检阅，不但是对无产阶级革命大军的检阅，也是对同志们的共产主义风格的检阅，请大家遵守革命纪律，不要在广场上拥挤、停留，赶快通行向前……"陶铸是中央政治局常委，位居毛泽东、林彪、周恩来之后，排名第四，他"文革"前任中南局第一书记，刚调到北京,任中宣部部长。陶铸颇有文才,我们高中语文课本选载了他的一篇文章,题目是《松树的风格》,难怪他现在又高声呼吁要大家"发扬风格"。

现在想来,陶铸这时候出来规劝学生,倒是体现了他一贯敢作敢为、不回避出头露面的性格。历次检阅,在天安门城楼上说话的只有林彪,毛泽东只破例开了一次口,回应广场上山呼海啸般的"毛主席万岁,万岁,万万岁",他中气十足地喊了一句:"同志们万岁!"不知道陶铸出来说话,是不是有点犯忌?反正,后来据说陶铸辜负了毛泽东的期望,在打倒刘少奇的运作过程中不积极,还敢于在江青无理取闹和撒泼时跟她论理。他在这次接见之后不久就被打倒,最后惨死于囚禁和癌症。当然,这是后话和题外话。

等到我们的队列走过东单,接近广场时,我已经感到精疲力竭,但还是振奋起精神,像解放军教导的那样,两眼用力使劲搜寻城楼上那个最高的身影,定格于他,把心中的一切虔诚、颂扬、决心都投射于他。说实在的,这时需要奋力挣扎,个人置身于这人的波涛中,犹如一片孤叶漂浮于大海,我感到立不住脚、喘不过气,时时刻刻都可能被挤倒,任千万只脚踩踏。

当我被人浪推拥到金水桥旁,离天安门城楼最近时,突然感到有点不对劲。城楼上那个最高的身影怎么快速地前后移动起来,不像是伟大领袖应有的稳重和沉毅,难道他不是毛主席?不对,不会是这样,不应该是这样!但那个身影移动的速度和幅度使我不能自欺,他确实不是毛主席!我突然想起,他一定是摄影记者。城楼上,除了毛泽东、林彪和周恩来偶尔走动,其他的人一概纹丝不动,定在自己的位置上,毛泽东高兴了会走向天安门城楼的东头和西头,向下面的人群招手致意,林彪紧随,周恩来则跟在最后,而且注意保持一段适当的距离。只有摄影记者是例外,可以随意移动,挑选恰当的位置和角度。

毛主席在哪里,我怎么会看错人?难道我的最圣洁的感情虚掷在一个普通人身上,我怎么会犯这种该死的错误?一时间,我懊悔不已,心乱如麻。

唯一应该做的事是抓紧时机,弥补过失,找到真正的毛主席。但这时根本做不到这一点,广场上形势大乱,完全没有了队形,所有的人都不顾一切地拥向城楼,如果这时他老人家退回房间休息,就有节奏地高呼:"我——

们——要——见——毛——主——席！"人浪被金水桥前面部队的堤坝挡住，反弹形成回流和旋涡，单个的人只能被浪潮席卷而去，能够稳住脚跟不被冲倒已属万幸。突然，我发现在我前面，紧紧贴着我的女孩就要支撑不住了，她跟跟跄跄，东张西望，汗流满面，眼里充满绝望。我紧紧抓住她的双臂，挟持住她，不让她倒下。当她回过头时，我发现她皮肤粗糙，头发凌乱，她可能来自穷乡僻壤，这个场面令她不知所措。当我和她被拥到安全地带时，我们已经远离天安门城楼。

我可以从容地四下张望和眺望城楼了，虽然要看到毛主席是完全不可能。这时另一种景观使我大吃一惊：正如解放军所言，许许多多的人被踩掉了鞋，有人不顾死活从地上捡起，但穿不合脚，于是愤怒地抛向天空，这个示范动作使更多的人把鞋子朝天上抛去。远远望去，天上鞋子横飞，像一大群黑色的乌鸦扑腾，一会儿鞋子纷纷直落而下，就像天降鞋雨。

这个场景对我来说不但不雅，而且简直是亵渎神明！这是什么场合，这是什么时刻？我们不是正在接受伟大领袖毛主席的检阅吗，那些人怎么敢如此肆无忌惮，他们的无产阶级革命感情到哪里去了？

我不但愤怒，而且纳闷。以前看毛主席接见的纪录片，特写镜头一个接一个，青年学生们个个手拥红色《毛主席语录》，高呼口号，泪流满面，但洋溢着幸福的笑容，脸上的表情是如醉如痴、欲仙欲死，哪里有这么不像话的场面！而且，纪录片上的每一个画面都是那么光鲜、美好，像现在这样天上落鞋雨的景象万一进入画面，那成何体统！

我心中乱糟糟的，机械地移动脚步，被人流带向西边。

尾声。

我和 M 一进入广场就被挤散，巧的是我们在回接待站的路上碰到了。当我们从西单方向往回走经过天安门广场附近时，果然看见一些工人正在用铁铲把广场上散落的鞋子收拢成一堆堆的，等待卡车来运走。

在大多数情况下，人们接见完毕会马上冲进西单电报大楼，忙不及待地给自己的学校发一封电报，内容基本上千篇一律："报告大家一个特大喜讯，

××年×月×日，我见到了我们伟大的领袖，我们心中最红最红的红太阳毛主席"，后面再加上"刀山敢上，火海敢闯，誓死把无产阶级文化大革命进行到底"等语。我记得前两三个月，每次主席接见之后，那些有资格大串联的"红五类"同学都会发回此类电报，激得我们所有在校的人不断高呼"毛主席万岁"，并在校内游行，以示庆祝。这一次，我和M走过西单电报大楼时，也提到是不是进去拍一个电报，不过我们几乎是异口同声地否定了这个考虑。我们这么晚才出来，有什么值得炫耀的？我们把电报拍给谁，不怕别人说，他们这种人都敢混到北京去，混到受毛主席检阅的红卫兵队伍中去，这还了得？

回到接待站，感到工作人员的态度不像之前那么温和、热情，他们不容分说地发给每个人回到家乡的车票，叫大家"杀回老家去，就地闹革命"。他们还说，今天是最乱的一次，二百万人只接见了一半多一点，没有受到接见的人继续住下，等待下一次接见。

返程的列车拥挤不堪，人们在座椅下、行李架上躺着睡觉，小小的厕所里挤进五六个人，我感到连站着都没有地方立脚，多半时间靠使劲抓住座椅背才维持不倒。

嘈杂声和令人呕吐的污浊空气使人昏昏欲睡。突然，我在天安门广场上脑海中曾经一闪而过的念头重新出现，吓得我睡意全无。当我发现自己对天安门城楼上的毛主席认错了人，会错了意时，我自问：这会不会是一个不祥之兆，预示着我对毛主席的忠诚有问题，我与他无缘？我拼命安慰自己：怎么这么无聊，这么迷信？

过了几年，类似的意念又出现过一次。那时我在自学英语，弄到一本高尔斯·华绥的原版中篇小说《苹果树》，我读到，当书中的主人公与乡野姑娘梅根在苹果园定情时，她突然觉得眼前晃过一个鬼影，尖叫一声，主人公奔流的感情立刻中止了，心中油然而生了不祥的预感，似乎把他们两人紧密联系在一起的力量一下子消失了，果然，他们俩的关系以悲剧告终。当然，这种联想有些不伦不类，小说写的是男女私情，我在广场上的经历属于革命感情。但我禁不住做了抽象的归类：感情的错置、感情的挫阻与落空，以及由此产生的不祥预感。

　　不过,人毕竟年轻,心中装不下几片阴云,那不祥的一闪念并没有对我造成损害。后来,"文革"的经历使我的思想成熟和独立,我再没有这一类奇思怪想,彻底抛弃了自我贬抑和自我折磨的习惯,一切都听其自然,事事都听凭水到渠成,没有迈不过的坎,再没有神怪恐吓和羁绊自己。

　　(原载《亲历历史》,张贤亮,杨宪益等著,中信出版社,2008年10月版)

逃 离
方凌燕

1966年初秋。

一个星期天傍晚,我像以往一样,早早地吃了晚饭准备返校。我当时在上海存瑞中学读高二。学校位于上海宝山大场。哦,我讲得不准确,准确地说应该是到了大场还得转车。我将一些生活用品装包准备走,母亲叫住了我。她犹豫不定欲言又止地望了我一会儿,终于开口了:"凌燕,"她摸索着拿出了一个纸包,"这是你父亲遗留下来的最后一点东西,你将它保管好。"我接到手里,沉甸甸的,打开一看,是一个一两多重已经剪成两个狭长条的金镯。望着已经腰斩的精细的描龙雕凤,明白这是母亲自己先行的"破四旧"。放哪儿呢?我托捧的手心已经感到黄金渗入的寒意。外面人心惶惶到处都在抄家。我知道,不到万不得已,母亲是不会将自己的宝贝曝光的。母亲、外婆和我商量着,最后想出一个办法,由外婆临时缝一个卫生带,让我像例假来似的不离身地带着,这总该安全了吧。临走母亲叮嘱,这几个周末你就不用回家了,避避风头。

我就这样带着金镯在学校里念书。也许由于这学校位于郊外,没像市中心学校那么乱。虽然搞运动,当时也还上课。只是老师们没了往常的"师道尊严",一个个噤若寒蝉诚惶诚恐,有的甚至见到学生满脸堆上讨好的笑。我心里慌慌的,下面沉沉的,虽然有布包缝着,但硬硬的镯边仍擦破了我腿部的两侧。每次上厕所,我又害怕又难受,心里直埋怨自己的生身父亲。

父亲是新中国成立前上海一家报纸的美编。也是上海滩有一定名气的金石艺术家、画家。他故土难离,再说也舍不得自己的一批收藏,在报社迁址香港时没有离沪。1957年终于在劫难逃,母亲与其离婚,他后来自杀了。母亲因为吃够了嫁知识分子的苦头,再嫁时选择了上海华通开关厂工人。母亲为保护自己可谓机关算尽：她让我改了姓——一则继父没有孩子，可拉近关系；二则与前夫撇清。这样一个现工人家庭，我想应该不会再有变故了吧？我一遍遍地安慰自己，可心呀，为什么还老是跳个不停？

预感往往是准确的。几天后的一个下午，我正在上课，抬头突然瞥见校党支书来到教室门口。上课的老师见状，忙走过去。我心一沉——知道我班的哪个"黑崽子"家里又出事了。因为"负重"，我害怕极了。冷汗直冒，手脚冰凉。当老师向我走来要我出去时，我只觉耳朵嗡的一响，然后有一种从山顶往下坠落的感觉。

党支书将我带到办公室，说你家被抄了，红卫兵让你回家参加革命。这要看你的表现了，是做反动阶级的孝子贤孙还是与家庭划清界限，就要看你的行动了。

回到宿舍，我假装整理东西，一边紧张地思考：我身上的东西怎么办？带回家？很危险。留这里，我想起母亲托付时的凝重脸色郑重神情，脑海里蓦地涌现读过的古书里那些人在城在、人在物在的壮士悲歌，心里涌起一种从没有过的悲壮，叮嘱自己必须不负所托。我的目光一遍遍在这四十多平方米的宿舍里巡视，从床铺的枕头、被褥到脸盆架子，再从宿舍窗口凝望校中的花坛，眺望远处的小河，想为它找一个可靠的藏身之地。那天下雨，大雨在地上溅起一朵朵水花，在花坛的松泥上扎下一个个小坑。我的思绪在密集的雨帘中奔突——到河边挖个洞埋着？不，不仅不安全而且容易丢。再说哪来的工具？即使有，被人看到这种反常举动，对方立刻明白你的反革命行径了。而在那平坦的河边，从学校的任何一幢教学楼与宿舍楼的窗口眺望都是一目了然的。

"丁零零……"下课铃声将我猛地从纷杂紧张的思考中惊醒。容不得半点迟疑，我立即拔腿疾步走——我不能让老师同学知道我还没走，引起怀疑，给自己找不必要的麻烦。我想一头牵到屠宰场的牛一定像我一样，不过，它是用四蹄顶地赖着拖延，而我呢，是自觉飞快地奔向"屠宰场"。

没有任何的选择余地，我只得带着它上了公共汽车。我心里很明白：为了它的安全，也为了我不成为反动阶级的孝子贤孙，我是决不能将它带回家的。我表面虽然镇静，心里却像一只被围困的猎物在寻找突围的缝隙，在脑海里检索一个个我熟悉的朋友。一个慈祥的面容及一双同情怜惜的目光在我的脑海里定格——继父的朋友叶叔叔。

在北站下了车，我走几步瞥一眼身后，确定后面没人跟着，就上了41路公共汽车，到恒丰路桥下了车。拐进长安路他家幽闭的弄堂，我飞快的脚步却停滞了，变得艰难与沉重。我知道他出身于国民党军官家庭，自己年纪轻轻也步入军界。继父最佩服他的为人，说他能逃过每次政治运动与他做人的谦恭忠厚有关。可这次"文革"，他能逃得了吗？我在这里谋划，他那里出了问题都有可能！而且，我这样向一个自身难保的家庭求救，是否太自私了？那么我是否可以干脆不回家，带着它亡命天涯？不，不行！既然刚才红卫兵已经通知我回家，那就是在等着我，而且时间有限。如果我在一定的时间不回去，那么他们会毫无疑问地认为我身边藏有巨大的不可告人的秘密，母亲与家庭更要遭殃。我想起了可怜的母亲——她命运多舛，1963年12月与继父结婚三个月后发现怀上了孩子却同时查出患了子宫颈癌，她在上海肿瘤医院进行镭疗才两年时间。我心里一阵钻心的疼痛，蓦地涌起一种要保护她的决心与悲壮。可是我又没有古燕赵壮士慷慨赴死亡命天涯不顾一切的气概……我打了个寒噤。

雨越下越大，我思绪纷杂地呆立着。雨水击打着伞面发出清晰的声响，一部分从伞顶与伞柄的那圈细破缝沿杆直下，洇湿了我的肩膀与前襟。

时间一分分过去。弄口静寂的街道偶然几个路人经过，朝我好奇地看了几眼。我突然猛醒：我必须当机立断，不然会引起别人的怀疑。我快步走向顶里的对开的我熟悉的大黑门，似乎慢一点我的所有勇气都会消失殆尽。我屏住呼吸，将眼睛贴在门缝朝里看了看；再竖起耳朵捕捉周围的声响。没有声音，只有雨水击打地面与沿着屋檐格漏顺着下水管道流向阴沟的哗哗声……那是安全的信号。我鼓足勇气大着胆子敲了敲门。门内没有任何动静，我只听到自己的心怦怦撞击着胸腔。我迟疑着：要不要再敲一次……时间仿佛凝固了，头上冒出了汗。正在我举手欲敲未敲时，门开了一道缝，出现在门缝里的是叶叔叔的一双眼睛。见到是我，他的眼中有一种释然，但一刹那，他的眼睛又透露出紧张。他伸手一下将我拉进门，随即将门关上。

我闻到一股焚烧什么的味道。

"出事了？"他问。我点头。

他看着我，等着我说什么。

血涨上了我的脸，我张了张嘴，就是说不出什么。

"需要我帮助什么吗？你说吧……"

我知道他已经猜到了什么，脸更加火烧火燎起来。"是这样的……我……"我一边说，一边揣摸着他的神情，"我身上有一只……金镯……我被勒令回家，我……当然如果你有困难，没关系，我能解决的……"我吞吞吐吐地终于艰难地说完。

他的妻子在旁，正要开口说什么，被他用眼光止住了。他向我伸出了手，"拿来"。

我赶忙到厕所拿出了东西，狠狠地扯着缝线。唉，外婆你怎么缝得这么牢？手中没有工具，我只得用牙齿咬断缝线，将金镯取出来。

走出他家后，我感到浑身一松。这时雨也停了。

刚到东宝兴路四川北路口，就听到一阵惊天动地的口号声。紧走几步，循声看到我家楼下的食堂门口的街上，母亲正站在人群中高高的批斗台上！两个红卫兵按着母亲，她被剪得乱七八糟的头发上纠结着一只玉色的蝴蝶结，那是她年轻时穿的长筒丝袜；那细细的裤管被剪子捅成了两片随风飘荡的布片。她的颈上挂着一块木牌，"打倒右派家属资产阶级臭婆娘陈白珠！"

有什么东西堵上了我的心口，步履在我脚下显得那么沉重。

"我不是右派家属！"我听到母亲在抗辩。母亲在那一刻显示了她性格中永不屈服的倔强。她不时挣扎着抬起头，又不时被红卫兵狠狠往下按。我转过头，咬着牙，贴着墙壁穿过食堂低头疾速上楼。

家里一片狼藉：父亲视如命根子的古董花瓶成了碎片；玲珑剔透的红木

花架成了条条块块；满地飘散着撕碎的字面……外婆筛糠似的抖，看到我脸色更苍白了，她张了张嘴却什么也没说。我连忙过去，拉过她的手使劲握了一下。我想借助这个动作给她一点安慰与信息。

红卫兵看到了我便问："你母亲的金银财宝放在哪儿？"

"我从来不知道母亲有什么金银财宝。"

他朝我龇了龇牙，说你划不清界线死路一条。正在这时一个红卫兵走过来，跟他耳语了几句。接着他上下打量我。那时我身上正晃荡着母亲的旧衣裳。他若有所思地点点头，"听邻居反映你妈待你并不好，结了婚将你往外赶。你是不是你妈生的？"

我当然知道我确实是母亲生的，尽管母亲没给我多少母爱。这时我脑子一转——是不是母亲生的并不重要，重要的是：他们既然认为我不是我母亲生的，那我也不用硬往里套；当然我也不能违背事实。于是我说我不知道。他说你真是个糊涂姑娘，连自己是不是她生的都不知道。说完就不再理会我。我找个角落问外婆，他们什么时候来的，她说昨天上午。

抄家持续着。家里的角落都翻遍了。热水瓶被剪开了铁皮壳，被子枕头被撕开，连墙壁都挖了个洞，书籍、父亲收藏的字画在熊熊烈火中化为灰烬……

红卫兵们调班吃饭，而我们呢，谁也不记得人还要吃饭，也没感到饥饿。

继父楼上楼下无望地转，最后蹲在屋角闷着头抽烟……红卫兵一直到第二天凌晨，带着几根金条、首饰、象牙、豹皮之类的走了。我连忙扶母亲上楼。

母亲上楼后木木的，眼睛直直地望着一个地方。我连忙告诉她，那只金镯我已经交给叶叔叔，现在抄过家了，明天我去拿回来。我当时是这样想的：一则我应尽快地拿回来，不要让叶叔叔再承担风险；二则，母亲看到我保存好了她的宝贝，安慰中或许会冲淡受到的伤害。

第二天傍晚我出门了。为安全起见我先到一个初中同学、三代工人家庭虚晃一枪。说起来可笑，她是我的好同学，照理我应该信任她，但毕业后我与她两个学校，根本就没有什么见面机会。而一年多的时间，是很能改变一个人的，尤其在这特殊的年代，我这个黑崽子，她会怎样看我呢？细腻敏感的个性使我早早地为自己披上了一层坚硬的外壳。她家住三层阁楼，我上到二楼就下来了——我这样做实在是怕有人跟踪，实在怕给叶叔叔惹事。确定没人跟踪，我才迂回着到了叶叔叔家。

叶叔叔关切地问了我一些情况，我一一如实告知后说东西我拿回去。

他点点头，叫来了小女，嘱咐着让她去将姐姐找来。

我等了很长时间。心里直纳罕：找？难道丢了？看出我的不安，叶叔叔解释说，你知道现在什么地方都不安全，抄家时连马桶里都伸进铁条搅几搅。东西不是我的，受人之托我更负有责任。你别急……他越讲我越糊涂，一直到妹妹把姐姐找回来，他将长女从贴身衣服里拿出的带着体温的金镯接过再交给我，我才明白：他为了安全与责任，让长女将金镯带在身上整天在外面游荡。就这样长女带着它在街上逛了两天！我的泪水雨一般滴落在这只金灿灿的镯子上。从此叶叔叔成了我终生的朋友、师长、父辈。

可母亲并没有好转，见到金镯，她没有我想象的那种惊喜，反而惶恐不安地说她不要了。我只得将它交给外婆收藏。我要离家回校，母亲惊恐地一把拉住我，说她害怕，让我在家陪着她。看她失神无助的样子，我就滞留在家了。过了几天，学校来了一张通知，让我回校参加革命。家里这个样子，从我的思想深处来说，我也害怕回校。我害怕那种疯狂、歧视与一种不可测的莫名的东西。后来听说学校停课了，我更有理由赖在家里了。

家里无所事事。所有的书都没有了。其实即使有书，我也没这个心思——母亲要么哭泣，要么呆坐，从批斗结束起不再出门。我呢，买菜帮外婆做家务之余，便看满街的大字报。一天我偶然看到一个上海工人造反组织的传单，说这次运动的重点，是整那些党内走资本主义道路的当权派，到处抄家是走资派妄图转移斗争大方向。我顿时眼睛一亮，感到我妈有救了。当时我真的什么也不懂——只感到风云莫测世事难料，走马灯似的让人眼花缭乱、晕头转向。但有一点我是清楚的：我必须救母亲！那么现在不是个机会吗？如果我能让我家平反，那不是万事大吉了？我的父亲早已成为历史，而且我家现在是工人家庭！

于是我书写了告状申诉信。为了安全保险起见，我又一次趁着昏暗的夜晚来到叶叔叔家。记得那是炎炎酷暑，天热得一点风也没有。叶叔叔将我引到亭子间，将窗帘拉拢，门关上，将台灯压得低低的伏案看信。我看到汗水从他的脊背一颗颗沁出来、聚集、不堪承载时又连成一线向下直淌。我替他扇风……

看毕，他回过脸，我在他眼睛里看到的是沉重的忧虑与担心。他直视着我的眼睛，问我为什么不让母亲自己出面写？"她反正是个家庭妇女，最坏也坏不到哪里。而你青春年少，生命才刚刚开始。现在的形势谁也估摸不准。万一弄不好，你不是成了替反动家庭翻案的孝子贤孙？这辈子你还怎么做人？你再考虑一下，这不是开玩笑的……"

我抬起头，带着那种不容置疑的坚定，"不用考虑了。母亲卧病在床，怎能以她的名义？再说，我以一个女儿、一个小姑娘的身份更容易将信写得动人。至于后果，我已经想过了：大不了死。真的，这样的生活我已经受够了！"

他讶异地注视着我，想说什么最终又什么也没说。接着，他替我改起来。一边改一边自嘲：我也只是做点文字游戏而已，到时如果出了事可以辩解。只是到那时，任何辩解都是无济于事的。

那天我将抄好的信揣在口袋里，怀着一种"风萧萧兮易水寒"的悲壮走出家门。

那个工人造反组织的地址是早就打听好了的，在巨鹿路。但对于一个穿梭于学校、家庭两点一直线的闭塞女孩，仿佛远在天边，又适逢什么人静坐示威，公交车不开，我只得一路走一路问过去。我记得从东到西，几乎穿越大半个上海，走了很长很长时间才到。

我走上台阶，跨进门厅，见左右是红漆门。右边的屋子里人声嘈杂。我在房门口站住了,头倚在门框边朝里张望。红漆地板上盖着杂乱的脚印,但那种昔日的华贵仍顽强地从粗乱的尘垢中隐隐地显露出来。沿墙的壁炉架台上搁着一溜毛主席像,里面的工作人员三个一伙五个一堆正激动地议论什么,还有两个伏案在书写什么。

我将头缩了回来,感到心跳得厉害。叶叔叔的叮咛又一次响在我耳边:你要慎重!那不是闹着玩的,关系你一生……害怕了?我问自己。一刹那,母亲的病态闪现在我脑际,我突然变得镇定与坚决。

我再朝里望了一眼。我不能这么不识相打扰他们的争论。那么能找的就是那两个伏案的人。迅速比较了一下,感到近门的那个似乎更和蔼一点。

我进门向他走去。"救救我妈妈!"我一开头这样说,而且声泪俱下。真的,这并不是我事先设想好的台词。我也不知道那个刹那,是什么使我完成了一个柔弱的女孩向成人的飞跃。英雄情结?还是情之所至?反正他听得专注,还让我不要哭。接着问我要书面材料。我呈上了我的信。也许我的文笔不赖,也许我的事例有其特殊性,也许一个小姑娘孤苦无依的眼泪能打动人,反正,他看得有点动情。我感到有了一丝希望。他将信收起告诉我让我放心,说他会想办法帮我解决的。我将信将疑。几天后,我家果然平反了。

平反的红榜没有改变母亲的病态。母亲仍在她臆想的惶恐中生活。幻听使她整天怀疑别人害她。她会偷偷躲在墙边听邻居家壁脚,想知道自己是不是上了黑名单;会杯弓蛇影地怀疑楼下刚买来的收音机是发报机对她盯踪;还认为电是黑帮用来摧毁她打击她的工具,因此在房间里用床单后来甚至是绝缘的橡皮胶布密密围挂;她会半夜起床跳着脚跟臆想中的黑帮对着骂……当继父与我劝她上医院看病,她便骂我们头脑简单,她从不承认有病当然拒绝看病。

我的"胜利"也为我找来了无尽的烦恼。母亲看出了我的"才华",逼迫我写那永远写不完的告状信。我千篇一律地写,写得手酸手麻,还得拿着信到处跑。我无法跟她讲清楚,只得拿着告状信在街上转悠,转到中午才回家,如果是下午,则到傍晚才回家。有时甚至在黄浦江边一坐半天,逢叶叔叔厂休则到他家，回来还得编一套"上面的"话哄她。

我想上学校，学校早已停课。我感到生活是那么无望与无趣，一种从没有过的厌倦在我心头滋长。

一次为母亲要我上京告状我与母亲争执起来。真遗憾，那时我对精神分裂症理解得不像现在那样深，我总试着跟她讲道理，总试着将她从混沌迷蒙中拉出来。母亲是个个性极强的人，又因为古戏看得多，将子女的"孝"看得最重。我的劝说在她眼里是不可饶恕的顶撞，她勃然大怒，对着我吼道："你给我滚！我养你这么大，还跟黑帮联合起来害我！"

个性也强的我，起身就走。她追着我的背影叫："有志气出去别回来！"

我觉得自己的路断了。我来到黄浦江边，泪眼迷蒙地望着滚滚江水，这个世界上还有我留恋的东西吗？外婆的爱，那么温柔那么慈祥，但她挡不了母亲的刀言剑语；叶叔叔义薄云天，但无补于我的困境，然而却使我感到世间患难与共的温情是何等珍贵。霎时，我家平反前后我与他相处的节节幕幕在眼前一一涌现——他在记忆深处搜索唐诗宋词，他说一句让我跟一句，用浩瀚的文化滋润我的心灵并帮我打发无聊的时光；在我迷茫悲观时他用青松的精神鼓励我直面人生……我得向他告别！

我将内心的波澜与决定压入心底，和叶叔叔聊了两个小时。在他留我吃饭时我辞别了。我实在吃不下，也怕露马脚，因为我感到心中一股酸酸的东西直往嗓子眼冲。也许是我对久失的父爱的向往，也许在心底里我已将他当成父亲，在他送我出门时我竟破天荒地叫了一声："爸爸！"然后头也不回匆匆走了。因为再迟一点，我已经无法控制自己的眼泪。他一愣之后快步追了上来，一把将我扯住，"发生了什么？你得告诉我！"于是他连拉带扯地将我拖回家，在他的小亭子间里，他苦口婆心与我谈了整整五个小时。最后我告诉他我不会再回家了。他说可以，他收我当养女，就住他家。

我理解叶叔叔的真心，可现实吗？在我被爱严密地保护起来时，我脑海里颠来倒去的都是秦观的"雾失楼台，月迷津渡，桃源望断无寻处……"这些诗句。无寻处，但我求生不得求死也难。再说我已经答应他坚强。我必须突围——我不能给他带来麻烦，给他带来经济重负。他已有五个子女，已经是拿长期补助的困难户。

　　一星期后，我给杭州表姐写了信，求他们帮助找个工作。表姐回信让我到杭州从长计议。

　　到杭州后，他们告诉我杭州只有闲散劳动力才能找到工作，那就得先结婚。还问我认为表哥如何？表哥已满三十，是个好人，他的忠厚老实透进骨髓写在脸上。跟着他不会吃苦，这我知道。但这不是我憧憬的爱和婚姻。继而我又想到，小时候不是跟他在一个屋檐下生活过几年？那么再跟他一起生活也没什么的。重要的是我可以有工作！

　　于是我在不懂爱情时就有了婚姻——我像一只狂风骤雨中的小鸟，找到了栖歇的屋檐。

　　我逃离了。可是继父无法逃离，可怜他在1963年底与我母亲结婚只过了两年的幸福日子，便付出了整整三十年生命的惨重代价。

　　喜欢热闹的继父，为了减少母亲的怀疑，断了和一切亲友的来往；喜欢听收音机的继父，跟着母亲在幽微的烛光里过日子；为了母亲所说的自家的自来水有毒，每天跑近二十分钟的路到老虎灶打水；每天半夜被母亲的叫骂声吵醒，还得跟邻居道歉；甚至在患了胃癌后，依照母亲的主意竟没有上医院做任何的治疗！结果当然可想而知。母亲在将亲人一个个送走后，又长长地过了十年，2003年死在精神病院。

　　最后讲讲我的外婆。1972年初夏的一天，母亲上床后为避免声响赤着脚上楼听壁脚，外婆一觉醒来上厕所，不见了女儿心里焦急。她本来血压就高，未醒透一急，叫了两声母亲的名字就倒在了地上。几天后去世了。

（原载《亲历历史》，张贤亮，杨宪益等著，中信出版社，2008年10月版）

"愤青"的下场

刘 瑜

与中国社会相似,大好形势怎么也杜绝不了那么一小撮愤怒青年"端起碗来吃肉,放下碗来骂娘",美国社会也充斥着很多这样的愤青。让美国愤青们忿忿不平的事有很多,比如他们对一种叫资本主义的事物经常嘀嘀咕咕,又比如很想把白宫那位老念错别字的先生送回老家,他们说将抽大麻非法化是变相的种族歧视,而且心系第三世界国家的血汗工厂,说什么也不买耐克鞋。

天下太平时,美国愤青们是没有什么市场的。他们大多衣冠不整,失魂落魄,龟缩在一些波西米亚式的咖啡馆里唉声叹气,为天下没有什么事可以忿忿然而忿忿然。美国国泰民安,人民心宽体胖。愤青只能过着一种"精神游击"的生活,徒有满腔热血,终究报国无门。

但是打起仗来就不一样了。伊拉克战争快打响时,美国举国愤青,上下出动,隔三差五跑到大街小巷去反战,一颗颗长期被压抑的愤世嫉俗的心终于找到了一片艳阳天。在愤青的根据地纽约、旧金山等地,成千上万的愤青们从城市的各个角落涌出来,相聚在街头,以音乐、舞蹈、吼叫、骂娘、大字报、小漫画等各种群众喜闻乐见的形式表达其热爱和平的心声。愤青们在自越战以来默默无闻地度过了几十年之后,终于赢来了又一个春天。

不过站在大街上浑水摸鱼地吼一两嗓子是一回事,站在讲坛上掷地有声地散布卖国言论又是一回事。有那么一个愤青,被愤青的大好形势冲昏了头脑,得意忘形,结果出言不慎,被和愤怒青年一样慷慨激昂的爱国青年们抓到把柄,被整了一个七窍生烟。

这位愤青就是哥伦比亚大学人类学系一个35岁的教授基诺瓦。在哥大的一次反战集会上,他一时激动,说出了"希望美国战败"的言论,更重要的是,他用了下面这个耸人听闻的句子,"我希望在伊拉克发生一百万次摩加迪沙事件"。摩加迪沙事件是指1993年18个参加索马里维和行动的美国士兵死于一场伏击的事件。

基诺瓦的言论引起了各界群众的极大愤慨。爱国青年对基诺瓦竟然公开希望在前线抛头颅洒热血的美国士兵不得好死感到"震惊"和"恶心"。首先是基诺瓦一两天之内收到成百上千的"死亡威胁令";群众的唾弃像雪片一样飞向哥大校长办公室,人类学系办公室;哥大的许多捐助人威胁说如果哥大不解聘这个卖国贼,他们将不再资助哥大;105位国会会员联名给哥大写信要求哥大解雇基诺瓦;社会各界通过媒体对基诺瓦发出了强烈声讨,称其言论为"白痴的"、"令人发指的"、"野蛮的"、"无耻下流的",总而言之,一时间,基诺瓦成了美国"最受人痛恨的教授"。

这里有必要为爱国青年的群情激愤给一个小小的注释。自伊拉克战争被提上日程以来,在美国民间,主战派其实是一直深受反战派压抑的。虽然"民意调查"显示美国主战的民众随着战鼓越敲越响而越来越多,但从街道政治的风采而言,经常是一个浩浩荡荡激情洋溢的反战示威和一个稀稀拉拉有气无力的主战示威相对峙。在这种爱国青年士气低落的情形下,愤青的一个错误就成了爱国青年的最好炮弹——终于有扳回道义上的劣势地位的机会了,爱国青年们终于可以像愤青们那样义正词严一回了。所以虽然基诺瓦一再声称他只是在"象征性地使用摩加迪沙的比喻反对战争,并不希望美国士兵损失生命"也无济于事,因为爱国青年不怕愤青犯错误,就怕愤青不犯错误,此类"白痴的错误"对爱国青年们这么有利可图,澄清了就没劲了。

但是基诺瓦事件算是对愤青们进行了一次生动的国情教育。愤青们发现他们三十年不遇的反战狂欢节其实并不是所向披靡。有人开始抵制法国货,因为法国政府和美国政府在伊拉克问题上叫板;一些零售商开始拒销麦当娜的唱片,因为麦当娜没事吵吵什么和平;某地方电台一个主持人公然号召谋杀一个反战分子;一些反战名人开始收到各种威胁和被取消公开露面的机会；一个教师因为穿反战汗衫而被解雇……一股政治寒流笼罩着美国，再一次证明了自由在"群情激愤"面前的脆弱。

不过也不用难过得太早。愤青的下场也并不总是这么悲惨，另一个美国著名愤青的故事就比基诺瓦的故事要振奋人心得多。这个超级愤青就是麦克·摩尔。摩尔几十年如一日，兢兢业业地战斗在愤青第一线。如果要在全球设立一个诺贝尔愤青奖的话，他恐怕是当之无愧的得主了，至少也能和那个鞠躬尽瘁死而后已的老愤青乔姆斯基平分秋色罢。

摩尔最大的愤青作品应该就是他获奥斯卡最佳纪录片的 BOWLING FOR COLUMBINE（《黑枪文化》）了。这个纪录片以美国的枪支问题为线索，以"都是美国惹的祸"为主题，彻底全面揭露了美帝国主义国内国际上的种种劣迹。其中最经典的镜头就是将美国在亚洲、拉美、欧洲、非洲的警察行动和"9·11"串起来，以"无声胜有声"的方式精炼回答了让美国人民困惑不已的一个问题：为什么他们仇恨美国？

当然，摩尔对这个问题的回答和白宫里那一小撮走资派的观点是形成鲜明对比的。白宫认为"9·11"的发生是因为美国的自由民主招致了全球性的妒忌，很有点"红颜祸水"的论调。摩尔对"红颜祸水"论这么响亮的一记耳光，还得到了主流的奥斯卡奖委员会的承认，可以想象白宫之尴尬了。

不出所料，摩尔在奥斯卡颁奖会上表演了一场超级愤青秀。他在颁奖台上发表了如下愤青言论："咱们这年头，一个扯淡的选举产生了一个扯淡的总统。眼下这场战争更是一场扯淡。你们发扯淡的防毒气胶布也好，搞扯淡的橙色警报也好，我就是要跟这场战争过不去。布什啊布什，你怎么不害臊。当教皇和 DIXIE CHICKS 都看你不顺眼时，你也没啥混头了。"

如我们所知，摩尔的讲话很快被一片嘘声和乐队演奏声给扑灭了。据主持人后来玩笑说，摩尔被塞进他的车厢盖里拉走了。在当时战争正如火如荼地进行，爱国主义精神日趋高涨时，不难理解为什么摩尔一番欠揍的言论引起嘘声一片。也不难想象事后他会受到无数的威胁恐吓，成为众多媒体攻击的对象。

但是摩尔不愧是一代愤青之豪杰。不管风吹浪打，胜似闲庭信步。在车厢盖里蒙头大睡了一阵之后，他觉得有必要以愤青老大的身份出来鼓舞一下愤青队伍了。4 月 7 日，他在其个人网站上给愤青们写了一封鼓舞人心的信，大意是：同志们，我知道你们现在日子不好过，因为反战，你们有的失去工作，有的失去朋友，有的在心理上承受巨大的恐惧，敢怒而不敢言……但是告诉你们一些好消息：他们不是希望我的电影卖不出去吗？我的《黑枪文化》票房比有史以来最卖座的纪录片还要好三倍；我的书《愚蠢的白人》现在在纽约时报畅销书排行榜排名第一，我的网站在奥斯卡颁奖会后一周是平均一天 1 千万到 2 千万的点击量；我又拿到了下一步片子的资助……总而言之，摩尔给广大的愤青队伍带来愤青前线的捷报，证明了愤青的道路是曲折的，愤青的前途还是光明的。

摩尔和基诺瓦两大愤青的不同下场说明了什么？第一，要做好愤青，不能犯右倾机会主义的错误，但也不能犯"左派幼稚病"的错误，愤青要愤得有理有节，这样愤青的统一战线工作才能做好；基诺瓦的教训说明了这一点。第二，虽然人民群众的爱国热情高涨，但是愤青还是有其生存的一席之地，愤青们完全可以用"敌退我进，敌进我退"的策略继续拓展生存空间，所以盲目悲观还为时过早；摩尔的经验则说明了这一点。

对了，给广大愤青打气的一点小尾声。虽然政客们和大款们极力要挟哥伦比亚大学解雇基诺瓦，哥大还是抵住了压力，援引宪法第一修正案中关于"言论自由权"条款保住了基诺瓦的职位。基诺瓦出门避了两个星期风头之后，又于 4 月 11 日回到了课堂，而且其愤青势头不减当年，说什么"一个吵吵闹闹的社会才是一个健康的社会"。

（原载作者《民主的细节》，上海三联书店 2009 年 9 月版）

敌人的权利

刘 瑜

上大学的时候，有个老师说：检验一个国家的文明程度，其实不是看多数人，而是看少数人，比如残疾人，同性恋，外来移民，他们的权利有没有得到保护。要我说，还有一个更过硬的标准，就是看这个国家的"敌人"落到它的手里之后，权利有没有得到保护。

对目前的美国来说，它的敌人最集中的地方，莫过于关塔那摩监狱了。那里先后关押着"9·11"以来美军抓获的数百个"恐怖分子嫌疑人"。莫罕默德·卡塔米，可能是其中最出名的一个。

卡塔米，据说是"9·11"事件中的"第20个劫机犯"。2001年8月4日，卡塔米从阿联酋飞往美国，在佛罗里达的奥兰多机场降落。当时，"9·11"事件的一个主要劫机犯阿塔就在机场门口接机等他。但是，由于卡塔米不会英文，只有单程机票，而且对自己到美国的目的支支吾吾，海关人员把他当作非法移民遣送回了阿联酋。在一个被截取的恐怖分子电话中，"9·11"袭击的组织者之一也称卡塔米是"最后那个人"。据说，"9·11"行动中，其他三个飞机都有5个劫机犯，只有飞往白宫的那架飞机是4个劫机犯，其中缺席的那个人，就是卡塔米。

后来，2001年12月，美国在攻打阿富汗时俘获了卡塔米，并把他押送到了美军的关塔那摩监狱审讯。之后的几年，他被关押在关塔那摩监狱里，接受讯问。

2006年3月3日，《时代》周刊公布了从2002年底到2003年初的卡塔米审讯记录，其中曝光了审讯过程中的种种"虐行"，其中包括：让他扮狗羞辱他、长时间审讯不让睡觉、用一个非常不舒服的姿态长时间拷住、强迫喂食、降低房间温度并不断向他泼冷水、在他耳边长时间放特别吵的音乐……据称，卡塔米的待遇在关塔那摩是一个普遍现象。无独有偶，2003年底2004年初，伊拉克阿布格莱布监狱美军虐待战俘的照片、文件曝光于各大媒体，举世轰动，可以说让美国的国际声誉沾上了难以洗刷的污点。

无论是阿布监狱的照片，还是关塔那摩的记录，都表明"敌人"落入美国手里之后，人权受到了严重侵害，但是，是不是就可以得出结论，说美国的"人权"概念根本经不起推敲，不过是一个用来敲打他国的大棒呢？如果得出这个结论，只能说观察者只关注了"美军虐俘"这个现象，却没有关注在虐俘现象曝光之后，美国社会及政界对这个现象的反应。

我们都知道，对于一辆长期在路上的车来说，遇上或大或小的交通险况，几乎是不可避免的。但是，交通险况是否最终会酿成人命关天的悲剧，还要取决于车里的很多危机应对设置，比如，刹车是否灵敏，车内乘客是否系安全带，车内的充气口袋会否及时弹开，等等等等。阿布监狱和关塔那摩的虐俘行为，可以说是美国这辆"自由号街车"遇到的"险情"，这个"险情"的出现，说明美国的人权状况还存在严重的缺陷。但是，从美国社会各界的反应和行动来看，这辆汽车的刹车、安全带、充气口袋系统又是非常可靠，在汽车从"自由线路"滑向"野蛮线路"之前来了个紧急刹车，及时避免了更大的危险。

媒体、民间社团的力量，可以说是"刹车"系统，立法系统的制约，可以说是安全带装置，而独立的司法力量，则是充气装置。所有这些避险机制及时启动，最后的结果是，虽然布什政府这个"司机"开错路线几乎翻车，车里的美国人民受到惊吓，最后还是有惊无险。

美国的媒体在报道政府的这些"丑闻"时，可以说是争先恐后。2004年初阿布监狱丑闻最先的报道者中，有美国CBS电视台的"新闻60分"节目，《纽约客》杂志也进行了长篇报道。之后美国各个媒体掀起了声讨美国政府的热潮。2004年起，《华盛顿邮报》、《纽约时报》等详细报道了监狱里的审讯技术以及关押犯的悲惨状态，并呼吁政府尽早关闭关塔那摩监狱。《时代》周刊干脆发表了几十页的卡塔米审讯日志。

与此同时，各个民间的人权组织也开始积极行动，捍卫"敌人的权利"。其中最著名的是纽约的"人权观察",它对关塔那摩的囚犯状况做长期的跟踪调查,推出了系统的调查报告。"宪法权利中心"这个组织不但给卡塔米这样的人提供律师帮助,而且协助受害者积极参与对美国政府相关人员的起诉。与关塔那摩相关的书籍、音乐、话剧、电视片、游行示威纷纷出现,高校、教会、电台、电视台对关塔那摩的讨论层出不穷,批评的声音占绝对优势。

在社会舆论的压力下,立法机关开始有了反应。"反虐俘"最著名的代表,是共和党参议员约翰·麦凯恩。他说,"为了赢得这场反恐战争,我们不仅仅需要军事上的胜利,而且需要价值观念上的胜利,虐俘让我们在价值观念上损失重大"。2005年10月,参议院以压倒优势通过反对虐俘的法案,"禁止对战俘使用残酷的、不人道的和污辱性的审讯手段"。压力之下,布什政府于12月签署同意了这个法案,以示"美国政府反对虐待,尊重国际法规"。

司法的力量同样不可忽视。从2003年开始,美国最高法院就开始接手相关诉讼。2004年判决关塔那摩在押犯有权通过程序挑战他们的被关押状态。2006年6月,最高法院判决关塔那摩在押犯确系日内瓦协议的保护范围,同时还判决,政府不能另设行政军事委员会来审判犯人,审判必须通过常规法庭或者军事法庭,再次限制了行政力量对司法力量的干涉。

其实,即使是布什政府,也从来没有公开提倡过"虐俘"。要知道最早开始启动调查阿布监狱虐俘行为的,是军方自己,而不是来自外界的压力。对某些温和的"刑讯逼供",布什政府可能曾经"睁一只眼,闭一只眼",但是后来,随着各种社会压力的增强,他们不得不一再站出来表态反对"虐俘"。事实上,布什政府也的确有为难之处。一方面要从准恐怖分子嘴里"榨"出有用信息,另一方面还要对他们"和颜悦色"。如果另一次"9·11"发生,需要负责的可不是《纽约时报》或者"人权观察",而是美国政府。可能令某些官员想不通的是,对卡塔米这样的"准恐怖分子"大声放音乐都被指责为"虐俘",与此同时,某些伊斯兰极端组织正在砍下像博格这样无辜美国人的头颅。

然而，正如麦凯恩所说："我们是比我们的敌人更好的人。"文明社会必须用更高的标准来要求自己。在这个标准下，阿布监狱的17个虐俘者受到了应有的惩罚，其中有两个美国士兵，甚至被判处了10年和3年的徒刑。美国驻伊的总指挥官桑切斯也称，是阿布监狱丑闻导致他"被迫退休"。与此同时，关塔那摩的囚犯正在一批批地被释放。就是卡塔米，据国防部的最新消息说，由于他曾经经受的"虐待"，美国很可能无法起诉他。甚至相反，一些被释放的关塔那摩囚犯，开始反过来寻求起诉美国政府中的相关人员。

固然，关塔那摩的阴影仍然没有完全清除，美国社会仍然在为"敌人的权利"进一步斗争。然而，已有的这些斗争至少表明，关塔那摩那数百个人的痛苦并没有白白承受。他们的痛苦，已经被美国社会转化为强化其人权保障机制的信号，以防止更多这样的痛苦。泱泱大国的运转，政府不可能不出错，重要的是这个政府如何面对自己的错误，是否承认它，是否改正它，是否在一个更大政治框架中受到制约。同样重要的是，这个社会能否容忍政府以"国家安全"的名义来践踏人权——不仅仅是"我们"的人权，而且是"敌人"的人权。归根结底，人权是人类的权利，不仅仅属于"我们"或者"他们"。

(原载作者《民主的细节》，上海三联书店2009年9月版)

从"禁低俗"说到权力的边界

肖雪慧

一、导演们感叹中国电影低俗,将了"禁低俗"一军

前不久,青年导演陆川看完《阿凡达》后感慨:"绝大部分有可能发言、有权利发言的我们,都自觉放弃了通往崇高的道路,而彻底拥抱了低俗。"这句话不失为国内电影人的一幅自画像。与此相应的事实是,这几年国产电影除了走搞笑低俗路线外,甚至丧失了基本的复制(反映)现实的能力。赚得盆满钵满的《三枪拍案惊奇》就是一例。

不光陆川,冯小刚等人也表达过相似看法。而此前,重庆动用巨大行政资源、耗费纳税人的钱发起"禁低俗"运动,全国"扫黄打非"工作小组也显山露水,其副组长、大名鼎鼎的前质检总局局长李长江高调赴江苏"视察指导",一副全面铺开的架势。接下来,还真的以更猛的"禁低俗"后续行动铺开了:几个城市开始"整治"短信"黄段子"。

重庆"禁低俗"一起始就引发质疑,只因其他强烈触动人们神经的事件频繁发生——各地新爆出的一起起拆迁悲剧、贵州警察枪击平民等等,使人们注意力暂时移开了。但导演们的感慨使人再次想起禁低俗的种种荒诞和悖谬,而接下来的整治"黄段子",是作为商家的电信移动公司与公共权力联手监控、惩治公民私人之间互发短信,则是对"禁低俗"逻辑走向的现实演绎。如果说歌厅禁低俗,有人还可以抱与己无关态度,如今延伸到手机短信,那可就谁都没法保证不触雷——就算不栽在界定不清的"黄"上,也可能栽在标准根本不示于人的"非"上。

二、禁低俗超越权限、标准自相矛盾

世上人有雅有俗,雅人未必无俗趣,俗人未必没点雅事。正常社会,

无论人或趣味，雅俗不一定共赏，但要共存，而愿意做俗人还是雅人、喜欢俗趣还是雅趣，均是个人的选择自由，不是公共权力该管的。公权控制个人趣味，于法无据，是为越权；控制成年人娱乐趣味，更属荒唐。控制路径也令人纳闷，果真想要所谓有伤风化的曲目不被点唱，定期查歌厅的歌库岂不简单、节省得多？何必舍近求远，去简就繁，盯着来来去去、数量无限的消费者？耗资巨大，还让消费者花钱找罪受。人们进歌厅是去放松，而不是紧张兮兮，生怕一不留神弄得报警器叫将起来。

滑稽的是，禁低俗的荒唐事已经在运作，可什么是低俗，禁者自己也说不清。

重庆搞得沸沸扬扬那阵子，也只是通过重庆天合世纪文化传媒公司副总经理张威之口透露了两条似是而非的标准：他告诉记者，低俗歌曲主要包含两类，一类是涉及政治问题的，比如涉及国家主权、对外关系和民族宗教问题的歌曲，这次禁播的《猪都笑了》是由于日本方面提出过抗议；第二类是淫秽歌曲，比如这次重庆方面查禁的《吹喇叭》。张威还说："除此之外的歌曲，具体什么是低俗？我们现在也没有一个标准，我们手头也还没有一个清单，但我相信每个人心里都有个标准"，"最简单地，我问你这首MTV适合不适合给你的孩子看？不适合的话就是低俗"。

政治问题跟低俗不是一回事，强把政治问题与低俗拉扯一起，事情就暧昧了，一暧昧，操作起来就可以很随意了。比方说，禁《猪都笑了》，张威说是因为日本方面抗议。可是影视节目电台播报、报刊文章中有关外国的负面消息很是不少。不能说别国人不在意就可以在大众传媒大肆宣扬；在意，哪怕私人空间也禁止？这看人下菜的市侩心态可是比低俗糟糕得多！

除那两条，张威另给了一条凭感觉的标准：不适合给孩子看就是低俗。不适合孩子是不是就低俗，这可不一定！但这位代政府发言的副总经理给出这条判断标准时铁定忘了一个重要事实：歌厅本来就不能接纳孩子。国务院《娱乐场所管理条例》第二十三条规定"歌舞娱乐场所不得接纳未成年人"。就是说，承认歌厅可以存在不适合孩子的MTV，承认心理和认知已成熟或定型的成年人在自己单独娱乐的时间空间有权选择"少儿不宜"

的 MTV。成年人有成年人的权利，歌厅包间具私人空间性质，只要不吸毒嫖娼做违法事情，成年人有权自主选择雅或不雅的歌词或画面。而曲目是不是黄色，跟社会开放程度大有关系。过去那个禁欲主义年代，我国一些民间小调，前苏联歌曲《三棵树》、《苏丽柯》和其他国家很多爱情歌曲，曾经都被视为淫秽、黄色。如果按那标准，现在很多禁低俗的人可是都曾经低俗过的。所以，在这类涉及个人趣味而人们眼光又不断变化的问题上，公权莫伸手，伸手，除了落下笑柄，不会有结果的。落下笑柄的事半年前已经有过一次：那次有意对私人电脑反"黄"，花四千万搞出个绿坝，并引起版权纠纷已是丑闻一桩，一虎一席谈现场试验，则令人瞠目之后继而爆笑：头一试，胖乎乎的加菲猫给滤掉了，第二试，波提切利的传世名作《维纳斯的诞生》同样中招被滤。

即便技术过关，人的天性也会使之适得其反。人有偷食禁果的天性。不禁，也许不屑一顾，一禁，好奇心勾起了。张威提到的几首被禁曲目，恐怕绝大多数人之前根本没听说过，这一禁，倒使原本不知道的也知道了，简直就是免费广告，对追逐这种趣味的人来说，施禁，无异于引路。

手机短信也一样，且不说查"黄段子"侵犯公民通讯自由，属违宪之举。近日刚在几个城市开始，便已极大地激发了民间创造力，诸如分拆"过滤词"、使用同音字等等手法都想出来为编段子派用场。最终，恐怕是一场汉语灾难。

三、禁私人空间而放纵面向公众的广电节目

更悖谬的是，禁低俗，管的是人们关起门自娱自乐的私人空间、亲朋好友之间互发短信，却放任广电节目中的色情、恶俗内容出现在受众广泛的电视台、电影院。无需那几位有自我反省精神的导演道出中国电影"自觉放弃通往崇高的道路而彻底拥抱低俗"的真相，任何有正常判断力而又尊重事实的人都心中有数。电视台色情广告泛滥成灾，有目共睹，影视节目中大量剧目胡诌瞎编、歪曲历史、美化皇权、颂扬奴性、伪造历史、展示暴力、宣扬仇恨已是顽疾，春晚充斥低级恶俗的噱头、忽悠、插科打诨、

嘲弄弱势群体、辱下媚上……这种现象多年一贯，未见喜欢"整治"私人趣味的部门做点什么。所以说起来，随时一惊一乍、反这反那、手伸向私人领地搞"禁低俗"的机构其实耐低俗能力超强。而影院、电视跟歌厅包间性质不同，是面向公众的（而且包括了未成年人）；歌厅包间，唱什么是几个成年人的事，不存在向全社会传播的问题。进歌厅的人，属于不同的社会阶层、文化品位，各自选各自的，互不干涉。即使有人选的曲目内容涉黄，人家关在包间唱，没要你听，你喜不喜欢，都应该容忍人家的选择。可是政府部门却偏偏朝私人空间发力，真是奇怪的职能颠倒。

诚然，禁低俗也有堂皇理由，最拿得出手的就是保护未成年人心理健康。可是真在意这个问题，就该对广电节目实行分级制，然而，分级制千呼万唤出不来，未成年人可以毫无限制地接触诸多"儿童不宜"的影视节目。事实上不仅无分级限制，有些做法倒更像是鼓励。前年岁末，为了给国产"大片"《满城尽带黄金甲》让路，所有其他电影从全国院线撤下，令许多影院叫苦不迭。而强力推出的这部耗费巨资拍出的"大片"，充斥乱伦、宫闱阴谋、血腥暴力，很不宜让小孩看，可小孩想进影院，除了《黄金甲》，别无选择，而早就存在的"扫黄打非"小组对此也毫无表示。"禁低俗"保护未成年人之说，未免虚伪！

四、趣味问题上，公权部门不要自以为是

每年春晚，十三亿人一台戏，没得选择。而这台戏，承载着政府推广的价值观，是要向全球传输的，审查之严，可想而知。可审查标准是什么，还真让人一头雾水。年年上春晚的本山大叔，拿手好戏是调笑和贬损农民、残疾人和其他底层人物。有年赴美演出败走麦城，原因正是这里见惯不惊的开涮残疾人引起很多美国观众反感。但回得国来，春晚照上不误。

以他为代表的一干小品演员类似节目的泛滥，也培养出了耐低俗的公众。不过，相比禁低俗的权力，公众还是更有眼力一些，自我教化能力也更强一些。对这类节目可以欣赏一时、忍耐一时，但不会长久。欣赏水准提高了，烦了，就会拒斥。有网站评出去年最不想看到的十张脸，已成

"春晚专业户"的一批小品演员悉数在内,本山大叔居首,他的弟子、这两年电视上很火、去年登上春晚舞台的小沈阳名单中排位靠前。这个投票结果对自以为是的"禁低俗"实在是讽刺和教训。

赵本山、小沈阳盛极一时之后分别位列人们最不想看到的十张脸的冠军和前五名,不是可以简单推给人的喜新厌旧心理的。有论者说,"小沈阳"就是古代宫廷里的搞笑侏儒表演的现代版,是在某些人眼中毫无尊严也就毫不值得同情的升斗小民的代表。这个评价很深刻,但跟宫廷侏儒(小丑)相提并论,却不那么合适。西方的宫廷小丑是一个很特殊的角色。他们身份卑贱、身体畸形,但洞穿世事,学识、智慧非常人能及。他们的存在是为了供国王和大臣们取乐,但也以戏谑、玩笑方式对国王说出真实,发出警告。讽刺、嘲弄是小丑最擅长的,但对象往往是权贵而不是下层民众。雨果剧作《弄臣》中,小丑对国王说:"陛下,若要判断是非,分析因果,我比您有一个、我想甚至是有两个大有利的条件:那就是我既没有喝醉,也不是国王。"像这样以打趣口吻提醒国王意识到自己所处高位带来的认识遮蔽,是西方宫廷小丑常有的功能。但这却是赵本山、小沈阳和其他小品演员的作品不可能也不敢有的内涵。宫廷小丑永远笑脸示人,但笑脸背后,是内心深刻的痛苦。这跟我国舞台上的现代小丑沾沾自喜于自我作践、津津乐道于作践底层更判然有别。

从农村走出来的赵本山逗趣、搞笑、反应快,还让我想起上世纪八十年代读的《笑的历史》一书中一则至今印象深刻的轶事。法王亨利四世出巡到一个村庄,找来一位见多识广、口才了得、人称放荡汉的村民作陪。二人相对而坐。亨利四世问:"能告诉我放荡与淫荡的差别吗?"村民答:"他们之间就差一张桌子。"这位十六世纪的法国农民就这样机智而不动声色地回敬了国王略含冒犯的发问,话中嘲讽意味,到处留情的亨利四世心中自然明白。而赵本山的取笑、作弄对象是农民兄弟和其他弱势民众。一出《卖拐》,可谓名副其实,整个一坑蒙拐骗的舞台复制版。卖拐的本山大叔油腔滑调瞎忽悠,硬能让好端端一个人相信自己腿瘸。这种拿人身体缺陷当笑料和毫无批判地复制社会丑恶现象,实为恶俗。

放荡汉和赵本山都让人发笑,但前一种经得住回味和时间的流逝,笑声中,有人的尊严的光辉;后一种让人傻笑一阵,什么也留不下,如果回味,恐怕会感到恶心,因为表演肆意冒犯弱者尊严。

台上正恶俗着,却对个人私底下不一定低俗的"低俗"施禁,这演的是一出什么样的国家幽默啊?!

其实,任何时代,人的趣味、喜好都极其多样,犹如自然生态的多样性,不可统一。要讲提高,也主要靠个人自我教育、自我调整,无需公权部门大动作。互联网时代,人们的眼界在开阔,精神文化水准在变化、提高,趣味也会随之变化。前面提到的网投结果,证明公众趣味已经在禁低俗的权力之上。而且,不仅春晚等广电节目问题上是公众在教育政府,其他很多事情上同样如此。"倒钓执法"、荆江挟尸要价……哪一件不是这样?!所以,千万别自以为高明。真想这方面有所作为,管好官员吧。因为,官员的嫖、赌、包养情妇、口吐荤段,对全社会有弥散性影响。

五、需要警惕的危险趋势

荒唐与悖谬,只是"禁低俗"的表象,它的实质是政府权力在必须止步之处不断推进,而且,禁低俗把这种危险趋势推向了极致。

媒体刚报道重庆禁低俗时,惊异于公权力对私域的入侵,笔者在《"禁低俗",问题不在判断标准而在有无这种权力》一文提出,此举在浪费纳税人血汗钱、浪费行政资源之外,还显出一个极其危险的倾向:权力之手伸向私域深处,已经试图把人们唱什么都管起来了,下一步岂不是要回到过去那个连人们想什么也要管起来的年代?!因为,禁低俗是发红短信、唱红歌合乎逻辑的演进;再演进下去,自然就得轮到思想了。

这段文字所担心的演进趋势很快就被接下来拿手机短信"黄段子"开刀的"打黄扫非"证实了。

前些天接的短信至少有两条起初提示"部分内容不能显示",未显示内容代之以符号"*",过数分钟后才完整显示。两条享受特殊待遇的短信与黄无涉,无非有点政治笑话意味。显然,部分内容迟发,是思想正在被审查。照此逻辑发展下去，岂不是要开颅对人的精神进行暴力拆迁？

《重庆时报》曾有报道，市政协委员王小波提案：夫妻办理准生证时，应该设置一个家庭观念、伦理道德的考核或考试，不达标缓发准生证！

照这意思，小孩该出娘胎了，父母道德不达标，也得憋在里面等待父母达标。其荒唐无以复加，但逻辑上，跟禁低俗高度一致。

正在发生的这一切，把为权力划出边界的问题刻不容缓地推到了所有人面前！

（原载《书屋》，2010年第3期）

为合理界定下的精英和民粹权利辩护

郭宇宽

精英该死？草根万岁？

把"精英"变成一个挖苦人的负面词语，大概是中国大陆近年来一个显著的文化现象。Elite 按理说是一个褒义词，但在中国今天的互联网上，如果一个人被称作"精英"，并不表示夸奖的意思，相反接下来基本上什么样的脏话都要骂出来了，这几乎是一个被恶毒地用来表示诅咒的词语。而且这似乎成为了一种文化风尚，甚至一些人即使是大学教授，课题费的钞票大把落袋，捞钱一点不手软，也要把自己包装得好像是苦大仇深的贫下中农，生怕沾了"精英"的晦气，而且一旦有观点冲突，谁自称是"草根"就好像天然地站在了道义的制高点。比如茅于轼先生批评十八亿亩土地红线政策的言论，我特别留心网上的一些跟帖言论，大量的并不是讲道理，而是直接给茅老扣个帽子："该死的精英。"

另一方面，有一些以草根代言者自居，宣言"反精英"言论的人，却常常流露出一种以百姓为刍狗的暴力美学倾向，尤其是挥斥方遒的领袖欲望简直比精英还精英。很多人隐约都对这种反智的潮流感到忧虑，这种观念引起的批评是将其归为"民粹主义"。比如秦晖先生曾尖锐地指出"民粹主义者崇拜'人民'这不假，但他们崇拜的是作为一个抽象整体的'人民'，而对组成'人民'的一个个具体的'人'却持一种极为蔑视的态度，无论这个'人'是劳动者即所谓'平民'，还是知识分子即所谓'精英'"。

而秦晖先生最后的答案是"不要民粹主义，也不要精英主义"，看上去似乎是客观的，但我们的认识并不应止于此，在我看来，这依然不能避免中国的社会在少数人压迫多数人或者多数人压迫少数人之间两极震荡，因为这种"不要……也不要……"的话语并没有阐明我们要的是什么，而是把各种问题混为一谈。难道"民粹主义"和"精英主义"都完全抛弃掉以后，我们所追求的那个理想就自然清晰了么？进一步的问题是，尽管有时候我们可以意会地给一种言论贴上标签"民主"，另一类贴上标签"民粹"，但它们背后的逻辑难道没有相通之处么？我们追求的民主，是诉诸大多数人的理性的制度，这和民粹难道可以清晰地划定界限么，民粹论不也是强调大多数人总是有理么？

一些西方学者为精英主义的辩护和对民粹思潮的批判则更加鲜明和彻底。比如美国著名报人威廉·亨利的《为精英主义辩护》。在他看来，精英主义就是要向高标准看齐，而这个高标准并不掌握在大众手里，他觉得这些东西代表了"先进文化"，而文化是有先进与落后之别的，"我们中间有的人比其他人更出色，也就是说，更聪明，更勤奋，更博学，更能干，更难取代。一些观念比其他观念更深刻。一些价值观比其他价值观更有生命力。一些艺术作品比其他艺术作品更具有普遍价值。一些文化比其他文化更完善，因而更值得学习研究，虽然我们不敢明说"。弗兰克·富里迪的《知识分子都到哪里去了》也同样呼吁尊重启蒙运动的遗产，为精英主义辩护。它以"对抗二十一世纪的庸人主义"为书的副标题，认为知识分子只有努力抵制民粹论所奉行的"联系现实"和"向公众开放"这样的庸俗标准，恢复文化、艺术和学术的自身评判标准，他们才能从疲乏无力的软弱中，重新赢得尊严和力量。

他们的共同观念底色是，所谓"历史是人民群众创造的"充其量只是为了讨好和利用群众的糖衣炮弹。使人类不同于猴子的从来不是芸芸众生，恰是他们中的一些各个领域的杰出者的创造性贡献，从这个意义上说，历史是精英创造的。

我相信这样的话如果被中国学者说出来，肯定会被骂得狗血淋头。而更让我感到忧虑的是，国内当前并没有很好地讨论什么是精英，什么是民粹的理性氛围。一方面攻击"精英"是全面否定，一方面攻击"民粹"也是全面否定，或者像秦晖先生那样把民粹和精英都全面否定。我担心的是，当人群不是构建以逻辑和理性为基础,并试图相互理解的共同体,而是分化成靠气味相投或相区别的阵营,都以一种凸现自己道义正当性的方式来表达,攻其一点,不及其余,则会使争论更加情绪化,而且产生不是东风压倒西风就是西风压倒东风的斗争快感,而忽略那些我们真正要追求和敬畏的东西。

情绪化的当代中国"精英"和"草根"标签

我自己曾经经历一个有趣的、促使我思考的事情,有一次我接到邀请去参加一个农民工子弟的教育培训活动,恰好那天我参加完另一个活动,所以穿着一身西装。那次活动的负责人是一个北师大的著名社团"农民之子"的骨干,说是名校大学生,却简直不像个大学生的样子,明明在大学的教室里,却搞得好像下田劳动一样。他蓬头垢面,裤脚管卷到小腿上,胡子大概两个月没刮,而且我作为一个客人,他对我也很不礼貌,很夸张的有鄙夷的表情,让我觉得此人很奇怪。后来我发现这个年轻人来自很贫苦的农村家庭,身上也有很热忱善良的一面,于是和他有一些主动的交流,我办的活动,有时也叫他来参加。渐渐他大概也了解我的为人,有问题会主动向我请教,后来还管我叫"郭大哥"。终于有一次我忍不住好奇地问他,你也是个读书人,再穷也要整洁利落,脸常洗洗,头发梳梳总花不了多少钱吧,"清贫"也是一种体面,为啥在大学校园里总是这么邋遢,还特意招摇。我这时才知道他非常崇拜温铁军,温铁军教导他们的格言是:"欲'化'农民必先'农民化'。"他还说出心里话,原来我和他第一次见面的时候,穿了一身还不错的西装,皮鞋也很干净,看我就像个"精英",所以抑制不住他的反感。这件事让我思考了很久,难道"精英"就这么讨人厌么?更奇怪的是,为什么在有些人看来,我会被贴上个"精英"的标签?而且以往我只是做自己喜欢做的事情而已,并没有思考过自己是个"草根"还是个"精英"的问题,也没有意识地在这方面要扮演什么角色,为什么我这样平时也挤公共汽车的人,那天无非是梳了梳头,穿了身西装,就被当成"精英"?

这让我想起了毛泽东,他的地位大概是中国近现代历史上精英中的一个超级精英。全国人民每天学他的红宝书,他的话一句顶一万句,占据了整个时代思想领域的冠名权,所有不被批判和摧毁的观念,都被贴上毛泽东思想的标签,尽管有些最初并不是他提出来的。但吊诡的是,在网上几乎所有攻击精英的言论者,都会把毛主席作为他们供奉的大神。在我看来,中国历史上少几个皇帝并不可怕,如果少了画家,少了诗人,少了科学家,少了哲学家,少了企业家才是最可痛心之事,而这些人恰是毛泽东要改造的重点。为什么毛泽东在他有生之年乐此不疲地要改造中国民间的知识精英、商业精英甚至道德精英,而中国当代草根们非但不为这个民族的命运感到痛心,反而觉得很爽呢?

也许答案在毛泽东的气质或者叫魅力上能找到答案,他统治的时代,一些真正为人民而鼓与呼的人,被当作"精英"和"走资派"而遭到唾弃,比如梁漱溟,而万万人之上的毛泽东却被当作草根的代表。这让我想起和那个北师大同学的交往经历,也许可以从一定程度上解释这个现象,也许很多人都像他那样,容易因为一个外在的印象就对别人做出判断,认为这个人是不是"自己人",而不去从逻辑出发关心和认识对方真正的内涵。从一些趣味上,毛泽东是很能代表草根的气味的,比如他终生使用牙粉、睡木板床,吃辛辣的食物;当着记者的面在身上捉虱子等等;在那个时代都会让底层觉得非常亲切,觉得他是"自己人"。而一些那个时代的知识分子,他们仅仅因为衣着整洁、习惯打领带、会说英语就被当作"阶级异己分子"。

中国的"草根"们是如此的愚昧,中国的"精英"们也很不敢令人恭维,我也见过能说一口流利英语的人,爱穿着晚礼服出现在时尚派对,甚至作为杂志封面人物,而他们的头脑简单、自恋、傲慢、缺乏教养的程度,比起"红卫兵"并无二致。

中国高调地号称为"精英"和"草根"的两个群体,在我看来都是自命和自我标榜的,没有合法的代表性。而这两个群体喧嚣而粗鄙的相互攻讦,常常吸引注意力,却什么问题也没有说清楚,甚至阻碍了我们社会对真问题的认识。我想这导致了我尊敬的秦晖先生都说出了索性"既不要精英主义,也不要草根主义"这样的糊涂话。

要捍卫怎样精英的和民粹的权利

还有另一次经历,也很刺激我思考,是我去一个大学做演讲,一个同学问我:"郭师兄,感觉你身上有很强的精英气质,但为什么你还总是推崇民主?"精英气质是强调不能盲从多数,未必多数人就正确;民主则是强调要相信大多数人的理性,这两者在逻辑上确实是有不同的出发点的,难道我是一个自相矛盾的人么?而且我确实看到很多人一方面批判民粹,一方面又推崇民主时,遇到层出不穷的质疑,他们似乎自己也没有想清楚,虽然力求在字面意义上把民主和民粹完全区分开来,但却很难自圆其说,因为民粹和民主确实很难区分,甚至在一些新兴民主国家,民粹主义泛滥几乎是一种宿命。

这里需要稍微介绍一下德国思想家卢曼的系统分化理论,他指出社会是由无数系统组成的,每个系统都有其独特的规范和沟通媒介。按照这个思路,每一种规则都有其适用的领域,在一个领域内是对的,但超越了这个领域的界限可能就是错的。卢曼的思想在中国是一个冷门,而也恰是中国思想界的弱点,中国人很爱犯大而化之、不讲界定(definition)、不讲范畴(domain)、空泛讨论问题的错误,在我看来这也是造成我们在讨论精英主义还是民粹主义的问题上只顾情绪,不讲逻辑的主要原因。

在很多系统领域,我是崇尚精英主义的。

比如在学术和研究领域我绝对相信精英主义,人类向真理探索的主要突破,绝对是少数天赋异秉的人物完成的,若论挖防空洞确实是人多力量大,但搞研究,光靠人多没用,三个臭皮匠,不可能替代诸葛亮,靠人海战术绝对堆不出阿基米德、爱因斯坦;"人民群众"也不可能发明微积分和相对论。在这个领域,绝对不适用民主规则,假如靠少数服从多数来决定,恐怕到今天日心说还被当作是错误的,相对论也是荒唐的。在科学和学术领域,我们最要保证避免天才人物的探索受到平庸的大众的阻挠,要使精英的创造性发现得到保护和尊重。全世界直到今天恐怕还是有百分之九十九点九九九的人不能理解相对论,可就算理解不了,也要依据科学规则所产生的普遍信任，知道相对论是伟大的发现。

在文学艺术领域，我也相信精英主义的合理性，"人民群众"也替代不了米开朗琪罗、莎士比亚、李白、梵高……有一些天才的艺术家，其艺术探索甚至在其时代不能得到"人民群众"的认可，像梵高那样的很多杰出艺术家郁郁终身，但这些人类精神的伟大创造，终会被慧眼发掘其魅力。而如果不加引导，迷信民主的规则，搞全民投票，也许评出来的艺术家会非常的平庸。

在道德领域，我也认同精英主义存在的价值，人类的进步，往往最初是一些道德精英敏锐地觉醒。如果不是有少数人先敏感地发现大多数人所习惯的生活是不道德的，并为其同胞的觉醒而大声疾呼，我们可能到今天还是奴隶制，女性也不会有今天相对平等的地位。而"人民群众"对这样少数的觉醒者，常常将其视为异类，可能是最不宽容的。我尤其认为一个社会不要仇视道德精英，而要对其有更多的尊重，尽管他们所追求的道德标准，不见得在他们的时代能被大多数人所实践，但这些人的存在是人类追求尊严和光明的体现。

在这些领域我都坚决地捍卫精英主义的价值而对"全面的民主"怀有警惕，在我看来人类能够和动物不同，就因为有一些卓越的个体，有超越经验和遗传的灵光和证悟，最终被接受和推广，如果我们不懂得去捍卫这样微弱的火种，而以多数人的正确性去压制他们，甚至视他们为仇敌，人类就会堕落到与动物无异。

但如果说我是一个精英主义者又过于简单。在有些领域我又坚定地相信民主，甚至说是支持民粹也不为过。比如在一些涉及每一个人切身利益的公共决策领域，我相信服从大多数人的认识和判断是最不坏的选择，能够避免少数人的暴政。拿医疗改革来说，很多专家可以提出有创意和远见的方案，可即使这些专家再聪明，最后的决策过程如果缺乏民主程序，把大多数人当作"无知的乌合之众"必然是危险的。在这个问题上"人民群众"就是有理，一方面也许是非常聪明的名牌大学的教授，另一方面即使是一个没有什么文化的老太太，可她对于什么样的医疗体制最符合自己的福祉的切身感受也是精英所不可替代的。只要给"人民群众"充分的知情权，他们会作出符合自己利益的选择，这种决策方式不见得是最高明的，甚至也许不利于 GDP 的增长，但可以相对保证整个社会的幸福感最大化。

在文化艺术领域，我也相信民粹主义和精英主义应该有同样的合法性，前面讲阳春白雪的曲高和寡固然应该被保护，下里巴人的趣味同样应该被尊重。梵高的作品是美的，杨柳青年画也是美的，彼此无法相互替代，假如一种艺术形式是"人民群众"喜闻乐见，必然有其道理，哪怕它不符合学院派的教条，它也有其存在的价值。这方面"草根"不该去威胁"精英"，"精英"也没有资格去歧视"草根"。相反，哈贝马斯所提倡的"沟通理性"是一种很明智的态度，通过真诚善意的沟通，"大雅"和"大俗"甚至可以相互借鉴欣赏。

分析到这里，应该可以明白一个人在某些领域具有精英主义倾向和在另一些领域推崇民主甚至同情民粹，并不矛盾。笼统的批判精英或者民粹是一种头脑简单的态度，要避免多数人的暴政或者少数人的暴政，关键是要限定精英主义和民粹主义作用的场域，让其作用在合适的地方，不能让其越界，尽管这个界限究竟该确定在哪里，人类的认识一直在调整之中。

精英和民粹场域错乱的时代教训

在这样的范畴前提下，我们可以对有一些人所激烈推崇的反精英的过往时代作出一个清晰且更加深刻的认识。在我的分析框架下，上世纪五十至七十年代所搞的一套，既不是民粹主义也不是精英主义，或者说既是民粹主义，又是精英主义，因为他颠倒错乱地把精英主义和民粹主义都用到了最不合适的地方。

科技、学术研究是最要坚持精英主义的领域，那时却搞民粹，把知识分子送下乡劳动，把大老粗送进大学。知识分子靠边站，工农要领导一切，但有些人出于政治需要在这方面煽动民粹的同时，他自己内心里其实并不相信"人民群众"就能搞出科技，所以真要搞原子弹的时候，并没有让贫下中农来搞，还是请出一批钱学森这样的"洋博士"。

在文化艺术领域，那时也把民粹主义发展到了高峰，以近乎病态的狂热，用"破四旧"、"兴无灭资"的名义，不仅在精神和肉体上折磨那个时代的知识分子和文化艺术精英，而且以破坏几千年积累的文化瑰宝为乐。到"文革"结束前，中华这一衣冠灿烂的礼仪之邦，几乎已经只剩下忠字舞、样板戏再加上"毛主席诗词"。

而在最应该实行民主的公共决策领域，那个时代却赤裸裸地推行极端的精英主义，全国上下被一个人的欲望和见识所操纵，一个人拍脑袋说一句话就是圣旨，甚至像彭德怀元帅那样为打天下出生入死的"忠臣"提意见都不行。比如"以粮为纲"，不管什么地方都不许搞副业，就是一个精英主义被滥用的最典型的荒唐决策。毛泽东打败了蒋介石，是很厉害，他确实是精英，也不得不承认他很聪明，可在一块地该种什么作物的问题上，在那块地上生活了几十年的老农，哪怕他一点文化都没有，他也比毛泽东这个主席更有发言权。在有的问题上，毛泽东的话也许不完全错，他认为"农民是需要教育的"，可在一块地该种什么作物上，农民有资格教育他这个主席。在毛泽东大权独揽的几十年，他就这样把一个又一个自己的意志，强加到整个国家民族之上，结果是带来像"文革"这样的灾难和浩劫。

如果我们真的能够从历史中汲取教训，那我们既不能盲从精英，也不能迷信"人民群众"；同样不能像秦晖先生那样干脆混为一谈得出一个结论"既不要精英主义，也不要民粹主义"；而要懂得去探寻和界定精英主义和民主所适用的场域，使其各安其所，相互尊重，这样的社会每一个人都有在一个领域或者专业成为"精英"的机会，而同时甘当"草根"的人，也不会有被压迫感。这样"草根"懂得尊重在特定领域"精英"的权威，不会依仗人多势众就以为真理在握，对精英的工作过于指手画脚；"精英"也要懂得自己的局限，怀有谦卑，尤其对超出自己专长的领域，不要过于自信，并且懂得尊重民主的规则。

最后这个状态，我把它称作一个有教养的社会。

(原载《书屋》，2010 年第 3 期)

知识分子是怎样吸食鸦片的
——《知识分子的鸦片》读札

丁 帆

雷蒙·阿隆不仅是一个哲学家、历史学家、社会学家和政治学家,还是一个英明的预言家,他虽然没有亲眼看见苏联和东欧的解体,也没有亲眼看见在他死后(1983年后)所走过的特殊的资本积累道路,但是,他在半个多世纪前所勾勒出的一幅幅各国知识分子的精神图谱,以及对宗教式的共产主义左翼幼稚病的无情批判是发人深省的。当然,他也并不袒护资本主义在其发展过程中的种种弊端,这些判断正在不断被历史和现实所证明,至今仍然是值得中国知识分子仔细体味的至理名篇。他在《知识分子的鸦片》(雷蒙·阿隆著,吕一民、顾杭译,译林出版社 2005 年 7 月出版)1955 年版的序言中就提出了这样深刻的诘问:"为什么马克思主义在法国这样一个其经济演进已不符合其预言的国家会重新流行?为什么无产阶级的意识形态和共产党的意识形态会在工人阶级较少的地方反而取得更大的成功?在不同的国家里,究竟是什么样的环境在支配着知识分子的言论、思想与行动的方式?"这样的命题不仅对西方社会有着现实意义,它同样对亚洲,乃至中国的知识分子有着不可或缺的理论意义和实践意义。

《知识分子的鸦片》虽然是冷战时期针对法国左翼知识分子的无端狂热所提出的严厉批判,但是他的国际政治视野和深刻的哲学思考就注定了他对于全球知识分子精神价值的定性和定位,无疑,作者是在给每一个合格的知识分子签发精神通行证。

雷蒙·阿隆对某一种"西马"的批判是十分尖锐的,尤其是对庞蒂和萨特的极"左"思潮的批判是毫不留情的,在论述了马克思的一系列无产阶级革命学术在社会实践中的不确定性后,他指出了党和阶级关系的异化问题——党"充当着集体救世主的角色"。更令人发省的诘问就是"在20世纪中叶,产业工人已不再为温饱发愁,在这种情况下,这些思想家又该如何为他们赋予无产阶级的使命进行辩护呢?"从欧美上世纪50年代的这种状况而发展至今天的世界各国的无产阶级革命的裂变和异化,尤其是中国社会体制变化带来的根本问题而言,实质上已经突破了马克思原先的预设,所谓真正意义上的无产阶级,即产业工人,在这个地球上已经是濒临绝迹的身份人了。因此,让·保罗·萨特所提出的"无产阶级只在其与其他阶级对立时才会团结"名言,也就成为堂吉诃德大战风车的理想主义和浪漫主义的游戏了。是资产阶级的游戏规则瓦解了无产阶级呢,还是无产阶级自身的空洞教条的理论解构了自己呢?!无疑,雷蒙·阿隆提醒了我们怎样根据时局的进展去修正马克思主义的理论和原则。因此,作者在《理想的解放与真正的解放》一节里提出了"无产阶级分子是被'异化'的"命题:"在被一个个资本家剥削了他们所创造的剩余价值之后,可以说工人也已被剥夺了其人性。"作为一个学者,雷蒙·阿隆对《资本论》的理解自有其独到的一面,这就是他与社会实践密不可分的联系:"在法国,人们很少研究《资本论》,作家们亦很少去引证该书,这种局面的出现,与其说是因为忽略了马克思的经济理论——该理论削弱了对异化的分析,倒不如说是因为发现了这样一个明显的事实:工人的许多不满与所有制没有任何关系。当生产资料属于国家时,这些不满仍照样存在。"作者用六种主要的不满勾勒出国有制下工人的不满,得出的结论是:"在那些工人的直接要求大部分得到满足的国家里,对政体的指责会成为毫无效果的激进主义。与之相反,在那些工人的直接要求未得到满足或满足得很慢国家里,指责政体的欲望很可能变得不可抗拒。"这样的论断同样适用于已经进入21世纪的中国社会政治状况,是值得我们深刻反思的严峻社会问题。

  我们尽管不能完全同意雷蒙·阿隆抨击左翼革命学术的全部内容,但是,他的许多观点是经得起历史考验的,包括他对列宁学说中少有的合理成分的认识:"不过,列宁已经意识到所谓的无产阶级国家可能会重复资产阶级国家的恶行的这一危险,因此,他事先为工会独立的理由进行了辩护。"这才是一个真正的知识分子所持有的不带偏见去追求真理的价值立场和宽广的学术胸怀。所以,作者才能站在一个惊人的高度来审视历史与时代、国家与体制给人类带来的思想困惑:"计划化、集体所有制消除了某些利润的形式,但是,他们没有消除这个世界中对资产的贪欲,简而言之,没有消除对金钱的欲望。现代经济,不管是社会主义的还是资本主义的,都必定是货币经济。"这个结论其实就是马克思主义常识性的基本原理,但是,在许许多多深奥的马克思研究家那里却被深刻地忽略了,空洞的教条主义使百年来的马克思主义研究走上了"铺花的歧路",而雷蒙·阿隆最后指出的:"革命者们借助理想主义,把完全消灭工业社会中的弊病(这些弊病确确实实存在)这一超人类的使命赋予工人阶级。他们没有勇气承认,随着无产阶级不可避免地资产阶级化,它会丧失那些看上去似乎该赋予它一种天职的美德。"这就是"使得知识分子容易受到理想的解放的诱惑"的重要原因。20世纪的根本改变就在于:"与其说是一个阶级斗争的世纪,毋宁说是一个种族之战或民族之战的世纪。"而东西方国家体制的更迭的本质特征却无疑是"极权制度恢复了在技术等级制的统一。不管人们是欢迎它还是诅咒它,都不会把它视为一种创新,除非他们毫不了解几个世纪以来的经验。西方的自由社会构成了历史的特殊性,在这一社会中,权力是分散的,国家是世俗的。而梦想着总体解放的革命者们却在加速向专制主义的陈旧事物回归"。这就是20世纪革命的知识分子吞食鸦片的后果,难道我们还要鼓励大家仍然不断地去吸食这样的鸦片吗?倘若理想主义和浪漫主义的革命最后导致的是一种历史的倒退,让它回到的是一个新的专制政体之中,那么,这样的革命还有意义吗?!

借雷蒙·阿隆的眼睛,我们看到他在半个多世纪前发出的声音正应验在我们现存的社会实践之中:"从政体的更迭交替中,我们可以得出这样一种基本原则:不可能有奇迹使'政治人'全心全意地为公众利益操劳,也不可能有奇迹让'政治人'这样一种智慧,使之满足于靠机会或功绩而获得的现有地位。人的不满足使社会不致凝结在某种具有偶然性的结构之中。而对荣誉的渴望则既可以激励一位伟大的建设者,也可以鼓动卑微的阴谋家。但不管怎么说，人的这种不易满足的天性，在左派改变了国家体制，或革命取得了成功和无产阶级获得了胜利之后，仍继续会使国家动荡不安。"出身的权威一旦消失，就会为金钱的特权打开道路。"无疑，这样的预言在一个个曾经是社会主义的国家里得到无一例外的呈现，这不是谶语，而是历史的必然！

　　面对这样一种困境，作者给出的药方是什么呢？"左派的神话、革命的神话和无产阶级的神话被人摈弃，并不是由于它们的失败，而是由于它们的成功。左派在反对旧制度时可界定为具有自由思想、把科学应用于社会的组织、拒斥门第观念。显然他们胜利了。今天，已不再有始终朝同一个方向前进的问题所在。当今存在的问题是平衡下列关系：计划化与主动性，工资平均化与激发积极性，行政机构权力的强大与个人权力，经济集中制与保护思想自由。"这些不正是我们这个社会已经和正在继续面临着的问题吗？要克服这些体制的弊端显然是一桩任重道远的事情。的确，雷蒙·阿隆的药方是切中要害的，是能够拯救一个体制的良方，问题就在于我们敢不敢喝下这碗苦药呢？

　　雷蒙·阿隆对所谓"革命正义"的批判，尤其是对革命暴力的批判是毫不留情的，他对苏联在夺取政权后的长达几十年的恐怖统治提出了质疑，他认为，不能以为目标的崇高就可以禁止人们去谴责暴行。"毋庸置疑，人们可能，而且也应当宽恕革命过程中的一些罪行，但如果这些罪行是在稳定的政治体制中犯下的，就不会得到宽恕。"其实，雷蒙·阿隆已经是一个相当宽容的思想家了，针对斯大林式的剿杀，为什么许多知识分子保持了缄默，难道这种以革命的名义的屠杀就是合乎"历史"的逻辑的吗？它和纳粹式的屠杀有本质上的区别吗？我注意到了这样一个细节，在这一节的一个注释中，作者认为"梅洛·庞蒂先生原则上不希望认为'历史'有理"。因为庞蒂只批判希特勒纳粹主义的民族共同体，而对无产阶级非人道主义的阶级共同体缺少逻辑性的批判。也正是由于大量的知识分子在理论上为这种革命暴力提供了思想基础，才能使"革命无罪，造反有理"获得道德法庭上的豁免权。这与马丁·海德格尔为纳粹理论张目有什么区别呢？

宣扬这种极端暴力革命理论的知识分子难道同样是在制造精神的鸦片。"三十年前,在苏联占统治地位的学派,以马克思主义的名义,全力投入对上层建筑、生产力的发展和阶级斗争的研究。该学派不关心历史上的英雄与战役,而是以深层、非人格和无法逃避的力量来解释历史。"所以,雷蒙·阿隆才叩问:"人类最终能够建立一个与人类的持久要求相一致的世界的国家吗?"从此,我们倒是应该反省一下,作为中国的知识分子,我们是否吸食过精神鸦片,更应该反省的是自己是否制造过精神鸦片?!反省20世纪中国知识分子的精神成长史,从"三反、五反"到"反右斗争",再到"无产阶级文化大革命",许许多多的革命知识分子为其制造了多少暴力革命的理论,至今尚少有人进行理论的反省,即便是道德上的谴责都很艰难,更何谈那些还苟活着的当事人能够自觉地忏悔。前些年,有人指责某些当今的文化大师为什么不忏悔"文革"期间的行径,我倒觉得是一件十分可笑的事情,因为在我们的国度里根本还不具备那种反思的文化语境,许多所谓的知识分子只不过是一种披着"现代"外衣的旧文人罢了,所以,我们可以看到正如雷蒙·阿隆描述的情形:"多少知识分子,起初是出于道德愤慨而倾向革命政党,最后却认同了恐怖统治和以国家利益为名的理由!"尤其是中国的旧文人,他们连西方那些激进知识分子的宗教式的情绪都不具备,更可怕的是,他们认同的是权力和利益。他们的心中既没有标准的真理,也没有"上帝"!

"和一般人一样,知识分子也未能摆脱'激情的逻辑'。相反,他们更加渴望证实,因为他们想减少自身的无意识成分。但是政治上的证实总是和善恶二元论混合在一起。人们不禁再次要问,叛徒在哪里?"其实,叛徒就在知识分子的心中!所以,我们才要"在作为对暴政的证实的世俗宗教中,重新认识自己"。我以为,倘若哪一天中国的知识分子有了一种虔诚的信仰,有了一种可以脱离权杖而挺直腰板直立行走的能力,也许才能有资格去谈论什么"独立之精神,自由之意志"一类的高蹈问题。

知识分子需要的什么样的价值立场呢?虽然雷蒙·阿隆对"知识分子对民主国家的缺失毫不留情,却对那些以冠冕堂皇的理论名义所犯的滔天大罪予以宽容"表示了不满,但是,他不带激情与偏见的学术分析帮助了他从"历史"的缝隙中获得了学理的可信性。从此书的篇幅来看,雷蒙·阿隆更多的是对苏联式的无产阶级知识分子进行了学理性的批判,然而,我们也可以看出,作为一个有独立精神的公共批判知识分子,他所持有的客观而又独立的价值立场:"用美国工业的潜在优势证明西方胜利的必然性,堪称幼稚。用苏联经济的扩展速度更快来证明共产主义的胜利的必然性,也同样天真。"作者半个多世纪前的预言,至今仍然不失至理名言之效应。"苏联和美国这两大帝国的知识分子,尽管在方式上有所不同,但是都依附于一个国家相混同的制度。无论是'反意识形态'还是'反国家'都未曾在他们身上出现过。"

问题又回到了有关知识分子性质与功能的原点上了,即什么是知识分子?知识分子干什么?就西方而言,雷蒙·阿隆认为"中世纪欧洲更多的是传教士,而不是知识分子"。而"现代知识分子的不同种类是逐渐形成的:依赖于君主制的法学家和公职人员,反对教条、捍卫自由研究权利的学者,出身于资产阶级、寻求大人物的庇护和通过文章取悦公众来谋生的诗人和作家。在几个世纪里,各种不同类型的知识分子,如抄写员、专家、文人、教授,逐渐向世俗化发展,直至今天的完全世俗化"。作者批判了在资本主义发展过程中的知识分子放弃价值立场、走向世俗化的卑微行为,这对于当下中国知识分子的警示意义是不可小觑的,自上个世纪90年代中国大陆进入了一个具有消费文化特征的社会以来,中国知识分子的世俗化的问题已经是十分严重了,在19世纪末至20世纪初的中国社会中,一支刚建立起来的、稍稍有点起色的现代知识分子队伍,就在世纪末被冲得七零八落、分崩离析、溃不成军了。本来,中国的现代知识分子队伍中就缺乏西方那种具有强烈思辨能力的思想者,况且又经历了数十年的战乱和阶级斗争的纷扰,再加上商品文化这只无形的巨手介入,凡此种种的文化和革命的折腾足以使这支队伍精神涣散、思想瓦解,没有了前行的目标。

除去知识分子世俗化的问题,知识分子与体制的关系应该是东西方知识分子共同面对的永恒命题:"知识分子与领导阶级的关系是与这两者相辅相成的。知识分子越是显得对那些统治、管理和创造财富的人的关心无动于衷，那么后者就越是会放纵地表达知识分子令他们感到藐视或厌恶。特权阶层越是显得反对现代观念的要求、显得不能确保集体的力量或经济发展，那么知识分子就越倾向于持不同意见。社会给予那些思想家的声誉也会影响到对那些从事活动者的声誉的评判。"所有这些的举证，在雷蒙·阿隆的"知识分子的天堂"和"知识分子的地狱"的章节里都进行了分析，无论是欧洲的知识分子，还是苏联的知识分子，他们的妥协性就决定了他们立场的模糊性，这一点是毋庸置疑的。就此而言，我们就不得不审问现代中国的知识分子了。

雷蒙·阿隆是怎样看待中国和中国的知识分子的呢？他在半个多世纪前著述此书时就说："没有哪个亚洲国家像中国这样有理由为自己的历史和文化骄傲。也没有哪个国家像中国这样，一个世纪以来受到了如此深重的屈辱。"而在1949年以后，"世俗的唯物主义的共产主义，有可能成为中国文人（雷蒙·阿隆为什么不称其为中国的知识分子呢？其中的疑问似乎并不难解。著者按）的信条吗？家庭地位的下降、政党和国家地位的上升，这与过去相比是一个巨大的变化，而且就在昨天人们还认为它是不可能的。马克思列宁主义者在今天指的就是这些学者，而他们同时也是战士。战争领导人和文人合二为一，这在几个世纪以来都是从未有过的。可能仍以西方影响以恢复它。通过反对令人厌恶的统治，中国文人就重新获得了十字军和征服者的狂热，使西方重新认识到它最神秘的胜利：他们用来赶走野蛮人的理论正是属于西方本质的东西，它将'行动'和'历史'置于首要地位"。以我的理解，当时的雷蒙·阿隆对中国文人的现代性转变是未加认可的，因为阶级斗争的价值立场使他不以为这种理论就能够支撑"中国文人"走得很远，尽管他也承认"马克思列宁主义超越了历史意识赋予它的相对主义，治愈了中国一个世纪以来因西方技术优越性而蒙受的痛苦"。我不知道1955年以后的雷蒙·阿隆对中国的变化是什么样的看法，尤其是在他逝世前的上世纪80年代初期中国知识分子的分化所带来的后果。这些问题不可能在此书中论述到。但是，他那段对中国未来的预言却是很能使人联想到今天中国的知识分子的文化心态的,因为他始终是把中国的"战争领导人和文人合而为一"的:"随着中国重回大国行列,儒家学说也许能够复兴;但这种复兴并不能为中国重回大国作准备。"君不见,中国不正是在这样的文化语境中奋斗着吗?!天国里的雷蒙·阿隆如果一笑的话,中国的知识分子会是一种什么样的表情呢?

2009年5月22日　改定于紫金山南麓
(原载《随笔》,2010年第5期)